O REI DOS LADRÕES

O REI DOS LADRÕES

CRÔNICAS DO PORTADOR DA ESPADA

Cassandra Clare

Tradução
Carlos César da Silva

1ª edição

Galera
RIO DE JANEIRO
2025

PREPARAÇÃO
Renato Ritto

REVISÃO
Nikita Sigrist
Maria Clara Zampil

DIAGRAMAÇÃO
Abreu's System

CAPA
Jim Tierney

DIREÇÃO DE ARTE DA CAPA
David G. Stevenson

TÍTULO ORIGINAL
The Ragpicker King

CIP-BRASIL. CATALOGAÇÃO NA PUBLICAÇÃO
SINDICATO NACIONAL DOS EDITORES DE LIVROS, RJ

C541r

Clare, Cassandra, 1973-
O rei dos ladrões / Cassandra Clare ; tradução Carlos César da Silva. – 1. ed. – Rio de Janeiro : Galera Record, 2025.
(O portador da espada ; 2)

Tradução de: The ragpicker king
ISBN 978-65-5981-669-9

1. Ficção americana. I. Silva, Carlos César da. II. Título. III. Série.

CDD: 813
CDU: 82-3(73)

25-99574.0

Meri Gleice Rodrigues de Souza – Bibliotecária – CRB-7/6439

Poema, parte do "Paraíso" de Dante Alighieri traduzido por José Pedro Xavier Pinheiro (1822-1882) disponível em domínio público.

Texto revisado segundo o Acordo Ortográfico da Língua Portuguesa de 1990.

Direitos exclusivos de publicação em língua portuguesa somente para o Brasil adquiridos pela
EDITORA GALERA RECORD LTDA.
Rua Argentina, 120 – Rio de Janeiro, RJ – 20921-380 – Tel.: (21) 2585-2000, que se reserva a propriedade literária desta tradução.

Impresso no Brasil

ISBN 978-65-5981-669-9

EDITORA AFILIADA

Seja um leitor preferencial Record.
Cadastre-se e receba informações sobre nossos lançamentos e nossas promoções.

Atendimento e venda direta ao leitor:
sac@record.com.br

Para a minha avó, Isabel

Deixarás toda a causa mais querida,
Chaga primeira de tormentos cheia,
Do desterro pelo arco produzida.

Sentirás quanto amarga; quanto anseia
O sal de estranho pão; que é dura estrada
Subir, descer degraus da escada alheia.

— Dante, *Paraíso*;
traduzido por José Pedro Xavier Pinheiro

PRÓLOGO

Artal Gremont, herdeiro da Concessão do chá de Castellane, nunca foi muito afeiçoado ao mar. Sim, era dali que vinha sua fortuna. Dos navios abarrotados de chá e café, valendo milhões de coroas, que cruzavam os oceanos até o porto de Castellane. Foi assim que a família se tornou mais rica que os Deuses. Em teoria, ele era grato ao mar; na prática, achava-o sem graça, maçante e tedioso.

Mas Gremont achava quase tudo tedioso. Pessoas, com seu pensamento limitado. Festas, em sua maioria, entediantes. Ser filho de um representante da Concessão em Castellane, com muito dinheiro, mas despido de um poder efetivo, também era um tédio. Quando tentou tornar a vida mais interessante, foi devidamente exilado, obrigado pelos pais a supervisionar o negócio de chá em terras estrangeiras. A coisa mais entediante *de todas*.

Agora, contudo, as coisas estavam começando a ficar interessantes. Com a morte do pai, Gremont herdara não apenas a Concessão do chá, mas o direito de retornar a Castellane, uma convocação que decretou o fim de seu exílio. Comprou uma passagem no galeão que zarparia do porto de Taprobana: um dos navios de Laurent Aden, que carregava uma leva de teca a Castellane. O navio era dotado de seis pequenas cabines para passageiros próximas à popa, embora os vastos aposentos do capitão se apossassem de todas as janelas. O quarto de Gremont era só um pouco melhor que um armário e vinha com um berço embutido na parede e um leito parafusado ao chão para que não deslizasse com o balanço do navio.

Tédio, tédio, tédio. Gremont andava de lá para cá no espaço, inquieto. Não tinha nada para fazer naquela maldita embarcação, e sentia a ansiedade aumentar. Quando ficava assim, muitas vezes *tinha* que fazer alguma coisa para se sentir melhor. Chegava a ser uma necessidade, a mesma que outros homens sentiam por comida ou água.

Laurent Aden, no entanto, chefiava uma tripulação pequena e não tinha lá muita paciência para as preferências de Artal. Uma jovem clandestina fora flagrada na semana anterior depois de saírem do porto de Favár, mas ao menos Artal tinha conseguido se divertir um pouco com ela antes de Laurent descobrir e tirar a garota às pressas dos aposentos dele. Houvera uma troca de palavras não exatamente educadas, e Artal entendeu o recado de que, se voltasse a fazer algo do tipo a bordo do *Rosa Preta*, seria largado no porto seguinte sem cerimônias, sendo ou não um representante da Concessão.

Não soube o que foi feito à garota, e também não se importava. Ela tinha sujado o casaco favorito dele de sangue, o que o tirou do sério. Embora não o tivesse irritado tanto quanto estar preso naquela cabine.

Laurent o alertou para que não ficasse zanzando pelo navio, mas ele que fosse para o caralho. Gremont abriu a porta da cabine e saiu para o corredor que atravessava o navio de ponta a ponta. Tirou um lampião de um suporte na parede. Seria melhor andar cheio de determinação, pensou, cruzando o navio em direção às escadas que levavam ao convés aberto. Caminhar com confiança faria as pessoas acharem que ele tinha questões importantes a resolver.

Passou pela cozinha, onde o cozinheiro dormia sentado em uma cadeira com um balde de batatas descascadas pela metade aos pés. Graças aos Deuses, eles só passariam mais alguns dias no mar. Gremont estava enjoado de charque, batatas cozidas e do gosto de sebo em tudo.

No convés aberto, o ar estava límpido. A lua pairava próxima ao horizonte, criando uma trilha branca que se estendia sobre a água. As cordas para as velas jaziam organizadas em rolos, como cobras adormecidas.

Talvez qualquer outra pessoa admirasse a vista, o céu salpicado de estrelas que brilhavam como cabeças de prego, a água parecendo vidro fantasia. Gremont limitou-se a observar tudo aquilo. O oceano se estendia como se fosse uma barreira entre ele e Castellane, entre ele e a reconquista de tudo que perdera no exílio.

O ranger de uma tábua do piso o alertou de que não estava sozinho. Virou-se e, por um instante, não enxergou nada. Em seguida, ela apareceu, uma sombra saindo das sombras. (Da primeira vez que a viu fazer aquilo, quase caiu para trás tamanho foi o espanto. Agora, no entanto, sentia-se mais acostumado ao feitio da magia dela.) Ela usava seu traje de assassina: cada parte do corpo coberta por um tecido preto macio. Até o rosto estava oculto, o que Gremont achou perturbador, apesar de conhecer perfeitamente bem a aparência por baixo do disfarce.

— Vim parabenizá-lo pelas núpcias vindouras, Artal — disse ela. A voz saiu baixa e rouca. Se ele não soubesse o gênero dela, duvidava que teria conseguido adivinhar.

— Acho que não vai adiantar nada se eu perguntar como foi que veio parar aqui — respondeu ele, amargo. — Voando de morcego, foi?

Ela soltou uma risadinha irônica.

— Seu mau humor chega a ser divertido, levando em consideração que está prestes a contrair um casamento bastante vantajoso.

Ele riu sem humor.

— Você sabe que eu mirava um patamar mais alto que o de Antonetta Alleyne.

— Sei que mirava Anjelica de Kutani. Mas a família dela jamais o teria aceitado. Ela faz parte da realeza, e sangue real só combina com sangue real.

— Você, mais do que ninguém, saberia disso, não é mesmo?

Ela soltou um som de deboche e saltitou levemente até a balaustrada do navio. Equilibrou-se ali com facilidade, embora pensar na longa queda até a água deixasse Gremont inquieto.

— Não seja insuportável, Gremont. Espero que não esteja reconsiderando nosso acordo.

Gremont sentiu um leve arrepio percorrer a coluna. Sabia que ela detinha magia, embora tivesse crescido achando que apenas magias modestas haviam sobrevivido à Guerra da Ruptura. Ficou perplexo da primeira vez que ela provou que ele estava errado. Ainda carregava a cicatriz nas costas da mão — um pedaço brilhante de pele queimada que lembrava uma estrela-do-mar.

Ainda agora, ele a temia, e o fato de ela saber disso o afligia.

— Não estou — rebateu ele — reconsiderando.

— Ótimo. — Ela o encarou de cima, sem olhos e sem rosto, uma sombra escura contrastando com a vastidão azul do céu noturno e do mar. — Espero que seja mais firme do que o seu pai. Ele também nos garantiu lealdade, mas planejou nos trair depois de tudo.

— Ele sempre foi fraco — murmurou Gremont. O pai não levantou um dedo para livrá-lo do exílio, e Gremont nunca tinha se esquecido ou o perdoado por isso. A mãe ostentava a mesma natureza fraca, mas era normal que se esperasse menos de uma mulher, e pelo menos ela o amava sem medidas. — Não precisa me lembrar de que se determinados pauzinhos não tivessem sido mexidos, eu não estaria retornando do meu exílio tão cedo. Tenho plena noção de onde depositei a minha lealdade.

— É bom saber — respondeu ela —, pois surgiu uma nova oportunidade. Uma chance de você demonstrar toda a sua esperteza. Sua amável futura esposa, Antonetta da Concessão da seda, parece ter recebidos certas informações. Tem mais uma pessoa de quem precisamos ao nosso lado, e ela sabe como localizá-lo.

— Antonetta? É mesmo? Não imaginei que ela tivesse capacidade de guardar qualquer informação naquela cabecinha de vento.

— Até mesmo um camundongo pode acabar trombando com uma migalha preciosa. Seja como for, depois do casamento, tem a minha permissão para extrair a verdade dela. Use quaisquer meios que preferir.

— Está falando sério? Posso fazer o que eu quiser? — Gremont sorriu. — Não vou decepcioná-la, milady.

— Tente não exagerar, Artal. Por ora, Liorada Alleyne tem mais medo de nós do que da Casa Aurelian, mas se as circunstâncias mudarem, talvez enfrentemos problemas em todos os nossos planos. Seu casamento com Antonetta é mais uma carta na manga que podemos usar para ameaçar a querida Liorada. Então vê se não mata a garota, está bem? Faça esse favor para mim.

— Certamente — falou Gremont. — Será muito mais divertido mantê-la viva, mesmo. Meu próprio brinquedinho de diversão. Vamos ver como Antonetta vai se comportar depois que eu rasgar a seda dela.

A figura em preto riu.

— Como é bom vê-lo feliz, Artal. Mas nunca perca de vista que muitos na Colina querem nos ver fracassar. Muitos ainda são leais à Casa Aurelian. Não se esqueça de usar seu amuleto. Ele é muito mais poderoso do que imagina.

— Pode deixar. — Artal levantou a mão para tocar o pingente que ela lhe dera em Taprobana antes mesmo de ele botar os pés naquele navio. — Eu seria um tolo se negligenciasse a proteção que ele me traz. E você não teria me abordado se eu fosse um tolo.

Ela não respondeu. Artal levantou a cabeça um tanto ofendido, intrigado pelo silêncio, e viu que ela já havia ido embora. Correu até a balaustrada e se inclinou por cima dela, mas só conseguiu enxergar a escuridão e o mar, além da trilha branca que o luar formava na superfície da água indicando o caminho para Castellane.

UM

Na Sala do Feno, Kel e Conor praticavam luta com espadas.

Já fazia algum tempo que não conseguiam treinar, e ambos estavam um tanto enferrujados. Ainda assim, os movimentos logo voltaram com a mesma naturalidade de antes. Músculos tinham memória própria, era o que Jolivet sempre dizia. Kel acordara se sentindo rígido, com o corpo meio adormecido e as juntas protestando contra as tentativas de alongamento. Mas naquele momento, após cerca de uma hora de treino no espaço onde praticavam desde que eram meninos, ele se sentia flexível, com os músculos ágeis e suaves.

Sua espada de ponta achatada acertou a de Conor, produzindo um estalido metálico. Kel aproveitou a vantagem, mas dessa vez Conor desviou e subiu em um dos fardos de feno que, espalhados pelo ambiente, serviam para criar um bom cenário para treinamento. Ele ergueu a mão esquerda, pedindo uma pausa.

Kel deixou o braço da espada cair e girou os ombros para trás.

Conor passou a mão pelo cabelo escuro suado, franzindo o cenho.

— Precisamos fazer isso com mais frequência — disse. — Eu mal consigo me lembrar do que fazer com a lâmina. Passei noites demais na escrivaninha exercitando a mão com que escrevo. Virei um pudim molenga de tanto ficar parado nesses últimos meses, Kellian.

— Eu não diria um *pudim* — retrucou Kel. Conor estava trincado e em boa forma como sempre estivera. Embora andasse ocupado, ainda saía para nadar e para cavalgar com sua égua, Asti, quase todos os dias. Além do mais, não foi a própria a rainha que, dia desses, andou reclamando que ele estava magro demais? Se estivesse sentindo tanta dificuldade, era muito mais provável que fosse por madrugar e dormir mal.

Não que Kel fosse dizer isso. Conor estava disposto a ouvir de Kel coisas que jamais toleraria de outras pessoas, mas a grande mudança em Conor, que havia começado três meses antes — com a estranha nova dedicação que demonstrava pelo papel efetivo como líder —, estava além de comentários até mesmo para seu Portador da Espada. Kel imaginava que isso estivesse acontecendo porque a coisa toda era um verdadeiro castigo para Conor, o que não passava de palpite. Mas tinha que ser. Conor não tocava no assunto, e Kel não insistia.

— Com certeza podemos treinar mais vezes, se quiser — disse Kel. — Pode se juntar às minhas sessões com Jolivet. Estou disponível para ajudar com todas as atividades que evitem que você vire um pudim.

Ergueu a espada, indicando que a pausa chegara ao fim. Conor riu e pulou do fardo de feno, acertando a lâmina com um golpe atravessado lateral. Kel respondeu com um corte alto, e as espadas colidiram com o clangor satisfatório de aço contra aço. Kel se afastou habilmente, saindo do alcance da lâmina, e Conor foi atrás dele.

Praticavam aquele tipo de treino com espadas havia tanto tempo que conheciam os maneirismos um do outro: Conor tendia à imprudência extrema, enquanto Kel era cauteloso até demais. Ambos ficavam tão confortáveis que conversavam durante a batalha enquanto rebatiam, atacavam e simulavam golpes.

— Acha que está pronto? — perguntou Kel. — Vai ser a primeira reunião da Câmara de Controle desde… em quase quatro meses.

Ele quase chegou a dizer "desde antes do massacre da Galeria Brilhante". Embora Conor demonstrasse estar disposto a conversar sobre o ataque ao Palácio e sobre o assassinato da princesinha de Sarthe, não gostava que o lembrassem do ocorrido. Ainda tinha pesadelos e acordava gritando; Kel, que dormia no mesmo quarto que o príncipe, permanecia acordado nessas ocasiões, tenso, esperando Conor voltar a respirar calmamente. E que ele pegasse de sono de novo.

Parada, riposto. Conor se esquivou para trás com agilidade, o semblante neutro.

— Bando de covardes — comentou, referindo-se aos representantes das Concessões: as onze famílias mais poderosas de Castellane. — Metade dessa gente parece convencida de que todos seriam assassinados assim que botassem os pés em Marivent. — (Para ser justo, pensou Kel, da última vez que estiveram em Marivent para um banquete, por pouco não haviam sido todos assassinados, *mesmo*). — É óbvio que não vão *admitir* que o problema é esse. Ficam se esquivando e dizendo que estão ocupados demais ou acometidos por mal-estares atípicos. Mas Mayesh espalhou boatos de que tenho um anúncio importante a fazer, então desta vez a curiosidade falou mais alto.

Apesar dos receios que guardava quanto à aristocracia, Conor estivera determinado a reinstaurar as reuniões mensais da Câmara de Controle o quanto antes. Tinha visitado cada um daqueles frouxos pessoalmente para destacar que não poderiam se esconder como ratos acuados e precisavam formar uma frente unificada e forte. Espiões sempre existiriam — sobretudo naquele momento, com Castellane sendo espremida como uva em um tanque de vinho devido às demandas de Sarthe. Se os espiões retornassem a suas terras natais levando a informação de que a classe dominante de Castellane estava apavorada, as coisas só piorariam para eles.

— E é um baita de um anúncio — comentou Kel.

Conor arriscou um golpe vertical, mas Kel se defendeu com uma parada *quarte*. Conor olhou feio para ele.

— Você está preocupado — avaliou. — Acha que estou agindo errado?

— Não — respondeu Kel. — Mas os nobres talvez discordem. Da última vez que você contou a eles que ia se casar para resolver os problemas da nação, as coisas acabaram mal.

Mal era um eufemismo. *Mal* queria dizer o massacre na Galeria Brilhante, a causa dos pesadelos de Conor. E motivo pelo qual Kel não apenas se abstinha de fazer perguntas, mas também pelo qual guardava segredos. Muito mais segredos do que gostaria de guardar.

— Bem, a decisão não foi somente minha. Também cabia a Jolivet e Mayesh. E à minha mãe. Quanto ao meu pai… bem, eles não vão receber resposta nenhuma da parte dele.

De fato. No dia seguinte à matança, o rei se enfurnara na Torre Norte e não saíra desde então. A comida era levada até lá. Além de nunca mais sair, nunca mais falou nem respondeu qualquer coisa dita a ele. Mayesh dissera que era um tipo de choque — catatonia, definiu ele — e que, como uma doença, seria curada com o tempo.

Ainda assim, a magnitude do afastamento do rei foi mantida em segredo. Além de Kel, apenas Conor, Mayesh, Jolivet e a rainha sabiam que ele não falava, que as "ordens do rei" que vinham da Torre Norte eram, na realidade, ordens de Conor amparadas pelos conselhos de Mayesh e Jolivet.

— Sim — respondeu Kel. — É uma pena, de certa forma. Você tem evitado uma guerra com Sarthe este tempo todo com uma diplomacia extraordinária. — *Madrugadas de trabalho, mensagens secretas cunhadas com cautela, retratações que não admitiam culpa, acomodações sem capitulações.* — Mas não vai levar o crédito por isso. Não se depender das famílias.

— Talvez não — concordou Conor. — Mas sou eu que tenho experiência com chantagem. — O sorriso que abriu era como uma lâmina. — Sarthe não se importa com a morte da princesa. A única coisa importante era a vantagem que isso lhes concederia para fazer exigências. E uma vez que um chantagista finca as garras em você, vira jogo sujo. Ele continua aparecendo, sempre querendo mais, não importa o quanto se dê a ele. Sarthe não vai sumir sem mais nem menos num belo dia do jeito que aconteceu com Prosper Beck.

Prosper Beck. Às vezes Kel custava a acreditar que o criminoso com quem ele barganhara pela segurança e sanidade de Conor tinha ido embora de Castellane. A existência de Beck fora o que o arrastara para o mundo das sombras do Rei dos Ladrões, para começo de conversa. Beck tinha desafiado Andreyen, e o Rei dos Ladrões empregara Kel para descobrir quem, na Colina, estava bancando as diversas empreitadas criminosas de Beck. Kel o considerava uma versão mais cruel e mais perigosa do Rei dos Ladrões, alguém que não podia ser contido pelo código de honra peculiar de Andreyen. Uma carta curinga capaz de qualquer coisa.

Conor ainda estava falando sobre Sarthe. Kel forçou a própria mente a retornar ao presente.

— A única coisa que pode deter os sarthianos é mostrarmos que somos poderosos demais para sermos intimidados. Se conseguirmos dinheiro e navios de guerra a partir deste casamento, Sarthe vai perceber que seria arriscado demais nos dizimar. — Os olhos cinza dele reluziram. — O que me lembra de outra coisa. Falando em casamento, Artal Gremont deve chegar em breve. Teremos que nos preparar para o que certamente será uma demonstração pública interminável de triunfo com os preparativos de Lady Alleyne para casar a filha.

Kel se moveu tarde demais para aparar o golpe de Conor, que o acertou com a proteção da espada como que para chamar a atenção dele. Kel então falou, mal-humorado:

— De fato, será o ápice dos planos dela para Antonetta. Fico me perguntando qual sarna ela vai arrumar para se coçar depois que a tinta do certificado de matrimônio tiver secado.

— Imagino que vá fazer tudo que estiver a seu alcance para meter o bedelho na Concessão do chá de Gremont, assim como na dela própria — comentou Conor. — Vou ter que ficar de olho nas duas. Tanto poder concentrado numa só família pode nos trazer problemas. Pelo menos Antonetta não é ambiciosa — acrescentou —, embora a mãe dela possa muito bem fazer com que ela cause problemas.

Não é ambiciosa. Era o que todo mundo pensava de Antonetta; e só Kel sabia que estavam todos equivocados. Lembrou-se da vez em que ela contou a ele que queria controlar a Concessão da seda, e da vez em que confessou que a mãe não achava aceitável uma mulher desprovida de marido controlar uma Concessão. No entanto, se ela e Gremont se casassem, cada um deles representaria a própria Concessão individualmente até que chegasse a hora de passar as Concessões para a geração futura. O fato de que ela estava disposta a se casar com um paspalho como Gremont só para controlar a Concessão mais valiosa de Castellane já era uma prova incontestável da ambição que tinha.

— Por outro lado — emendou Conor, e a ponta de sua espada passou por baixo da de Kel para roçar de leve no ombro dele. Kel parou de súbito para admitir a marcação de ponto do adversário. — Penso muito no que o velho Gremont disse antes de morrer. Não se deve confiar em ninguém.

Kel quase fechou os olhos ao se lembrar das palavras do idoso. Ele estava presente quando Gremont morreu, o único ao lado do homem enquanto ele cruzava a porta cinza, e Gremont nem sequer o conhecia. Pensava que fosse Conor.

— Não confie em ninguém — dissera ele. — Não confie em sua mãe, nem no conselheiro, nem em amigos. Não confie em ninguém na Colina. Confie apenas em seus próprios olhos e ouvidos, ou a Serpente Cinzenta também virá atrás de você.

As palavras eram direcionadas a Conor. Kel repassou o conselho nos dias terríveis após o massacre, quando Conor não conseguia dormir e ficava perambulando inquieto pelos aposentos dos dois. Quando Kel contou sobre o discurso de Gremont, um vestígio de sorriso passou pelo rosto de Conor.

— É um bom conselho — respondera —, mas já tinha aprendido essa lição. Não confio em ninguém. Exceto em você, mas você é meus olhos e meus ouvidos, não é? Você não é meu conselheiro, nem meu amigo, nem mesmo meu irmão. É quase como se fosse eu mesmo. E vou precisar de você ainda mais agora. Não só para me proteger, mas também para ser meus olhos e ouvidos. Para me contar o que vê e o que ouve.

Kel não deu qualquer resposta. Não poderia admitir a Conor que também estava mentindo para ele — embora fosse para o próprio bem dele. Não naquela ocasião. Mas tampouco no momento presente. Então resguardou o silêncio e o conselho, tentando se convencer de que era tudo pelo bem de Conor. Que Conor um dia saberia da verdade e o perdoaria pela traição.

— Ah, que bom que veio — disse Antonetta Alleyne, com dificuldade de se sentar por conta da pilha imensa de travesseiros que dominava sua cama entalhada em ouro. — Alguém além de Magali viu você entrando?

Lin Caster balançou a cabeça. Tinha participado de um breve conflito com Magali, a serviçal, na porta de entrada. Magali, determinada, tentava libertar Lin de seu casaco e de sua maleta de médica, e Lin se recusava a deixar que ela se apoderasse de ambas as coisas. Um embate silencioso se passou sob o olhar do que parecia ser uma dúzia de retratos de Alleyne antepassados.

Lin não conseguia se acostumar ao interior da casa da família Alleyne. Não era grande e vazia como outrora fora a Casa Roverge; mas, repleta de *coisas*: pinturas de paisagens, adornos de centro de mesa imensos e prateados abarrotados de flores de seda, relógios dourados e bustos feitos de mármore que homenageavam poetas e dramaturgos mortos. Cada móvel que podia ser revestido em ouro, tinha sido. E os que não podiam, foram cobertos com renda branca como se fossem uma noiva virgem.

A ama, então, desistiu de tentar recolher os pertences de Lin e a conduziu pela escadaria dourada até um corredor comprido, coberto por um carpete de seda. Conforme subia os degraus, Lin passou por uma dúzia de espelhos de molduras prateadas, que lhe devolviam seu reflexo: o cabelo vermelho preso em tranças rentes ao couro cabeludo, o vestido simples no tom cinza dos Ashkar, a bolsa de couro já gasta nas mãos. Ela definitivamente era o artigo mais modesto e apagado daquela casa.

Foi inevitável lembrar-se da primeira vez que Antonetta a chamou. O convite pegou-a de surpresa, devido ao peso do sobrenome Alleyne. Ainda assim, Antonetta tinha sido categórica: queria receber visitas semanais de Lin — na mais absoluta discrição — e com dias e horários *bem definidos*. Não explicara os motivos, mas, em uma conversa com Kel na Mansão Preta, Lin acabou compreendendo que o horário estipulado por Antonetta coincidia com o jogo de cartas semanal de Lady Alleyne com as senhoras da Colina. Isso significava que a mãe de Antonetta, muito provavelmente, não estaria em casa durante as visitas.

Lin gostou de Antonetta Alleyne logo de cara — o que não foi surpresa alguma, pois a garota tinha praticamente contrabandeado Lin para dentro do Palácio mesmo sob o olhar atento dos Castelguardas — e com o passar das semanas, a cada encontro, o afeto só cresceu.

Antonetta era bondosa, ainda que um tanto distraída. Fazia Lin pensar em um coelho entre os chacais da Colina. Na verdade, a moça pouco precisava de cuidados médicos. As duas passavam, em geral, algumas horas jogando conversa fora e bebendo um dos chás medicinais de Lin. Lin suspeitava que estivesse sendo paga pela companhia, e não pelos serviços clínicos.

Encontrou Antonetta perdida no meio de um enorme turbilhão de tecidos: sedas e cetins em um arco-íris de cores pendiam dos suportes de roupas e até das barras de cortina acima das janelas. Cada superfície estava tomada por pilhas de papéis: cardápios, convites e listas de itens ainda por adquirir. A própria Antonetta repousava entre almofadas de seda que formavam uma espécie de barreira entre ela e a cabeceira da cama entalhada em forma de rosa dourada. Bonita, mas parecia desconfortável.

O quarto de Antonetta talvez fosse o menos excessivo em termos de decoração, se comparado ao restante da casa. As paredes eram pintadas em um tom pastel de cor-de-rosa, suave como o interior de uma concha. Havia flores de seda em vasos, e os sofás de braços roliços foram estofados com tecidos estampados que retratavam cenários de pastoras em fazendas. Ainda assim, havia ali menos flores de seda do que no restante da mansão, e não havia nenhum busto esculpido em mármore.

Antonetta dispensou a copeira com um breve "Pode ir, Magali", e fez um gesto para que Lin trancasse a porta antes de se aproximar da cama. O cabelo de Antonetta, solto, era uma confusão de cachos dourados, quase da mesma cor das roupas de cama de seda. Usava um vestido azul-bebê, adornado com rendas nas mangas, e exibia um semblante cabisbaixo.

— Por acaso você tem algo aí para dor de cabeça causada pelo estresse de planejar uma festa de noivado que você preferiria que não acontecesse? — perguntou.

Lin se sentou aos pés da cama e começou a vasculhar a bolsa em busca de um extrato de casca de salgueiro. Não conseguiu conter o sorriso ao notar o título do livro aberto sobre as cobertas de seda: *O frio coração do rei solitário.*

— Ainda está marcado para a semana que vem? — perguntou Lin, com empatia. — Parece mesmo estar chegando meio rápido demais. E ele ainda nem chegou a Castellane, não é?

— O navio dele atraca em cinco dias — respondeu Antonetta com desânimo, depois olhou para Lin com esperança. — Talvez eu pudesse contrair uma doença misteriosa... algo que me impedisse de vê-lo. Pelo menos por um ou dois meses.

Lin entregou para a garota uma bolsinha de extrato de casca de salgueiro.

— Isso só adiaria o inevitável — comentou. — Eu queria que...

Não terminou a frase. Já sabia que o homem com quem Antonetta deveria se casar, Artal Gremont, não apenas era muito mais velho que ela como também possuía uma reputação infame. Kel havia dado a entender que os feitos de Gremont eram tão repulsivos que sua própria família se viu forçada a despachá-lo para litorais estrangeiros — e, levando em consideração que a nobreza de Castellane não costumava sofrer qualquer tipo de punição por mau comportamento, de fato deviam ser realmente hediondos.

Lin também se preocupava com o conformismo de Antonetta diante de toda aquela situação. O casamento fora orquestrado por Lady Alleyne. A filha não tivera voz em nada, e insistia que não havia o que pudesse fazer para dissuadir a mãe da ideia. Lin sabia que tudo o que Antonetta desejava era permanecer solteira e representar sozinha a Concessão da seda, à semelhança do que a própria Liorada vinha fazendo havia anos. Mas, ao que parecia, Lady Alleyne não confiava na filha: dissera-lhe que a menos que aceitasse se casar para assegurar a continuidade da linhagem, a Concessão, e o poder que com ela vinha, seria deixada a parentes distantes. A filha nada herdaria. Agora a esperança de Antonetta parecia repousar na possibilidade de que Gremont fosse tão indiferente à união quanto ela, e que lhe concedesse paz na maior parte do tempo, permitindo que ela levasse a vida típica de uma ricaça da Colina sem grandes interferências.

— Espero que ele já tenha uma amante ou que arranje uma bem depressa — comentou Antonetta. — Se ele já estiver bem apegado a ela, talvez mal se dê ao trabalho de me azucrinar. — Ela olhou para Lin. — Acha que existe essa possibilidade?

— Infelizmente, persuadir maridos a pular a cerca está fora da minha área de especialização — respondeu Lin com um sorrisinho. — Pegue isso e coloque debaixo da língua.

— Nossa, que *mandona*! — comentou Antonetta. — Ao menos, depois de casada, ainda vou poder ver você. Não consigo imaginar que exista um tipo de homem capaz de impedir a esposa de se consultar com uma médica.

— Talvez o tipo que tem planos de machucá-la — respondeu Lin, em tom cauteloso. Já havia cuidado de muitas mulheres naquela situação, vítimas que insistiam que os ferimentos que apresentavam vinham do infortúnio de serem estabanadas, embora tivessem plena noção de que Lin reconhecia a verdade por trás dos hematomas.

Antonetta soltou uma risadinha sem humor.

— Gremont não ousaria tocar em um fio de cabelo meu, se seu desejo for continuar em Castellane — disse ela. — Atacar uma mulher da nobreza é crime passível de exílio… mesmo se o agressor for o marido.

Quem dera as mulheres comuns de Castellane tivessem semelhante proteção, ponderou Lin, mas afastou o pensamento. Melhor que algumas mulheres fossem resguardadas do que nenhuma.

Com o intuito de mudar de assunto, Lin apontou para o livro aberto em cima da cama.

— É bom? — perguntou. — Parece um conto de um tecelão de histórias.

— É sobre o Príncipe Conor — respondeu Antonetta, com um sorriso enviesado. — A maioria dos contos de tecelões de histórias é, sabia?

Lin sentiu um calor subindo pelas bochechas, como sempre acontecia quando o príncipe de Castellane era mencionado. Algo muito inconveniente. Voltou a repassar o conteúdo da bolsa.

— Certamente nem todos são.

— São sim — respondeu Antonetta. — *Os sete esqueletos das sete noivas do príncipe*, *O príncipe com coração de gelo e coroa de ouro*, *O príncipe de seda e a dama de trapos* e *As leis cruéis do príncipe devasso*...

— Nossa, que títulos imensos — observou Lin.

Antonetta deu de ombros.

— Todo mundo gosta de um príncipe, sobretudo quando está solteiro. — Ela analisou as unhas despretensiosamente. — Se bem que ele não vai continuar sem esposa por muito tempo.

Lin não conseguiu evitar e levantou a cabeça ao ouvir aquelas palavras.

— Por quê?

— Parece que Conor vai noivar — respondeu Antonetta, observando o rosto de Lin com atenção. — Já está tudo acertado. Ele vai se casar com Anjelica de Kutani.

Foi como se um zunido invadisse os ouvidos de Lin. Ela não conseguiu evitar pensar na última vez em que tinha visto o príncipe, na carruagem à frente do Sault. Nas últimas palavras que ele lhe dissera: *Então estou amaldiçoado a pensar apenas em você. Você, que acha que eu sou uma pessoa desprezível. Um monstro vaidoso que não foi capaz de resistir se exibir e, ao fazer isso, a deixou infeliz.*

Ela jamais tivera a chance de refletir sobre aquilo. Muito menos a chance de dizer que não, não o via como um monstro. Naquela mesma noite, *aquilo* aconteceu. A chacina. O massacre da Galeria Brilhante.

A Grande Traição. Havia muitos nomes para o que ocorreu em Marivent naquela noite — a noite em que Lin proclamou ser a Deusa Renascida, e os navios de Roverge arderam no porto. Na manhã seguinte, bandeiras pretas tremulavam nos parapeitos de Marivent, os sinos fúnebres repicavam por toda a cidade. Lin chegou a pensar que de alguma forma aquilo tinha a ver com *ela* — com o crime que cometeu, com a grande mentira que havia contado.

Sou a Deusa Renascida.

Mas ela obviamente não era. Mayesh chegou à casa dela com o rosto cadavérico, como se tivesse envelhecido uns dez anos da noite para o dia. Tinha olhado para ela e dito, com a voz exausta pelo esforço:

— Um banho de sangue no Palácio. E agora isto. — Não havia raiva em seu tom. Apenas muito cansaço.

Ela preparou *karak* para ele, obrigando-o a contar o que sabia — o ataque, a morte da princesinha de Sarthe, as implicações para o futuro de Castellane — e a todo instante ela se controlou para não perguntar: *Ele foi ferido? ELE ESTÁ FERIDO? O príncipe está bem?*

Ela não tinha o direito de perguntar aquilo. Tampouco de se preocupar com Kel, embora se preocupasse. Escondeu as mãos sob a mesa para não mostrar que tremiam, manteve-as ali até o término do relato.

— Não podemos arcar com uma guerra — dissera Mayesh. E Lin compreendeu que ele não falava de Castellane, mas deles, dos Ashkar. — Se Castellane for atacada por invasores, uma comoção vai surgir para purificar o que existe aqui dentro. Começarão os cochichos: *Quem são eles, esses Ashkar, que andam entre nós, mas são tão diferentes? São leais a quê?*

— Isso não vai acontecer. O senhor já fez tanto, *zai*. Houve tantos avanços, só nos últimos vinte anos…

Naquele momento, ele a fitara com firmeza.

— Está dizendo isso como minha neta Lin ou como a Deusa Renascida?

Ela engoliu em seco.

— Eu poderia contar ao senhor…

— Não — interrompera ele. — Não sei o que espera conseguir com isso, mas não me conte nada. É melhor que eu não saiba.

Já sabia, ali mesmo naquela conversa, que, apesar do desprezo mútuo entre ele e Maharam, em algo concordavam: Lin Caster não era a Deusa Renascida, e ela afirmar aquilo não traria bem algum.

— Lin — disse Antonetta, aflita —, *no que* está pensando? — Ela inclinou o corpo para a frente. — Essa notícia sobre Conor... te incomodou?

— Uma vez tratei de um homem com uma sovela enfiada na cabeça — respondeu Lin. — Não costumo me abalar com facilidade.

— Que bom, porque quero pedir que faça algo desagradável.

— Desagradável em que sentido?

— Eu queria que viesse a minha festa de noivado e...

— Ah, nem pensar — cortou Lin, recuando. — Já chega de festas na Colina. A última foi...

— Ouvi dizer que dançou muito bem — comentou Antonetta. Lin fechou a cara para ela, mas os olhos da outra estavam arregalados e inocentes. — Preciso de alguém por lá que compreenda o meu desgosto, Lin. Por favor. Alguém que fique do meu lado.

— E Kellian? — perguntou Lin. — Ele não vai?

Foi a vez de Antonetta desviar o olhar.

— Ah, vai, sim. Mas vai estar fazendo companhia ao príncipe. Conor gosta de ter os amigos por perto em festas.

Mas é óbvio, percebeu Lin. Conor estaria na festa. Uma parte pequena dela vacilou diante da ideia de vê-lo. Mas uma parte muito maior sussurrou: *Vá. Vá e encare-o. Logo terá de enfrentar o Exilado e o Sinédrio. Não pode estar com a cabeça no príncipe de Castellane quando isso acontecer. Olhe para ele uma última vez e use isso para superá-lo.*

— Por favor — insistiu Antonetta. — Posso te emprestar qualquer um dos meus vestidos. Qualquer um que você quiser. Vai ficar deslumbrante.

E vai ser mais fácil superar o príncipe usando um vestido glorioso como armadura, pensou Lin.

— Bom, se precisa tanto assim de mim, Ana — disse Lin, com um sorriso relutante —, então eu irei.

TUDO O QUE É BOM VEM DOS DEUSES. TUDO O QUE É RUIM VEM DOS HOMENS.

Foi inevitável para Kel fixar os olhos nas palavras entalhadas em tesselas douradas, cintilando no interior da cúpula da Câmara de Controle.

Havia nelas um peso sombrio que, três meses antes, quando os líderes das Grandes Concessões haviam se reunido ali pela última vez, não possuíam.

Ele não sabia ao certo o porquê. No fim das contas, o anúncio de Conor foi muito mais bem-sucedido do que Kel esperava. A princípio, vozes se ergueram em protesto. O noivado surpreendera a maioria, e Kel conseguira captar fragmentos dispersos de objeções — *para começo de conversa, foi justamente um casamento que nos trouxe a esta situação* — ou, ainda, reclamações sobre a falta de consulta prévia às demais Concessões. Conor, no entanto, permaneceu sentado pacientemente — a paciência, como uma roupa nova, que ainda lhe caía de modo estranho — até o burburinho se dissolver.

Então, falou:

— Nosso novo parceiro está ciente da situação com Sarthe. Ofereceram um dote de cem mil coroas, além do uso de suas frotas, caso entremos em guerra. Eles têm dez mil navios de guerra. Sarthe não tem nenhum; teriam que implorar, tomar emprestado ou roubar para obtê-los. E seja qual for a escolha, encontrarão nosso porto repleto de navios preparados para enviá-los diretamente ao Inferno.

Ele semicerrou os olhos até formarem fendas prateadas, e Kel não conseguiu evitar pensar em quanto esforço fora depositado naquele momento. As madrugadas em claro, ponderando se aquele era, de fato, o caminho certo. As conversas prolongadas com Mayesh. As horas passadas trancado na Torre Norte com o conselheiro, o Legado e os inúmeros mapas salpicados de alfinetes percevejo. Cada um representando um exército. E, para cada percevejo marcando forças de Castellane, outros dez indicavam os exércitos de Sarthe.

No fim, a proposta encontrara pouca resistência.

Foi Cazalet quem falou primeiro. Como Kel já esperava que acontecesse; e as outras famílias seguiram seu exemplo.

— É uma decisão admirável, Monseigneur — declarou Cazalet —, evidentemente tomada visando o melhor para Castellane.

Se ainda havia alguma agitação prestes a nascer, ela se aquietou. Ciprian Cabrol parecia genuinamente satisfeito.

— É brilhante — parabenizou. — Sarthe não pode suportar uma força combinada como essa. Nem sequer ousarão tentar.

Até mesmo Lady Alleyne aceitara a situação com boa vontade. Afinal, Antonetta estava noiva; Liorada já não alimentava esperanças de vê-la casada com Conor. O sonho de vir a tornar-se parte da realeza fora abandonado, restara a alta probabilidade de que Antonetta se tornaria muito, muito rica.

Uma parte de Kel torcera para que Antonetta estivesse presente na reunião, mas ela nunca apareceu. Desde o anúncio do noivado, feito apenas uma semana após os assassinatos da Galeria Brilhante, ele a vira poucas vezes. Ela não visitara o Palácio nem uma única vez, e, na única ocasião em que se encontraram, numa noite na Casa Cabrol, ela limitara-se a sorrir com entusiasmo e comentar o quanto os preparativos do casamento estavam exigindo dela. Andava mais ocupada do que imaginara que estaria. Depois, perguntou se ele por acaso achava que seria de mau gosto colocar rosas cor-de-rosa no altar. Eram as flores favoritas dela, mas na linguagem das flores de Castellane simbolizavam a impermanência do afeto.

Por pouco Kel não dissera algo indevido. Ainda se lembrava de quando, meses antes, ela lhe implorara que impedisse o casamento — mas, naquela ocasião, ele usava o talismã. Antonetta pensara estar falando com Conor. O que significava que Kel não deveria saber que ela — a princípio — tinha sido contra a união. Mencionar o fato seria quebrar os juramentos que fizera como Portador da Espada.

Subitamente, sentiu-se desesperado para sair da Câmara de Controle e tomar um ar fresco. A reunião havia terminado, e diversos representantes das Concessões rondavam Conor. Por entre os ombros dos que tentavam se aproximar do príncipe, Kel só conseguiu enxergar o brilho reluzente da capa de veludo vermelho e o lampejo do rubi cravado na coroa.

Uma movimentação próxima à porta chamou sua atenção. Era o Legado Jolivet, líder da guarda real. O cabelo dele parecia ainda mais grisalho desde o incidente na Galeria Brilhante, e sua silhueta mais angulosa e altiva. Falara pouquíssimo durante a reunião, embora tivesse se envolvido de forma bastante próxima em cada decisão tomada pelo príncipe nos últimos meses.

Nos dias tumultuados que se seguiram ao massacre da princesa sarthiana, junto de sua guarda-costas e dos embaixadores, Marivent aguardou, aflito, por notícias de Sarthe. A fim de demonstrar boa-fé,

Jolivet sugeriu que uma mensagem fosse enviada a Sarthe de imediato, relatando com exatidão o que ocorrera. "Com riqueza de detalhes", enfatizara. Os boatos do que tinha acontecido logo se espalhariam, e o rei de Aquila não tardaria a descobrir qualquer mentira. A única inverdade não estava nas palavras, mas na sugestão de que o próprio rei de Castellane era o autor da mensagem. Conor a havia escrito, e por fim assinara em nome do rei, seu pai.

Quando a resposta chegou, veio concisa e fria. Escrevendo de seu palácio em Aquila, o Rei Leandro d'Eon declarou que Sarthe havia enviado sua princesa com boas intenções. A tragédia ocorrida em Marivent, portanto, recaía sobre Castellane. E, para evitar uma guerra, um preço de honra teria de ser pago.

A quantia estipulada foi de um milhão de coroas. Até mesmo Mayesh mudou de semblante diante da proposta.

— Ele não pode estar falando sério — dissera. — Ainda que vendêssemos Castellane inteira talvez ainda não conseguíssemos esse dinheiro. Não há país, exceto talvez Kutani, que poderia abrir mão de tamanha riqueza e sobreviver.

— D'Eon está declarando guerra — concluiu Conor, cansado. — Está até oferecendo uma saída, sim. Mas não é uma oferta verdadeira.

— Nem uma saída — emendara Jolivet. O olhar varrendo todos os rostos reunidos ali. Seu semblante permanecia inabalável, como sempre. — Nós nos recusaremos a pagar. Vamos dar um jeito.

E assim fizeram. Embora, após a reunião, Jolivet não parecesse lá muito contente com o sucesso aparente do plano. Apontou o queixo para Kel, um gesto que indicava que o rapaz deveria segui-lo, e saiu.

Kel escapou por entre a multidão. Do lado de fora da Torre da Estrela estava quente, o calor do sol do meio-dia. Uma névoa pairava sobre a cidade que se derramava Colina abaixo, desfocando o contorno do mar até que este se tornasse um borrão verde longínquo.

Encontrou Jolivet à sombra do muro que cercava o Jardim da Rainha. Ostentava uma expressão neutra, o Anel do Leão e a trança dourada em seu uniforme. Quando Kel se aproximou, ele falou em voz baixa:

— Imagino que você levará as novidades da reunião à mansão.

— Não vejo motivo para escondê-las — respondeu Kel. — A cidade logo vai descobrir; o Rei dos Ladrões antes de qualquer outra pessoa.

Jolivet grunhiu e cruzou os braços.

— Suponho que você e seus amigos não tenham feito mais progresso algum.

Kel conteve uma resposta afiada. Entre todos em Castellane, o Legado Jolivet não teria sido sua escolha como confidente fora da Mansão Preta. Mas não tivera alternativa. Fora o próprio Jolivet quem quase o mandara se juntar ao Rei dos Ladrões na esperança de descobrir quem havia orquestrado os assassinatos da Galeria Brilhante.

O Portador da Espada pertencia ao Palácio; era propriedade do Palácio. Se Jolivet ordenava, negar-se seria mais que uma pequena insubordinação. Poderia ter recorrido a Conor, mas no fundo concordava com o Legado. Quem quer que tivesse arquitetado o ataque à Galeria não mirava apenas os sarthianos visitantes.

Kel seguira um dos assassinos até o terraço da Galeria, encurralando a figura. Ainda se lembrava do vulto envolto em sombras, o rosto e o corpo totalmente ocultos, a identidade indecifrável. A voz ecoara sibilante, enquanto Kel, paralisado e incrédulo, empunhava a espada.

Você está no limiar da história, Portador da Espada, pois este é o começo da queda da Casa Aurelian.

Conor era o filho único de um rei que, por sua vez, fora o único sobrevivente entre três irmãos. Para a linhagem dos Aurelian se extinguir, Conor teria que morrer. E Kel tinha jurado impedir que isso acontecesse. Mesmo que para isso se visse forçado a seguir as ordens de Jolivet e manter as próprias atividades em segredo. Mesmo que para isso se visse obrigado a se aliar ao Rei dos Ladrões — o maior criminoso de Castellane.

— O progresso é lento — disse Kel. — Estamos correndo atrás de fantasmas. Ninguém parece saber de nada sobre os agressores. Trinta homens devem ter morrido naquela noite, mas não ouvi sequer um sussurro sobre o desaparecimento de alguém. E o Rei dos Ladrões tem acesso a todo tipo de murmúrio.

Jolivet grunhiu.

— Nada acontece sem prenúncio — disse então. — Mas esses sinais nem sempre tomam a forma que você imagina. Qualquer coisa fora do comum na cidade merece atenção. — Ele lançou um olhar para a porta da torre. Ciprian Cabrol, Joss Falconet e Lupin Montfaucon tinham acabado de sair e caminhavam pela trilha de pedras estilhaçadas em direção a eles, os três de cabeça baixa, conversando.

— Cabrol — murmurou Jolivet com sua voz grossa. — O que achou dele?

Kel hesitou antes de responder, olhando para os três homens que se aproximavam. Com as torres de Marivent ao fundo, pareciam pássaros de plumagem reluzente. Montfaucon, como sempre, tinha se vestido com esmero, calças e gibão de um amarelo intenso o faziam parecer um papa-figos dourado. Joss usava um terno escarlate bordado com serpentes cor de cobre. Ao lado dele, Cabrol era o mais discreto dos três, vestindo cinza-escuro. Mas sua túnica tinha um forro azul como as penas de um martim-pescador, revelado quando as mangas se movimentaram em meio a um gesto.

— É difícil confiar nele — falou Kel com a voz baixa — depois do modo como ganhou a Concessão da tinta.

Até três meses antes, a Concessão da tinta de Castellane estava nas mãos da família Roverge, cujo filho, Charlon, fora um dos amigos mais próximos de Conor, junto de Joss e Lupin. Na noite do massacre na Galeria Brilhante, toda a frota dos Roverge queimou no porto, dizimando sua fortuna. Poucos dias depois, foram embora da Colina levando somente alguns pertences; o restante seria vendido para quitar as numerosas dívidas. A Concessão, que pertencia à coroa e ao Conselho, foi repassada a uma família escolhida por Cazalet (em teoria, com aprovação do rei, mas, na prática, sancionada por Conor): os Cabrol, notórios mercadores de tinta da cidade.

A família era composta por três membros: Ciprian, o filho mais velho; Beatris, sua irmã; e a mãe idosa de ambos, vista poucas vezes desde a mudança de poder. Ciprian era arrogante, bonito, e pareceu ter recebido sem qualquer surpresa o controle daquela que era uma das Concessões mais lucrativas de Castellane.

E talvez houvesse razão para isso. Depois de conversar com Lin sobre a frota destruída, Kel encurralara Mayesh na Torre Norte.

— Não existe dúvida entre nós de que a família Cabrol queimou os navios de Roverge, certo?

— Ah, sim — respondera Mayesh. Enquanto estudava um mapa de Sarthe pontilhado com percevejos de diferentes cores, cuja lógica de organização Kel não conseguia decifrar. — É um segredo nada secreto, Kellian.

— E nada será feito a respeito?

— A família Roverge tinha muitos inimigos. — disse Mayesh, movendo um percevejo. — Ameaçavam e intimidavam qualquer um que considerassem rival; a família Cabrol foi apenas uma das vítimas mais recentes, e a primeira a esboçar algum tipo de reação. Se não fosse o status que carregam, já teriam sido mandados para a Trapaça há muito tempo. Muitos na Colina e nas associações mercantis consideram isto a volta por cima de Benedict. — Ele olhara para Kel com curiosidade. — Como *achou* que os assentos das Concessões mudavam de mãos?

— Não dessa forma — respondera Kel, lembrando-se do porto em chamas, da tinta espalhada sobre o mar, das ondas de espuma colorida em amarelo, carmim, turquesa e violeta. Por dias, a fumaça pairou no ar sobre Castellane, tingindo o pôr do sol em tons de vinho e dourado. Uma flâmula da vitória dos Cabrol. — Talvez até tenham poder agora, mas logo a maneira ilegítima como o conseguiram vai acabar vindo à tona. Sempre vem. Mais cedo ou mais tarde.

Mayesh abriu um leve sorriso ao ouvir a conclusão do garoto.

— Que observação mais astuta, Kel. Você identificou um motivo pelo qual os nobres não saem por aí explodindo os navios uns dos outros em troca de assentos em Concessões.

— Existe alguma outra razão?

— Pólvora preta custa caro — dissera Mayesh, rindo, antes de voltar a atenção ao mapa.

— Anjuman! — gritou Joss. Trazia aquele sorriso faceiro e despreocupado de sempre nos lábios. — Acho que já estava ciente da grande notícia de Conor, né? Não é à toa que passou boa parte da reunião aparentando estar prestes a cair no sono. Nada daquilo era surpresa para você.

Kel registrou que precisava melhorar a própria expressão de *ouvindo com calma, mas também com interesse.* Evidentemente não estava transmitindo sua intenção.

— Sabia, sim. Não foi uma decisão simples para Conor. Ele refletiu bastante antes de chegar a ela.

— Imagino — comentou Montfaucon, com um risinho. A vivacidade do amarelo de seu terno era quase alarmante em contraste com a pele escura. — Da última vez, ele quase não conseguiu escapar dos tentáculos do matrimônio. Agora, decidiu se entregar de bom grado a essa prisão.

— É muito raro Conor aceitar as coisas de forma leviana — observou Joss. — Diria que ele está se encaminhando à prisão em uma marcha que demonstra propósito. — Ele se virou para Jolivet. — Não concorda, Legado?

Jolivet murmurou alguma coisa a respeito de precisar revisar suas tropas e saiu discretamente.

Cabrol o viu partir com uma sobrancelha arqueada.

— Que sujeito mais divertido — falou secamente. Ostentava cores inusitadas: olhos bem pretos e cabelo no tom das telhas avermelhadas que cobriam os tetos em Castellane. — Com base em minha experiência, soldados costumam ser boas companhias em uma taverna, mas arrisco dizer que o Legado é uma exceção.

— Soldados talvez sejam boas companhias quando estão de folga — respondeu Kel, tentando entender por que estava prestes a defender Jolivet, mas incapaz de se conter. — E pode-se dizer que Jolivet nunca está de folga.

Cabrol encarou Kel ainda com a sobrancelha erguida.

— É, acho que tem razão. Certamente não se pode duvidar da lealdade de Jolivet à cidade ou à coroa. Nem da de Conor — acrescentou. — Está óbvio que ele vai se casar pelo bem de Castellane. E vai fazer questão de ganhar a gratidão do povo por isso. Até mesmo a nossa, aqui na Colina.

A voz do homem saía suave; o tom, leve. Kel não chegava nem perto de confiar nele.

— Gratidão. — Montfaucon abanou a mão no ar como se esse conceito o entediasse. — Olha só, Anjuman, estou organizando uma pequena reunião no Caravela esta noite. Bebidas e damas por minha conta. Traga o jovem príncipe. Ele precisa se divertir um pouco.

— De fato. E não lhe resta muito tempo para diversão — concordou Joss, rindo. — Além do mais, Conor está atolado de trabalho desde… — Ele parou de falar, um tanto acanhado, o que era raro para Joss. O sujeito quase nunca se constrangia. — Bem, desde os últimos meses. Ele merece aproveitar um pouco a vida.

— Vou conversar com ele sobre isso à noite, Lupin — confirmou Kel, percebendo que não se lembrava da última vez que Conor tinha ido a casas de prazeres no Distrito do Templo; com ou sem os amigos.

Montfaucon apontou para ele um dedo coberto por uma luva branca.

— Diga que é importante — falou. — Quero apresentá-lo a alguém.

Joss, após se recompor, deu um tapa nas costas de Montfaucon.

— Montfaucon está obcecado com um novo amor — provocou. — Anda cheio de mistérios. Nem quer nos dizer o nome do rapaz.

Montfaucon deu de ombros, embora parecesse estar muito satisfeito consigo mesmo.

— Já falei, ele usa o nome pelo qual é conhecido na Arena. A Serpente Cinzenta.

Cabrol soltou uma risada e murmurou alguma coisa, zombando da ideia de Montfaucon, no ápice da paixão, ter que chamar seu amado de "a Serpente Cinzenta", mas Kel mal prestou atenção. Estava imóvel, atônito demais para falar, perdido, contemplando o passado.

MARCEL

Na Rua da Âncora, no Labirinto, quase encostado nos muros do Sault, ergue-se um templo. Entalhado acima das portas de entrada dele há um frontão com esqueletos dançando. Antigamente, era assim que se venerava Anibal, o Deus da morte. O templo era dedicado a ele, nos tempos em que a região agora tomada pelo crime e pelas vielas do Labirinto era apenas uma terra de charcos e choupanas. Um milhão de devotos vestidos de preto tinham desgastado os degraus da fachada com suas idas e vindas ao longo dos anos. Mesmo quando a popularidade do culto a Anibal começou a definhar e seus seguidores passaram a ser vistos com desconfiança.

Por fim, quando os fiéis deixaram de aparecer, o Hierofante, sacerdote-mestre da cidade, trancou as portas, selou as janelas e declarou o templo fechado aos cidadãos de Castellane. Ainda assim, o lugar não caiu em ruínas; o temor persistente de Anibal e de sua ira afugentou os vândalos.

É nos degraus desse templo que se vê, com certa frequência, Marcel Sandoz, beberrão profissional e viciado em sumo de papoula. Dizem que escolhe o local porque raramente é perturbado ali, mesmo nas mirradas horas da noite. Afundado em sonhos coloridos, alimentados pela papoula, ele se imagina em uma campina cercado por moças risonhas em vestidos de seda vibrantes quando ouve os estranhos se aproximando.

Abre os olhos lentamente, estremecendo ante a luz mais tênue. Por um instante cogita se o barulho faz parte de seus sonhos ou se estaria ouvindo os Shomrim chamando uns aos outros nos muros do Sault. Mas a dor pungente que sente na cabeça e o fedor gélido da pedra sob seu corpo logo dissipam essa ideia. O que está acontecendo é real, e os passos só ficam mais altos.

Engatinhando, ele sobe os últimos degraus até o pórtico. Lá, se esconde atrás de um pilar de mármore lascado. Vigilantes, supõe. Tentavam sempre afugentá-lo assim que encontrava um lugar confortável para dormir. No entanto, à medida que três figuras sombrias sobem os degraus do templo, um arrepio percorre sua espinha. Eles não usam os uniformes vermelhos e amarelos típicos dos Vigilantes. Estão vestidos de preto dos pés à cabeça, como se quisessem desaparecer na escuridão da madrugada.

Um dos sujeitos — um homem de cabeça raspada que reluz ao luar — fala em uma língua que não tem a suavidade do castellano, mas é áspera e cheia de grunhidos. Que esquisito, pensa Marcel. Viajantes malgasianos são raros. Malgasi é um reino misterioso que fica ao leste de Sarthe, cercado de rumores obscuros.

— *Cza vayuslam. Vaino sedanto anla.*

A voz fria da mais esguia das sombras — uma mulher — rompe o ar:

— Bagomer, lembre-se do que eu disse. Precisa treinar seu castellano.

Em um tom grave, o careca responde:

— Estava só dizendo, milady, que o templo não está em uso. Ninguém vai nos importunar aqui.

— É um lugar bem sinistro, não acham? — comenta ela, parecendo satisfeita.

Marcel então consegue distinguir o que ela está vestindo: uma roupa justa toda preta, agarrada ao corpo como a pele de uma cobra, como se tivesse sido pintada com petróleo. Um capuz cobre sua cabeça, mas o rosto que espreita da sombra é tão pálido e esquelético quanto os crânios dos esqueletos dançantes esculpidos acima das portas do templo.

— Janos — chama ela com rispidez, dirigindo-se ao segundo homem, cujo rosto é cortado por uma cicatriz grotesca, uma linha protuberante que deforma sua bochecha. — Envie uma mensagem a Artal Gremont. Diga a ele que a princesa de Malgasi, herdeira do trono de Belmany, chegou à cidade dele. Isso deve apressá-lo.

Janos assente e some noite afora. Marcel sente um medo terrível e sufocante. Princesa de Malgasi? Se tem uma coisa que ele aprendeu depois de ter vivido grande parte de sua vida morando em Castellane é que gente sensata não quer se meter com a realeza. Jamais.

De bruços, mais parecendo uma cobra, ele começa a serpentear pelo pórtico. Infelizmente para ele, seus pés descalços e imundos colidem com uma garrafa vazia que está em cima de uma pilha de lixo. Ela rola pelo mármore com um som arrastado.

Marcel se põe de pé bem rápido com a intenção de fugir correndo, mas suas pernas pesadas se recusam a obedecer. Ele vê as duas figuras na escadaria desviarem o olhar em direção a ele. Vê o rosto da mulher — a princesa de Malgasi — se contorcer de irritação.

É como se uma mão grande e invisível o agarrasse. Ele se debate, mas não adianta de nada. É arremessado de costas no chão, o impacto com o mármore lascado dos degraus machucando sua coluna. Quando olha para cima, aterrorizado, a silhueta da princesa malgasiana paira sobre ele, um sorriso perverso distorce suas feições de predadora.

— Olha só, Bagomer — anuncia ela. — Um ratinho castellano.

O homem atrás dela grunhe em resposta.

— Livre-se dele — sugere. — Antes que alguém veja.

Tem sangue na boca de Marcel. Ele cospe o gosto metálico, tentando usar os cotovelos para se levantar.

— Não me machuquem, por favor. Por favor. Juro que vou embora. Não vou contar nada aos Vigilantes...

— Não — concorda a princesa com um olhar quase lunático. — Não vai, mesmo.

A última coisa que Marcel vê na vida poderia muito bem ter saído de um de seus sonhos induzidos por sumo de papoula: colorida, ardente e perigosa. A princesa estrangeira ergue a mão, estende a palma e, do centro dela, projeta-se um lampejo de chamas. Dourado, vermelho e bronze nos cantos. *Magia*, pensa Marcel. Mal tem tempo de admirar a beleza e a surpresa do que acabou de acontecer antes de virar cinzas.

DOIS

— Estou dizendo — falou Jerrod —, use os cantos dos pés, não as pontas dos dedos. O intuito é Rastejar, não dançar.

Kel abaixou a cabeça para encará-lo e de repente se sentiu um tanto enjoado. Nunca percebera, até começar o treinamento de Rastejo — arte de escalar e descer paredes usando apenas mãos e pés —, o quanto as alturas o incomodavam.

Nunca tinha pensado nisso até Jerrod ir trabalhar para o Rei dos Ladrões e se oferecer para ensinar suas técnicas a qualquer um da equipe atual — Kel, Merren Asper e Kang Ji-An.

Apenas Kel aceitara a oferta, o que era um tanto irônico. Na verdade, Kel tinha mais motivo que os amigos para desconfiar de Jerrod Belmerci. Na época em que trabalhava para Prosper Beck, Jerrod já o emboscara em um beco. Mas as desavenças haviam sido resolvidas, e tinham sido Merren e Ji-An que se mostraram mais receosos com Jerrod no início. A lealdade deles a Andreyen era inquestionável, e Beck representara uma ameaça ao Rei dos Ladrões até ir embora de Castellane de forma abrupta, deixando Jerrod sem emprego.

Foi o próprio Andreyen quem pedira a eles que acalmassem seus anseios, garantindo que Jerrod seria mais um recurso útil do que uma pedra no sapato. Inclusive, mandou construir uma parede de treino para escalada feita de granito liso com sulcos irregulares, que fora instalada no solário. (Jerrod tinha sugerido que construíssem a parede de escalada acima do rio interior, sob o argumento que os crocodilos dariam a Kel um incentivo extra para não cair, mas Andreyen vetou a ideia: "Aqueles crocodilos são caros e comer Kel sem dúvidas lhes daria indigestão.")

— E não olhe para *baixo* — advertiu Jerrod no momento presente. — Eu já te falei mil vezes para não olhar para baixo. Nem para os lados. Nem para cima — acrescentou. — Não precisa procurar pelos apoios com os olhos. Tateie a parede até encontrar.

Concentrando-se em um ponto fixo à sua frente, Kel ajeitou a posição. Quando chegara à Mansão Preta e descobrira que Andreyen estava enfurnado em uma reunião, Jerrod sugerira que eles aproveitassem o tempo para praticar um pouco de Rastejo. Kel, ainda inquieto pela reunião que tivera na Câmara de Controle e com as palavras "a Serpente Cinzenta" ecoando na mente, concordara. Embora agora começasse a se arrepender.

O Rastejo exigia atenção total, então ele esperara que isso fosse suficiente para acalmá-lo. Quando criança, no Orfelinat, escalando rochas com Cas, Kel sonhava em se tornar Rastejante. Na época, aquilo lhe parecia o ápice do que um órfão castellano poderia alcançar: não exatamente o domínio da própria vida, mas ao menos o controle sobre os picos vertiginosos da cidade — os telhados e as torres íngremes, os arcos e as janelas altas.

Ele errou um dos apoios e escorregou, soltando um palavrão. Uma coisa era tatear a parede procurando o apoio para a mão com dedos cobertos de giz, outra bem diferente era encontrar um ponto firme para apoiar o pé em uma parede…

— Incline-se *na direção* da parede — gritou Jerrod, com evidente exasperação. — Imagine que ela está embaixo de voc… ah, oi — acrescentou em um tom diferente. — A reunião acabou, ao que parece?

Kel não resistiu e olhou para baixo. O chão do solário pareceu ficar turvo lá embaixo e ele escorregou metade da parede antes de conseguir aparar a queda, arranhando a superfície quase lisa. *Que vergonha.*

Deixou-se cair ao chão e por pouco não aterrissou em cima de Jerrod, que sequer reagiu. Estava olhando para o Rei dos Ladrões, que tinha acabado de entrar no recinto, ladeado por Ji-An e Merren. Como sempre, Ji-An vestia um casaco e calça de seda com estampa de peônias. O cabelo bem preto estava preso num coque firme, segurado por um clipe de cobre. Ao lado dela, Merren parecia mesmo um aprendiz, com suas roupas pretas desbotadas e o cabelo loiro tão claro quanto o de Antonetta Alleyne.

Kel empurrou esse pensamento sobre Antonetta para um canto da mente. Reparou que Jerrod não parecia estar olhando na direção de Andreyen, mas encarando Merren — embora Merren, como de costume, parecesse alheio a isso.

— O que acontece se você cair lá do alto? — indagou Merren, inclinando a cabeça para cima para examinar a altura da parede de escalada. — Os Rastejantes aprendem alguma forma específica de cair sem quebrar as pernas?

— Não — respondeu Jerrod. — Ele só quebraria as pernas mesmo. Por isso estou tentando ensiná-lo a não cair.

— Tente não quebrá-lo enquanto ainda for útil — falou Andreyen. Os olhos verdes do Rei dos Ladrões brilharam nas sombras do solário. — Imagino que tenha vindo nos contar sobre a reunião na Câmara de Controle, Kellian.

Kel tentou limpar o giz dos dedos. Ji-An encarava Jerrod, como sempre. Já fazia três meses desde que ele começara a trabalhar para o Rei dos Ladrões, reunindo informações por toda Castellane — até mesmo das profundezas do Labirinto —, mas Ji-An ainda não conseguia confiar nele.

Jerrod não parecia se importar com isso — embora fosse difícil de saber quando algo o incomodava. Metade de seu rosto permanecia coberta por uma máscara de aço. Mas perto do grupo ele às vezes a retirava e era possível ver as cicatrizes finas que escapavam de sob a máscara, como fios marcando suas têmporas e malares. Kel muitas vezes ficava se perguntando o que poderia ter causado um ferimento como o que Jerrod Belmerci escondia.

— Isso mesmo — disse Kel, tirando o máximo que conseguiu do giz nas mãos. Os dedos ficaram com aquela sensação de secura desagradável. — Mas tem outra coisa que preciso contar a vocês...

As palavras "Serpente Cinzenta" estavam na ponta da língua, mas Andreyen levantou a mão.

— Na ordem, por favor — estipulou. — Primeiro a reunião, de cabo a rabo.

Kel bufou internamente, mas obedeceu. Quando todos já estavam acomodados nos bancos de pedra que ladeavam o lago ornamental, ele passou a relatar os acontecimentos da reunião na Câmara de Controle: os rostos tensos, o anúncio de Conor, as reações das Famílias da Concessão.

— Seu príncipe está noivo mais uma vez? — indagou Jerrod, levantando as sobrancelhas. — Pelo visto ninguém mencionou o fato de que esse plano deu bem errado da última vez.

— Na verdade, Montfaucon mencionou, sim, já que não tem o menor tato — respondeu Kel. — Mas a situação agora é outra. Desta vez, o objetivo é prevenir uma guerra. Tanto a rainha quanto Bensimon concordam que é o melhor caminho a ser trilhado. Se alguém ali não respirou de alívio com a declaração, disfarçou muito bem.

— Certamente não foi preciso disfarçar. Ninguém sai ganhando com uma guerra — comentou Merren.

— Isso não é verdade — rebateu Andreyen. — *Sempre* há quem lucre com a guerra. Mas ainda assim. — Ele se recostou. — Kutani é o país mais rico do mundo. Devem ter ouro mais do que o bastante para pagar qualquer preço de sangue que Sarthe esteja cobrando, ou para sustentar um exército que contenha Sarthe, caso cheguemos a esse ponto. Estou impressionado que Bensimon e a rainha tenham conseguido selar essa aliança.

— O próprio Conor tocou boa parte das negociações — disse Kel, e quando todos olharam torto para ele, acrescentou, na defensiva: — Eu falei para vocês. Ele mudou.

Ji-An tinha tirado um baralho do bolso. Espalhou as cartas por sobre a mesa de pedra ao lado do lago.

— Eu vi Anjelica de Kutani — comentou, para a surpresa de Kel. — Lá na Corte em Geumjoseon. Foi em visita oficial. Ela é... linda. — A garota olhou para as cartas, depois colocou o Leão em cima da Chorona. — Tão linda que chega a ser quase linda demais. O Príncipe Hui queria casar com ela a qualquer custo. Teria feito qualquer coisa. Mas o pai dele proibiu. Disse que uma beleza como a dela só traria problemas.

— Que curioso — ponderou Andreyen, apoiando o queixo na cabeça prata de sua bengala. — Anjelica de Kutani poderia ter escolhido o pretendente que quisesse. Por que então nosso príncipe, atolado em problemas?

Kel sentiu o corpo enrijecer. A observação tinha sido parecida demais com as perguntas que ele mesmo se fazia; Conor não compartilhara os detalhes do acordo, e ele mesmo não havia perguntado.

— Não sei o que Castellane está oferecendo a Kutani — respondeu Kel. — Deve ser algo que eles acreditam não poder conseguir em nenhum outro lugar.

— Apesar do príncipe, a cidade de Castellane continua sendo uma aliada valiosa — destacou Ji-An. — Principalmente para um país como Kutani, que depende tanto do comércio.

— Malgasi não vai gostar nada disso — falou Merren. Uma folha tinha se prendido ao cabelo cacheado dele. Levantou a mão para tirá-la, e os olhos de Jerrod acompanharam o movimento. — Eles queriam que Aurelian se casasse com a princesa deles, não queriam? Agora, mais uma vez, ele noivou... e mais uma vez não foi com Elsabet Belmany.

Kel estendeu as palmas das mãos.

— Oficialmente, Bensimon diria que caso Conor se casasse com a princesa de Malgasi, Sarthe ficaria acuada entre dois países aliados. Isso pode fazer com que se sintam ameaçados, talvez até se vissem na necessidade de declarar guerra.

— E extraoficialmente? — indagou Ji-An, cruzando o Príncipe de Espadas com a Viúva Sombria sobre a mesa de pedra.

— Extraoficialmente? Conor detesta a família Belmany. Não apenas porque eles são desonestos nos acordos que fecham, mas principalmente porque torturaram e assassinaram os Ashkar de lá.

— Ah, que interessante — murmurou Andreyen. — São poucos os membros da realeza que se importariam com os Ashkar. Mayesh me parece estar fazendo bem seu trabalho.

— Imagine só, Conor Aurelian esquentando a cabeça com um impasse moral — refletiu Merren. — Sempre pensei nele como alguém desmoral.

— Essa palavra nem existe — falou Kel. — Além do mais, não se trata apenas de uma questão moral, mas também de ordem prática. A realeza de Malgasi não é só desagradável nas aparências, e os súditos parecem ter percebido. As fontes de Jolivet indicam que uma revolução pode irromper a qualquer momento.

— Como antimonarquista, tecnicamente sou a favor de uma revolução — apontou Merren.

Kel sorriu, mas não conseguia se esquecer do Rei Markus sibilando para o embaixador malgasiano: *Você prenderia seu próprio filho como me prendeu!* Uma corrente sombria fluía entre as cortes de Malgasi e Castellane, uma história de sangue e segredos, trancada a sete chaves na mente do rei, atualmente silencioso.

— E quanto ao nosso amigo, o Legado? — perguntou Andreyen. Havia uma aflição em sua voz; o Rei dos Ladrões compreendia a necessidade do acordo com Jolivet, mas Jolivet representava um lado da Lei ao qual Andreyen vivia em oposição. Jamais consideraria o Legado um amigo de fato. — Suponho que ele tenha ido à reunião. Ele por acaso tem percepções para compartilhar conosco, ou direcionamentos?

Kel balançou a cabeça.

— Está impaciente — falou. — O Esquadrão da Flecha já interrogou todo mundo que conseguiu na cidade com algum rancor de Sarthe. Não descobriram nada.

— Então agora depende de você? — A aflição continuava na voz de Andreyen. — Não teme depender tanto de você?

Kel não conseguiu evitar de se lembrar de algo que Andreyen lhe dissera mais cedo, quando ainda estavam a sós. *Tenho medo de que não consiga suportar esse tanto de conflitos internos. Ser um Portador da Espada, e mais isso.*

Kel limitou-se a dar de ombros.

— Jolivet parece acreditar que já deveríamos saber mais do que sabemos a esta altura…

— Ah, ele acha que é fácil assim, é? — falou Ji-An. — Ficar mandando a gente fazer o trabalho dele? — Ela balançou a cabeça. — Ninguém em Castellane abre o bico. Se não estão falando com a Colina, também não vão falar com a gente. Não existem pistas que…

— Bem — interrompeu Kel. — Quanto a isso. Montfaucon está organizando uma reunião no Caravela de noite. — Merren demonstrou interesse. A irmã dele, Alys Asper, era dona e administradora do Caravela.

— E o que tem? — perguntou Jerrod. — Será que é melhor irmos afogar nossas mágoas entre a decadência da nobreza?

— Duvido muito que vá ser tão divertido quanto você imagina — retrucou Kel. — Mas Montfaucon convidou a todos nós para conhecer seu novo amor, alguém que atende pelo nome de Serpente Cinzenta.

— Serpente Cinzenta — murmurou Andreyen. — Das últimas palavras de Gremont?

Kel assentiu.

— Está achando que a Serpente Cinzenta é uma pessoa? Não uma metáfora? Não o barqueiro com cabeça de serpente dos contos antigos? — perguntou Andreyen.

— O Guia Sombrio — soltou Merren. — Aquele que conduz as almas ao submundo.

— Gremont falou com urgência demais — disse Kel. — Já faz tempo que me pergunto por que ele desperdiçaria seu último suspiro para me relembrar de uma fábula. Mas talvez não fosse uma fábula. E por isso estarei no Caravela hoje.

— Isso quer dizer que o príncipe vai com você? — indagou Jerrod. — Ou você vai fazer o *papel* de príncipe?

— Nenhuma dessas opções — respondeu Kel, curto e grosso. Sempre falava o mínimo possível a respeito de Conor. Não estava ali para reportar sobre o Palácio, e mesmo que Conor jamais fosse descobrir, mesmo que no fim isso nem fosse fazer tanta diferença, evitar falar sobre ele tanto quanto possível fazia a traição parecer menor. — Estarei lá como Kel Anjuman. Se esse tal Serpente Cinzenta for uma pessoa de verdade, então eu o seguirei para ver qual é a dele.

— Não gosto de Alys perto disso tudo — protestou Merren, franzindo o cenho. — Eu deveria contar a ela que…

— Que o quê? — perguntou Jerrod. — Que você acha que o Lorde Montfaucon talvez conheça alguém envolvido no ataque a Marivent? Contar isso a Alys só a colocaria ainda mais em perigo do que não dizer nada.

Merren apertou os lábios, teimoso.

— Ainda assim, quero ir hoje.

— E irá — concordou Andreyen. — E vocês.— Ele apontou para Jerrod e Ji-An. — Vocês irão com ele.

— Vamos precisar de disfarces? Odeio ter que usar disfarces — resmungou Merren.

— Não — respondeu Andreyen. — Não será necessário. Vocês vão ficar do lado de fora do Caravela…

— Merren podia se disfarçar de cortesão. É tão atraente que ninguém suspeitaria — comentou Jerrod casualmente.

— Acabei de falar que ele não vai precisar se disfarçar; preste atenção, Jerrod — advertiu Andreyen, mas com um lampejo de divertimento. — Vocês três ficam na carruagem, e Kel pode chamá-los se houver necessidade. Ji-An dirige.

— Discordo — disse Jerrod.

Ji-An olhou feio para ele.

— Bem, se mudarem de ideia e decidirem que precisam de disfarces — falou Kel —, talvez eu ainda tenha chapéus de pirata guardados do último baile da rainha com temática náutica. Jerrod, qualquer coisa, me avise.

Jerrod lançou a ele um olhar sombrio. Merren emendou:

— Kel, na reunião na Câmara de Controle… houve qualquer menção à chegada de Artal Gremont?

Kel balançou a cabeça.

— Ele ainda está viajando. Literalmente, não figurativamente.

— Ele vai chegar bem em cima, então — comentou Merren —, se planeja se casar com aquela sua amiga Antonetta antes do fim do mês.

— Merren. — Kel tentou chamá-lo de volta à conversa, mas o amigo estava encarando com força o lado oposto. — Ainda tem planos de matar Gremont por vingança?

Merren piscou depressa.

— Não tenho o que você chamaria de um plano concreto. Prefiro deixar rolar.

Jerrod pareceu preocupado.

— Merren, Artal Gremont é muito bem relacionado. Está prestes a assumir uma Concessão, o que é quase a mesma coisa que virar da realeza sem ser, de fato, da realeza.

— É, eu sei — respondeu Merren com um amargor atípico. — O cara destrói a minha família e ganha uma Concessão de recompensa. Não podia ter sido dada para nenhum outro Gremont?

— Parece que a mãe dele repassou a Concessão para o filho como meio de tirá-lo do exílio — explicou Andreyen.

— Que seja — disse Jerrod. — Merren, se o matasse, você acabaria em grande perigo. — Ele olhou para Kel. — Por que você mesmo não fala para ele?

— Acho que Merren é cauteloso — refletiu Kel. — E Gremont não merece nada além disso.

— Obrigado — respondeu Merren, parecendo grato.

— Acha isso mesmo? — perguntou Jerrod, parecendo irritado. — Ou só quer matar o futuro marido de Antonetta Alleyne?

Kel abriu um sorrisinho tenso.

— Por que uma coisa anularia a outra? — Virou-se para Merren. — Faça o que achar que deve. Mas é melhor que eu não saiba de nenhum detalhe.

Ji-An arqueou uma sobrancelha.

— Porque se soubesse teria que guardar segredos de Antonetta Alleyne, e isso te aflige?

— Por que isso me afligiria? — rebateu Kel, sentindo-se, de repente, muito cansado. — Eu já guardo segredos de todo mundo, mesmo.

Era sempre um teste, passar pelos portões, pensou Lin. Não uma provação de si mesma, mas do Sault e de seu humor em relação a ela: a Deusa Renascida que eles não esperavam, que — na mente de muitos — não haviam sequer pedido.

Havia dois guardas no portão naquele dia: seu velho amigo Mez, e Adar Gamel, um dos Shomrim mais novos. Tinha acabado de completar dezoito anos, a idade mínima para o serviço da guarda, mas ele continuava mirrado como um potro recém-nascido. Não gostava nada de Lin e não fazia questão de esconder.

— Saudações, *Deusa* — disse ele quando ela passou, deixando bem claro a intenção de zombar. Mez sorriu, nitidamente envergonhado pelo tom de seu parceiro de vigília.

— Lin — cumprimentou. — Veio visitar um paciente? Está tudo bem?

— Tudo certo, Mez.

— O Maharam está te procurando. Pediu para avisar quando você aparecesse.

Ele deu de ombros em um fraco pedido de desculpas como se para dizer que não fazia ideia do motivo da convocação. Lin não duvidava que isso fosse verdade. Sorriu para Mez e, ignorando o olhar feio de Adar, atravessou o portão em direção ao Etse Kebeth. Não se apressou porque não queria demonstrar impaciência. Mas, por dentro, o estômago dela estava apertado feito um nó de corda.

Ela ainda se lembrava da noite em que tudo acontecera — o anúncio, o incêndio dos navios no porto como estrelas explodindo. Poucos tinham duvidado naquela noite, exceto o avô. Mas o tempo passou e as coisas tinham mudado dentro da cidade murada.

Mez e Adar pareciam representar as visões opostas que circulavam no Sault. Havia os que acreditavam que ela era a Deusa ou que, ao menos, merecia a chance de se provar. Outros viam nela uma impostora óbvia. Não que dissessem algo do tipo na cara dela, mas as fofocas sussurradas percorriam as ruas como veneno: que outro milagre ela havia feito, desde aquele primeiro? E por que, entre todas as mulheres Ashkar do mundo, a Deusa escolheria *Lin Caster* para renascer?

Ao atravessar o Kathot, Lin viu Arelle Dorin sentada em um banco de pedra cercada por outras jovens. Lin manteve a distância. Da última vez que encontrara Arelle sozinha na rua, ela — a quem Lin conhecia desde pequena — a olhara com frieza e dissera:

— O Sinédrio logo chegará. Aproveite enquanto pode.

Ela tinha razão, pensou Lin. Não a respeito de aproveitar, mas que o Sinédrio estava a caminho. Era algo em que ela tentava não pensar muito. Dispunha do tempo de que precisava e de acesso ao Shulamat enquanto aquilo tudo durasse. Não podia pensar no futuro.

E no meio-tempo, Lin ocupava um espaço limiar: não era exatamente a Deusa Renascida, mas também já não era mais quem um dia fora. Agora, tinha acesso ao Shulamat, aos livros e às ferramentas de que precisava para seus estudos. Transitava para lá e para cá sem que fosse questionada. Continuava a atender pacientes, afinal a Deusa tinha sido também uma curandeira. Havia quem a defendesse: Chana, Mariam e Mez. Certo dia, ao abrir sua porta no Sault, encontrou uma cumbuca prateada na soleira. Viu nela as palavras de um feitiço para afugentar os *shedin* e os *lilin*, espíritos malignos que adoeciam bebês e arrancavam idosos de suas camas. Ela não tinha certeza se aquilo fora deixado ali para protegê-la ou para proteger os outros *dela*.

Fosse lá qual tivesse sido a intenção, não estava afastando os sonhos que a assombravam havia meses. Sonhos estranhos com a Deusa em si, com chamas subindo e cercando Aram — e, às vezes, sonhos que faziam ainda menos sentido: um homem jogando um livro ao mar, um malgasiano encontrando algo dourado e perigoso dentro de uma caverna. Na noite anterior, inclusive, ela sonhara com uma mulher de cabelo escuro com fogo saindo das mãos e com um homem virando cinzas recostado em um pilar de mármore branco.

O Shulamat estava quieto ao meio-dia, imóvel sob o sol como um gato adormecido. Lin atravessou o interior poeirento de pedras passando pelo portão de treliça dourada, atrás do qual ficavam os livros do Shulamat. Livros nos quais agora ela já havia colocado as mãos, sentindo o peso deles, a textura das encadernações. Às vezes eram de couro liso e outras, de prata pesada, entalhada e gravada com desenhos, ou ainda de tecido rígido, de onde pedras preciosas já começavam a descolar. Três meses antes, ela jamais teria sequer sonhado em tocá-los. Mas, quando tocava, tudo parecia valer a pena: o ressentimento, a hostilidade, os danos que talvez tivesse causado à própria alma por causa de suas mentiras.

(E ali estava o volume mais precioso para ela, recuperado depois do Maharam tê-lo confiscado: *As Obras de Qasmuna*, tão raro e proibido que ela o mantinha envolto em veludo preto. O príncipe dera aquele volume a ela pessoalmente, e era inevitável ver o rosto dele toda vez que abria as páginas.)

Seguiu pelos corredores onde poeira dançava no ar, reluzindo sob o sol denso, até chegar ao jardim fechado nos fundos do Shulamat. Ali o ar era doce, perfumado pelas madressilvas que se espalhavam pelas paredes de pedra e o chão forrado de tremoços azuis e açafrões amarelos. Frutas pendiam das romãzeiras e tamareiras que ladeavam os caminhos.

Avistou o Maharam parado à sombra de um plátano. Não carregava o cajado; em vez disso, parecia concentrado demais em lançar sementes para um grupo agitado de passarinhos coloridos. Alguns pularam para longe quando Lin se aproximou, mas o Maharam não levantou a cabeça. Preferiu assobiar, atraindo um pássaro de cabeça vermelho-vibrante, que pulou até quase se acomodar na sandália dele.

Lin não o cumprimentou. Permaneceu parada, esperando pacientemente que ele falasse (uma tarefa bastante facilitada pelo fato de sua saia ter ficado presa em um cacto *sahja* espinhoso). Até que, por fim, ele disse:

— Já se perguntou qual é o propósito deste jardim?

Até três meses atrás, eu sequer podia pisar *neste lugar.* Mas Lin limitou-se a responder:

— Um jardim precisa de um propósito além de ser um refúgio tranquilo?

O Maharam enfiou a mão no bolso de suas vestes largas e tirou um punhado adicional de sementes.

— Quando o primeiro Exilado, Judá Makabi, fugiu de Aram, levou consigo não apenas o povo, mas também as sementes e os frutos das plantas de lá, para que nada da terra se perdesse. Tudo o que cresce neste jardim um dia cresceu em Aram. Jacobínias e anêmonas brancas cobriam as montanhas; rosas e tulipas, os vales. Preservamos tudo, plantando onde possível, para que possam ser levadas de volta quando o país for restaurado. — Ele a encarou com os olhos escuros. — E é claro que isso é tarefa sua.

Lin ouviu um risinho debochado atrás de si. Ao se virar, viu Oren Kandel passando pela trilha. Naturalmente, ela o tinha visto muitas vezes desde que assumira seu novo papel — o que já era de se esperar. O Maharam o nomeara cuidador do Shulamat, e ele estava sempre por lá, vigiando-a das sombras. Naquele momento, dava passos rígidos com um saco de aniagem jogado no ombro.

— Não ligue para ele — desdenhou o Maharam. — É preciso ter paciência com os que ainda não estão prontos para o renascimento dela.

— Algumas pessoas aceitam a mudança com muito mais facilidade que outras — comentou Lin, imitando o tom indiferente do Maharam. Não havia motivo para dizer que, se o próprio Maharam não fosse tão cético, as coisas teriam sido bem diferentes para ela no Sault. Ele estava ciente disso. E, no fundo, ela nem o culpava tanto assim.

Ele não estava errado em duvidar.

— O Sinédrio está chegando — disse o Maharam, de maneira abrupta. — Estarão aqui em uma semana.

Lin perdeu o fôlego. De repente, tudo no jardim pareceu vívido demais: as cores das flores, as sombras nítidas aguçadas projetadas no chão. Até o cheiro de madressilva de uma hora para outra pareceu denso.

— Pensei que tivesse dito que levaria meses até eles cheg...

Ela se interrompeu, mas o Maharam ainda assim pareceu satisfeito. Tarde demais. Então ele falou:

— Eles viajam como bem entendem. Talvez tenham visto algum atrativo especial em você.

— Fico lisonjeada.

— Uma semana — repetiu o Maharam. — O que significa que ainda há tempo de eu enviar uma mensagem pedindo que não venham. Se você, por acaso, tiver mudado de ideia a respeito do teste.

Por que eu faria isso? Lin quase fez a pergunta em voz alta, mas não havia como negar que o coração tinha disparado diante da sugestão. Não ter que se apresentar ao Exilado e sua corte, não ter que mentir para o Sinédrio... dessa vez, ela não tinha um milagre no bolso — apenas um fortuito pedaço de informação a respeito do incêndio de uma frota de navios, uma conjunção de coincidências...

Tinha só a si mesma e o que aprendera. Sabia que não seria o suficiente.

Ainda assim... O Maharam a contemplava com gentileza. Era o olhar de um homem que celebrava casamentos, abençoava bebês e alimentava pardais e passarinhos com as próprias mãos. Se ela pedisse para ele sugerir ao Sinédrio para não vir, se admitisse ter se enganado sobre quem era, ele seria gentil quanto a isso também.

Mas o restante do Sault. Seus amigos, vizinhos, pacientes. Passariam a vê-la como uma mentirosa. Escaparia do exílio, mas se tornaria uma pária. Os que duvidaram seriam validados, mas isso não a incomodava tanto quanto saber que os que haviam acreditado nela ficariam desolados.

E ainda tinha Mariam. Mariam, que ainda não estava curada. Mas uma semana... uma semana era tempo...

Um passarinho tinha pousado no ombro do Maharam. Ele chilreava com delicadeza.

— Depois me diga o que decidiu, Linnet — falou o Maharam. — Tenha em mente que a decisão é sua.

É claro que é minha, pensou Lin. O Maharam era astuto demais para puxar para si o peso da decisão, ou das consequências.

— Muito obrigada, Maharam — agradeceu Lin, que finalmente conseguira soltar a saia do cacto. Um espinho havia furado seu dedo;

uma gotinha de sangue brotou de sua pele, brilhante como os anéis do príncipe. — Pensarei a respeito com cuidado.

Kel chegou sozinho ao Caravela, em Asti. Deixara Conor na Torre da Estrela, ladeado por Lilibet e Mayesh, ainda lidando com os preparativos para a chegada da princesa de Kutani.

— Acho que Montfaucon vai ficar irritado por eu não ter comparecido — comentara Conor, embora não parecesse muito preocupado. — Mas isso aqui é mais importante.

Enquanto descia a Colina, Kel percebeu que por algum motivo estava se sentindo como se tivessem lhe privado de algo. Era melhor, por vários motivos, que Conor levasse as obrigações mais a sério do que a diversão. Ainda assim, Kel sentia saudade, ainda mais com a perspectiva de passar a noite na companhia de nobres da Colina. Conor era o único do grupo de quem ele realmente gostava — exceto Falconet, vez ou outra.

Com determinação, decidiu aproveitar a noite iluminada independente de qualquer coisa. As estrelas pareciam uma rede de pescador lançada ao céu; o ar estava sereno, translúcido o bastante para que ele enxergasse a silhueta do Orfelinat, seu primeiro lar, empoleirado no penhasco acima do oceano.

Encontrou o Caravela iluminado, as janelas e as portas escancaradas e os sons da festa se derramando na rua. Transeuntes observavam com curiosidade ao vê-lo deixar Asti com os lacaios e entrar. Sem dúvida, perguntavam-se quem seria ele: talvez um nobre ou até mesmo um membro da Concessão. Ou talvez tivessem reparado que ele vestia as cores de Marakand: calça de veludo verde, camisa de seda verde acinzentada e um colete adornado de joias verdes — embora não fossem esmeraldas reais, só massa pintada. Falsas como o próprio nome dele e a relação que tinha com o Palácio.

O interior do Caravela fora decorado nas cores da Casa Montfaucon, que por acaso eram prata e violeta. Os cortesãos usavam versões do uniforme dos Montfaucon e traziam as pálpebras pintadas em um tom metálico de lavanda. Transitavam às pressas por entre os convidados com bandejas de bebida e comida, as echarpes prateadas esvoaçavam ao passarem. Montfaucon, vestido de seda moiré roxa, circulava pela multidão com evidente domínio do espaço: cumprimentava uns, esnobava outros. Como fora ele quem fizera a lista de convidados, Kel presumia que Montfaucon convidara certas pessoas só para ignorá-las, o que de fato parecia combinar com ele.

Kel percorreu a multidão com o olhar de forma despretensiosa e avistou apenas rostos conhecidos, tirando alguns dos cortesãos. Percebeu que fazia muito tempo que não frequentava o Caravela. Quase quatro meses. O lugar lhe pareceu estranho de um jeito que ele não sabia bem como descrever. No palco, um grupo de trabalhadores martelava uma estrutura de madeira que ele não conseguiu identificar.

Varreu o salão com o olhar mais uma vez e viu rostos familiares da Colina; muitos já pareciam ter aproveitado o vinho farto. Não encontrou Ji-An nem Jerrod, mas avistou Merren conversando com Alys no sofá vermelho. Kel fez o possível para não os encarar por muito tempo — algo que se tornou fácil quando Ciprian Cabrol e Joss Falconet se aproximaram com cálices de prata cheios de um licor leitoso. Joss usava veludo preto, e Ciprian, um cinza discreto que não combinava com ele.

— O que estão construindo naquele palco? — indagou Kel, tentando parecer indiferente e despreocupado.

— Talvez ele esteja querendo exibir esse tal Serpente Cinzenta diante de um cenário exuberante — falou Joss. — Montfaucon sempre teve inclinações teatrais.

— Será que hoje é a noite de estreia? — indagou Kel. — Será que Montfaucon nunca saiu com ele nem mesmo para jogar cartas?

Ciprian balançou a cabeça.

— Montfaucon nunca foi tão misterioso a respeito de alguém com quem tivesse tido um caso.

Era estranho, ponderou Kel, a maneira como Ciprian falava de todos com tanta familiaridade, como se sua família sempre tivesse vivido na Colina.

Joss deu um gole no cálice, os olhos escuros pensativos.

— Pelo que dizem, ele lutava na Arena, antes da proibição. Matou tanta gente em combate que começaram a chamá-lo de Serpente Cinzenta, porque encomendava almas ao submundo.

Ciprian franziu o cenho.

— Com licença. Preciso livrar minha irmã Beatris das garras de Esteve. Ele vive encurralando a garota e dando lições sobre cavalos.

— Para Esteve, essa é a linguagem do amor — comentou Kel.

Ciprian fez uma careta de desgosto e abriu caminho por entre a aglomeração a ombradas.

Joss sorriu.

— Prefiro esses novos mercadores de tinta aos antigos. São muito mais divertidos.

Kel arqueou uma sobrancelha.

— Como assim, está dizendo que não sente falta de Charlon?

— Já tive perfurações na perna das quais sinto mais falta do que de Charlon — respondeu Joss, sem rodeios. — E os Cabrol parecem ter assumido o posto sem problema algum. É de se admirar tamanha frieza.

Kel olhou de esguelha para Ciprian, que estava com o braço ao redor do pescoço da irmã — vestida toda de branco e amarelo como uma margarida — e fulminava Esteve com o olhar. Atrás deles, alguém tinha começado a tocar um alaúde desafinado. O salão estava apinhado, e o barulho da construção no palco era ensurdecedor. Kel viu um lampejo de cabelo ruivo na multidão e, por um instante, pensou: *Lin?* Mas era óbvio que não. Era Silla, vestindo apenas um conjunto de echarpes cor de violeta e prateadas amarradas habilmente em volta do corpo. Parecia um desenho de um espírito do mar, deixando um rastro de espuma das ondas. Chamou Kel com um dedo torto, a cabeça inclinada.

— Vejo que vai ter que ir até lá — disse Joss. — Que pena. Estava prestes a perguntar se sabe quando a princesa de Kutani chega.

— Em algumas semanas, acredito. Ela já está a caminho, mas é uma bela de uma jornada em alto-mar. — Kel hesitou. Não queria se deixar distrair por Silla, mas não podia forçar a barra com Falconet em relação à Serpente Cinzenta também. Isso só levantaria suspeitas. Tampouco queria iniciar uma conversa a respeito do noivado de Conor. — Se me dá licença.

Falconet olhou para Silla e abriu um sorriso como quem já tinha entendido tudo.

— Ah, mas é claro. Quem sou eu para ficar no caminho do amor juvenil?

Kel deu um tapinha no ombro de Falconet e mergulhou na multidão. *Amor juvenil.* A relação entre ele e Silla era estritamente comercial, é óbvio. Se bem que amor e negócios quase se confundiam na Colina. Não valia a pena esquentar a cabeça com Falconet por causa disso.

Chegou até Silla, passando por Gasquet, que estava esparramado em uma poltrona felpuda com um belo rapaz empoleirado no braço. Kel se perguntou se Montfaucon havia convidado todos os membros de Famílias da Concessão; certamente não esperava que Lady Alleyne ou Lady Gremont comparecessem. Lady Gremont era idosa e respeitável, e Lady Alleyne só aceitava amantes ricos. Ambas se sentiriam obrigadas a demonstrar espanto com a libertinagem do Caravela, embora Kel apostasse que ambas já tivessem visto coisas bem mais escandalosas na vida.

Kel se deu conta, surpreso, de que se esquecera de tirar as luvas quando Silla circulou com o polegar e o indicador ao redor de seu punho, na parte em que a pele estava exposta. A garota olhou para ele por debaixo das pálpebras pintadas de prateado e violeta. Usara a tinta com perspicácia, criando a ilusão de uma máscara tremeluzente.

— Venha — chamou. — Quero falar com você.

Ele permitiu que ela o tirasse do salão. Enquanto saíam, Kel viu de relance Montfaucon, que parecia ter se inserido na conversa entre Esteve e Beatris, mas ao lado dele não havia ninguém que pudesse ser um ex-gladiador apelidado de Serpente Cinzenta. Onde é que Montfaucon o estaria escondendo?

— Você está *mesmo* distraído — comentou Silla. Uma leve aspereza cortou a suavidade de sua voz. — E já faz tanto tempo que não o vejo.

Ela os conduziu a uma das alcovas revestidas em veludo no coração do Caravela. Cada uma não chegava a ser maior que um closet, mas todas eram estofadas, com paredes macias e um divã. Montfaucon costumava dizer, em tom de brincadeira, que aqueles quartos eram para clientes sem dinheiro ou sem empenho suficiente para levar um cortesão até o andar de cima.

Silla fechou a cortina na entrada da alcova e se virou para Kel. Velas na cor violeta emanavam uma luz avermelhada, aumentando as sombras.

— Fiquei com saudade — disse ela, conduzindo uma das mãos dele até seu quadril. — Você também ficou?

Por reflexo, ele deslizou os dedos enluvados por sobre o tecido das echarpes. Era estranho tocar Silla sem tocá-la ao mesmo tempo. Conseguia sentir o contorno do corpo, mas não a textura. Deixou que as mãos explorassem, couro contra seda, o corpo dela se moldando a seu toque. Quando a beijou, ela já estava inclinada em sua direção.

Nos velhos tempos, Kel conseguia se perder em um beijo, em um toque. O prazer que o tomava, anuviando os cantos afiados do pensamento e da memória. Mas, naquele momento, ficou desconcertado com o quanto essa sensação lhe parecia distante. Estava bem ciente do toque de Silla, do gosto que ela tinha, mas com a mesma nitidez sentia os cadarços das botas amarrados forte demais e um torcicolo que se aproximava.

Os pensamentos dele se dispersaram, cada um em uma direção diferente: será que estava perdendo a oportunidade de ver a Serpente Cinzenta com os próprios olhos? Será que Ji-An e Jerrod estavam lá fora, na carruagem, como haviam combinado? Teria sido um erro deixar Merren, que em tese fazia parte do plano, sozinho? Era óbvio que ele estava com a irmã, mas…

Silla se retraiu e fitou Kel. Tinta prateada projetava meias-luas em suas pálpebras quando ela falou:

— Tem algo errado. Kel, eu te *conheço*. Não pense que não conheço. Fui sua primeira.

— E sempre será — atestou Kel, com as mãos ainda na cintura dela. Mas a sensação era como segurar um pedaço de madeira. Soltou a garota e deu um passo para trás.

— É por causa do príncipe? — perguntou ela, passando os dedos com as unhas lilás pelo cabelo vermelho. — Eu sabia que não deveria ter voltado com ele naquela noite, que vocês dividiam o quarto, mas…

Kel demorou um momento para entender do que ela estava falando. Da manhã depois da festa da família Roverge, de Silla saindo de fininho do quarto de Conor ao amanhecer.

Ele deu de ombros.

— Você toma suas próprias decisões. Não precisa se explicar para mim.

— Eu gosto de você — disse ela. — Com a maioria dos clientes, não passa de uma transação. Um investimento. Mas com você… — ela suspirou. — Sei que talvez não acredite em mim, mas o príncipe não… ele não me procurou pelo mesmo motivo que os outros homens, e as mulheres, costumam procurar. Só pediu que eu ficasse ali, quietinha.

Nem falou muita coisa. Só dormiu, e eu fiquei olhando até pegar no sono também.

Kel bufou.

— Silla, você não entende? É isso que me incomoda. Essas são coisas íntimas do Conor. Ele não ia querer que eu soubesse.

— Ele me chamou por um nome que não era o meu — adicionou Silla. Um pouco da tinta metálica em seu rosto havia borrado. Lágrimas prateadas pareciam escorrer de seus olhos.

Kel levantou a mão.

— Não quero saber.

O que não era bem verdade, mas ele já tinha passado muito tempo agindo pelas costas de Conor nos últimos meses. Não precisava de mais um peso na consciência.

Silla fez uma carranca.

— Antes eu te entendia.

Kel quase respondeu: *Antes eu me entendia.* Estava na ponta da língua — quando alguém puxou a cortina da alcova para o lado, e Kel se viu diante do rosto de Antonetta Alleyne.

Ela estava muito pálida, quase como se tivesse coberto o rosto de pó, como algumas das mulheres mais velhas na Colina faziam. Mas Kel notou o rubor discreto nas bochechas quando ela olhou dele para Silla e disse:

— Ai, minha nossa, que *vergonha.*

Silla deslizou a mão pela frente do colete de Kel.

— Pode se juntar a nós, Demoselle.

Antonetta deu uma risada constrangida; só Kel teria reparado no lampejo que viu em seus olhos.

— Obrigada — disse. — Isto é estarrecedor. Preciso contar a Magali. Ela vai ter uma síncope. — Fez um aceno vago om a mão. — Podem continuar — falou, com a voz aguda, antes de desaparecer.

Kel praguejou e, com delicadeza, tirou a mão de Silla de seu colete. Os pensamentos sobre a Serpente Cinzenta evaporaram e ele disparou atrás de Antonetta.

Alcançou-a no corredor estreito, forrado de painéis de madeira, que levava de volta às áreas principais. Chamou o nome dela em voz baixa, mas ela não se virou. Ele acelerou o passo e se colocou diante dela, bloqueando a passagem.

— Ana, escute…

Ela assumiu um semblante de santa paciência, cruzou os braços sobre o peito e encarou Kel com um olhar firme. Ele não conseguiu ignorar o olhar. A última vez que estivera tão perto dela assim tinha sido naquela terrível noite na Galeria Brilhante. Ela não trajava as cores de Montfaucon. Vestia seda escarlate, como uma flâmula de rebelião, e laços cor de vinho haviam sido amarrados no monte de cachinhos dourados.

— Antonetta — disse ele. Estava tão perto que podia sentir o perfume dela e ver o medalhão de sempre, aninhado na curva de seu pescoço. Aquele que guardava o anel de grama que ele lhe dera quando eram crianças. Ele ouvia o próprio sangue rugindo nos ouvidos. — Não achei que fosse vir hoje.

— Estou noiva, Kel Anjuman — falou ela, com leveza. — Tenho mais liberdade. Não preciso temer o escárnio da sociedade, apenas o do meu futuro marido… e ele ainda não chegou.

— Não vai ser sempre assim — respondeu Kel. Quase se esquecera de Artal Gremont; só o conhecia da infância, antes de seu exílio. Contudo, lembrava-se de que era um sujeito grande, com mãos que pareciam blocos de pedra. Quando Kel imaginou aquelas mãos em Antonetta, *seguindo a protuberância dos seios, a curva do quadril, dedos grandes e grossos apertando a pele coberta de seda*, quis vomitar. Mas Alys o faria pagar por arruinar seu carpete.

— Sei disso — concordou Antonetta com rispidez. — E vou ter ainda mais certeza assim que ele pisar na Colina. Confie em mim. Até lá… — Ela olhou ao redor. — Quero aproveitar o mundo.

— Isso aqui não é o mundo. — Kel ainda a fitava. Não conseguia *parar* de olhar para ela. Era como não conseguir parar de comer quando se está morrendo de fome. Obviamente, esse era o tipo de atitude que matava as pessoas. — Isso aqui é um lugar de…

— Desejo? — perguntou ela, com leveza.

Kel balançou a cabeça.

— De solidão.

Ela desviou o olhar.

— Antonetta. — Kel deu um passo na direção dela. — Não vamos nos indispor. Você não *precisa* se casar com Gremont…

— Preciso — respondeu ela, e, para a surpresa dele, parecia muito brava. Ele estava acostumado a vê-la gargalhando ou demonstrando indiferença, ou até mesmo sendo arrogante; mas brava era novidade. — Preciso, sim. Sabe como as coisas são para Conor. Ele precisa se casar com quem quer que escolham para ele. Para mim, não é diferente. Duas Concessões se unirão. Ele representará a Concessão do chá, e eu, a da seda, e juntos controlaremos as duas. Minha mãe só se importa com isso.

— Conor pode impedir que isso aconteça — disse ele. — Ele pode libertá-la...

Ela ainda estava usando as alvíssimas luvas de seda. As mãos se juntaram com firmeza, duas pombinhas brancas imóveis.

— Não implorarei pela ajuda dele.

Mas você chegou a pedir. Sei que chegou. Só que o pedido não tinha sido feito para Conor. Pedira a Kel, usando o talismã, fingindo ser Conor. Cumprindo o dever do qual fora encarregado. E ele lhe respondera como imaginou que Conor teria respondido, porque responder Antonetta como ele próprio gostaria não era uma escolha.

Mas Conor mudara desde então.

— Posso pedir por você.

O olhar que ela lançou a ele foi feroz.

— Nem pense nisso — retorquiu ela, furiosa. — Se quero me casar com Gremont? Não. Mas se eu escapar desse casamento, o próximo homem que minha mãe escolher vai ser tão ruim quanto ele? Muito provavelmente. — As vozes foram se elevando no salão principal; algum tipo de urro comemorativo que quase abafou o que Antonetta dizia. — A Concessão da seda deveria ser minha por direito. Se a única maneira de minha mãe entregá-la a mim for a partir do casamento, então tanto faz com quem eu vá me casar.

— Ele não é bom sujeito — falou Kel. — Por isso foi exilado. — Queria contar o crime cometido por Gremont, mas jurara a Merren que não falaria do que acontecera à irmã dele.

— Sei disso. Mais do que ninguém — acrescentou ela, em voz baixa —, pensei que você não fosse me achar assim tão ingênua.

Uma sensação próxima do desespero tomou conta dele. Ela estava tão perto que ele conseguia enxergar a pulsação em seu pescoço, o subir e descer do medalhão com sua respiração ofegante. Mas, ainda assim, parecia distante, envolta naquele ar reservado de sempre.

— Você só finge que é ingênua. Usa isso como armadura.

Ela levantou a cabeça e sustentou o olhar dele, os olhos azuis tão escuros que pareciam quase pretos à luz fraca.

— Todos usamos armaduras — respondeu ela. — Como se você não tivesse a sua, Kel Anjuman.

Ele engoliu as palavras que não podia dizer. *Sou a armadura do príncipe. Não posso ter uma própria.*

— Antonetta...

Ela deu um passo para trás.

— Você não é meu pai, nem meu irmão, nem meu amante — disse. — Não tem direito nenhum aqui.

E, nesse tom, ela o empurrou ao passar, um amontoado de seda, e se foi. Voltou ao salão principal, lugar para onde seria inadequado que ele a seguisse.

Kel permaneceu parado por um instante, naquele pequeno espaço onde ainda podia sentir o perfume dela. Onde ainda podia imaginá-la ao alcance das mãos.

Mas Kel tinha um dever para com os amigos. Um dever para com o príncipe e a cidade. Não podia ficar se lamentando pelos cantos de um bordel como um estudante apaixonado a se preparar para escrever poemas aos maços sobre seus sentimentos delicados.

Subiu as escadas do Caravela a passos duros e com um humor péssimo. Queria não ter pensado na palavra *apaixonado.* Sentia orgulho de nunca ter chegado a tal ponto, e sua situação com Antonetta não podia mudar isso. *Você não tem direito algum aqui*, acusara ela, com plena razão. Ele não tinha qualquer direito ou lugar em sua vida, exceto, talvez, o de amigo — uma amizade a qual o marido dela dificilmente aprovaria.

Não podia amá-la. Portanto, não a amava. Era nisso que tentava acreditar quando chegou à porta da biblioteca. Lá dentro, vozes exaltadas. Uma delas parecia ser de Montfaucon. Em outras circunstâncias, Kel teria respeitado a privacidade alheia, mas não havia tempo para isso naquele momento. O que precisava fazer era mais importante do que ter modos.

Abriu a porta sem ruído. Os lampiões não estavam acesos; apenas a luz da cidade que entrava pelas janelas iluminava o ambiente.

Ela transformava Montfaucon e o homem com quem ele discutia em simples silhuetas, como recortes de papel animados.

— Raimon — dizia Montfaucon —, você está sendo irracional...

Raimon soltou uma risadinha sem qualquer humor. Era uma cabeça mais alto que Montfaucon, de porte robusto, com fios brancos salpicando o cabelo escuro de corte baixo. O luar acentuava as linhas de seu rosto — uma teia de aranha grosseira. Kel se surpreendeu; ele parecia consideravelmente mais velho do que Montfaucon.

— Então você me acha uma piada? — indagou o homem, carregado do sotaque das partes baixas de Castellane: as docas e o Labirinto. — Não tem a menor chance de eu subir no palco para dar uma surra em outras pessoas só para divertir aqueles filhos da puta de nariz empinado que você chama de amigos.

— Não acho que seja uma piada. — A voz de Montfaucon era um ronronar apaziguador. — Quero que vejam o quanto você é habilidoso. Que vejam a grande Serpente Cinzenta em toda sua glória.

— Eu não sou mais esse homem.

— Mas o lutador ainda está aí — falou Montfaucon. — E quero que eles o admirem.

— A única pessoa que quer que eles admirem é *você* — acusou Raimon.

Na porta, Kel abaixou a cabeça para esconder um sorriso. Não que algum dos dois tivesse reparado em sua presença. Raimon certamente parecia conhecer Montfaucon muito bem. Kel se perguntou há quanto tempo eles se conheciam. O que suscitou pensamentos sobre o massacre da Galeria Brilhante. E o sorriso sumiu de seus lábios.

— Vou embora — rosnou Raimon. — Eu nunca nem quis fazer parte disso, Lupin. Você mesmo disse: negócios da cidade e negócios da Colina devem permanecer separados.

O homem deu as costas para Kel e passou por ele na porta, como se a presença dele ali não tivesse a menor importância. Enquanto o brutamontes saía para o corredor, Kel viu de relance a sombra de uma tatuagem em seu pescoço, acima da gola da camisa — um símbolo em forma de S, curvado como um gancho.

Não era uma tatuagem. Era uma marca. A marca do Tully para identificar criminosos condenados.

Montfaucon se virou para Kel com uma carranca feroz.

— Qual é o seu problema, Anjuman? Por que ficou parado aí feito um idiota durante o que obviamente era uma conversa particular?

Kel estava distraído demais para responder. Uma marca do Tully — então Raimon era um condenado? Interessante. Era difícil conseguir emprego com uma marca daquela. Muitos homens e mulheres acabavam virando mercenários para botar comida na mesa.

Com um som de desprezo, Montfaucon empurrou Kel ao passar e saiu da biblioteca, disparando escada abaixo. Kel esperou alguns instantes e depois desceu atrás dele. Duvidava que Montfaucon aceitaria de bom grado ser seguido num momento como aquele.

Kel encontrou o salão principal do Caravela em um completo caos. Raimon não estava à vista, e Montfaucon discutia no palco com um homem corpulento, nu da cintura para cima, que carregava sob o braço o que parecia ser uma máscara de urso.

— Não dou a mínima se ele fugiu — dizia o homem — ou se não tem ninguém para lutar comigo. Quero ser pago conforme o combi…

— Eu luto com você — gritou alguém (Ciprian?) da multidão, a fala arrastada pela embriaguez. O salão fervilhava. Kel passou os olhos pela multidão, mas não viu Antonetta. Que bom. Era provável que ela fosse a única a notar sua ausência. — Me deixem subir no palco.

— Não luto contra amadores — respondeu o homem da máscara de urso, nitidamente ultrajado. Mas a multidão já começara a gritar em coro: *Briga! Briga! Briga!* Para azar do homem-urso e sorte de Kel. Ele se embrenhou na multidão distraída e foi até Merren, que conversava no canto com uma cortesã chamada Audeta sobre a composição química dos perfumes. A moça parecia querer fugir dali.

— Merren — sibilou Kel, agarrando o amigo pela parte de trás do casaco. — Estamos de saída.

— Nossa, graças aos Deuses — disse Audeta. — Kel, por que Montfaucon está tentando arrumar alguém para lutar contra aquele urso?

— Vai ter que perguntar a ele — murmurou Kel, arrastando Merren pela multidão.

Do lado de fora, o lacaio queria saber se ele deveria ir buscar Asti, mas Kel já puxava Merren rua abaixo em direção à carruagem preta com rodas escarlate, onde Ji-An os aguardava sentada no banco do condutor.

Ela gesticulou para Kel assim que a porta da carruagem se abriu e Jerrod se esgueirou para fora, dizendo:

— Alguém acabou de ir embora na carruagem de Montfaucon, então venha logo, sua lesma desgraçada. *Corra!*

Kel torceu para que o lacaio atribuísse o comportamento à típica "esquisitice de gente rica" e não pensasse demais a respeito do que tinha visto, Kel disparou para o outro lado da rua e pulou na carruagem justo quando as rodas começaram a girar. Sacolejando pelo caminho acidentado, embrenharam-se na noite de Castellane.

LAURENT

Desde que o mundo é mundo, existem cavernas marinhas na costa rochosa de Castellane. Historiadores acreditam que elas datam pelo menos das batalhas navais da Guerra da Ruptura, e que seu tamanho impressionante se deve, em parte, à mineração de Vidro Estilhaçado nas décadas que se seguiram. Essa extração deixou a parede da costa marcada por buracos feito um queijo de Detmarch.

De tempos em tempos, algum cruzado ambicioso entre os mercadores castellanos resolve que chegou a hora de varrer dali, de uma vez por todas, os contrabandistas e a pilhagem que guardam nelas. Essas tentativas nunca são lá muito bem-sucedidas: os piratas e os corsários as ocupam há quase tanto tempo quanto as cavernas existem, e qualquer autoridade de Castellane que tenha chegado a pensar em expulsá-los das cavernas foi, há muito, subornada para fazer vista grossa. A parte lícita do comércio está atrelada demais a sua prima ilícita, o contrabando, para se desenredar dele. E, obviamente, há as superstições que pairam sobre as cavernas feito névoa marítima: dizem que suas profundezas são assombradas pelas almas de feiticeiros mortos, que adoecem e matam quem os ousa perturbar. É uma história bastante conveniente para os contrabandistas, que querem ser deixados em paz e se esbaldam ao espalhar os contos sobre fantasmas vingativos a qualquer um no Labirinto que se disponha a ouvir.

A caverna onde Laurent Aden escolheu atracar seu navio, o *Rosa Preta*, é uma das maiores. Vasta e oca como o interior de um tambor, é iluminada à meia-luz pelas veias de Vidro Estilhaçado brilhante que se entremeiam pela rocha. Os mastros imponentes do galeão se perdem nas sombras que vêm de cima; o navio balança em silêncio na água escura. Alguém de imaginação mais impressionável talvez visse, entre as estalactites, os fantasmas dos antigos Feiticeiros-Reis. Laurent Aden, contudo, não é dado a superstições, e sabe muito bem que as sombras esvoaçantes são apenas morcegos.

Gerações antes, uma doca comprida de madeira fora construída no contorno da parede curva da caverna, para facilitar a carga e a descarga de mercadorias ilegais, bem como o vai e vem das tripulações. Aden, não muito disposto a se afastar demais do próprio navio, estendeu um tapete marakandês em uma parte da doca, sobre o qual alocou duas cadeiras e uma mesa pequena. Em cima da mesa, repousa uma garrafa de vinho, já aberta, e duas taças de haste longa.

Ele mal se acomoda em uma das cadeiras quando ouve o som de um barco pequeno cortando a água para entrar na caverna e depois sendo atracado ali por perto. Passos firmes ecoam pela doca à medida que o recém-chegado se aproxima; quando a sombra esguia do visitante o perpassa, Aden levanta a cabeça, fingindo surpresa ao reconhecer a figura familiar: as botas de couro polidas, o casaco de almirante com botões de latão (sem dúvidas roubado de algum almirante de verdade), os olhos penetrantes e obstinados.

— Prosper Beck — fala Aden. — Não tinha certeza se viria.

Beck solta um ruído de desprazer.

— E por qual motivo eu deixaria de vir?

— Ouvi dizer que tinha ido embora de Castellane.

— Entendi. — Beck inclina os braços cruzados no encosto da segunda cadeira. — Os boatos de minha partida foram muito exagerados.

— Foram, é? Não tem dado as caras em suas sedes habituais e seus operadores... Bron, Kaspar e Jerrod Belmerci... parecem estar empregados em outros esquemas.

Beck dá de ombros.

— Voltarão quando eu os convocar. Deixei explícito a todos eles que minha ausência não seria permanente.

Fica evidente que não cederá mais qualquer informação.

— Nesse caso, ficará feliz em saber que tratei de guardar suas mercadorias. Trinta e seis bestas, escondidas debaixo de um carregamento de teca para a Casa Raspail. — Ele levanta a garrafa. — Devemos brindar o acordo concluído?

Beck curva os cantos da boca para cima.

— Infelizmente, não posso me demorar. Tenho deveres a cumprir.

Aden dá de ombros mais uma vez e toma mais um gole da garrafa de vinho. Faz uma careta. Amargo.

— Pois bem, então. Mas preciso contar uma coisa.

Beck já começava a se virar para partir, mas se interrompe e volta, fitando Aden com curiosidade.

— O quê?

É bom ouvir castellano novamente, pensa Aden. Seu idioma nativo. Às vezes passa meses a fio sem ouvi-lo.

— Eu sei — diz ele, escolhendo as palavras com cautela — que fez um grande investimento nas fortunas de Castellane. Achei que talvez se interessasse em saber que, durante o tempo em que estamos atracados aqui, meus homens e eu acompanhamos um entra e sai de soldados estrangeiros das cavernas. Não seria surpresa ver piratas ou rufiões tendo esse tipo de comportamento, mas não esperava isso de soldados. — Ele toma outro gole do vinho. — Achei que tivesse o direito de saber.

Beck semicerra os olhos claros.

— Soldados estrangeiros? Não eram castellanos?

— Não. Meu palpite é que vinham de Malgasi.

Um semblante de surpresa perpassa o rosto costumeiramente impassível de Beck.

— Soldados de Malgasi. Tem certeza?

— Não, não tenho. Mas é meu palpite.

— Interessante. Muito interessante — murmura Beck, em um tom de voz tão baixo que Aden suspeita que as palavras não eram dirigidas a ele. — Mas… mudando de assunto. Mandarei meus homens buscarem a mercadoria com você mais tarde. Que mal lhe pergunte, quanto tempo pretende continuar em Castellane? Ou seus negócios por aqui estão finalizados?

Aden sorri com a boca colada à garrafa.

— Não estão finalizados. Não mesmo, talvez eu fique mais um tempo.

Pela primeira vez, Beck abre um sorriso sacana.

— Essa vontade de permanecer aqui não teria a ver com uma certa princesa de Kutani, ou teria?

Aden é esperto demais para demostrar quando é pego desprevenido. Ocupa-se de analisar o rótulo da garrafa de vinho, embora não saiba informar o que diz. Após um momento, fala com indiferença:

— Meus motivos são particulares. Nada que lhe diga respeito.

— Hum. — Sem dizer mais nada, Beck se vira e sai pela doca estreita. Aden balbucia e estica o braço para pegar a garrafa de novo, mas volta a se recostar quando Beck olha para ele outra vez. — Artal Gremont. — As paredes da caverna amplificam as palavras de Beck, fazendo-as ressoar como se estivessem dentro de um templo. — Você o trouxe a Castellane. Em seu navio.

Aden grunhe baixinho.

— Feliz ou infelizmente, sim. Ele se enfiou na cidade assim que chegamos.

— E o que achou dele?

O tom de Beck carrega uma neutralidade deliberada. Aden hesita por um instante, depois responde com frieza:

— Aceitei Gremont a bordo porque ele estava disposto a pagar uma bela quantia por uma passagem a Castellane. Mas me arrependi de imediato. O homem é um porco que não tem uma única qualidade que o redima. Para ser sincero, isso é até uma ofensa aos porcos. Se estiver pensando em fazer negócios com ele, recomendo que repense suas intenções. — Ele tamborila na lateral da cadeira, lembrando-se da passageira clandestina do *Rosa Preta* e do que Gremont havia feito com ela. De como, se Laurent não tivesse chegado a tempo, Gremont talvez a tivesse matado. — Ele gosta de machucar as pessoas. Gente mais fraca que ele. Não é... um homem escrupuloso.

Beck permanece parado por um longo momento, banhado pela luz do Vidro Estilhaçado do alto.

— Obrigado — diz por fim, com um assentir de cabeça. — Pelo conselho.

Aden se mantém sentado e imerso em pensamentos enquanto Beck segue na direção do barco e sobe nele. Consegue ouvir dali o som de vozes baixas em deliberação, abafadas pelo som das águas batendo no casco. Levanta a garrafa mais uma vez e dá mais uma golada no líquido. Continua amargo.

TRÊS

Quando a Segunda Vigília começou e os lampiões no Kathot foram apagados, Lin saiu de casa e atravessou o Sault até a Casa das Mulheres.

Encontrou Chana Dorin a aguardando na cozinha com uma caneca de *karak*. Chana estivera esfregando unguento nas mãos por causa da artrite que lhe inchava as juntas dos dedos até essas parecerem nós de cascos de árvores. Já estava ciente que o Maharam pedira para ver Lin naquela tarde, e exigiu um relato completo do episódio.

— Aquele velhote tolo — debochou, quando Lin recontou o diálogo que se passou no jardim. — Ele pediu *mesmo* que você tivesse paciência com as pessoas que ainda não estão prontas para a Shekinah? Como se eu não tivesse passado os últimos três meses dizendo para *você* ter paciência com *ele*.

Lin abriu um sorriso fraco. Era verdade. O Maharam podia ser o homem mais poderoso no Sault, mas Chana evidentemente sentia que, em vista do anúncio de Lin, ele estava se comportando feito uma criança birrenta.

— Ele se ofereceu para pedir ao Sinédrio que não viesse me testar. Acho que foi uma tentativa de demonstrar gentileza.

Chana desdenhou mais uma vez.

— Não há nada de gentil em contar ao Sinédrio que você mentiu a respeito de ser a Deusa Renascida. Você não é mentirosa coisa nenhuma. — Ela observou o rosto de Lin com mais atenção. — Poucos têm noção do bem que você já fez por Mariam, e acredito que possa fazer muito mais pela nossa gente. Teve uma razão para você criar coragem naquele momento no Tevath e reivindicar seu poder. Não deixe que o medo tire a sua razão.

Foi como se a seriedade na voz de Chana tivesse atingido o coração de Lin. O que Chana diria se soubesse que Lin só se autoproclamara porque sabia que os navios no porto queimariam à meia-noite? Que havia descoberto o plano no covil do Rei dos Ladrões, um homem de caráter execrável? Ajudava o fato de que as Leis que ele estava quebrando não eram Leis dos Ashkar, mas ainda assim muitos questionamentos seriam levantados se descobrissem que Lin visitava a Mansão Preta com certa frequência.

Havia sido lá que ficara sabendo do plano de Ciprian Cabrol de queimar os navios de Roverge. Que o incêndio era um dos motivos pelo qual grande parte das pessoas no Sault dava crédito a sua alegação, ainda que com hesitação: *Quando a deusa retornar, virá numa coluna de fogo.* Não foi exatamente o que aconteceu, mas tinha dado para o gasto, e de que outra maneira ela saberia de antemão?

Sabia que não podia contar a verdade a Chana, e isso pesava a consciência. Sentia a confiança de Chana como uma corrente apertando o pescoço, tamanho era o fardo. Como o medalhão de Mayesh. Se bem que com ele a história era bem diferente.

— Preciso ver Mariam — falou, e se inclinou para plantar um beijo na bochecha da mulher mais velha. Chana cheirava a especiarias de *karak* e ervas medicinais fortes. Quando Lin recuou, Chana segurou com leveza a manga de seu vestido.

— O Maharam é só um homem — disse. — Não é a Deusa, nem mesmo o Exilado. Ele teme que a vida como conhece mude, e você é o símbolo dessa mudança. Tudo o que sempre o tornou uma figura importante, em breve, pode não ter mais valor.

— Mas se ele acredita na Deusa, também deve acreditar no futuro que ela traz — contrapôs Lin. — Em Aram, ele ficaria honrado em servi-la.

Chana abriu um sorriso pesaroso.

— Ele só cantou nossas canções em uma terra estranha — disse. — Talvez esteja com medo de não achar Aram tão familiar assim. Os cânticos de um lugar distante podem não ser o tipo de música que ele consegue conjurar.

Um lugar distante. As palavras ecoaram na mente de Lin conforme ela descia o corredor até o quarto de Mariam. Era tarde, e as luzes estavam baixas, mas ela sempre saberia se orientar no Etse Kebeth, até mesmo no escuro.

No íntimo, todos os Ashkar deviam saber que Aram era mais do que uma terra longínqua. Era a ideia de um lar perfeito, muito diferente da zona inabitável daquele momento.

Ainda assim, quando Lin tentava imaginar Aram, só lhe ocorriam visões de montes verdes e ovelhas plácidas. Uma terra saída de livros de contos, irreal. Nunca se imaginara de fato indo embora das ruas de Castellane. Nesse sentido, talvez ela não fosse assim tão diferente do Maharam.

Antes de entrar no quarto de Mariam, pegou um broche do bolso e o prendeu na manga perto do pulso. A pedra Arkhe embutida nele brilhava, mas era o brilho sem vida do reflexo das luzes ao redor. Nenhum resplendor vinha da pedra propriamente dita. Lin desviou o olhar, aquela escuridão era um emblema do próprio fracasso.

Encontrou Mariam na cama lendo um tomo grosso cheio de ilustrações de vestidos desenhadas à tinta. Ela se ajeitou quando Lin entrou, o rosto mirrado se alegrando, os cobertores escorregando por seus ombros. Vestia uma camisola feita de cotelê grosso, apesar da noite cálida.

— Lin! Que saudade!

Uma onda de culpa invadiu Lin. Sabia que deveria vê-la com mais frequência, mas entre os estudos de magia, as idas frequentes à Mansão Preta e as responsabilidades que tinha como Deusa Renascida, muitas vezes sentia como se estivesse vivendo três vidas.

Mariam deve ter visto algo em sua expressão.

— Não... *não* se sinta mal. Não falei nesse sentido. — Ela deixou o livro de lado e gesticulou para que Lin se juntasse a ela na cama. — Venha. Quero ouvir tudo sobre o que anda fazendo.

Lin se acomodou na colcha velha, sentando-se em cima das próprias pernas. Ela e Mariam haviam passado boa parte da adolescência daquela mesma maneira, trocando relatos, fantasias e devaneios. Histórias que tinham ouvido ou inventado. Lugares que desejavam conhecer; se queriam se casar e, em caso positivo, com quem. Se, caso a magia funcionasse mesmo, prefeririam poder voar ou se tornar invisível. Mas o que diria a Mariam em um momento como aquele? *Como sabe, tenho tentado aprender mágica usando os livros do Shulamat, mas acabo sempre deparando com os mesmos empecilhos inúmeras vezes.* Ou: *Estou morrendo de medo do que vai acontecer quando o Exilado chegar.* Ou ainda: *Faço a maior parte do meu trabalho na Mansão Preta do Rei dos Ladrões, mas finjo que saí para visitar pacientes.*

— Fui à Casa Alleyne — respondeu em vez de dizer todo o resto. — Ver Antonetta.

Mariam arregalou os olhos.

— Você foi à Colina? Alguma notícia a respeito do noivado do príncipe? Só se fala nisso na cidade.

Lin desejou que tivesse aceitado aquele chá oferecido por Chana. A boca estava seca. Então disse:

— Antonetta não tocou no assunto. Para ser sincera… — Ela inclinou o corpo para baixar o tom de voz até parecer furtivo. — Estávamos discutindo outro casamento. O noivo de Antonetta logo chegará a Castellane.

Mariam franziu o nariz.

— Ela ainda vai se casar com aquele cafajeste?

— Infelizmente sim. A mãe dela vai dar uma festa de noivado para celebrar o tal cafajeste. E… Antonetta me pediu para ir.

— Achei que tivesse jurado nunca mais ir a uma festa na Colina.

— Sei disso, mas… — Lin jogou as mãos no ar. — Não posso deixar que Antonetta enfrente isso tudo sozinha. Não sei se alguém mais a entende.

— Você é uma boa amiga — declarou Mariam. — Como eu bem sei.

— Não sei se chego a ser amiga dela — refletiu Lin. — Sou a médica de Antonetta. Embora tenha quase certeza de que nossas consultas são só um pretexto para ela conversar, porque não tem nada de errado com a garota.

— Eu diria que isso faz de você amiga dela — comentou Mariam. — Mas não sou nenhuma especialista nessas distinções. O que *sou*, no entanto, é especialista no campo da moda. — Os olhos dela brilharam no rosto fino. — O que vai vestir para a sua segunda festa entre a nobreza de Castellane?

— Ai. *Eu, hein*. Não dou a mínima para o que vou usar — respondeu Lin. — Não tenho o menor interesse em impressionar aqueles metidos a besta que vivem na Colina.

— Mas você é a Deusa agora — protestou Mariam. — Representa os Ashkar e o povo do Sault. Não pode ir à Colina vestindo um saco de batatas.

— É meu avô quem representa os Ashkar e o povo do Sault.

— Mayesh pode até representar o que somos — contrapôs Mariam. — Mas você representa o que podemos ser. Nossa força.

Os olhos dela brilhavam, e Lin não conseguiu evitar de se lembrar do passado de Mariam — do que acontecera a ela em Malgasi, como a família e a comunidade dela haviam sido destruídas pelo crime de serem Ashkar. Do quanto significava para Mari pensar que as pessoas no Sault estavam protegidas. Seguras.

— Certo — falou Lin. — Vou deixar você me emperiquitar como se eu fosse uma boneca. Sei que é o que você quer.

— Quero *muito* — concordou Mariam.

— Mas primeiro... — Lin levantou a mão. — Antes de nos deixarmos levar pela conversa sobre firulas e penduricalhos, chegou a hora novamente, Mari.

— Agora? — Mariam dobrou os punhos da camisola. — A mesma coisa de novo?

— Vou tentar ser rápida. Não está machucando você, está?

Mariam balançou a cabeça.

— Não. E sempre me sinto melhor depois. Mas... é esquisito. — Ela ergueu o queixo como se para desafiar a própria doença. — Estou pronta.

— Deite-se — pediu Lin, e Mariam se deitou, estendendo os braços na lateral do corpo. Olhou para Lin com confiança quando a médica pousou a mão sobre seu coração. Mariam estava tão magra que Lin sentia os ossos de sua costela. O coração da amiga pulsava sob seus dedos em batidas estáveis.

Olhe para dentro. Era o que todos os livros diziam: aquele era o primeiro passo. Procurar dentro de si mesmo o poder inerente a todas as almas.

Mas não bastava. Os feiticeiros antigos tinham potencializado as próprias habilidades com o uso de Arkhes, Pedras-Fonte, que tinham a capacidade de armazenar poder, como água em um reservatório. Quando precisavam fazer grandes magias, podiam usar aquele poder armazenado em vez de drenarem as próprias almas até serem destruídos.

Lin era abençoada por ter uma Pedra-Fonte, a Arkhe no broche que ficava em seu pulso. No entanto, apesar do acesso que tinha aos livros no Shulamat e apesar de todos os estudos que desenvolvera, não conseguira determinar como exatamente guardar poder na pedra. Era para ela reluzir feito um lampião, cheia de energia, mas continuava morta e vazia feito olho de peixe.

Às vezes, quando usava a própria energia para fazer a magia modesta que lhe pertencia, sentia a pedra tentando se expandir, como se estivesse procurando alguma coisa — uma fonte de poder, ou talvez outra pedra semelhante? Houve uma época em que o mundo era repleto delas; agora, até onde ela sabia, a dela era a única que existia. Sentia-se quase como se estivesse falhando com a pedra do broche, destinando-a a uma existência solitária sem poder ou companhia.

Não fique pensando só nos fracassos, ordenou a si mesma, em tom de repreensão. *Pense em Mariam. Pense nas palavras que usaria para descrever Mariam. Mergulhe nesse mar de palavras, assim como a Deusa mergulhou em um mar de estrelas.*

Mariam. Amiga. Irmã. Leal. Promessa.

Cura.

Lentamente, a visão de Lin abrandou. As sombras no quarto se tornaram mais densas e os pontos de luz — a vela de Mariam no suporte prata ao lado da cama e a iluminação fraca que entrava pela cortina fechada na janela — cada vez mais brilhantes e difusos. Os talismãs — todos para saúde e vida — presos aos pulsos de Mariam, ao pescoço dela, começaram a brilhar como chamas azuis em focos de incêndio.

Lin controlou a respiração, concentrando-se ainda mais em Mariam. Repetiu a si mesma as palavras de Qasmuna, decoradas de sua posse mais benquista: o livro que o príncipe lhe dera. Formaram uma litania suave:

A Palavra é a culminância da intenção humana. A magia não pode existir sem a Palavra porque não pode existir sem intenção.

É claro que a Palavra se perdera muito tempo antes, fora apagada da memória do mundo após a Guerra da Ruptura. Mas a intenção e a volição — essas coisas ainda existiam, e Lin direcionou as dela a Mariam. Entre um piscar e outro, sua visão se alterou. Ela viu palavras escritas na cena que contemplava diante de si como se tivessem sido rabiscadas em uma pintura. Palavras como *doença*, *dor* e *veneno*.

Expandiu a própria mente usando toda a intenção para apagá-las. Para substituí-las por outras: *recuperação*, *cura* e *remédio*.

Mariam arqueou o corpo à medida que a fumaça verteu por entre os dedos de Lin. Parecia estar subindo do corpo de Mariam, de seu coração, serpenteando pelo ar: uma *substância* escura, pungente e difusa que Lin chamou de fumaça porque não conseguia pensar em outra palavra para descrevê-la. Mariam suspirou quando a fumaça começou a sair dela.

E então acabou. O mundo tinha voltado a ser o que era, um lugar de luzes e sombras normais. Lin retraiu a mão do peito de Mariam; sua palma estava vermelha como se ela tivesse colocado a mão sobre fogo, o resultado de usar a energia da própria vida para sarar Mariam. Ela sabia, com base em sua experiência, que a dor persistiria por algumas horas antes de aliviar.

— Eca. — Mariam se sentou, o cabelo castanho ralo caindo no rosto. A cor dela já estava melhor, os movimentos que fazia, mais fluidos. O semblante da garota, no entanto, estava conformado. — Odeio saber que essa coisa estava *dentro* de mim.

— Não pense dessa forma. — Lin já havia lhe explicado antes: a substância era a doença de Mariam sendo extraída. Aquilo não vivia dentro da menina daquela forma; assumia aquele aspecto escuro e sombroso só quando era forçado a sair. — Como está se sentindo?

— Melhor. — Mariam pegou a mão de Lin. Ela a apertou com força; Lin se forçou a não reagir à dor que sentiu na palma. — Não quero reclamar. Sei que o que está fazendo por mim é... é um milagre, Lin. Eu talvez já tivesse morrido há meses se não fosse por você.

— O milagre precisa ser melhor. — Lin sentiu a severidade na própria voz; não conseguia evitar. Era só um quase milagre, na melhor das hipóteses, pensou ela, se é que isso era possível. Ela precisava tirar a fumaça dos pulmões de Mariam a cada quinzena, do contrário a garota voltaria a ficar gravemente enferma. Não tinha poder o bastante para fazer mais do que isso, não sem extinguir a própria vida. — Preciso ter certeza de que está bem de verdade e que consegue se virar sem minhas intervenções.

Mariam limitou-se a sorrir.

— É mesmo, acho que tem razão. Se o príncipe vai se casar de novo, meus serviços serão imprescindíveis para costurar vestidos. Pense só nas festas e nos desfiles! Então, caso consiga realizar o milagre nas próximas, hum, duas semanas ou algo do tipo, seria extremamente conveniente.

— Não acho que milagres funcionem desse jeito — comentou Lin, mas estava sorrindo, porque Mariam sempre a fazia sorrir.

Mariam acreditava nela, e não por motivos semelhantes aos de Chana — por ter um desejo ardente de estar viva quando o retorno da Deusa acontecesse —, mas só porque acreditava piamente em Lin. Se ela dizia ser a Deusa, devia ser verdade, porque era Lin quem estava falando. E a fé de Mariam não era um ônus árduo para Lin; não era um fardo com o qual ela precisava conviver. Pelo contrário, era algo que sempre lhe trazia leveza.

Ji-An conduzia como se o próprio Cavalheiro Morte estivesse em seu encalço, e Jerrod, Merren e Kel — encolhidos dentro da carruagem — eram chacoalhados uns contra os outros o tempo todo. Kel tinha quase certeza de que Merren estava rezando — embora não soubesse ao certo para quem.

Kel reparou que Raimon parecia ter, de fato, se apropriado da carruagem de Montfaucon — uma caleche azul-acinzentada conduzida por cavalos baios idênticos. Era muito mais leve que a deles, embora agora tivessem chegado ao trânsito da cidade. Mesmo que Raimon tivesse ordenado ao condutor que acelerasse ao máximo, as ruas abarrotadas logo teriam detido a pressa. Ji-An diminuiu o ritmo e alinhou a carruagem à traseira da de Montfaucon, o que sem dúvidas foi recebido de bom grado pelos cavalos de Andreyen.

Merren e Kel se levantaram do chão da carruagem. Merren resmungou dizendo que ficaria roxo e Kel espiou pela janela. Uma lua vermelha baixa pairava sobre a cidade, tingindo as ruas de um tom pálido de cereja. O Mercado Quebrado fervilhava de movimento, e a Ruta Magna, tomada por barraquinhas e pelas chamas das tochas de nafta, abrigava compradores perambulando pela larga avenida em busca de pechinchas.

Reduziram drasticamente a velocidade e Kel baixou a janela para tentar enxergar o alvo. A carruagem azul-acinzentada havia parado à beira da estrada. Quando Merren perguntou o que estava acontecendo, Kel percebeu que o veículo estava estacionado à frente de um dos tecelões de histórias.

Uma mão se esgueirou para fora da carruagem de Montfaucon e uma chuva de talentos de prata brilharam à luz da nafta. Kel ouviu a risada de um homem, o estalo de um chicote e, logo em seguida, os cavalos baios dispararam de novo. Mal teve tempo de se segurar antes de a carruagem avançar sacolejando pelos paralelepípedos, enquanto Ji-An fazia de tudo para manter a caleche à vista, desviando de pedestres pelo caminho.

— Se Ji-An atropelar alguém — cogitou Merren —, acha que vão conseguir jogar a culpa em nós?

Eles se lançaram na Ruta Taur, que atravessava as Ruas de Prata. O barulho da Grande Estrada foi sumindo. Ali, entre as casas serenas de mestres da guilda e lojistas, havia muito menos transeuntes. A carruagem desacelerou, Ji-An manteve um ritmo tranquilo para não alarmar Raimon.

Ruta Taur significava "rua das torres", e, de fato, as casas altas e esguias exibiam torres extravagantes junto aos telhados. Tinham sido construídas em fileiras, as laterais próximas umas das outras, quase não havia espaço entre elas.

A carruagem de Montfaucon tinha parado em frente a uma dessas casas. A porta se abriu e cuspiu Raimon, que desceu às pressas depois de trocar com o condutor o que pareceram ser palavras furiosas. Assim que a porta se fechou, a caleche zarpou dali.

O veículo deles vinha um pouco atrás, então Kel esperou Raimon olhar para trás e avistá-los. Ele, no entanto, nem sequer virou a cabeça — limitando-se a subir os degraus, destrancar a porta e batê-la ao entrar.

— Não precisávamos ter corrido — reclamou Merren, erguendo-se do chão novamente. — Ele só voltou para casa de cabeça quente.

— Mas podia não ter sido isso — contrapôs Kel, embora também soubesse que acordaria com hematomas no dia seguinte.

Ji-An bateu com o chicote na janela deles, presumivelmente para pedir silêncio. Guiou a carruagem do Rei dos Ladrões sem emitir ruído e virou em uma rua secundária escura, cheia de casinhas menores. Na esquina, havia uma loja, no primeiro andar, na qual eram vendidos utensílios de cobre para cozinha.

Houve um lampejo de movimento; era Ji-An, que havia pulado do banco do condutor. A porta da carruagem se abriu, despejando Merren e Kel na rua de pedra. Jerrod, de alguma forma, já estava de volta ao assento e conseguiu descer com um mínimo de dignidade. Kel se espreguiçou, aliviado por não estar mais sendo chacoalhado como um brinquedo infantil.

— Obrigado — disse a Ji-An. — Era meu sonho ter minhas pernas quebradas em vários pontos estratégicos.

— Fico feliz em realizar seu sonho. — Por algum motivo, Ji-An não tinha um fio de cabelo fora do lugar. Estava impecável como sempre, e até um tanto convencida, a gola do casaco preto justo modulada em direção ao queixo pontudo.

Merren se sentou na sarjeta e botou a cabeça entre os joelhos.

— É assim que se conduz carruagens em Chosun? — perguntou ele com a voz fraca.

— É assim que se conduz carruagens em Castellane — rebateu ela. — De pé, Merren.

— Deixa ele aí — retrucou Jerrod. — Kel e eu vamos Rastejar um pouco. Vamos ver se conseguimos espiar algo através das janelas. — Ele estralou os dedos e sorriu para Kel. — Ji-An, você e Merren ficam de tocaia. Se Raimon tentar sair ou algo suspeito acontecer, assoviem como um tordo.

— Sou um garoto da cidade — protestou Merren. — Não faço ideia de como é o assovio de um tordo.

— É como ele quiser que seja. — Jerrod olhou para a lateral da loja. — Tudo certo, Kel?

Kel não estava pronto, mas parecia que havia chegado a hora de colocar suas aulas à prova.

— Merren e Ji-An, tentem se resguardar e não façam nada que chame atenção.

Kel e Jerrod viraram a esquina rumo à Ruta Taur. Tudo estava como antes, exceto o fato de que agora a luz de lampiões vazava das janelas mais altas da casa de Raimon, projetando um brilho fraco na rua.

— Agora — sinalizou Jerrod —, do jeito que praticamos.

Ele começou a escalar a fachada da casa. Kel foi logo atrás, enfiando os dedos nos vãos entre os tijolos. À medida que a rua se afastava de seus pés, ele tentou se lembrar das diversas instruções de Jerrod na Mansão Preta. *Não ache que vai conseguir se pendurar pelos dedos; isso na certa vai te matar. Incline o corpo na direção da parede. O truque é saber distribuir o peso do próprio corpo. Dá para se equilibrar em uma única unha se fizer do jeito certo. E não tente dar uma de engraçadinho.*

Jerrod era bastante parecido com Jolivet, quando se parava para pensar — ao menos quando o assunto era o ensino de técnicas.

Os tijolos de areia calcária arranhavam os dedos. Kel se inclinou em direção a eles, fazendo esforço para imaginar que a parede na verdade era o chão e que ele estava Rastejando na horizontal, a gravidade puxando seu corpo na direção da fachada da casa. Passou por uma janela e espiou para a escuridão lá dentro: distinguiu o contorno dos móveis e uma lareira apagada em uma das paredes. Rastejou por muitas outras janelas, embora não houvesse nada de interessante: uma cozinha com panelas de cobre, um tepidário com paredes ladrilhadas.

— Aqui — sussurrou Jerrod. Ele se equilibrava em uma grade de ferro logo acima. Era muito pequena, larga a ponto de permitir que os dois subissem, mas não espaçosa o suficiente para impedir que Kel sentisse um leve enjoo ao fitar a rua lá embaixo. Pelo visto, ele tinha se esquecido da última lição: *não olhe para baixo.*

Não tardou para que entendesse por que Jerrod tinha parado. Estavam bem abaixo de uma janela da qual vazava luz; Jerrod olhava lá para dentro com uma expressão impassível. Kel, equilibrado ao lado dele, espiou através do vidro.

A janela dava para um quarto decorado em tons de vermelho. Raimon tinha trocado a roupa de festa por uma calça de algodão simples com elástico na cintura e andava de um lado para o outro. Tinha cicatrizes grossas e esbranquiçadas nos ombros, nas costas e nas pernas — vestígios da antiga vida de lutador profissional. E, no pescoço, agora visível à curta distância, estava a marca do Tully. Enquanto ainda estavam olhando, ele parou, esfregou a testa com chateação e voltou a perambular pelo quarto.

— E agora? — sussurrou Kel para Jerrod.

O rapaz deu de ombros, um gesto complicado já que ainda se segurava à fachada.

— Agora a gente entra.

Kel titubeou.

— Ele me conhece. Deve se lembrar, no mínimo, de que eu estava na festa.

— Seremos sutis — garantiu Jerrod. — Sou um Rastejante. Minha especialidade é me mover sem fazer barulho. Ele não vai perceber que estamos aqui até já ser tarde demais.

— Certo — concordou Kel. — Então vamos.

Jerrod examinou o peitoril embaixo deles e retraiu um dos pés com cuidado. Fechou um olho como se calculasse a distância e em seguida lançou o pé com força, estilhaçando o vidro com um estrondo tão alto que seria capaz de acordar a vizinhança inteira.

— Sem fazer barulho? — balbuciou Kel, indignado. Raimon se virou assustado na direção do ruído.

— Às vezes, a abordagem direta funciona melhor — grunhiu Jerrod, e se lançou para dentro do quarto. Kel o seguiu, tomando o máximo de cuidado para não rasgar as roupas nem cortar as mãos no vidro quebrado ainda preso à moldura. Rolou pelo chão e se pôs de pé num salto, mas percebeu que Raimon já tinha dado meia-volta e fugido.

Kel trocou um olhar alarmado com Jerrod. Raimon havia sido um lutador violento na Arena, tão perigoso que recebera um apelido que era quase sinônimo de morte. Então por que fugira? Não tinha coragem de lutar para defender sua própria casa?

Mas não havia por que hesitar. Kel correu atrás dele, Jerrod vindo logo atrás.

A casa era alta, mas estreita, e logo ficou óbvio que só dava para fugir para cima ou para baixo. Por sorte, Kel ouviu um barulho vindo do andar inferior, como se o homem estivesse descendo a escada em espiral dois degraus por vez. Kel e Jerrod dispararam atrás dele. Eram mais jovens e ágeis, mas o ex-gladiador era surpreendentemente veloz para o tamanho que tinha, e os dois não conseguiram alcançá-lo conforme desciam a escada em espiral.

Saíram em uma sala de estar no térreo — um espaço amplo com uma lareira que ocupava boa parte de uma parede. Cadeiras douradas aparentemente desconfortáveis estavam dispostas como se esperassem visitas, embora a camada de poeira sugerisse que não eram usadas fazia um bom tempo, se é que já haviam sido usadas. Pendurada acima da lareira estava uma coleção de armas gastas do tipo que costumavam usar em lutas na Arena: um machado de mão, uma espada e um mangual que parecia fazer um estrago e tanto.

Raimon estava parado bem no meio da sala, empunhando uma lança de bronze. A deduzir pela maneira como ele se portava e a destreza com a qual segurava a arma, Kel não teve dúvidas de que o homem sabia como usá-la.

— Pare — disse Kel, erguendo as mãos. Jerrod, ao lado, ofegava. — Só queremos conversar.

Raimon soltou um risinho de desdém.

— Acham que eu não sei o que…

Parou no meio da frase e ficou analisando quem, afinal, havia invadido sua residência. O olhar passou de Jerrod para Kel e depois fez o caminho inverso, uma expressão tomou conta de seu rosto. Um semblante que pegou Kel desprevenido.

Alívio.

Quem ele pensou que nós fôssemos? Ficou evidente que Raimon estivera esperando um ataque. O ataque não o pegou de surpresa, mas o apavorou. Naquele momento, no entanto…

Ele deu uma risada rouca e ergueu a lança.

— Seus paspalhos — falou. — Vocês são dois imbecis. Têm ideia do que fizeram?

— Eu diria que ficou bem óbvio. — A voz de Jerrod transparecia calma, mas ele se inclinava a frente, pronto para avançar em Raimon.

O homem jogou o braço para trás. Uma sombra se levantou detrás dele. Kel arregalou os olhos quando algo prateado apareceu de repente na garganta de Raimon.

Uma corrente de metal. Apertou o pescoço dele, puxando-o para trás com força, fazendo com que perdesse o equilíbrio. Ele caiu e a lança escapou de sua mão. Acima dele, surgiu Ji-An, segurando a corrente enrolada na mão.

Ela apoiou a bota no peito de Raimon e olhou na direção de Kel e Jerrod.

— Estão esperando o quê? — questionou. Raimon soltou um gemido abafado e ela lhe deu um chute fraco. — Venham aqui e me ajudem a amarrá-lo. Juro, vocês dois são uns imprestáveis.

* * *

— Sentimos muito por isso — falou Merren.

Raimon olhou feio para ele. Estava amarrado a uma das poltronas douradas, preso pela corrente de Ji-An. Para a surpresa de ninguém, ela havia se mostrado uma mestra na arte de fazer nós, enrolara a corrente de tal forma que quanto mais Raimon se debatia, mais preso ficava. Ao se dar conta disso, ele parou de se mover. Não estava amordaçado — Kel achou desnecessário, já que o objetivo era conversar com ele —, mas ele permanecia em silêncio desde o momento em que fora contido.

Não que isso tivesse sido fácil. Raimon agora exibia um olho roxo e o lábio inferior inchado. Kel sentia os nós dos dedos latejando, e Jerrod mancava um pouco.

— Não, não sentimos — falou Jerrod para Merren. — Não sentimos muito coisa nenhuma.

— Invadimos a casa do cara — protestou Merren. — Ele poderia ter rolado escada abaixo e morrido.

— Sim, tem toda razão — concordou Raimon.

— Sabe — disse Ji-An. — Neste caso, a culpa teria sido só dele.

— Mas sentimos muito mesmo — repetiu Merren para Raimon.

O homem olhou devagar para cada um deles.

— Quem *são vocês*, afinal? — perguntou. — Os dois aí… — disse ele e indicou Kel e Merren —, vi vocês no Caravela. Achei que fossem nobres. Mas nobres não sujam a mão com esse tipo de trabalho, né?

— Às vezes sujam — contrapôs Kel. — Mas a questão não é essa. Eu vi a cara que você fez aquela hora. Ficou com medo quando entramos, depois pareceu aliviado quando percebeu quem éramos.

— Óbvio que fiquei aliviado — disse Raimon. — Cá entre nós, vocês não são lá muito assustadores.

— Eu evitaria piadinhas se fosse você — alertou Ji-An, girando uma faca fina que tirara da bota.

— Deixa eu adivinhar — falou Raimon. — Isso é uma armação de Lupin. Ele quer que vocês me arrastem lá para o Caravela de novo para…

— Isso aqui não tem nada a ver com Montfaucon — interrompeu Kel, já perdendo a paciência com o homem. — Só precisamos de informações, e é isso que queremos. Se nos disser o que sabe, vamos te deixar em paz com o maior prazer.

— E se eu não colaborar? — rosnou Raimon. Naquele momento, fazia jus ao apelido de Serpente Cinzenta. A fúria flamejava em seu olhar, e Kel começou a entender muito bem como aquele homem havia dominado a Arena por tanto tempo.

Merren se afastou de Kel. Cruzou a sala até uma mesa baixa e começou a se ocupar de uma garrafa de licor verde limão.

— Se não colaborar — disse Kel lentamente, sabendo que aquela era uma manobra arriscada —, eu talvez seja obrigado a informar ao Legado Jolivet que você estava envolvido no massacre da Galeria Brilhante.

Raimon piscou devagar, fitando-o. Sua expressão era neutra, mas ele agarrava os braços da cadeira com tanta força que os nós dos dedos estavam brancos como giz.

— Vá se foder. Não sou assassino coisa nenhuma. Não sei quem foi que te contou um absurdo desses, mas é uma mentira deslavada.

— Achou mesmo que ninguém investigaria? — Kel estava bem ciente dos olhares dos amigos sobre si, e torcia para que embarcassem em sua cena. — Uma princesa de Sarthe, dois embaixadores, dezenas do nosso próprio povo foram assassinados no território do Palácio, e achou que ninguém fosse dar uma averiguada?

— Se eu tivesse que achar alguma coisa, e não estou dizendo que acho, teria pensado que os Vigilantes é quem investigariam — murmurou Raimon. — E vocês não têm cara de Vigilantes.

— Porque não somos — respondeu Kel. — Somos uma unidade de elite que foi incumbida da tarefa de descobrir quem cometeu as atrocidades na Galeria Brilhante. Ao contrário dos Vigilantes, operamos pela cidade sem sermos detectados, recolhendo pistas.

Jerrod fez um barulho de tosse. Ji-An revirou os olhos. Só Merren parecia inabalado pela série de mentiras proferidas por Kel. Ele havia retornado, servindo vinho tinto em uma taça de cristal de Detmarch. Ofereceu a bebida a Raimon, que indicou as mãos atadas. Merren posicionou o copo nos lábios do homem e o deixou beber. A intenção era relaxá-lo um pouco, para que abrisse o jogo, pensou Kel. Até que não era uma ideia tão ruim assim.

Raimon terminou a bebida em dois goles e reclinou o corpo, agora com um rubor na face. Assentiu para Merren com a cabeça — um gesto sutil de validação, embora não exatamente um agradecimento.

— Unidade de elite ou o que quer que sejam — disse ele, indicando Kel e os demais com um movimento de queixo —, estão se metendo onde não foram chamados.

— Não precisa se preocupar com isso — respondeu Jerrod. — Queremos saber quem está por trás do massacre. As últimas palavras do velho Gremont foram o seu nome. *A Serpente Cinzenta.*

Raimon soltou uma gargalhada.

— A Serpente Cinzenta morreu há muito tempo, quando foi descartado da Arena. Velho demais para lutar, foi o que disseram. — Ele semicerrou os olhos pálidos. — Sou apenas um ex-lutador tentando tocar a vida.

— Para um antigo lutador que só está tentando tocar a vida você tem uma casa bem cara — comentou Kel —, cheia de artigos de luxo.

— Eu me viro — respondeu Raimon.

— Acho que ele está fazendo uma pergunta — interpelou Merren. — De onde tira dinheiro para sustentar uma mansão na Ruta Taur?

— Estão pensando o que, seus paspalhos? — perguntou Raimon. — Nenhum cidadão de respeito quer se envolver com gente que já esteve no Tully e lutou na Arena. Às vezes dá até para arrumar uns bicos dando uma surra nos bêbados do Labirinto, mas não paga lá muito bem. Sabem quem paga bem de verdade? A nobreza. Gente disposta a gastar uma dinheirama com alguém que faça o trabalho sujo. Só usei o que eu já tinha: contatos de mercenários que faziam o que precisava ser feito. Ex-lutadores, ex-condenados. Ninguém liga para eles. Alguém precisava ligar.

— Que alma mais generosa — murmurou Jerrod baixinho.

— Tá, então você tinha uma reputação — comentou Kel, no tom mais neutro que conseguiu. — E aí alguém te procurou e perguntou se conhecia alguém que poderia colocar em prática a chacina da Galeria Brilhante.

Raimon se inclinou para a frente na cadeira, os músculos enrijecendo contra as cordas.

— Não era para ter sido uma chacina! — falou, com a voz rouca. — Aqueles desgraçados armaram para me foder! Mentirosos! Eram todos uns mentirosos!

— Quem foi que fo... ãh, quem foi que armou para você? — perguntou Merren. Kel viu Jerrod esconder um sorrisinho. Marinheiros costumavam ter boca-suja, e nobres eram tão boca-suja quanto marinheiros. Já a classe média, inclusive mestres da guilda, eram muito mais pudicos, até mesmo para xingamentos leves.

— Era para ter sido um grande vexame, e só — defendeu Raimon, o olhar distante. — Só isso. Para mostrar para a pirralha sarthiana que não queríamos o povo dela vagando por aqui, agindo como se fossem os bambambãs e tomando para si o nosso porto. Era para ela voltar correndo para Sarthe com o rabo entre as pernas. Vieram me procurar e me pediram que eu reunisse alguns dos meus velhos amigos do Tully: gente que estivesse vivendo na encolha, para evitar os Vigilantes. Sabiam que os sujeitos estariam desesperados por trabalho. É difícil ser contratado para qualquer coisa quando se foi oficialmente exilado.

Raimon estava quase sem fôlego, as palavras jorrando dele. Kel não ousou interrompê-lo; era quase como se tivesse se esquecido de onde estava, ou de com quem estava falando. Como se tivesse estado o tempo todo à beira de um colapso, desesperado para cuspir aquelas informações a alguém.

Raimon prosseguiu.

— Meus amigos fizeram o que foram pagos para fazer. Vestiram o que mandaram vestir, entraram na Galeria, brandiram as espadas no ar. Gritaram um pouco. Disseram a eles... prometeram que... — Ele teve dificuldade de encontrar palavras. — A ideia era que houvesse uma saída.

— Uma saída da Galeria? — repetiu Kel, surpreso. — Mas com as portas da frente bloqueadas, não existia outra saída.

— Foi por isso que lutaram daquela maneira — respondeu Raimon, ainda rouco. — Foram encurralados. Queriam fugir de lá.

Não acredito em você. A fúria crescia dentro de Kel, como faíscas acendendo nas veias e fazendo sua pele formigar.

— Mentira — falou. — A princesa sarthiana. Só tinha doze anos e foi assassinada. Pregada a uma parede com um virote de besta. O que isso tem a ver com a fuga deles?

— Nenhum homem meu teria feito uma coisa dessas...

— Quem é que contrata um bando de criminosos para assustar uma criança, hein? Quem despenderia de dinheiro e de planejamento para algo assim?

Raimon tentou dar de ombros.

— Tem louco para tudo nesse mundo — falou. — E muitos nobres odeiam Sarthe. Não fiz muitas perguntas.

— Então você é um idiota — disse Jerrod, para a surpresa de Kel. — Um tolo que condenou os próprios amigos à morte. Por que confiaria em um nobre assim, sem mais nem menos? — Ele semicerrou os olhos. — Foi Montfaucon quem contratou você?

Raimon soltou uma risada rouca.

— Lupin não dá a mínima para política — disse ele. — O homem é a minha proteção. Depois que tudo aconteceu, quando o meu grupo já tinha sido morto, a ficha caiu: eu era a ponta solta. Sabia o que tinha acontecido, de fato. Não era para sobrar ninguém que tivesse esse tipo de informação. Eu precisava me cercar de alguém poderoso. Lupin já tinha me sondado antes. Gosta de chocar os amigos, e o que poderia ser mais desconcertante do que um lutador marcado da Arena? Ele se alinharia a um crocodilo se pensasse que o bicho seria uma atração melhor que eu.

Kel percebeu que aquela era uma descrição perfeita do caráter de Montfaucon.

— Entendi — falou. — Então Lupin Montfaucon não teve nada a ver com o plano. Mas outras pessoas sabiam a respeito dele. Gremont me alertou sobre você na festa, logo depois de um dos seus mercenários ter enfiado uma espada nele. Disse que você tentaria atacar o príncipe. Isso fazia parte do plano?

Raimon ficou horrorizado.

— Machucar os Aurelian? Jamais. Gremont fazia parte do grupo que me contratou, mas deu para trás. Achou que o plano era perigoso demais. Todo mundo estava com medo de que ele fosse ceder e dar com a língua nos dentes. Ele sabia de mim, sabia que eu tinha ido atrás dos mercenários. Deve ter achado que eu estava por trás da matança. Velhote caduco.

— Nem tanto — falou Jerrod. — Ele nos trouxe até você. Talvez tenha percebido, em seus últimos momentos de vida, que você era o único que abriria o bico.

Raimon soltou um risinho de desdém.

— Ou sabia que vocês não teriam a pachorra de amarrar um representante de uma Concessão e torturá-lo para arrancar informações.

Nisso ele tinha razão, pensou Kel.

— Então *quem foi* que contratou você? Qual das Famílias da Concessão sabia disso, além dos Gremont? Não é possível que você não tivesse um contato. Alguém deve ter te contado que Gremont estava dando para trás. Alguém pagou você.

Raimon baixou a cabeça.

— Uma mulher — falou. — Disse que se chamava Magali...

A janela da frente explodiu. Cacos de vidro voaram, espalhando pedacinhos de luz, um insano cobertor de fogo refletido. O corpo de Raimon se sacudiu quando o virote prateado de uma besta perfurou seu peito, pregando-o à cadeira. As três plumas pretas da extremidade tremularam com o impacto.

Kel sentiu uma picada afiada abaixo da orelha como se fosse uma mordida de mutuca. Ouviu Ji-An praguejando e Merren perguntando se estavam todos bem, se alguém tinha se ferido, mas mal conseguiu registrar as palavras. Já estava disparando para a porta da frente, a mão no pescoço. Conhecia aquelas plumas. Eram as mesmas do virote que matara Luisa.

Saiu correndo da casa e olhou ao redor. O disparo obviamente viera do outro lado da rua, provavelmente do telhado. Sem pensar duas vezes, confiando que seu corpo responderia ao treinamento de Jerrod, correu em direção à casa mais próxima.

Tirou a mão do pescoço, viu que estava cheia de sangue e praguejou em voz baixa. Um caco de vidro da janela devia ter cortado sua pele. Agora não havia muito o que fazer; secou a mão na calça e começou a escalar a fachada da casa.

Era rápido, muito rápido para alguém que tinha começado a Rastejar em paredes havia tão pouco tempo. Mas, pelo que parecia, não era tão veloz quanto o assassino. Alcançou o telhado, uma extensão plana de telhas pretas, e se impulsionou para cima. Estava vazio. Nem sinal de movimento, e ele foi tomado pela sensação desoladora de já ter perdido o alvo.

Alguém o acertou por trás com força, fazendo-o cair sobre as telhas. Perdendo o fôlego, Kel entrou em desespero, lutando para respirar enquanto uma sombra pairava sobre ele, bloqueando a luz da lua.

Uma sombra muito familiar. Ele tinha certeza de que era a mesma pessoa que havia encontrado no telhado da Galeria Sombria, a quem ele se referia como Assassino Sombrio. Quase se esquecera do quanto aquela figura era sinistra, de como — coberta dos pés a cabeça com tecido preto justo — parecia algo sobrenatural, sem rosto, um vazio ocupando o lugar de uma identidade.

Por fim, Kel conseguiu respirar. Começou a se colocar de pé, mas o Assassino Sombrio não pareceu gostar nada daquilo. Kel viu uma bota subir até seu peito, prendendo-o ao chão.

E quando a criatura falou, foi com o mesmo sibilo gutural que não revelava nada sobre quem era — homem ou mulher, jovem ou velho.

— Pare de me seguir, *Királar*.

Caído de costas no chão, Kel amaldiçoou aquela noite, as escolhas que o tinham levado até ali e o assassino que parecia ter se indisposto com a cara dele, em específico.

— Eu não segui você até aqui — respondeu. — Foi *você* que me seguiu.

— Ah, é? — O Assassino Sombrio pareceu quase achar graça. — O seu príncipe por acaso sabe onde está, Portador da Espada? Não devia estar ao lado dele?

Aquilo doeu mais do que a bota no peito.

— Não preciso estar ao lado dele para protegê-lo — retrucou Kel, por entre os dentes. — Assim como você não precisa fingir se importar com o destino dele.

Ele se lembrou das últimas palavras que o Assassino Sombrio lhe dissera no telhado da Galeria Brilhante, a voz triunfante: *Você está no limiar da história, pois este é o começo da queda da Casa Aurelian.*

— Ah, pois eu me importo muito com o destino dele — ronronou o assassino. — E com o seu. Pois estão entrelaçados. Você é o escudo dele, a armadura inquebrável. É você que morre para que ele possa viver para sempre.

Kel desviou o olhar para além do Assassino Sombrio, na direção das estrelas que pontilhavam o céu feito um bordado resplandecente. *Você é meu escudo inquebrável. E você não vai morrer.*

Era o que Conor lhe dissera no fim da litania dos dois; ao repetir aquilo naquele momento, Kel conseguiu até escutar a voz de Conor, a reafirmação daquela promessa.

O assassino soltou uma risada sibilante.

— Você vem tentando descobrir quem foi o responsável pelo banho de sangue no Palácio.

Kel fitou a sombra em silêncio. Por algum motivo, a forma como o assassino falou aquilo o intrigava — as palavras não tinham sotaque, mas eram estranhamente formais, como se castellano não fosse sua primeira língua.

— Acho que agora é a parte em que você me diz que é melhor eu parar de investigar, senão você me mata.

— Talvez eu te mate mesmo que pare — falou o assassino com satisfação. — Na verdade, a sua sorte é que você ainda tem serventia para mim, Portador da Espada, porque, do contrário, já estaria morto.

— Tenho serventia para você? — repetiu Kel, mas em um piscar de olhos o Assassino Sombrio saiu correndo em uma velocidade impressionante. Kel se sentou a tempo de ver seu agressor saltar para o telhado da casa vizinha e depois para a seguinte. Quando enfim conseguiu ficar em pé, não sem dificuldade, já tinha perdido o Assassino Sombrio de vista no céu da noite.

LIN

A mulher na cama carrega o olhar vazio e cansado da morte iminente.

Lin o conhece muito bem. Quando se é médica, a morte caminha ao lado, solícita e curiosa. Assim, aprende-se a reconhecer os sinais de sua chegada muito antes do paciente: o primeiro respingo de sangue em um lenço branco, a tosse persistente que atravessa o verão, o amarelamento sutil dos olhos.

Lin confere os batimentos de Domna Delores — leves e rápidos — e encosta o auscultador em seu peito, mas já sabe. Sabe por causa das manchas vermelhas nas bochechas da mulher, por causa da pele macilenta demais, por causa das sombras sob os olhos. Tuberculose em estágio terminal. Logo ela morrerá disso.

Lin tira da bolsa o único remédio que pode ajudar agora: grãos de *morphea* para a dor. Quando começa a explicar como dissolver os grãos em água, Domna Delores coloca a mão sobre a dela. Os dedos da mulher doente são frágeis feito bambu oco.

— Diga, doutora. Você é Ashkar? — pergunta ela.

Lin faz uma pausa, desarmada. Certamente as roupas que está usando — alinhadas, simples e cinza — deixam isso óbvio. E sem dúvidas a mulher sabe o tipo de médica que lhe fora recomendada, não?

— Sou — responde Lin. E não fala muito mais. Todos os Ashkar conhecem aquela hesitação, o espaço de tempo que separa a declaração de sua identidade da reação de quem a ouve. Será que viria raiva, rejeição ou curiosidade?

Os olhos de Domna Delores se enchem de lágrimas.

— Eu também era, antigamente.

Um longo silêncio. Lin olha mais uma vez para o aposento pequeno e ensolarado da enferma. É limpo, mas simplório e minúsculo: há uma única mesinha, e apenas uma cadeira. Nem sinal de livros, de música ou de cor. Para Lin, a sala parece um lamento de solidão, de uma vida reclusa e desacompanhada.

— Preferiu deixar o Sault?

— Não. Fui exilada.

Lin respira fundo.

— Ah. Sinto muito mesmo.

Ela não consegue pensar em mais nada para dizer, mas já não importa. Uma energia febril parece tomar conta de Domna Delores; palavras vazam de dentro dela, um conto de amor e castigo. Uma garota Ashkar, um garoto castellano. Ela se apaixonara, e quando descobriram, fora exilada pelo Maharam — não Davit Benezar, o atual líder do Sault, mas o anterior a ele. Um homem que Lin não chegara a conhecer.

De modo atípico, o garoto permanecera ao lado dela, e Delores acabara se casando com seu amado. Ele era construtor de navios, e juntos tinham vivido suas vidas encarando o lado externo dos muros do Sault. Sempre que avistava os portões e os guardas, Delores sentia a angústia pelo que havia perdido se contorcendo no peito. A irmã, a mãe e o pai e os amigos. Todos ainda vivos na mesma cidade em que ela também vivia, mas ninguém disposto a transgredir os limites da Lei para entrar em contato com ela. Até tentara abordar a irmã uma vez no mercado, mas a mulher fugira como se ela fosse veneno.

Depois, quando o marido morreu em um acidente no Arsenal, Delores foi deixada absolutamente sozinha. Nunca fizera amigos em Castellane. As pessoam mantiveram distância, desconfortáveis pelo passado Ashkar dela. Encontrara trabalho em uma barraquinha no mercado devido a suas habilidades de artesã, costurava botões para viúvos e bordava brasões nos linhos das famílias mercadoras.

A vida passara sem alarde: indistinta e solitária. Nas noites de vento, ia a uma loja de chá próxima ao Sault e ouvia a música que vinha do outro lado dos muros, os cânticos das noites sagradas enquanto o Maharam disparava perguntas e os homens e as mulheres do Sault respondiam: *O que é a vida? É uma ponte estreita. Por que a Deusa renascerá? Para curar o mundo.*

— Se me disser os nomes deles, talvez eu possa te dar notícias sobre sua família — fala Lin com gentileza. — É muito provável que eu saiba quem são, ou que meu avô os conheça.

Mas Delores — um nome castellano que Lin sabe significar "tristeza" e que a faz se perguntar qual seria o nome de nascença de sua paciente — limita-se a sacudir a cabeça, agarrando a mão de Lin com mais força.

— Não — diz então. — Não. Já é tarde demais para isso. Conte-me do Sault. As amendoeiras ainda florescem no Kathot?

Então Lin deixa de lado os grãos de *morphea* e opta por um tratamento diferente, que vai sustentar a paciente mais do que chá ou pão.

— Sim — diz ela —, as amendoeiras ainda florescem na praça principal da cidadezinha amurada dentro da cidade. O brilho dourado do Shulamat resplandece sob o sol, o jardim das plantas medicinais continua crescendo verde e forte e as crianças desafiam umas às outras a escalarem os muros, como sempre fizeram, e depois vêm correndo me procurar com joelhos esfolados e carinhas travessas. E em dias sagrados, sem falta, é claro, há pão de mel e vinho condimentado, e música à noite quando os vagões dos comerciantes voltam das Estradas de Ouro…

Delores fecha os olhos, um sorrisinho fraco em seu rosto definhado, e Lin baixa a voz até que cesse no silêncio. Da próxima vez que vier, decide, vai trazer um bolo de mel para a paciente, ou um pão de ovo enfeitado com uvas-passas. É impossível apagar o amargor do exílio com a doçura do açúcar, e Lin sabe disso, mas é melhor do que nada.

QUATRO

— Seria difícil — falou Kel, cutucando a sopa de macarrão com uma colher de cerâmica — considerar esta noite como um sucesso tremendo.

— Talvez só um sucesso meio bambo, então? — sugeriu Merren.

Estavam no restaurante de massas favorito de Jerrod, na Estrada Yulan, bem no coração de Castellane. Depois que Kel desceu do telhado de frente para a casa de Raimon, encontrou os outros à espera, impacientes, por ele na carruagem. Havia cacos de vidro espalhados pela rua à frente da casa onde Raimon jazia morto, e todos não viam a hora de dar o fora dali. Assim que Kel entrou na carruagem, Ji-An saiu em disparada; dessa vez, ninguém reclamou do jeito que ela dirigia.

Eles pararam em uma cisterna pública, onde Ji-An se encostou na carruagem enquanto os demais lavavam o sangue do corpo com água morna. Merren esfregava à toa os respingos vermelhos que tinha nas mãos até que Jerrod, sem dizer nada, arrancou um pedaço do tecido da própria camisa e o usou para esfregar as mãos do garoto.

Kel franzira o cenho enquanto explorava o corte do pescoço com os dedos. Era maior do que imaginara e, embora fosse superficial, empapara de sangue o pano que tinha colocado em volta da área. Parecia já ter estancado, mas ele não estava gostando nada daquilo. Ter que explicar uma marca no Marivent seria, no mínimo, inconveniente.

Merren falou:

— Quem você acha que matou Raimon? — E baixou a voz. — Será que foram os Vigilantes?

Jerrod riu pelo nariz em desdém.

— Não. Eles costumam derrubar a porta e te prender; não saem por aí atirando no alvo pela janela. Alguém queria calar a boca de Raimon antes que ele falasse conosco.

Ji-An passou a mão pelo cabelo trançado, pensativa.

— O que pode indicar que tinha alguém nos seguindo desde o Caravela. Encontrou alguém no telhado, Kellian?

— A propósito, que Rastejo de primeira! — parabenizou Jerrod. — Você subiu e desceu por aquela parede com uma velocidade impressionante. Deve ser o treinamento de Portador da Espada. A maior parte do meu pessoal não teria conseguido fazer aquilo.

— Cala essa boca, Jerrod. Quero saber se Kel encontrou o assassino no telhado — falou Ji-An. O olhar dela para Kel dizia: *Você viu alguma coisa, não viu?*

Kel pensou na figura vestida de preto, a forma dela contrastando com os telhados curvados da Ruta Taur: desprovida de rosto e praticamente de voz também.

— Não quero falar disso aqui — informou Kel. — Estamos expostos na rua, considerando a maestria que o agressor demonstrou com uma besta e a habilidade que ele tem de nos rastrear.

— Sei de um lugar onde podemos conversar — disse Jerrod. — A Estrada Yulan.

— Maravilha — respondeu Merren. — Eu adoro macarrão. Mas antes vou precisar que devolva minha mão, Jerrod.

Com a expressão neutra, Jerrod soltou a mão de Merren, agora imaculada.

Já tinham ido à Casa de Macarrão Yu-Shuang várias vezes nos últimos três meses. Jerrod ainda gostava de encontrar colegas e informantes ali, e Ji-An e Merren iam pela comida. Assim como Kel, que percebeu, assim que entrou, que estava morrendo de fome. O cheiro de alho e carne de porco cozida no vapor pairava no ar como uma nuvem de aroma divino.

Os funcionários conheciam Jerrod, e depois de todos terem feito seus pedidos, foram guiados à mesa nos fundos, onde ele geralmente fazia reuniões. Ji-An entrou por último, após ter parado na rua para ajeitar o cadarço da bota. Naquele momento, fazia careta para Merren, que acabara de soltar o comentário considerando a noite um sucesso meio bambo.

— Que parte da noite você consideraria um sucesso? — indagou Ji-An, lambendo a colher. Tinha um vício irreparável em doces e comia um pudim de creme de ovo polvilhado com açúcar. — A parte em que nossa única conexão ao massacre na Galeria foi assassinada bem no meio do interrogatório? Ou a parte em que tivemos que fugir antes que os Vigilantes aparecessem?

Ela falava com ressentimento, mas não por Merren; Ji-An não era do tipo que gostava de fugir de confronto.

— Enquanto interrogávamos o cara, e não antes de termos interrogado. — Os acontecimentos da noite não pareciam ter estragado o apetite de Merren. Ele já devorava o segundo prato de bolinhos de vegetais, levemente marcados com respingos carmim de óleo quente. Lambeu os dedos e falou: — No fim das contas, descobrimos coisas relevantes, como…

— Preciso contar uma coisa a vocês — interrompeu Kel.

— Vai nos prender em nome do Esquadrão da Flecha? — perguntou Jerrod.

— O quê…? Não, é óbvio que não. Esperava mesmo que eu fosse dizer isso?

— Toda vez que olho para você — admitiu Jerrod. — Fico esperando a próxima bomba cair.

— Jerrod, você é um cara muito desconfiado — analisou Kel. — O que preciso contar tem a ver com quem atirou em Raimon.

Ele relatou o que sabia — não só o que havia acontecido naquela noite, mas também na primeira vez em que vira o Assassino Sombrio no telhado da Galeria Brilhante. Que reconhecera os virotes da besta, com as plumas cinza e pretas características.

— Por que não nos contou antes? — questionou Ji-An. — Sobre o que aconteceu no massacre da Galeria.

Desconfortável, Kel deu de ombros.

— Não gostei de a pessoa ter falado comigo como se me conhecesse. Hoje foi a mesma coisa. Eu senti como se… como se estivesse envolvido na coisa toda, acho.

— Mas você está envolvido — concordou Ji-An. — O que não quer dizer que seja responsável pelo que aconteceu.

— Eu fiquei com uma sensação de que deveria saber quem era — confessou Kel, agarrando com mais força a taça de vinho de arroz. — Ou que eu pelo menos deveria ter uma noção. Mas não faço a menor ideia.

— Lin — disse Merren, a voz cálida. Por um instante, Kel achou que Merren tivesse perdido a cabeça e sugerido que o Assassino Sombrio era, na verdade, Lin. Depois entendeu que Merren estava apenas cumprimentando Lin Caster, que acabara de chegar vestindo a túnica cinza de médica. O cabelo brilhoso estava preso na nuca com um laço e a bolsa de médica repousava sobre o ombro.

— O que está fazendo aqui? — perguntou Kel. — Não que eu não esteja feliz em vê-la.

— Mandei chamá-la — respondeu Ji-An, e Kel percebeu que, na realidade, ela não tinha parado do lado de fora para amarrar a bota. — Não gostei desse corte aí no seu pescoço. Parece que alguém tentou abrir sua nuca.

Kel levou a mão à ferida e estremeceu.

— Obrigado pela… preocupação.

— Não que eu me importe com você — contrapôs Ji-An. — Só não quero que levante suspeitas no Palácio.

— Claro — falou Kel com pesar, abrindo espaço no banco para Lin se sentar. Ela se acomodou ao lado dele e começou a examinar seu pescoço.

— A ferida não está aberta — disse ela. — O que não é tão ruim, mas dá para ver que foi algo bem afiado que te cortou.

— Vidro — completou Merren.

Havia preocupação no olhar que Lin lançou para Kel, mas ela não perguntou o que havia acontecido.

— Está bem em cima da artéria. Se tivesse sido só um pouquinho mais fundo…

— Eu teria sangrado até morrer — deduziu Kel —, de um jeito dramático, em um telhado. Uma surpresa desagradável para os moradores.

— Até parece — falou Jerrod. — Você jamais teria conseguido chegar ao telhado enfraquecido pelo sangramento.

Ji-An ignorou a discussão.

— Alguém que consegue nos seguir daquele jeito, sem que a gente perceba, é muito bom no que faz. Isso não me agrada nem um pouco. — E tamborilou as unhas nos dentes, absorta em pensamentos.

Lin, depois de mandar que Kel permanecesse parado e sem falar, pegou um bálsamo da bolsa e aplicou o remédio no corte com os dedos. Ardia como se ele estivesse sendo atacado por um enxame de vespas.

— A dor logo vai passar — garantiu Lin. — E olha só... o corte já está até cicatrizando. Quando voltar ao Palácio, vai parecer um mero arranhão. — Ela estava bem próxima dele, exalando um odor agradável de sabonete e folhas amassadas. Kel tinha certeza de que ele fedia a sujeira de calha e suor. Fechou os olhos para apaziguar a dor enquanto os demais atualizavam Lin a respeito dos acontecimentos da noite.

— Montfaucon queria que o novo amante dele lutasse com um boxeador vestido de urso? — perguntou ela a certa altura. — Por quê?

Ninguém pareceu ter resposta, e a conversa continuou. Depois de Lin ter tampado e guardado o pote de bálsamo, falou:

— Sinto muito em saber da morte daquele homem.

— Raimon? Eu não lamentaria a perda dele — rebateu Jerrod. — Não tenho dúvidas de que devia saber mais do que estava admitindo a respeito do ataque na Galeria.

— Não sei, não — contrapôs Kel. — Ele parecia genuinamente amargurado contra quem enganou ele e os amigos, seja lá quem fosse. O que nos leva à pergunta: quem foi que os contratou?

Ji-An afastou sua tigela esvaziada.

— Vamos recapitular o que sabemos com certeza. Pagaram Raimon para contratar um grupo de criminosos que ele conheceu no Tully anos atrás. A maioria tinha sido solta, mas sob ordem de exílio, e por isso ninguém deu pela falta deles. Já estavam escondidos. Esses criminosos acreditavam que só precisavam assustar a princesa sarthiana, e não matar a menina.

— Quer dizer, foi isso que ele nos disse... — murmurou Merren. — Coitada, sabe.

— Achei que odiasse a realeza. — Jerrod parecia ultrajado.

— Não quero que sejam *assassinados* — protestou Merren.

Jerrod balançou a cabeça.

— Juro que não entendo seu senso de política.

— Chega. — Ji-An fez um gesto para que os dois se calassem. — Esses criminosos, o bando do Tully, não achavam que estavam em uma missão suicida. Pensavam que conseguiriam escapar.

— Exato — concordou Kel. — Isso significa que não tinham motivação pessoal para punir Sarthe. Agiram só pelo dinheiro, a mando de um grupo cujas intenções ainda não conhecemos. O velho Gremont fazia parte desse grupo, mas se arrependeu antes de morrer. Os mercenários não foram exatamente os culpados; estavam mais para armas nas mãos de quem de fato tem culpa nesse conluio.

— Bem, pelo menos conseguimos um nome, ainda que seja só o primeiro — lembrou Merren. Terminou os bolinhos e olhou com tristeza para o próprio prato. — Magali.

— Tem uma Magali que trabalha para a família Alleyne — comentou Lin. — Eu me lembro de ter reparado no nome dela. É incomum.

— Não tão incomum assim — rebateu Kel, com rispidez. — Não faz sentido ter sido a criada de Antonetta.

Lin arqueou uma sobrancelha ante à veemência dele.

— Por outro lado — interveio Jerrod, os olhos escuros pensativos —, tem… quer dizer, costumava ter… uma Magali que às vezes aparecia lá no Labirinto para pegar dinheiro emprestado com os agiotas menos escrupulosos. Tinha o hábito de apostar. Quero dizer, era mais um vício do que um hábito em si. Apostava nos jogos da Arena. Não dava a mínima para quem estivesse brigando, fossem crocodilos, humanos, girafas, ela sempre arriscava uma quantia.

— Tem lutas de girafas na Arena? — perguntou Merren, os olhos arregalados. — Eu amo girafas. Elas sempre parecem tão surpresas por estarem lá em cima.

— Cala a boca, Merren — cortou Ji-An, virando-se para Jerrod. — Por que não mencionou isso antes?

Jerrod deu de ombros.

— É como o Kel disse, tem mais de uma Magali na cidade. Eu quase nem lembrava mais dela. Mas o que Lin falou trouxe a lembrança à tona, já que essa Magali de quem estamos falando se vangloriava por ter um trabalho na Colina. Nunca botei muita fé, mas ela parecia estar dizendo a verdade.

— Se é que estamos falando da mesma Magali — respondeu Kel, tenso.

— Então isso significa que as Alleyne são nossas malfeitoras? — indagou Ji-An. — Visto que essa Magali é criada delas?

— É cedo demais para afirmar isso — contrapôs Lin. — Duvido que as Alleyne façam qualquer ideia do que Magali faz ou deixa de fazer no tempo livre dela. Antonetta, com certeza, não sabe.

Ela lançou um sorriso tranquilizador para Kel do tipo que o fez desviar o olhar rapidamente.

— Não tinha me dado conta de que admirávamos tanto assim a família Alleyne— ironizou Ji-An. — Um de nós vai ter que conversar com essa tal de Magali...

— Preciso falar com o Legado primeiro — informou Kel, e todos olharam surpresos para ele. Sabiam que Jolivet tinha um papel importante na investigação, mas Kel raramente o mencionava e, até então, nunca o usara como justificativa para adiar qualquer coisa.

— É, acho que se vamos mesmo começar a orbitar assim tão perto de uma das Famílias da Concessão, o Legado vai ter que ser avisado — concordou Jerrod.

— As Alleyne passam mesmo a impressão de não serem lá muito confiáveis — ponderou Merren. — Afinal, está mais do que evidente que estão prestes a se aliar aos Gremont.

Kel não falou nada. Não confiava no que acabaria dizendo naquele momento.

Lin protestou:

— Garanto a vocês que se casar com Artal Gremont não foi escolha da Demoselle Antonetta.

Kel quase conseguia ouvir a voz de Antonetta, bem suave em sua mente: *Se quero me casar com Gremont? Não. Mas se eu escapar desse casamento, o próximo homem que minha mãe escolher vai ser tão ruim quanto ele? Muito provavelmente.*

Muito provavelmente não, Ana, pensou ele então. Não via como poderia ser pior, e a ideia o destroçava e enojava. Se ele fosse outra pessoa, poderia se oferecer como uma alternativa a Antonetta. Se bem que seria o ápice da presunção partir do princípio que ela fosse querer se casar com ele, ainda que estivesse desesperada.

Lin olhou de relance para ele antes de se voltar para Merren mais uma vez.

— Fiquei intrigada com o tanto que Raimon revelou a vocês por pura e espontânea vontade. Você colocou algo no vinho dele, Merren?

Merren corou.

— Óbvio que sim — respondeu. Kel se lembrou de ver Merren mexendo na garrafa. Sentiu uma leve irritação consigo mesmo; era para ele ter deduzido que isso ocorrera, como Lin. — Uma mistura que eu mesmo preparei. Quem bebe é obrigado, ou melhor, *sente-se fortemente inclinado* a dizer a verdade.

— Muito bem pensado — elogiou Jerrod, sorrindo para Merren. Kel percebeu que ele tinha um jeito muito particular de sorrir para Merren; nunca sorria para mais ninguém daquela mesma maneira.

Ji-An se espreguiçou e bocejou. Estavam todos exaustos, lutando contra a fadiga, então pegaram seus pertences e deixaram o calor apimentado do interior do restaurante, trocando-o pela umidade da noite do lado de fora. Kel se ofereceu para acompanhar Lin até os portões do Sault — ele precisaria, de qualquer jeito, voltar ao Caravela para buscar Asti e sabia que seria mais fácil para Lin evitar problemas com os Vigilantes se estivesse acompanhada.

Quanto ao Assassino Sombrio, Jerrod e Ji-An concordaram que uma pessoa com tais habilidades devia ser uma figura bastante conhecida no submundo do crime; Jerrod, demonstrando certo pesar por não ter descoberto ainda a identidade do vulto, prometeu buscar respostas entre seus contatos.

— Conseguir Rastejar é uma coisa — falou —, mas ter uma mira daquelas é outra. A pessoa atirou bem no coração de Raimon de um telhado do outro lado da rua! Isso é para poucos.

Ele falava de um jeito quase entusiasmado.

— Só não se esqueça — disse Kel — de que estamos tentando capturar essa pessoa para que ela não mate mais ninguém, e não para contratá-la, Jerrod.

O rapaz abriu um sorriso sacana, o luar tremeluzindo em sua máscara.

— Primeiro capturamos você e, depois, contratamos.

— Você não me contratou coisa nenhuma; quem fez isso foi Andreyen. E eu não acho que quem quer que a sombra seja daria uma boa aliança.

— Você está levando tudo para o lado pessoal porque por pouco não se tornou uma vítima também — provocou Jerrod com um sorriso.

— Exato — respondeu Kel, pensativo. — Mas não me tornei. O que é ainda mais estranho. O assassino poderia ter me matado facilmente. Mas disse que tenho serventia para ele, ou ela, sei lá.

— Eu, hein, que coisa mais sinistra — comentou Ji-An. — Tente não ter tanta serventia assim, se possível.

Kel abriu um sorrisinho torto.

— Darei o meu melhor.

Era a Terceira Vigília, e a lua já se erguia firme no céu. As ruas de Castellane estavam escuras e tão silenciosas quanto possível, embora não estivessem desertas enquanto Kel acompanhava Lin, passando pelas sombras alongadas moldadas pela luz de lampiões nas ruas sinuosas. Quem ainda circulava àquela hora parecia compreender que aquele era um momento de quietude. O ambulante empurrando seu carrinho não assoviava; as criadas a caminho das mansões nobres para acender as lareiras do amanhecer caminhavam em silêncio. Até mesmo Kel, quando falou, foi em voz baixa.

— Acho — disse — que não seria de bom tom perguntar a você como é.

— Depende a *que* está se referindo — respondeu Lin, achando um pouco de graça. Kel não costumava ser tão oblíquo.

— Sobre ser a Deusa — disse, por fim. — Foi o que fiquei pensando lá no restaurante. Foi tão natural chamarmos você para tratar da minha ferida, mas... você não é mais só a curandeira que sempre foi, é?

— Não, eu sou sim — respondeu ela. — Ainda sou essa pessoa. Só que também sou... outra coisa.

Ela tentara explicar a situação a Kel e aos demais na Mansão Preta no dia seguinte àquele em que tudo aconteceu. Fora sincera no que lhes dissera: no desespero de colocar as mãos nos livros do Shulamat para curar a amiga, declarara ser a Deusa cujo renascimento era profetizado pela tradição do povo Ashkar. Era algo temporário, ela garantira a eles, e que eles desconsiderassem este fato ao lidarem com ela, afinal, só importava aos Ashkar, coisa que eles não eram.

Ninguém a questionou muito — tirando Andreyen, que a enchera de perguntas, principalmente sobre os livros que ambos cobiçavam. Mas, agora, ali estava Kel, levantando o assunto com uma curiosidade repentina.

— Mayesh por acaso comentou a respeito disso com você? — indagou ela.

Caminhavam para o oeste na Ruta Magna, e ao longe ela conseguia enxergar o porto — ou, melhor dizendo, o ponto onde a cidade acabava de forma abrupta, dando lugar ao mar. O horizonte era uma única faixa azul que unia o oceano ao céu. Quando era criança, costumava desejar poder pular os muros do Sault na direção daquele azul — rumo à imensidão infinita que parecia prometer uma liberdade inimaginável. E de repente se pegou refletindo: será que a Deusa estaria, de alguma forma, do outro lado daquela luz? Talvez em sua própria imensidão infinita, mas feita de escuridão, reclusa do mundo que Lin conhecia?

— Eu perguntei — admitiu Kel. — Mas ele deixou bem claro que não tinha a menor intenção de falar sobre o assunto. — Kel pareceu um tanto acanhado. — Agi mal?

Era interessante ver como Kel podia ficar envergonhado com tanta facilidade; Lin não conseguia imaginar o príncipe com aquela timidez ou insegurança. Dois garotos criados no mesmo quarto, lado a lado, tão parecidos por fora, mas tão diferentes por dentro.

Ponderou sobre o que aconteceria se perguntasse sobre Conor a Kel. Será que o príncipe estava contente com o noivado, com a aliança prestes a ser selada com Kutani? Será que ele tinha conhecido a princesa antes de toda a negociação do casamento? Será que os dois já tinham trocado cartas, retratos? Um embrulho cresceu em seu estômago ao imaginar Conor admirando a princesa, famosa por sua beleza. Talvez ele estivesse ansioso pela chegada dela. Talvez estivesse contando as horas e os minutos.

Ela se forçou a afastar a mente desses pensamentos, mas não completamente do príncipe. Kel dissera que o Príncipe Conor havia mudado; aquela frase ficara martelando em sua cabeça. Mudado como?

Contudo, o príncipe era um tópico que Kel não gostava de discutir. Via o ato como um tipo de traição; já estava em bastante conflito por precisar esconder suas atividades na cidade de Conor. Do *Príncipe* Conor, corrigiu-se mentalmente. Kel podia chamá-lo pelo primeiro nome, mas o direito não se estendia a ela.

O príncipe não era o único assunto que Kel Saren evitava. Lin reparara como a descontração dele rapidamente se transformava em tensão quando Antonetta Alleyne era mencionada. Quando alguém sugerira que a família Alleyne poderia estar envolvida na conspiração da Galeria Brilhante, Kel fechara a cara, o que para ele era o equivalente a ser acometido por uma apoplexia. Lin não conseguiu deixar de pensar no que ele diria se ela contasse que via Antonetta com frequência. Que, às vezes, falavam sobre ele. Que o nome dele fazia o rosto de Antonetta corar da mesma forma que o dele corava quando ouvia falar da jovem nobre.

Mas para que dizer esse tipo de coisa? O Portador da Espada não podia se casar, e Antonetta contraíra noivado com Artal Gremont. Nesse aspecto, ela e Kel eram parecidos, pensou Lin: ambos viviam confinados entre quatro paredes literais e imaginadas, presos às expectativas e aos planos de outras pessoas. E os dois guardavam em segredo o rosto que lhes vinha à mente quando fechavam os olhos à noite.

— Não — respondeu ela. — Não agiu mal. Mas eu teria te avisado que Mayesh poderia ficar meio ofendido se perguntasse algo sobre essa questão a ele.

Kel afastou os cachos escuros da testa; havia arranhões leves em sua têmpora esquerda, provavelmente causados pelos estilhaços de vidro, além de furinhos e pequenos rasgos em suas roupas finas.

— Não seria a primeira vez que o Conselheiro me expulsaria de sua sala por fazer perguntas incômodas.

Lin deu uma risada. Kel era bom nisso, em fazê-la rir.

— Tudo isso… sabe, é difícil para mim falar sobre esse assunto. — Passaram por uma loja de velas. Algumas ardiam suavemente no interior da vitrine, tinham sido deixadas acesas pela madrugada: colunas brancas grossas e círios trançados de diversas cores, todos brilhando suavemente anunciando a mercadoria atrás do vidro. — Não por ser proibido ou por eu me sentir envergonhada nem nada, mas…

— Porque mesmo fingindo ser algo que não é, você ainda sente o peso da responsabilidade.

Lin assentiu.

— Quando ando pelo Sault, percebo que as pessoas estão me vendo, olhando para mim… mas que também estão enxergando outra pessoa no meu lugar.

— Sim. Você confinada aos muros do Sault, eu encastelado nas paredes de Marivent… pronto, chegamos. O que é uma pena, porque eu estava gostando da nossa conversa.

Como se evocados pelas palavras dele, os muros do Sault surgiram à frente. Não estavam tão perto a ponto de Lin distinguir quem fazia guarda nos portões, mas as tochas queimavam em seus suportes nas laterais, como sempre. À luz delas, os olhos de Kel ficavam bem cinzentos. Lin se lembrou de quando ele dissera que eles tinham outra cor antes de serem alterados para se parecerem com os de Conor. Ela se pegou imaginando de qual cor teriam sido.

— Sempre quis saber o que está escrito nos portões do Sault. Tenho certeza que já vi essas palavras antes, mas não consigo lembrar onde — disse ele.

— Talvez no medalhão do meu avô — sugeriu Lin. — Aquele que ele usa como Conselheiro. A inscrição está na Língua Antiga.

— Achei que todos os Ashkar falassem a mesma língua?

— E falamos, mas temos sotaques e dialetos diferentes. — Lin pensou nos pais, nos traços shenzanos, malgasianos e hindeses incorporados na fala quase incompreensível dos Rhadanites. Ela mesma nunca chegou a aprender direito, nem a linguagem de sinais e símbolos que apenas os Rhadanites conseguiam ler. Sempre fora Josit quem se interessara por aquilo. — Só que existe uma diferença entre as línguas que falamos no dia a dia e as palavras que usamos em orações e canções. Palavras como Sinédrio ou Shekinah pertencem à Língua Antiga. O que está escrito nos portões é a nossa Grande Oração: *Oqodemshe, thān Ashkar, Mayyam khaf, anokham miwwod.* "Ouçam, ó Ashkar, Ela é Única, Ela renascerá."

— Então a Grande Oração fala da Deusa. Mas o que significa "*Ela é Única*"?

— Significa que não acreditamos em diversos Deuses, como vocês — respondeu Lin. — Só em uma. É isso que nos define, essa fé. Por isso, as palavras da Grande Oração funcionam como uma garantia. Estão gravadas em amuletos que usamos junto à pele, costuradas nas roupas e tatuadas na pele. Na época em que os Ashkar precisaram esconder quem eram, muitas vezes as palavras eram escritas em tiras de papel habilidosamente escondidas dentro de uma caneta, de um brinco ou no salto de uma bota. Contanto que carregue a Grande Oração consigo, ela protegerá você. E assim nunca se esquecerá de que é Ashkar.

Kel ficou em silêncio por um momento. O rosto dele estava solene à luz das tochas.

— Nunca tomei conhecimento de nada disso — falou por fim. — Acho que conheço Mayesh a vida inteira, mas nunca soube disso.

— Não é para contarmos esses segredos aos *malbushim*, mesmo. Conheci meu avô melhor nesses últimos meses e passei a entender que, embora ele fale *pelos* Ashkar no Marivent, não fala *de* nós no Marivent.

— Não — disse Kel. — Ele é um homem interessante, Bensimon. Não imagino que existam muitas pessoas para quem ele baixe a guarda.

— Nesse sentido, acho que sou bem parecida com ele — refletiu Lin. — Mas quando estou com você, com Merren, Ji-An e até mesmo Andreyen e Jerrod... eles não se importam se eu me referir a mim mesma como Deusa ou Rainha do Porto ou... ou sei lá, Princesa das Batatas. — Kel sorriu. — E eles também sabem quem você é — acrescentou ela. — Portador da Espada.

— De fato — concordou Kel. — Agora, se me dá licença, preciso resgatar minha égua de um bordel. Nunca achei que fosse ter que dizer isso em voz alta. E pelo amor dos Deuses, não conte nada disso a Mayesh — acrescentou ele, virando-se para seguir viagem. — Ele vai querer arrancar minha cabeça só por diversão no meio da relva do Palácio.

Quando Kel enfim retornou ao Marivent, o sol já despontava sobre a Passagem Estreita. Depois de levar Asti ao estábulo e compensá-la com algumas porções de feno (ela estava nitidamente ressentida por ter sido deixada no Caravela e roncou de desdém quando Kel lhe ofereceu uma maçã), encontrou um bilhete de Jolivet enfiado no cocho de ração que dizia apenas: *Espero um relato completo amanhã.*

Kel rasgou o papel em pedacinhos e os espalhou no chão. Em seguida, subiu para os aposentos que compartilhava com Conor.

Já ensaiava a versão da noite que contaria a Conor. Chegaria o mais próximo da verdade possível. Não apenas por segurança, mas também porque também aliviava a parte de sua consciência que ardia feito um corte quando ele precisava mentir.

Contaria sobre Montfaucon, pensou Kel ao entrar nos quartos, e sobre o boxeador vestido de urso, e sobre o interesse de Esteve por Beatris Cabrol. Mencionaria que tinha conversado com Silla. Ou talvez fosse melhor não. Conor não ter dormido com ela ainda o surpreendia — mas aquilo acontecera na noite da malfadada festa dos Roverge, não é mesmo? Na época em que ele estava desolado. Além do mais, pensou Kel, não era assunto de sua conta.

Os aposentos estavam frios, o fogo já extinguido na lareira, e escuros também. A única iluminação provinha da luz da manhã que se derramava pelas janelas como leite azul ralo. Conor estava sentado à mesa, como ultimamente vinha fazendo com frequência, mas quando Kel se aproximou tirando as luvas, percebeu que o príncipe dormia, a cabeça apoiada sobre uma pilha de papéis como se tivesse encostado por apenas um instante e caído no sono de imediato.

Kel hesitou. Adormecido, o rosto de Conor não carregava tensão e ponderação, e lembrava a época em que os dois eram crianças. Não inocentes, tampouco perversos, mas curiosos e ávidos. Como se tivessem muito pelo que ansiar no futuro. Kel ainda se lembrava do que pensara da primeira vez que vira o príncipe: *Quero ser igual a ele. Quero viver como se o mundo fosse se moldar aos meus sonhos e desejos. Quero passar a impressão de que posso, a qualquer momento, roubar as estrelas só para brincar com elas.*

Mas essas ideias tinham ficado para trás. Agora ele sabia que o mundo não se moldava a ninguém. Por mais poder que se tivesse, sempre havia forças maiores. Essa verdade vigorava na cidade e na Colina.

Ele pousou a mão sobre o ombro de Conor e sentiu o príncipe se mexer.

— Sou eu — anunciou —, Con. Você anda trabalhando demais.

Conor se endireitou na cadeira e coçou os olhos.

— Os deveres de um príncipe nunca acabam.

Não era assim que você costumava pensar. Mas Kel não pronunciou o que havia pensado. Limitou-se a colocar o braço nas costas de Conor e soltou:

— Vem, eu te ajudo a ir para a cama.

LIN

— Agora venha — diz Lin, como quem tenta persuadir uma criança. — Deixa eu dar uma olhada nesse seu pulso.

— Não precisa — responde a garota sentada à sua frente (de nome Silla). — Não preciso de tratamento nenhum. Nada de sanguessugas e coisas do tipo. Vai melhorar sozinho.

Lin sorri.

— Eu não uso sanguessugas; pode perguntar para as outras.

Silla solta um suspiro dramático. Ela é bonita, tem cabelo ruivo alguns tons mais claros que o de Lin, olhos escuros e uma boca carnuda pintada de vermelho. Está usando um vestido de seda com mangas longas e bufantes, e quando vira a cabeça, Lin percebe as manchas arroxeadas no pescoço da garota, hematomas.

O sorriso dela esmaece, e ela assume um semblante neutro e profissional.

— Não vai doer — tranquiliza-a, e com mais um suspiro, Silla puxa a manga para cima, expondo um braço longo e fino. Delicado, feito para gestos lânguidos, mas agora marcado por um bracelete de hematomas e inchado na altura do pulso.

Lin toma a mão da outra garota e a ouve respirando fundo enquanto examina o pulso com o máximo de cautela. Não está quebrado, pelo menos. Só uma torção feia, como se alguém tivesse segurado Silla enquanto ela tentava se afastar, usado a força e torcido o braço dela...

— Quando foi que isso aqui aconteceu? — pergunta Lin, sentindo uma raiva quente crescendo dentro de si.

— Hoje mais cedo. — O que parece ser verdade; os machucados aparentam mesmo ser recentes.

— Quem foi que fez isso? Precisa contar para Domna Asper. Ela não vai gostar nada de saber disso.

— Alys não tem muita escolha. — Silla parece murcha. — Não quando se trata dos nobres, como o príncipe e seus amigos...

Foi como se o sangue nas veias de Lin coagulasse. Acometida por uma náusea súbita, ela ouve a batida do próprio coração nas têmporas.

— Foi o Príncipe Conor que fez isso?

— Ah, não... de jeito nenhum — responde Silla, parecendo genuinamente perturbada com a ideia. — Ele bebe e se torna ridículo, igual aos outros, mas não maldoso. Já faz quase dez anos que ele vem aqui com o primo e nunca houve qualquer reclamação quanto a nenhum dos dois.

Lin solta um suspiro de alívio. Embora o aperto no peito ainda persista, ele cede um pouco. Ela sabe que o Príncipe Conor frequenta o Caravela; Kel lhe contara. Ambos costumam ir lá. É mais seguro, explicara Kel, do que flertar com rapazes e senhoritas da Colina, o que poderia levar a envolvimentos embaraçosos. Com a transação acertada de antemão, como acontecia ali, tudo se tornava mais simples.

Ainda assim. Dez anos. Lin não consegue evitar pensar em Conor naquela idade, quando tinha pernas compridas, braços longos e olhos cinzentos grandes sob um tufo espesso de cabelo cacheado. Kel fora sincero ao dizer que ficara apavorado da primeira vez que fora ao Caravela; e Lin se pergunta se Conor também sentiu o mesmo.

— Então quem foi? — insiste Lin, tirando um rolo de curativo da bolsa. — Quem fez isso com você?

— Artal Gremont — confessa Silla depois de uma longa pausa. Revelar segredos não parecia ser algo natural para ela; o trabalho dela exige mantê-los guardados a sete chaves. — Alys sabe. Contei para ela.

— Artal Gremont? — repete Lin. — Eu nem sabia que ele já tinha chegado em Castellane. Antonetta não me contou.

Silla solta um risinho de desdém.

— Assim que botou os pés na cidade, foi direto para o Distrito do Templo. Pelo visto só quer saber de tropegar, bêbado, de um quarto para o outro. Nenhuma das garotas o suporta. E Alys olha para ele como se o detestasse, mas só quando ele não está vendo. Diz que precisamos ser boazinhas... ele tem aliados poderosos.

— Ele próprio já é poderoso — diz Lin, começando a enfaixar o pulso de Silla. — Está prestes a assumir a Concessão do chá. E o casamento que vai contrair lhe dará acesso de mão beijada à Concessão da seda também.

Silla revira os olhos.

— Ele comentou mesmo que precisava se divertir o máximo que pudesse antes de as paredes do matrimônio o sufocarem de vez. Mas é o tipo de homem que vai procurar cortesãs às costas da esposa. Acho que só fica se lamuriando pelos cantos para ganhar compaixão.

— Credo — comenta Lin. — Alys não vai fazer você atender ele de novo, vai?

— Não. Mas ela não pode bani-lo do Caravela. Existem outras garotas, sabe, do tipo que atendem homens que gostam de causar dor. Acho que é com elas que ele vai ficar. Mas terão que fingir odiar o que ele está fazendo; senão, ele perde o interesse. Ele gosta de causar sofrimento.

E é com esse homem que Antonetta vai se casar?, pensa Lin. Será que vale a pena alertá-la? Mudaria alguma coisa? Antonetta parece tão distante do mundo do Caravela; será que entenderia? A determinação que ela vem demonstrando para se casar com Gremont, por pior que ele seja, parece irredutível.

E o casamento funciona de uma forma diferente para as pessoas da Colina, reflete ela. Talvez Gremont não se sentisse à vontade de fazer com a herdeira da fortuna da Concessão da seda o que fez, sem nenhum escrúpulo, com uma garota impotente no Distrito do Templo.

Ela termina de enfaixar o pulso de Silla; e quando Lin se abaixa para guardar os próprios materiais, Silla fala, em uma voz incerta:

— Você conhece Kel Anjuman, não conhece?

Lin se retrai na cadeira.

— Foi Alys quem te contou isso?

Silla assente.

— Antigamente eu o atendia o tempo todo. Era um dos meus clientes mais regulares. Mas aí ele parou de dar as caras… assim como o príncipe, então deduzi que ele vai para onde quer que Conor vá.

Era estranho ouvir alguém chamando Conor pelo primeiro nome com tamanha naturalidade, mas Lin não se demora nessa ideia: porque fica estarrecida ao descobrir que ele vem se abstendo do Caravela. Talvez tudo o que Kel tenha dito sobre si mesmo seja verdade. Talvez ele tenha mesmo mudado.

— Da última vez que vi Kel, ele deixou bem evidente que nossas interações haviam chegado ao fim — acrescenta Silla. — O que é uma pena. Eu tinha esperanças de que talvez…

Lin desvia o olhar, querendo esconder de Silla a expressão que tem no rosto.

— Imagino que seja difícil alimentar esperanças quando o objeto de sua afeição é alguém da Colina.

— Que isso, afeição. — Silla descarta aquele conceito com um gesto da mão machucada. — Gosto muito dele, mas nunca imaginei que fosse me casar com ele nem nada assim. Mas pensei que talvez ele quisesse uma amante… uma amante oficial, quero dizer. O sonho de todo cortesão é virar amante. Isso garante uma casa nas Ruas de Prata, uma carruagem, um pouco de dinheiro guardado. Independência. É uma vida digna se o homem for bom.

— Coisa que Kel certamente é — concorda Lin, pegando a bolsa. — Mas vai encontrar outro patrono bondoso. Tenho certeza.

Silla limita-se a abrir um sorrisinho fraco em resposta; Lin sabe que as palavras que acabou de dizer não oferecem muito conforto. As duas pertencem a mundos diferentes, ela e Silla, mas enquanto médica e cortesã, partilham do mesmo conhecimento de mundo: que a bondade é rara como ouro em Castellane, e que a benevolência é ainda mais rara que o próprio Vidro Estilhaçado.

CINCO

— É preto — disse Lin.

Mariam balançou a cabeça.

— É azul-escuro.

Lin olhou para o vestido pendurado no cabide preso à parede de Mariam.

— É *preto*. Cor que os Ashkar não têm permissão para usar fora do Sault, Mari.

— É azul-marinho — insistiu Mariam, teimosa. — É para ser da cor do mar.

— Sei. — Lin alisou o tecido. A seda era macia e densa ao toque; dava para sentir o peso da textura, o luxo. Continhas pretas caíam em cascata na parte da frente, como um monte de estrelinhas espalhadas. O decote era bem discreto, mas as costas pareciam perigosamente cavadas. — Você fez isso em dois dias?

— Eu ajustei às suas medidas em dois dias — corrigiu Mariam. — Levei duas semanas para confeccionar. Era para ser da Demoselle Mirela Gasquet, mas a mãe dela achou aberto demais.

Lin deu mais uma olhada nas costas da peça.

— Se é aberto demais para uma filha da nobreza, tenho certeza de que é aberto demais para *mim*.

Mariam revirou os olhos.

— É a moda. Experimenta, pelo menos.

Não havia meio de discutir com Mariam quando ela estava naquele humor. Lin se despiu até ficar com a roupa de baixo e colocou o vestido pesado, esperando com paciência enquanto Mariam apertava os fechos que desciam pela lateral.

— Lindo — avaliou Mariam quando acabou. — Ai, Lin. Ficou tão bonito.

Lin se olhou no espelho. Tinha que admitir: Mariam era uma gênia na confecção de vestidos. O cetim escuro moldava-se ao corpo como uma luva. As continhas que brilhavam e captavam a luz pareciam destacar suas curvas mais marcantes: os quadris avantajados, a cintura curvilínea, a proeminência dos seios. Quando se virou, quase arquejou: o decote das costas chegava quase que à cintura, revelando uma extensão generosa de pele pálida como a lua.

— Eu me sinto quase nua — falou Lin, apavorada.

— E é por isso que vai precisar usar esse xale — respondeu Mariam, pegando um xale preto macio, bordado com um padrão de flores prateadas. Ele de fato combinava com o vestido. Lin o pegou e o jogou sobre os ombros, arrancando de Mariam um suspiro.

— Para ser sincera, o vestido fica melhor sem o xale — falou —, mas se sentir mesmo que *precisa* usá-lo…

— Preciso, sim — afirmou Lin. — Ah… e os sapatos.

— Demoselle Mirela me pediu para fazer um par de *pasifles* que combinassem. Estão em algum lugar por aqui, acho — disse Mariam, rejeitando a ajuda de Lin com um aceno de mão conforme vasculhava uma pilha de restos de tecido. Suspirou de novo e endireitou a postura com dois sapatos de seda nas mãos. — Queria poder ir com você. E ver todo mundo te admirando com esse vestido.

Quando Mariam lhe entregou os calçados (que eram inconfundivelmente pretos, assim como o vestido), Lin sentiu uma onda de culpa atravessá-la. Para ela, ir à festa era uma obrigação da qual desejava poder se esquivar. (De novo, a voz que tinha na cabeça a lembrou de que o príncipe estaria lá, que ela o veria, que ele provavelmente já tinha se esquecido dela.) Mas, para Mari, a festa representava um deleite, uma oportunidade de ver a beleza resplandecente da Colina.

E a traição, emendou Lin mentalmente, lembrando-se da princesinha de Sarthe. A crueldade. Mariam era a bondade em pessoa — um alvo fácil para as garras lupinas das Casas da Concessão.

— Você é boa demais para as pessoas da Colina, Mari — respondeu Lin.

Mari pareceu que ia retrucar, mas acabou se detendo. Torceu um pedaço da própria saia entre os dedos e disse:

— Não importa muito. Porque eu *não poderia* ir... e além do mais, tenho outra coisa para fazer hoje à noite.

Lin terminou de enfiar os pés nos sapatos.

— E quais são seus planos?

— Os livros que você anda lendo. Os que falam de — Mariam baixou o tom de voz — magia... quero lê-los também.

Lin ficou surpresa.

— É mesmo? — Mariam nunca havia demonstrado interesse algum naquele aspecto dos estudos de Lin.

— Sou tão grata por tudo que fez por mim, Lin. — A médica começou a contestar, mas Mari a calou com um gesto de mão. — *Mas*... eu sinto como se meu destino estivesse completamente fora do meu controle. — Ela analisou o rosto da amiga com os olhos bem pretos. — Entende o que quero dizer?

— Entendo a sensação — respondeu Lin. — Só que a maior parte dos livros... — *Estão guardados na Mansão Preta*, ela quase disse. Jamais se sentira segura para deixá-los em casa desde que o Maharam invadira seu quarto e confiscara seus preciosos exemplares. Ele os devolvera após o Tevath, mas a lembrança ainda doía.

— Não me importo que sejam proibidos — falou Mariam. — Lin, a única escolha que de fato *posso* fazer é acreditar em você para salvar a minha vida. E acredito, mesmo... confio em você totalmente... mas é certo que não nos ajuda em nada eu saber tão pouco. Quero entender o que você está fazendo. O que está acontecendo dentro de mim.

Lin sentiu um aperto na garganta.

— Mari...

Foram interrompidas por uma batida na porta. Um segundo depois, os olhos de Chana se esgueiraram para dentro do quarto, brilhantes sob o pano que escondia seu cabelo.

— Oren Kandel está lá fora — anunciou sem delongas. — Lin, ele trouxe uma mensagem do Maharam para você. Disse que não pode esperar.

Lin levou as mãos à roupa.

— Não posso encontrar o Maharam vestindo *isto*.

Chana sacudiu a cabeça.

— Disse para você não se demorar, passarinha. É melhor ir encontrar o Maharam usando esse vestido do que o deixar esperando. É só enrolar isso no corpo. — Ela balançou a mão na direção do xale de Lin.

A garota se virou para Mariam, que parecia ansiosa.

— Mari — disse lentamente. — Aquele chá estrangeiro pelo qual você estava procurando... tem um pouco em cima da mesa da minha cozinha. Tem apenas uma variedade do chá, mas é bom.

Mariam agradeceu em silêncio enquanto Chana apressava Lin para fora do quarto e a conduzia pelo corredor. Lin mal teve tempo de apertar o xale ao redor do corpo antes de ser arrastada para a rua, onde Oren a aguardava.

Os olhos escuros do homem faiscaram de hostilidade ao vê-la se aproximar.

— O Maharam solicitou que eu a levasse ao Shulamat imediatamente, *Deusa*.

Oren passou o olhar por Lin, da cabeça exposta ao sapato de festa, e ela sentiu como se um rastelo de jardim estivesse arranhando sua pele. Lascívia e desprezo brilharam nos olhos dele. Como se estivesse faminto, mas a única comida disponível fosse algo que detestava.

Lin cruzou os braços sobre o peito.

— E do que se trata, Oren?

Ele deu um sorrisinho sarcástico.

— O Maharam vai explicar.

Não havia por que discutir. A vantagem daquela interação estava com Oren, que não disfarçava o apreço que sentia pelo desconforto de Lin. Ela resistiu à vontade de apertar ainda mais o xale no corpo e o seguiu em silêncio.

Os dois caminharam pelo crepúsculo azul. O sol tinha acabado de se pôr e o céu ainda não estava escuro, mas as sombras começavam a tomar forma nos cantos e debaixo das árvores. A atmosfera estava suave feito veludo, carregando um traço salgado tão vívido que quase dava para sentir o gosto.

Enquanto andavam, a mente de Lin estava em um turbilhão. Seria possível que o Sinédrio já tivesse chegado? Mas o Maharam dissera que eles ainda levariam mais alguns dias para aparecer. Além disso, o Sinédrio era uma caravana cheia de dignitários, os portões teriam sido escancarados, e o conselho de anciãos do Sault teria se reunido para recebê-los. Não era o tipo de evento que passaria despercebido.

Será que o Maharam decidira que era hora de parar com meias-verdades e exigiria que ela admitisse não ser a Deusa Renascida? Lin se perguntou se ele poderia ter falado com Mayesh. Os dois homens não se suportavam, e já haviam se desentendido por causa dela, mas Maharam jamais tomaria uma atitude relacionada a ela sem o conhecimento de Mayesh. O avô era um homem importante demais. E Mayesh a teria alertado. Apesar da distância entre os dois, ele teria avisado. Ainda estava muito bravo com ela desde o Tevath, mas também guardara seu segredo. Não contara a ninguém que não acreditava na alegação de que ela era a Deusa, embora Lin tivesse certeza de que ele não acreditava. Isso tinha que significar alguma coisa.

Ela e Oren chegaram ao Kathot, a praça principal do Sault. As figueiras e amendoeiras floridas no centro projetavam sombras grandes nas lajes e mandarovás farfalhavam na escuridão. As tesselas azuis no alto do domo do Shulamat reluziam sob a luz tênue do céu que escurecia. Ao erguer a saia pesada para subir os degraus, Lin pensou no orgulho misturado com ressentimento que ela sempre sentira ao olhar para o templo. Orgulho pela beleza da arquitetura, pelo conhecimento e pela história de seu povo. Haviam fugido de Aram sem nada, e construíram muito. Trouxeram consigo toda a sabedoria e as tradições como se fossem relíquias preciosas, transmitidas de geração em geração.

E, no entanto, essas mesmas tradições haviam sido a barreira entre ela e o conhecimento que tanto desejava. *Eu não teria feito a declaração que fiz*, pensou. *Mas não tive escolha.*

Lin ergueu o queixo e ajeitou a postura. Passou à frente de Oren e entrou no Shulamat antes dele. A Deusa não seguia um homem como Oren Kandel.

Avançou pelo corredor central até o estrado elevado onde o Maharam Benezar a aguardava, Oren veio logo atrás. O Maharam estava sentado no lugar de sempre, o cajado apoiado sobre o colo. Atrás dele, um estranho estava de pé.

O estranho assistia à sua aproximação. Parecia mais velho que ela, mas ainda assim era jovem — vinte e nove, talvez trinta. O cabelo era da cor do bronze, um dourado escuro e manchado. A pele talvez um dia tivesse sido clara, mas estava profundamente bronzeada. Era evidente que o homem era Ashkar; tiras finas de couro preto, usadas pelos comerciantes rhadanitas, estavam enroladas nos pulsos e subiam pelos braços. Tinha tatuagens em taquigrafia pictográfica nos braços, nas mãos e no pescoço — visíveis sob os cordões abertos da camisa. Vestia trajes bastante simples feitos de linho e sujos de terra, o que era típico para um viajante, e botas de couro marrom grosso.

Lin olhou do estranho — inexpressivo, com a postura impecavelmente ereta — para o Maharam. Conseguia ouvir a respiração pesada de Oren atrás de si. Um lampejo de terror percorreu o corpo dela, afiado e quente feito o corte de uma lâmina. Pensara apenas no Sinédrio, mas aquele viajante trazia notícias. Notícias das Estradas de Ouro. Notícias para ela.

— Josit — sussurrou. — Aconteceu alguma coisa com o meu irmão?

O estranho olhou para Benezar.

— Ela tem um irmão?

A confusão dilacerou a angústia de Lin. Antes que pudesse repetir o nome de Josit, o Maharam interveio:

— Lin. Este é Amon Aron Benjudá. Nosso Exilado. — Os olhos profundos dele fisgaram os de Lin. — Ele veio testar a Deusa Renascida.

O estômago de Lin se revirou em uma mistura de alívio e choque. Aquele era o Exilado? É claro que ela já tinha visto imagens dos Exilados — homens com vestes opulentas e medalhões de prata. No entanto, o estranho estava bem ali, usando linho desbotado, colete de camurça, mangas arregaçadas, um dos cadarços da bota meio solto. Os cabelos cor de bronze grossos estavam desalinhados e as bochechas exibiam uma barba por fazer. Nada nele prenunciava a posição altiva que ocupava. Ela sabia que Amon era o nome cerimonial, as pessoas comuns o chamavam por seu nome de nascença: Aron.

— Agora? — A voz de Lin saiu baixa, ela torcia para que o tremor dela não fosse perceptível. — Não é possível que queiram fazer o teste agora. Não tive tempo para me preparar.

— E preparo é necessário? A Deusa não deveria ser só... a Deusa? — A voz de Aron assustou Lin. Era baixa, opulenta e melódica. A voz de um descendente de Judá Makabi, o protetor da Deusa, exilado com seu povo.

Lin fez tudo o que pôde para manter o semblante neutro. Disse:

— Está escrito no *Livro de Makabi* que logo que a Deusa renasce, talvez nem reconheça a si mesma.

— De fato — concordou Aron, seco. — É bom saber que está familiarizada com os livros sagrados, Lin Caster. — Ele lançou um olhar para além dela e semicerrou os olhos. — Pode ir embora, Kandel.

Oren lançou um olhar suplicante ao Maharam, mas recebeu de volta apenas uma expressão de reprovação.

— Faça o que o Exilado diz.

Enquanto Oren dava as costas e ia embora de ombros caídos, Aron Benjudá desceu do estrado, dando fim à esperança de Lin de que ele fosse baixo. Ledo engano. Ele era pelo menos uma cabeça mais alto do que ela. O olhar cor de âmbar, percorreu Lin dos pés a cabeça, examinando os sapatos, o vestido de cetim. Não havia nele nem a fome lasciva nem o desprezo de Oren. Era frio, calculista e a estava avaliando.

— Por acaso — começou ele, olhando para Lin com severidade — há algum tipo de festividade no Sault hoje? Uma da qual não eu não tenha sido informado?

Lin ergueu o queixo. Não havia por que mentir.

— Uma festividade, sim. Mas não no Sault. Na Colina.

— Ah, na Colina? Onde moram os nobres da sua cidade?

— Acredito que saiba — falou o Maharam — que o avô dela é Mayesh Bensimon. Conselheiro do rei.

— Conheço bem Mayesh — falou o Exilado, para a surpresa de Lin.

— Ele tem esperanças de que ela siga seus passos na política — contou o Maharam. — Gosta que ela o acompanhe à Colina de tempos em tempos. De familiarizá-la com as pessoas próximas ao trono. — O tom de voz que ele usava era seco.

— Interessante — respondeu Aron. — Mayesh sempre teve uma visão um tanto não ortodoxa. A menos que tenha mudado. Não o vejo há dezessete anos.

— Não — respondeu Lin, breve. — Ele não mudou.

Contudo, a mente dela fervilhava: como era possível seu avô conhecer o Exilado há dezessete anos?

— Ele está no Palácio agora — grunhiu o Maharam. — Tenho certeza de que desejará vê-lo, Aron.

— Tudo a seu tempo — rebateu Aron. — Tenho outras questões a tratar no Sault.

— Várias pendências de justiça aguardam o seu julgamento — completou o Maharam.

Era comum que os membros visitantes do Sinédrio — assim como o Exilado, líder deles — assumissem a aplicação da Lei. Muitas vezes eram casos de propriedade, comportamento ou questões que o conselho de anciãos julgava estar fora de sua alçada.

— De fato — concordou o Exilado, mas era nítido que a mente dele estava em outro lugar. Ele se aproximou de Lin, como quem avalia um cavalo à venda na Praça do Mercado da Carne. — Maharam — falou, sem desviar os olhos dela. — Você sabe que é meu dever.

— Sim — disse o Maharam, franzindo as sobrancelhas grossas. A atenção do Exilado ainda estava em Lin, que lutou contra o impulso de cerrar os punhos na lateral do corpo.

Não demonstraria ansiedade, prometeu a si mesma quando ele se aproximou. Não permitiria que ele a intimidasse. Já lidara com príncipes. Eram só homens como quaisquer outros.

— Lin Caster — falou Aron. — Sou seu Exilado, seu *gadol hador*. Levante essa cabeça e olhe para mim.

A contragosto, ela obedeceu. Ele estava a apenas alguns centímetros de seu rosto. De perto, ela percebeu que os olhos dele eram da cor da areia do deserto, como se tivessem absorvido as paisagens áridas nas quais ele caminhara em suas viagens.

O salão mergulhara num silêncio absoluto. Lin ouvia a própria respiração quando os olhares se encontraram. Não achava que já tinha sido observada com tamanha curiosidade. Aron parecia dissecá-la com os olhos, como se estivesse disposto a examinar camada por camada, cada componente do que a compunha, em busca da verdade ou das mentiras.

Seu coração martelava com uma sensação inquietante que sussurrava para ela: *Ele é quem diz ser. O Exilado, descendente de Judá o Leão. Está procurando em mim algum sinal de que sou quem digo ser: a Deusa Renascida, que está destinada a se unir a ele. Sem dúvidas deve haver alguma faísca do divino, alguma chama que deve se acender quando o Exilado olhar para a Deusa pela primeira vez. Certamente ele espera sentir algo.*

Pareceu bastante evidente que o homem não estava sentindo nada.

Ele se afastou, interrompendo o contato visual. Lin só queria baixar a cabeça, mas se forçou a continuar encarando o nada à frente, o coração martelando no peito.

A voz de Aron saiu indiferente.

— Bem, você não é a primeira a reivindicar o título de Deusa Renascida desde a Ruptura. Não é a primeira nem mesmo neste ano. Aprendi a baixar minhas expectativas. Assim como o Sinédrio, e foi por isso que escolheram, afinal, não me acompanharem até aqui. Se passar no primeiro teste, eu os convocarei.

Do contrário, seria perda de tempo. Não chegou a falar tal coisa, mas tinha ficado implícito que isso estava se passando em sua mente. A irritação de Lin aflorou até que ela pensasse que estava sendo ridícula. Ele tinha razão em ser cauteloso. Ela sabia disso melhor do que ninguém.

— O primeiro teste? — repetiu. — Quantos serão?

— Vamos nos preocupar com o primeiro, por ora — falou o Maharam. — Se não correr bem, não haverá nenhum outro. Você será avisada quando for a hora.

Lin fez uma reverência singela. Era uma cordialidade dos castellanos, não dos Ashkar, mas não parecia importar muito.

— Eu gostaria muito de ser avisada com antecedência — falou ela —, pois minha maior preocupação são os meus pacientes.

— Maior preocupação? — O Exilado arqueou as sobrancelhas. — Ela fica acima do seu dever para com o seu povo?

Lin travou o maxilar.

— São vidas, Exilado — respondeu. — E como a própria Deusa ensinou, nós, Ashkar, valorizamos a vida acima de qualquer outra coisa. Até mesmo do dever.

Não vou deixar nem um único paciente morrer para agradar você, pensou ela. *Não importa o custo.*

O Exilado limitou-se a semicerrar os olhos, como se pudesse adivinhar seu pensamento. Sem dizer mais nada, deu-lhe as costas. Do estrado, o Maharam gesticulou para Lin; ela estava dispensada. Tinham acabado.

Ao sair do Shulamat, Lin parou no topo da escada para recuperar o fôlego. Estivera prendendo a respiração o tempo todo? Não tinha certeza, mas a cabeça latejava. Só conseguia pensar que precisava fazer o máximo por Mariam antes que o primeiro teste acontecesse. Depois disso, tudo indicava que seria tarde demais.

— É hoje que eu bebo até cair — anunciou Montfaucon.

Kel olhou para ele sem muito interesse. Estava espremido em uma das carruagens menores do Palácio com Conor, Falconet, Montfaucon e Ciprian Cabrol a caminho da Casa Alleyne para celebrar o noivado de Antonetta. Não que Kel visse muito o que se comemorar.

— Uma noite como outra qualquer para você, então — respondeu Falconet, sem sombra de humor. Estava muitíssimo bem-vestido, assim como os demais. No caso de Falconet, isso significava uma camisa marfim de seda com mangas bufantes que permitiam um vislumbre do veludo azul-gelo do forro e luvas com um babado de renda marfim nos punhos. Montfaucon usava o preto do luto, e Cabrol, o linho de sempre.

— Estou velando meu grande amor, Raimon — declarou Montfaucon portentosamente. — Se eu soubesse que aquela noite no Caravela seria a última vez que o veria…

— Você não o teria encorajado a lutar em público com um homem vestido de urso? — perguntou Ciprian.

Conor se espreguiçou e bocejou.

— Ciprian, não encha o saco dele. Montfaucon, você se apaixona de duas em duas semanas.

Era verdade. Kel suspeitava que Montfaucon não estivesse exatamente de luto pela morte de Raimon, mas tentando ordenhar cada gota de drama possível daquela situação. Assassinatos costumavam ser empolgantes até para os cidadãos entediados da Colina. De acordo com

Montfaucon, os Vigilantes haviam investigado a morte de Raimon, mas estavam trabalhando com a hipótese de que fora morto por um velho inimigo de seus dias na Arena.

Por mais que duvidasse da sinceridade de Montfaucon, Kel ainda não conseguia encará-lo quando ele falava de Raimon. Quando Montfaucon desatou a explicar por que o lutador era diferente dos amantes que teve, Kel olhou de relance para Conor, amuado no canto da carruagem. Ele usava um manto de penas de cisne pretas com as pontas mergulhadas em ouro. Anéis reluziam em seus dedos; a coroa era um aro dourado fino no qual um pingente de diamante brilhava, pairando em sua testa. Havia sombras ao redor dos olhos: se por conta do kajal ou de exaustão, Kel não sabia dizer ao certo.

— Sou sensível demais — falou Montfaucon. — O problema é esse. Sinto a dor dos outros profundamente. Fico preocupado com nossa querida Antonetta, sendo forçada a se casar com Artal Gremont.

— Não acha que o exílio pode tê-lo melhorado? — perguntou Kel. Ele próprio duvidava disso, mas ficou encucado com a possibilidade de Montfaucon saber de algo que ele não soubesse.

— Com base no que ouvi, não — continuou Montfaucon, pesaroso.

Antes que Kel pudesse fazer qualquer outra pergunta, Falconet, virando-se para Conor com o sorrisinho típico, falou:

— A culpa é sua, sabia?

Conor arqueou as sobrancelhas pretas. Kel interpelou:

— Por que a culpa seria dele?

Falconet voltou a sorrir.

— Se o nosso príncipe aqui não tivesse deixado explícito que jamais consideraria conceder a Lady Alleyne o que ela queria e se casar com Antonetta, talvez a mulher não tivesse arranjado essa aliança para a filha.

Conor olhou para ele com frieza.

— O que fiz foi escolher uma aliança que beneficiará a nação inteira, e não apenas Lady Alleyne.

— Ela vai encontrar outra maneira de sair ganhando no final, sem dúvidas — comentou Cabrol. — Aquela lá aparenta ser uma mulher muito prática.

— É, acho que podemos chamá-la de "prática", sim — concordou Montfaucon. — Ela é do tipo que não mede esforços para sorrir e te apunhalar pelas costas ao mesmo tempo. Tem gelo correndo naquelas veias.

— O que é uma boa qualidade — continuou Cabrol — para a líder de uma Família da Concessão. A filha é igual a ela?

— Não — respondeu Kel, ácido. — Não é.

Todos olharam para ele, até mesmo Conor. Por sorte, Kel foi salvo de ter que se explicar pela chegada à mansão das Alleyne.

Duas fileiras de criados, cada um carregando tochas em suportes dourados, ladeavam a passagem que levava à porta principal. Lá dentro, os convidados foram conduzidos ao salão de baile, decorado com primor e ainda mais ouro. Lustres suspensos, vasos imensos com flores de seda, pilhas de pratos e cálices com bordas cravejadas de diamante. No fim do salão, parcialmente oculto por cortinas bufantes de seda marfim, bordadas com folhas de chá e café, erguia-se um palco. *O matrimônio da Concessão da seda com a do chá. Mas que encantador.*

Diante de uma estátua de Turan, o Deus do amor, repousava uma bandeja com taças de vinho verde de Hanse. Por um momento, todo o barulho das conversas da nobreza pareceu sumir para Kel. Ele se esqueceu do motivo que o levara até ali, lembrou-se apenas de uma cena que ficara gravada em sua memória, de muitos anos antes. O baile de apresentação de Antonetta, a primeira vez que ele a vira do jeito que a mãe dela e que a Colina desejavam que ela fosse: fria. Com diamantes nas orelhas, envolta em ouro e seda. Um sorriso afiado feito o fio de uma faca. Diante da mesma estátua de Turan, ela o encarava com olhos vazios e dissera: *Sei que minha mãe conversou com você. Ela estava certa. Não somos da mesma classe. Uma coisa é brincar na lama quando crianças, mas agora estamos velhos demais para ignorar a realidade.*

— Olha só quem está aí — declarou Conor, surgindo por trás de Kel. As plumas de seu manto se assomavam ao redor do rosto feito tufos de fumaça preta. — Artal Gremont. Do jeito que eu lembrava. — Ele semicerrou os olhos. — Meio repulsivo.

— Só meio? — perguntou Falconet, em um tom de quem estava achando graça da situação.

Kel acompanhou o olhar dos dois e avistou Lady Alleyne próxima a uma mesa de banquete coberta de sobremesas, usando um vestido que parecia um confeito: renda e seda cor de creme, cinta apertada, o cabelo preso para cima e adornado com pedras preciosas. Ela ria com um homem que Kel reconheceu imediatamente, embora não visse Artal Gremont fazia anos.

Ele fora, um dia, um jovem troncudo, e continuava grande. Os ombros largos e retos como tábuas de madeira sustentavam um pescoço grosso. As roupas carregavam um ar discretamente militar, embora Kel tivesse certeza de que o sujeito nunca chegara nem perto de um campo de batalha, com uma trança dourada e um colarinho erguido cujas pontas roçavam seu rosto. Os anos que o separavam do jovem que era ao deixar Castellane o faziam parecer um retrato cuja pintura havia sido borrada, desfocando a nitidez.

Cabrol nada disse; nunca chegara a conhecer Gremont, e passava os olhos pelo salão em evidente tédio. Montfaucon também olhava em volta.

— Sancia Vasey está mais encantadora do que nunca hoje — comentou.

Sancia, posicionada ao lado de um vaso de violetas de seda que combinavam com seu vestido, lançou um olhar para Conor e para os demais e deu uma piscadinha. As pálpebras haviam sido pintadas de prateado; o brilho reluzia feito a lâmina de uma faca sob a luz das velas.

— Vejo que já está conseguindo superar Raimon, Montfaucon — apontou Conor, seco.

— É o que ele teria desejado para nós dois — respondeu Montfaucon, e saiu andando em um redemoinho amarelo. Após um momento, Falconet o seguiu, avançando em direção a um grupo de jovens nobres que jogavam dados no vão de uma janela grande.

Kel se virou, pronto para fazer um comentário sarcástico a Conor, mas as palavras morreram em seus lábios. Gremont os encarava, um sorriso largo no rosto. De perto, Kel pôde ver uma corrente grossa suspensa de seu pescoço ainda mais grosso, um medalhão espalhafatoso adornado com um pingente de rubi.

— Conor — falou em uma voz retumbante enquanto o príncipe o encarava com um desprezo contido e quase imperceptível. — Quero dizer, *Monseigneur*. — Ele deu uma risadinha. — Peço desculpas. A última vez que o vi, você tinha dez anos de idade e acabara de cair na fonte do Jardim da Rainha.

— Acho que estava bêbado — respondeu Conor com satisfação. — Era um estado recorrente naquela época.

Gremont, inabalado pela resposta, voltou a dar risadinhas.

— Ora. A juventude é o tempo da ousadia.

— Alguns de nós ainda são jovens — rebateu Conor. — O tempo é um mestre um tanto cruel, não concorda, Gremont? E você passou um bom tempo longe de Castellane.

— Minha cidade querida— respondeu Gremont. — Fui recebido de volta com bastante fervor.

— Deve ser boa essa sensação — comentou Kel —, de ter se livrado de qualquer que seja a razão para ter ficado fora por tanto tempo.

Gremont acenou com uma das mãos.

— Peripécias juvenis, como o príncipe mesmo disse. Nunca entendi o motivo para tamanho alarde. — Ele se inclinou para a frente, em tom de confidência. — Ando querendo saber aonde um homem pode ir hoje em dia para encontrar um pouco de diversão. O Pérola ainda está aberto no Labirinto? Costumava ser um estabelecimento bastante interessante.

— Ah, não — respondeu Cabrol. — Hoje em dia o melhor lugar é o Caravela.

Gremont abriu um sorrisinho desagradável.

— Estou familiarizado com o Caravela. Talvez em breve todos nós possamos fazer uma visita juntos. Antes que as amarras do casamento se abatam de vez sobre mim. — Ele riu alto; Kel cerrou os punhos ao lado do corpo. De algum modo, tinha certeza de que Gremont sabia exatamente a quem o Caravela pertencia e que ele estava se divertindo com a ideia de se forçar em cima dela. — E você, Monseigneur — acrescentou o brutamontes a Conor. — Meus parabéns pelas núpcias vindouras. Relatos sobre a beleza de Anjelica Iruvai chegaram até Taprobana e Favár.

— Não acho que eu seja muito popular em Malgasi no momento — respondeu Conor, de maneira breve.

— Ah, os malgasianos admiram sua estratégia, Monseigneur, e a aliança com Kutani foi uma jogada de mestre. Além do mais, a notícia do momento é que Elsabet Belmany está considerando se casar com Floris de Gelstaadt.

Conor e Kel trocaram olhares. Não fazia muito tempo que o embaixador malgasiano exigira, em um acesso de fúria, que Conor se casasse com Elsabet, a herdeira do trono de Malgasi.

— Que coisa mais interessante — comentou Kel. — Com a altura dele e a beleza agressiva dela certamente produzirão filhos bastante assustadores.

Conor escondeu um sorriso. A voz de Lady Alleyne viajou do outro lado do salão:

— Artal! Artal, pode vir aqui um instante?

Gremont pareceu indeciso. Estava óbvio que ele preferia ficar perto de Conor, que lhe lançou um sorriso contido.

— Pode ir — disse. — Já estava mesmo precisando atravessar o salão para perguntar a Sieur Marchbolt sobre a saúde dele.

Gremont ficou intrigado.

— Ele não morreu?

— O que é um motivo ainda maior para ser solícito — respondeu Conor, e saiu andando.

Gremont, sentindo-se excluído da reunião da nobreza, abriu um sorriso forçado para Kel e Cabrol.

— Eu me lembro de você — falou. — Aquele primo estrangeiro do príncipe. Anjan ou algo do tipo. E você — disse ele e cumprimentou Cabrol com um aceno de cabeça — é o novo representante da Concessão da tinta, se não estou enganado?

— Isso mesmo — respondeu Ciprian. — Espero que não tenha se apegado muito ao anterior.

Gremont deu um risinho de desdém.

— De forma alguma, mas agora vou precisar que me deem licença. Minha futura sogra está me chamando.

— Bem — observou Ciprian, conforme Gremont atravessava o salão para se juntar a Lady Alleyne, que batia o leque, irritada com a demora dele. — Um homem encantador, mesmo. Tenho certeza de que a bela Antonetta não deve estar nada feliz em se unir a um marido que enxerga o casamento como uma amarra.

Marido. Kel se sentiu enojado, mas antes que pudesse responder qualquer coisa, o barulho sobrenatural de um cisne morrendo ecoou pelo salão. Todos se viraram para olhar para o palco, de onde vinha o ruído.

Kel observou atentamente. As cortinas foram puxadas e três músicos ocupavam o palco. Um carregava uma viola; outro, um cornetim; o terceiro segurava um *lior* e afinava as cordas, que haviam sido a causa do som estridente. Percebendo que todos encaravam, o músico quase derrubou o instrumento, mas não era por isso que Kel não tirava os olhos do palco.

Estava absorto porque os três músicos, todos vestidos com o uniforme da família Alleyne, eram Jerrod, Merren e Ji-An.

JERROD

Dois dias antes de ser forçado a bancar o músico na festa de noivado de Antonetta Alleyne, Jerrod está entregando meia coroa a um informante criminoso na Casa de Macarrão Yu-Shuang na Estrada Yulan.

Jerrod observa com olhos cansados o homenzinho sair às pressas pela porta. Não é um dos informantes de costume do Rei dos Ladrões, mas trouxe notícias de que o famoso corsário Laurent Aden está enfurnado em uma caverna marinha na costa. Para Jerrod, uma informação moderadamente interessante. Nada urgente, mas algo que Andreyen iria gostar de saber, se é que já não sabia. O Rei dos Ladrões já trabalhara com Aden e, pelo que Jerrod sabe, pode ainda ver utilidade nele.

Jerrod gosta de estar ali, na mesa de sempre, no restaurante Yu-Shuang, quatro horas por semana, sempre nos dias de sol. Nunca sabe ao certo quem vai aparecer, mas o Rei dos Ladrões paga bem por informações que o façam não perder tempo. Recolher esses relatos e avaliar a relevância deles é uma tarefa que sempre cai nas mãos de Jerrod. Ji-An só afugentava todo mundo, e Merren era interessado demais em histórias individuais e acabava ouvindo os informantes por horas. Jerrod abre um sorriso singelo ao pensar em Merren, e em seguida se assusta quando alguém se senta de súbito no lugar à sua frente.

Jerrod odeia ser surpreendido. Merren não faz bem para sua concentração.

— Jerrod — cumprimenta o recém-chegado. — Quanto tempo.

Jerrod semicerra os olhos para o homenzarrão perebento do outro lado da mesa e sente o estômago revirar um pouco. Ele sabe o que aquilo significa.

— Kaspar — cumprimenta. — Pensei que tivesse fugido da cidade depois de ter esfaqueado o primo do príncipe.

Kaspar não acha a menor graça.

— Fiquei um tempo em Jahan, deixando a poeira baixar. Mas agora voltei. — Ele desliza um pedaço de papel amassado por sobre a mesa. — Tenho uma mensagem para você.

Jerrod abre o papel. Reconhece a letra apertada, típica de alguém tentando disfarçar a própria caligrafia. *Pode ser que eu precise de você em breve. Fique de prontidão e avise a Maeva, Bron e os demais para que fiquem de sobreaviso também.* Abaixo, em letras maiúsculas, a assinatura: *PROSPER BECK*.

SEIS

Lin já estava de mau humor.

Assim que a carruagem enviada por Antonetta parou diante da Casa Alleyne, foi cercada por lacaios vestidos de cor-de-rosa e dourado, todos carregando tochas. Estavam tão ansiosos para ajudá-la a descer e iluminar seu caminho até a festa que, na confusão, ela acabou se esquecendo do xale de Mariam, que sem dúvida alguma tinha ficado enfiado no assento da carruagem.

Não percebeu o descuido até entrar no salão de baile e perceber os olhares dos nobres se virando em sua direção. Eram olhares divididos entre desejo e análise, como os de abutres ponderando se um pedaço de carniça estava morto o bastante para ser devorado.

Lin reconheceu apenas alguns dos rostos — Joss Falconet, bonito e com feições angulares, estava conversando com Lupin Montfaucon e uma jovem de vestido roxo. Montfaucon parecia irritado. Lady Alleyne, mãe de Antonetta, ria ao lado de um homem de pescoço grosso usando um pingente chamativo em uma corrente. Lin semicerrou os olhos; era um adorno muito interessante. Muito interessante mesmo. Mas o homem virou-se antes que ela pudesse examinar melhor.

Por outro lado, havia três pessoas que Lin *não* estava vendo. O príncipe. Kel. E, mais surpreendentemente, Antonetta.

Foi ela quem insistiu para que fosse ao baile, pensou Lin, então o mais lógico seria ir atrás dela. Ergueu a cabeça e começou a atravessar o salão, com plena consciência de que boa parte de suas costas estava exposta.

Estava na metade do caminho quando avistou Kel apoiado em um palco elevado de madeira. No palanque, Merren, Ji-An e Jerrod seguravam instrumentos musicais sem a menor destreza. Lin havia acabado de parar para olhar — o que havia sido inevitável — quando ouviu o próprio nome sendo sussurrado.

— Lin. *Lin.* Sou eu.

Ela se virou, analisando a multidão. Ninguém que ela conhecia parecia estar assim tão perto. Joss Falconet piscou para ela com os olhos pretos reluzentes, mas estava longe demais; além disso, a voz era feminina.

— *Lin*. Atrás da cortina.

Lin se virou.

— Antonetta? — Atrás dela, uma cortina marfim pesada encostada à parede farfalhou como se tivesse sido tocada por uma corrente de ar. Lin lançou um olhar rápido ao redor para se certificar de que ninguém a observava antes de escorregar discretamente por trás do tecido.

Sentiu-se um pouco ridícula, mas havia mais espaço ali do que ela teria imaginado. A cortina estava suspensa a uma distância considerável da parede, criando um túnel estreito entre o tecido pesado e o papel de parede feito de seda. No meio do caminho, encostada à parede, estava Antonetta. Usava um vestido de seda de um cor-de-rosa forte tão justo que fazia Lin se sentir absolutamente recatada em comparação. Uma rede de diamantes prendia seu cabelo para trás, e no pescoço havia uma gargantilha de rubis de onde pendiam correntes de ouro que se conectavam a um cinto dourado em sua cintura, criando a ilusão de que a parte superior de seu corpo estava enjaulada em uma estrutura reluzente.

— O que está *fazendo*? — sussurrou Lin, chegando mais perto. Tinha certeza de que dava para ver os sapatos delas por baixo da cortina. — Estamos na sua festa de noivado!

— Bem, não é assim tão necessário que eu esteja nela — respondeu Antonetta em rebeldia. — Eu o odeio, Lin. — Ela não precisou perguntar a quem a outra se referia. — Gremont é péssimo. Bateu em Magali, que está escondida chorando em algum canto; fica flertando com a minha mãe; e chutou Puggles.

— Puggles?

— O gato dos estábulos de Marivent. — Antonetta balançou a cabeça, fazendo os diamantes em seu cabelo cintilarem feito gotas de chuva.

— Mesmo assim, não vai poder ficar escondida aqui a noite inteira — apontou Lin.

— Sei disso. Minha mãe já está me caçando feito uma ave de rapina atrás de uma presa deliciosa. — Antonetta estava cabisbaixa. — Se eu tiver mesmo que me casar com Gremont, então é o que farei. Mas já é demais esperar que eu *participe desse teatrinho* de felicidade. Na frente de… na frente de todo mundo.

Todo mundo?, ponderou Lin. Tinha quase certeza de que Antonetta estivera prestes a dizer um nome específico antes de se interromper.

— Ele fala comigo como se eu fosse criança — prosseguiu Antonetta. — E o jeito como me olha… credo! — Ela estremeceu. — Trouxe este colar para mim de Taprobana. Insistiu que eu o usasse. Não parece que minha garganta foi cortada?

— O que eu acho — respondeu Lin — é que se você não quer se casar com ele, precisa dizer à sua mãe imediatamente.

Antonetta suspirou.

— Ela não vai mudar de ideia, Lin. Ele já prometeu conceder a ela pelo menos uma dúzia de suas plantações de chá para serem convertidas em produção de seda. Isso representa milhares de coroas a mais nos cofres da Concessão da seda. Não consigo imaginar o que outra pessoa poderia oferecer que se equiparasse.

Lady Alleyne está vendendo a filha, refletiu Lin, enojada.

— Mas certamente se ela soubesse o quanto você está infeliz, mudaria os pla…

— Não mudaria. Além do mais, essa história toda pode até ter começado como plano dela, mas eu também tenho os meus próprios. — Por um momento, os olhos de Antonetta brilharam como os de um gato. — Mas Gremont está tentando mudar o jogo.

Lin ficou perplexa.

— Como assim?

— Nada. Nada. — Antonetta sacudiu a cabeça. — Tem alguma coisa aí que possa me acalmar?

— Ah… eu não trouxe minha maleta. E, para ser sincera, não recomendaria nada mais forte que uma taça de vinho. Fique aqui, vou arranjar uma para você.

Retornar de fininho à festa foi mais fácil do que se esgueirar para trás da cortina. Bisbilhotando do esconderijo, Lin viu que a atenção de todos estava voltada para os músicos no palco. Aproveitou-se da distração para voltar à festa e se dirigir a um criado que segurava uma bandeja de taças delicadas, cada uma delas cheia de um líquido em um tom de vermelho pálido.

Acabara de pegar uma quando uma voz às suas costas disse:

— Que prazer encontrá-la aqui novamente.

Ela se virou e encontrou um rosto familiar. Cabelo vermelho-escuro, olhos pretos. Uma curva asquerosa no canto da boca.

— Ciprian Cabrol — disse Lin.

Justamente quem ela ouvira planejando explodir o navio de Roverge no porto. Graças a ele, conseguira convencer o Sault de que era, de fato, a Deusa — afinal, ela não previra o fogo? A explosão? A chama que parecera surgir sob seu comando?

Não que, por algum motivo, ele soubesse disso.

— Que interessante — ponderou o rapaz. — Quando nos conhecemos, eu não tinha me dado conta de quem você era… a neta de Bensimon. Acho que não chegou a mencionar.

— Não pareceu relevante para o momento. E levando em consideração onde estávamos… — Na mansão do Rei dos Ladrões. Ele buscando pólvora preta explosiva; ela, magia ilegal.

— Tem razão — concordou ele. — É um segredo que ambos devemos guardar.

— Acho que deveria ao menos parabenizá-lo — falou ela. — Agora você representa a Concessão da tinta. Conseguiu o que queria.

Ele estreitou ligeiramente os olhos, e foi aí que ela percebeu: ele escondia bem, mas estava bêbado.

— Consegui exatamente o que queria — concordou ele —, mas não *do jeito* que eu queria. Sempre pensei que morar na Colina seria libertador, mas aqui é só outro tipo de prisão. Quando conseguem fincar as garras em você, não param mais de apertar.

Ela olhou intrigada para ele.

— Quem? As Famílias da Concessão?

Mas Cabrol não respondeu. Apenas balançou a cabeça como se para desanuviá-la, e se afastou com passos cuidadosos, misturando-se à multidão.

Que estranho, pensou Lin, e se virou para voltar à cortina e à Antonetta. No entanto, ela não tinha olhado para trás; e acabou esbarrando em alguém, derrubando o conteúdo da taça de vinho que segurava em uma camisa fina de seda.

Ela levou a mão à boca.

— Ah... eu sinto *muito*... eu...

— Que maneira curiosa de cumprimentar seu príncipe, Lin Caster — falou uma voz terrivelmente familiar.

As palavras que deveriam concluir o pedido de desculpas morreram antes que ela pudesse emiti-las. Lin levantou o rosto e encontrou um par de olhos cinzentos frios que embrulharam seu estômago.

Era o Príncipe Conor.

Mais tarde, Kel se lembraria de ter corrido para o palco no salão de baile em completo estado de pânico, embora, na verdade, tivesse se esforçado ao máximo para atravessar o salão atraindo pouca atenção. Puxou uma taça de vinho verde da estátua de Turan no caminho, admirou alguns dos tecidos e depois subiu na beira do palco.

— Merren — sibilou. — *Merren*. O que *estão fazendo*?

Merren levou um susto. Era evidente que não tinha reparado em Kel se aproximando, pois estivera entretido demais com o próprio *lior*. Pelo menos não estava mais produzindo sons horríveis. Como resultado, a nobreza reunida ali havia perdido o interesse no que quer que estivesse acontecendo no palco e voltado a beber e se divertir.

Merren se ajoelhou, fingindo mexer no instrumento com um ar dramático. Kel viu Ji-An e Jerrod olharem para ele; Jerrod usava uma túnica de linho dourado cujo capuz escondia metade de sua máscara prateada. Ji-An, vestindo um casaco e uma calça cor-de-rosa, voltou a examinar com afinco a própria viola.

Sem desviar os olhos do *lior*, Merren murmurou:

— E se eu dissesse que estamos fazendo um bico para faturar umas coroas?

— Andreyen anda pagando tão mal assim? — debochou Kel. — Não acredito nessa conversa fiada, e você sabe disso.

— Queríamos dar uma olhada nessa tal Magali misteriosa com os nossos próprios olhos — admitiu Merren. — Ver se é a mesma Magali que Jerrod conhece do Labirinto. Já que tem uma Magali que trabalha para a família Alleyne, faria sentido que ela estivesse aqui hoje à noite. — Ele bisbilhotou a multidão. — Por acaso você a viu por aí?

Kel o encarou com um semblante sombrio.

— Acho que a ideia é que os agentes do Rei dos Ladrões não sejam ativos na Colina…

— Não estamos aqui a pedido de Andreyen — respondeu Merren, o cabelo dourado pálido caindo no rosto. Ele o afastou. — Trata-se de uma missão para checar os fatos, só isso.

— Bem, eu *não* a vi — disse Kel. — Magali costuma ir aonde Antonetta vai, contudo também não vi Antonetta. Mas querem saber quem eu vi? Artal Gremont.

Nem com essa menção Merren olhou para Kel, mas o *lior* dele de repente emitiu um ruído agonizante conforme ele continuava tentando dedilhar o instrumento.

— O cara não vai me reconhecer — falou. — Já faz muito tempo. E mesmo assim, acho que ele só me viu uma vez, e foi através da janela de uma carruagem.

— Ainda assim, estando no mesmo lugar que ele, tem certeza de que…

Jerrod interrompeu.

— Se estiver procurando pela Demoselle Alleyne — disse ele —, ela está escondida ali atrás.

Ele apontou em direção a uma cortina de seda marfim drapeada, que fora estendida sobre uma parede próxima; Kel suspeitou de que o pano estivesse ali para ocultar uma saída do salão de baile. Franziu o cenho na direção de Jerrod.

— Tem certeza?

— Tenho. Já faz um tempo que ela está lá — revelou Jerrod, embora não estivesse olhando para Kel, mas para a cabeça abaixada de Merren.

Kel pensou em continuar discutindo, mas não havia razão. Já passara tempo demais ali no palco; logo atrairia olhares curiosos. Sem falar que Jerrod era famoso por sua teimosia, e não era Kel que conseguiria convencer os três a abortarem a missão àquela altura.

Isso sem mencionar, Kel admitiu a si mesmo ao se afastar, que o interesse que sentia por Antonetta era mais forte do que a suspeita de que Jerrod, Ji-An e Merren estivessem procurando encrenca. Colocou a taça de vinho ainda cheia em uma mesa banhada a ouro — dando uma olhada ao redor para garantir que ninguém o observava — e se enfiou atrás dos babados da cortina.

A princípio, não a viu — o tecido era grosso e a luz, fraca —, mas sentiu seu perfume. Lavanda e mel. Embrenhou-se ainda mais fundo no túnel entre a cortina e a parede e lá estava ela, virando-se para olhar para ele, arregalando os olhos.

— Ah — exclamou, baixando o tom de voz. — Achei que fosse Lin. — Ela franziu o cenho. — O que está fazendo aqui?

Por um momento, Kel não conseguiu falar. A aparência dela o feriu feito uma lâmina. Usava o cor-de-rosa característico da família Alleyne — um vestido decotado que abraçava seu corpo feito mãos apaixonadas. O cabelo estava preso com uma rede dourada reluzente, entrelaçada com diamantes, e as pupilas dos olhos haviam se transformado em diamantes pela aplicação de gotas de flores. Ao redor do pescoço havia uma gargantilha de ouro adornada com rubis e correntes de ouro que desciam até um cinto preso à cintura. Kel teve a impressão de que as correntes deveriam recair com leveza sobre as curvas dos seios acima do decote do vestido de seda. Não conseguiu evitar imaginá-la nua, saindo da banheira usando apenas o colar com rubis pendurados, como a Deusa Cerra emergindo do mar para seduzir Aigon, o Deus das águas.

— Eu *perguntei* — sussurrou Antonetta — o que está fazendo aqui? Foi Lin que te falou onde me encontrar?

— Eu nem vi a Lin — respondeu Kel, contente pela luz fraca do espaço apertado. Torceu para que aquilo escondesse a expressão que tinha no rosto. — E eu poderia lhe perguntar a mesma coisa. Tenho certeza de que você deveria estar cumprindo um papel mais… visível… nessa festa.

Ela olhou feio para ele.

— Deixa eu adivinhar — começou ele. — Você decidiu que iria se conformar com o casamento com Gremont. Mas agora que ele chegou, teve que encarar o caráter horrível dele. Infelizmente, não vai poder passar o resto da vida em matrimônio escondida atrás desta cortina.

— Eu não teria tanta certeza assim. É uma ótima cortina.

— Antonetta…

— Shh. — Ela levou o dedo aos lábios, pintados de rosa avermelhado. — Fique *quieto*.

Kel baixou o tom de voz, o que fez Antonetta inclinar o corpo na direção dele para escutá-lo. Quando ele puxou o ar, sentiu a lavanda e o mel.

— Ana. Você falou que precisa se casar com Gremont. Que foi uma escolha feita contra sua vontade. Mas eu *conheço você* — atestou ele, quase que com uma força selvagem. — Passou os últimos dez anos mentindo com sorrisos. A cada suspiro. O que a impede de continuar fingindo? Por que está se escondendo? Você nunca se escondeu de nada.

Por um momento, foi como se as pupilas de diamante dela estivessem reluzentes.

— Você sabe mesmo ser cruel, Kel Anjuman.

— Não igual a Gremont.

— Quer mesmo saber a verdade? — sibilou as palavras por entre os dentes. — Embora não haja nada, *nadinha*, que possa fazer a respeito?

— Sim — afirmou Kel. — Conte-me.

Antonetta então falou:

— Gremont insistiu que, como termo do nosso noivado, ele recebesse o direito da primeira noite. Que houvesse testemunhas da consumação do nosso casamento.

Kel nada respondeu, mas estendeu a mão para se segurar na parede.

— Todos os onze vão assistir a nós dois — acrescentou ela. — Todos os demais representantes de Concessões.

Kel disse, com o que lhe pareceu ser a boca cheia de ácido:

— Mas que selvageria. Ele não tem direito algum de estipular algo assim.

— Ele tem todo o direito do mundo — sussurrou ela, e Kel não conseguiu evitar de se lembrar do que ela dissera no Caravela. *Você não é meu pai, nem meu irmão, nem meu amante. Não tem direito nenhum aqui.* Talvez fosse por causa disso que ela estava desabafando sobre tal atrocidade com ele. Porque não havia nada que ele pudesse fazer, nada que pudesse dizer a ninguém. — Essa Lei não é invocada há cem anos, mas ainda assim está na Lei. — Kel ouvira diferentes nuances de intensidade na voz dela ao longo dos anos. Felicidade, decepção, raiva, ingenuidade, mas jamais ouvira tamanha… indiferença. — Depois de nos casarmos, vou pertencer a ele, e ele poderá me exibir como bem entender.

— Ana. Mas e se ele machucar você? — perguntou Kel, dando voz, por fim, ao medo mais profundo que lhe afligia. — Ele gosta de causar dor...

Antonetta ergueu o rosto para olhar para ele. O brilho em seus olhos... seriam lágrimas? Ou talvez apenas as gotas de flores?

— Ele não vai me tocar com mãos violentas. Você conhece as Leis. Eu poderia arrastá-lo para a Judicia. Ele correria o risco de ser exilado novamente — emendou ela. — Não. Não estou preocupada com a possibilidade de ele me causar dor física.

— Mas existem outros tipos de dor — continuou Kel. — Ele quer humilhar e controlar você e...

— Tenho plena noção disso. — Ela o fitou com os olhos azuis gélidos. — E sei me virar. E além do mais... o que *você* poderia fazer a respeito dessa situação, Kel?

Era como sentir uma faca imersa em ácido retorcendo em seu flanco. Ele pensou ter chegado até a estremecer fisicamente.

Matá-lo, pensou Kel. Entrar sorrateiramente no quarto dele na calada da noite e abrir a garganta do homem para que ela brilhasse em escarlate igual ao colar de rubis de Antonetta. Ela não sabia que ele era um Portador da Espada; não sabia o que ele poderia fazer. Do que era capaz.

E ele não poderia contar a ela. Apenas suportar aquele olhar que Antonetta lhe lançava, um tanto cansado, como se não conseguisse sequer conceber um mundo no qual ele tivesse o poder de ajudá-la.

Ele não se lembrava de ter se afastado dela. Só de que em um instante estava com ela atrás da cortina e, no seguinte, de volta ao salão, com os sons da festividade atacando seus ouvidos feito armas. Avistou Conor, que estava parecendo um pássaro de plumagem preta com aquele manto de penas de ganso, absorto em uma convserva com uma bela garota que ostentava uma torrente de cabelo vermelho. De longe, Kel percebeu que a garota era Lin. Não sabia que ela daria as caras por ali, e, a julgar pela expressão no rosto do príncipe, Conor tampouco.

Mais figuras transitavam pelo recinto e dançavam, como bonecas se movendo após terem recebido corda. Ele abriu caminho por elas até o palco, onde os três "músicos" tocavam — o som estava meio desequilibrado, embora não tão ruim quanto ele esperava.

Merren o avistou se aproximando e deve ter identificado algo diferente em seu semblante, pois quando Kel chegou à beira do palco, Merren já estava se ajoelhando, ainda tocando o *lior*, uma indagação em seus olhos ao fitar Kel.

— Esqueça tudo que Jerrod e eu dissemos sobre os perigos de assassinar Gremont — disse Kel, a voz baixa, mas surpreendentemente firme. — Vá em frente e mate-o.

Merren não ficou surpreso. Inclusive, transpareceu alívio.

— Fico feliz que tenha dito isso. — Ele soltou o ar. — Sabe, talvez eu já tenha meio que envenenado o vinho dele.

Lin ficou paralisada. A festa pareceu esmaecer ao seu redor como se ela estivesse se afastando da multidão e ouvindo os barulhos à distância. Havia um borrão de murmúrios e cores, e no centro, ela e o Príncipe Conor, cuja camisa de seda ela acabara de sujar de vinho.

— Vejo — disse ele — que fui ungido pela Deusa. Isso aqui é algum tipo de cerimônia ou um mero comentário sobre a minha personalidade?

A voz dele. Ela havia se esquecido da *voz* dele. Como era grossa e suave ao mesmo tempo, como a lambida de um gato. Estava vestindo um manto de plumas pretas cingido na altura do pescoço com um broche de prata que tinha o formato de um lírio. Parecia ter saído do conto de um tecelão de histórias, uma roupa que parecia ter sido encantada. O cabelo era do mesmo tom escuro das penas e caía em ondas sobre a testa. O rosto estava mais magro do que ela se lembrava, agora dominado pelos olhos, de um cinza feroz e cercados por cílios escuros feito carvão.

Ela se lembrava de ele ser belo, mas não tão lindo como estava naquele momento. Proibido, mas não tão proibido assim.

Ela deu um jeito de encontrar a própria voz.

— Que sorte — respondeu então — você estar repleto de joias, assim acho que ninguém vai perceber a mancha.

Na verdade, a camisa que ele usava era preta; a mancha só era um tanto mais escura, não uma descoloração sangrenta, e a umidade só fazia o tecido agarrar à pele do príncipe. Sem dizer nada, Conor tomou a taça vazia da mão dela e a colocou em uma mesinha próxima.

As cores e os sons do salão ao redor começaram a voltar a ela. Música surgira — uma melodia docemente discordante. Os músicos pareciam meio sem prática, mas a multidão de pessoas animadas começou a se unir em pares, risos crescendo à medida que a dança se iniciava.

Ela esperava que o príncipe desse meia-volta e saísse andando. Mas o contrário aconteceu, e ele estendeu a mão.

— Dance comigo — convidou.

A boca de Lin ficou seca.

— Mas... todos vão nos ver.

Ele pareceu impaciente.

— E daí? Você é a neta do meu Conselheiro. Ninguém vai questionar. Deduzirão que temos questões a discutir.

Ainda assim, ela se demorou.

— Mas nós temos? Questões a discutir?

Ele não respondeu, limitou-se a se manter exatamente como estava, a mão estendida. Se ela não a segurasse, percebeu Lin, as pessoas *com certeza* iriam comentar. Não se recusava uma dança com o príncipe de Castellane.

Ela estendeu a mão, que imediatamente foi envolta pela dele. O toque era cuidadoso, os dedos longos e frios adornados com anéis. Ele a puxou para mais perto e começaram a dançar. Lin não sabia os passos, mas o príncipe — *Conor, ele pediu que o chamasse de Conor* — evidentemente os conhecia.

— Relaxe — murmurou ele. — Sei que sabe dançar.

Ela se sentiu ruborescer. Da última vez que dançara ali na Colina, tinha sido a única dançando. Apresentara a dança da história da Deusa Adassa enquanto Conor a assistia, o calor de seu olhar queimando feito brasa. Ela se lembrava de como aquilo a fizera arder, se perder ainda mais nos movimentos, como se fosse possível mostrar a ele a rebelião, a fúria em si com cada gesto do corpo.

Para onde tinha ido tamanha bravura? Ela tombou a cabeça para trás, olhando bem para ele. Ao redor dos dois, casais giravam e rodopiavam ao som da música.

— Lamentei muito — falou ela — quando soube da tragédia na Galeria Brilhante. A princesinha...

— A quem tratei com extrema crueldade. Sei disso. Não precisa dizer. Todo mundo já diz isso na cidade, pelas ruas afora. Tecelões de histórias narraram o ocorrido. *O príncipe com as mãos sujas de sangue*, esse tipo de coisa. — Ele levantou a mão, onde seus anéis reluziam; pontinhos escarlates. — Talvez acabem percebendo, do mesmo jeito que você percebeu, que sou uma pessoa arruinada.

A palavra que ela própria havia usado para descrevê-lo voltou à tona.

Acho que você é uma pessoa estragada. Suponho que não seja culpa sua.

Ah, como ela se arrependera do que tinha dito, quanto torcera para que ele tivesse se esquecido daquele momento do mesmo jeito que, sem dúvidas, havia se esquecido dela. Mas a frieza na voz de Conor era como ela imaginava a neve em Detmarch. Seu avô descrevera o fenômeno para ela uma vez dizendo que respirar o ar invernal lá era como engolir o óleo de folhas de hortelã. Um frio que queimava.

Ele me odeia, pensou Lin lugubremente, e quase tropeçou, o passo seguinte da dança a pegando desprevenida. Mas Conor a segurou, pousando a mão livre em sua cintura, os dedos longos se curvando para tocar a pele nua de suas costas.

Ela o ouviu recuperando o fôlego. Os dedos dele queimavam contra a pele dela. Lin pensou que nunca sentira nada tão intensamente.

Tirando quando ele te beijou. Quando você ansiou tanto por ele que chegou a doer. Quando teria deixado ele fazer o que quisesse.

Lin afastou depressa esse pensamento.

— Você está irritado — apontou ela. — Mas o que penso sobre a princesinha não importa. O importante de verdade é se você acha que a tratou com crueldade ou não.

Ele curvou o lábio num sorriso torto. Estaria enojado? Achando graça?

— Você fala igual a Mayesh — observou Conor. — E o que eu teria dito a ele é o seguinte: não posso me dar ao luxo de ser introspectivo. O que importa mesmo é o que o Conselho das Concessões pensa a meu respeito; o que as pessoas de Castellane pensam a meu respeito; e o que nossos inimigos em terras estrangeiras pensam a meu respeito. O que em breve você descobrirá sobre liderar, Deusa, é que você é apenas um instrumento para as esperanças e os medos do seu povo, assim como de seus sonhos e desesperos. O que *você* quer ou deixa de querer não faz a menor diferença.

— Foi por isso que me tirou para dançar? — indagou Lin quando ele conduziu os dois a mais um giro. Deu uma olhada em volta para os outros pares. Alguns ela reconhecia, como Antonetta e seu futuro marido, rígidos ao lado um do outro (e até que enfim Antonetta tinha saído de detrás da cortina), ou Lupin Montfaucon com uma garota que usava um vestido roxo. Mas não sabia quem era a maior parte dos casais. — Para compartilhar suas reflexões sobre liderança?

— Eu a tirei para dançar porque estava curioso — respondeu Conor. Mas não soava curioso; a voz dele saía desprovida de qualquer emoção, como se nada do que ela dissesse significasse lá grande coisa. — Se eu pedisse sua ajuda, você me ajudaria?

O olhar dela voou para o rosto dele. No entanto, não conseguia deduzir nada de seu semblante.

— Se eu... — a voz de Lin falhou. A julgar pelo modo como tudo ocorrera antes, ela jamais imaginou que ele fosse querer a ajuda dela de novo. — Está precisando de uma médica?

— Eu não — disse Conor sem rodeios. Pressionou o quadril contra o dela, mas Lin duvidava que ele tivesse se dado conta disso. Sentia os músculos de Conor tremerem como se ele estivesse febril. Como se o dilacerasse por dentro ter que pedir ajuda a ela, pensou, quando nitidamente a odiava. Ele devia estar se engasgando com cada uma daquelas palavras.

Mas o que estaria levando Conor àquele ponto? Tomada pelo espanto, Lin se esqueceu de se conter ao olhar para ele e passou a encará-lo sem o menor pudor. Observou o aro de prata em sua sobrancelha, as sombras sob os olhos, a curva oca abaixo dos malares. As penas do colarinho dele roçavam o maxilar como um beijo apaixonado.

— Não é do feitio de médicos ignorarem alguém que precisa de cuidados — falou Lin lentamente. — Mas tenho outras responsabilidades agora, e não posso fazer nada que meu príncipe me proibiria de fazer.

— Mas eu sou o seu... — começou Conor, depois se deteve. — Ah. Está se referindo a seu Exilado. Mayesh me contou que ele chegaria em breve para averiguar sua alegação de ser uma divindade. — Lin estremeceu um pouco; o tom que Conor usou para proferir essas palavras conseguiu ser ainda pior do que o desprezo que parecia sentir. Era uma dispensa gélida. — E se ele determinar que sua alegação é falsa, o que acontecerá?

— Por acaso está preocupado comigo?

Ele sorriu perante a sentença — um sorriso lupino selvagem.

— Com você, não. Com ele, talvez. Alguém já o alertou que você costuma fazer picadinho de príncipes?

— Se é isso mesmo que acha de mim, então por que veio pedir minha ajuda?

— Ótima pergunta — respondeu ele, chegando um pouco mais perto e levando os lábios para perto da orelha dela. Lin inalou o cheiro dele. Pele, couro, almíscar. — Porque você sabe bem — sussurrou Conor — que eu não preciso *pedir*.

Lin perdeu o fôlego. O incômodo na boca do estômago agora estava mais para dor.

— Se você…

A música parou. Conor a soltou imediatamente, recuando; ela sentiu frio no pedaço de pele onde ele a tocara.

— É melhor ir embora — sugeriu ele.

Apesar de tudo, Lin fez cara feia para ele. Foi inevitável.

— Não vim até aqui por sua causa — rebateu. — Foi Antonetta quem me convidou…

— Que seja. Ao que me parece, seu avô está esperando por você à porta. — Ele fez uma leve reverência para ela. — Deusa — falou, depois saiu andando, penetrando a multidão cerrada.

Lin olhou em direção à porta, uma parte de si se recusando a acreditar, mas ele estava mesmo ali. Mayesh estava próximo à entrada do salão, os braços cruzados sobre o peito, o olhar fixo nela. Não parecia nada feliz.

— Como assim você *já* envenenou o vinho dele? — questionou Kel.

Merren encarou o *lior* laboriosamente, como se estivesse revirando o cérebro para entender o que tinha de errado com o instrumento.

— Foi o que eu disse. Espere só pelo brinde dos noivos. Envenenei o cálice dele.

— *Merren* — sibilou Ji-An. — Precisamos de você aqui! Tocando!

— Pensei que não tivesse feito planos de… — começou Kel, mas Merren já estava em pé e tocava o instrumento, de volta ao centro do palco. Kel viu a carranca de Jerrod na direção dele antes de se virar e se afastar do palco.

Algumas pessoas o olharam intrigadas, como se estivessem se perguntando o que ele poderia querer com os músicos, mas a maioria estava entretida demais com os próprios afazeres para reparar. Montfaucon e Falconet competiam para impressionar Sancia Vasey; Cabrol estava encostado em uma parede coberta de seda com uma garrafa de vinho na mão; Beatris Cabrol dançava com Alonse Esteve. E Conor, e seu manto de plumas pretas, dançava com Lin. Kel semicerrou os olhos. O corpo dos dois estava bem próximo enquanto dançavam os passos da quadrilha, mas nenhum dos dois parecia feliz. Tampouco pareciam querer fugir dali. Pareciam duas pessoas presas por uma rede invisível, algo que somente os dois conseguiam enxergar. Que só os dois conseguiam sentir.

Ele não era o único que os observava. E embora conhecesse Conor melhor do que qualquer outra pessoa, duvidava que fosse o único a sentir a tensão entre o par. Lady Alleyne também não tirava os olhos do príncipe, a boca retorcida.

E então, ao lado dela, Kel viu Antonetta. Estava em pé junto de Artal Gremont enquanto, em grupos de dois e três, famílias nobres surgiam para lhes desejar os parabéns.

Kel pensou em tudo — na Primeira Noite, no veneno, na jaula de ouro que aprisionava Antonetta — e sentiu uma vontade avassaladora de vomitar. Por conta disso, saiu do salão às pressas até uma sacada longa que margeava toda a extensão do recinto. Tomou lufadas de ar fresco antes de se inclinar no parapeito; a cabeça latejava como se tivesse bebido vinho demais. A sacada era só um pouco mais alta que o chão. Dali dava para ver as montanhas escarpadas que cresciam entre Castellane e Sarthe, além da fissura escura da Passagem Estreita, que era o único caminho entre os territórios.

— Kellian?

Era a voz de Conor. Kel a reconheceu sem precisar se virar; era a voz que ele mais conhecia no mundo depois da sua própria.

Conor se juntou a Kel na balaustrada de pedra.

— Fiquei me perguntando aonde você tinha ido — disse o príncipe. — Cansado do espetáculo?

— Estava mais do que só insuportável — respondeu Kel. — Acho que os anos não melhoraram Artal Gremont em nada.

— Não mesmo — concordou Conor. Colocou as mãos sobre a balaustrada. Os anéis reluziram ao luar. A silhueta do rosto do príncipe estava delineada contra o céu e contundente, a postura denunciando uma tensão acumulada. Alguma coisa o estava incomodando. Teria sido a dança com Lin? Kel até pensou em perguntar sobre isso, mas algo na expressão de Conor proibia indagações. — Sabe do Exilado?

Interessante.

— Sei. É o príncipe do povo Ashkar. Até onde entendo, ocupa sempre a posição de príncipe, nunca de rei, porque não pode ser superior à Deusa deles.

— Isso mesmo. Eu me lembro de já ter visto desenhos dos Exilados, em livros de história. Anciãos com medalhões enormes. Muito parecidos com Mayesh. — Conor subiu o olhar para as estrelas. — Que noite mais estranha — comentou. — Casamentos na Colina são mesmo um esporte violento, não acha?

— Para você mais do que ninguém — respondeu Kel.

Conor deu uma risada sem qualquer humor.

— Mas vou me casar com a mulher mais bonita do mundo. Não ficou sabendo? Ninguém deveria ter motivo para ter pena de mim. Os cofres de Castellane esbanjarão ouro, haverá paz e todos nós ficaremos bem...

Kel não aguentou o amargor na voz de Conor.

— E você vai continuar a acordar gritando no meio da noite todos os dias — observou ele.

— Talvez — concedeu Conor. — Mas depois que eu estiver casado, você não estará lá para ouvir.

Antes que Kel pudesse responder, ouviu passos vindo de detrás dos dois — uma marcha pesada e decidida. Botas sobre pedra. Alguém queria que eles soubessem que estava se aproximando. Kel se virou, esperando encontrar Falconet ou algum dos demais, mas foi Jolivet que viu.

Na luz potente do luar, o rosto do Legado parecia mais grave que nunca. O cabelo dele costumava ser preto quando Kel chegou a Marivent; agora estava quase inteiro grisalho. Ele não estava de uniforme, vestia as cores do Palácio: um gibão vermelho, calça preta e o Anel do Leão reluzindo no dedo. Disse então:

— Já perguntou a ele sobre a princesa?

Kel levou um instante para perceber que Jolivet se dirigia a Conor.

O príncipe franziu o cenho.

— Não. Estávamos conversando sobre outros assuntos.

Jolivet olhou com reprovação. Em seguida, falou:

— Isto é importante. Para a sua segurança, Monseigneur. — Ele se virou para Kel. — A Princesa Anjelica chega em três dias...

— Três dias? — perguntou Kel, atônito. Por que Conor não mencionara que ela chegaria tão depressa?

— Sim. Mantivemos a chegada dela em segredo pelos motivos que estou prestes a explicar. — Jolivet fez uma pausa. — Está familiarizado com o corsário Laurent Aden?

Kel assentiu. Todos sabiam quem era Aden. O sujeito tinha sido pirata antes de começar a prestar serviços particulares à corte de Kutani. Só se estabelecera nos últimos cinco anos, talvez até menos, mas suas proezas já eram lendárias na cidade. Nem tanto na Colina, onde corsários que não fossem empregados por Castellane, bem como o estrago que causavam nos lucros, costumavam ser odiados. Ainda assim, Kel tinha lembranças dos tempos no Orfelinat, quando sonhava em ser pirata com seu amigo Cas, roubando dos ricos para tomar os ganhos para si.

— Dizem que ele é um trambiqueiro astuto, certo? Corre um boato de que teria se disfarçado de capitão de um barco mercante com tamanha maestria que conseguiu roubar toda a carga antes que o primeiro tripulante percebesse o plano. Quando notaram, já era tarde demais. Aden já havia escapado.

— Se metade dos roubos creditados a ele for verdade — ponderou Conor — talvez ele seja o corsário mais esperto desde os dias do Império.

— De fato — concordou Kel —, mas o que isso tem a ver com a chegada da princesa?

— Como deve se lembrar, os rumores indicam que minha noiva é a mulher mais bonita do mundo — ressaltou Conor, com um leve tom de graça na voz. — E bem, ao que tudo indica, piratas não são imunes ao charme dela.

— Isso está começando a parecer um conto de tecelão de histórias — respondeu Kel. — Por acaso ele a sequestrou e a levou embora em seu galeão?

— Não — falou Jolivet —, mas é o que parece querer fazer. Tudo indica que ele se apaixonou por ela em algum momento e, desde então, nutre certa obsessão pela moça. A informação vinda de Kutani é que ele pretende interceptar o navio da princesa quando este se aproximar do porto de Castellane para levá-la embora consigo.

— Sério? — disse Kel, um tanto desconfiado. — Por que tentar sequestrá-la quando ela atracar em Castellane? Por que não a capturar em seu habitat natural, o mar?

— A embarcação dela estará guardada por navios de guerra kutanianos durante a jornada — explicou Jolivet. — Mas, obviamente, por tradição, navios de guerra não podem entrar no nosso porto. Talvez Aden acredite que ela estará menos protegida ao se aproximar das Docas Reais.

— Mas podemos dar um jeito para que isso não aconteça — sugeriu Kel. — Podemos colocar soldados a postos no…

— E é o que faremos — respondeu Jolivet. — Também teremos navios no mar, guardando a entrada do porto. E se Aden, mesmo assim, conseguir passar despercebido, pode haver violência. Nada que nossas forças não possam conter, mas…

— Conor precisará de proteção — concluiu Kel. — Entendo.

Jolivet assentiu.

— Castellane precisa de seu Portador da Espada, Kel.

Conor balançou a cabeça por um longo momento.

— Deveria ser eu — disse, contrariado. — O que foi mesmo que você me disse quando Luisa chegou? Que eu não deveria dar início a um noivado com uma mentira?

— Naquele caso — respondeu Kel —, a mentira vinha do lado de Sarthe. Talvez todos nós tenhamos aprendido algo com isso. — Ele pousou a mão no braço de Conor, sentindo as penas macias do manto do príncipe fazerem cócegas em sua palma. — Pode deixar que eu vou. Sou seu escudo, Con.

A porta da sacada se abriu novamente e Conor olhou irritado na direção dela.

— Por acaso *todo mundo* nesta festa vai querer vir até aqui fora? — murmurou o príncipe, quando Sancia Vasey apareceu no batente da porta. Ela sorria, o cabelo acobreado todo desgrenhado.

— Aí está você, Conor — falou, num tom de falsa censura. — Não tinha me prometido uma dança hoje?

A expressão de Conor mudou no mesmo instante, como se tivesse colocado uma máscara para o Baile do Solstício. O rosto dele se despiu de qualquer realidade — indecisão, irritação ou exaustão. No lugar, surgiu apenas um semblante de branda afabilidade.

— De fato, prometi — respondeu a ela. — E como dizem, um príncipe sempre cumpre suas promessas.

— Ah, é mesmo? — Sancia riu enquanto Conor andava na direção dela. — Achei que um príncipe *nunca* cumprisse suas promessas.

Juntos, Sancia e Conor voltaram para o interior do salão de baile, deixando Kel sozinho com Jolivet na sacada. Ele franziu o cenho para o Legado.

— O que foi isso?

Jolivet olhou para ele com as feições inalteradas.

— Não sei a que se refere.

— Por que se deu ao trabalho de fazer Conor me perguntar se eu acompanharia Anjelica Iruvai? Sou o Portador da Espada. Você pode simplesmente me dar ordens. Não importa se *quero ou não* fazer.

— Não foi por você. Foi por Conor. Achei que tivesse ficado óbvio — respondeu Jolivet. — Aliás, preciso mesmo falar com você... e não, não a respeito da princesa. — Ele ignorou a próxima pergunta de Kel com um gesto impaciente. — A respeito de Magali Berth. Você queria interrogá-la. — Ele olhou em direção à porta, como se para garantir que ninguém ouvia a conversa. — Ela estará na Arena no dia do talhe. Uma ótima oportunidade para questioná-la longe do olhar atento de Lady Alleyne.

— Jerrod disse que ela sempre pegava dinheiro emprestado para apostar nos jogos da Arena — refletiu Kel.

— Mais motivo ainda para interrogá-la, então. Se ela estiver endividada e desesperada, estará muito mais suscetível a influências externas.

— Mas ela não vai querer falar sobre esse assunto comigo — observou Kel.

— Que sorte a nossa de que você é um excelente ator — respondeu Jolivet. — Faça o possível para cortejá-la. Muita coisa depende disso.

Um urro de comemoração irrompeu de lá de dentro. As linhas nos cantos da boca de Jolivet pareceram se agravar.

— Olha só — disse ele. — O brinde do casamento.

Espere o brinde dos noivos.

Com a voz de Merren ecoando nos ouvidos, Kel saiu apressado da sacada, esbarrando em Jolivet, e disparou salão adentro. A multidão se afunilara em um círculo denso ao redor das mesas de banquete. Kel abriu caminho entre os nobres a ombradas. Usou os cotovelos sem dó, o que resultou em grunhidos e murmúrios de irritação. O cheiro de lã e seda úmida, suor e perfume era sufocante. Acima das cabeças da aglomeração, conseguia ver o palco, onde Merren estava ao lado de Ji-An e Jerrod, os instrumentos dos três pendendo das mãos, esquecidos.

Enfim, chegou à frente. De onde estava, conseguiu ver Conor, ao lado de Falconet e Montfaucon, batendo palmas sem qualquer ritmo. A maioria dos nobres tinha à mão uma taça de vinho vazia, que seria preenchida logo após o brinde.

À frente de uma mesa de banquete alvoroçada, Antonetta estava ao lado de Gremont e da mãe. O rosto amável da jovem parecia o de uma boneca, os lábios curvados em um sorriso bem delineado, o olhar vazio. Artal posava com uma manzorra possessiva nas costas de Antonetta. Na outra mão, ele segurava um cálice cerimonial de casamento, a borda adornada de esmeraldas, enquanto a de Antonetta era enfeitada com rubis.

Envenenei o cálice dele.

Kel não se mexeu conforme Gremont levantava a taça e falava em uma voz ressonante.

— Espero que todos se juntem a mim neste brinde à aliança entre a Casa Gremont e a Casa Alleyne. Que nossa união conceda a todos nós saúde e riqueza, principalmente riqueza.

Um grito uníssono de comemoração então soou ainda mais alto. Com uma piscadinha para o público reunido, Gremont virou o vinho, secando o cálice até a última gota.

Lin atravessou o salão para se juntar ao avô, que a encarava, o grande medalhão circular sobre o peito lembrando um olho imenso e cintilante.

Ele sorriu quando ela se aproximou, colocando a mão sobre o ombro dela de maneira paternal. Lin não se deixou enganar. Ele estava furioso.

— O que — perguntou ele — está fazendo aqui?

— Antonetta Alleyne me pediu para vir — respondeu ela. — Na condição de médica dela. A Lei permite que médicos Ashkar viajem para fora à noite, o senhor sabe disso.

— Essa Lei também permite que você use as cores que bem entender? — rebateu Mayesh.

— O vestido é azul-marinho — respondeu Lin friamente. — Da cor do mar.

O avô deu um risinho sarcástico.

— Acho que Antonetta Alleyne vai sobreviver sem você. Agora venha.

E Lin foi. Lançou um olhar por sobre o ombro conforme saíam do salão de baile para procurar por Antonetta. A garota estava com a mãe e Artal Gremont, o rosto tomado por uma expressão vaga. Lin não viu Conor na multidão. Nem Kel. Talvez estivessem juntos.

Do lado de fora, a lua havia surgido no céu. Estava alta e cheia, projetando uma luz forte sobre a cidade e sobre a carruagem real que os aguardava na fachada da mansão. Enquanto Lin caminhava entre fileiras de criados com tochas, Mayesh perguntou com frieza:

— Se está aqui na condição de médica de Antonetta, onde está sua maleta?

Lin não disse nada. Ficou se perguntando se o avô também faria algum comentário sobre o fato de que, pelos parâmetros dos Ashkar, ela estava seminua. Perguntou-se também se ela lhe daria um pisão no pé caso ele o fizesse.

Quando chegaram à carruagem, um cocheiro trajando o uniforme da família Aurelian abriu a porta para Lin. Ela agradeceu, apesar da conexão do homem ao Sangue Real. Não era culpa *dele* o herdeiro do trono ser um desgraçado.

No veículo, ela se sentou de frente para Mayesh à medida que sacolejavam na descida da Colina, mantendo o queixo firme. A luz do luar que entrava pelas janelas acentuava os traços do rosto dele de um modo que ela não se lembrava.

— Você — começou ele, fazendo da palavra um insulto — tem essa tendência a se preocupar com os outros sem pensar nas consequências para si própria. Antonetta não pode protegê-la das Leis que governam nosso toque de recolher. Só eu tenho esse direito.

Lin arqueou uma sobrancelha.

— Por acaso isso é uma ameaça de me largar aos Vigilantes?

Ele a ignorou.

— Deveria ter me contado que tinha planos de vir à Colina hoje. Se tivesse acontecido alguma coisa, eu só teria descoberto quando você já estivesse no Tully.

Lin se manteve calada.

— Você não costuma ser tão imprudente assim — observou o avô. — Ouvi dizer que encontrou Benjudá hoje mais cedo. Ficou com medo? Talvez esteja preocupada com o que pode acontecer quando fracassar no primeiro teste.

Lin riu com gosto.

— Não vai nem me permitir a gentileza de dizer "se"?

— Não seria gentileza alguma fingir.

A carruagem se inclinou conforme o declive se tornava mais íngreme. Lin se segurou no assento almofadado para não tombar para a frente.

— Imagino que virarei objeto de pena. Uma garota patética e iludida que acreditou mesmo que poderia ser a Deusa do povo Ashkar.

— Está falando sério? — Mayesh olhou para ela com uma expressão severa. — Acha mesmo que é só isso que vai acontecer? Acha que vai poder continuar sua prática como médica?

— Estou preparada para isso — respondeu Lin, calma. Por dentro, o estômago dela parecia pressionar a coluna. Nunca pensara, de fato, que poderia ser proibida de atender seus pacientes. E proibiu-se de sequer cogitar tal coisa naquele momento.

— Existem punições ainda piores. E se exilarem você?

A carruagem se estabilizou quando a Colina deu lugar às ruas da cidade. Embora fosse tarde, as estradas ainda fervilhavam de pedestres — muitos, sem dúvida alguma, a caminho do Mercado Quebrado que se estendia pela Ruta Magna. Pela janela, Lin via o bruxulear de lampiões e o brilho verde-escuro do Rio do Medo.

— O Exilado me disse que estou longe de ser a primeira mulher a fazer tal alegação. Se todas as outras moças tivessem sido exiladas como punição, certamente teríamos ficado sabendo.

— Talvez nem todas essas moças tivessem avôs que conheciam o Exilado quando ele era criança.

Lin semicerrou os olhos.

— Ele mencionou isso, de fato — concordou ela. — Fiquei com a impressão de que as memórias que ele guarda do senhor não são muito boas.

— Não é só impressão.

Tinham chegado à Ruta Magna. A carruagem desacelerou. De cada lado, barraquinhas do Mercado Quebrado vendiam itens outrora inteiros, que agora precisavam de reparo. Lin viu uma boneca de porcelana com o rosto rachado apoiada em uma almofada puída; o único olho parecia segui-la. Acima de tudo, a lua cheia contemplava os restos da criação humana.

Ela suspirou.

— O que fez para que ele desgostasse do senhor?

Mayesh ficou em silêncio por tanto tempo que Lin começou a se perguntar se ele havia desistido de responder. Mas então ele disse:

— Anos atrás, Aron Benjudá era amigo do filho do Maharam. Asher.

Lin o encarou. Todos conheciam a história de Asher Benezar, o jovem que, aos quinze anos, estudara magia proibida e fora exilado. Ninguém sabia ao certo que fim ele havia levado, e o Maharam não tocava no nome do filho. Era uma história com ares míticos — saída das páginas do *Livro de Makabi*, um acontecimento havia muito ocorrido. Lin jamais cogitara que Asher talvez tivesse amigos ainda vivos, ainda jovens.

— Para Aron — disse Mayesh —, não fiz tudo o que estava ao meu alcance para prevenir que o Maharam exilasse seu filho.

— Mas o senhor se pronunciou a favor de Asher — indicou Lin, esquecendo por um instante de continuar brava, tomada por um lapso de surpresa. — Discutiu com o conselho. Todos conhecemos essa história. O senhor disse ao Maharam que o exílio era um castigo cruel demais. É por isso que… — *Que vocês não são mais amigos*, ela por pouco não completou, engolindo as palavras que pareciam danosas demais.

— Aron tinha apenas onze anos na época — contou o avô. — Sofreu muito a perda do amigo. Deu as costas a mim como se eu fosse alguém que poderia ter mudado o rumo das coisas se tivesse me esforçado mais. — Ele não estava falando somente de Asher agora, pensou Lin. — Fiz o possível para estar presente, para apoiá-lo dentro do que as circunstâncias permitiam. Mas ele era o filho do Exilado. Nunca ficavam muito tempo no mesmo lugar, e depois do exílio de Asher… acabaram indo embora.

— Acha que o julgamento dele será parcial — indagou Lin — por guardar rancor do senhor?

— Prefiro pensar que não. Só o conheci quando menino; espero que tenha se tornado um homem justo. Mas achei que seria bom você conhecer a história.

— Não vou mudar meu caminho, *zai* — falou ela, recorrendo ao modo antigo e infantil de dizer a palavra "avô". Estava cansada, e já quase tinham chegado aos muros do Sault; já avistava os portões e as tochas queimando. — Tenho orgulho de você por ter tentado apoiar Asher Benezar durante o sofrimento dele. Mas gostaria que o senhor também tivesse tentado se fazer presente a mim e Josit anos atrás.

— Bem — respondeu ele, com a mesma exaustão na voz —, é isso que estou tentando agora.

ANTONETTA

Tarde da noite, após o fim de sua festa de noivado e a partida do último convidado, Antonetta sai para o jardim nos fundos da mansão da família Alleyne. Era ali, onde a relva e as flores crescem em ramalhetes abundantes e rebeldes, que ela costumava brincar com Kel e os demais durante a infância. Por mais exigente que fosse em relação à casa, Liorada Alleyne nunca se importara com o vasto jardim, e a pequena rebelião de árvores e plantas oferecia esconderijos perfeitos para brincadeiras de bandidos e guardas.

No leste, o céu já começa a clarear com os primeiros sinais da alvorada. O ar cheira a grama molhada e flores brancas. Antonetta segue pela trilha de cascalhos que leva a uma pequena gruta abaixo de uma saliência de rochas. Era ali que eles brincavam em dias quentes, pois um riachinho que atravessava a grama mantinha o lugar sempre úmido e fresco. Antonetta ainda vem aqui vez ou outra para ficar sozinha — mas hoje tem mais alguém ali.

Ela faz uma pausa, estupefata, e levanta uma mão para segurar um galho acima da cabeça.

— Conor?

Vê um lampejo nos olhos dele à luz fraca quando ele se vira. O príncipe havia atirado o manto de plumas de cisne no chão e agora se recosta na pedra da gruta, sentado sobre ele. As roupas estão amassadas, a camisa fede a vinho e o kajal ao redor dos olhos está borrado a ponto de parecer olheiras profundas.

Ainda assim, continua lindo, a desordem só reforça o charme negligente que ele sempre cultiva. Durante anos, Antonetta se ressentira da beleza do príncipe justamente porque parecia não significar nada para ele. Conor Aurelian teria o mesmo poder, a mesma adoração, mesmo que fosse pálido e insosso como pão sem sal. Para um príncipe, ser belo é como uma fileira a mais de pedrarias em um vestido já ricamente bordado. Um mero detalhe, nunca uma necessidade, em um mundo onde a aparência de Antonetta moldava todo o seu futuro.

— Peço desculpas — diz ele, endireitando a postura. — Minha intenção era ter ficado aqui por uns poucos minutos. Acho que perdi a noção do tempo.

Antonetta passa por baixo do galho que está segurando. Já se livrou da gargantilha de rubis que Gremont lhe deu, mas continua usando o vestido de seda; de repente se sente exagerada em sua vestimenta e o ressentimento por Conor cresce ainda mais. E, mesmo assim. Ter a oportunidade de conversar a sós com ele...

— Você é o príncipe, Monseigneur — ressalta. — Se quisesse passar a noite inteira aqui, eu não teria direito de proibi-lo.

— É, acho que não. — Ele não parece particularmente animado com a ideia. Pelo contrário, transparece tristeza. Segura uma pena do manto entre dois dedos e a gira para a frente e para trás. Quando baixa os olhos para a pluma daquele jeito, Antonetta vê um traço de semelhança com Kel, uma semelhança que sempre lhe cortara como lâmina. Kel, cuja beleza era diferente, mais calorosa em contraste à frieza e indiferença de Conor. Kel, que mente por necessidade, não por esporte.

Conor solta a pena, que flutua preguiçosamente no ar. Ele diz então:

— Acho que não preciso perguntar por que veio até aqui. Eu poderia muito bem me juntar a você no lamento por esse casamento com Gremont, mas, para ser sincero, acho que nem você nem eu algum dia chegamos a acreditar que nos casaríamos por amor.

Vi você dançando com Lin, é o que ela quer dizer. *Vi o jeito como a olhava, e o jeito como ela olhava para você. Deve ser insuportável, para você, não conseguir ter o que quer.*

O que fala, em vez disso, é:

— Dizem que a princesa de Kutani é a mulher mais bonita do mundo; não acho que alguém diria isso a respeito de Artal.

Para a surpresa dela, Conor começa a rir. Nesse momento, ela não vê Kel nele, nem o príncipe adulto à sua frente; ela vê o menino que conheceu um dia, aquele que nunca queria ser o rei dos bandidos nem o capitão de um navio pirata, aquele que parecia sempre mais satisfeito ao ver outras crianças assumindo tais papéis.

— De fato — concorda ele —, Artal não tem nem a aparência nem a personalidade a favor dele. Será que estou deixando passar alguma qualidade positiva no homem?

Antonetta se senta na grama, não muito longe de Conor, mas também não muito próxima a ele.

— Acho que sabe que ele não tem qualidades. Aposto que ele contou a você sobre a exigência que fez para a Primeira Noite.

Conor assente.

— Eu estava torcendo para que o restante da Colina o censurasse por isso — admitiu ela.

— Infelizmente, acho que superestimou a moral vigente por aqui. Alguns estão horrorizados, de fato, mas a maioria prefere não se meter em algo que não é da conta deles. Não é um problema deles, afinal. E os piores estão entusiasmados. Esteve chegou inclusive a comentar que é prudente assistir a cavalos no acasalamento, para garantir a legitimidade da linhagem.

Antonetta de repente tem a impressão de que vai vomitar, mas a ânsia passa após um momento. Já conheceu pessoas que fariam e pensariam coisas muito piores, no fim das contas.

Conor se vira para ela.

— Ana, deseja que eu intervenha? Entendo que isso é uma condição imposta por Gremont para que o casamento ocorra, mas não será sua única chance de se casar. As Famílias da Concessão podem até reprovar se eu interferir, já reprovam metade do que faço de qualquer for...

Ela percebe que ele está falando sério. Tão sério que ela não pode lhe dar uma resposta real, não por ora.

— Por que está sendo tão gentil comigo? — pergunta, em vez disso.

Ele fica confuso.

— Somos amigos. Sempre fomos amigos.

— Isso não é lá muito verdade, é?

Conor se reclina devagar. No processo, suas botas acabam arrancando diversas penas do manto — Antonetta duvida que ele vá conseguir usar a peça novamente. As penas flutuam ao redor de seus pés e pernas, leves feito fumaça em correntes de ar.

— Como assim?

— Eu tinha quinze anos — diz ela. — Foi você que disse à minha mãe que era hora de eu parar de andar com você, Kel e Joss. Que, se ela quisesse garantir um futuro para mim na Colina, faria bem em me banir do Marivent até que eu aprendesse a me comportar como uma dama de verdade. Quando perguntei para minha mãe se você sentiria minha falta, ela riu e disse que você não demonstrou o menor sinal disso. — Ela arranca um tufo de grama do chão, e o cheiro forte da planta cortada a envolve.

Quando Conor fala, sua voz sai estranha.

— E isso a incomodou esse tempo todo?

— Não venha me dizer que é infantilidade da minha parte. Isso mudou toda a minha vida. Eu tinha amigos, uma vida feliz. E aí, não mais do que de repente, perdi as duas coisas. Do nada, tudo o que minha mãe sempre desgostou em mim recebeu validação.

— Antonetta. — Conor afasta o cabelo dos olhos; é um gesto que ele e Kel compartilham. Ou talvez Kel simplesmente tenha copiado o hábito de Conor; com aqueles dois, é impossível dizer onde as coisas começam. — Se eu soubesse… — Ele balança a cabeça. — Conduzi mal a situação. Tinha quinze anos e era um palerma. Saiba que quando fui falar com a sua mãe, meu intuito era proteger você.

— Do quê?

Conor suspira.

— De Charlon. Ele não parava de falar de você. Comecei a perceber que, como todos havíamos crescido juntos, Kel, Joss e eu a víamos como uma amiga, como uma igual, mas Charlon via você como propriedade dele. Não havia meio de afastá-lo de você sem irritá-lo… uma raiva que ele só descontaria em você. Eu não tinha como ficar de olho nele o tempo todo. Foi o que eu pensei na época.

— Eu teria dado um jeito de me virar.

— Hoje em dia sei disso, mas na época não sabia. Sinto muito, Antonetta. Era Charlon que eu deveria ter afastado. Não tinha a menor noção de como fazer isso... mas não é desculpa.

Sinto muito, Antonetta. Ela encara Conor. São palavras que jamais imaginou que ele diria, nem sabia que ele era capaz de dizê-las. É como se tudo ao redor dela estivesse mudando. Passara anos demais furiosa com ele e fizera coisas demais por causa dessa raiva. Não se arrepende, mas teme que chegue o dia em que esse arrependimento venha.

— Você tomou essa decisão por mim naquela época — diz ela. — Não precisa tomar nenhuma outra por mim agora. Eu me viro com Gremont.

Ele assente de leve. A luz da manhã já é forte o bastante para ela enxergar a cor dos olhos dele: cinza, feito nuvens tempestuosas. Iguais aos olhos de Kel.

— E qual é o seu plano? Porque você sempre teve um plano na manga, Antonetta.

Ela baixa o olhar para o punhado de grama em sua mão.

— Uma coisa que você talvez não saiba — fala ela lentamente — é que uma das partes do contrato do casamento é um acordo de que, depois de um ano de matrimônio, minha mãe passará a Concessão da seda para mim. Uma recompensa por fazer todas as vontades dela.

— Dá tanto valor assim para a Concessão da seda?

O tipo de pergunta que apenas um príncipe faria.

— Dou tanto valor assim para a minha independência.

— Mas ainda estaria casada com Gremont...

— Você conhece o sujeito. — Antonetta enfia a ponta do sapato de seda no chão úmido. — É do tipo que *coleciona* inimigos. Na Colina e na cidade. Vai saber o que pode acontecer? E pela Lei, se algo vier a acontecer com ele, bem... as duas Concessões seriam transferidas a mim, certo?

Conor levanta as sobrancelhas escuras.

— Não é bem assim. Uma mesma pessoa não pode assumir o controle de duas Concessões. Você precisaria transferir uma delas a outra pessoa.

Antonetta abre um sorriso.

— Sim. Exatamente como pensei.

— E eu teria que aprovar a transferência de poder — acrescenta Conor. Há um brilho em seus olhos quando ele olha para ela, um tipo de divertimento contido. — Naturalmente.

Ainda sorrindo, Antonetta responde:

— Acho, de verdade, que não veria grande problema em aprovar meu pedido, Monseigneur.

SETE

Apesar de ter ido dormir tarde, Lin se levantou cedo na manhã seguinte, colocou um vestido cinza e prendeu o broche de prata na altura do ombro.

O Exilado estava ali, no Sault. Ela conseguira deixar o fato de lado durante a festa, mas acordara com a informação martelando o cérebro e pesando sobre o peito. *O Exilado está aqui. Não tenho mais muito tempo para ajudar Mariam.*

Como a maioria de seus livros sobre magia e história estavam na Mansão Preta, ela saiu em direção à cidade. Geralmente, amava as manhãs em Castellane. O calor ainda não havia se intensificado tanto, e a brisa estava fresca e levemente gelada. Pássaros coloridos chilreavam nas sacadas de ferro das casas cuja pintura forte assumira um tom pastel pela maresia. O Mercado Preto se dissolvera em sombras, e as lojas da Ruta Magna exibiam as riquezas de seus artigos: sedas pesadas, porcelanas translúcidas, brocados belíssimos, esculturas feitas de jade e marfim nos formatos de deuses desconhecidos. Se bem que talvez todos os Deuses fossem desconhecidos aos Ashkar.

No entanto, naquela manhã, quando chegou à Mansão Preta, Lin a encontrou em alvoroço. Passara primeiro no laboratório para pegar os livros, mas o encontrara vazio; ao ouvir a gritaria, foi até a Grande Sala, onde encontrou o Rei dos Ladrões sentado calmamente em uma cadeira, o cajado de abrunheiro sobre o colo, enquanto Merren — para a surpresa de Lin — emitia sons irritados e agarrava, furioso, o próprio cabelo loiro desgrenhado.

Kel também estava lá, o que Lin não esperava, encostado em uma parede, assim como Ji-An, que parecia entediada como sempre. Jerrod permanecia parado, hesitante, no meio da sala, como se quisesse se aproximar de Merren, mas não ousasse fazê-lo.

— Era para ele ter *morrido* — gritou Merren. — Não entendo por que não morreu! Botei tanto acônito que dava para ter matado um cavalo!

Lin olhou confusa para todos, mas eles pareciam saber do que Merren estava falando.

— Era para quem ter morrido?

— Gremont — respondeu Jerrod, após Merren tentar dar um chute em uma cadeira próxima. — Tentamos envenená-lo ontem.

Lin lançou um olhar acusatório a Kel, pensando na caminhada que tinham dado juntos antes da festa.

— Você não me contou que o plano era esse.

— Só descobri quando cheguei lá — defendeu-se ele, soando pesaroso.

— Você *me pediu* para matá-lo — protestou Merren. — Ontem à noite mesmo.

— E *você* falou que já tinha envenenado ele sem nem mesmo eu pedir — ressaltou Kel. — Além do mais, foi coisa de momento.

— Matar o representante de uma Concessão é coisa séria — comentou Andreyen. — Já tínhamos chegado a essa conclusão.

— Matar *qualquer pessoa* é coisa séria — corrigiu Lin. — Não estou entendendo... sei que ele é horrível, mas o que fez para Merren?

Fez-se um momento de silêncio terrível. A raiva se esvaiu do rosto de Merren. Ele jogou todo o peso em uma poltrona. De repente, pareceu muito jovem; Lin conseguiu imaginá-lo como criança, a cabeça repleta de cachinhos loiros, as mãozinhas sujas de solventes alquímicos, a voz se elevando de empolgação ao descrever algum experimento novo.

Ji-An suspirou.

— Isso é ridículo — comentou, e depois se virou para Lin, relatando o causo do passado de Merren: que Gremont estuprara Alys, sua irmã, e fizera o pai dele ser preso. Era uma história atroz, e Lin sentiu como se o estômago estivesse pressionado contra a coluna. *Ai, Antonetta*, pensou.

— Merren — disse ela, quando Ji-An terminou de falar. — Eu sinto muito.

Merren limitou-se a assentir. Parecia exausto. Jerrod avançou para colocar a mão no ombro de Merren.

— Acho que sei por que o veneno não funcionou — falou Lin.

Merren arregalou os olhos e Kel soltou um assovio baixo. Só Andreyen não demonstrou surpresa.

— Ele usa um amuleto de proteção — continuou a médica. — Parecido com o talismã de Kel... magia antiga poderosa. Reparei nele no pescoço de Gremont ontem.

— Aquele colar feio que dói? — Ji-An fez uma careta. — Bem, posso atirar uma flecha nele se veneno não funcionar...

— Não — determinou Merren, com uma frieza atípica na voz que fez Jerrod olhar preocupado para ele. — Quero que seja eu a matar Gremont. E mais ninguém.

— Acho que nem mesmo uma *flecha* funcionaria — emendou Lin. — O amuleto não protege de venenos, mas de *perigos* no geral. Qualquer coisa que possa ameaçá-lo. E é de uma época em que os amuletos eram muito mais poderosos do que hoje em dia. A flecha pode se partir antes mesmo de atingi-lo.

Kel falou, em uma voz um tanto peculiar:

— Se Conor tivesse um talismã assim, talvez nem precisasse de um Portador da Espada.

— Estou muito curioso para descobrir onde foi que Gremont arrumou aquela coisa — comentou Jerrod. — Muito curioso mesmo. — Ele olhou para Merren. — Só nos resta uma coisa a fazer, então. Precisamos roubar o amuleto...

— Chega. — A voz de Andreyen, afiada feito aço, interrompeu a conversa de maneira cortante. O silêncio recaiu sobre a sala. — Todos vocês. Já chega dessa tolice. — Ele se levantou. Lin às vezes se esquecia do quanto ele era alto, alto e robusto, feito uma sombra alongada pelo amanhecer. — Amuletos podem ser poderosos e complexos. Nos tempos antigos, existiam alguns tão poderosos que qualquer ação contra quem os usava se voltava contra o agressor com sete vezes mais força. — Ele se virou na direção de Merren. — Confia em mim, certo?

Merren assentiu. Andreyen parecia conhecer amuletos bem demais, pensou Lin, embora isso não a surpreendesse; ele sempre fora fascinado por magia. Aliás, fora por essa exata razão que ele havia se aproximado dela.

A voz de Andreyen suavizou.

— Vou averiguar essa questão do amuleto. A origem dele, para ser mais exato. A venda de artigos desse tipo costuma ser ilegal. Se ele comprou, aposto que consigo rastrear a aquisição. Nesse meio-tempo, peço que *voltem* a se concentrar na Galeria Brilhante. — Ele acariciou a cabeça da bengala, uma mania que tinha. — E aliás, não me surpreenderia se topássemos com o nome de Gremont nessa história da Galeria.

Kel descruzou os braços.

— Acha que Artal Gremont pode ter a ver com o massacre? Eu adoraria vê-lo com os pés balançando na forca do Tully, mas ele estava em exílio quando tudo aconteceu.

O Rei dos Ladrões abriu um sorriso longo e desconcertante.

— E agora ele está de volta, justamente porque o pai dele foi assassinado naquela noite. O exílio dele chegou ao fim por causa da herança que recebeu. Sempre procurem quem sai ganhando com um crime quando quiserem achar o culpado.

Fez-se um silêncio curto. Merren ficou cabisbaixo, mas Lin sabia que ele não confrontaria Andreyen, a quem venerava como uma espécie de figura paterna — embora, sinceramente, Andreyen não fosse *muito* mais velho que o restante deles.

— Pois bem — falou Jerrod —, já sabemos o próximo passo da investigação. O Legado contou a Kel que Magali Berthe irá assistir a uma luta de crocodilos na Arena no dia do talhe. Podemos a encontrar lá.

— E fazer o quê? Um interrogatório? — indagou Lin.

— Uma conversa. Comigo ela vai falar. Sou da Colina; faz anos que me conhece — disse Kel. — Se alguma coisa mudar no plano do dia do talhe, peço que me informem pelos meios de sempre. — Ele abriu um sorriso torto. — Infelizmente, preciso ir. Tenho que ir buscar uma princesa daqui a dois dias e ainda temos muitos preparativos a serem feitos.

Dois dias depois, Kel, vestido de Conor e usando a coroa e o talismã do príncipe, percorreu a Ruta Magna na carruagem sem teto do Palácio. A grande estrada que ligava a Passagem Estreita ao porto estava lotada de cidadãos de Castellane, que apareceram aos montes para celebrar a chegada da princesa.

Era quase como se tivessem se esquecido de que, três meses antes, *outra* princesa havia chegado — e ela mal sobreviveu a uma semana na cidade antes de ser assassinada. A memória do povo era curta quando o assunto era ter uma desculpa para comemorar, pensou Kel, lembrando-se de inclinar a cabeça gentilmente de tempos em tempos para cumprimentar a multidão. O povo gritava e acenava com crisântemos dourados que haviam sido distribuídos naquela manhã por Castelguardas conforme a carruagem ia passando.

Embora segurassem com firmeza os caules verdes, as flores só seriam jogadas quando a princesa aparecesse. Estavam desesperados para *vê-la*. Será que era bonita? Gloriosa? Um crédito à cidade? Hoje, o Príncipe Herdeiro seria ofuscado. Kel só conseguia sentir alívio por isso.

A Rainha Lilibet permanecera no Palácio para conduzir os preparativos para a chegada de Anjelica Iruvai. Jolivet também ficara em Marivent, o que Kel achou estranho. Era de se esperar que o Legado estaria presente em um momento como aquele. Kel se perguntou se teria a ver com a investigação da Galeria Brilhante.

Sentiu o início incipiente de uma dor de cabeça, um acúmulo de pressão atrás dos olhos. Não deveria estar se preocupando com a investigação. Naquele momento, desempenhava o papel de Conor, agindo como Conor agiria naquela situação. Precisava permanecer alerta não apenas diante de qualquer sinal de perigo, mas também quanto à autenticidade de sua interpretação. Devia isso a Conor e ao juramento que fizera.

À medida que se aproximaram da curva do porto e se viraram em direção às Docas Reais, Kel viu que elas também haviam sido preparadas para a chegada da princesa. A madeira recebera uma demão de tinta dourada, e videiras cheias de rosas foram entrelaçadas nas vigas, e depois pintaram as flores — também de ouro, a cor da Casa Aurelian. Kel achava que aquilo tudo lembrava um prato dourado disposto sobre uma toalha de mesa azul.

Estava tudo quieto quando a carruagem se aproximou e Kel desceu. Lilibet e Jolivet haviam discutido naquela manhã: a rainha queria que o príncipe encontrasse a princesa a sós, sem soldados ou conselheiros para estragar o clima, enquanto o Legado defendia que estavam enviando o Portador da Espada justamente por causa do risco, e que ter guardas presentes não seria nada além de bom senso. No fim, chegaram a um acordo. Os membros do Esquadrão da Flecha, montados em cavalos, formaram um semicírculo escarlate atrás do Brigadeiro Benaset, que montava o garanhão branco de Jolivet, embora não estivessem tão próximos do desembarcadouro.

Dali, Kel só conseguia avistar a curva da costa, ao longo do porto conhecido como Chave. Os desembarcadouros comerciais haviam sido desativados para aquele dia, e multidões de curiosos se acumulavam nas plataformas de madeira, olhando para o mar com os braços cheios de flores. As tavernas ao longo da Chave tinham escancarado as portas, e o som de música festiva viajava por sobre a água. Apenas os navios armados ancorados em Tyndaris sugeriam que Castellane estava preparada para um ataque.

Alguém gritou na multidão. Um pontinho de luz surgira ao longe, crescendo depressa à medida que o vento o levava em direção ao porto. O dia estava claro, daqueles em que o céu e o mar se confundiam no horizonte. O grande navio de Kutani surgia em todo o seu esplendor, aproximando-se do porto feito uma rainha viúva atravessando um salão de baile. As velas, em um tom avermelhado de laranja, lembravam a Kel de temperos — um toque de açafrão e cúrcuma.

Conforme a embarcação se aproximava da costa, Kel inclinou a cabeça para observá-la. A alma do garoto que, um dia, sonhara em ser pirata ao lado de seu melhor amigo Cas alegrou-se diante daquela visão: madeira e latão polidos e reluzentes, velas amplas, e a proa entalhada no formato de uma árvore de mangue de cor intensa. Homens e mulheres abarrotavam os conveses.

O navio gigante parou próximo à doca. Murmúrios confusos se espalharam entre os membros do Esquadrão da Flecha. Kel ficou plantado ali, sentindo-se como um asno, enquanto o barco de Kutani boiava pouco além da costa.

Após alguns minutos, um barquinho foi lançado à água. Remou tranquilamente até a doca, onde um único homem — de estatura mediana, cabeça raspada e feições finas e esbeltas — desembarcou. Usava túnica e calça de linho branco, sobre os quais se sobrepunha uma veste aberta na cor de sumagre, entremeada com fios de ouro. A cor forte do tecido valorizava a pele marrom-escura por baixo.

A luz do sol reluziu em seus óculos dourados quando ele se abaixou para cumprimentar Kel, seguindo o costume de Kutani; Kel fez uma reverência em resposta.

— Meu nome é Kurame Iruvai — anunciou o homem. — Esta doca é pequena demais.

— Você é irmão de Anjelica? — disse Kel, percebendo tarde demais a veste vermelha-arroxeada e as pulseiras douradas enfeitadas com rubis. E, sobretudo, a semelhança de Kurame com a irmã. — Então você é da Guarda de Sangue.

Kurame inclinou a cabeça.

— Sou. Mas esta doca continua pequena demais. Minha irmã não pode desembarcar aqui.

— Ah, não? — Kel estava genuinamente intrigado. — Pelo retrato, ela me pareceu ser de um tamanho comum. Nada que indicasse uma espécie de giganta.

Um sorrisinho perpassou o canto da boca de Kurame.

— Vai entender o que quero dizer, se o problema puder ser revisto. Do contrário — acrescentou, pensativo —, talvez seja melhor retornarmos a Kutani?

Kel se virou para encarar o Esquadrão da Flecha e invocou a melhor versão que conseguiu do tom imperial de Conor.

— Precisamos mover a doca. Agora.

Houve alguns resmungos em protesto, mas a doca fora projetada para ser móvel. Kel recuou à costa enquanto o Esquadrão da Flecha entrava na água, reclamando furiosamente à medida que a maré arruinava as calças escarlates e douradas. Depois de muito puxarem cordas, a doca foi movida para o lado, abrindo passagem da água até a terra firme.

Enquanto isso, Kurame havia voltado ao barquinho, onde parecia entretido com um livro. Benaset, que não desmontara do lombo do próprio cavalo, apenas observava. Kurame ignorava os olhares com uma indiferença verdadeiramente magnífica. Kel, que já tinha começado a suar dentro das roupas pesadas, concluiu que Kurame talvez fosse seu herói pessoal.

Quando a doca foi realocada, o barco se aproximou. Uma prancha enorme foi baixada e o Esquadrão da Flecha fitou o pedaço imenso de madeira reluzente em estado de absoluto maravilhamento. Duas longas filas de criados kutanianos foram formadas em cada lado da passagem. Cada um carregava um galho com flores rúbias da árvore-de-fogo. As mulheres usavam vestidos longos e simples de algodão lindamente estampados com costuras decoradas por fios de ouro e de prata; os homens vestiam linho branco, com tiras de tecido colorido nos pulsos e tornozelos.

O barquinho de Kurame enfim chegara à costa; ele desembarcou e caminhou até onde Kel estava postado. Mais dois membros da Guarda de Sangue — dois rapazes belos que pareciam parentes de Kurame — marcharam pela passagem de cabeça erguida com uma espada brilhando no quadril. Assim como o irmão, usavam pulseiras douradas que indicavam a estirpe à qual pertenciam. Ao chegarem ao fim da prancha, fizeram uma reverência a Kel e abriram passagem; um se posicionou à direita e o outro, à esquerda. Por algum motivo, eles lembraram Kel das duas fileiras que os sacerdotes lutanos abriam para que a plebe visse a chama sagrada do Templo.

Ele tombou a cabeça para trás ao notar movimentos no topo da prancha. Algo apareceu em seu campo de visão — algo tão imenso que, por um momento, bloqueou o sol. Descendo pela passarela vinha um elefante — imenso, cinza, os olhos escuros enormes com cílios longos como os de uma garota. A sela de brocado âmbar caía pelas laterais; as presas estavam pintadas de prata, e cordões com sinos tinindo adornavam sua cabeça e seus tornozelos.

O queixo de Kel caiu. Ele ouviu Kurame rindo, achando graça.

— Eu avisei — falou.

À medida que o animal se aproximava, Kel viu que uma espécie de assento em forma de cesta fora preso às costas do elefante, tecido em tiras de madeira de mangue. Dentro da cesta, estava sentada a Princesa Anjelica, a postura ereta como uma flecha.

Ela também usava um vestido embainhado, mas o dela era feito de brocado dourado, e seus ombros esguios estavam cobertos por um manto de *sef* marakandês nas cores ouro e escarlate, criando o efeito de asas de libélula. A nuvem de cabelos pretos e cacheados estava presa em uma rede brilhante. Ela baixou o olhar para Kel, que teve um vislumbre fugaz de seus olhos pretos.

Sem conseguir evitar, prendeu a respiração. Ela era tão linda que chegava a doer. Kel já havia visto retratos dela, é óbvio, e ouvira as histórias sobre sua formosura. A princesa era famosa por sua beleza — e, pelo visto, os boatos faziam jus à realidade.

Contudo, Kel sempre pensara na beleza como algo a ser admirado e desfrutado. Nunca imaginara que pudesse existir um tipo de beleza que ferisse ao ser contemplada. Isso fez o fundo de sua garganta apertar, como se ele estivesse escutando uma música profundamente doce e triste.

E ela parece triste, pensou ele. *Não, ela parece ansiosa*. Ela olhava em volta do porto, meio esperançosa. Ele percebia a tensão dela. *Ela também está esperando um ataque desse tal pretendente desprezível.* Mas não havia navios no horizonte, nem um sinal de embarcação entre ali e Tyndaris que fosse maior que um barco de pesca.

Ela se pôs de pé e fez uma reverência — não para Kel, mas para o povo de Castellane, reunido para vê-la. Um grito alto emergiu da multidão. Em comemoração, as pessoas lançaram ao ar as flores que carregavam — uma nuvem amarela e laranja.

Então ela se pronunciou — uma única palavra afiada, nitidamente uma ordem — e o elefante começou a se ajoelhar. Movia-se com delicadeza, curvando-se diante de Kel e estendendo levemente uma perna.

— Ela quer que o senhor se junte a ela — traduziu Kurame, com uma mão no ombro de Kel. — Suba.

Deuses me ajudem, pensou Kel, e subiu na perna entroncada do elefante.

Lin passou muitas horas lendo na Mansão Preta antes que fosse necessário sair para fazer suas visitas. Tinha poucos pacientes naquele dia, mas com as multidões abarrotando as estradas da cidade, temia não conseguir chegar a tempo.

Para sua surpresa, no entanto, encontrou Andreyen esperando por ela na fachada da Mansão Preta. Ele estava apoiado na bengala e olhava para a Praça Escarlate e para a cidade mais além. A expressão no rosto dele estava especialmente opaca naquele dia — não que fosse fácil, em qualquer circunstância, decifrar o que o Rei dos Ladrões pensava.

— Está preocupada — avaliou ele. — É por causa da chegada de Benjudá à cidade?

Ela devolveu o olhar dele com uma expressão de curiosidade. Poucos *malbushim* sabiam que os Ashkar tinham um líder, e os que sabiam, como Conor, chamavam-no de Exilado. Mas, em todo caso, Andreyen também sabia dos livros proibidos do Shulamat. A busca do homem pelo conhecimento sobre magia o levara mais perto do povo dela do que qualquer outra pessoa.

— Sim — respondeu Lin. Foi um alívio e tanto poder declarar a verdade nua e crua. — É dever dele me testar. Verificar se sou mesmo a Deusa que alego ser. Quando ele descobrir que não sou…

— Tenho uma sugestão para você — interrompeu Andreyen, ainda olhando para a cidade. — Imagino que esteja tentando aprender tudo o que pode antes que, como prevê, acabe por fracassar no desafio que ele impor a você. — Ele se virou para ela. — Mas pode usar magia, Lin. Não desperdice energia tentando burlar os testes, nem acreditando que o tempo está se esgotando. Concentre-se em *passar* no teste. Confio que seja capaz.

Lin ficou atordoada demais para falar qualquer coisa, e de fato o Rei dos Ladrões não parecia esperar por uma resposta, pois voltou para dentro da Mansão Preta e fechou a porta.

Ela estava certa quanto às dificuldades de transitar pela cidade. Já era quase meio-dia e as multidões estavam à toda; Castellane inteira ouvira falar da beleza da princesa estrangeira e se mostrava ávida por celebrar sua chegada. (Exceto as jovens garotas, que guardavam luto por saberem que, em breve, o Príncipe Herdeiro estaria casado e, portanto, indisponível. Perambulavam pelas ruas inconsoláveis, usando fitas vermelhas presas ao peito para simbolizar o coração partido. Lin as achou ridículas.)

O jasmim branco era a flor de Kutani. Todas as sacadas pareciam exibir vasos repletos da planta; cada porta da cidade fora adornada com guirlandas feitas de tais flores. O ar carregava o cheiro encorpado, doce e amanteigado delas. Junto aos jasmins, viam-se rosas amarelas, a cor da Casa Aurelian, e bandeiras coloridas de Castellane, feitas de seda, esvoaçavam em cada uma delas.

Quanto mais Lin se aproximava da Ruta Magna, mais densas se tornavam as aglomerações. Os castellanos haviam se vestido com cores festivas: vermelho vivo e ouro, é óbvio, mas também sedas em tons de verde limão e framboesa tão intensos que davam vontade de comer.

As mulheres usavam coroas de flores; os homens prendiam ramos nos buracos de botões ou dentro dos bolsos.

Lin percebeu que a roupa que vestia não estava à altura da ocasião. Mas também deixava bem óbvio que ela era Ashkar: ninguém lhe dirigia olhares demorados, passando quase despercebida, como de costume. Não esperavam que os Ashkar celebrassem casamentos da realeza. Afinal, não eram, tecnicamente, cidadãos de Castellane.

Ela logo se viu envolta por um grupo de estudantes bêbados e espalhafatosos, arrastada por diversas quadras até ser deixada em algum lugar próximo à Rua das Cantoras. Irritada, espanou a poeira das roupas e atravessou o Distrito do Templo em direção ao Distrito da Fonte, onde morava sua primeira paciente, Zofia Kovati.

Encontrou Zofia de ótimo humor. A mulher, que fora pirata na juventude, ainda usava um tapa-olho preto. Naquele dia, vestia um casaco militar sobreposto a um vestido de tafetá à moda antiga, com saias amplas.

— Haverá música nas ruas hoje — falou Zofia, um tanto sonhadora, enquanto Lin se abaixava para apalpar o inchaço nos tornozelos frágeis da idosa. — Foi inteligente da parte dos Aurelian casarem o Príncipe Herdeiro à garota kutaniana.

— Foi mesmo — concordou Lin. Inteligente e insensível. Conor não amava a princesa, embora talvez, se ela fosse de fato tão linda quanto diziam, pudesse vir a amá-la com o tempo. O estômago dela ameaçou embrulhar novamente, mas ela ignorou o mal-estar e pegou o auscultador.

— Já fui a Kutani, muito tempo atrás — contou Zofia, ainda com aquele ar sonhador. — Na Cidade das Especiarias. As casas lá parecem castelos. A areia é tão fina e macia que dá para fazer de colchão. Até mesmo a plebe se adorna com seda e veludo, brincos de ouro nas orelhas, anéis dourados nos dedos. Os jardins parecem saídos do paraíso.

A vibração da voz de Zofia passou pelo auscultador acompanhada do som irregular de seu coração. Lin sabia que, quando o coração começava a falhar, fluido se acumulava ao redor do músculo, comprometendo sua função e fazendo o corpo reter água e sal. Um médico castellano comum drenaria o líquido dos braços e das pernas inchadas tratando o sintoma como se fosse a causa. Diriam que Zofia podia ser curada.

Mas Lin conhecia a verdade.

Largou o auscultador e pegou o remédio de sempre. *Digitalis lantana.*

— Tome um comprimido pela manhã com água — instruiu. — E vou deixar alguns talismãs para você também, bem aqui na cômoda. Use-os junto à pele.

Zofia fez uma cara travessa.

— Posso dançar? Hoje à noite vai haver dança nas ruas para celebrar o casamento real.

— Mas é claro que pode dançar. Na verdade, recomendo que dance, mesmo. — Lin jogou a bolsa por sobre o ombro. — Vou receitar luar, música e um belo par de dança. Um admirador jovem e belíssimo.

Zofia riu conforme Lin se afastava. Do lado de fora, o calor tinha aumentado. Lin caminhou rente às fachadas dos estabelecimentos, mantendo-se nas sombras a caminho do Distrito do Templo. Crianças se aglomeravam ao redor das cisternas públicas, jogando água umas nas outras. Logo estariam nadando no Rio do Medo e refrescos seriam vendidos nas barraquinhas que, como num passe de mágica, surgiam em cada esquina sempre que o calor ultrapassava certa temperatura...

Lin percebeu um movimento à direita e virou a cabeça no instante que uma carruagem parou ao seu lado. Não era um veículo qualquer. Era uma carruagem de Marivent, envernizada em vermelho, com um leão dourado gravado na lateral. O condutor, empoleirado em sua poltrona alta, usava o uniforme do Palácio; olhava para a frente com uma expressão severa e parecia nem notar sua presença.

A porta da carruagem se abriu. O homem que emergiu de dentro tinha cabelo grisalho, perfil aquilino e boca estreita e severa.

Lin parou de súbito. A carruagem também.

— Legado Jolivet — falou. Olhou para os dois lados da rua; havia alguns pedestres seguindo para a Ruta Magna, mas evitavam olhar, de propósito, na direção da carruagem. Negócios do Palácio eram negócios do Palácio.

O Legado inclinou a cabeça.

— Demoselle Caster.

— Você não deveria estar com o príncipe? — perguntou ela. — Em um dia importante como este? — *E perigoso, ainda por cima.* Mayesh sempre dissera para a realeza: mostrar-se em público era uma questão de risco e recompensa. Se expor representava perigo, mas esconder-se do povo era arriscar receber em troca ira e desprezo.

Ele arqueou uma sobrancelha fina.

— Kel Anjuman está com a situação sob controle, posso lhe garantir.

Ah. Quando Kel disse que precisava ir buscar uma princesa, Lin imaginara que ele iria às docas *com* Conor, e não *como* Conor — um Portador da Espada que não estava fazendo o papel de protetor, mas ocupando a função de príncipe.

— Venha. — Jolivet gesticulou com impaciência, indicando que ela deveria entrar na carruagem. — Sua presença está sendo requisitada no Palácio.

— Está querendo dizer pelo príncipe? — respondeu Lin.

Jolivet limitou-se a encará-la, a expressão fria. Ela sabia que deveria sentir medo, mas algo dentro dela se rebelou. Era médica e estava fazendo sua ronda. Tinha outros pacientes que dependiam dela. Ao contrário de um certo príncipe, que evidentemente não conseguia conceber o fato de ela ter responsabilidades mais importantes que obedecer a seus caprichos.

— Mayesh Bensimon é meu avô — falou. — Ele não vai gostar de saber que estou sendo tratada assim.

— Mayesh lhe diria que está sendo tola ao recusar um chamado do Palácio, se é mesmo isso que está fazendo — rebateu Jolivet. O anel de sinete reluziu em sua mão quando ele fez um gesto vago. — Acredite, eu o conheço bem.

Ele tinha razão. Lin cerrou os dentes. Teve vontade de chutar as rodas da carruagem e gritar, mas isso não adiantaria de nada.

Levantou a cabeça e nivelou seu olhar ao do Legado, cara a cara.

— Acho que tem razão — disse ela. — Mas precisarei voltar ao Sault antes que escureça.

Ele abriu um sorriso fraco.

— Como quiser, Demoselle — falou, esticando a mão calejada para ajudá-la a subir na carruagem.

ELSABET

Uma fina aura de negligência paira sobre o antigo templo de Anibal na Rua da Âncora. Lá dentro, os cantos da *cella*, a grande câmara central, acumulam uma camada espessa de poeira. Faltam ladrilhos nos mosaicos elaborados do piso, e há teias de aranha pendendo dos candelabros feito espuma do mar.

No entanto, a parte norte da *cella*, onde se ergue o altar, havia sido varrida recentemente. No altar, cercado por estátuas furiosas do Deus da morte, repousa uma alta cadeira de sacerdote, onde está sentada uma mulher com cabelo preto comprido, feições angulares e perfil aquilino. Usa um vestido escarlate justo como uma luva, como se tivesse sido mergulhada em sangue. É uma princesa, e está muito longe de sua terra natal.

Lança um olhar inexpressivo aos dois homens diante de si. Um é Artal Gremont, com um aspecto desagradável de suor. O outro se recusa a ser chamado pelo nome verdadeiro: a princesa se acostumou a chamá-lo de Sete, em referência a posição que a cadeira do sujeito ocupava no relógio da Câmara de Controle.

— Então o príncipe está mesmo decidido quanto à aliança com Kutani? — pergunta Elsabet Belmany. — Não há meio de convencê-lo a mudar de ideia?

— Sempre o considerei alguém de mente fraca — diz Sete, que conhece Conor melhor do que Artal —, mas ele demonstra estar bastante convicto quanto a essa questão. E, para piorar, recebeu o apoio de seus conselheiros de costume. Bensimon, Jolivet… todos são a favor do casamento.

— Como era de se imaginar — suspira Elsabet. Oportunistas suscetíveis, todos eles. É de conhecimento geral que, do mesmo jeito que o corpo humano funciona à base de sangue e emoções, Castellane funciona à base da ganância. Cada pessoa no entorno do príncipe só quer encher os bolsos de dinheiro. Esqueceram-se do que a realeza tem de mais valioso a oferecer: nobreza, austeridade, a Lei árdua e a coragem de levar uma nação à batalha. — Irritante — acrescenta —, mas aconteceu como suspeitávamos. É o Portador da Espada quem me preocupa no momento. Continua sendo uma pedra no sapato.

Artal franze o cenho.

— Fala do rapaz que dizem ser primo do príncipe? Não me parece grande ameaça. Posso contratar um mercenário para dar fim a ele...

— Ele luta melhor do que leva a crer — diz Sete, lançando, de soslaio, um olhar de desprezo para Artal. — Além disso... nossa senhora o quer vivo.

Elsabet se orgulha de sua facilidade em ler as pessoas. É evidente para ela que Sete não é muito afeiçoado a Artal e mal tolera sua presença. Ela esconde um sorriso. Sete é muito ensimesmado, assim como todos os representantes de Concessões, e ela se diverte ao vê-lo desconcertado.

— Quero muito que Kellian Saren fique vivo — determina ela. — Mas também o quero longe da segurança do Palácio.

— Não é o Palácio que o protege — revela Sete —, é o príncipe, que o ama como a um irmão. Não admite ouvir uma só palavra negativa a seu respeito. Já tentei a sorte.

— Mas com que evidência? Certamente o Portador da Espada é leal. E se ele falhasse de alguma maneira sutil, o príncipe o perdoaria, não?

Sete inclina a cabeça, concordando com as palavras de Elsabet.

— Ainda assim — reflete ela —, um príncipe deve reconhecer uma traição. Embora um amigo possa perdoar uma punhalada nas costas, um líder não pode baixar a cabeça para um ato contra si, pois isso seria um ataque contra a nação que governa.

— Está se referindo ao fato de ele trabalhar para o Rei dos Ladrões? — pergunta Sete. — Pelo que sei, Conor não faz ideia.

Elsabet observa uma aranha preta correndo pelo piso quebrado e fala:

— Não vai ser o suficiente. Em Castellane, o rei da Cidade e o rei da Colina têm muito mais conexão do que a maioria das pessoas imagina.

Artal e Sete trocam um olhar intrigado. É nítido que nenhum dos dois compreende o que ela quer dizer. E não precisam entender; são apenas homens ricos, não pertencem à realeza. Há segredos que simplesmente não lhes dizem respeito.

— Mas trabalhar para o Rei dos Ladrões… bem, isso me parece um sinal de desvio de conduta. Ele nasceu para morrer por outra pessoa, para enaltecê-la com o próprio sangue. E não me restam dúvidas de que começou a se ressentir dessa obrigação. Podemos usar isso a nosso favor. Ficaremos de olho nele, atentos. Ele vai acabar cometendo um erro. — Ela se vira para Artal, cujo olhar parece ter se perdido. Infelizmente, maquinações complexas estão um tanto fora de seu escopo. — Enquanto isso, Artal, sabe bem qual é sua tarefa. Temos motivos para acreditar que sua bela noiva sabe onde Prosper Beck pode estar. Confio que saberá convencê-la a revelar a localização dele.

Artal abre um sorrisinho.

— Perfeito — responde. — Pode deixar comigo.

OITO

Jolivet não abriu a boca durante todo o trajeto até Marivent. A carruagem seguiu por estradas mais vazias, evitando as vias principais onde a celebração fervilhava: Lin conseguia ouvir o som das festividades — gritos distantes se fundindo ao longe como o rugido de uma queda d'água.

Como o Legado se mantinha em silêncio, Lin se sentiu livre para analisá-lo com atenção. De perto, ele parecia *mesmo* ornítico, o nariz curvado, o queixo retraído e olhos que praticamente não piscavam. Não era de admirar que os habitantes da cidade o chamassem de Águia da Queda, embora Lin nunca tivesse entendido a que queda o apelido se referia — seria a queda dos penhascos de Marivent? Ou uma queda mais metafórica, como a do antigo Império? Pois também havia Legados encarregados de garantir que os Imperadores seguissem a Lei.

Jolivet pareceu relaxar assim que os portões do Palácio surgiram à frente. Bandeiras de Kutani tremulavam acima do Portão Norte, e no interior das muralhas de Marivent, funcionários uniformizados de vermelho corriam para lá e para cá carregando vasos de flores em tons de coral, pêssego e tangerina. Fios prendiam sinos dourados entre as sacadas; bandeirolas douradas balançavam sobre passagens de portas. Tudo aquilo tinha sido feito naquela manhã? Ou na noite anterior, enquanto ela atendia uma paciente no Sault?

A carruagem avançou até o pátio interno do Castelo Mitat. Jolivet ajudou Lin a descer e se apressou com ela para dentro do espaço apertado. Parecia deserto, e lá dentro estava tudo tão silencioso que ela conseguiu ouvir o carrilhão dos sinos do lado de fora, tilintando no ar.

Quando chegaram à porta dos aposentos do príncipe, Jolivet bateu e ouviu-se um barulho de comoção do outro lado; somente uma fresta se abriu, revelando uma mulher com uma touca branca. Lin a reconheceu — uma das criadas apressadas que vira de relance na noite em que fora ao Marivent para tratar Conor todo ensanguentado depois de ter sido açoitado.

Naquele momento, aquela noite parecia ter acontecido eras antes.

Segurando com força a bolsa de médica, Lin seguiu a criada para dentro dos aposentos do príncipe. Jolivet permaneceu do lado de fora. O cômodo não parecia ter mudado muito. Duas camas, as mesas de mármore e os divãs de seda amarfanhada — embora agora houvesse uma escrivaninha pesada encostada na parede e coberta por uma montanha de papéis brancos manchados de tinta.

Um rebuliço de atividade se passava no centro do quarto. E no meio de toda a movimentação estava o Príncipe Conor, quase completamente nu.

Lin deixou cair a bolsa. Por sorte, ninguém pareceu perceber; a maleta atingiu o chão com um baque discreto enquanto a médica observava. Lin sabia, é claro, que pessoas muito ricas tinham criados para ajudá-las a se vestir. Mas jamais imaginara como, exatamente, esse ritual acontecia — ou que ele começasse do absoluto zero

Não que o príncipe estivesse *inteiro* nu. Vestia uma peça íntima de linho finíssimo, cortada para se ajustar com perfeição a seu corpo. Ao redor dele, agitados como pássaros nervosos, havia um grupo de criados: um alfaiate que carregava linha, agulha e desmanchador de costura; a mulher que cumprimentara Lin à porta, agora tirando diversas peças de roupa do armário e mostrando-as ao príncipe; e mais uma pessoa, de pé com uma caixa de veludo aberta, cheia de adereços brilhantes.

No centro do turbilhão, o príncipe mantinha-se calmo, indiferente à própria falta de vestimentas. Na verdade, parecia até meio adormecido, as pálpebras pesadas, o cabelo preto bagunçado e ainda úmido do tepidário.

Não pareceu perceber a presença de Lin. Nem ele, nem ninguém. E ela se deu conta, como se distanciada de si própria, de que ele havia se posicionado ali para ser visto por ela. Ela conhecia o príncipe e sabia que essa tinha sido a intenção dele. O objetivo era desconcertá-la.

Sem dúvidas Conor a achava recatada — e, de fato, em comparação às pessoas da Colina, ela era mesmo. Vestido modesto, sapatos gastos e cabelo comum solto.

Mas Lin não lhe daria o gosto de vê-la constrangida. Não desviou o olhar, continuou encarando-o. Já havia visto aquele corpo antes quando tratara das feridas de chicote. No entanto, como médica, estava concentrada em tratar a pele rasgada.

Aquilo ali era diferente. Ele estava perfeito, saudável, imaculado. A pele de Conor era de um tom claro de marrom, impecável e sem cicatrizes. Lin estava acostumada a olhar para corpos humanos sem emoção alguma. Talvez tivesse se forçado a esquecer o quanto um corpo também podia ser belo. Os contornos dele fluíam em harmonia — os ombros largos, que se afinavam até o quadril estreito, músculos que se movimentavam com naturalidade sob a pele quando ele se virou em meio à prova.

A pele dele parecia macia ao toque, fina como seda, mas o corpo era forte e esguio, sem dúvidas forjado em anos de cavalgaria e caça. Isso sem falar no treinamento de espada. Kel dissera que Conor treinava com certa regularidade, e os resultados eram visíveis. Os músculos em seu abdômen desenhavam-se com nitidez, como se tivessem sido traçados a pincel. Também fora abençoado com a beleza da mãe. Lábios cheios, ossatura refinada e dedos longos como versos bem escritos. Dedos que Lin já conhecia — *encontrando a costura do decote de seu vestido, onde os seios dela subiam contidos pelo tecido...*

Como se estivesse lendo a mente dela, Conor olhou de soslaio para Lin pela primeira vez. Pegou-a encarando, e Lin sentiu as bochechas corarem no mesmo instante em que os cantos da boca dele se curvaram, num meio-sorriso satisfeito.

— Delfina — disse ele, a voz baixa e sonolenta — esse não. O preto, com os botões de prata.

A criada de touca, Delfina, trocou depressa as peças nas mãos e ergueu uma camisa à altura do corpo do príncipe. Conor franziu o cenho diante do espelho embutido na porta do guarda-roupa e balançou a cabeça. Gotas de água escorreram de seu cabelo molhado e deslizaram pelas clavículas nuas enquanto a criada recolhia a peça rejeitada.

Um corpo é só um corpo, lembrou-se Lin com firmeza conforme Conor vestia uma calça de camurça cinza.

— Talvez devesse escolher algo dourado. Ou vermelho — sugeriu ela, cruzando os braços sobre o peito. — As cores de Kutani. Pode ser que agrade.

Os criados olharam alarmados para ela, como se Lin fosse uma criança ousando cutucar um tigre enjaulado. Conor lançou-lhe um olhar de cima a baixo enquanto puxava a camisa sobre o torso — o que, para alívio de Lin, enfim o cobriu.

— Ah — disse ele, com indiferença. — Você chegou.

O tom era cuidadosamente calculado para fazê-la se sentir como uma mera pedrinha que ficara presa no sapato dele.

— Bem, pelo que me disseram, foi você quem requisitou minha presença — respondeu Lin. — Presumi que quisesse minha opinião acerca do traje.

— Ah, pois pode ter certeza — disse o Príncipe Conor, deixando as mãos caírem para as laterais do corpo — de que não faço a menor questão da sua opinião em matéria de vestimenta.

Um movimento rápido e curto se deu quando Delfina arrumou os punhos da camisa onde a renda caía em babados costurados com fios de ouro. Sobre a camisa, um colete dourado, grosso com brocado. A renda do colarinho descia como uma cascata sobre o colete.

Você queria minha ajuda, Lin quase disse. *Pediu durante a festa.*

Não pronunciou aquelas palavras em voz alta. De alguma forma, ela sabia — assim como sabia que ele estava fazendo o possível para azucriná-la — que ele não queria ouvi-la mencionar isso.

O alfaiate tomou seu lugar para fazer os últimos ajustes na camisa. Delfina segurava um par de botas que, para Lin, pareciam medir quase a altura inteira dela própria.

— Pedi que Jolivet a encontrasse no meio de sua ronda — disse Conor, lançando-lhe um olhar breve — para que viesse com a bolsa. Embora, agora que observo, tenha deixado-a cair no chão. Que descuido.

Lin o fulminou com o olhar, mas Conor examinava a caixa de joias de veludo estendida diante dele. Após alguns instantes de indecisão entre rubis e safiras, estendeu languidamente a mão para que os anéis fossem colocados em seus dedos.

— De fato, presumi que seria assunto urgente — atestou Lin —, e não uma escolha entre vermelho e azul.

Conor abriu os olhos e fingiu estar ofendido.

— Roupas costumam ser questões de urgência. Sabe o que aconteceria se eu aparecesse de laranja diante do embaixador shenzano? Um incidente diplomático internacional.

— Imagino — respondeu Lin. — Falando em questões políticas, você não deveria estar em outro lugar?

Clink. A criada com a caixa de veludo deixou cair um anel. Os criados se apressaram em pegá-lo do chão enquanto o príncipe mantinha o olhar cravado em Lin, por cima da cabeça deles.

— Delfina, querida — disse, no momento em que a criada se levantava com o anel —, Alois, Ivèta... podem ir. Quero falar a sós com a minha médica.

Delfina devolveu o anel à caixinha e o grupo se retirou sem dizer nada. Assim que a porta se fechou, o príncipe se jogou no divã mais próximo com as botas na mão. Começou a amarrar uma até a altura da panturrilha e disse:

— O povo acredita que sou eu *mesmo* nas docas, recepcionando o navio kutaniano. De fato, grande parte do Palácio está lá. Deve demorar muito tempo para Marivent ficar vazio assim novamente. Foi por isso que requisitei sua presença neste momento.

Ele não podia estar dizendo que havia mandado Kel no lugar dele apenas para encontrar-se com ela em particular, certo? Ela rejeitou a ideia porque pareceu ridícula demais.

— Você disse, na festa, que precisava da minha ajuda — relembrou ela. — E que não se tratava de uma enfermidade. Então é melhor me contar logo o que deseja. Talvez minhas habilidades estejam aquém do que o príncipe tem em mente.

Depois de terminar de amarrar a segunda bota, Conor se colocou de pé. Não estava usando coroa, e cachos pretos lhe caíam sobre a testa. Lin lembrou-se do manto de cisne, de como as plumas tinham beijado a pele do príncipe.

— Tenho plena fé em suas habilidades.

— O Exilado...

— Ah, sim. O príncipe de sua preferência — disse Conor, a voz leve como as notas de uma cantiga de escárnio. — Já tinha pensado nisso. Então considere as ordens que estou te dando como uma ordem da realeza. Você vai me ajudar, e não tem permissão para contar nada ao seu Exilado. Isso a isenta de qualquer conflito moral. Uma solução elegante, não acha?

Lin sentiu um zunido nos ouvidos. Mais alto que o próprio coração, soava a voz de Mayesh: *Uma ordem da realeza é uma exigência formal feita pelo Sangue Real. A punição por desobedecê-la é a morte.*

Mas Conor não faria isso, pensou ela. Não faria. Procurou no rosto dele algum sinal de que estivesse brincando, mas não encontrou nada. Estava tão inexpressivo quanto uma mensagem cifrada.

— Está falando sério? — sussurrou ela.

A expressão dele não se alterou, e Lin não percebeu o que ele fazia com as mãos. Ele as cerrara em punhos firmes na lateral do corpo. Os olhos cinzentos também estavam frios e distantes.

— Faz três meses que você não me vê, Lin. Virei uma pessoa muito mais séria.

Ele está falando sério, pensou ela, incrédula. Mas por que ela chegou a presumir o contrário? No fim das contas, Conor sempre faria o que bem entendesse.

Então, com a voz firme e seca, ela respondeu:

— Está dizendo que preciso desafiar um dos meus príncipes.

— É o que me parece. Obviamente, eu preferiria muito que não escolhesse me desafiar. Agora vá buscar seus remédios e eu a levarei até sua paciente. Não temos muito tempo.

Em poucos segundos, Kel se viu sentado de frente para Anjelica. Agarrou as laterais da cesta trançada quando o elefante se ergueu, alçando-os juntos aos ares.

Gritos ecoaram enquanto o Esquadrão da Flecha tentava dar a volta para acompanhar o animal, que já seguia pelo caminho do porto em direção à cidade. O elefante se movia em ritmo lento e imponente, ladeado pela Guarda de Sangue. O rugido da multidão emergiu; os vãos do cais estavam cheios de flores, flutuando na superfície da maré.

Neste momento, pensou Kel, *sou Conor. Neste momento sou o príncipe e estou cumprimentando minha noiva. Kel pode querer ser gentil, mas Conor precisa ser cortês. Cortês e sagaz. Gentileza não pertence à política, e esta é uma aliança política.*

Do outro lado da cesta, Anjelica Iruvai o observou com seus olhos grandes e escuros. Kel inclinou a cabeça.

— Seja bem-vinda a Castellane — disse. — Fico feliz em ver que chegou em segurança.

— Sim, obrigada, *Ufalme*. — A palavra kutaniana que se traduzia para "príncipe".

A voz dela estava suave e distante; ela era ainda mais bonita de perto. As pálpebras foram pintadas com pó dourado, os malares altos, polvilhados com a mesma cor. Ela tinha braços esguios, repletos de pulseiras de cobre e bronze, e as mãos estavam cruzadas sobre o colo. Kel, que tinha o costume de perceber detalhes na linguagem corporal, percebeu que a tensão não abandonara Anjelica, embora o porto estivesse ficando cada vez mais distante numa velocidade impressionante.

Ele falou com a voz baixa.

— *Ayakemi.*

Princesa.

Um lampejo dourado. Ela olhou para ele, surpresa, pois não esperava que soubesse kutaniano. A língua era complexa e evoluíra a partir da língua franca dos comerciantes de especiarias. Na verdade, Kel tivera dificuldades para aprender o pouco que sabia.

— Alguém o ensinou a falar da maneira certa — refletiu ela. — Estou maravilhada.

Kel abriu um sorrisinho. Talvez a intenção dela com essa reação fosse um insulto, ou a ele ou a Conor, mas ele não se importava. Jamais vira tamanha beleza, e realmente estava gostando de estar na garupa do elefante com ela. Quando dobraram a esquina na Ruta Magna e se aproximaram da parte mais densa da aglomeração, ele pensou: *Eles não ficarão decepcionados. Não vai ser difícil amá-la.*

Reação bastante diferente à chegada da pobre Luisa, que fora um escândalo. Uma humilhação. Aquele momento não estava sendo nada parecido.

— Está sorrindo — soltou Anjelica. O castellano que falava era perfeito, sem qualquer traço de sotaque. — O que o levou a isso?

A multidão que preenchia as ruas vibrava em êxtase. Rugia e jogava rosas amarelas e crisântemos no ar. Algumas flores caíam dentro da cesta, espalhando pétalas amarelas.

— O povo da cidade já te ama — constatou ele. — E isso é muito bom. Castellane estava tensa, esperando para ver sua próxima rainha. Estão aliviados por sua beleza.

O semblante de Anjelica não se alterou em nada, e ela limitou-se a contemplar a muvuca selvagem nas ruas com ar solene. As pessoas não paravam de lançar flores no ar, muitas iam parar em cima das sacadas ou presas nas treliças.

— Isso não deveria importar.

— Mas importa, para eles — falou Kel. — O elefante parece saber aonde está indo. Ele já esteve em Castellane? Ou talvez seja só um turista nato?

— *Ela* de fato é inteligente. O nome dela é Sedai. Foi um presente do príncipe de Hind. — Anjelica se abaixou para afagar as costas de Sedai. — Costuma seguir a Guarda de Sangue. Eles conhecem o caminho. Nós temos mapas em Kutani, sabia?

Estavam passando pelas portas cerradas do Sault. Kel pensou na oração Ashkar de Lin: *Pois como cantaremos a canção da nossa Senhora em uma terra estranha?* Anjelica também era uma estranha ali, no lugar aonde chegara para governar.

— *Ufalme*. — Anjelica segurava uma caixinha trançada. Dentro dela havia uma porção de nozes açucaradas. Pegou uma e levou à boca, depois ofereceu a caixa a ele. — Há quem diga que Conor Darash Aurelian carrega má sorte — disse então, fitando-o com o olhar baixo. — Que ficou contente quando a menina de Sarthe morreu, pois Sarthe o envergonhara mandando-a para cá.

Kel a encarou, em choque. Não tinha sido um comentário exatamente grosseiro, mas era incomum que membros da realeza fossem tão diretos assim. Mordeu uma castanha para ganhar tempo antes de responder.

Em seguida, engoliu e falou:

— Luisa não morreu por má sorte. — Por que não corresponder a franqueza dela com franqueza? — Ela morreu porque alguém quis provocar uma guerra entre nós e Sarthe, e pode ser que ainda consiga. Estou de luto pela morte da princesa, tanto por ela quanto por Castellane.

Os olhos de Anjelica estavam fixos no rosto dele.

— Você fala como um príncipe inteligente — disse. — Mas não é o príncipe, é? — Ela o analisou como se fosse um enigma intrigante a ser resolvido. — Conor Aurelian não pode comer oleaginosas. Tem reações alérgicas. Mas você não me parece estar tendo qualquer efeito colateral.

Kel sentiu o choque quase como um soco. Ela lhe oferecera uma noz e ele não se lembrara de recusar. Como poderia, depois de tantos anos de treinamento, ter cometido um erro tão básico?

Tenho medo de que não consiga suportar tantos conflitos internos. Ser um Portador da Espada, e mais isso.

Ele jamais falhara tanto no juramento que fizera e na atribuição à qual fora incumbido. Disse então:

— A alergia pode levar tempo para surgir. Eu talvez esteja bastante doente quando chegarmos ao Palácio. — Fez um barulho que esperava que indicasse a aproximação de problemas estomacais.

Ela sorriu de leve.

— Você se esquece de sua própria magia — retrucou ela. — As pessoas que o conhecem de verdade podem ver quem você realmente é. Não há razão para mentir para mim, Portador da Espada.

No corredor, Lin e o príncipe se juntaram a Jolivet, que nitidamente estava ciente da tarefa dos dois. Ele os conduziu por uma escada em espiral, passando por uma porta estreita e descendo um segundo lance de escadas, iluminado apenas por lampiões. Não havia janelas, e as escadas levavam a um túnel longo com paredes de pedra. Os lampiões acesos projetavam uma fileira de luz nas paredes. Lin supôs que estavam debaixo da terra. Lembrava-se de Kel ter mencionado que a Colina era repleta de passagens que se estendiam sob Marivent.

Se Jolivet estava incomodado pelo silêncio gélido mantido por seus acompanhantes, certamente não demonstrou. As botas que usava clicavam no chão de pedra à medida que andavam, e a sobrecasaca bordada do príncipe esvoaçava ao redor dele na brisa fraca que soprava dentro do túnel. Os lampiões nas paredes faziam os adornos dourados em seus pulsos brilharem.

Como se fossem algemas, pensou Lin. Mas ele não era o prisioneiro. *Ela* era. Desobedecer a uma ordem da realeza era um ato de traição.

Aquilo poderia resultar em prisão na Trapaça, e ficar confinada lá significava morrer.

O príncipe deve saber que jamais confiarei nele depois disso, refletiu Lin. Mas até ali, ele já imaginava que ela não confiava nele — que nem sequer *gostava* dele. Ela se recusara a dizer que o ajudaria, então ele optou por forçá-la a fornecer a ajuda necessária. Conor era o príncipe; por que ela esperara qualquer outra coisa dele? A raiva que sentiu era tóxica feito uma erva venenosa. Estava furiosa não só com Conor, mas também consigo mesma.

Conforme continuaram pelo túnel, Lin reparou em diversas portas que formavam uma sequência de arcos nas paredes à frente. Quando chegaram à correta, Jolivet a destrancou com uma chave grande que pareceu se materializar em sua mão como num passe de mágica.

O trio mais uma vez se viu diante de uma escadaria em espiral, desta vez para cima. Conforme subiam, passaram por várias janelas, e Lin começou a perceber que estavam no interior de uma das torres do Marivent. A escada terminava em uma porta de metal cuja superfície apresentava um padrão de estrelas e constelações que fora prensado a marteladas. A luz que vazava dos vãos da porta fornecia uma estranha ilusão de que flutuava no espaço.

Jolivet bateu seguindo uma sequência esquisita — três toques, depois dois e então mais três. A porta foi aberta por um Castelguarda, que saiu do cômodo para permitir que entrassem. O príncipe Conor foi primeiro, gesticulando para que Lin o seguisse. Assim que ela entrou, Jolivet se juntou aos dois e fechou a porta.

A garota se viu em um ambiente bastante iluminado, amplo e circular, com um teto elevado até a ponta da torre. No alto, janelinhas em formato de diamante. A mobília, de um tom marrom quente, brilhava suavemente à luz de muitas velas.

Sobre uma mesa repousava um planetário dourado e prateado, indicando a posição dos planetas. As paredes estavam repletas de livros sobre astronomia, a localização e as histórias das estrelas. Dentro de um armário, um sextante e telescópios de tamanhos diversos — alguns esculpidos em marfim, outros adornados com joias. Gráficos circulares e mapas desenhados com esmero pendiam das paredes, detalhando o movimento das estrelas e o percurso dos planetas. Por toda parte, espalhavam-se papéis cobertos de anotações escritas em um garrancho apertado, de traço grosso. Algo cintilava entre os papéis. Por um instante, Lin pensou que fossem joias espalhadas pela superfície da mesa, mas ao olhar mais de perto, viu que eram cacos de vidro. *Que coisa mais esquisita.*

À medida que seus olhos se ajustavam à luz, Lin viu Conor atravessar o cômodo até uma poltrona de madeira de encosto alto posicionada próxima à janela. Lin presumira que estivesse vazia, mas ao seguir o príncipe com o olhar, deu-se conta de que não estavam sozinhos. Havia alguém na poltrona. O homem sentado ali estava tão imóvel que não reparara na presença dele. Nenhum movimento, nem mesmo um tremor, nem sequer um suspiro. Apesar da quantidade de velas, ele permanecia às sombras.

O príncipe parou diante da poltrona. Lin não conseguiu decifrar sua expressão conforme ele encarava o homem à frente. O semblante inexpressivo como uma máscara.

— Pai. — A voz do príncipe saiu baixa e comedida. — Trouxe uma médica para ver o senhor.

Lin ficou surpresa demais para se mexer. O paciente era *o pai* de Conor? O rei?

E por que o rei estava tão imóvel, tão silencioso?

— Ela é neta de Bensimon — acrescentou o príncipe. — Sabe, aquela de quem ele costuma falar bastante.

Não houve qualquer resposta. O príncipe fez um gesto para que Lin se aproximasse. Percebeu que caminhava até ele de forma relutante, encarando o rei em sua cadeira entalhada.

O Rei Markus Aurelian. Ela conhecia seu rosto, é óbvio, não apenas por estar estampado na moeda de meia-coroa. Quando era mais nova, ele ainda fazia aparições públicas. Ela se lembrava de vê-lo na Praça Valeriana — um homem alto, loiro, de ombros largos, com grande semelhança à sua mãe, vinda do Norte. O pai de Lin costumava dizer que ele parecia mais um urso do que um rei.

Ele ainda era um homenzarrão. Mas agora, a pele parecia macilenta demais, como se estivesse esticada sobre os ossos. O cabelo, branco feito osso, passava da altura dos ombros. As veias pareciam correr tão próximas da pele que formavam um mapa de teias azuladas, especialmente visíveis nas têmporas. Apesar da postura curvada para frente, como se meio paralisado, os ombros formando uma corcunda, as mãos cobertas por luvas pretas agarravam os braços da poltrona com tanta força que Lin sentiu na boca do estômago. Era como se ele estivesse se segurando para não morrer, mas quem seria capaz de sustentar esse tipo de força por tanto tempo? No entanto, estava agarrado daquele jeito desde o momento em que entraram na sala. Lin tinha certeza disso.

O mais estranho de tudo era a expressão que ele tinha no rosto. O semblante não estava exatamente apático, longe disso; os olhos estavam arregalados, fixos em algum ponto distante, para além deles, como se estivesse vendo algo terrível se aproximando. Lin quase cedeu ao impulso de se virar e olhar para trás.

— Nem se dê ao trabalho — comentou o príncipe, com amargor. — Ele fica encarando o vazio. Está sempre com esse olhar de peixe morto. — Abanou a mão na frente do rosto do pai, torcendo os lábios. — Agora você sabe. O rei de Castellane, meu pai, virou um boneco de cera babão. Oco como um coração vazio. Toda a sua força grandiosa, arruinada.

Este é o homem que mandou açoitar o próprio filho até sangrar, pensou Lin. Mas ela sabia que não deveria dizer tal coisa em voz alta. Sabia, por sua experiência com o próprio avô, que era possível odiar e amar alguém ao mesmo tempo. Sobretudo quando era esperado que a pessoa amasse você de volta.

— Quem mais sabe? — perguntou. — Sobre a condição do seu pai?

— Não é segredo que ele não está bem. É o que Kel diria, se perguntasse a ele. Poucos sabem mais do que isso. Bensimon. Jolivet. Alguns guardas. Minha mãe, a rainha.

O rei estremeceu de repente, um gesto que demonstrava inquietação. Lin lançou um olhar rápido para Conor, que não pareceu surpreso. Ele inclinou-se sobre o pai, fazendo menção de pegar sua mão…

O rei levantou o braço com uma agilidade impressionante, a mão se fechando em punho. Atacou o príncipe como se a intenção fosse arrebentar o queixo do filho, mas Conor — evidentemente habituado àquilo —, aparou o golpe e segurou seu punho com firmeza.

— Pai — disse então. — Sou eu. Seu filho.

Os olhos vagos do rei giraram nas órbitas em direção a Conor. Lin viu a pele vermelha, quase que em carne viva, aparecendo sob as luvas, no ponto em que encontravam os pulsos. Anos antes, recordou Lin, o rei sofrera queimaduras graves nas mãos durante uma cerimônia oficial, e desde então fazia uso de luvas.

— *Ryura hini* — falou Conor baixinho, e Lin reconheceu as palavras. Eram malgasianas. Mariam as havia murmurado anos antes, acariciando seu cabelo enquanto Lin gritava em meio a pesadelos. *Ryura hini. Ryura.* Acalme-se. Tenha calma.

O rei baixou o braço devagar até deixá-lo cair ao lado do corpo. Conor soltou o pulso dele e deu um passo para trás. O rei continuava com o semblante absorto, e manchas vermelhas ardiam nas maçãs do rosto de Conor.

Lin pensou nos cacos de vidro sobre a mesa.

— Ele... — *Ele é violento assim com frequência?*, por pouco não perguntou, mas mudou de ideia. — Ele está assim há muito tempo?

— Desde a Galeria Brilhante — respondeu o príncipe. — Naquela noite, depois do massacre, meu pai saiu do Carcel e entrou nesta torre. Nunca mais saiu. Mal falou desde então. Ele fica assim... — disse Conor e abanou a mão, os anéis cintilando à luz das velas — ... do jeito que você está vendo. Na maior parte do tempo.

— Mas então você acha que ele compreende você. Falou com ele em malgasiano.

— Eu gostaria de entender mais da língua, mas sim. Quando criança, ele foi criado na Corte de lá. — O príncipe soava impaciente; as sombras transformavam a agudeza de suas feições em um relevo frio. Os ângulos de seus malares pareciam talhados a faca. — Não posso pedir que Gasquet o examine. Ele não tem a menor habilidade para isso. Além disso, não é confiável. O mundo não pode saber que o rei está doente. Passamos os últimos meses à beira de uma guerra com Sarthe. Se eles descobrirem...

— Mas as Famílias da Concessão devem ter percebido que ele não tem se comunicado com elas, nem participado de reuniões, nem falado com embaixadores, não?

— Tenho forjado todas as cartas — disse o príncipe, sem demonstrar qualquer emoção. — Com a ajuda do seu avô. Felizmente, ainda não tivemos que lidar com embaixadores vindo até aqui presencialmente. Após a Galeria Brilhante, eles decidiram manter distância. Por respeito.

Ou por medo, talvez. — Ele abriu um sorriso perverso. — Vou ficar ao seu lado se quiser examinar o paciente. Se ele tentar levantar a mão contra você, eu o seguro.

— Já tratei pacientes violentos. Não precisa se preocupar.

Os olhos cinzentos do príncipe a sondaram antes de voltarem ao rei.

— Pai. Ela vai examinar o senhor agora.

Segurando a alça da bolsa, Lin avançou devagar até o rei, cujo olhar não se moveu para acompanhá-la nem mesmo quando a sombra da médica se projetou sobre ele. Conor se manteve por perto de braços cruzados, observando enquanto ela pegava o estetoscópio.

Ela respirou fundo e se inclinou sobre o rei. Ele exalava um cheiro leve de rosas, como papel antigo e carvão. De perto, ela conseguia notar certas semelhanças entre ele e o Príncipe Conor. Os olhos dele também eram cinza, translúcidos feito água do mar, embora a pele ao redor deles estivesse marcada por linhas finas.

Posicionando o estetoscópio sobre o peito do rei, ela auscultou. Era desconcertante examinar um paciente que não demonstrava nem mesmo perceber sua presença, mas os batimentos estavam estáveis, a respiração, normal. As glândulas não estavam inchadas e a pele não retinha marcas quando pressionada com firmeza. Os olhos do rei não seguiam os movimentos dos dedos de Lin, mas isso já era esperado. Mais uma vez, ele estava distante, e em momentos de imobilidade como aquele, ficava difícil de acreditar que, instantes antes, ele quase atacara o próprio filho.

— Ele me parece saudável fisicamente se não mentalmente — disse, dando um passo para trás. — Presumo que esteja comendo e dormindo?

O Príncipe Conor assentiu.

— Tem alguns cômodos atrás daquela porta. — Ele indicou uma entrada, quase imperceptível na parede. Lin reparou que a superfície tinha marcas estranhas. Pretas, como se fossem marcas de fogo. Talvez resultado de algum experimento antigo. — A rainha cuida dele, traz comida e água. Jolivet também aparece de vez em quando. Não confio em mais ninguém.

— Será que não foi só o choque dos eventos da Galeria que afetou a mente dele? — indagou Lin. — Já vi isso antes, em marinheiros que sobreviveram a naufrágios, cujos amigos se afogaram. A mente pode ser afetada tanto quanto o corpo…

— Não é isso — afirmou o príncipe. — Você me perguntou sobre o tempo dele na corte malgasiana. Meu pai não voltou sozinho de lá. Trouxe consigo um homem chamado Fausten. Uma companhia um tanto esquisita. Ele e o meu pai passavam horas trancados nesta torre sob o pretexto de desvendar os segredos das estrelas. Nos raros momentos de lucidez, meu pai ainda pergunta por ele. Mas Fausten morreu. Meu pai ordenou sua execução meses atrás.

Lin ficou quieta. Sabia que, às vezes, bastava permitir que os pacientes e seus parentes falassem. Eles diziam o que era preciso, se tivessem abertura. E aquela parecia ser uma dessas ocasiões.

— Fiquei me perguntando por que ele desejaria ver o homem de quem desconfiava a ponto de condená-lo à Trapaça — continuou Conor, mencionando a torre preta onde prisioneiros condenados da coroa aguardavam a execução. — Mas então me dei conta de que não era Fausten que ele queria, mas algo que Fausten lhe fornecia.

O príncipe mais uma vez olhou para a carcaça vazia que era seu pai, depois atravessou a sala até a mesa e retornou com um frasco de vidro. Dentro havia algumas gotas de um líquido marrom-escuro. Ele o estendeu para Lin.

— Ele chama isso de *remédio* — disse, curvando os lábios. — Ao que tudo indica, Fausten dava esta bebida a meu pai com certa regularidade. Foi o que um dos guardas me contou. Porém, não sobrou nada. Revistei os aposentos de Fausten, e a fórmula parece ter desaparecido junto a seu criador.

— E o que é isso?

— É o que quero que descubra. Você é uma médica Ashkar; tem conhecimento sobre ervas e remédios. Quero saber o que é isto. Uma medicação, um veneno, ou... alguma outra coisa.

Merren diria que a única diferença entre um remédio e um veneno está na dose. Pensar em Merren trouxe à mente a imagem do laboratório dele: mecanismos para destilar, separar e concentrar ingredientes...

— Alguma outra coisa? — repetiu ela.

O olhar do príncipe prendeu-se ao dela, e Lin se deu conta, mais uma vez, de como os olhos de Conor se pareciam com os de Kel, e, ao mesmo tempo, como eram diferentes. Tinham o mesmo tom, mas havia padrões distintos nas íris. No olho esquerdo, Conor tinha uma pintinha branca, como uma estrela próxima à pupila escura.

— Se não for remédio nem veneno, então o que poderia ser?

— Isso discutiremos quando soubermos o que é. — Ele estendeu o frasco. Lin o pegou e, por um momento, as pontas de seus dedos roçaram nos dele. O choque desse toque atravessou seu corpo como uma flecha dilacerando sua costela.

Ela retraiu a mão. *Idiota*, pensou um instante depois; idiota por permitir que Conor percebesse o quanto a afetava. Ele devia achá-la ridícula, e, de fato, os lábios dele se fecharam em uma linha firme e determinada.

— Avise-me assim que descobrir qualquer coisa — disse ele, conforme Lin guardava o frasco na bolsa. — Pode mandar uma mensagem por qualquer Castelguarda que encontrar nas ruas.

— Obrigada — respondeu Lin, indiferente. — Preciso de uma carruagem. Para me levar de volta à cidade.

— Agora?

— Isso quem decide é você. Estou à mercê da sua vontade, Monseigneur. Deixou essa questão bastante clara.

Ele abriu um sorrisinho sarcástico. Um lampejo cortante, como uma faca na escuridão.

— Está brava comigo — concluiu ele. — Que bom.

Lin subiu o olhar para ele, surpresa.

— Bom?

— Vai ajudar a manter sua concentração — disse ele, passando por ela a caminho de pedir que Jolivet providenciasse uma carruagem para levá-la para fora do Marivent.

Por um momento, Lin ficou sozinha com o rei na torre. Era como estar a sós com uma estátua, pensou, ajustanto a bolsa no ombro. O silêncio dele era desconcertante demais, sem ao menos o farfalhar de uma manga ou o ruído de uma bota no chão.

Ela deslizou o frasco para a bolsa e se preparava para sair quando o rei emitiu um arquejo repentino e profundo. Lin se virou, o coração disparado.

— Vossa Alteza…?

Ainda olhando para um ponto além dela, as mãos agarradas aos braços da poltrona, o rei falou em uma voz baixa e inexpressiva, áspera como o zunido de uma abelha:

— *Hollazekyer di niellem pu nag.* — O olhar dele se voltou para ela. — *Hollazekyer di niellem pu nag. Hollazekyer di niellem pu nag. Hollazekyer di niellem pu nag.*

— Vossa Alteza… — recomeçou ela, mas ficou evidente que ele não a estava vendo ou ouvindo. O rei repetia a mesma frase sem parar, como se não tivesse qualquer controle sobre as palavras que escapavam de seus lábios.

Sem conseguir evitar, Lin fugiu.

ANTONETTA

Antonetta descobrira o túnel aos quinze anos. Em sua tristeza e solidão após ser abandonada pelos amigos, passou a perambular pela mansão durante a madrugada. Igual à maioria das casas na Colina, a que ela morava fora construída sobre alicerces antigos. Na adega, encontrara — escondido atrás de um painel pintado — um túnel escavado na pedra. Quando erguera a lanterna, vira que ele parecia seguir por muitos quilômetros, ramificando-se em corredores menores como um coral crescendo sob o mar.

Quase se perdera na teia sinuosa de caminhos subterrâneos antes de começar a levar giz consigo nas incursões. Percebeu que muitos corredores levavam a portas agora seladas, mas a via principal, inevitavelmente, a conduzia a uma construção abandonada no Labirinto. Nunca tinha chegado a descobrir quem havia construído os túneis, embora tivesse suas suspeitas: um ancestral que desejava fugir da Colina em caso de ataque, ou, quem sabe, alguém envolvido com contrabando de mercadorias ilegais. Era um segredo maravilhoso — que em outros tempos ela teria compartilhado com Kel e os demais. Mas que naquele momento, guardara para si mesma. Tinha utilizado o túnel muitas vezes ao longo dos anos desde que o encontrara. Nem a mãe, nem os criados perceberam.

Desde que fora prometida a Artal, passara a visitar a porta que dava para o túnel como forma de conter a ansiedade, como se precisasse ter certeza que haveria um meio de escapar, se necessário. A ideia de deitar com Artal lhe era repugnante, e aquele insulto adicional da Primeira Noite — permitir que nobres asquerosos como Esteve, Uzec e aquele cara de fuinha do Ciprian Cabrol assistissem — enojava-a ainda mais.

Antonetta ainda se lembrava de Artal pairando sobre ela, o hálito fedendo a vinho enquanto lançava uma piscadinha em sua direção e dizia:

— Não diga que não lhe dei escolha. Se tivesse deixado de ser tão teimosa e arrumado uma reunião com o seu amigo Prosper Beck, nossa noite de núpcias talvez fosse tão particular quanto você quisesse.

Antonetta dissera a ele, repetidas vezes, que atender àquele pedido era impossível, mas Artal não acreditara. A garota ainda não conseguiu descobrir quem o manipulava, mas sabe que tem alguém ditando o jogo. Em primeiro lugar, o noivo adora insinuar que tem amigos poderosos. Em segundo, é energúmeno demais para ter arquitetado sozinho um plano tão sórdido. Quando gosta do que vê, simplesmente se apodera, e essa parece ser a extensão máxima da complexidade de seus planos.

Mas quem poderia estar agindo por meio de Artal? De quem ele seria marionete? Antonetta, sentada no canto de uma velha cisterna, fita com mau humor a porta que esconde o túnel. E mais importante de tudo: como ele teria chegado ao nome de Prosper Beck? O nome do homem que a ensinara a manejar uma espada quando ela não passava de uma adolescente?

Voltou, então, os pensamentos a Kel, ao semblante dele quando ela contou o plano de Artal para a Primeira Noite. Choque, horror e repulsa. Teria sido bom tomar aquela reação como prova de que se importava, mas era Kel o assunto em questão. Talvez tivesse reagido de forma similar diante do sofrimento de qualquer desconhecida. A empatia é uma qualidade amável, pensa ela, balançando as botas com irritação, mas torna difícil descobrir o que se passa na cabeça dele.

Será que ele chegou a me conhecer de verdade?, pondera ela. Kel certamente não chegava nem a imaginar a profundidade da raiva e do ódio de que ela era capaz de sentir; Antonetta achava que ninguém imaginava. Ela se treinara ao longo dos anos para esconder tais sentimentos, para que não transparecessem no rosto. Para estar sempre sorrindo, como manda o figurino. Decidiu que sorriria durante a cerimônia de casamento com Artal. E aí, depois que sobrevivesse ao horror da Primeira Noite, continuaria sorrindo até conquistar sua vingança.

NOVE

Kel soltou um suspiro baixo e chiado. A princesa de Kutani o havia passado a perna, e isso não era algo que acontecia com frequência. Sentiu-se profundamente irritado e ligeiramente admirado na mesma medida, como se ela o tivesse derrotado com uma jogada de mestre em uma partida de Castelos.

— Você vem fingindo que está tudo bem desde que nos encontramos nas docas — comentou ela. — Mas se o Palácio enviou o Portador da Espada no lugar do príncipe hoje, é porque sentiram que havia algum risco. Se eu perguntar ao rei ou à rainha, suspeito que só me dirão mentiras. Mas você deve saber a verdade. Então me diga: em que tipo de situação perigosa estou me metendo?

— Acredito que conheça — disse ele — Laurent Aden.

Ela corou. Kel não soube dizer se por raiva ou por vergonha.

— Não vi sinais de navios no porto. Nem do galeão de Aden, nem das embarcações de guerra de Castellane.

Então ela estava preocupada. Estivera atenta aos sinais. Kel respondeu:

— Deixar navios de guerra à vista teria alarmado a população em um dia em que o Palácio deseja que o povo celebre. Mas acredite em mim, eles estavam lá. Os penhascos de cada lado do porto escondem cavernas e túneis. Contrabandistas fazem uso deles com frequência, mas nossa frota também… quando necessário.

— Ele pode ter outros meios de chegar até mim — refletiu ela. — Afinal, é um homem rico. Tem recursos para fazer uma viagem de luxo pelas Estradas de Ouro. Enquanto estiver vivo, Aden virá atrás de mim.

— Castellane é uma fortaleza — disse Kel. — Existem somente duas formas de entrar: pelo porto e pela Passagem Estreita. Ambas estarão bem vigiadas. Marivent, então, é impenetrável. É inegável que o pirata está vivo, mas também tenho certeza de que não chegará até você.

Os ombros da princesa relaxaram.

— Se tem tanta certeza assim de que ele está vivo... bem, que seja. Tem mais uma coisa. Sei o que vai acontecer quando eu chegar a Marivent. Vão querer me mostrar cada cantinho do Palácio, cada retrato e cada estátua. Mas antes de eu decidir permanecer aqui, preciso de uma coisa. Preciso falar com o Príncipe Conor. Olho no olho. A sós. Sem rei nem rainha. Consegue dar um jeito de fazer isso acontecer?

Antes de eu decidir permanecer aqui. Kel não se dera conta de que essa ainda era uma questão em aberto. Titubeou conforme passavam sob o Portão Norte, o assento alto dos dois sobre Sedai por pouco não alcançando o arco.

— Sim — respondeu por fim. — Com a sua ajuda, consigo sim.

Muitos dos que visitavam Marivent se viam intimidados pelo tamanho do lugar, as paredes de pedra branca, as torres projetando sombras sobre a cidade e o porto. Kel ainda se lembrava de como se sentira, ainda criança, tantos anos antes, ao atravessar o Portão Norte com Jolivet.

Anjelica não parecia nem um pouco intimidada. Apenas atenta. Parecia querer registrar cada detalhe quando chegaram ao gramado que ficava depois do portão, onde um grupo de criados, as mãos cheias de videiras floridas, formara um círculo frouxo. No centro estava a rainha. Ao lado dela, Mayesh, com o medalhão que usava brilhando suavemente, como a lua por trás das nuvens. Kel não chegou a ver Jolivet.

Lilibet já tinha se adiantado, sorrindo, ao avistar Sedai. Uma expressão genuína de surpresa cruzou seu rosto; Kel não conseguiu conter uma pequena sensação de divertimento. Já a expressão de Mayesh, obviamente, permaneceu inalterada quando Sedai parou de chofre e Anjelica se colocou de pé. Kel reparou que ela usava sapatos de brocado, e além disso correntes de ouro e de prata exuberantes adornavam os tornozelos. Sem olhar para ele, Anjelica saiu da cesta e emitiu um chilreio, ao qual Sedai respondeu empinando a tromba para trás e envolvendo a cintura da princesa. Com um movimento delicado, levantou Anjelica e a colocou sobre a grama.

A princesa se abaixou em uma reverência longa à rainha. Kel não conseguiu ouvir qual fora o cumprimento dela; estava ocupado demais tentando descer das costas da aliá. Por sua vez, não foi tão elegante quanto a princesa, pois Sedai não parecia disposta a ajudá-lo. Felizmente, conseguiu aterrissar com dignidade.

O Esquadrão da Flecha já entrava pelos portões em bando, formando seu próprio círculo ao redor dos criados e da Guarda de Sangue, que permanecia imóvel junto à cabeça de Sedai.

A rainha lançou um olhar breve para Kel e depois voltou sua atenção a Anjelica.

— Bem-vinda, *Ayakemi* Anjelica. Que nome adorável — disse, sorrindo ao envolver as mãos da princesa entre as suas. Naquele dia, a rainha lembrava uma flor copo-de-leite, com um vestido de seda verde e branca, a saia carregada de babados pesados para ostentar a riqueza do tecido. Um cordão de pérolas pendia-lhe do pescoço, e mais pérolas incrustadas em ouro branco enfeitavam seu cenho. — Mas até onde sei, não é kutaniano, é?

— Meu nome vem de uma musicista que minha mãe adorava. Anjelica Kjell, de Hanse.

— Adorável, adorável — repetiu a rainha, dando tapinhas na mão de Anjelica e as soltando em seguida. Atrás dela, Kel reparou que Mayesh virava para sussurrar algo a um Castelguarda, que saiu em disparada. — Seria um enorme prazer levá-la para conhecer o Palácio e todas as nossas terras, minha querida — declarou Lilibet. — Ainda me lembro da primeira vez que visitei Marivent quando era menina, sabendo que um dia seria rainha deste povo. Não é algo fácil de ser esquecido.

A rainha falava com um tom otimista.

Anjelica abriu um sorriso.

— Eu adoraria — respondeu a princesa. — Mas talvez amanhã. Hoje gostaria de conversar em particular com meu noivo.

A rainha lançou um olhar afiado para Kel como quem pergunta, sem palavras: Por que *você* está parado aí? Afinal, o plano já havia sido traçado. Kel deveria se retirar enquanto a rainha apresentava a propriedade para Anjelica, permitindo que Conor assumisse seu lugar de direito e se juntasse a sua noiva ao voltar do passeio.

— Mas já planejamos tudo para recebê-la, minha querida. Agora é a hora de eu apresentar Marivent, depois faremos uma breve refeição de apenas dez pratos...

A expressão agradável de Anjelica não se alterou. Nem o tom de sua voz. Ela falou com a mesma melodia comedida de antes:

— Devo admitir que estou cativada pelo meu príncipe. Quero muito conversar a sós com ele. — Ela olhou para a rainha com inocência. — Tenho certeza de que me entende.

Lilibet parecia absolutamente desconcertada. Com o corpo rígido, ela se virou para Kel.

— Conor, querido — disse em voz alta, como se Anjelica não estivesse presente. — A princesa...

Kel abriu um sorriso tão largo que seu rosto chegou a doer.

— Terá o que deseja. Pode deixar que levo a princesa até seus aposentos para conversarmos. Bensimon, pode nos acompanhar?

— Espero, de verdade — falou Mayesh —, que tenha uma explicação excelente para o que acabou de acontecer, Kellian.

Kel e o conselheiro andavam alguns metros atrás de Anjelica, seguindo na direção do Castelo Pichon. Anjelica estava ladeada pela Guarda de Sangue; Kurame parecia interessadíssimo na arquitetura do Palácio, apontando torres e jardins para Anjelica à medida que passavam.

— Tenho uma explicação — falou Kel. — Mas se vai achá-la excelente, já não sei.

Mayesh olhou feio para Kel.

— Ela adivinhou sua identidade, não foi? Ou já sabia?

— Já sabia. Parece muito bem informada — respondeu Kel. Ficou se perguntando se deveria confessar o erro com as nozes, mas decidiu guardar para si.

Mayesh suspirou.

— A espionagem de Kutani tem uma fama terrível. Imagino que tenham feito uma investigação completa sobre Castellane após os... últimos acontecimentos. O que ela quer com você?

— Ela não quer nada comigo — retorquiu Kel. — É com Conor que deseja falar. A sós.

— É só isso que ela quer? Que Conor se junte a ela no Castelo Pichon?

Kel assentiu.

— A princesa é muito obstinada — disse Kel. — Se eu tivesse recusado o pedido dela, certamente teria informado a Lilibet que sabia quem eu era de verdade e exigido ver Conor de qualquer jeito.

Naquele momento, atravessavam o gramado amplo diante do Castelo Pichon, o verde salpicado de pequenas flores brancas deixadas pela chuva recente.

Mayesh soltou um grunhido. Kel sentiu que o conselheiro ficara surpreso, coisa que detestava.

— Ela ficou visivelmente aflita no porto — acrescentou Kel — quando mencionei que Aden poderia aparecer. Mas não é medrosa, muito menos frágil. Pode até parecer uma flor, mas sua fibra é feita de ferro.

— Mas existem tipos diferentes de ferro. Existe aquele que une e fortalece. E aquele com bordas afiadas que corta. — O idoso olhou de soslaio para Kel. — De qual tipo ela é?

— Ainda não sei. Mas Conor precisa conhecê-la sem preâmbulos. — Kel olhou para Mayesh. — Diga para ele vir de guarda baixa.

Mayesh grunhiu novamente e se virou, retornando pelo gramado em direção ao Castelo Mitat.

Kel apertou o passo para alcançar Anjelica e seus irmãos. Alcançou a família enquanto passavam pela entrada do castelo, um edifício baixo e quadrado com pequenas torres em cada canto do telhado. O nome *Castelo Pichon* significava literalmente "castelo pequeno", e o lugar tradicionalmente servia como lar para membros da realeza em visita. Fora ali que ficara Luisa d'Eon de Sarthe durante sua breve estadia no Marivent, antes do massacre sangrento que custara sua vida. E também a da sua guarda-costas, Vienne d'Este, que jurara proteger a menina e morrera tentando.

Kel se forçou a abandonar tais pensamentos. Cumprimentou os Castelguardas postados à porta vermelha e conduziu Anjelica e Kurame para dentro. (Isam e Kito, os outros irmãos, ficaram do lado de fora, conversando com os Castelguardas.)

Um pequeno corredor ladrilhado dava para imensas portas entalhadas, e guardados por elas ficavam os aposentos que seriam de Anjelica. À medida que entrava com a princesa e Kurame, Kel foi acometido por uma sensação peculiar e desconcertante, como se tivesse pegado no sono e acordado em um lugar estranho. Não era Conor; não era nem sequer Kel Anjuman. Era um plebeu. Não tinha direito de entrar nos cômodos particulares da princesa de Kutani. Ainda assim, ali estava ele.

Em silêncio, Anjelica passou os olhos pelos aposentos. Para o alívio de Kel, era nítido que Lilibet os havia reformado desde a estadia de Luisa. Na verdade, os aposentos não foram apenas reformados, mas também *emperiquitados*, como Lilibet adorava fazer. As paredes foram recobertas por tapeçarias de seda ocre, e todas as superfícies agora estavam adornadas com seda ou cetim, ambos os materiais obedecendo os mesmos tons de laranja, amarelo e vermelho. Um sofá enorme de veludo vermelho-escuro foi posto junto à parede, e um sofá-cama entalhado rangia sob o peso de almofadas de brocado.

— *Deela tie, zia* — soltou Kurame. — Ela se esforçou mesmo para fazer você se sentir em casa.

Anjelica deu um suspiro.

— Foi bondade da rainha — observou — pensar em mim, e de fato amo minha terra natal. Mas não vejo a menor necessidade de morar dentro da bandeira do meu país.

— Lilibet ama fazer coisas temáticas — explicou Kel. — Acho que mais do que qualquer outra coisa na vida.

Anjelica balançou a cabeça.

— Uma reforma será necessária.

— Lilibet não vai gostar nada disso — comentou Kel.

— Eu mesma arcarei com os custos. Não acho que terá dificuldade em aceitar.

Provavelmente terá, pensou Kel. Lilibet tomaria aquilo como um insulto e uma rejeição ao seu gosto — o que, em sua defesa, de fato era. No entanto, ele já sabia que não era necessário ressaltar isso a Anjelica; ela acreditaria nele, mas não se daria ao trabalho de mudar de ideia. A rainha acabaria superando mais cedo ou mais tarde, diria. E no fim das contas, os cômodos pertenciam a ela, não pertenciam? Então podia fazer com eles o que bem entendesse.

Kel quase a invejava. Devia ser libertador, pensou, ligar tão pouco para o que os outros pensavam a seu respeito. E então ele viu os olhos da princesa se fixarem em algum lugar atrás de si e percebeu que Conor havia chegado.

O príncipe se vestira com esmero para corresponder à ocasião. Uma sobrecasaca que chegava aos tornozelos revestida de seda brilhante, um colete justo e uma camisa de samito branco com fios de ouro. Anéis pesados nos dedos, cada um cintilando com uma pedra de uma cor diferente: uma verde como veneno, uma azul como o mar, uma vermelha como o sangue. Uma coroa de ornamentos delicados em ouro reluzia com diamantes incrustados.

Pela primeira vez, ele olhou para Anjelica. E Kel sentiu, naquele mesmo instante, que não deveria estar ali. Parecia estranho presenciar o primeiro encontro dos dois. Os olhos cinza de Conor encontraram os escuros da princesa e Kel viu como a beleza da garota deixou o príncipe em choque, como acontecia a todos que olhavam para ela.

A surpresa, no entanto, foi passageira. O que se seguiu foi uma mistura de avaliação, ponderação e uma admiração fria que combinava com o semblante da própria Anjelica. Era raro, pensou Kel, que Conor olhasse para alguém tão parecido consigo mesmo. Alguém que também pertencia à realeza, que também usava o privilégio e a beleza como armadura. Alguém que não estava nem acima nem abaixo de seu próprio título, mas no mesmo patamar. Talvez a situação fosse igual para ela.

— Bem-vinda, *Ayakemi* — disse Conor, inclinando-se em uma reverência que fez sua sobrecasaca esvoaçar ao redor do corpo como asas escuras.

Anjelica inclinou a cabeça.

— *Mizuru.*

Levou um momento para Kel se lembrar do que aquela palavra significava em kutaniano. Não era "príncipe", como ela o havia chamado nas docas, mas "noivo". Percebeu que Conor também reparara naquela escolha de vocabulário, um lampejo de interesse atravessando seu olhar.

Eu deveria deixá-los a sós, para que se desafiem, pensou Kel. De fato, Kurame já havia se retirado discretamente do cômodo em algum momento. Kel fez menção de segui-lo, mas Anjelica estendeu a mão.

— Prefiro que o Portador da Espada permaneça aqui enquanto conversamos — falou, sem tirar os olhos de Conor.

— Kel é mais do que bem-vindo a saber tudo o que eu souber — respondeu Conor. — Mas ser babá não é uma função adequada a ele. Além disso, pelo que fui informado, não foi a princesa mesmo que deixou bem explícito que gostaria de ter uma conversa comigo a sós?

— Quero ter uma conversa honesta com você — retorquiu Anjelica. Sentou-se no sofá-cama ali perto e cruzou as mãos sobre o colo. — E conheço as funções de um Portador da Espada. Por anos, ele deve ter morado com você, dormido ao seu lado, aprendido com você, aprendido *a falar* como você e a sonhar como você. Se estiver mentindo para mim, ele saberá.

— E acha que eu contaria, se ele mentisse? — perguntou Kel, a voz cuidadosamente neutra.

Conor deu uma piscadinha para ele.

— Acho que eu conseguiria ver em seu rosto — respondeu Anjelica.

Eu não teria tanta certeza, pensou Kel, mas Conor assentiu na direção dele como se fazendo um pedido em silêncio: *Fique.*

Então, ele ficaria. Kel se recostou na parede quando Conor voltou a atenção para Anjelica.

— Eu lhe devo desculpas, princesa. Não é do meu feitio recusar a chance de causar uma boa primeira impressão. Foi uma pena eu não poder encontrá-la pessoalmente nas docas mais cedo.

Anjelica nem se mexeu. Continuou perfeitamente imóvel de uma maneira que Kel mal se lembrava de já ter visto antes: o corpo alinhado e paralisado, da coluna ereta até o pescoço gracioso. Então ela falou:

— Presumi que não tivesse ido por causa de Laurent.

— É realmente um infortúnio você ter conquistado logo um pirata — respondeu Conor — em vez de, quem sabe, um homem com uma profissão menos perigosa. Um jardineiro, talvez. Ou um cozinheiro.

— Uma princesa não tem muitas oportunidades de conhecer jardineiros e cozinheiros.

— Mas até onde sei, também não costuma ter muitas chances de conhecer piratas.

Quando Anjelica sacudiu a cabeça, a rede dourada que prendia seu cabelo reluziu como se estivesse em chamas.

— Já vi muitos casamentos reais. Alguns bons, outros ruins. Mas acho que o mais importante é sermos honestos um com o outro.

— Pensei que estivéssemos falando de piratas? — disse Conor com leveza, e Kel lançou um olhar de alerta para o príncipe. Anjelica ainda não o conhecia direito; poderia interpretar o humor de Conor, que ele direcionava a tudo que achava ridículo no mundo, como uma mera zombaria com a princesa.

Porém, se estava incomodada, era bem treinada demais para demonstrar.

— Vai fazer sentido — explicou.

— Acredito em você — concordou Conor. — Enfim. Honestidade entre membros da realeza. O que virá a seguir?

— Só vou contar a verdade — respondeu ela. — Sou uma das dez filhas do rei de Kutani. Não sou a mais velha, nem a mais importante, mas fui considerada a mais bela.

— Que coincidência, eu também sou o filho mais atraente dos meus pais — respondeu Conor.

Anjelica ignorou o comentário.

— Quando se é uma princesa que não é nem a primogênita nem a mais prendada, aprende-se a lidar com as vantagens e desvantagens dessa posição de maneira pragmática. No entanto, havia um homem que frequentava a Corte. Uma pessoa que eu via com frequência em festas e ocasiões sociais. Laurent Aden, o corsário. Ele me cortejou de modo passional.

Conor trocou um olhar rápido com Kel, que deu de ombros. Para alguém que falava de paixão, a voz de Anjelica soava fria e insípida como uma pedra de gelo.

— Pensei que ele me amasse de verdade — falou ela. — Mesmo quando meus pais descobriram e me proibiram de continuar a vê-lo, eu me mantive convicta de que o amor que ele tinha por mim era verdadeiro.

— Deixa eu adivinhar — disse Conor. — Ele só estava interessado na riqueza que viria do seu dote? Homens que ganham a vida com roubos não conseguem abandonar o hábito, nem mesmo em questões pessoais.

— Foi pior que isso — respondeu Anjelica. — Um dos marinheiros dele delatou o plano de seu líder ao Palácio. Aden esperava que eu o levasse até o Palácio; então usaria o acesso para roubar os cofres reais antes de escapar no *Rosa Preta*. Quando o plano foi descoberto, ele fugiu para a Cidade das Especiarias, mas antes ousou vir até mim pedir que fugisse com ele. Eu me recusei. Cuspi em seu rosto. Ele então disse que eu pertencia a ele, e que ele não desistiria de mim. Desde então, não tenho paz.

— Entendo — disse Conor. — Que coincidência, eu também já tive piratas na minha cola.

Anjelica curvou os cantos da boca num sorrisinho surpreso, mas que sumiu rapidamente. Em um tom sério, atestou:

— Você acha graça em muita coisa, *mizuru*.

— Minha intenção é que os outros também achem graça — emendou Conor, com muita delicadeza —, embora eu tenha noção de que isso às vezes não acontece. — Ele se sentou no sofá-cama, não tão perto de Anjelica a ponto de sufocá-la, mas também não tão longe quanto poderia. — Você sente que precisa me alertar — comentou ele. — Teve receio de que Aden aparecesse nas docas hoje e teme que ele ainda esteja atrás de você.

— Achei que devesse saber. Ele talvez nunca me deixe em paz.

Conor então falou, sem nenhum traço de humor:

— Ficamos sabendo desse perigo tempos atrás. Havia frotas à espreita hoje, mas ele não foi capturado, nem sequer avistado.

Um olhar estranho atravessou o rosto da princesa, que disse:

— Ele é inteligente. Não acredito que tenha desistido.

— Já disse a ela que este Palácio é uma fortaleza — reforçou Kel. — Que estará segura aqui.

— Custo a acreditar que tenha hesitado em me contar isso — comentou Conor. — Não entendo por que achou que eu não soubesse de nada. O que me disseram foi que sua reputação havia sido comprometida. Que este, inclusive, era o motivo para os seus pais estarem dispostos a me conceder sua mão em casamento.

Ah, pensou Kel. Então aquele era o motivo — a coisa que Castellane tinha a oferecer a Anjelica que nenhum outro povo estaria disposto a oferecer. A reputação de uma princesa era tão valiosa quanto o dote; a aliança rompida com o corsário devia a ter tornado inapta ao casamento para muitos membros da realeza.

Também explicava a relutância de Conor em contar a Kel os detalhes da aliança. Estaria revelando um segredo de Anjelica, não um segredo dele próprio.

A garota corou. Conor falou, com delicadeza:

— Não precisa sentir vergonha. Eu mesmo não me apresento aqui como alguém isento de escândalos. Deve ter ouvido dizer que mato todas as minhas noivas.

— Ah, sim — respondeu Anjelica —, e que você bebe, aposta e vadia também... embora digam que mudou nos últimos meses. Mas acredito que sejam comportamentos comuns a um príncipe.

— Pode ter certeza que garantiremos sua proteção — assegurou Conor —, embora eu esteja certo de que já esperava por isso. Algo me diz que há algo mais lhe incomodando, princesa. Algo que talvez seja mais difícil de pedir do que segurança física.

Anjelica levantou os olhos escuros até o rosto dele.

— Laurent se considerava um grande romântico — disse ela. — Fez tudo que estava a seu alcance para me conquistar. Não via nada demais em encher o porto de flores; pagas com o dinheiro de seus saques, sem dúvidas. Ele me cobriu de joias e poesia. E, durante aquele tempo todo, mentiu para mim.

Kel pensou: *O amor dele por você pode não ter sido mentira. Pelo contrário, aposto que era verdade.*

— Agora, quando penso em flores e declarações de amor, só consigo associá-las a mentiras. Sei que estamos firmando uma aliança política. Sei também que seremos encorajados a fingir que é mais do que isso. Mostrar adoração um pelo outro para agradar ao povo e ao Palácio. Acho que o que estou tentando dizer — conclui Anjelica — é que não estou interessada em forjar emoções que não sentimos.

— Estou começando a entender por que a sinceridade absoluta não é considerada afrodisíaca — comentou Conor secamente. — Está dizendo que, em público, devemos nos ignorar? Ou olhar um para o outro com revolta? Porque, de fato, isso talvez venha a ser um problema sério de relações públicas.

— Podemos fingir para o público — explicou Anjelica. — Só não um para o outro. Não precisa fazer declarações falsas nem gestos forçados de paixão para mim. — Ela o encarou. — Se isso lhe parece uma ideia tão ruim assim, pode me mandar de volta a Kutani.

Anjelica mantinha a cabeça bem erguida, mas Kel conseguiu perceber, pelo tom de sua voz, que ela estava mais nervosa com a resposta que obteria de Conor do que deixava transparecer. Talvez aquela fosse a primeira hesitação que ele via na pose da princesa.

— Não acho nada ruim — disse Conor. — Na verdade, há um ar frio de praticidade que acho bastante encantador. Falando nisso, precisamos discutir a questão da fidelidade. Espera que eu seja fiel a você?

Pela primeira vez, Anjelica ficou um tanto desconcertada.

— Cumprirei meu dever para com você — respondeu baixinho — em termos de herdeiros. Não me deitarei com nenhum outro homem, pois entendo que a linhagem dos Aurelian deve ser protegida. Você pode agir como bem entender antes de nos casarmos, contanto que haja discrição. Não vou admitir ser tomada por tola, alheia às aventuras amorosas do meu noivo.

Conor respondeu calmamente:

— A discrição será meu lema. A última coisa que quero é causar desconforto, considerando que você tem sido honesta comigo.

Ela lançou um olhar cortante que logo desapareceu, mas nem mesmo Kel viu algo de diferente no rosto de Conor que indicasse descontentamento.

O príncipe se colocou de pé.

— Se isso é tudo que desejava discutir comigo, só posso dizer que estou de acordo com os seus termos e que agiremos dentro dos conformes. Agora, se me permite, vou me retirar. Imagino o quanto a princesa deve estar cansada da viagem.

Anjelica inclinou a cabeça.

— Obrigada.

Conor deu alguns passos em direção à porta, mas então parou e se voltou para ela mais uma vez.

— Ah, ainda tem — acrescentou ele — duas coisas que acho de bom tom mencionar.

Ela arqueou as sobrancelhas, intrigada.

— A primeira é que você tem um elefante — observou ele. — Gostaria muito de conhecer a criatura. Nunca vi um elefante na vida.

Um sorriso se espalhou pelo rosto de Anjelica.

— Tenho certeza de que Sedai ficará encantada.

— A segunda — continuou ele — é que não podemos descartar o risco de você se apaixonar por mim. Afinal, eu sou mesmo muito cativante.

Anjelica o fitou com severidade.

— Fique tranquilo — disse, séria — que eu o informarei se algo assim acontecer.

Conor se abaixou em uma última reverência e seguiu até a porta; Kel o acompanhou, parando apenas por um instante para lançar um olhar a Anjelica. Ela não havia se mexido no sofá-cama; parecia um tanto perdida, como se, livre do fardo de seu segredo, não soubesse o que fazer em seguida.

Do lado de fora do castelo, o sol começava a se pôr. Kurame e os demais Guardas de Sangue haviam se juntado aos guardas do Palácio em um jogo de cartas ao redor de uma mesa. O ar estava tomado pelo perfume de flores que se abriam para a noite.

Ao lado de Kel, Conor respirou fundo. Kel se virou para olhar para o príncipe e, para sua surpresa, Conor também parecia aliviado — como se tivesse se livrado de um peso que o incomodava. O que era estranho; Kel não conseguia imaginar nada, na conversa que acabara de acontecer, que pudesse aliviar os ombros de Conor.

— Correu conforme o esperado? — perguntou, com curiosidade genuína.

Conor jogou a cabeça para trás, olhando para o céu escuro.

— Eu *gosto* dela — disse, parecendo satisfeito. — Ela é uma garota encantadora, não acha?

LIN

Pela primeira vez em muito tempo, Lin está sonhando.

O sonho é vívido. Ela está em um vale verdejante, observando um homem de roupas finas, no estilo de séculos anteriores, conforme ele caminha até uma casa sob a sombra de uma montanha. A porta se abre à sua aproximação e uma mulher e crianças correm de braços abertos na direção dele.

Porém, quando ele se adianta para abraçá-los, pegam fogo e queimam, um a um. O homem chora, mas não consegue se conter. Continua a abraçá-los, e cada membro de sua família que ele abraça se torna um pilar de chamas que ruge em direção ao céu.

O homem cai de joelhos entre as labaredas, as mãos cravadas na relva flamejante. Sem demora, a casa também é engolida pelo fogo, depois as árvores, tudo que antes era verde começa a virar cinzas. Lin grita, tomada pela pena e pelo horror. O homem se vira para encará-la, nada surpreso em vê-la ali.

— *Hollazekyer di niellem pu nag* — diz ele.

Lin acorda com o coração disparado. Desde que adquiriu a Pedra-Fonte, vem tendo sonhos estranhos, embora raramente sejam tão nítidos quanto o que acabou de ter. Ela sentiu mesmo como se estivesse no vale, observando o fogo. Observando o verde virar cinzas.

Rola na cama. Sempre deixa a Pedra-Fonte na cômoda, a seu alcance. Então, pega-a e a vira na mão.

— O que está tentando me dizer? — sussurra.

Sente o peso da pedra prateada com a mão. Está mais pesada do que de costume, pondera ela — talvez esteja imaginando coisas. Fecha o punho ao redor da pedra e sente um lampejo de emoção cruzar seu rosto. Parece medo — um medo vindo de fora. Como se, em algum ponto da noite, uma tempestade houvesse se formado. No entanto, nunca tinha sentido algo semelhante com a chegada de relâmpagos ou de trovões. É como se a pedra a estivesse alertando de uma ameaça, algo sombrio na cidade, algo que emite uma nota aguda e dissonante feito cristais colidindo.

Algo sobrenatural e maligno.

Ainda imersa na preocupação, Lin devolve a pedra à cômoda. Então fecha os olhos, e imagens de Pedras-Fonte dançando na escuridão embalam seu sono.

DEZ

Dois dias depois, Lin estava empoleirada em cima de um banquinho de madeira no laboratório da Mansão Preta. Observava Merren com grande curiosidade enquanto ele revelava as diversas ferramentas à sua disposição para testar a substância que ela trouxera de Marivent.

Com luvas pretas grossas para proteger as mãos, Merren enfileirou vários recipientes de vidro na beira da mesa, cada um deles contendo, segundo ele, um reagente diferente. Montara também um alambique, com uma chama acesa para a destilação.

Nada ali estava tão distante assim das ferramentas que tinham na Casa dos Médicos, onde os ingredientes eram pulverizados, fatiados, destilados, maturados e purificados para virarem medicamentos. Merren, no entanto, usava nomes diferentes para os processos— *alquimia, réplicas, cucúrbita, antibiótico*. Na Casa dos Médicos, tudo era regido por uma tradição de centenas de anos. Merren parecia estar inventando a técnica no improviso.

— Você é bem esperto com isso tudo — falou Lin. Merren levantou a cabeça e sorriu, mas havia uma distância em seus olhos azuis, como se ele não estivesse prestando muita atenção na conversa. — Merren, está tudo bem?

Ele baixou a cabeça loira, fazendo uma careta ao acrescentar uma gota da mistura do frasco a um recipiente com líquido amarelo.

— Odeio o fato de que Artal Gremont está em Castellane e de que ainda está vivo. Ele está acabando com a vida da Colina, e... eu estou de mãos atadas. — Nada aconteceu com o líquido amarelo; Merren seguiu para o próximo recipiente. — Não queria perguntar, mas você chegou a descobrir alguma coisa? Sobre o amuleto?

Lin franziu o cenho. Passara horas no Shulamat estudando ilustrações antigas de medalhões e amuletos de proteção de tempos passados. No entanto, não se sentia à vontade fingindo ser uma especialista.

— O que ele carrega é algo muito antigo e poderoso — falou. — Do tipo que teria sido concedido a um imperador ou a um rei antes da Ruptura. Alguns objetos similares sobreviveram ao tempo, mas tenho certeza de que se a família Gremont estivesse na posse de algo desse nível por tantas gerações, alguém já teria descoberto.

— Interessante. — Lin não sabia se Merren estava refletindo sobre o que ela dissera ou sobre a substância azul na qual acabara de derramar o líquido. Parecia estar espumando um pouco. — Então como foi que Gremont conseguiu colocar as mãos naquilo? Não me parece algo que ele teria conseguido em uma de suas viagens.

— Imagino que tenha sido dado a ele — sugeriu Lin. — Mas por quem, e por quê?

— E mais importante ainda: como vamos tirar aquilo dele?

— Ainda não sei. E, Merren, Andreyen tem razão. Tentar roubar algo assim vai ser perigoso.

Merren ficou cabisbaixo.

— Mas ficar esperando também é torturante para mim — disse ele. — Sei que Kel também odeia essa situação. Está acabando com ele. E para a minha irmã é ainda pior, ser obrigada a lidar com o fato de que Gremont está vagando por aí… e ainda por cima se achando o bambambã no Caravela.

Lin pensou em Silla, no medo e no nojo estampados no rosto dela ante a menção a Gremont.

— Não consigo entender se ele realmente se esqueceu de Alys — disse Merren devagar — ou se o desconforto que causa nela lhe dá prazer. Mas ela não pode simplesmente expulsá-lo… não sem se indispor com os demais clientes da Colina.

Demais clientes da Colina. Lin não conseguiu deixar de considerar se Conor sabia do que Gremont tinha feito anos antes. Kel só soube quando Joss Falconet o inteirou do assunto. Ela percebeu que torcia para que Conor não soubesse, mas não gostou de alimentar essas esperanças.

Também não queria pensar em Conor no Caravela. Kel dissera que ele havia mudado. Mas será que alguém realmente mudado a submeteria a uma ordem da realeza?

Ela levou os dedos às têmporas, sentindo o início de uma dor de cabeça.

— A propósito, cadê o Jerrod?

Merren, ao pingar uma única gota do líquido no recipiente com o que parecia ser uma água azul, assustou-se um pouco.

— Eu... não sei. Deve ter ido resolver alguma coisa, acho. Por quê?

— Porque ele parece gostar de ficar perto de você, seja lá onde estiver — falou Lin, abrindo um sorrisinho. — Você pode acabar partindo o coração dele, sabia?

As bochechas de Merren ficaram vermelhas. Sem tirar os olhos da substância aquosa no recipiente, ele soltou:

— Jerrod não pensa em mim dessa forma. Acho que ele não tem esse... esse tipo de sentimento por ninguém.

Ouviu-se um barulho perto da porta. Lin virou a cabeça, mas não havia ninguém. Devia ter sido só a estrutura da mansão rangendo, pensou. Mas antes que pudesse dizer qualquer coisa, Merren gritou.

A substância aquosa e azul tornara-se oleosa, opaca e preta.

— Barbasco — anunciou Merren. — O ingrediente principal deste preparo é uma espécie de barbasco.

Lin franziu o cenho.

— Nunca ouvi falar.

— É bem incomum — disse Merren, parecendo já ter se esquecido completamente do assunto de Jerrod. Assumira sua persona alquimista. — Você é médica; conhece o ditado antigo: a única diferença entre o veneno e a cura é a dose.

Lin assentiu.

— Mas não é o caso com esta espécie de barbasco. Algumas sementinhas já fazem mal. Cinco gramas são capazes de matar um boi.

Intrigada, Lin disse:

— E quanto você diria que tem neste remédio?

— Uma dose fatal. — Merren deu mais uma olhada no recipiente, que continuava a borbulhar. — Isso aqui é veneno puro.

* * *

Kel estava amarrando as botas quando Conor entrou no quarto trazendo consigo uma cópia surrada de *O frio coração do rei solitário.* (Ele passara os últimos dias reclamando com Kel que o livro não acertava nem de longe as verdadeiras responsabilidades da realeza, mas, ainda assim, não parara de ler.) Kel quase pulou no ar, largando as botas. Pensava que Conor teria uma reunião naquele dia. Aliás, estava contando com isso.

— Ótimas notícias — anunciou Conor, deixando-se cair no divã e jogando o livro de lado.

E então começou a narrar a cena do café da manhã, quando Anjelica deixara Lilibet horrorizada ao anunciar que substituiria todos os tecidos do Castelo Pichon por outros que ela própria escolheria.

— Todas as cortinas, a roupa de cama — reportou Conor, extasiado.

Quando Lilibet perguntou o que Anjelica pretendia fazer com os tecidos antigos, a princesa respondeu que, das duas, uma: ou poderiam guardá-los, ou distribuí-los às famílias pobres da cidade como caridade.

— *Maman* está furiosa — acrescentou Conor. — Aposto que se arrependeu de ter concordado com este casamento.

— Aposto que nunca imaginou que teria de abrir mão dos tecidos que escolheu pelo bem do reino — emendou Kel, mas Conor não estava prestando atenção; acabara de reparar nas botas de Kel.

— Vai sair a cavalo? — perguntou.

Kel cogitou mentir por um instante, mas logo desistiu.

— Não, pensei em passar na Arena hoje à tarde. Você sabe como as coisas ficam bem empoeiradas. — Ele indicou as botas. — Você tem aquela reunião na Câmara de Controle; não vai precisar de mim. Achei que, como vai ter que apresentar Anjelica às famílias, eu só ia acabar atrapalhando.

— De fato — concordou Conor —, *se* a reunião fosse mesmo acontecer. Mas foi cancelada. Cazalet está triste, deprimido, algo do tipo. — Ele se sentou e tirou o cabelo dos olhos. — O que vai ter na Arena?

Porra, porra, porra.

— Luta de crocodilos — falou Kel. — Acho. Ou talvez uma competição de poesia...

— Como é dia do talhe, vai ser luta. — Conor se pôs de pé. — Excelente. Vou com você. Faz tempo que não assistimos a uma luta juntos.

— Eu não acho que seria boa ideia levar Anjelica — disse Kel. As mãos, agora suadas, escorregaram nos cadarços enquanto calçava as botas. — Não creio que ela vá gostar de...

— Ela não vai se importar. Você ouviu o que ela disse: não espera que eu a leve a todos os lugares comigo. Na verdade, ela nem iria querer comparecer a um evento desses. Vai estar bem ocupada por aqui, decorando os aposentos. O que significa que terei uma tarde livre, graças aos Deuses... e a Cazalet. — Conor abriu um sorrisinho travesso. — Além do mais, apostei cinquenta coroas no Morte Verdejante. Pedi para Joss fazer a aposta por mim. Agora posso ir buscar meus ganhos pessoalmente.

Não tinha como Kel avisar Ji-An, Jerrod ou Merren. Teria que improvisar quando chegasse lá. Supondo que fosse verdade o que se dizia sobre os Deuses: eles de fato davam risada quando se faz planos.

Nos tempos antigos do Império, a Arena costumava ficar no lugar mais importante da cidade. Os imperadores de Magna Callatis eram viciados em esportes violentos, e o povo também, pois lhes fora ensinado que não havia glória maior do que lutar e morrer pelo imperador — fosse em um campo de batalha distante ou no chão da Arena, para o entretenimento do imperador.

Espetáculos de violência aconteciam semanalmente, e neles gladiadores enfrentavam-se entre si ou lutavam contra feras selvagens. (Diziam que, antes da Ruptura, era possível que um espadachim fosse forçado a lutar até contra uma fênix ou um dragão, mas essas batalhas quase nunca duravam muito tempo, e a vitória humana era quase inexistente.) Tigres de Hind, lobos de Detmarch, macacos imensos e leões gigantes vindos das Terras do Sol e do Sul faziam a multidão ir à loucura quando dilaceravam homens e mulheres e ensopavam a Arena de sangue.

O Império se fora, mas — assim como as estradas, os aquedutos e os esgotos que mantinham a cidade funcionando — a Arena permanecera. Após a queda do Império, gladiadores, agora homens livres em vez de escravizados, tinham continuado a se voluntariar para lutar ali, pois os prêmios — ouro e fama — continuavam sendo tentadores.

Quem aprovara Leis proibindo que homens lutassem até a morte por diversão havia sido o bisavô de Conor. Os protestos vieram de todos os lados, mas as lutas entre animais se mantiveram, e o Rei Marchal começou a trazer acrobatas, dançarinos, músicos e trupes teatrais de toda a extensão das Estradas de Ouro para se apresentarem na Arena, de modo gratuito, aos cidadãos de Castellane. Essa nova diversão conseguiu abafar as reclamações.

A Arena se tornara um entretenimento comum nos anos desde então. Qualquer cidadão podia ir até lá para se divertir, fosse nobre ou mercador, mestre da guilda ou criança abandonada. A cidade, enquanto coletivo, orgulhava-se do local, embora tivesse sido danificado e se deteriorado com o passar dos séculos. O exterior da arena circular era feito de mármore, mas dentro as pedras antigas estavam quebradas e gastas, e a tinta forte que outrora decorara as fileiras de assentos assumia agora um tom pastel castigado pelo sol.

Kel e Conor passaram pelo arco acompanhados de Castelguardas. Houve um leve uivo de comemoração da multidão quando perceberam que o príncipe estava entre eles. Ouviram-se alguns gritos de admiração lasciva por Anjelica junto às ofertas de diversas bebidas alcoólicas feitas aos guardas. Conor, usando linho branco igual a um imperador antigo, sorriu e fingiu ignorar os comentários, inclinando a cabeça e demonstrando carisma. Ele e Kel haviam ido à Arena muitas vezes; uma vez Conor lhe dissera que era bom que o povo de Castellane visse a família real desfrutando dos mesmos prazeres que ele próprio.

Um lance de escadas de pedra levava ao camarote real — que antigamente era o local em que se sentava o imperador, de onde ele podia conceder morte ou clemência como bem entendesse, mas que agora não passava de uma posição privilegiada de observação. Kel e Conor subiram entre os guardas que os acompanhavam, Kel mantendo os olhos na plateia enquanto passavam.

Ele os viu, um lampejo no canto de sua visão: Jerrod, Ji-An e Merren sentados na quinta fileira. Reparou no olhar furioso de Ji-An e balançou a cabeça rapidamente. *Não consegui impedi-lo de vir.*

Ji-An se virou na direção de Merren e Jerrod; os três começaram a sussurrar juntos. Kel praguejou baixinho conforme entravam no camarote real, adornado com bandeirolas de flores amarelas. Os bancos de pedra ali eram acolchoados, e havia taças em uma mesa baixa embutida, prontas para o vinho. Kel sentou-se ao lado de Conor e olhou para a Arena lá embaixo. Metade dos assentos estava ocupada — famílias inteiras haviam ido, levando crianças pequenas, abrindo mantas sobre os bancos de pedra.

E então, no fim da primeira fileira, Kel a viu — Magali —, a coroa de cabelo grisalho trançado familiar mesmo a distância. Mas, enquanto Kel estivesse ao lado de Conor, não conseguiria se desvencilhar do príncipe para interrogá-la. O que é, Kel ficou se perguntando, que eles iam fazer?

Fazia um dia quente, o sol brilhava feito um diamante amarelo. Lin estava voltando para casa depois de visitar pacientes (precisara encher vários deles de pedidos de desculpas, já que deixara de visitá-los no dia em que Conor a levara ao Palácio). Mantinha-se no lado mais fresco das ruas, onde figueiras e amendoeiras floridas forneciam sombra. O céu estava sem nuvens acima dos muros do Sault, da cor do *techelet* — o corante azul antigo ainda usado para tingir tapeçarias sagradas e as vestes de sacerdotes como o Maharam.

Depois de entrar no Sault, Lin atravessou o Etse Kebeth com a intenção de ver como Mariam estava, mas parou de repente à beira do Kathot, os olhos semicerrados contra a luz do sol. Um estrado havia sido instalado, igual ao do Tevath, e o assento entalhado do Maharam fora colocado no topo. A cadeira, no entanto, não estava ocupada pelo Maharam, mas por Aron Benjudá.

O Exilado estava diferente de quando Lin o encontrara no Shulamat, empoeirado e sujo pelas viagens. Agora, parecia-se mais com as pinturas que ela vira de Judá Makabi, o Leão, a primeira cabeça do Sinédrio, vestido com uma túnica azul *techelet*, uma espada presa à lateral do corpo. Ao redor do pescoço, havia um medalhão pesado de prata, muito parecido com o de Mayesh, embora o dele ostentasse pedras azul-escuras que combinavam com a túnica.

Dois pequenos grupos estavam reunidos em frente ao estrado, e Aron parecia escutá-los atentamente. Uma fileira de outros Ashkar estendia-se da plataforma até os degraus do Shulamat. Lin já vira aquilo antes com o Sinédrio: Aron estava ouvindo casos e os julgando, como o rei de Castellane costumava fazer no Convocat.

Ao ver Mariam ao lado de um amontoado de fuxiqueiros, Lin se aproximou da menina e lhe deu um tapinha no ombro. Mariam sorriu ao vê-la. Havia cor em suas bochechas, o que era bom, mas seus olhos pareciam grandes demais para o rosto. Lin decidiu que prepararia chá de genciana à noite, que estimularia o apetite de Mariam.

— Nunca vi uma multidão tão grande no Dia do Julgamento — sussurrou Lin. — Aconteceu alguma coisa assim tão fascinante?

— Nossa, longe disso — falou Mariam, os olhos brilhando. — A família Ohl tem uma árvore cujos frutos vêm caindo no jardim de Kep Chaiken. A discussão é a quem os frutos pertencem.

— Que tipo de fruto?

— Quem se importa? — Mariam deu uma cotovelada de brincadeira em Lin. — Todo mundo só veio até aqui para ver o Exilado. Ele é lindo. Eu ficaria assistindo mesmo que ele estivesse julgando uma briga de gatos.

Surpresa, Lin se levantou nas pontas dos pés para dar uma boa olhada em Aron. Da última vez que o vira, estivera assustada demais para refletir sobre a beleza do homem, ou a falta dela. Ele era, supôs Lin, muito mais novo do que todos esperavam. Havia ajeitado o cabelo, que agora formava um halo arrumado de bronze escuro. As feições dele eram bem demarcadas, parecidas com as do perfil de um rei gravado em uma moeda. Tinha o maxilar quadrado e o olhar sóbrio. Parecia não ver qualquer dificuldade em julgar as querelas, gesticulando com fluidez ao falar. Quando as mangas de sua túnica caíram para trás, Lin viu as marcas rhadanitas nos braços dele.

Lin então falou:

— O que aconteceria se a fruta caísse numa rua pública? Ou se um esquilo a roubasse?

— Um caos jurídico — respondeu Mariam solenemente. — Mas o que me diz? Não o achou lindo?

— Ele está com o meu futuro nas mãos, Mari — falou Lin. — Não tive tempo de pensar se são mãos bonitas.

Naquele momento, Aron dirigiu o olhar para elas. Lin se obrigou a sustentar o olhar, embora pensasse: *Todo mundo aqui sabe. Sabem que é tarefa do Exilado reconhecer a Deusa Renascida, pois a alma do Exilado é transmitida pelo sangue, e a alma da Deusa é eterna.* O povo provavelmente os observava com bastante atenção, procurando sinais de uma conexão entre os dois.

Ela desviou o olhar do dele.

— Está tudo bem, Lin? — indagou Mariam. — Você parece preocupada.

— Tive um sonho na noite retrasada. Daqueles ruins. Foi tão vívido. — Lin resumiu o sonho que tivera para Mariam, mas não mencionou que as palavras ditas pelo homem no sonho também haviam sido pronunciadas pelo rei na torre.

— Ele queimava tudo que tocava? — repetiu Mariam com curiosidade, quando Lin terminou o relato. — Acho que sei por que você sonhou com isso. É uma das histórias daquele seu livro. O que você me emprestou.

Lin franziu o cenho.

— Que história?

— Queria estar com o livro aqui. Era uma história sobre um dos feiticeiros-reis. — Mariam baixou ainda mais a voz. — Passaram a chamá-lo de Rei Fênix porque ele adquiriu o poder do fogo. Amaldiçoou seus inimigos para que tudo que tocassem ardesse em chamas. Essas coisas estranhas que a gente lê acabam aparecendo em nossos sonhos, Lin.

— Sim — concordou Lin, devagar. — Na verdade, uma coisa que um paciente me disse apareceu no sonho. É malgasiano, creio. *Hollazekyer di niellem pu nag.*

— Que coisa mais esquisita de se dizer. — Mariam ficou intrigada. — É malgasiano mesmo. Quer dizer: "Estão tentando me impedir de me tornar o que sou".

Antes que Lin pudesse responder, foi interrompida por uma voz sibilante familiar.

— Deusa — chamou Oren Kandel, as sobrancelhas escuras franzidas. — Peço desculpas pela intromissão. Tem uma mulher furiosa nos portões procurando por você.

— Uma mulher furiosa? Perguntou o nome dela?

Será que é uma paciente?, perguntou-se Lin.

— Não. — Oren olhou para ela de um jeito arrogante. Era *óbvio* que ele não tinha perguntado o nome da mulher. — Acredito que ela seja de Geumjoseon.

Ji-An?, pensou Lin. No momento, ela não tinha nenhum paciente em Geumjoseon, então quem mais poderia ser? Mas Ji-An não deveria estar na Arena com Kel e os demais?

Será que algo tinha dado errado? Lin despediu-se rapidamente de Mariam e saiu correndo do Kathot. Teve a sensação de estar sendo observada enquanto se dirigia às pressas aos portões. Talvez fosse Aron Benjudá. Mas ao olhar por sobre o ombro, viu que ele parecia concentrado em seus julgamentos e bastante alheio à partida dela, como se não passasse de uma mariposa.

— Olha só para nós — disse Conor. Estava sentado com as costas apoiadas nas almofadas empilhadas sobre um banco no camarote da realeza, uma taça de vinho pela metade na mão. — Como nos velhos tempos. Antes de eu ter que virar, sabe... *responsável.*

O tom dele era leve, mas Kel ficou se perguntando se teria um fundo de tristeza. Era difícil dizer, tratando-se de Conor. Ele sempre fora mestre em evitar realidades desagradáveis — com bebida, cortesãos, jogos de azar ou arco e flecha em ambientes fechados. Agora que não se permitia mais essas fugas estratégicas da realidade, costumava soltar verdades difíceis de engolir em momentos improváveis.

— Você parece ter se acostumado a essas responsabilidades — comentou Kel. Tentou forçar a si mesmo a dar toda a sua atenção em Conor (embora isso não devesse exigir esforço algum). Conor deveria ser o centro de todos os seus pensamentos. Mas sua mente insistia em voltar para Merren, Ji-An e Jerrod, e para os planos deles, agora frustrados. — Acho que muito mais do que imaginou que se acostumaria, a princípio.

A princípio. Kel sabia o que provocara a grande mudança em Conor, mesmo que ninguém mais soubesse. Lembrou-se do momento do lado de fora da Galeria cheia de mortos, quando Conor segurara Kel como se precisasse dele para permanecer de pé. Como sussurrara, cada palavra impregnada de luto: *Agi pelas costas deles por vaidade e orgulho, e agora esse orgulho foi pago com o sangue de outras pessoas. Isto... isto é uma bagunça minha. Minha para limpar.*

— Por necessidade — disse então Conor, girando a haste estreita da taça de vinho entre os dedos longos. — Não por escolha. Às vezes me pego pensando se o fato de ser uma necessidade limita minha eficiência nessa questão.

— Con. Todo mundo que assume a responsabilidade de reinar só faz isso por algum tipo de necessidade.

Conor levantou os olhos para encontrar os de Kel. Estavam delineados a lápis, o que os fazia parecer ainda maiores. Maiores ainda do que quando ele era criança — quando ele e Kel eram meninos e Kel sonhava em enxergar o mundo da mesma forma que aqueles olhos cinzentos enxergavam.

— A maioria das pessoas não escutaria minhas reclamações com empatia, Kellian — falou. — Afinal, estou me lamentando pelas responsabilidades que esse poder traz. Veja só a rapidez com que Artal Gremont voltou para Castellane ao descobrir que o poder da Concessão estava a seu alcance.

Era doloroso ouvir o nome de Gremont, mas antes que Kel pudesse dizer qualquer coisa, um rangido ecoou do centro da Arena. As roldanas e os sistemas hidráulicos do Império ainda funcionavam, cuidados por uma equipe de engenheiros. Duas placas de terra se retraíram e revelaram um poço de água por baixo.

Quase com selvageria, Kel falou:

— Gremont é do tipo que almeja o poder pelos piores motivos possíveis. Antonetta me contou que ele planeja exercer seu direito à Primeira Noite quando se casarem. Acredito que já saiba…?

— Eu já sei — respondeu Conor, baixinho.

Kel se sentou no banco ao lado de Conor.

— E por que não impede isso de acontecer?

— Está achando que um homem igual a Gremont ficaria bravo comigo se eu lhe negasse alguma coisa — falou Conor —, mas não entende a mente dele. É com Antonetta que ele ficaria bravo. E a raiva dele seria descontada nela, não em mim.

— Ela disse que não estava preocupada com a possibilidade de ele a machucar — disse Kel, embora soubesse que tinha falado demais no instante em que as palavras deixaram sua boca.

Conor limitou-se a arquear uma das sobrancelhas de modo singelo.

— Ele não vai machucá-la fisicamente… afinal, ela é uma nobre da Colina, e eles ainda não estão casados. Ele não seria tolo a ponto de fazer algo assim. No entanto, há outras maneiras de ferir. Ele poderia planejar uma vida toda de humilhações e crueldades que talvez nunca chegassem ao nosso conhecimento. — Conor encarou o vinho dentro da taça. — É melhor permitir que ele faça essa exibição de poder. Entende? A questão, para ele, não é possuir o corpo dela. É reivindicar autoridade. Usá-la na frente dos outros.

— Como sabe disso?

— Porque eu o entendo — respondeu Conor, a voz afiada como uma lâmina com o fio voltado para dentro, para si mesmo.

— Não entendo como consegue ter esse sangue frio — comentou Kel.

Conor baixou a taça.

— Acredite em mim quando digo que preferia que não fosse necessário.

O príncipe soou tão cansado que Kel se sentiu dividido. Por um lado, viu-se tomado pela fúria de não haver meio de deter Gremont, de Conor não conseguir impedi-lo, e que ele próprio estava de mãos atadas, sozinho com a fúria amarga e a raiva homicida. Por outro lado, viu-se assolado pelo desespero ao perceber que esses cálculos sombrios eram o que Conor era forçado a fazer o tempo todo e que ele não tinha escolha.

Um rangido diferente irrompeu pela Arena. Portas de ferro se levantaram dos dois lados do campo abaixo, e do espaço escuro lá dentro veio marchando uma fila comprida de crocodilos, cada um com um anel de aço ao redor do pescoço. Correntes estavam presas a esses anéis, e a outra ponta era segurada por treinadores mascarados. Os répteis lutadores que entravam na Arena um a um eram recebidos com gritos e uivos de felicidade.

Kel e Conor assistiram ao desfile em silêncio por um tempo, Conor com os olhos semicerrados. Os animais desfilavam para serem admirados e para que as apostas fossem feitas antes do início das lutas. Kel não tinha muito estômago para esportes violentos, mas precisava admitir que, se tivesse que assistir a alguma luta entre criaturas, sentiria menos empatia pelos monstros aterrorizantes que ficavam à espreita no porto. Pensou em Fausten, nos gritos do homem ao cair na água, no barulho do ataque e no silêncio que se seguiu.

— Às vezes — comentou Conor, rompendo o silêncio como se falasse não apenas com Kel, mas também consigo mesmo —, precisamos nos esquecer de que somos criaturas com sentimentos. Temos que pegar as emoções e enterrá-las. Ou transformá-las em pedra. E torcer para que os Deuses façam sua parte.

Kel não soube ao certo como responder, porque naquele momento Benaset se aproximou do camarote e pigarreou educadamente.

— Monseigneur — disse a Conor —, tem alguém aqui que deseja vê-lo.

O Castelguarda baixou o olhar para Lin — estava um degrau acima dela, o que só aumentava a sensação de que pairava sobre a médica — com uma carranca de superioridade.

— Uma pessoa não pode entrar assim, sem mais nem menos, no camarote da realeza enquanto a família real o estiver ocupando — disse, gesticulando em direção ao camarote adornado com flores, logo acima deles. Dali, Lin conseguia ver Conor e Kel, absortos em uma conversa; nenhum dos dois notara a chegada dela. — Se quer levar uma questão ao príncipe, há outras maneiras…

Lin cerrou os punhos na lateral do corpo. Odiava o que estava prestes a dizer, a fazer, mas lhe restavam poucas opções. Ao sair do Sault, encontrara Ji-An do lado de fora, transtornada. A outra garota lhe implorara para…

Bom. Isso não era lá muito verdade. Ji-An jamais *implorava*. Havia contado a Lin sobre o plano de Kel de interrogar Magali ter ido por água abaixo.

— O príncipe apareceu do nada na Arena — relatara Ji-An. — Sem aviso, sem um pingo de consideração pelos planos dos outros…

— É bem do feitio dele mesmo.

— Vai ter que ser você a interrogar Magali. — Ji-An segurara Lin pelos ombros. — Você é a única que ela vai reconhecer, a única pessoa com quem talvez se disponha a conversar…

— Ora, não seja ridícula. — Lin balançara a cabeça. — Ela não vai me dizer nada. *Mas*… acho que posso ajudar de outro jeito.

E era por esse exato motivo que ela estava ali, prestes a mentir para entrar no camarote real da Arena. Lin jamais fora até ali como espectadora. Quase se engasgara com a poeira ao chegar, sem falar no odor pungente de cebola frita e corpo suado.

— Não tem pedido algum a fazer? — indagou o Castelguarda, lançando um olhar desconfiado a Lin, que já estava em silêncio havia sabe-se lá quanto tempo, confusa. — Se não tiver, terei que pedir que se retire, Demoselle.

Lin respirou fundo.

— Sou neta de Mayesh Bensimon, conselheiro do trono — falou, e viu o rosto do guarda mudar, como já esperava. — Por favor, informe ao príncipe que estou aqui.

O Castelguarda pareceu irresoluto. Lançou um olhar para ela de cima a baixo, mais atento dessa vez, reparando nas cores Ashkar, no cabelo trançado com modéstia. Ela quase conseguia enxergar as engrenagens girando na cabeça dele. O homem nitidamente não gostava da ideia de interromper o príncipe, mas também não queria arriscar a ira de Mayesh ao obrigar a neta dele a dar meia-volta. Sacudindo a cabeça, gesticulou para que Lin o seguisse.

Em algum lugar na arena lá embaixo, Jerrod, Ji-An e Merren a estariam observando conforme ela se apressava atrás do guarda. Agarrou-se a este pensamento para reunir forças e se aproximar do camarote real. Viu Kel e Conor esparramados em um banco longo, adornado com tecidos grossos. Ao lado deles, uma mesa dourada com um jarro e taças de vinho. O cheiro forte de rosas da família Aurelian perfumava o ar poeirento.

— Monseigneur — disse o Castelguarda —, tem alguém aqui que deseja vê-lo.

Lin manteve a postura o mais calma possível enquanto dois pares de olhos cinzentos a avaliavam. Os do príncipe estavam semicerrados; ele parecia a estar analisando em detalhes, como se tentasse se lembrar de quem ela era. Ao lado dele, Kel tinha ficado imóvel, mas fora o máximo que deixara transparecer de sua surpresa. Lin por vezes se esquecia do quanto ele precisava ser um bom ator para cumprir com o trabalho que lhe fora imposto.

— Demoselle Caster — cumprimentou Conor, inclinando a cabeça. O sol fazia reluzir a coroa fina ao redor de sua testa. — A que devemos esta tão agradável surpresa?

Lin falou depressa.

— Monseigneur, trago notícias do meu avô. Ele teria vindo pessoalmente à Arena — acrescentou ela —, mas está idoso, e o sol hoje está forte demais para ele.

Conor abriu um sorriso charmoso. Lin ficou se perguntando se ele o praticava diante do espelho. Aquele sorriso era como o cenário de uma performance artística num teatro, ocultando o que havia por trás.

— Bem, deixe-a entrar, Benaset. Não se pode ignorar uma mensagem do conselheiro.

Benaset deu um passo para trás e Lin entrou no camarote. Algo estalou debaixo de seus pés; ela viu que o chão estava coberto de pétalas secas. Conor permaneceu parado, olhando na direção de Benaset enquanto ele se afastava, o único movimento vindo do tamborilar dos dedos no braço do assento. Kel encarava o chão da Arena, mas Lin percebeu que prestava atenção nela. Esperando para ver o que ela queria, o que faria em sequência.

Com o coração disparado, Lin falou:

— Sieur Kel Anjuman, peço que nos dê licença. Receio que o assunto que venho tratar seja particular. Preciso conversar a sós com o príncipe.

Kel olhou de relance para Conor, que deu de ombros, como se para dizer: *Não tenho nada a ver com isso*, e assentiu. Kel se levantou.

— Sem problemas, Demoselle. Assim terei a oportunidade de fazer uma aposta na luta de hoje. Estou com um bom pressentimento quanto às chances do Morte Verdejante.

Kel se apressou em sair do camarote, lançando a Lin um sorrisinho rápido de cumplicidade ao partir. Era um olhar reconfortante: significava que estavam juntos naquela empreitada, embora estivessem se separando.

Assim que Kel se foi, a expressão de Conor mudou totalmente. Lin percebeu a tensão do príncipe assim que se voltou para ela.

— Eu disse como entrar em contato comigo — falou. — Através dos Castelguardas, não desse jeito…

— Não consegui esperar. Precisava falar com você.

— Aconteceu alguma coisa? Você está correndo perigo?

— Perigo? Não, nada disso — respondeu ela. Para sua surpresa, viu a postura de Conor relaxar. — Mas a mensagem. Sobre o paciente que você me apresentou. Não queria arriscar que caísse em outras mãos que não as suas.

— Então é melhor me dizer o que aconteceu — disse ele, e gesticulou para que ela ocupasse o assento vazio deixado por Kel.

Lin hesitou — mas não estava em posição de recusar. Além do mais, seu objetivo era distrair o príncipe. Acomodou-se ao lado dele no banco. Era um assento confortável, acolchoado em veludo grosso, com apoios macios para os braços. A visão da Arena era de tirar o fôlego; Lin sentiu que conseguia ver cada detalhe do cenário à frente, conforme o grupo de crocodilos, que havia terminado o desfile, era conduzido de volta à escuridão dos covis no subsolo.

A sensação de estar no céu, observando o mundo lá embaixo, era inescapável. Os antigos imperadores costumavam se achar deuses; dali era fácil de entender o porquê.

— Uma vista magnífica de um lugar em ruínas — falou o príncipe, e Lin percebeu que ele observava sua reação. Conseguiu enxergar a própria fascinação refletida no rosto de Conor.

— Em ruínas hoje em dia — comentou. — Mas dá para ver que um dia já foi glorioso.

— Nunca pensei que tivesse interesse na arquitetura do Império.

A situação era estranha, pensou Lin. Apesar da nítida urgência da mensagem que Lin tinha para transmitir, o príncipe não parecia lá muito interessado em ouvi-la, ao menos não de pronto.

— Todo mundo se interessa por coisas bonitas — falou ela.

Depois de uma pausa, ele murmurou um "sim", com um tom tão estranho que fez Lin voltar o olhar para o príncipe. No entanto, Conor já tinha lhe dado as costas e inclinado-se para alcançar uma garrafa dentro do baú de gelo.

Ele a colocou sobre a mesinha baixa entre os dois. O vidro da garrafa era de um vermelho intenso, e a condensação já escorria pelos lados. Quando ele serviu o líquido em duas taças de cristal, a cor quase não mudou, forte e escura como sangue.

— Gostaria de um pouco de *rubarbaro*? — indagou o príncipe, estendendo uma das taças cheia do conteúdo escarlate para ela. Lin a pegou com um movimento automatizado. Sentiu o cristal gelado em seus dedos, uma sensação agradável.

— É feito de raízes de ruibarbo shenzano. Os sarthianos adicionam cardamomo e limão para suavizar o amargor.

Lin reconsiderou por um instante. Raramente bebia; no máximo um vinho suave em festivais e casamentos. Deu um gole e quase se engasgou; o sabor do ruibarbo quase fora eclipsado pelo fogo do álcool.

— Tem gosto de remédio — comentou, antes que conseguisse se conter.

Para a surpresa dela, o príncipe riu. Ele segurava a própria taça entre os dedos, o vermelho vibrante do líquido contrastando com o linho branco das vestes que usava. Lin não se lembrava de tê-lo visto todo de branco antes. Ficava com um ar de sacerdote devasso.

— É, acho que tem mesmo. Odiava o gosto quando era mais jovem… não apenas do *rubarbaro*, mas de qualquer bebida alcoólica… mas a gente se acostuma. E os efeitos valem a pena.

Lin olhou desconfiada para a taça. Estava prestes a baixá-la quando, lá embaixo, na Arena, avistou Kel se aproximando de Magali. Agindo por impulso, deu um gole rápido, tossiu e se virou para o príncipe, que estava observando e achando graça.

— Seu pa… — começou ela, mas parou e lambeu os lábios, saboreando o ruibarbo. — O paciente no qual nós dois temos interesse — corrigiu-se. — Examinei o medicamento. Mais de uma vez. Para ter certeza.

— Certeza de quê? — Conor já esvaziara a taça de que se servira. Ela não percebeu nenhum efeito do álcool nele, que se serviu de mais um pouco com gestos casuais, descontraídos. Lin observou o líquido vermelho se derramar no cristal e refletiu, por um instante, se Ji-An e Merren estariam olhando. Será que estariam se perguntando o que ela estava fazendo?

— O composto tem um efeito sedativo, mas não é só isso. Leva uma espécie de barbasco no preparo. Um veneno. E não é uma dose baixa. Alta o suficiente para ser letal.

O príncipe ficou imóvel. Reclinou-se lentamente no assento com a taça na mão, sem tirar os olhos da Arena.

— Mas já faz anos que ele toma esse remédio — comentou Conor, por fim. — Se a intenção de Fausten era matá-lo, ele já não teria morrido há muito tempo?

— Não sei dizer o que Fausten pretendia fazer. Nem como o paciente ainda está vivo. Só sei que está. E é evidente que a substância o afetou, mas não posso afirmar se foi pelos efeitos diretos dela ou pela possível dependência que o paciente desenvolveu em relação a ela.

— Dependência? Como se o preparado fosse sumo de papoula? Mas viciados ficam desesperados. Fazem o que for preciso para conseguir mais da substância. Não me parece uma descrição que combine com o nosso paciente.

— Não parece mesmo — concordou Lin. — Mas não se sabe muito sobre essa espécie de barbasco, já que geralmente qualquer dose da planta é suficiente para matar. Se alguém sobrevive após ingeri-la, é difícil afirmar o que pode acontecer.

Conor ficou em silêncio, o olhar introspectivo e pensativo. Lin tomou mais um gole do *rubarbaro*, dessa vez sem se engasgar. Um calor começou a irradiar de seu estômago, fazendo sua pele pinicar. Sentia o sol, forte demais sobre a própria pele e a do Príncipe Conor. Iluminava o rosto dele de um modo que destacava a cicatriz branca em sua têmpora, como um fio de prata na pele. A coroa que ele usava parecia brilhar entre os cachos escuros de seu cabelo; tão escuros que devia absorver o calor do sol. Se alguém passasse a mão neles, sentiria os fios quentes e macios feito seda preta.

— Será que o paciente não pode ter desenvolvido uma resistência ao veneno ao longo dos anos? — perguntou o príncipe, por fim. — Talvez Fausten tenha começado com doses pequenas e aumentado aos poucos.

Lin refletiu sobre aquilo e baixou a taça na mesa. Para seu espanto, viu que estava vazia. De algum modo, ela bebera todo o *rubarbaro*.

— É possível. A planta é comum nas montanhas de Malgasi; talvez Fausten tenha ouvido falar da existência dela e de usos que vão além dos que conhecemos em Castellane. Infelizmente, não há muitos livros sobre florticultura no Shulamat…

O príncipe arqueou uma sobrancelha.

— Você disse *florticultura*?

— Floricultura — respondeu Lin, com arrogância. — Eu disse floricultura. O estudo de…

— Plantas que dão flores, eu sei. — O príncipe olhou para ela com atenção. — Está bêbada?

Lin franziu o cenho.

— Não sei. Nunca fiquei bêbada.

O príncipe sorriu. Não era o mesmo sorriso de antes, ensaiado. Era um sorriso genuíno, sem nenhum traço de falsidade.

— Sou uma médica bastante ocupada — acrescentou ela. — Não tenho tempo para ficar bêbada.

— Gasquet também é médico e fica bêbado o tempo todo — comentou o Príncipe Conor.

— Sim — retrucou ela. — Mas ele é um médico muito, muito ruim. Por isso você recorre a mim quando o assunto é sério. E já fez isso — disse ela e contou em voz alta usando os dedos — três vezes. *Três*.

Os olhos de Conor brilharam. Por algum motivo, o divertimento óbvio dele mexeu com o coração de Lin. Não que tivesse algo a ver com ele enquanto pessoa, relembrou Lin. Era como a sensação que a Arena despertava. *Todo mundo se interessa por coisas bonitas.* Ainda que fosse injusto que Conor fosse um príncipe e, ainda por cima, tão bonito. Era a mesma coisa que ser muito rico e ao mesmo tempo muito sortudo; uma pessoa só deveria ser uma dessas duas coisas.

— Tive uma ideia — propôs ele. — Existem diversos textos sobre *floricultura* na biblioteca do Palácio, devido à obsessão da minha mãe por jardins.

— Você já foi à biblioteca do Palácio? — Lin não conseguiu esconder a surpresa.

— Suas suposições a meu respeito são realmente bizarras — comentou ele. — Pelo visto, me considera um analfabeto e não tem receio de dizer isso na minha cara. O que é… raro.

— Só não achei que você…

— Que eu soubesse ler? Juro que faz parte do meu ofício… e não só em uma, mas em *várias* línguas. Além disso, eu *gosto* de ler. Poderia até mostrar meus livros favoritos, mas acho que diria que são bobos.

Lin fez um som de indignação.

— Amanhã à noite haverá um banquete ao qual posso faltar, se for necessário. Venha até Marivent. Vou lhe conceder acesso à biblioteca. Aí você pode me ajudar a procurar informações sobre essa tal raiz.

Então ouviu-se um som alto de trituração. Dois portões da Arena estavam se abrindo. De cada um deles saiu um crocodilo imenso — sem dúvida os maiores que haviam desfilado mais cedo. Agora que eram apenas dois, dava para vê-los com maior riqueza de detalhe: tinham anéis em volta do pescoço, presos a correntes. As escamas brilhavam; as carapaças haviam sido ornamentadas, uma a uma, com joias, cada uma simbolizando uma vitória em combate. Também era possível ver cicatrizes brancas marcando os olhos e as mandíbulas das criaturas.

Na outra ponta das correntes estavam os treinadores dos animais. Homens imensos, com ombros largos como os de remadores, controlavam as feras com uma mistura de força e prática. Não eram os mesmos crocodilos que habitavam o porto de Castellane; haviam sido criados como animais de briga, e como tal, respondiam a seus treinadores. Ainda assim, era um trabalho perigoso: Lin já tratara de um treinador cuja perna fora arrancada do joelho para baixo pela fera que treinava.

Os homens soltaram os animais, que avançaram um contra o outro estalando suas bocarras. A acústica da arena fez os estalos ecoarem até a multidão, que reagiu gritando os nomes de seus lutadores favoritos — *Cauda Dupla! Morte Verdejante!* —, embora Lin duvidasse que os crocodilos se importassem.

Em meio à algazarra e aos exaltados, Lin viu outro movimento. Era Kel que subia os degraus da Arena após a conversa com Magali. Lin devia ter deixado escapar um som de surpresa — quase se esquecera de que seu propósito no camarote era distrair o príncipe. Conor olhou para ela e falou:

— Você não gosta? De ver os crocodilos?

— Ah, não tenho medo deles, não. — O calor do álcool começava a se dissipar; deixando em seu lugar um leve enjoo. — A verdade é que não tenho interesse algum de ver dois seres vivos, por mais brutais que sejam, matando um ao outro.

— É raro que se matem de verdade — respondeu o príncipe apontando para o chão da Arena. — Está vendo aquele círculo branco desenhado a giz no chão? Cada crocodilo precisa forçar o outro para fora dos limites. O que for empurrado para fora do círculo perde. Eles brigam por território, igual às pessoas. Matar não é o primeiro passo; o jogo da dominância vem antes. A questão é o quanto você consegue resistir — acrescentou — enquanto outra criatura tenta tirar algo de você.

— Mas eles se machucam — disse Lin. — Ficam se mordendo, cortando e fazendo o outro sangrar.

— Claro. — Havia um brilho esquisito nos olhos do príncipe enquanto analisava o rosto de Lin. — Eu tinha me esquecido do quanto seu coração pode ser gentil.

Lá embaixo, na Arena, os crocodilos circundavam um ao outro de cabeça baixa, grunhindo. Lin queria dizer: *Sou sempre delicada. Meu trabalho é curar. Sou médica. Vejo as sombras em seus olhos, ouço o amargor em sua voz quando fala do seu pai. Sei que é acometido por pesadelos. Kel me contou. Sinto suas feridas. Como eu poderia não as sentir?*

Mas logo emendou o pensamento: *Ele me deu uma ordem enquanto príncipe*, e o gosto do *rubarbaro* amargou o fundo de sua garganta.

— Bem — disse ela, colocando-se de pé. — Esse tratamento não se estende para príncipes. Só para crocodilos. — E com isso, saiu do camarote sem olhar para trás.

Passou pelos Castelguardas na longa escadaria e ouviu a multidão rugindo enquanto andava sem parar; as feras haviam começado a lutar.

Muito bem, Lin, pensou Kel ao descer os degraus da Arena. Sem a sombra provocada pela cobertura do camarote real, o local estava ainda mais quente do que antes, além de ainda mais abarrotado. A atmosfera era densa e salgada, como se o mar e o ar tivessem se mesclado no horizonte.

Lin fora rude para conseguir separá-lo de Conor. Fizera um uso inteligente de seu parentesco com Mayesh. Se bem que ela certamente precisaria bolar um plano para manter Conor distraído pelos quinze minutos seguintes, no mínimo.

Ele sabia que, em algum lugar na Arena, Ji-An e os demais o observavam conforme ele se aproximava da parte mais baixa da arquibancada, onde Magali Berthe estava sentada sozinha.

Kel se acostumara a ver Magali, na Colina, vestida de cor-de-rosa e prateado, como ditava o uniforme Alleyne. Mas ali ela usava roupas que eram comuns a todas as mulheres de Castellane, de lojistas à esposa de um taverneiro: um vestido de algodão marrom sobre uma túnica de linho. No colo, um prato de cerâmica com doces: nata frita, *pasteli* de gergelim, biscoitos de especiarias de Hanse. Os olhos fixados nos crocodilos que desfilavam pela Arena.

Kel atravessou uma aglomeração — algumas pessoas o encararam; talvez o tivessem reconhecido como uma das companhias do príncipe — e se plantou diante de Magali. Ela mastigava um *macun* — um caramelo de especiarias envolto em um palito, popular nas Estradas de Ouro.

Kel sentou-se ao lado dela no banco de pedra.

— Domna Berthe — cumprimentou ele. — Que belo dia para vir à Arena, não acha?

Pega de surpresa, ela se virou para olhar para ele e quase derrubou o *macun*. Na luz forte e que incidia sem barreiras sobre os dois, Kel percebeu que ela era mais velha do que imaginara, estando mais para a casa dos sessenta que dos cinquenta, rugas fundas de preocupação marcavam os cantos dos olhos e da boca.

— Sieur Anjuman. — Ela inclinou a cabeça. Kel percebeu que ela obviamente se perguntava o que ele estaria fazendo ali. Decerto nobres não deveriam conversar amenidades com criados, mas ele era um nobre *estrangeiro*, não era? Marakandês de nascença; de costumes talvez um pouco peculiares. Por fim, ela disse em um tom levemente carrancudo:
— Tenho todo o direito de vir aos jogos, Sieur. Estou de folga hoje e a minha senhora me deu permissão.

Kel respondeu com leveza:

— Vejo que é uma criada bastante leal às Alleyne. Acredito que Liorada... sua patroa... depende muito da senhora.

Magali pareceu emplumada feito uma ave alvoroçada.

— Sim, ela conta muito comigo. Para tudo.

— Você é a mão direita dela — comentou Kel, mantendo a voz baixa e delicada —, ajuda na criação da filha, na manutenção da casa, na organização de festividades, na redação de suas correspondências...

Magali assentiu, intrigada, mas contente pelo reconhecimento.

— E quando ela mais precisou da sua ajuda, Domna Berthe, a senhora lhe prestou auxílio ao contratar mercenários para o assassinato da princesinha de Sarthe.

Magali ficou pálida. A cumbuca de cerâmica escorregou de seu colo; Kel a pegou antes que se espatifasse.

— Minha patroa jamais... — começou Magali, mas parecia não saber o que dizer em seguida. Passou os olhos pela Arena com ansiedade. Talvez procurando por saídas?

— Não fuja — declarou Kel, mantendo a voz calma. — Vai ser pior.

— O que quer de mim? — sussurrou ela. Ao longe, um rugido irrompeu da multidão para sinalizar que a primeira gota de sangue fora derramada no chão da Arena.

— Somente a verdade. Quero saber o que aconteceu.

Magali sacudiu a cabeça.

— Não pode me pedir para trair minha patroa.

— Então vou contar o que já sei — sugeriu Kel, pegando um pedaço de *loukum* da tigela que, por algum motivo, ele ainda segurava. — Você costuma frequentar essas lutas aqui na Arena. Acredito que tenha sido assim que entrou em contato com Raimon, também conhecido como Serpente Cinzenta. A senhora ofereceu quinhentas coroas a ele e ao bando de mercenários dele para que atacassem a Galeria Brilhante... mais especificamente, a Princesa Luisa e a delegação de Sarthe que a acompanhava. Algo deu errado... Raimon disse que haviam prometido uma rota de fuga a eles, mas que não aconteceu como o combinado... e o resultado foi um massacre generalizado. — Ele jogou o *loukum* na boca e sentiu o gosto de açúcar e de rosas. — Errei alguma coisa?

As manchinhas vermelhas nas bochechas de Magali de repente ficaram evidentes feito hematomas.

— Quem mais sabe disso? — sussurrou ela.

— Umas poucas pessoas. A Casa Aurelian *ainda* não sabe... e se quiser que as coisas continuem assim, precisa me ajudar. Raimon disse que *você* era o contato dele, mas presumo que a senhora estivesse agindo em nome da sua patroa. Não sei onde mais teria conseguido essa quantia. E embora eu saiba que Lady Alleyne tinha esperanças de que o príncipe se casasse com Antonetta, não consigo imaginar por que pensaria em ferir o Sangue Real dessa forma...

— Ela não fez isso! — arquejou Magali. — Ah, que coisa mais horrorosa! — A criada balançou as mãos calejadas. — Não foi isso que a minha patroa fez. Ela jamais faria algo assim.

— Mas fez.

— Minha patroa é leal à Casa Aurelian. Os sarthianos mandaram aquela... aquela princesinha pirralha para nos humilhar. Para humilhar Castellane e nossa família real. Minha patroa só queria retribuir o vexame. Já que mandaram uma criança, a ideia era assustá-la do jeito que se assusta uma criança. Era para ter sido só uma pegadinha.

— Me parece bem improvável — comentou Kel — contratar mercenários para um trabalho e eles entregarem outro. Os homens foram enviados para matar.

— Minha patroa não deu as instruções aos mercenários. Ela não estava no comando, Sieur Anjuman. Havia outros... alguém que dava instruções, fazia exigências... — A voz de Magali começou a ficar mais alta.

— Quem? — indagou Kel. — Quem estava dando instruções? Quem estava no comando disso tudo, se não Lady Alleyne?

Magali comprimiu os lábios com força.

— Você sabe que sua patroa cometeu traição, certo? — perguntou Kel. — E que a pena para isso é a forca, pois ela é nobre. Não vai poder proteger você se isso acontecer. As paredes da Trapaça vão se fechar ao redor de vocês duas.

— Não. — Magali piscou depressa, sacudindo a cabeça de um lado para o outro. — Eu não sou traidora coisa nenhu...

— Então me fale — pediu Kel, a voz baixa e urgente. — Se sua patroa não deu a ordem para a matança, *quem deu*?

— Por favor — arquejou Magali. — Precisa acreditar em mim. Aconteceu um ou dois dias após os assassinatos na Galeria. Entreouvi uma conversa da minha patroa na sala de leitura. Ela discutia com alguém e disse: "Como é que isso foi acontecer? Era essa a sua intenção desde o início? Essa matança, essa destruição?" E uma voz lhe respondeu. Uma voz nefasta e grossa que eu nunca ouvi na vida. — Magali estremeceu. — Ela disse: "Agora você também faz parte disso. Se sequer pensar em me trair, nossa ruína será conjunta, e sua queda será mais severa que a minha."

Uma voz nefasta e grossa. Kel se lembrou da figura de preto no telhado, a voz rouca que disse: *A sua sorte é que você ainda tem serventia para mim, Portador da Espada.*

— E a senhora não faz ideia de quem estava conversando com Lady Alleyne?

— Não. *Não.* — Magali respirava com dificuldade. — O visitante chegou mascarado e todo coberto de preto, e partiu da mesma forma, em uma carruagem sem identificação. Depois de recebê-lo, minha patroa se fechou em seus aposentos pelo restante do dia. Eu a ouvi chorando do outro lado da porta. — Magali olhou ansiosa para Kel. — Entendeu agora? Não foi culpa dela. Se encontrar a pessoa que ameaçou minha patroa, vai encontrar quem planejou o massacre.

— Uma figura misteriosa, toda de preto, que se locomove em uma carruagem sem identificação? — O tom de Kel fez Magali se encolher novamente. — Se eu contar essa historinha para o Legado Jolivet, ele vai achar que você inventou essa pessoa, Magali, para distrair nossa atenção e livrar Lady Alleyne da culpa. Se não tiver mais nenhuma outra prova…

— Tem mais uma coisa. — Os olhos de Magali agora estavam vermelhos. — Minha patroa recebeu uma carta uns dias atrás. Teve uma crise de raiva por conta da correspondência. Eu… talvez eu tenha recolhido a correspondência do lixo. Queria saber o que a havia deixado naquele estado.

— O que dizia a carta?

— Exigia que ela comparecesse a uma reunião noturna no dia da cera. Em Tyndaris. Para discutir *uma questão de lealdade*.

— Tyndaris? — Kel franziu o cenho. As pessoas tendiam a evitar a ilha submersa, tirando os peregrinos religiosos determinados a visitar a Capela das Mil Portas, acessível apenas na maré baixa.

— Sim. — A voz de Magali estava firme. Kel conhecia mentiras e a sonoridade delas. A mulher não estava mentindo; disso ele não tinha dúvida. Também sentia que ela não tinha nada mais a lhe dizer.

Se colocou de pé, o gosto do *loukum* doce e grudento demais em sua língua.

— Não conte a ninguém sobre essa conversa, Domna Berthe. Do contrário, ficarei sabendo, assim como o Legado. Estamos entendidos?

Magali assentiu; seu espírito parecia ter deixado o corpo, como se ela não tivesse energia para nada além de aquiescência. Kel saiu e a deixou contemplando, atônita, a Arena, sem sinal de que via os crocodilos, agora soltos, circundando um ao outro, na tentativa de morder o flanco do oponente com mandíbulas manchadas de sangue.

Kel se virou em direção à escada que conduzia ao camarote real ainda pensando em Magali, no medo que vira nos olhos dela quando tocara no assunto da Trapaça, da Lei, do Legado. Nunca tinha se utilizado do privilégio de ser Kel Anjuman para ameaçar alguém. Ficou surpreso ao perceber que aquilo não o incomodava tanto quanto ele teria imaginado.

JERROD

Jerrod não gosta do que está acontecendo. Nem um pouco.

Desde que Kaspar tinha se sentado no banco à sua frente no restaurante de massas com a notícia de que Prosper Beck, enfim, retornara, Jerrod ficara preocupado. Sempre soubera que Beck, seu antigo chefe, retornaria, e que, quando isso acontecesse, voltaria a entrar em contato. Ainda era capanga de Beck; jurara que sim. No entanto, tinha subestimado o quanto se acostumaria à nova vida na Mansão Preta.

Jerrod se uniu à equipe de Andreyen na intenção de não criar nenhum tipo de vínculo. Não fazer amizade, apesar da atmosfera que induzia ao contrário. Seu plano falhou miseravelmente.

Talvez, em segredo, tivesse pensado que o coleguismo na mansão fosse pura fachada, tão mentiroso quanto o armazém onde se encontra naquele momento, com placas do lado de fora indicando que se trata de um salão de apostas. Muito tempo antes, Beck de fato usou o salão para conduzir uma jogatina. Mas hoje em dia o mesmo local abriga algo bem diferente de jogos.

O que Jerrod não pôde prever foi o quanto as pessoas na Mansão Preta eram apegadas umas às outras. Tinha crescido em meio a criminosos; muitos dos quais viviam sozinhos por necessidade. Quando os Vigilantes chegavam, era comum que se fugisse sem olhar para trás, sem verificar se o parceiro também estava fugindo. Na verdade, era até possível que se considerasse esfaqueá-lo para que ele não entregasse seu nome no Tully.

A equipe de Andreyen Morettus não era nada assim. Preocupavam-se uns com os outros. Jerrod tinha até certo receio de que se preocupassem com ele.

E também tinha Merren. Os demais — Kel, Ji-An e o próprio Andreyen — talvez tivessem uma pulga atrás da orelha com Jerrod. Não podia culpá-los por isso. Merren, no entanto, confiava nele. Para um envenenador que prestava serviços a um criminoso famoso, Merren confiava nos outros com muita facilidade, mas Jerrod gostava de pensar que...

Passos nos degraus do armazém arrancam Jerrod de seu devaneio. Até então esperava no corredor, mas então caminha até a portinha de um escritório apertado e dá uma olhada lá para dentro. O homem enorme atrás da mesa veste um casaco escarlate e prateado, como sempre; o que de certa maneira faz seu tamanho parecer ainda mais imponente.

— Vou trazê-los — anuncia Jerrod.

Ele recebe um aceno rápido em resposta, bastante típico de Beck. Jerrod volta até o corredor, onde duas pessoas acabaram de chegar.

Uma delas ele conhece de nome e de vista: Artal Gremont. Ao lado dele vê aquela mulher malgasiana. Ninguém chegou a falar o nome dela a Jerrod, apenas que ela é alguém importante nos círculos de poder malgasianos e que está determinada a ter uma conversa com Beck. Seu cabelo é escuro e comprido, o rosto é magro. Está vestida com uma capa de veludo preto de bom corte. Uma corrente de ouro que reluz em seu pescoço é a única joia que ostenta.

— Os guardas lá embaixo nos mandaram subir — informa Gremont, desnecessariamente. Não estariam ali se Kaspar não os tivesse direcionado.

Jerrod gesticula para que os dois entrem no escritório e eles passam pelo subordinado sem nem olhar em seu rosto. Ele fica parado por um momento, a mão à porta. É o mais perto que já esteve de Artal Gremont, e é tomado de surpresa pela náusea que retorce seu estômago. Jerrod nunca tivera a nobreza em alta conta. Embora trabalhem dentro dos limites da Lei, trapaceiam, mentem e roubam igual a qualquer outra pessoa. A crença de que, por algum motivo, são melhores parece ao mesmo tempo distante e ridícula.

Contudo, Gremont é bem esquisito — tão odioso que os outros nobres o enviaram para longe de Castellane. E ele tinha feito mal a Merren, a pessoa que menos merecia isso no mundo.

Jerrod entra no escritório.

— … e você sabe que a cidade precisa de alguém na liderança — diz a mulher. Ela tem um sotaque malgasiano acentuado, o que não surpreende.

— Temos uma monarquia aqui em Castellane que funciona até que bem — diz o homem atrás da mesa. — E um rei.

— O Palácio é um caso perdido de corrupção — afirma a malgasiana com rispidez. Nada nela é delicado. Tem o aspecto sorrateiro de alguém à espreita para atacar: uma ave de rapina ou uma cobra enrolada.

— Isso não faz a menor diferença para mim. — O homem atrás da mesa cruza as mãos sobre a barriga. — Mas temos outro rei aqui. O rei da cidade.

— Ele só faz as vontades do Palácio — debocha ela. — Mais do que imagina.

Interessante, pensa Jerrod.

— O jogo está prestes a mudar, Beck — alerta Gremont, a voz rançosa. — Sabe o que isso significa.

O homem a quem ele chama de Beck limita-se a dar de ombros.

— Está querendo dizer que vai haver uma redistribuição de poder — fala Jerrod rapidamente.

A mulher malgasiana lança um olhar na direção dele.

— Exato. — Ela assente. — As coisas vão mudar, tanto na Colina quanto na cidade. Alguns cairão, outros ascenderão. Os dias do Rei dos Ladrões estão contados. Precisamos de alguém independente governando as ruas. Alguém com quem eu possa trabalhar. Será que eu poderia trabalhar com você?

Jerrod sente como se pequenos redemoinhos de nervosismo estivessem se abrindo na boca de seu estômago, fazendo os batimentos cardíacos acelerarem. Ele esperava que a mulher estivesse ali para fazer algum tipo de acordo com Beck, talvez comprar algo ilegal. Armas ou algo do tipo. Mas aquilo — a expectativa implícita de que Beck se aliasse a ela contra as duas maiores forças na cidade — dispara todos os alarmes mentais de Jerrod.

A mulher sustenta o olhar do homem atrás da mesa, encarando-o. Por fim, ele diz:

— Pensarei a respeito. — Desvia os olhos dos dela. — Preciso de um tempo.

Ela entorta um dos cantos da boca estreita.

— Ah, sem dúvida — responde, depois parece hesitar, como se algo lhe tivesse ocorrido de repente. — Mas, só por curiosidade, por que odeia tanto Conor Aurelian?

Jerrod tenta analisar a expressão do homem atrás da mesa, mas é tarde demais. Ele dá de ombros casualmente e diz:

— É um corrupto. Assim como todos os nobres.

— Ah, sim — responde a mulher, mais como um suspiro leve do que como palavra. Um momento depois há um lampejo prateado, como se uma ave metálica tivesse alçado voo. O homem atrás da mesa cai para trás, agarrando o pescoço na área em que foi perfurado, e tudo o que se vê é o cabo de uma faca.

Jerrod leva a mão para a lateral do corpo antes que tenha tempo de pensar, a palma encontrando o cabo da adaga. Mas antes que consiga pegá-la, sente o corpo ser jogado para trás, as costas batem com força na moldura da porta. A mulher se materializa à sua frente, o rosto a centímetros do dele, os olhos de ave de rapina reluzem. Ele nunca viu ninguém se mexer com tamanha agilidade.

— Ajudantezinho — diz ela, os dedos brancos roçando o peito de Jerrod. — Pare de tremer. Vou permitir que fique vivo, e o único motivo é: vá até Prosper Beck, o verdadeiro, dessa vez, e diga a ele que Elsabet Belmany o procura e não gosta de ser feita de idiota. E que não irei perdoá-lo assim tão fácil por tentar me enganar com um truquezinho barato. — Ela sorri, um lampejo de dentes brancos nas sombras. — Avise a Beck que vou voltar a contactá-lo, e, da próxima vez, deixarei que Gremont faça o que bem entender com ele. Gremont ama infligir dor, e é muito bom nisso… não é, Artal?

Gremont assente à luz fraca, o rosto impassível. Nesse momento, Jerrod percebe o quanto o homem está comendo na mão da princesa malgasiana. Fará questão de contar isso a Beck mais tarde. É exatamente o tipo de coisa que seu chefe gostaria de saber.

Um momento depois, sem emitir som algum, a mulher vai embora, deixando Jerrod a sós no cômodo com Artal Gremont, que encara o corpo caído sobre a mesa com um leve desdém. Esse tipo de coisa, pensa Jerrod, é típico da nobreza: estão dispostos a dar a ordem para um derramamento de sangue, mas não gostam de ver a lambança.

— Esse aí… não era o Beck? — indaga Gremont.

Jerrod não vê razão para mentir.

— Não.

— Que burrice — comenta Gremont, um pouco mais incisivo. — Foi burrice da parte do seu chefe.

Uma sombra de sorriso perpassa os lábios de Jerrod.

— É bom torcer para nunca conhecer meu chefe.

Os olhos de Gremont se tornam mais sombrios. Não que Jerrod se preocupe com isso. A companheira dele encarregara Jerrod de enviar uma mensagem, e não ia gostar nem um pouco se Gremont interferisse. Gremont também sabe disso; então xinga e dá as costas a Jerrod, saindo do cômodo a passos duros feito um bebezão irritado.

Jerrod já nem se lembra mais dele. Atravessa a sala e se inclina ao lado do cadáver, olhando para a poça de sangue que se espalha lentamente pela mesa. Olhando para o rosto do homem morto.

Bron. Tinha sido um dos homens de Beck por muito tempo, quase tanto quanto Jerrod, e este se lembrava de quando Bron aprendeu a imitar os trejeitos de Prosper Beck com exatidão: o que dizer ou não dizer, o que vestir, o sotaque correto. Assemelhava-se ao trabalho de Kel, pensou Jerrod, quando descobriu como de fato era o trabalho de Kel, e mais tarde se perguntou se fora assim que surgiu a ideia para Beck.

Jerrod bufa.

— Que passe livremente pela porta cinza, meu irmão.

Ele toca o ombro do outro homem de leve, sentindo o tecido áspero da jaqueta de brocado da qual Bron se orgulhava tanto. Sentindo-se subitamente exausto, Jerrod se joga na cadeira à frente do homem morto. Passa um bom tempo sentado ali.

ONZE

Os lampiões foram regulados à meia-luz nos aposentos reais; já passava da meia-noite. Kel estava sentado na cama, recostado em uma fortaleza de travesseiros, assistindo a Conor trabalhar.

Conor parecia estar debruçado sobre uma série de mapas, analisando cada um deles e fazendo anotações em sua caligrafia fina e espalhafatosa. (Kel conhecia a letra de Conor tão bem quanto a dele próprio: para todos os efeitos, *era* mesmo a escrita dele. Aprender a escrever foi uma consequência secundária; a prioridade era aprender a caligrafia de Conor.) O príncipe já estava nessa atividade havia algumas horas, desde que tinham retornado da Arena, parando apenas para se espreguiçar ou jogar um pouco de água no rosto.

— Você deveria fazer uma pausa para comer — disse Kel, quebrando o silêncio. — A refeição que Dom Valon trouxe vai acabar esfriando.

Conor franziu o cenho para o prato perto de seu cotovelo.

— Já esfriou.

— Então mande chamar Delfina e peça para que ela traga outro prato. — Kel deixou as pernas penderem na beirada da cama. — Fiquei surpreso ao ver Lin na Arena hoje — continuou ele, com cautela. — E ao ver você rindo com ela. Achei que não ligasse muito para ela. — *Sei que é isso o que você quer que eu pense. Mas o que eu também sei é que é raro alguém fazer você rir de verdade. E que é raro você olhar para qualquer pessoa do jeito que olha para Lin.*

Conor deu de ombros sem levantar a cabeça.

— Ela é a melhor médica que conheço. Nós dois somos prova disso.

Kel deixou as palavras ficarem suspensas entre os dois por um tempo e, em seguida, falou:

— Então você decidiu...?

Conor baixou a pena.

— Pedir para ela ajudar meu pai, sim. Pedi que replicasse o remédio que Fausten estava dando a ele.

Seu remédio, gritara Fausten, poucos momentos antes de o rei empurrá-lo do penhasco para a morte. *Apenas eu posso fazê-lo. Se você me matar, sua doença ficará pior. Você sabe o que está por vir, meu senhor.*

— E acha que essa é a melhor maneira de agir? Não sei se Fausten era assim tão confiável — comentou Kel.

— Confiável ou não, meu pai estava melhor quando tomava a poção dele. Piorou agora. E nosso tempo está se esgotando. — Abruptamente, levantou o olhar para Kel. — Não tenho esperanças de que o meu pai volte a ser quem era, Kel. Mas ter um pai que consiga se comunicar comigo e falar de forma coerente já seria um grande avanço. E não podemos escondê-lo para sempre. Faz os Aurelian parecerem fracos.

Memórias retornavam a todo vapor naquela noite. Kel relembrou as palavras do Assassino Sombrio na noite do massacre na Galeria. *Você está no limiar da história, Portador da Espada, pois este é o começo da queda da Casa Aurelian.*

— Bem — disse Kel —, este não é um golpe de espada para que eu possa bloqueá-lo por você. Mas ajudarei como for possível.

Conor mordeu a ponta da pena, absorto em pensamentos, e disse:

— Assuma meu lugar no banquete amanhã à noite.

Kel sentiu uma decepção perversa; esperava que pudesse agir de forma mais direta.

— Tem certeza? A última vez que assumi seu lugar em um banquete, não acabou bem.

Aquilo era um eufemismo. Conor olhou feio para ele.

— É bem improvável que aquilo aconteça duas vezes consecutivas, não acha?

Kel não conseguiu conter uma risada.

— Por acaso Jolivet e Bensimon sabem desse seu plano? Ou a rainha?

— Jolivet sabe. Os demais, ainda não. Se chegarem a questionar por que não me fiz presente, diga que estou bêbado ou em um bordel. É só não contar que vou me encontrar com Lin Caster na esperança de ajudar meu pai.

— Não sei se acreditariam se eu falasse do bordel. Seus hábitos mudaram bastante.

— Diga que tive uma recaída. Melhor ainda, que tive uma recaída e fui buscar o perdão do Hierofante para os meus pecados. — Conor fez um gesto vago. — Tenho certeza de que vai conseguir inventar alguma coisa assim.

— E o que devo dizer a Anjelica? Sua futura esposa.

— Eu mesmo contarei a ela que não estarei presente — respondeu Conor, para a surpresa de Kel. — Posso ser direto com Anjelica. É o que ela deseja, o que é um alívio. Embora eu não possa contar a ela sobre o meu pai — acrescentou, batucando a pena contra os dentes. — Seria ir longe demais.

— Sinto muito que tenha que guardar esse segredo — disse Kel. Sabia o peso que segredos traziam.

Quando ouviu o que Kel tinha acabado de dizer, Conor sorriu — aquele sorriso raro e escancaradamente sincero.

— Pelo menos posso contá-lo a você — comentou ele. — Você é o único em quem posso confiar.

Como um gladiador que já fora famoso voltando à Arena para provar que os anos não lhe haviam roubado a habilidade, a Rainha Lilibet lançou mão de todo o seu talento para entreter convidados no banquete da recepção de Anjelica.

A Galeria Brilhante continuava fechada, as portas trancadas desde aquela noite fatídica, então Lilibet decidira aproveitar o clima quente e realizar o banquete na área externa, no Jardim da Rainha, com seus muros cobertos de videiras e o laguinho central, revestido de ladrilhos pretos para refletir com perfeição as cores da mudança da lua. A noite estava tingida de um azul sutil, feito vinho valderano.

Do lado de fora do jardim, no zunir do crepúsculo, Kel — com Benaset em seu encalço, um guarda silencioso — aguardava por Anjelica. Toda a nobreza já havia chegado. Apenas Anjelica estava atrasada, embora isso não fosse surpresa para ninguém. Na qualidade de nova princesa, era esperado que ela fizesse uma entrada memorável.

Apesar de estar com a visão parcialmente bloqueada pelas árvores de fogo que Lilibet importara de Kutani para realçar as decorações, Kel conseguia ouvir as vozes elevadas dos nobres e ver as luzes bruxuleantes por entre as folhas, igual ao brilho sinistro de uma vela vista ao longe no mar, subindo e bruxuleando por cima das ondas noturnas, como relatado por marinheiros.

A noite estava quente, e o traje vermelho-fogo que havia sido feito para Conor era desconfortavelmente pesado, com toques de veludo e brocado. Ostentava um pouco de influência kutaniana também: dragões do mar dourados haviam sido costurados por toda a extensão da manga e dos bolsos do casaco escarlate comprido, cada um dos olhos das criaturas parecendo uma chama opala. Ao redor do pescoço e dos punhos, usava adornos dourados, com intricados nós kutanianos. Kel agradeceu a Aigon pela brisa noturna; do contrário, estaria suando naquelas roupas. Não só de calor, mas de nervosismo também.

Muitos anos haviam se passado desde que ele entrava em pânico quando precisava fingir ser Conor. Nos primeiros anos como Portador da Espada, era a tarefa que mais odiava — muito mais do que a ideia de se colocar em perigo. Toda vez que precisava imitar o príncipe, sentia-se andando numa corda bamba: precisava sempre se lembrar de que estava interpretando um papel, sem se esquecer de cada detalhe que o tornava outra pessoa.

Kel não sabia ao certo por que o nervosismo estava tão potente naquela noite. Talvez porque da última vez em que fingira ser Conor em um banquete, a futura esposa acabara fincada na parede com o virote de uma besta, e ele não fora capaz de deter aquele horror. Talvez porque Anjelica o tivesse enganado com tamanha facilidade com o truque das nozes. Ele sorriu consigo mesmo na escuridão. Tudo bem, vai, aquilo tinha sido *um pouco* engraçado. Talvez…

Benaset deu tapinhas no ombro de Kel, murmurando lembretes para que ele endireitasse a postura e se apresentasse de maneira adequada. Kel se virou e viu Anjelica descendo pela trilha do Palácio, transitando por entre as cercas vivas com seus irmãos da Guarda de Sangue ao lado.

O vestido dela seguia principalmente o estilo de Castellane, com um corpete apertado e uma saia plissada, por baixo da qual dava para ver sandálias de um couro dourado escuro. Mas o tecido não era como nenhum outro material que Kel já tivesse visto: resplandecia feito cetim, parecendo se despejar sobre o corpo dela, como se a pele marrom-escura tivesse sido pintada com chamas líquidas, poderosas e intransigentes. Ao redor do pescoço reluzia um colar de citrinas laranja, e pedras iguais enfeitavam suas orelhas. As tranças estavam envoltas em fios dourados, com ainda mais joias: granadas cor de canela e topázio imperial, jade amarela e ametrino.

A beleza dela estava estonteante, como sempre. Fazia Kel pensar na beleza de uma espada, afiada e brilhante, quase austera. O tipo de beleza que parecia quase cortante.

Ela o cumprimentou com um leve aceno de cabeça ao se aproximar. Seus irmãos andavam próximo a ela, as cabeças unidas em uma conversa aos sussurros. Os uniformes vermelho e dourado se destacavam na noite escura.

Kel lhe ofereceu o braço, enrijecido de bordados e joias.

— Saudações, *Ayakemi* — disse.

— E a você, *Ufalme* — respondeu ela, aceitando o braço.

— Conor envia suas desculpas — disse Kel, enquanto seguiam pela trilha até o Jardim da Rainha, seguidos por Benaset e a Guarda de Sangue, mantendo uma distância cuidadosa atrás deles. — Por não ter conseguido aparecer pessoalmente...

— Não importa. — O tom dela era indiferente. — Mas então ele faz isso com você com frequência? Marca dois compromissos e envia você ao que não quer comparecer?

Kel analisou a expressão de Anjelica. Será que estaria brava? Conor insistira que ela não se importaria e, de fato, se estava brava, conseguia esconder muito bem.

— Não sei se vai acreditar em mim, mas não. Garanto que ele não teria se ausentado se não fosse uma questão importante. E não penso nisso como algo que ele faz *contra* mim — acrescentou. — É meu dever. Meu trabalho.

— Pensei que seu trabalho fosse portar espadas. Ou adagas, venenos, qualquer outra coisa com que possa defender o príncipe e da qual precise defendê-lo.

— Está com receio de estarmos correndo perigo? — indagou Kel. — Por causa do último banquete que tivemos aqui? Os Castelguardas estão bem preparados para...

Ela sacudiu a cabeça, e as joias de seu cabelo fizeram um som melódico.

— Não. Só um tolo tentaria repetir um ataque surpresa, pois não seria surpresa se acontecesse pela segunda vez. E além do mais, minha Guarda de Sangue me protegeria.

Kel olhou para Kurame, que lhe lançou uma piscadela no escuro. Isam e Kito não estavam muito animados; Kel suspeitou que estivessem irritados com Conor por considerarem aquela ausência um desrespeito à irmã deles e, por extensão, com ele também, por pura associação. Kel era, como sempre, um mero conduíte pelo qual quaisquer sentimentos que as pessoas nutriam pelo príncipe fluíam e se transformavam, igual aos mecanismos alquímicos de Merren.

No fim da trilha, o Jardim da Rainha se abriu diante deles. Um floreio do *lior* — que, por sorte, não estava sendo tocado por Merren dessa vez — anunciou a entrada da comitiva. A Guarda de Sangue se camuflou às sombras, embora Kel tivesse plena noção de que ainda estavam por perto.

Mal tinham entrado no pomar quando a fonte no centro do espelho d'água esguichou água colorida de vermelho, laranja e dourado. Os convidados comemoraram com gritinhos e palmas. Beatris Cabrol, ao lado da mãe, deu um berro de surpresa e Lilibet, sentada em uma poltrona dourada sob um dossel de brocado escarlate, sorriu. Vestia o verde de sempre, com um colar dourado tão largo que roçava a base de seu queixo.

Por toda parte havia lanternas feitas de pergaminho branco: suspensas em galhos de árvores de flores brancas, flutuando sobre o espelho d'água como nenúfares. As laranjeiras ostentavam frutos lustrosos: cristais de um tom escuro de laranja e laranjas doces nas copas. Em cada uma das mesas espalhadas pelo gramado, havia vasos de porcelana shenzana em tons de vermelho e amarelo, recheados de flores nativas de Kutani: trombetas de anjo alaranjadas e flores vermelhas de araruta, além das pétalas amarelo-esverdeadas do ilangue-ilangue, que exalavam um perfume intenso que contrastava com o aroma cítrico das árvores. Havia ainda vasilhames de vidro repletos de doces e frutas caramelizadas, sobre as quais abelhas amarelas — confundindo a luz cristalina das lanternas com o dia — zuniam em celebração.

Se Anjelica ficou impressionada com tamanha exibição de opulência, não demonstrou. Manteve as costas retas feito uma espada enquanto seguiam por fileiras de nobres que aplaudiam educadamente, a caminho de um pavilhão de mármore no qual fora instalada uma única mesa para a refeição. Aquilo parecia um palco, pensou Kel, mas talvez essa percepção não fosse lá tão surpreendente. A ideia toda consistia em uma performance para o desfrute dos habitantes da Colina.

Muitos dos nobres observavam Anjelica sem disfarçar enquanto ela passava. Todos tinham ouvido falar que ela era linda, sem dúvidas, mas vê-la de perto era outra história. Kel se perguntou se eles sentiam o mesmo que ele sentira nas docas: que ela era tão bela que chegava a doer. Ainda assim, parte de sua atenção estava tomada por outra questão. Ele avistara Lady Alleyne, que se aproximava de Lilibet, com Gremont ao lado. No entanto, não viu Antonetta. Será que ela não marcaria presença naquela noite?

Contudo, mesmo que ela estivesse presente, pensou Kel, conforme acompanhava Anjelica pelos degraus até o pavilhão, ele estava ali como Conor. Não poderia se dirigir a ela como Kel.

E o que mudaria se pudesse? Ela já dissera que ele não podia ajudá-la.

Chegaram à mesa única sob o dossel de organza dourada. Anjelica pareceu titubear por um segundo antes de sentar-se ao lado de Kel. Talvez também estivesse desconfortável com a encenação.

Kel se ocupou das formalidades. Submergiu parte da mão na cumbuca para higienizar os dedos, com pétalas de rosas flutuando na água. Um gole de vinho tinto de sabor amargo. Ao seu lado, Anjelica apoiava as mãos na mesa. Em torno dos punhos magros, braceletes em tom de coral e âmbar tilintavam feito moedas. Kel tinha plena noção de que todos os observavam, olhares famintos por uma fofoca, uma anedota que pudessem espalhar sobre a futura princesa de Castellane.

Kel pigarreou.

— Sabe — disse —, temos este pavilhão todo para nós dois, quer gostemos disso ou não. A nobreza de Castellane pode nos encarar o quanto quiser, mas garanto a você que não consegue nos ouvir. Se tiver perguntas, agora é um bom momento para fazê-las.

— Não são perguntas, exatamente — falou Anjelica —, mas eu gostaria de pedir um favor.

— Para mim ou para o príncipe?

— Para você, *koya-mitimi*. Ou será que é difícil demais ser o príncipe e você mesmo de uma só vez?

— Estou bastante acostumado a agir como Conor. Apesar das nozes.

Ela abriu um sorriso fraco.

— E quanto a Kel Anjuman? Está acostumado a agir como ele também? Afinal de contas, essa também não é sua identidade, não de verdade.

Foi como se alguém tivesse colocado a mão no plexo solar de Kel e o empurrado. Respondeu então:

— Sim, também estou acostumado a isso.

Se a neutralidade deliberada em sua voz pegou Anjelica de surpresa, ela não reagiu, apenas assentiu.

— Tem razão — disse ela, embora Kel não entendesse ao que ela estava se referindo. — Não há motivo para desperdiçar a noite. — Ela baixou a taça. — Preciso marcar um encontro sem que o Palácio saiba, e preciso que me ajude.

Sem conseguir se deter, Kel se virou na direção dela. Anjelica o encarou de volta, desafiadora. De repente, ela não parecia mais distante e de outro mundo. Kel tinha conseguido sentir o nervosismo oculto no tom assertivo dela, o que a tornou muito humana.

— Eu? — respondeu então. — O que a faz achar que sou a pessoa certa para ajudá-la a esconder segredos dos Aurelian?

— Você sabe sobre Aden — respondeu ela, a voz um pouco trêmula. — O pirata. O problema que tive com ele.

— Não está planejando se encontrar com Aden, está?

— Não. *Não.* — Um semblante de indignação perpassou o rosto dela. — Mas com alguém que o conhece. Alguém que prometeu fazer com que ele me deixe em paz. Para sempre.

— E por que isso precisa ser mantido em segredo? — Kel se forçou a sorrir. Não podia passar a impressão de que estavam tendo uma discussão, pois *isso sim* seria um escândalo. — Tenho certeza de que os Aurelian não veriam problema em ajudá-la a se livrar desse incômodo.

— De fato — admitiu ela —, mas me mandariam para a cidade cercada de guardas e em uma carruagem real, o que afugentaria a pessoa que preciso encontrar. Ninguém quer tamanha atenção do Esquadrão da Flecha.

— Então por que me envolver nisso? Por que não pedir que seus irmãos a levem? Basta dizer que quer ver algo na cidade que governará um dia.

— Eles não conhecem a cidade... não faria o menor sentido serem eles a mostrá-la a mim! Preciso de alguém que conheça Castellane para que a mentira seja plausível, e prefiro você ao Legado Jolivet. — Ela chegou mais perto de Kel, o que certamente agradaria Lilibet, que *com certeza* estava observando e tentando decifrar do que se tratava a conversa no pavilhão. — Se os guardas do Palácio forem minimamente parecidos com os da Cidade das Especiarias, são muito linguarudos. Preciso que acreditem que estou apenas fazendo um passeio turístico pela cidade, organizado pelo príncipe ou pela rainha. Algo que não levante suspeitas.

Kel hesitou.

— Posso lhe afirmar que esse acordo será benéfico a todas as partes envolvidas, sobretudo ao príncipe. E você, pelo que sei, talvez seja o único que coloca o bem de Conor acima de todo o resto.

— E se eu me recusar a ajudá-la?

Ela se reclinou na cadeira.

— Então me arriscarei a sair escondida de Marivent e ir até a cidade por conta própria.

— Você não pode fazer isso...

— E você não pode me impedir.

Kel queria ranger os dentes. Ela estava certa, era evidente. Ele não poderia detê-la, mas sabia, por experiência própria, que entrar e sair escondido de Marivent era uma proeza e tanto até mesmo para quem conhecia o Palácio. Os espiões de Kutani eram bons, obviamente, mas havia sempre um fator de incerteza — e Anjelica ser pega seria desastroso para a aliança entre os dois reinos.

E Conor precisava muito da aliança.

— Pensarei a respeito do que me pediu — respondeu Kel. Os nobres estavam em polvorosa, se colocando de pé. Logo se aproximariam para se apresentarem à princesa. Ele e Anjelica não passariam muito mais tempo a sós. — Darei uma resposta nos próximos dias. Não faça nada antes disso.

— Então não se demore — rebateu Anjelica, com um sorriso afetuoso. Virara-se para o jardim. — Quem é aquela garota que está encarando você?

Kel seguiu o olhar dela. Era Antonetta. Aparecera no jardim sem que ele percebesse e estava à sombra de uma árvore-de-fogo, mirando o pavilhão. Estava toda vestida de seda verde, como o caule de uma flor, com laços de seda verde adornando o cabelo.

O olhar dos dois se encontrou. A expressão no rosto dela era difícil de interpretar. O palpite dele seria preocupação, mas por que Antonetta estaria preocupada com Conor? Um momento depois, Gremont se juntou a ela, seguido por Lady Alleyne. Ambos falavam depressa com ela, e não foi difícil para Kel adivinhar que estavam lhe dando uma bronca por ter chegado atrasada.

Então os nobres subiram os degraus, prontos para serem apresentados a Anjelica, e Kel perdeu Antonetta de vista. O primeiro a chegar à mesa foi Cazalet, com o sorriso agradável e afiado, os olhos reluzentes. Em seguida, o sorumbático Sardou, que deu um presente de casamento a Kel que ele afirmava ser — surpreendentemente — de Malgasi. Depois dele, veio Raspail, cujo presente era uma figura entalhada de madeira que representava Sedai. Devia ter mandado fazer *aquela coisa* às pressas, conjecturou Kel, mas Anjelica pareceu feliz.

Na verdade, ela parecia feliz em conhecer cada uma daquelas pessoas. Se os sentimentos que tinha para com elas de fato eram favoráveis, Kel não saberia dizer, mas Anjelica fora treinada na Cidade das Especiarias. Dizia algo acalentador e receptivo a cada nobre, salpicando o cumprimento com alguma observação pessoal — questionou Ciprian Cabrol acerca de um novo tipo de tinta, e perguntou a Gasquet sobre a saúde de seus muitos irmãos. Nos escassos momentos em que sua expressão se tornava vaga, Kel se inclinava para sussurrar detalhes pertinentes sobre cada recém-chegado.

— Quem é o homem vestido todo de prateado? Ele parece ter sangue kutaniano — murmurou Anjelica.

— Lupin Montfaucon? Concessão dos tecidos. Algodão, linho. Não que isso seja do interesse dele.

— E o que é do interesse dele?

— Bebidas. Bordéis. Jogatinas. Ele é sibarita; o objetivo dele é o prazer.

— Típico desta cidade — respondeu Anjelica. Mas quando Montfaucon se aproximou, ela perguntou, encantada, sobre o casaco prateado que ele usava. Com Joss Falconet, a princesa falou a respeito de especiarias; a Esteve, impulsionada por Kel, ela perguntou solenemente sobre a obsessão dele: os cavalos de Valderan.

Lady Gremont chegou com Artal, que presenteou Anjelica com um chá criado exclusivamente para ela, ao menos segundo o que ele havia dito, que em breve seria comercializado nas lojas de Castellane.

— *Tê Anjelique* — anunciou Lady Gremont, satisfeita consigo mesma.

— Parece que os retratos reais da princesa não exageraram. Costumam ser muito lisonjeiros, ao desconsiderar marcas de varíola e narigões. — Gremont olhava de soslaio. — Deve ter ficado aliviado, Conor, ao chegar às docas e descobrir que sua noiva é ainda mais bela do que os retratos revelam, e não menos.

Lady Gremont, horrorizada, arrastou Artal dali antes que Kel ou Anjelica pudessem responder.

— Que homem mais desagradável — comentou Anjelica.

— Você não faz ideia — concordou Kel.

E então foi a vez das Alleyne. Lady Alleyne farfalhou degraus acima com um esvoaçar de seda copo-de-leite, Antonetta logo atrás da mãe. Lady Alleyne ficou ali apenas pelo tempo que ditava a educação antes de retornar à conversa com a Rainha Lilibet. Antonetta, no entanto, continuou no lugar por um momento, as mãos cingidas, os olhos presos em Anjelica.

— Agora entendo — comentou, os babados da seda em seu pescoço tremendo. — Achei, por bastante tempo, que Conor e eu talvez fôssemos acabar nos casando — disse ela e Kel quase se engasgou —, mas você é belíssima, princesa. Vejo que está destinada a ser rainha de Castellane.

Pela primeira vez naquela noite, Anjelica ficou desconcertada.

— Ah, eu…

No entanto, Lady Alleyne já atraía a atenção da filha. Antonetta flutuou em um floreio de cachos loiros e cetim verde. Anjelica se virou para Kel, assustada.

— Eles estavam prometidos um ao outro? — sussurrou. — Ela e o príncipe?

— Não, nunca estiveram — respondeu Kel, de maneira quase rude. — É só que a mãe dela passou a infância inteira da filha enchendo sua cabeça de histórias sobre Conor.

Anjelica lançou um olhar longo e pensativo a Kel.

— Entendo. Então agora ela está livre para se casar?

— Não. Está noiva de Gremont. O desagradável.

— Que infortúnio — murmurou. — Ela é confiável?

Kel olhou para Antonetta, que conversava com Joss Falconet e parecia admirar seu manto de pele de raposa.

— Está procurando alguém em quem possa confiar?

— Se os nobres daqui forem como os de Kutani, é importante saber com quem se pode contar.

Kel olhou para o jardim iluminado, resplandecendo com luz e sombra.

— Bem, se existem nobres confiáveis em Kutani, tenho certeza de que não são lá muito parecidos com os que temos aqui.

Anjelica o encarou com curiosidade.

— Que imagem negativa.

— Vamos pensar nisso de outra maneira — começou Kel. — Você será rainha um dia, então eles vão querer agradá-la, porque estar perto do trono é estar perto do poder. E *nisso*, pelo menos, você pode confiar.

A biblioteca de Marivent era, como Lin havia imaginado, magnífica, mas não ofuscava a beleza do Shulamat. E isso a agradou mais do que esperava.

Quase tinha ido atrás de Mariam para encontrar um vestido adequado para usar em Marivent, mas deteve-se no último instante. Não tinha sido convidada ao Palácio enquanto membra da nobreza; fora chamada a trabalho, e estaria ali em segredo, para cumprir um propósito claro. Escolheu um vestido azul simples, tão gasto que as barras e mangas já estavam esmaecidas, trançou o cabelo, encheu a bolsa de livros e saiu pelos portões do Sault até a carruagem real, que já a aguardava na rua.

Chegaram ao Palácio não pelo Portão Norte, mas por uma entrada lateral, cuja existência ela desconhecia até então. O crepúsculo tingia Marivent com o tom azul-escuro costumeiro conforme ela se apressava pela propriedade atrás de Manish, o Castelguarda que fora buscá-la na cidade. Vaga-lumes, pequenas chamas nas sombras, voavam entre os arbustos que ladeavam a trilha de pedra branca. Ao longe, Lin conseguia ver os penhascos que desabavam na vastidão dolorosa do mar. A linha do horizonte entre o mar e o céu já estava um pouco borrada; em breve desapareceria.

Descobriu que a biblioteca ficava no Castelo Saberut, uma pilha retangular de pedra cinza-escura com uma bela torre circular que crescia pelo lado norte. À medida que se aproximavam, Lin ouvia ao longe o som de festividades — música e tagarelar de vozes animadas. Por entre as árvores densas, viu o brilho dos lampiões dourados, suspensos bem alto nos galhos feito maçãs translúcidas.

Manish a deixou nas portas do castelo depois de lhe dizer que seria muito fácil encontrar a biblioteca: ela ocupava todo o segundo andar. Lin subiu um lance de escadas pouco iluminadas e atravessou um arco, dando para um cômodo amplo, de teto alto e bem iluminado por uma dúzia de lâmpadas carcel. Luz e livros — *tantos* exemplares que chegavam a tirar o fôlego, assim como as riquezas do Shulamat. No Shulamat, no entanto, os tomos ficavam alinhados de maneira organizada atrás das telas de malha dourada. Ali, estavam por toda parte — empilhados sobre mesas longas, no assento de cadeiras, em montes no chão, algumas pilhas mais altas até do que a própria cabeça dela. Mas a bagunça não a incomodou. Na verdade, transmitia uma sensação de abundância, parecida com a visão de uma mesa rangendo debaixo de uma quantidade absurda de pratos. *Tantos. Livros.*

— Os volumes estão organizados por país. — Era a voz de Conor, aquele arrastar manso, tão familiar quanto o som do mar se retraindo após uma onda. Lin se virou e o viu parado no arco de uma porta que levava, como ela suspeitava, à torre circular que vira do lado de fora. — Não é a maneira *mais intuitiva* de encontrar livros. Acho que foi meu bisavô que arrumou a biblioteca desse jeito. Ele era bem excêntrico.

Conor adentrou o cômodo e Lin percebeu que ele não usava coroa nem diadema. Nunca o vira vestido de maneira tão casual, todo em um tom escuro de vermelho, cor do sangue e de Castellane. Uma renda preta marcava os punhos da casaca, e ele usava apenas um anel, adornado com uma pedra da lua perolada do tamanho de uma bola de gude.

— Não sei como vocês conseguem encontrar qualquer coisa aqui — falou Lin.

— Olhe para baixo — instruiu o príncipe.

E quando Lin abaixou o olhar, viu que o chão mosaico — que pensara ser apenas um padrão circular, que não representava imagem alguma — era, na verdade, um mapa de Dannemore. Estantes de livros haviam sido colocadas sobre os contornos dos diferentes países: Valderan, Hanse, Marakand, Hind, Shenzhou. Ela então cruzou o mosaico e depois voltou ao lugar onde estava antes, sem conseguir conter o sorriso. Tinha acabado de atravessar o território inteiro de Dannemore, pensou, assim como Josit havia feito. Teve vontade de contar a ele, que certamente riria daquilo.

Lin chegou à parte do mapa onde Aram costumava ficar, e que agora abrigava um deserto inabitado. Não havia estante alguma ali, nenhum livro. Aram existia somente na história. Isso a trouxe de volta à realidade. Ela levantou o rosto e viu que Conor a observava, o rosto insondável. Havia uma estranha leveza no contorno de sua boca, mas talvez ele estivesse olhando para além dela, algo totalmente diferente.

Ele disse:

— Se me permite a pergunta, onde você deveria estar hoje, Deusa?

— Em casa — respondeu Lin. — Estudando, ou passando tempo com a minha amiga Mariam, talvez. Mas não tem ninguém prestando tanta atenção assim em meu ir e vir.

— Deve ser ótimo. Não ter ninguém prestando atenção em cada passo que você dá. — A luz amarela das lâmpadas carcel relampejou nos olhos cinza espelhados de Conor. — Venha. Separei alguns livros para começarmos.

Ela o seguiu pela porta abobadada e entraram em um salão circular — deviam mesmo estar dentro da torre, pois o teto formava uma ponta cônica — com paredes repletas de livros. Ali, no entanto, os livros estavam bem menos bagunçados. Lin suspeitava que o lugar fora planejado para acomodar uma sala de leitura. Poltronas felpudas posicionadas aqui e ali ofereciam vista para as janelas. Mais lâmpadas carcel iluminavam o espaço, criando uma sensação aconchegante. No meio do cômodo, uma mesa redonda sobre a qual repousava uma pilha de livros — e não só livros. Também tinha uma garrafa de vinho e uma de água, pratos de salgados e doces: marzipan cortado em formatos de castelos e estrelas, *gibassié* polvilhado com açúcar, painço frito com alecrim e pimenta, *rousquille* com cobertura branca, pedaços de figo e fatias de queijo.

Por um momento, Lin se emocionou; a comida era um gesto carinhoso. Mas então censurou-se por estar sendo ridícula: não era como se ele próprio tivesse preparado o banquete. Fora uma mera questão de dar ordens a um criado, sem mais esforço ou pensamento que isso.

Ela se virou para olhar para ele. Durante seu devaneio culinário, Conor se aproximara da janela aberta. O azul do céu dava espaço à escuridão, embora ela visse luzes se movimentando do lado de fora e ouvisse o burburinho de vozes distantes.

— Ali — disse ele. — É ali que eu deveria estar agora.

Estava apoiado no parapeito da janela. Uma tensão quase invisível se fazia presente em sua postura, como se ele fosse um falcão prestes a alçar voo. Ela não conseguia enxergar o rosto do príncipe, apenas os cachos de seu cabelo escuro. Chegou um pouco mais perto até conseguir ver que ele olhava para baixo, na direção do jardim, que estava cheio de lanternas de papel iluminando um tumulto de cores: amarelo jasmim, vermelho canela, laranja açafrão. Mesas cobertas de comida e flores; havia um espelho d'água, azul como a lua no céu, parecendo emitir um brilho vindo de dentro. Figuras escuras, anonimizadas pela distância, transitavam entre os arbustos floridos. A brisa quente carregava o aroma de eucalipto e lavanda.

— É o banquete de boas-vindas para a Princesa Anjelica — disse. — Jolivet não está querendo arriscar. Se olhar com atenção, verá os Castelguardas a postos por entre as árvores.

Lin colocou uma mecha de cabelo atrás da orelha.

— E você acredita que não precisa estar lá?

Ele fez um gesto inquieto. O anel de pedra da lua em seu dedo reluziu; havia um entalhe com o perfil de um leão na superfície, a cabeça tombada para trás, a juba esvoaçante. O que era mesmo que os marinheiros costumavam dizer? *Quando Castellane ruge, o mundo todo treme.*

— Eu deveria estar lá. No entanto, me encontro em uma situação na qual preciso equilibrar diversas necessidades ao mesmo tempo. Kel dá conta do banquete. É mais importante que eu resolva a situação do meu pai.

Lin não conseguiu conter a pergunta seguinte.

— E sua noiva não se importa com a substituição?

— Anjelica sabe que tenho um Portador da Espada. E é difícil desgostar de Kel.

— Você se considera alguém fácil de se desgostar?

Ele respondeu sem preâmbulos:

— O charme é uma habilidade que qualquer pessoa pode aprender, mas é necessário um esforço consciente para ser uma pessoa charmosa. E neste momento, tenho coisas demais nas quais me concentrar. — Ele indicou os livros na mesa de centro. — Tomei a liberdade de reunir os volumes mais abrangentes que temos aqui sobre florticultura, se quiser dar uma olhada.

— Florticultura... ah. — Lin olhou feio para ele e fez um som de impaciência, sentando-se em uma cadeira de encosto alto perto da mesa. Conseguia *sentir* o divertimento de Conor do outro lado do cômodo.

Os livros formavam uma coleção variada: tamanhos diferentes, línguas diferentes, datas diferentes. Por um breve momento, Lin ficou absorta na pesquisa, virando-se para Conor — que do assento de frente para ela a observava com olhos semicerrados — apenas quando encontrou uma língua que não conhecia.

— Aqui — disse ele, empurrando um livrinho para ela na superfície da mesa. Lin olhou para o tomo, tão antigo que a maior parte da tinta havia se tornado ininteligível. — Dá uma olhada neste aqui.

Ela pegou o livro com o cenho franzido. Era um volume pequeno, de capa de couro engruvinhada, o tipo de coisa que se compraria na Praça do Mercado da Carne. O título impresso em um dourado já gasto dizia: *O livro das flores de Morwenna Aurelian.*

— Aurelian? — Lin levantou o olhar. — Quem escreveu isso aqui?

— Minha tataravó — respondeu Conor, apoiando os cotovelos na mesa e demonstrando modos que não cabiam a um príncipe —, e para ser sincero, ela transgrediu diversas Leis ao escrevê-lo. Mas a realeza passa impune por coisas pelas quais pessoas comuns seriam castigadas.

Lin lançou um olhar para Conor.

— Fiquei sabendo.

Ele sorriu e colocou um figo na boca.

— A Rainha Morwenna era fascinada por plantas, sobretudo pelas que são dotadas de certas propriedades. Mantinha um jardim repleto delas. Desejava conhecer a história de todas as plantas, os usos de cada uma delas para a cura e... para a magia. — Ele se reclinou no assento. — Este livro já foi muito útil até para mim. Tem um capítulo bastante impressionante que se concentra em remédios para ressaca.

Lin revirou os olhos enquanto mordia um confeito embebido em água de rosas, depois suprimiu um som de prazer ao sentir o sabor delicioso do quitute. *Concentre-se no livro*, pensou consigo mesma, embora soubesse que Conor a estava observando enquanto ela lia.

O texto da Rainha Morwenna fora escrito em um estilo há muito datado e pouco legível. Lin encontrou a descrição do barbasco próxima ao fim do livro: *Tem belas flores obsidianas, nenhum odor, os brotos e as folhas são tóxicos para animais e pessoas. Reza a lenda que, antes da Ruptura, barbasco era usado para suprimir os efeitos de magia. Conta-se que feiticeiros-reis colocavam um pouco nas bebidas de seus inimigos antes de um duelo para tolher o poder deles.*

Ela olhou para Conor por sobre o livro.

— Interessante — comentou. — O barbasco *é* um veneno, quanto a isso não há dúvidas, mas também suprime a magia. Será que existe alguma possibilidade de que Fausten estivesse tentando *desfazer* o efeito de um feitiço? — Ela franziu o cenho. — Mas não, isso não seria possível se...

— Deixe eu dar uma olhada. — Conor esticou uma das mãos para pegar o livro. Ao fazer isso, a renda preta deslizou para o lado em seu pulso e ela viu uma marca vermelha de queimadura na pele, uma que não estava ali quando ela o viu com o torso despido em seus aposentos.

Lin devia ter denunciado algo com sua expressão, pois ele abaixou a manga com rapidez, voltando a esconder a pele ferida. Mas ela o encarou, séria.

— Tem uma queimadura no seu braço.

Ele deu de ombros.

— Não é nada de mais. Derramei cera de vela. — No entanto, ele se recusou a olhá-la nos olhos.

— Deixe eu dar uma olhada.

Conor baixou o livro de Morwenna com uma carranca característica.

— Já que insiste — falou, estendendo o braço para ela.

Ela não tinha pensado no que faria depois daquele ponto. Contudo, Lin era médica antes de qualquer outra coisa, e já havia tratado o Príncipe Conor. Pegou a mão dele e virou o braço para analisar a parte interior do antebraço, no local em que a pele exibia um tom mais claro, quase tão pálido quanto a dela. Viu as veias azuis correndo feito um mapa sob a pele dele, as linhas compridas e delicadas que cruzavam sua palma, os calos leves em seu polegar e nas pontas dos dedos. A pele dele estava quente.

Ele chegou mais perto e olhou para a queimadura, replicando o modo como ela a observava. A ferida tinha um tom vermelho pálido, quase reluzente, e um formato esquisito. Lin passou o dedo de leve, sentindo a maciez da queimadura. Ela o ouviu respirar fundo e afastou a mão.

— Dói quando eu encosto? — perguntou ela, preocupada.

— Não. — Algo sufocado na voz dele a fez levantar o olhar. Conor a encarava, os olhos quentes e prateados, os dentes brancos mordendo o lábio inferior. O cabelo alvoroçado, escuro e macio emoldurava o rosto dele, e ela queria tanto acariciá-lo que a vontade chegou a doer. Uma pontada profunda em seu estômago.

Lin tentou respirar. O ar entre os dois estava tenso e quente, como se a sala estivesse tomada por fumaça. Ela ainda estava segurando a mão dele. Por um longo, longuíssimo momento, nenhum dos dois se mexeu. Lin não conseguia desviar o olhar. Conor estava sempre falando, rindo, gesticulando ou franzindo o cenho, ela jamais o vira tão imóvel. Nunca reparara na pinta em sua têmpora esquerda, nem em como os olhos dele pareciam mudar de cor, como a pedra da lua do anel que usava.

Quando ele finalmente falou, a voz estava tão rouca que parecia ter sido arrastada sobre cascalhos.

— É muito sério, então, Deusa?

Ela se sentiu tonta.

— O que é muito...?

— Minha queimadura.

— Vai sarar. — Ela encostou de leve no machucado de novo; viu a cor ao redor das pupilas de Conor escurecendo. — Mas... é estranho que a cera da vela tenha escorrido no formato exato de uma mão. Veja só, aqui é a palma, e aqui os dedos...

Conor puxou a mão. Lin continuou sentada, imóvel, tentando disfarçar sua falta de ar. Queria puxar a mão dele de volta, queria os olhos de Conor nos dela de novo. Mas não podia nem cogitar fazer algo assim. Forçou-se a pensar no sonho que tivera, nas marcas de queimadura nas paredes da torre do rei e no que Mariam dissera sobre o rei amaldiçoado no tempo antes da Guerra da Ruptura.

— Foi o seu pai que fez isso, não foi? — sussurrou ela. — O toque dele queimou você.

Conor puxou a manga para baixo com força, escondendo a queimadura.

— Por que diz isso?

— No Sault, tenho acesso a livros que falam de magia que antecedeu a Ruptura.

— Isso é ilegal. — Os olhos dele resplandeciam. — E já não existe mais magia.

— Tenho certeza de que sabe que isso não é verdade, a essa altura — sussurrou Lin. — Existe a magia dos talismãs, como o de Kel, que permite que ele seja seu Portador da Espada. E também trabalho com magia na cura que pratico.

— Eu sei. — Com os olhos, Conor disse: *você curou as marcas de chicote nas minhas costas, fez com que desaparecessem. Isso deveria ter sido impossível.*

— Todos dizemos que já não existe mais magia, mesmo sabendo o que existe: magia antiga. Magia modesta. O que queremos dizer quando dizemos que a magia sumiu é que nenhum grande feitiço pode ser criado. — Ela respirou fundo. — E mesmo assim, acho que o remédio de Fausten era para curar uma enfermidade que tinha natureza mágica. Que *tem* natureza mágica. Se ainda temos magia de cura no nosso mundo, será que o oposto também não pode existir?

Conor se pôs de pé. O cômodo escurecera à medida que a lua lá fora havia saído da incidência da janela, e ele era, agora, apenas uma sombra em contraste com outra ainda maior. *Ele vai me jogar na Trapaça*, pensou Lin, atordoada, *por ousar tocar no assunto da magia. Por sequer sugerir que ela possa estar afetando o rei.*

Em voz baixa, Conor disse:

— Nos momentos antes de sua morte, Fausten gritou por meu pai, dizendo que, se ele morresse, a doença ficaria pior. Falou: *Você sabe o que está por vir, meu senhor.* — Conor passou as mãos pelo cabelo. — Por que meu pai iria querer matá-lo, então? Por que iria desejar ficar mais doente, morrer?

— Talvez ele não quisesse continuar dependendo de Fausten — comentou Lin, a voz mansa. — Pode ser difícil sentir que você *precisa* de outra pessoa para viver. Sobretudo quando não confia nela.

O olhar de Conor no escuro foi um lampejo prateado, como um relâmpago sobre o oceano. Ele enfiou a mão no bolso do casaco. Quando a retirou, Lin viu algo pálido e de movimentos ligeiros, como as asas de um pássaro. Ele jogou a coisa sobre a mesa: não eram asas, mas retalhos longos de pergaminho com símbolos escritos em linhas. Eram simples, parecendo mais desenhos de uma criança: uma roda, uma bússola, uma rosa, uma moeda.

— Anotações de Fausten — disse Conor. — Pelo menos, é o que imagino que sejam. Encontrei em um baú trancado no quarto dele. Não fazem o menor sentido, mas ele deve ter feito questão de manter isto em segredo. Talvez seja um código…

— Fazem sentido sim, e não são um código. — Lin puxou os papéis para si, o coração palpitando. — Posso ficar com isso? Trago de volta em alguns dias, prometo. Até lá, acho que já vou ter conseguido decifrar os símbolos.

— Está falando sério? Consegue lê-los?

— Não — respondeu Lin —, mas conheço alguém que consegue. E eu vou precisar examinar o seu pai de novo. Não consigo atestar a presença de magia, é óbvio, mas talvez possa descartar alguns outros males.

Ele hesitou.

— Acho que vou ter que confiar em você.

Lin dobrou os papéis com cuidado no formato de um quadrado e enfiou no bolso.

— Por que eu mentiria para você? — indagou ela. — Em que isso me beneficiaria?

Por um momento, Conor pareceu quase irritado, mas a impressão logo passou. Ele esfregou os olhos como se estivesse muito cansado.

— Peço desculpas — respondeu. — Sim. Pode deixar que farei os preparativos para que você examine o rei novamente, assim que for seguro. — Os olhos dele haviam assumido um tom bastante escuro de cinza. — Você deve entender que… não tem muitas pessoas em quem posso confiar.

De repente, ele pareceu muito jovem, e Lin se perguntou se estaria tendo um vislumbre do garoto que ele fora muito tempo antes, quando Kel o conhecera e pensara: *está aí uma pessoa por quem daria minha vida para proteger.* Lin teve vontade de ficar de pé, de ir até ele, mas ouviu um barulho de estalo seguido por um estrondo, e o céu do lado de fora da janela ficou muito iluminado.

Fogos de artifício. Ela via as faíscas — de um tom escuro de laranja, além de vermelhas e douradas — caindo do lado de fora da janela aberta feito uma chuva de chamas. Pensou nas pessoas da cidade, que naquele momento deviam estar nas ruas, admirando o show de luzes que explodia sobre Marivent.

Era lá que ela deveria estar, pensou. Com as pessoas do Sault, olhando para o céu; não ali, no Palácio, cumprindo ordens da realeza. Sentiu o peso de uma estranha tristeza sobre os ombros — isso e a sombra de uma sensação ainda mais esquisita, a inquietação de que algo sinistro estava para acontecer...

Conor lançou um olhar para a janela.

— O banquete está chegando ao fim — concluiu. — Preciso ir encontrar Kel. Checar como tudo correu. Se os nobres se comportaram. — Ele parecia cansado. — Embora preferisse ficar aqui.

Mas Lin já estava de pé, recolhendo a bolsa.

— Preciso ir — disse. Então parou. — A menos, obviamente, que ainda precise de mim?

Ela o viu estreitando os olhos. *Pode ser difícil sentir que você* precisa *de outra pessoa.*

— Não. Não *preciso* de você para mais nada — respondeu ele. — Pode ir, então. Manish estará à sua espera lá embaixo, com a carruagem.

Ele se virou para a janela e o céu se iluminou novamente, dessa vez em um esplendor de cores ainda mais brilhantes: tons profundos de dourado e azul que acabaram virando violeta com a luz da lua colorida.

Lin saiu apressada da biblioteca e só parou para olhar para trás uma vez. Dava para ver Conor, a silhueta dele à frente da janela. O príncipe aninhava o braço machucado na mão direita, os dedos no local em que a queimadura se escondia sob o casaco. Talvez ainda doesse.

ELSABET

Imagine que você é leve feito um pássaro, e voa livremente. Imagine que está sobrevoando Marivent, com muros brancos feito sal e penhascos que dão para o mar, preto como o céu e com babados de renda feitos de espuma. Embaixo de você há um jardim iluminado, árvores com lampiões pendurados feito frutas incandescentes. Ao passar por ele, você vê os nobres lá embaixo, todos bem-vestidos, o ouro, a seda e o cetim brilhando à luz dos lampiões. Você os abomina. Gremont e Sete sem dúvidas estão lá também, bajulando a realeza; você também os despreza tanto quanto os demais.

Você alça um voo mais alto, sua magia encontrando vazão nas correntes de ar, até chegar à janela da biblioteca do Palácio. Nela, o príncipe observa uma garota ruiva lendo um livro com a expressão de um homem faminto encarando um prato de comida. Você quer parar e ficar assistindo àquela cena, muito por conta da garota, mas há outro lugar onde precisa estar. Naquela noite, o Palácio está alvoroçado. É a sua melhor chance, então não pode perdê-la.

Você voa mais alto, em direção à ponta cinza da Torre Norte. Bem no alto da torre há uma janela, arqueada e estreita. Você mira o próprio corpo em direção a ela como uma flecha.

No escuro e no silêncio da sala da torre, o rei está sentado, imóvel, as mãos enluvadas rígidas e paralisadas sobre os braços da cadeira. Ele já está assim há horas, há dias. Não come mais, nem bebe. Está encarando fixamente a escuridão, e seu olhar não vacila nem quando uma figura escura aparece à janela. Nem quando esta se abre e dá entrada a Elsabet.

Ela veste preto da cabeça aos pés, embora seu rosto esteja exposto, pálido como a lua na penumbra. É magra e angulosa feito uma agulha preta, o cabelo escuro preso na parte de trás da cabeça. Debaixo da pele fina de seu peito, uma pedra escura reluz com um fogo interno forte que parece pulsar como um coração. Uma Arkhe.

Se o rei reconhece a pedra, ou se reconhece Elsabet, não demonstra. Permanece imóvel quando ela se aproxima. O pingente em seu pescoço irradia luz, iluminando o espaço, o rosto firme do rei e seus olhos sombrios.

— Minha vida toda — diz Elsabet, dando um passo mais para perto — desejei olhar no rosto do homem que quase provocou a ruína do meu país.

O rei não responde. É uma estátua esculpida em carne, e mal respira.

— O que você vê quando olha para mim? — indaga Elsabet. — Minha mãe? Ela se lembra bem de você... daquele garoto quieto que zanzava pelos corredores do palácio em Favár. Quem imaginaria que um *pilcza* tão medíocre poderia destruir a fonte de todo o nosso poder? — Ela bate a mão com força na mesa próxima, fazendo o astrolábio e os outros instrumentos de adivinhação celestial tremerem. — Foi por inveja? Será que você percebeu que seu sangue real não tinha magia, como o nosso? Será que quis que a Casa Aurelian fosse especial, igual à Casa Belmany? Deve ter se achado tão inteligente em fugir com Fausten, ele e aquela magia insignificante. Como se ele pudesse protegê-lo de nossa fúria, de nossa vingança. Não. Ele jamais protegeu você. Sempre esteve do nosso lado, bem debaixo do seu nariz, fornecendo sua poção. Você ficou desesperado por ela, segundo o que ele contou, porque a bebida silenciava os gritos na sua mente. O choro da fênix.

O rei mexe a mão num gesto muito sutil. Em um lampejo, Elsabet se coloca ao lado dele, observando-o. Teria sido um truque da luz? Os olhos do homem estão vagos como antes.

— O que pensou que fosse acontecer? — indaga ela. — Quando derramou o sangue de uma linhagem que é a própria magia? Você destruiu um ser cuja natureza é a transformação. Será que nunca lhe passou pela cabeça que isso mudaria você? Nunca imaginamos que você seria tolo a ponto de ter um filho. Jura que nunca percebeu que a magia que roubou de nós agora está correndo no seu sangue e que você a transmitiria para ele? Seu filhinho, o belo príncipe. Talvez até tenha entendido, em certa medida. Talvez seja por isso que insistiu que ele tivesse um *Királar*. Um Portador da Espada.

Elsabet permite que sua mente se demore um instante no príncipe, que neste momento está na biblioteca ali perto, o conteúdo de seu coração estampado no rosto. Ela sabe que ele vai lhe pertencer, no fim de tudo, pois isso é parte do grande plano: ele pode ficar catatônico, ser escravizado pela magia, mas pertencerá a ela, que fará com ele o que bem entender. Este pensamento faz calor se espalhar por suas veias.

— A poção retardou sua mudança — sussurra ela, então. A mãe lhe contara que Markus fora belo na juventude, embora ela não conseguisse enxergar semelhanças em Conor. — Mas quando ela finalmente acontecer, e pode ter certeza de que *vai* acontecer, ah... vamos prendê-lo em uma jaula e enterrá-la tão fundo na terra que seus gritos jamais terão resposta. E quanto ao seu filho, um mimado ignorante, ele será a semente do poder... que será replantada em solo malgasiano. Em mim. — Ela abre um sorriso, sem se importar mais com o fato de ele notar ou não a presença dela ali. — Depois disso, ele não terá mais serventia. Mas é bonitinho, vou fazer bom proveito dele antes de descartá-lo. Já sua cidade, da qual sente tanto orgulho, ela se tornará uma segunda Favár. Limpa, quieta, organizada e submissa ao poder de Belmany. — Ela chega mais perto do rei, tão perto que quase consegue sentir o cheiro acre da fumaça. — Tudo o que você possui será tirado de você. Tudo o que ama será destruído.

Devagar, bem lentamente, o rei levanta as pálpebras pesadas. E Elsabet dá um passo para trás. Volta a ficar imóvel, mas em seus olhos, ela vê fogo — o mesmo fogo que arde por trás de seus próprios olhos quando ela usa o poder de sua Arkhe. Mais dourada do que qualquer chama comum: um fogo que se pensava ter sido extinto do mundo após a Ruptura. Mais do que isso, atrás dele, Elsabet imagina ter visto a sombra de asas projetadas na parede...

A mão dela voa para a Pedra-Fonte que tem no pescoço. Fora preenchida muito tempo atrás, quando a Casa Belmany parecia possuir um poço inesgotável de magia. Naquele momento não passa de uma sombra pálida daquele poder antigo, embora ainda esteja além do que a maioria das pessoas teria acesso. Se existe outra Pedra-Fonte em Dannemore, ela não tem conhecimento do paradeiro.

A pedra clama pela magia que ela tem no sangue, e o sangue dela responde. Ao longo dos anos, tem ficado mais fraca, mas ainda é o suficiente. Elsabet foi criada com um único propósito: reaver a magia perdida de sua família. Recuperar seu poder. Então ela olha para o rei, os olhos fulminantes.

— Quando eu voltar a vê-lo, estará muito mudado — declara ela. — Não deve tardar.

Ela então pula da janela e deixa que a magia da pedra a sustente no ar, permitindo que a carregue noite adentro.

DOZE

Durante o dia, a Ruta Magna era uma estrada ampla cercada por lojas elegantes que atendiam às classes mais altas de Castellane. Era uma bela aristocrata, adornada com seda riquíssima, brincando com os diamantes que carregava no pescoço. À noite, porém, ela se despia de suas peças de pele e revelava a vigarista que era — a filha de um mercador cujas joias não passam de bijuteria, com o brilho da ambição no olhar.

Kel e Conor seguiam juntos às luzes do Mercado Quebrado, Conor montado em Asti, e Kel, no irmão da égua, um cavalo ruão chamado Matix. Conor, com o capuz sobre a cabeça, escondia sua identidade das multidões. Vez ou outra, passavam pelo brilho de uma tocha de nafta cuja iluminação repentina revelava parte do rosto de Conor, e Kel se perguntava como podiam não saber quem ele era, como não o reconheciam pela curva do malar ou pelos ângulos de seu sorriso. Conor tinha o rosto mais reconhecível de Castellane, mas era como se ficasse invisível pelo simples fato de ter coberto a cabeça com um manto de linho.

Era como se ele tivesse um amuleto próprio, pensou Kel, enquanto entravam no Distrito do Templo. Os que sabiam quem Kel era de verdade não se deixavam enganar; os que esperavam ver o príncipe viam o príncipe. Era, acima de tudo, um jogo de expectativas.

Quando chegaram ao Caravela, desceram das montarias e entregaram as rédeas dos animais aos criados à espera. Ao entrarem, Conor jogou o capuz para trás, olhou para Kel e sorriu.

Kel não se deixava enganar pelo sorriso faceiro do príncipe. Em teoria, iam ao Caravela para comemorar com Falconet, que acabara de ganhar uma fortuna com uma encomenda de especiarias que chegara recentemente. Três meses antes, era o tipo de coisa que Conor jamais cogitaria perder. Mas, naquela noite, foi necessário que Kel o persuadisse e o empurrasse porta afora dizendo que Falconet ficaria furioso se eles não dessem as caras.

Na verdade, Kel pouco se importava com a ideia de Joss ficar furioso ou não; preocupava-se mais com Conor. Ao voltar do banquete na noite anterior, encontrou o príncipe deitado em um dos divãs de seus aposentos, atipicamente quieto. Não fez nenhuma pergunta sobre os nobres, nem sobre Anjelica. Ficou segurando o braço como se estivesse machucado, mas repreendeu Kel por querer dar uma olhada. E quando Kel perguntou sobre Lin, Conor limitou-se a virar o corpo, como se não quisesse que o Portador da Espada visse a expressão que tinha no rosto. Não era comum Conor esconder os sentimentos daquela forma, mas Kel já sabia que, quando se tratava de Lin e Conor, tudo fugia da normalidade.

E então o príncipe acordou de madrugada aos gritos — uma mistura de castellano e malgasiano. Kel reconheceu algumas das palavras. *Atma az dóta.* Fogo e sombra.

Ele se sentou na cama de Conor, que então se virou de barriga para cima e o fitou com os olhos cinzentos arregalados, do mesmo jeito que fazia quando era criança.

— Você é o único em quem confio — disse, e quando voltou a pegar no sono ainda estava agarrado ao punho de Kel.

E o rapaz estava farto de vê-lo assim. A festa de Joss era uma desculpa conveniente para um tipo de comemoração bastante conhecida por todos. Uma que daria a chance de esquecerem de todo o resto, ainda que só por uma noite. Ele convencera Conor a ir, e agora ali estavam, depois de terem entrado no salão principal abarrotado.

Todas as pessoas convidadas estavam presentes. Falconet reclinava-se no sofá próximo à lareira, as costas coladas no peito nu de um jovem belo e loiro de Hanse. Comia uma maçã. Sorriu ao ver os dois e jogou a fruta na direção do príncipe.

Kel estendeu o braço e interceptou a maçã por reflexo. Conor olhou para ele, achando graça.

Kel deu de ombros. *Sou o escudo do príncipe; meu dever é ficar entre ele e qualquer fruta atirada.* Disfarçou mordendo a maçã e abrindo um sorrisinho sarcástico para Joss.

Montfaucon já havia se aproximado deles, com Ciprian em seu encalço.

— Conor — chamou. — O que está acontecendo com as obras de arte nas paredes?

Agora foi a vez de Conor sorrir.

— Malgasi mandou um presente para celebrar minhas núpcias — falou, então. — Um dos artistas mais célebres fez diversos retratos meus.

— Você não os deu ao Caravela — disse Kel. — Deu?

— A rainha não os queria no Palácio. — Conor deu de ombros. Neste caso, Kel estava do lado dela. Os retratos de Conor se pareciam muito com ele, e o mostravam engajado em diferentes atividades sinistras. Algumas o ilustravam sobre cadáveres de princesas com um semblante de satisfação, enquanto outros o representavam em posições comprometedoras com um elefante que evidentemente era Sedai.

— Kellian. — Kel sentiu um tapinha no ombro. Ele se virou e viu Alys Asper às suas costas. Como sempre, uma presença bem-apessoada e elegante, o cabelo escuro preso em uma trança complexa no topo da cabeça. — Silla está lá em cima, no Quarto Ocre. Disse ter a intenção de passar algum tempo com você.

Kel hesitou.

— Nada de ampulheta — falou Alys. — Acho que ela só quer conversar.

Que estranho, pensou Kel, ao se desculpar com Conor — agora imerso em um jogo de Castelos com Montfaucon — e se dirigir às escadas. Já fazia muito tempo que ele não visitava Silla por motivos amorosos, e levando em conta a última conversa que tiveram, era de se pensar que ambos estariam em paz com essa decisão. Talvez ela quisesse discutir algo a mais com ele, embora ele não tivesse ideia do que.

O Quarto Ocre ficava no segundo andar, a porta pintada de amarelo para se distinguir das demais salas no corredor.

Estava destrancada, e Kel entrou no cômodo esperando ver Silla em uma pose artística na cama de babados dourados, o cabelo caindo solto como ela sabia que ele gostava. Já estava se preparando para lhe dizer *hoje não* e provavelmente *nunca mais*, mas foi pego de surpresa.

Não era Silla sentada ali, de cabelo solto, com uma expressão mista de determinação e pânico.

Era Antonetta Alleyne.

Kel girou o corpo de pronto e fechou a porta, colocando a tranca no lugar. Em seguida, virou-se novamente e encarou a garota.

Antonetta. *Ana.* Ela estava sentada na cama de dossel usando um vestido de seda cor de creme. O tecido acentuava ainda mais o rosado de sua pele, ou talvez fosse só o fato de ela ter o tipo de tez que ruborizava com facilidade. As bochechas estavam em um tom de rosa escuro quando encontrou o olhar dele, quase em desafio.

— Não fique pensando mal de Alys — pediu. — Falei a ela que minha visita era uma surpresa para você. Que não se importaria se lhe pregássemos uma pequena peça.

— Entendo — respondeu Kel. Ele tinha lá suas dúvidas se Alys teria acreditado que aquilo seria mesmo só uma diversão inocente; era mais provável que atribuísse o desejo de anonimato de Antonetta à posição que ela ocupava na Colina. E, de fato, isso fazia parte do esquema. — Antonetta, se queria falar comigo, podia simplesmente ter me chamado até sua casa.

— Para que reportassem à minha mãe? — questionou ela. — É evidente que não. Além do mais, não quero falar com você.

— Não estou entendendo.

Ela se pôs de pé. Os dois estavam sob o brilho dourado das lâmpadas carcel. A seda do vestido moldava-se a seus quadris e percorria as pernas compridas até as pontas dos sapatos, revelando que ela não usava nada por baixo, o tecido tão fino que parecia se fundir à pele. Kel conseguia ver as curvas do quadril, as coxas sinuosas; um calor surgiu em seu baixo-ventre e ele se censurou a deixar a tolice de lado.

Antonetta ergueu o queixo. O cabelo solto caía em cachos emoldurando o rosto. As bochechas pareciam coradas.

— Em algumas semanas, estarei casada com Artal Gremont — começou ela. — Ele insiste na cerimônia da Primeira Noite, vai fazer o possível para que seja desagradável para mim. Vai tirar prazer disso.

Kel precisou se esforçar para não fechar as mãos em punhos.

— Sabe o que penso disso. Recuse-se a casar com ele, Ana.

— Não posso. E se isso é tudo o que tem a dizer, então nossa conversa será curta.

— Mas ele…

— É repugnante — disse Antonetta. — Sei disso. Mas posso aguentar. Posso aguentar muita coisa. — Involuntariamente, levou a mão ao pescoço, tocando o medalhão pendurado ali. — Só quero sua ajuda.

Kel sabia que deveria ir embora. Aquilo era tortura — ao menos para ele, senão para os dois. Mas não conseguia parar de olhar para ela, não conseguia evitar o desejo de estar na presença dela. Ainda mais perto do que já estava.

— Ajudá-la como?

O rubor nas bochechas dela se intensificou.

— Não quero que Artal seja meu primeiro. Quero que seja você.

Kel se engasgou com a própria saliva. Chegara a fantasiar com algo assim — coisa que, aliás, sempre o deixava um tanto envergonhado — , cenários nos quais Antonetta dizia algo parecido, mas jamais imaginara que ela de fato diria tal coisa. Entretanto, ao encará-la, sem ter o que dizer, sabia que ela estava falando sério. Sabia por causa do rubor que se espalhava pelo rosto dela, pelo jeito como mordia o lábio inferior. Sabia pela determinação que tinha nos olhos.

Ouviu um rugido, o sangue martelando nas veias. Queria tanto ir até ela que a necessidade chegava a tolher seus sentidos; nunca sentira algo parecido na vida, nem mesmo nas primeiras vezes com Silla, quando ele ainda não tinha passado por outras experiências.

— Não posso — disse, rouco. — Não posso ser sua penitência por se casar com alguém que não suporta.

Ela baixou a mão do medalhão.

— Mas se soubesse o *porquê*...

— Então me diga — cortou ele. — Se existe uma razão, conte para mim, Ana, pois preciso saber. Mais do que imaginei que precisasse.

Ela não respondeu. Um segundo depois, Kel já tinha se dirigido à porta, a mão na fechadura. Por fim, detrás dele, Antonetta disse:

— Você é minha primeira escolha, Kellian, mas não a única. Tem outros rapazes a quem posso pedir.

O retumbar em seus ouvidos foi demais para aguentar. Ele nunca havia entendido o que as pessoas queriam dizer quando falavam que a vista ficava vermelha, mas naquele momento foi como se uma névoa escarlate tivesse se interposto entre ele e o mundo. Atrás de si, ouvia a respiração ofegante de Antonetta. Tirou a mão da porta e se virou na direção dela.

Os lábios dela estavam entreabertos, os olhos brilhavam. Uma das alças finas do vestido escorregou pelo ombro, revelando a pele macia por baixo, a curva de sua clavícula. Ele se imaginou plantando um beijo ali, no ponto exato onde o pescoço encontrava o ombro, e se perguntou qual seria o gosto que ela teria. Doce e amendoado, como marzipan? Ou intenso e salgado, como suor e perfume?

Atravessou a sala até ela. Uma parte dele esperava que ela recuasse, mas Antonetta se manteve firme, limitando-se a inclinar a cabeça para trás e olhar para ele. As pupilas dela tinham formato de coração.

Ele disse:

— Diga, então. O que quer que eu faça.

— Eu… — Ele não achava que fosse possível ela corar ainda mais, mas estava enganado. Antonetta então respondeu: — Já disse. Quero que seja meu primeiro.

— Seu primeiro o quê? — Ele se inclinou um pouco em direção a ela, depois se retraiu. — Diga as palavras, Antonetta. Diga exatamente o que quer que eu faça. Do contrário, não o farei.

— Meu primeiro… — Ela perdeu o ar e arregalou os olhos. Fitou Kel com firmeza e disse: — Quero que me toque. Que coloque as mãos no meu corpo. — Tinha mordido o lábio com força; lambeu a marca que ficara ali e acrescentou: — Faça com que eu goste.

Ele pousou as mãos nos ombros de Antonetta. A pele dela, quente e nua, parecia cetim; ele percorreu as mãos pelo corpo dela. Deslizou-as por sobre a seda que ela vestia, por sobre as curvas de seus seios. A seda parecia água, não vetava qualquer sensação de seu corpo. Quando os mamilos dela enrijeceram ao toque dele, ele fez círculos com os dedos, provocando e acariciando até ela gemer e pressionar o corpo ao dele.

— Quero que me beije — sussurrou ela. — Do jeito certo.

Ele sabia que deveria se conter. Beijá-la com delicadeza e cuidado. Mas bastou que seus lábios tocassem os dela para que cada gota de cautela desaparecesse. Ela correspondeu com avidez, envolvendo o pescoço dele com os braços, e Kel se perdeu — se perdeu no prazer intenso de beijá-la, na maciez de seus lábios, no calor da língua de Antonetta dentro de sua boca. Ele a segurou nos braços, levantou-a do chão e a levou à cama.

Ainda se beijavam quando caíram no colchão, as mãos dela agarrando as lapelas do casaco dele na intenção de remover a peça. Antonetta puxou a camisa dele de dentro da calça e, por debaixo dela, passou a mão por seu peito nu, arfando contra a boca de Kel ao explorá-lo com os dedos.

Ele separou os lábios dos dela. Suspenso sobre a jovem, apoiado em uma das mãos, perguntou com a voz ofegante:

— Antonetta. O que vai querer agora? Diga.

Ela abriu a boca de leve em surpresa; os lábios estavam vermelhos por conta dos beijos. Dos beijos dele.

— Não sei — sussurrou. — Não sei o que pedir. Só… — Ela levantou a mão para acariciar a bochecha dele, os olhos escuros de desejo. — Não pare.

Ele grunhiu e voltou a beijá-la com fervor. Ela respondeu acariciando as costas de Kel, que ficou se perguntando se ela estaria sentindo as cicatrizes que ele tinha ali através do tecido da camisa. No entanto, estava entorpecido demais para que seus devaneios fossem muito além; chupou o lábio inferior dela e a fez gemer antes de descer o rosto pelo pescoço de Antonetta, beijando toda sua extensão. Levou um momento para baixar as alças do vestido dela e expor seus belos seios — empinados, redondos e com mamilos cor-de-rosa enrijecidos.

Ela ficara imóvel.

— Kel…? — sussurrou.

Ele queria dizer que ela era linda, maravilhosa e perfeita. Mas era como se lhe faltassem palavras. Todo o sangue de seu corpo parecia fluir para baixo e ele fechou a boca ao redor do mamilo dela. Antonetta soltou um gritinho e arqueou o corpo para cima, na direção do dele, sem conseguir dizer nada. Fincou os dedos nos flancos de Kel, erguendo os quadris, esfregando-se nos dele, fazendo faíscas de um prazer avassalador incendiarem o corpo dele.

Quando ela implorou para que ele não parasse, Kel sentiu algo se avolumando dentro do peito. Uma sensação de prazer causada pelo prazer dela, pensou, ou pelo orgulho de saber que *podia* proporcionar prazer a ela; mais uma vez, era algo que ele nunca tinha sentido antes. E enquanto descia a mão pelo corpo de Antonetta, rezou para qualquer deus que quisesse lhe dar atenção para que tudo o que havia aprendido sobre prazer na vida não lhe falhasse naquele momento, em que isso realmente importava.

Deslizou a mão pelo contorno da barriga de Antonetta, os dedos agarrando a seda do vestido pelo caminho, levantando o tecido até a cintura. Ele a sentiu se contorcendo embaixo dele, arquejando quando ele passou o dedo indicador pelo umbigo dela. Os músculos do abdômen dela saltaram sob suas mãos, tremendo contra a palma dele.

— Kel — sussurrou ela, quase chorando. — Kel... *Kel*...

O nome dele na boca de Antonetta, o som dela suplicando, quase o fez se derreter ali mesmo. Kel queria tanto entrar nela que chegava a doer. Afastou o pensamento: era impossível. O que fez foi continuar descendo a mão até encontrar a maciez da parte interna das coxas dela. Levou os lábios ao pescoço de Antonetta; o corpo dela estava rígido, preso ao dele, conforme os dedos de Kel encontravam seu centro. O calor de suas partes íntimas o fez soltar um gemido baixinho que ficou preso na garganta; começou então a mover os dedos em círculos com delicadeza, e logo em seguida acrescentou uma pressão mais firme.

Ela estava pressionada contra ele, e ele se curvava sobre ela. Kel olhava o rosto de Antonetta com um fascínio tão intenso quanto qualquer outro prazer que já sentira, viu-a corar e empalidecer, abrir a boca, tremeluzir os cílios. Ela se pressionou contra os dedos dele, o corpo se contorcendo abaixo do de Kel, as mãos agarrando os lençóis com tanta força que ele pensou que fossem rasgar.

Ela arregalou os olhos; os olhares dos dois se fixaram um ao outro. Ele perdeu o fôlego quando ela tremeu e gemeu, prendendo a mão dele com as pernas num aperto. Kel sentia cada espasmo que percorria o corpo dela e pensou, por um momento, que talvez fosse perder o controle, de tanto que sentia cada choque do prazer dela.

Quando o último tremor atravessou o corpo dela, Antonetta amoleceu, encostada nele. Por apenas um momento, ele a abraçou, maravilhado com a calmaria que os cercava, a quietude. Embora o corpo de Kel doesse com o desejo não satisfeito, pensou que poderia passar a noite toda deitado daquele jeito.

Mas então ela se sentou. O cabelo formava um alvoroço de cachos loiros, o suor reluzindo em sua clavícula. Ele sentiu uma vontade sufocante de lamber o pescoço dela.

— Sei que tem mais que isso — falou Antonetta. — E *você*?

E se inclinou para beijá-lo. Pego de surpresa, Kel gemeu baixinho durante o beijo, puxando-a para si. Metade seda, metade pele nua, ela se derreteu contra ele, a mão deslizando por seu abdômen e descendo até o meio de suas pernas…

Ele se ergueu, quase jogando-a para longe. Levantando-se da cama, ficou de pé, embora o corpo todo latejasse de desejo. Mal conseguia olhar para ela com o vestido erguido até as coxas, o cabelo caindo ao redor dos ombros, os lábios inchados por causa dos beijos. Ela levou a mão à boca.

— Mas, Kel — protestou —, eu sei que…

— Que não fiz amor com você… como foi que você disse, do *jeito certo*? Tem razão. Não posso. Não posso ser sua Primeira Noite, Antonetta. Gremont tem o direito de pedir que você seja examinada para assegurar sua virgindade. E é bem provável que faça isso, mesmo.

Ela empalideceu como se Kel tivesse lhe estapeado.

Antes que pudesse dizer qualquer outra coisa, uma série de batidas fizeram a porta balançar.

— Kel Anjuman. — Era a voz de Hadja. — O príncipe está procurando você.

Ele olhou para Antonetta. Ela já ajeitava o vestido.

— É melhor você ir — disse ela. — É o Conor. Pode ser importante.

— Não acho que seja — rebateu Kel. A dor do desejo estava diminuindo, por fim, substituída por outro incômodo. — Antonetta… eu sinto muito por não ter podido lhe proporcionar o que você desejava.

Ela se levantou e pegou uma capa de linho de uma mesa de cabeceira dourada. Enfiou os braços nela e, jogando o tecido ao redor do corpo, cobriu-se.

— Pedi prazer, e foi o que você me proporcionou. Nunca senti nada parecido antes. E provavelmente nunca mais vou voltar a sentir.

— Antonetta…

— Vá — insistiu ela, dando as costas a ele para pegar o restante de seus pertences. Seu tom era assertivo, conclusivo. O mesmo tom que a mãe dela usou quando ordenou que ele mantivesse distância.

Kel se foi. Pegou a jaqueta ao sair do quarto e já a enfiava nos braços ao descer. Não que ele quisesse descer; o que *queria* era voltar até

Antonetta e implorar a ela... mas pelo quê? O que ela poderia dar a ele? Ou melhor — o que *ele* poderia dar a ela? Nem mesmo seu verdadeiro nome.

Na metade do caminho, ouviu vozes. Reconhecendo uma delas, congelou e se encostou na parede. Uma onda avassaladora de náusea. *Gremont.* A nuca de Kel formigou. Artal fora bastante incisivo ao dizer que tinha a intenção de aproveitar ao máximo os bordéis do Distrito do Templo, quer estivesse noivo ou não, mas isso não significava que ele aceitaria ver Antonetta ali. Ficaria furioso. Talvez violento.

— É um problema — dizia Gremont. Kel se abaixou, observando por entre os corrimões. Dali via Gremont, os ombros desajeitados cobertos por um gibão pomposo, no patamar logo abaixo, de braços cruzados. De frente para ele estava Falconet, que parecia atormentado. O amuleto ao redor do pescoço de Gremont parecia ainda mais feio na luz forte das escadas. Kel não conseguiu evitar de encarar aquele pingente, que era algo pequeno demais para estar protegendo Gremont da ira de tanta gente. Inclusive da dele própria.

— É um problema que vai se resolver sozinho, Artal — disse Joss. — Falo sério. Não entendo o rebuliço.

Gremont desdenhou.

— Sempre procurando uma vantagem, não é, Joss? É sempre ótimo na resolução de problemas, esse Joss Falconet. — Ele cuspiu, errando por pouco a bota de Falconet. — Deixe para lá. Eu mesmo lido com isso.

— É mesmo? — perguntou Joss. — E quanto a Liorada?

Kel chegou mais perto do corrimão. Por que a mãe de Antonetta fazia parte da discussão?

Mas antes que o homem pudesse responder, uma cortesã com cabelo escuro e espesso e manchas escarlates nas bochechas — Audeta, pensou Kel — apareceu no patamar. Estava com os lábios franzidos.

— Artal — chamou ela. — Estou esperando por você há um *tempão* no Quarto Caqui. Vou iniciar a contagem da ampulheta, quer você venha ou não.

Que bom, pensou Kel. *Tire-o daqui, Audeta.*

Gremont semicerrou os olhos. Por um instante, Kel teve receio de que ele perdesse as estribeiras com Audeta, ou pior, mas, um momento depois, o homem deu de ombros e sorriu.

— Vejo você mais tarde, Falconet — disse, e seguiu Audeta escada abaixo.

Assim que ele se foi, Kel ficou de pé e desceu correndo. Passou por Joss no patamar. O outro homem estava pensativo, introspectivo, olhando para o nada. Kel quase passou por ele sem cumprimentá-lo, mas Joss levou um susto e pareceu despertar de um sonho.

Olhou para Kel, a expressão não mais distante, e sim sarcástica e divertida, como sempre.

— Conor estava a sua procura — falou. — Nada importante... só queria que se juntasse a ele e Montfaucon em uma partida de Castelos. — Então o homem sorriu. — Hadja disse que você estava com Silla — acrescentou. — Pensei que tinha se cansado dela.

Kel balbuciou qualquer coisa; estava feliz por Hadja ter mentido para acobertar Antonetta, mas cansado de tanto fingimento. Na verdade, estava cansado de tudo, tirando Antonetta; ainda a desejava e queria voltar para ela. Depois de tê-la beijado, tê-la tocado, como poderia voltar a uma vida na qual não podia fazer qualquer dessas coisas?

Dali, ele conseguia ver o salão principal e viu Conor esparramado em um sofá, cutucando sem parar o tabuleiro de Castelos; via o loiro que estivera com Joss agora rindo com Ciprian Cabrol. Tudo estava como sempre estivera no Caravela, pensou Kel; somente ele tinha mudado.

O Mercado Quebrado estava a todo vapor quando Lin voltou ao Sault. Ela ficara até tarde na rua, atendendo uma mulher do Warren que estava perdendo a visão. Não havia muito que remédios pudessem fazer por ela. A mulher, uma costureira, passara décadas trabalhando sob a luz fraca das velas, o que acabara comprometendo sua visão para além da cura. Tudo o que Lin pôde recomendar foi que ela parasse de costurar à noite, um conselho que sabia ser inútil. Domna Bondion tinha três filhos e mal conseguia alimentá-los com o que ganhava costurando no ritmo atual, que dirá se cortasse o turno da noite. Continuaria sofrendo em seus esforços até ficar completamente cega.

A incapacidade de ajudar deixara Lin em um estado de frustração que não a abandonou quando ela chegou em casa. Mez guardava o portão e lhe disse que o Exilado estava nos jardins do Shulamat, "respondendo a perguntas". *Está mais para distribuindo julgamentos*, pensou Lin, mal-humorada.

— Sim, mas e daí? — disparou ela, obrigando o pobre Mez a se justificar, relembrando-a de que tinha lhe pedido para avisar quando o Exilado se apresentasse ao público novamente. Ela se desculpou antes de sair correndo em direção ao Shulamat, determinada a interceptar Aron.

A noite estava quente, e o ar nos jardins cheirava a flores. Para a surpresa dela, encontrou o Exilado empoleirado em um banco, de pernas cruzadas, vestido casualmente em linho azul. Estava cercado por crianças: esfregadas pelos pais no banho até quase reluzirem, os rostos familiares direcionados a Aron, os olhos arregalados e curiosos.

Algumas já haviam sido pacientes dela; Lin vira todos ali crescer. Reconheceu Sania Dorin, a irmã mais nova de Rahel, cujas orelhas haviam sido limpas com tanto afinco que ainda estavam meio vermelhas.

— Não sei por que garotas não podem ser Shomrim — dizia ela, com sinceridade. — Escalamos melhor, *além de* prestarmos mais atenção às coisas.

Aron, que lançara um olhar furtivo na direção de Lin quando ela entrara no jardim, sorriu.

— Não acho que seja uma proibição oficial — disse ele —, ou, pelo menos, não vejo motivo para ser. Pode deixar que vou falar com o Maharam.

Um menininho levantou a mão. Lin o conhecia também: o pequeno Kaleb Gorin, primo de Mez.

— Por que os rhadanitas só viajam por terra, e não pelo mar? — indagou. — Será que eles têm medo de se afogar?

Aron olhou, então, para Lin. Os olhos bronze dele reluziram conforme respondia:

— Quando a Deusa renascer, dizem que será em Dannemore. Por este motivo, os Ashkar nunca querem estar longe demais.

Kaleb pareceu satisfeito com a resposta, embora um leve murmúrio tivesse ecoado entre as crianças. Por fim, Dara Malke, uma das meninas mais velhas, levantou as mãos e falou:

— Exilado. Será que vai acontecer alguma coisa ruim com a gente, Ashkar de Castellane, igual aconteceu em Malgasi?

Lin sentiu a pergunta como uma flecha cravando no peito. Era tão injusto que crianças Ashkar fossem acometidas por medos como esse. Ela quase conseguia se lembrar do momento em que percebeu que ser Ashkar era viver estar em constante insegurança; não pertencer a lugar algum fora do Sault, e mesmo ali, saber que os muros não bastavam para protegê-los por completo. Tudo o que sabia era que essa consciência viera cedo demais.

Aron se apoiou com as mãos para trás. Estava calmo como sempre, mas havia uma rigidez em seu olhar que dizia a Lin que ele partilhava da raiva que ela também estava sentindo. Então falou:

— Lin Caster chegou. Talvez ela possa responder melhor sua pergunta.

A alma de Lin quase saiu do corpo. Céus. Por que ele estava colocando aquela responsabilidade sobre os ombros dela? *Porque você alega ser a Deusa, responsável por seu povo*, disse uma vozinha no fundo de sua mente.

Dezesseis pares de olhos jovens se fixaram nela com expectativa. Lin falou:

— Em Malgasi, não havia conselheiro ao trono como temos aqui em Castellane. Por isso, a rainha e o rei de lá se esqueceram de que os Ashkar eram pessoas iguais a eles. Mas não se preocupem — acrescentou. — Temos Mayesh aqui, que frequenta o Palácio e pode falar em nosso favor por lá. O rei não nos fará mal. Ele não correria o risco de perder seu conselheiro nem manchar a reputação de benevolência.

Deu-se um longo silêncio enquanto as crianças contemplavam Lin, pensativas. Por fim, Kaleb ergueu a mão de novo e perguntou, virando-se para Aron:

— Como é que os barcos flutuam se são tão pesados?

Um sorriso se espalhou pelo rosto de Aron. Lin não chegou a ouvir a resposta que ele deu; estava ansiosa demais para fazer suas próprias perguntas. Se havia conseguido tranquilizar a mente dos pequenos, não sabia afirmar. Eles demonstravam a mesma mistura de melancolia e risadinhas de sempre, mesmo quando Aron se despediu deles e os mandou de volta para seus pais no Kathot.

— Foi uma ótima resposta — disse ele, quando ficou sozinho com Lin no jardim. Então se espreguiçou, alongando as mãos grandes. Tinha pintinhas nas costas da mão que eram iguais ao pedaço de pele do pescoço dele que estava exposto pela gola da camisa. Um lembrete de que, ao contrário do Maharam, ele vivera boa parte da vida a céu aberto, não dentro de templos e salões de julgamento.

— Essa pergunta anda sendo feita com frequência? Sobre Malgasi? — indaga Lin.

— Em todo Sault me fazem perguntas parecidas com essa, e nem sempre são crianças. Na maioria dos lugares, não há ninguém como o seu avô; não existe um representante do nosso povo que sirva como ponte com o poder mais alto do território.

— Então o que você costuma responder?

— Falo de casa — respondeu. E aquilo soou um tanto ríspido; a suavidade com que falara com as crianças tinha sumido. Lin então percebeu que nunca havia ficado a sós com o Exilado antes. Nunca lhe ocorreu que talvez ele fosse desajeitado ou acanhado. — Digo que outras pessoas têm terras, lares, e que nos olham torto por não entenderem como um povo pode não ter lar. Os egoístas, por medo, dizem: "mas essas pessoas não têm lar, certamente tomarão os nossos". E eu lhes relembro de que os cínicos estão errados. Que temos, sim, um lar, uns nos outros. Que fazemos morada dentro, e não fora; essa é a nossa diferença.

Lin ficou quieta por um momento. Escutou o farfalhar seco do vento nas folhas.

— Isso é muito lindo — disse então —, mas não é uma promessa, é? Não é o mesmo que dizer: *você ficará em segurança.*

— Porque não posso prometer que estão mesmo em segurança — falou. — Essa tarefa é sua, Deusa.

— Não é só minha — rebateu Lin. — O destino dado ao Exilado é caminhar ao lado da Deusa. Ajudá-la.

— Se ela passar no teste, sim. — O olhar dele se tornou contemplativo. — Foi por isso que veio até aqui? Para falar comigo sobre o teste?

Lin balançou a cabeça.

— Não. Vim porque... bem, você é um Rhadanite. Consegue ler no idioma deles?

Aron ficou surpreso. Antes que pudesse dizer qualquer coisa, Lin pegou as anotações de Fausten, totalmente amarfanhadas, de dentro do casaco. Mostrou-as a Aron no banco.

— Meus pais eram comerciantes nas Estradas de Ouro — contou. — Acho que já sabe disso. E meu irmão está nas Estradas agora. Reconheci isso aqui como o código dos comerciantes rhadanitas, mas não consigo ler. Nunca aprendi.

Franzindo o cenho, Aron tomou o papel das mãos dela.

— Onde foi que achou isto?

— Em um baú velho cheio de coisa dos meus pais. Josit talvez conseguisse traduzir para mim, mas está longe. Tenho tão pouca coisa dos meus pais, só queria… bem, que pudesse me contar o que diz aí.

Ele permaneceu em silêncio, olhando fixamente para as páginas. Lin torceu para que Fausten não tivesse feito nenhuma anotação do tipo "*Hoje decidi envenenar o rei. Certamente é uma ótima ideia*". Não sabia como explicaria algo *assim* para Aron Benjudá.

Por fim, ele olhou para ela; foi só então que Lin percebeu que estava praticamente em cima dele, fitando a cabeça abaixada de Aron com as mãos entrelaçadas. Não tinha sido sua intenção chegar tão perto.

Então ele falou de forma ríspida:

— Não acho que tenham sido seus pais que escreveram isso aqui. E também não entendo por que acha que precisa mentir para receber minha ajuda.

Lin mordeu o canto do lábio com força. *Não demonstre que ele a assusta.*

— Nem todo segredo que sei cabe a mim contar.

— Você é uma pessoa curiosa, Lin Caster — comentou ele, dobrando o papel que tinha nas mãos. — Fiquei surpreso com sua resposta à pergunta da criança. Benezar sempre me levou a crer que você não gostava muito do trabalho de Mayesh.

— Comecei a entender melhor, nos últimos tempos — disse Lin —, que às vezes somos escolhidos para fazer coisas que não queremos, mas, se não as fizermos, talvez não haja ninguém para fazê-las em nosso lugar.

— Você faz duas das Três Perguntas — disse Aron, levantando-se do banco. O luar pálido conferia um tom mais claro de dourado ao cabelo dele. — *Se não agora, então quando? Se não eu, então quem?* — Aron a olhou de cima a baixo, analisando-a. — Você é um enigma. As pessoas que conheci antes, alegando serem a Deusa, todas buscavam atenção e validação. Você parece desgostar de uma dessas coisas e não precisar da outra.

— Eu me lembro da Terceira Pergunta — falou Lin. — *O mundo todo é uma ponte estreita. Como, então, atravessá-lo sem medo?* — E subiu o olhar até o dele; quase se esquecera do quanto ele era alto. — Não tenho resposta para isso. Sinto medo com bastante frequência. Agora, por exemplo, você está me deixando assustada.

— Ah, estou? — A expressão dele era severa, fria. Distante. — Lin Caster, posso traduzir essas anotações para você com uma condição. Quero acompanhá-la em suas visitas médicas e observar seu trabalho.

Lin fechou a cara. Não gostava da ideia de permitir que Aron se juntasse a ela em seus atendimentos, mas negar tal coisa só serviria para aumentar sua desconfiança, e ela não tinha nada a esconder. Além disso, precisava da tradução.

— Devo tomar isso como uma ordem? — perguntou Lin.

— Pense nisso mais como uma troca — explicou Aron. — Mas pode considerar como uma ordem de seu Exilado, se assim preferir.

Ao menos havia certa simetria na transação, pensou Lin, conforme se encaminhava para fora do jardim. Uma simetria tensa e intricada, mas não deixava de ser uma simetria: estava cumprindo ordens de dois príncipes diferentes.

SILLA

— Silla — sussurra Audeta. — Silla, venha cá um instante.

Silla se aproxima da outra garota, hesitante. Gosta de Audeta, sempre gostou, mas acha que ela tem uma ousadia que a torna um tanto insensível à ansiedade alheia. Silla passou a noite toda aflita desde que Artal Gremont entrou no Caravela com alguns outros nobres. Ele estava rindo daquele jeito roncado de sempre — o som fazia Silla se lembrar de um cavalo — e dando tapas nas costas de Joss Falconet. Não deu sinais de tê-la visto, mas ainda assim, ela não queria arriscar um encontro; o pulso dela tinha acabado de curar. Enfurnou-se no escritório de Alys, onde a dona do estabelecimento estava trancada com a garota loira da Colina.

Audeta ocupa a passagem da porta, vestida com um robe de seda colorida e fumando um charuto. O cabelo solto cai sobre os ombros. Dá uma piscadinha na direção de Silla enquanto se posiciona de modo a possibilitar que a outra menina tenha uma visão plena do quarto onde Artal Gremont está esparramado na cama, roncando e… bem, nu. Está nu em pelo — sem sequer o colar opulento que sempre usa.

Audeta sopra um círculo de fumaça.

— Está drogado. Foi uma das poções do irmão da Alys. Vai levar horas para despertar.

— O que vai fazer com ele? — sussurra Silla. Sabe que não vai acordar Artal, mas não consegue se conter.

— Não relaremos um dedo nele, gatinha escaldada. — Audeta sorri. — Mas Alys disse que logo, logo ele vai descobrir o que fizemos do pior jeito possível.

TREZE

Bem cedo na noite seguinte, Kel se vestiu como Kel Anjuman para acompanhar Anjelica até seu compromisso.

Estava relutante em ir — tanto que praguejou baixinho enquanto calçava as botas de couro, vestia uma túnica de seda verde e um casaco de linho verde acinzentado com um capuz largo e revestido. Mas Anjelica não deixaria de ir se ele não a acompanhasse, e os resultados poderiam ser desastrosos se ela fosse sozinha. Seriam desastrosos de qualquer jeito e ponto-final, pensou, enquanto enfiava uma adaga na parte de cima da bota. Em seguida, acrescentou mais uma, na manga, só para garantir.

Ao deixar o Castelo Mitat, encontrou Lilibet no jardim do pátio, andando de um lado para o outro. Quando ela percebeu sua presença, levantou o olhar com entusiasmo, mas a decepção logo tomou conta de seu rosto. Era uma situação que Kel já tinha visto inúmeras vezes: inicialmente, Lilibet o confundia com o filho; ao olhar mais de perto, percebia quem ele de fato era e sua expressão murchava.

Assim como ele, ela também vestia verde, a cor de Marakand. Naquele dia o vestido que usava era de veludo, da cor de esmeraldas, e um colar com as pedras em si adornava seu pescoço. De repente, falou:

— Onde está Conor?

— Com Mayesh — respondeu Kel. Resguardou esperanças de que ela não visse o formato da adaga sob sua manga apertada. A última coisa de que precisava era que ela começasse a ficar curiosa sobre onde ele estava indo. — Discutindo os convites do Baile do Solstício. Acredito que haja uma questão com a escolha de palavras que demanda atenção.

As sobrancelhas pintadas de Lilibet se ergueram.

— Não me contaram... Bem. Não faz mal. — Os olhos escuros dela se tornaram mais aguçados. — Eu queria lhe perguntar uma coisa. O que acha da princesa?

— De Anjelica? — Kel foi pego de surpresa. — Não estou em posição alguma de ter uma opinião sobre ela, milady.

Lilibet fungou pelo nariz.

— No entanto, passou mais tempo com ela do que meu filho, acredito. Ele mandou você para substituí-lo no banquete. Por quê? Conor a acha obstinada demais? — Ela chutou de forma irritada um canteiro de rosas, murchas pelo calor. — Tenho dúvidas quanto à habilidade dela em ser rainha um dia. Uma rainha deve fazer concessões, e a garota se recusa a ceder em seja qual for a circunstância.

— Só a ouvi falar da senhora de modo positivo, milady — mentiu Kel.

— Então as palavras que ela anda proferindo não combinam com as ações. Acabamos de ter uma discussão a respeito da aliá. Perguntei quando o bicho seria enviado de volta a Kutani. É muito caro tratar de elefantes, sabia?

Kel fez um som descompromissado.

— Ela teve a petulância de dizer que o animal não voltaria, que ficaria aqui por tempo indeterminado. Que Marivent agora é o lar da aliá. Quando protestei, ela afirmou, sem a menor hesitação, que qualquer decisão a respeito da criatura caberia a Conor, e não a mim, e que Conor aprovava a aliá.

— Não deixa de ser verdade — disse Kel. — Ele gosta mesmo de Sedai. Acredito que esteja até mais animado com a aliá do que com a princesa.

Lilibet soltou um ruído baixo, de pura exasperação. Se Kel não estivesse ansioso para dar o fora dali, teria achado a cena engraçada. Era raro alguém azucrinar Lilibet daquele jeito.

— Meu filho por acaso se incomoda com o fato de sua noiva ser tão teimosa?

— Acredito que Conor esteja convencido de que esta união será benéfica para Castellane — respondeu Kel, com firmeza. — E, evidentemente, é isso que mais importa para ele.

— Evidentemente — concordou Lilibet, mas havia uma nuance de sarcasmo em sua voz. — Entendo que meu filho esteja determinado a se casar pelo bem de Castellane, como eu mesma estive um dia, decidida a firmar um casamento vantajoso ao meu país. Sonhava alto quando era jovem. — Ela olhou de relance para a Torre Norte, semicerrando os olhos em seguida. — Mas sonhos são coisas frágeis. Não se pode construir nada com base neles. — Ela se voltou para Kel. — Disse que Conor estava com Mayesh? Onde foi que marcaram essa reunião?

— No Arsenal. Falta pouco para o Baile do Solstício...

Mas Lilibet já se afastava cambaleante, a saia esvoaçando sem parar. Kel balançou a cabeça e seguiu na direção do Portão Oeste.

O crepúsculo caía — o tipo de crepúsculo no qual o calor do dia parecia preso sob a vindoura sombra da noite. Os gramados do Palácio estavam secos e farfalhavam sob as botas de Kel à medida que ele seguia para o lugar onde concordara em encontrar Anjelica e Kurame.

O Portão Oeste do Palácio, raramente utilizado, ficava escondido nas fortalezas do castelo. A carruagem cinza de Anjelica já estava à espera, do lado de dentro dos muros, quando Kel chegou. Somente um guarda parecia estar a postos: Benaset, que estava encostado no muro do castelo e cumprimentou Kel com interesse.

— Sua Alteza de Kutani está ao seu aguardo — disse ele, apontando o queixo para a carruagem. — Disse algo a respeito de querer ver a cidade à noite; o Mercado Quebrado e afins. O príncipe se juntará a vocês?

Kel abriu um sorriso tranquilo para Benaset. Conseguir sorrir apesar do nervosismo foi uma das primeiras coisas que ele aprendera no Palácio; naquele momento, decidiu usar o talento para assegurar Benaset de que não havia nada de estranho acontecendo.

— Infelizmente, Conor está ocupado com outras obrigações — lamentou. — Sua Alteza precisava de um guia, então ele pediu que eu assumisse seu lugar. — Kel baixou a voz em um tom autoconfiante. — Ele anda tão atarefado... está com medo de que a princesa fique entediada aqui em Castellane.

Benaset sorriu.

— Mulheres como ela provavelmente se entediam com facilidade, mesmo — comentou, e abriu o portão. Kel se apressou até a carruagem, onde Kurame estava empoleirado no banco do condutor. O sol que se punha reluziu em um par de óculos enfeitados com joias quando ele cumprimentou Kel com um aceno de cabeça.

A porta da carruagem se abriu. Kel entrou e se sentou de frente para Anjelica. Um momento depois, o veículo começou a se locomover, sacolejando ao passar por buracos grandes à medida que avançavam pelos portões e saíam para a Colina.

— Não teve dificuldades em fugir, então? — observou Anjelica. Estava vestida do jeito mais comum que Kel já a havia visto: toda de preto, o cabelo preso em tranças apertadas coladas à cabeça. Não usava joias, exceto por um anel de prata na mão direita, adornado com pedras escarlate. — E sabe aonde estamos indo? O encontro é na Rua do Castelo…

Ela está nervosa, concluiu Kel. Por algum motivo estranho, perceber isso aliviou um pouco a tensão que ele próprio sentia. Anjelica sempre parecia manter a compostura; não lhe ocorrera que ela tivesse a *capacidade* de ficar nervosa. Isso significava que ela estava mais desesperada do que havia deixado transparecer, e Kel entendia o desespero melhor do que ela podia sequer imaginar.

Ele olhou pela janela. Estavam descendo a Colina, e a cidade estava exposta à frente deles, os cantos difusos pelo crepúsculo. Parecia emanar calor; havia um tremeluzir no ar.

— Conheço a Rua do Castelo — disse. — E sim, não tive problema algum para sair. Já fiz coisas sem a permissão do Castelo antes, sabe?

— Imagino que tenha feito, mesmo. — Ela girou o anel na mão. — Mas eu praticamente chantageei você a se juntar a mim.

— Questiono seu uso da palavra "praticamente" — falou Kel, mas sorriu um pouco para amenizar. — Esse aí é um belo anel.

Ela parou de girá-lo, um tanto surpresa.

— Foi um presente de Conor. Disse a ele que não precisava me dar presentes, mas já ficou claro que ele só faz o que quer. Também me presenteou com um par de luvas, embora eu nunca tenha sentido a necessidade de usar luvas ou de tê-las. Ah, também me deu um adorno de cabeça dourado para Sedai; e óculos com joias para Kurame, Kito e Isam, embora nenhum deles usem óculos.

— Acho que essa é a primeira vez que alguém reclama para mim por Conor ter se excedido nos gestos bondosos e generosos.

Eles haviam chegado à cidade e seguiam pelas ruas estreitas abaixo da Colina.

— Diz isso — respondeu Anjelica, devagar —, mas acho que Conor não é nada do que me fizeram acreditar. Tinham me dito que ele era um devasso, entregue ao prazer, à bebida, à jogatina, à intimidade com qualquer um que chamasse sua atenção. Que era irresponsável e que estava atolado em dívidas. Mas pelo contrário, eu o acho tão responsável que chega a ser inflexível. Está quase sempre na biblioteca ou enfurnado com os conselheiros ou com o pai. E nas raras ocasiões em que eu o vejo, quando ele acha que ninguém está olhando, parece tão... *triste*.

Kel também já tinha visto essa tristeza, embora Conor a justificasse como exaustão ou frustração. Que estranho era saber que Anjelica também a percebia — ainda assim, agradeceu aos Deuses por ela não dar nenhum sinal de suspeitar que havia algo mais envolvendo o rei.

Kel falou:

— Ele mudou desde a Galeria Brilhante. E há motivos para isso.

— Não tinha me dado conta do quanto ele se culpa pela morte da princesinha.

Tinham virado na Ruta Magna e descido pela Rua do Castelo, batizada assim pela vista de Marivent que se tem do caminho sinuoso. A Rua do Castelo lembrava a passagem no Labirinto — estreita e antiga, com construções de gesso pendendo umas contra as outras. Não era uma área opulenta, mas os que moravam ali demonstravam se preocupar com a aparência de suas casas e lojas. Tudo era impecável e organizado, com placas coloridas suspensas em restaurantes e espaços públicos.

Kel abriu a porta da carruagem e desceu com Anjelica para a rua. Era um bairro onde imigrantes de Kutani haviam se estabelecido, e, de forma parecida com a estrada Yulan, carregava os cheiros e as cores de uma terra distante. Misturado ao odor do porto ali por perto sentia-se o aroma intenso de especiarias: cominho e cardamomo quentes, pimenta e canela torrada.

No fim das contas, o endereço que ela havia dado a Kel era uma casa de chá com a fachada pintada em um tom alegre de turquesa. A placa pendurada no alto dizia *Naali Canaali*, Kel tinha quase certeza de que significava "A Luz Dourada".

Kurame permaneceu na carruagem enquanto Kel e Anjelica se aproximavam. Ela havia coberto a cabeça com um xale branco que escondia parcialmente seu rosto marcante. Dentro da casa de chá, uma jovem moça que vestia o *geya* preto e branco tradicional da Cidade das Especiarias os recebeu, guiando-os por uma sala com cheiro de *patoun* onde marinheiros kutanianos, com saudade de casa, se apertavam ao redor de mesas abarrotadas de jarros de chá e travessas de pão amanteigado com casca grossa. A maioria parecia contente por estar ali, tirando o homem pálido com a cicatriz no rosto que estava sentado sozinho, encarando sua xícara como se ela o tivesse insultado.

Anjelica manteve a cabeça baixa, mas ninguém reparou nela, nem em Kel. Ocorreu-lhe comentar que, de fato, metade de um disfarce era a expectativa. Ninguém ali esperaria ver a princesa, ninguém procuraria por ela num lugar como aquele, então ninguém a veria.

A moça os conduziu até o lado de fora, a um jardinzinho fechado onde uma árvore-de-fogo crescia bem no meio. Estava vazio, exceto por uma mesa redonda de pedra, já posta com um serviço de chá para três pessoas; a presença de Kel evidentemente foi uma surpresa — em mais de um sentido, pois as outras duas pessoas sentadas à mesa eram o Rei dos Ladrões e Ji-An.

Kel ficou paralisado. Tinha uma vaga noção de que a moça que os guiara havia retornado à casa de chá; uma noção mais vívida ainda de que Ji-An o encarava, os olhos arregalados. Andreyen, como sempre, mantinha-se inexpressivo, as mãos pálidas e longas descansando sobre a bengala. O olhar verde sinistro avaliou Kel com uma indiferença calculada.

Apesar do zunido nos ouvidos, Kel viu Anjelica dar um passo à frente e retirar o xale. As tranças longas caíram sobre os ombros. Ela disse:

— Muito prazer, *namimi keyami*. Sou Anjelica Iruvai. Comigo está meu guarda, Kel Anjuman de Marakand.

Ji-An parecia desesperada para dizer algo, mas Andreyen pisava em seu pé. Suavemente, respondeu:

— Seja bem-vinda, *Ayakemi*. E Kel Anjuman. O primo do príncipe. Já ouvi falar de você. — Ele gesticulou para duas cadeiras vazias à mesa. — Venham. Sentem-se.

Enquanto Kel e Anjelica tomavam seus assentos, a moça com o *geya* preto e branco retornou, trazendo uma bandeja com samovar. Kel sentiu-se grato pelo pequeno ritual do serviço de chá, pois aquilo lhe deu uma chance de recuperar o fôlego.

Ficara óbvio que Anjelica não fazia ideia de quem era o Rei dos Ladrões; do contrário, não teria pedido que Kel a acompanhasse até ali. Os espiões de Kutani não haviam sido tão minuciosos assim. E Anjelica não tinha motivo para ser leal a Kel, em particular; se descobrisse que ele sabia quem era Andreyen, e que o conhecia bem, talvez interpretasse aquilo como traição a Conor. Talvez até contasse tal disparate ao príncipe — embora, se o fizesse, também revelaria seu próprio segredo.

Ainda assim. Estava nítido que Andreyen queria seguir com o fingimento de que eles nunca haviam sido apresentados. Kel só podia concordar em silêncio que, entre todas as possibilidades diante deles naquele momento, essa era, de longe, a que parecia mais prudente.

Após servir o chá em xícaras azul-escuras, a moça os deixou sozinhos de novo no jardim. A última luz fora levada do céu e as estrelas começaram a despontar. Kel pegou uma das xícaras, grato pelo calor que irradiava em sua mão. Era algo em que se concentrar fora de sua própria agitação.

— Fiquei embasbacado — comentou Andreyen, dirigindo-se a Anjelica — quando recebi sua mensagem. Não é todo dia que a realeza entra em contato.

Kel quase se engasgou com o chá. Estava muito doce, e muito intenso por conta da canela, dos cravos e do cardamomo. Olhando por sobre a borda da xícara, viu Ji-An murmurar algo para ele, mas não conseguiu ler seus lábios. Ele a encarou: *Pare.*

— Dizem que, em Castellane, existe um rei na Colina e um rei na Cidade — comentou Anjelica, com a voz melódica. — Só pessoas sem visão de mundo se contentariam em conhecer apenas um deles.

Andreyen ergueu a xícara em sua direção.

— Se bem que — falou ele — um deles vai se tornar seu sogro, enquanto eu sou apenas um criminoso comum que foi agraciado com uma tremenda sorte.

— Espero que essa sorte me favoreça agora. Conhece o pirata Laurent Aden?

Ji-An olhou com surpresa para Kel, que a encarou de volta com um sorrisinho vago.

— Ah, conheço — disse Andreyen. — Um jovem promissor, construindo seu império.

— Um império de pirataria e roubo — corrigiu Anjelica, severa. — Ele é um homem sem escrúpulos.

— Escrúpulos costumam sair caro — comentou Ji-An.

Anjelica ignorou o comentário.

— Disseram que se tem alguém capaz de conseguir acesso a ele é o Rei dos Ladrões. Preciso enviar uma mensagem na esperança de que ele me encontre.

— Não consigo sequer considerar a possibilidade — respondeu Andreyen — de que o Palácio acolheria com cortesia a ideia de você se comunicar com um antigo amante, que agora está escondido em uma caverna marítima na nossa costa.

Anjelica ruborizou.

— Não foi um amante. Foi um *pretendente.*

— Que seja. — Andreyen girou a bengala, pensativo. — Ele é um criminoso. Uma princesa se comunicar com ele seria alarmante para os Aurelian. O que importa para pessoas como eles é a lealdade. Planejar algo em segredo... — Ele a olhou com uma expressão gentil. — Você não deveria estar pensando em Aden. Nem em qualquer informação que ele possa ter contra você. Em breve, será a rainha de Castellane. Ele não pode mais te atingir.

— Aden nunca foi meu amante — disse Anjelica, a voz trêmula. — Mas houve um período em que acreditei estar apaixonada por ele. Escrevia cartas... cartas que teriam um efeito desastroso se caíssem nas mãos erradas. Foi uma tolice, mas agora ele está me ameaçando. Disse que se eu não voltar para ele, vai enviar todas as cartas que escrevi aos nobres na Colina. Vai ser um escândalo horrível, e os Aurelian vão se sentir obrigados a romper a aliança com a minha família. Mas meus pais jamais aceitariam isso. Não conseguiriam encontrar uma posição para mim melhor do que a de rainha de Castellane. E isso pode resultar em um conflito entre os nossos países, um conflito pior do que o que vocês têm com Sarthe. Porque, nesse caso, não seria possível resolver com um pagamento.

O Rei dos Ladrões nada disse. Kel percebia que a mente dele estava em ação, os pensamentos ocultos por trás da expressão vazia.

— Aden está querendo causar problemas — falou Kel. — Do tipo que prejudicam tanto os Aurelian quanto Castellane. E sempre me disseram que você se importa com o que acontece em Castellane.

Andreyen soltou um som pensativo.

— Digamos que eu a ajude nessa questão, princesa. Qual seria o plano? Quer que eu implore para que ele devolva suas cartas? Homens como Aden não são conhecidos por demonstrarem misericórdia.

— Ninguém vai implorar por nada. Quero oferecer dinheiro a ele... uma quantia em ouro justa pelo que ele possui.

— E depois de pagá-lo, acha que ainda vai conseguir custear meu preço? Porque não será baixo.

Kel olhou feio para Andreyen, que escolheu ignorar. Será que o sujeito não entendia a importância do que estava acontecendo? O perigo político que aquilo representava aos Aurelian?

— Eu tinha esperanças — disse Anjelica — de te pagar com informações. Informações sobre Prosper Beck.

Kel se sobressaltou e quase derramou o chá. Sabia que tanto Ji-An quanto o Rei dos Ladrões o estavam encarando com uma pergunta no olhar: *você sabia que ela ia dizer isso?*

— Prosper Beck? — perguntou Kel, ríspido. — Como você saberia algo sobre Prosper Beck?

Anjelica olhou surpresa para ele.

— Sabe quem é Prosper Beck?

— Todo mundo sabe quem é Prosper Beck — retrucou Ji-An; não era verdade, mas talvez Anjelica não soubesse disso. — Todo mundo também sabe que ele sumiu.

— Prosper Beck não sumiu — replicou Anjelica, calma. — Voltou a Castellane. Há rumores de que está se preparando para uma briga. Talvez com você.

Os olhos verdes de Andreyen haviam assumido um tom severo.

— Se estiver tentando blefar para conseguir o que quer, princesa, vou deixar uma coisa bem clara. Esse caminho não é sensato. Não comigo.

Ele não aumentou o tom de voz nem mudou a expressão, mas seu modo de falar lembrou Kel de que Andreyen era mais do que o homem que era gentil com Ji-An e Merren e que gostava de praticar jardinagem no terraço. Era um homem que tinha matado pessoas, sem pensar duas vezes.

— Não estou querendo blefar coisa nenhuma — respondeu Anjelica, que havia colocado as mãos sobre o colo. Kel via que elas estavam entrelaçadas com força. — Existe um armazém na Estrada do Arsenal no Labirinto. Com uma porta preta. Dizem ser um estoque de chá, mas você vai descobrir que ela está cheia de baús de armas.

— Como sabe disso tudo? — indagou Kel. — Espionagem kutaniana?

— A espionagem no meu país é excelente — admitiu Anjelica. — Mas não direi nada além até você... — disse e olhou para Andreyen — ter estabelecido contato com Aden por mim.

Os olhos de Andreyen eram cubos de gelo verdes. Ji-An se pôs de pé. Não havia tomado sequer um gole do chá condimentado.

— Posso ir até a Chave agora. Conferir o armazém.

— Parece ser um trabalho trivial para uma assassina tão habilidosa — comentou Anjelica.

— Acho que não apresentei minha associada — respondeu Andreyen. As palavras soaram calmas, mas ele ainda mantinha a aura de gato à espera, com os olhos aguçados e o rabo balançando.

— Você é Kang Ji-An, não é? — perguntou Anjelica. — Por sua causa, uma família inteira em Geumseong morreu.

Ji-An e Andreyen trocaram um olhar. *Tenha cuidado, Anjelica*, pensou Kel. Ele sabia que ela estava tentando se mostrar páreo para os dois; que era muito mais do que eles haviam imaginado. No entanto, saber demais podia ser perigoso.

— Você disse uma família inteira? — perguntou Ji-An, puxando as luvas e flexionando os dedos. — Isso não me parece assassinato. É um massacre.

— Mas só fez o que fez pela garota que amava — emendou Anjelica. — E é nobre fazer coisas assim por amor.

Ji-An a encarou; o rosto estava bastante pálido. O Rei dos Ladrões se levantou.

— Não há mais nada a ser discutido — declarou. — Se sua história a respeito do armazém for verdade, *Ayakemi*, pode esperar por notícias minhas em relação a Aden. Até lá, tome cuidado. Um homem que faz chantagem por dinheiro é uma coisa. Um homem que faz chantagem por amor é bem mais perigoso.

Lin estava sentada de pernas cruzadas à pequena mesa de sua cozinha, os livros e os papéis dispostos à frente. Pegara os livros de volta com

Mariam naquela tarde, e, para sua surpresa, descobrira que agora os tomos antigos tinham anotações da amiga rabiscadas nas margens em lápis de diferentes cores.

Mariam, ao que parecia, tinha se concentrado sobretudo nos grandes feitos dos feiticeiros-reis, variando do impossivelmente grandioso (como o feiticeiro-rei que, irritado por uma montanha bloquear sua vista para o mar, a deslocou até onde agora fica Marakand) ao levemente ridículo (como a feiticeira-rainha que enfeitiçou dez mil gatos para que servissem de garçons em seu casamento). Mariam, no entanto, também fizera anotações mais úteis. Em um livro que Lin quase descartou à primeira vista, por parecer tratar apenas da ligação entre as Pedras-Fonte e seus donos, ela encontrou um trecho relevante: *O mágico e a pedra devem viajar juntos às cavernas do Sulemon, onde, após cruzarem os Salões de Pedra Esculpida, a joia deve ser limpa no Local das Águas Amargas antes de ser atada ao feiticeiro ou à feiticeira cujo poder ela passaria a sustentar.*

Talvez esse fosse o problema, pensou ela. Talvez a pedra não tivesse sido ligada a ela. Mas como estabelecer uma conexão dessas? Tinha quase certeza de que todos aqueles locais haviam se perdido na Ruptura.

Lin foi arrancada de seus pensamentos soturnos por uma batida à porta. Devia ser Mayesh ou Mariam, pensou, mas ao abrir, encontrou Aron Benjudá na soleira. Estava escuro do lado de fora, a lua parcialmente encoberta por nuvens. Ainda assim, mesmo com a luz fraca, ela percebeu o quanto ele parecia cansado. Usava as roupas de linho grosso típicas dos comerciantes rhadanitas, e as sombras sob seus olhos estavam nítidas.

— Exilado — disse Lin —, eu não esperava vê-lo de novo tão cedo.

— Você me pediu um favor, e eu o cumpri. — Ele tirou um pedaço de papel do casaco. — Aqui está a tradução que solicitou.

Lin pegou o papel dele.

— Obrigada.

Ele olhou para ela com um meio-sorriso.

— Não vai ler?

Lin cerrou os dentes. Alimentara esperanças de que, se não abrisse o papel de imediato, Aron entenderia a deixa para ir embora. Mas pelo visto os Exilados não tinham lá muito traquejo social. Desdobrou o papel devagar. Como esperava, era uma lista de ingredientes copiada em uma caligrafia bonita e primorosa. Ao examiná-la, sentiu certo alívio. Nada ali lhe era desconhecido, nada parecia impossível de obter.

— Parece ser algum tipo de remédio — comentou Aron —, mas não é Ashkar. Não sou curandeiro, mas — ele bateu o dedo na folha — sei que a papoula amarela é um sedativo. Nas Estradas de Ouro, curandeiros a usam para manter pacientes inconscientes durante tratamentos, independentemente da dor que possam causar. Contudo, é uma droga complicada, e fácil de exagerar na dose. Nós, Ashkar, temos acesso a sedativos melhores que esse.

Uma droga complicada. Ele tinha razão, mas o que ela iria dizer, além de garantir a ele que não tinha a menor intenção de usar aquele remédio em quem quer que fosse? O que, obviamente, não era verdade.

— Posso fazer uma pergunta? — foi o que preferiu dizer, afinal.

— Você é uma Deusa em potencial — respondeu Aron, sem preâmbulos. — Pergunte o que quiser.

— Já ouviu falar de um lugar chamado de Local das Águas Amargas?

O efeito de suas palavras a surpreendeu. Aron arregalou os olhos e deu meio passo para trás, quase como se ela o tivesse empurrado.

— Quem pediu para você me perguntar isso? — indagou, ríspido. — Foi Mayesh?

— Claro que não — respondeu Lin. — O nome apareceu em um livro que peguei no Shulamat. Em uma história sobre os feiticeiros-reis. Mas pensei que talvez — disse ela, observando-o com atenção — fosse apenas uma história. Que não fosse real.

Ele pareceu relaxar por um instante.

— Não há nada que não desperte sua curiosidade, não é? — comentou ele. — Sim, esse lugar existiu. Ficava na fronteira do que costumava ser Aram, bem nas profundezas da terra.

— Foi destruído na Ruptura?

Ele deu de ombros.

— Muita coisa foi destruída naquela época. Muita coisa se perdeu e muita coisa foi escondida. Algumas, por bons motivos.

— Está falando em enigmas — reclamou ela.

Ele já estava de costas para ir embora, mas no último degrau, virou-se para olhar por sobre o ombro.

— Então me decifre — falou, e sumiu às sombras.

— Jamais passou pela minha cabeça que o Rei dos Ladrões fosse daquele jeito — comentou Anjelica à medida que a carruagem se afastava da Rua do Castelo. Estava sentada de frente para Kel, as mãos cruzadas sobre o colo feito uma garotinha. Os olhos brilhavam e as bochechas estavam coradas. Foi um encontro empolgante, ponderou Kel, ao menos sob certa perspectiva. Para ele, nada animador; tinha passado a maior parte do tempo querendo vomitar.

— Prosper Beck — disse Kel com firmeza. — Como sabe tanto a respeito de Prosper Beck?

Ela balançou a cabeça.

— Agradeço pela ajuda, Portador da Espada. Mas não posso te contar.

— Você me deve essa — rebateu ele. — Deveria ter me dito que sua intenção era chantagear Andreyen Merettus, provocando-o com informações sobre Prosper Beck. Perdeu o juízo? Se meter desse jeito nos jogos entre dois criminosos violentos é...

— Nunca imaginei que *você* saberia quem é Prosper Beck — falou Anjelica, com ultraje. Seguiam pela Ruta Magna, a caminho da Colina.

— Um Portador da Espada precisa saber de muitas coisas. — Tecnicamente era verdade, pensou Kel, torcendo para não soar pedante. — E você está brincando com homens muito poderosos. Inclusive Aden.

— Estou fazendo o que preciso fazer. — À luz tênue da carruagem, ele sentiu o olhar dela cravado nele. — Mas eu deveria ter lhe contado mais. Dado um aviso. Peço perdão. Errei.

Kel se acalmou, ainda que a contragosto. Um pedido de desculpas vindo de alguém da realeza era algo raro, coisa que ele sabia por experiência. Mesmo assim, continuou se perguntando como ela conseguira informações acerca de Prosper Beck. A espionagem kutaniana era notória, de fato, e talvez fosse essa a questão. Mas aquilo o incomodava — sobretudo o fato de saber muito bem que, mesmo se perguntasse, Anjelica não responderia. A amizade dos dois ainda não tinha chegado àquele nível.

Anjelica olhou pela janela.

— Tem alguma coisa acontecendo? Um festival?

Kel não precisou olhar; via a luz das tochas de nafta iluminando o interior da carruagem.

— É o Mercado Quebrado. Qualquer coisa pode ser vendida aqui contanto que esteja danificada e precisando de reparos.

— Mas por que alguém ia querer coisas quebradas?

— Algumas pessoas gostam do ato do reparo — respondeu Kel. — Em Zipangu, consertam cerâmica quebrada com ouro derretido para que o objeto rachado fique mais bonito ao ser remendado. E alguns, creio eu, querem só ter a certeza de que nada nunca vai estar quebrado a ponto de não poder ser restaurado.

— Acho que eu preferiria nunca ter quebrado, para começo de conversa — comentou Anjelica, após uma longa pausa. Inclinou o corpo para a frente. — O Rei dos Ladrões — falou. — *Você* imaginava que ele seria daquele jeito? Foi você quem cresceu em Castellane, ouvindo as histórias e lendas do Cavalheiro Morte.

— Ele é exatamente o que eu esperava — respondeu Kel, baixinho. — Tirando o fato de que não saiu voando com asas de pega-rabuda nem se dissolveu em sombras quando a reunião acabou. Não — acrescentou, conforme avançavam pelo Mercado Quebrado —, o que me surpreendeu mesmo foi você.

Ela abriu um sorriso fraco.

— Gosto de saber das coisas. E a vida acaba ficando entediante quando você é uma entre dez filhas em um palácio.

— Entendo. E aí essa filha, então, recorre à espionagem para se entreter — comentou Kel, depois olhou para ela com firmeza. — Cheguei a conhecê-lo, sabia? Prosper Beck.

Um vislumbre cruzou o rosto da princesa — espanto genuíno — bem no momento em que a carruagem sacolejou e parou depois de passar por um buraco. A porta se abriu. Kurame os esperava para ajudar a irmã a descer. Os óculos cravejados com joias que ele usava reluziam como a carapaça de um besouro arco-íris, e Kel não conseguiu conter o riso sabendo que tinham sido um presente de Conor.

Tinham voltado a Marivent pelo mesmo portão dos fundos por onde haviam saído, os três em silêncio. Ao passarem por Benaset, que acenou com a cabeça, educado, Kel se perguntou se deveria acompanhar Anjelica até seus aposentos. Seria o mais cortês, mas nada naquela noite parecia normal, e talvez ela preferisse ficar sozinha com o irmão.

No fim, os dilemas internos dele se provaram irrelevantes. Após atravessarem o arco que dava para os jardins do Castelo Mitat, Kel viu Conor sentado sozinho na beira da fonte de ladrilhos. Acima dele, um relógio de sol escuro com um verso de uma canção antiga entalhado em sua base: AI DE MIM, QUANTO PENSEI QUE SABIA DO AMOR, E MESMO ASSIM QUÃO POUCO SEI.

Conor ergueu os olhos quando a comitiva se aproximou e sorriu ao avistar Kel.

— Fiquei me perguntando onde vocês tinham se metido — disse ele. — Meu melhor amigo *e* minha futura esposa.

E Kurame, pensou Kel, mas quando olhou para os lados, Kurame já tinha sumido nas sombras da noite daquele mesmo jeito que a Guarda de Sangue parecia treinada a fazer.

Conor parecia inconsolável.

— Fiquei tão solitário que considerei me afogar nesta fonte, mas a água está cheia de sapos.

— Kellian quis me mostrar o famoso Mercado Quebrado — disse Anjelica, sentando-se na mureta da fonte ao lado de Conor. — Sua cidade é encantadora à noite. Também visitamos o Jardim Noturno — acrescentou. — Sua mãe tem um gosto excelente para flores.

— Fico muito feliz em ouvir isso — comentou Conor. — Porque ela está convencida de que você não aprecia o gosto dela para nada. Mas não se preocupe. Eu também não sou fã.

Anjelica riu. Pareceu uma risada genuína — espontânea e brilhante feito prata.

— Vi Lilibet mais cedo, Con — disse Kel. — Ela parecia irritada porque você e Mayesh estavam discutindo o Baile do Solstício sem a presença dela.

— Ah, fiquei sabendo. — Conor bocejou, espreguiçando o corpo esguio. O cabelo do príncipe estava desalinhado como se ele tivesse dormido em cima da escrivaninha de novo. Kel sentiu aquela dor aguda, uma mistura de amor e remorso. Pelo tanto que queria proteger Conor. E pelos segredos que estava guardando dele.

Ouviu Conor explicar sobre o Baile do Solstício para Anjelica, mas sem prestar muita atenção. Era uma celebração anual do reinado dos Aurelian e que se aproximava a passos largos. Conor achava que Anjelica deveria participar dos preparativos das festividades.

Kel ficou se perguntando se deveria ir embora, sumir discretamente como Kurame. Deixar os dois a sós. Pareciam estar se dando bem; sem dúvida isso deveria ser encorajado, certo?

— Costuma ser um baile de máscaras, não é? — indagou Anjelica. — Todos vão fantasiados.

— E todo ano tem um tema diferente — disse Conor. — Ano passado, foi "estrelas e planetas". No ano anterior...?

Ele então se virou para Kel com uma pergunta no olhar.

— Foi "histórias dos Deuses" — respondeu Kel. — Montfaucon se fantasiou de Aigon, o Deus do mar, e estragou todos os tapetes do palácio.

Conor voltou-se para Anjelica.

— Minha mãe já deve ter se ocupado da comida e das decorações, mas acho apropriado deixar o tema para as fantasias sob sua responsabilidade, milady.

Anjelica bateu palmas curtas, animada.

— Criaturas — exclamou, de pronto. — Cada pessoa deve se mascarar como o animal com que mais sente que parece.

— Que parece? Pensei que as máscaras servissem para esconder quem você é — rebateu Kel.

— Muito pelo contrário, a escolha de disfarce revela muito sobre sua identidade — atestou Anjelica. Havia seriedade em seu rosto, mas Kel teve a sensação de ouvir certo divertimento em sua voz. — Kellian, você poderia ser um camaleão, a criatura que se sai muito bem se disfarçando. E quanto a você, milorde — continuou, ao se virar para Conor —, seria um leão, afinal você é Castellane.

— E quanto a você, *Ayakemi*? — indagou Conor.

— Terá que esperar para ver. — Sorrindo, Anjelica se colocou de pé. Para a surpresa de Kel, inclinou-se e beijou a bochecha de Conor. — É muita gentileza sua confiar a mim algo tão importante.

Então girou o corpo e partiu em direção ao Castelo Pichon. Uma lua tingida de azul se alçava ao céu, e o xale branco da princesa brilhou sob a luz. Enquanto ainda a olhava partir, Kel viu Kurame surgir da escuridão, uma sombra fluida, para se juntar à irmã.

— Sente-se aqui comigo — falou Conor, interrompendo seus devaneios. Ele havia se deitado na beirada da fonte e estava contemplando o céu. — Estou me sentindo de muito bom humor. Vamos beber juntos e contar estrelas.

Kel fez o que Conor pediu. Apoiou-se, com as mãos para trás, no ladrilho e olhou para o céu. A lua parecia estar brincando de esconde-esconde com as nuvens, sumindo e aparecendo por detrás delas sem nunca se revelar por completo.

— Algum motivo para esse bom humor? — indagou Kel.

Conor entrelaçou os dedos atrás da cabeça. Um dia, Kel pensou, talvez pudessem fazer aquilo de novo — deitar lado a lado, observando as estrelas que conheciam desde a infância — sem aquela distância entre os dois, sem aquele espaço que ele não conseguia definir e não sabia nomear.

— Eu me sinto como um marinheiro — respondeu Conor — que passou tempo demais no mar e finalmente avista terra firme.

Kel baixou o olhar para o príncipe. Os olhos de Conor estavam desfocados, como se não estivesse de fato olhando para o céu, mas para algo além dele, para algo que não estava vendo de verdade.

— Encontrou o que procurava na biblioteca, aquela noite? — perguntou Kel.

— Sabe que encontrei? — respondeu Conor. — Acho que encontrei mesmo.

Lin teve um sono inquieto naquela noite, e sonhou com coisas estranhas. Embora não tivesse sonhado com o homem que queimava tudo o que tocava, sonhou com colinas e vales incendiados, uma terra devastada pelo calor escaldante.

Acordou mais tarde que o normal e colocou um vestido cinza simples de cambraia. Pretendia visitar o Etse Kebeth. Inevitavelmente, sentiu que havia negligenciado Mariam, que provavelmente já estava precisando de outra sessão de cura. Entre a questão do medicamento do rei e a preocupação consigo mesma devido ao teste iminente, Lin temia não estar sendo tão diligente quanto deveria na supervisão do estado de Mariam. Afinal, a saúde de Mariam não era justamente seu propósito maior?

Amarrou um avental branco na cintura para se proteger da sujeira e saiu do quarto, ainda escovando o cabelo. Precisava comer algo também, embora cogitasse tentar convencer Chana a deixá-la vasculhar a cozinha do Etse Kebeth…

— Bom dia, Linnet.

Ela quase soltou um gritinho. O avô estava sentado à mesa da cozinha, uma fumaça cinza fina subindo do cachimbo entre seus lábios. Ela semicerrou os olhos para ele. Como ele tinha entrado ali? Certamente estava velho demais para iniciar uma carreira no ramo de invasão a domicílio.

— *Zai* — disse, apontando a escova de cabelo para ele de modo acusatório. — Quase me matou de susto! Como entrou aqui?

Ele não respondeu, o que não a surpreendeu nem um pouco. Sem as roupas de conselheiro, vestindo uma túnica e calças comuns, ele parecia mais velho. Mas os olhos que a observavam sob as sobrancelhas espessas estavam tão aguçados e perceptivos quanto sempre.

— Tenho uma mensagem para você — disse. — Do Príncipe Conor.

Passou um papel dobrado para ela por sobre a mesa. Lin não se deu ao trabalho de perguntar se ele o havia lido; era óbvio que sim.

— O príncipe pediu que entregasse a mim? — indagou, pegando o bilhete.

Ela então se lembrou do que o príncipe lhe dissera: não dá para confiar em todos os mensageiros. Será que ele tinha depositado sua confiança no conselheiro?

— Não — respondeu Mayesh, direto.

Lin sabia que poderia pressioná-lo quanto àquela questão; também sabia que não adiantaria nada tentar. Desdobrou o papel, leu a mensagem, escrita em uma caligrafia absurdamente elegante:

O Palácio estará praticamente vazio no dia da lamúria. Venha à Praça Valeriana ao meio-dia. Uma carruagem irá conduzi-la de lá até Marivent. Sabe o que será preciso fazer por lá.

O príncipe havia rubricado o bilhete. Apenas as iniciais de seu nome real completo, seja lá qual fosse. Lin ergueu o rosto e viu Mayesh soltando fumaça de *patoun* em uma nuvem densa. Ele disse então:

— Daqui a três dias, na praça principal, o Hierofante de Aigon concederá sua bênção ao Príncipe Conor e a sua prometida, Anjelica Iruvai de Kutani.

Ah. Lin também sabia que a cerimônia se aproximava, bem como todos em Castellane. Fazia parte da longa sequência de festivais, procissões e rituais que precediam um casamento real. Mas não fazia ideia de que já estava tão próxima.

Ficou se perguntando por que o Príncipe Conor a queria na praça. Fazia sentido levá-la ao Palácio quando este estivesse quase vazio, com todos na cidade. Mas certamente seria mais fácil enviar uma carruagem direto ao Sault, não?

— Por que Conor quer levá-la ao Palácio? — perguntou Mayesh, em um tom de voz baixo. — O que ele espera que você faça por lá?

— Então o senhor *leu* o recado — acusou Lin.

— De todo jeito, você confirmou minhas suspeitas — respondeu ele. — Não sou tolo, Lin, e tenho olhos por toda parte em Marivent. Sei que Conor a levou à biblioteca na noite do banquete. Por quê? O que quis dizer com "o que *será preciso* fazer por lá"?

Lin hesitou. Não conseguia pensar em uma mentira que não pudesse ser facilmente desmascarada. Mayesh conhecia o Palácio bem demais, conhecia a família real bem demais. Mais até do que eles próprios.

Respirou fundo. O príncipe lhe pedira que não comentasse o assunto com ninguém. Mas não havia como se esquivar de seu avô: Ele cavaria a verdade como um cachorro atrás de um osso enterrado em um jardim.

— Não posso dizer — falou. — O príncipe me impôs uma ordem real.

Mayesh a encarou, o cachimbo parado no ar, esquecido a meio caminho.

— Não pode estar falando sério.

— Eu não mentiria sobre algo assim — retrucou Lin.

— Então a questão é o pai dele. — Mayesh se levantou de súbito. Perambulou até a janela e fitou a vista modesta do Sault, a rua de paralelepípedos se estendia até desaparecer em direção aos portões.

— Não posso dizer — falou Lin, sentindo-se exausta. — Não que eu não queira. Tenho perguntas e o senhor talvez tenha as respostas. Mas *não posso.*

— Não estou gostando disso. — O cachimbo de Mayesh queimava à toa entre os dedos; ele parecia ter se esquecido do objeto. — Conor mudou, sabe? Desde que você o conheceu, quando Kel estava ferido.

— Ouvi dizer — respondeu Lin, sem rodeios. — Principalmente de Kel.

— E ele não está errado. Mas me faz pensar... até que ponto um homem pode realmente mudar, quando foi criado para ser determinado tipo de pessoa? — A fumaça do cachimbo se extinguira, e Mayesh o largou em cima da mesa com impaciência. — No passado, os planos dele foram desastrosos. Não quero que ele arraste você para outro desastre.

— Não posso contar muita coisa, *zai*.

Ela não podia fazer nada além de refletir sobre a conversa que travavam. A preocupação na voz de Mayesh era real, mas não deixava explícito se era por ela ou por ele próprio. Podia ser que estivesse preocupado com Castellane, com a aliança com Kutani, com os nobres na Colina e suas opiniões a respeito do príncipe...

Lin então suspirou.

— O que posso dizer é que Con... que o Príncipe Conor não me pediu para fazer nada que eu já não estivesse disposta a fazer, independentemente da ordem real.

— Lembre-se do que nossos sábios costumam dizer. *Viva dentro das leis, não morra por causa delas.* É melhor colocar sua segurança pessoal em primeiro lugar, Lin. — Quando ela não respondeu, ele bufou, irritado. — Mas então por que ele lhe impôs uma ordem da realeza?

— Ele acredita que não gosto dele — respondeu Lin, e viu o avô arqueando uma sobrancelha. — Acho que não sabe como agir quando esse percalço se impõe. Nunca conviveu com ninguém que não tivesse ao menos que *fingir* gostar dele. Não faz ideia de como pedir a ajuda de boa vontade; sem que a outra pessoa espere algo em troca.

Um leve traço de divertimento pareceu perpassar o rosto de Mayesh.

— Vejo que conhece o príncipe melhor do que eu pensava. Talvez até melhor do que ele mesmo se conhece. — Ele voltou a segurar o bilhete, tirando-o de cima da mesa. — Ele quer que esteja na Praça Valeriana durante a bênção. Pois bem, então. Vá, e leve Mariam. Ela vai gostar do luxo e da circunstância. Pelo bem dela, farei questão — acrescentou, dobrando o recado novamente — de que vocês tenham uma visão boa da cerimônia.

JERROD

Jerrod,

Pensei bastante em seu alerta e cheguei à conclusão de que tem razão. Embora me pareça conveniente manter a pessoa em questão por perto, o perigo de sua companhia agora vem se mostrando maior do que o potencial benefício. Peço que leia, por favor, a lista de instruções contida aqui com cautela e em seguida cumpra-a. Confio que agirá com a rapidez que a situação exige.

Beck

CATORZE

— Andreyen não está nada feliz com você, sabia? — comentou Ji-An.

— É mesmo? — Kel lançou um olhar para o porto. — Foi ele quem te disse isso?

Tinha que admitir que era uma bela noite para velejar rumo a Tyndaris, embora seu humor estivesse péssimo para quase tudo. O vento soprava leve e o mar estava calmo. De tempos em tempos, um lampejo de luz escapava por entre nuvens densas, criando uma escuridão intermitente que escondia os movimentos deles à medida que Kel, Merren, Jerrod e Ji-An se amontoavam na ponta de um convés estreito.

Como Andreyen prometera, um pequeno bote os aguardava. (Pelo visto, ele tinha à disposição uma frota de embarcações rasas e velozes, perfeitas para levar mercadorias contrabandeadas dos navios bem longe da costa, até as cavernas onde piratas como Laurent Aden ficavam à espreita.)

Ji-An lançou a Kel um olhar irritado antes de entrar no barquinho. Kel, Jerrod e Merren vieram logo atrás.

A embarcação era conduzida por dois remadores taciturnos vestidos com roupas de oleado envelhecido e que passavam a impressão de que preferiam estar esvaziando canecas de cerveja em alguma taverna iluminada na Chave. No entanto, eram homens de Andreyen, e foram até educados, na medida do possível, enquanto o grupo se acomodava e o bote começava a se afastar da orla.

Avançaram pela água em silêncio, à exceção do som ritmado das remadas. A maré estava baixa, e a ilha submersa de Tyndaris emergia perto da boca do porto, coroada por ruínas escarpadas de templos cujos contornos se destacavam no céu nublado.

Merren e Jerrod estavam sentados na proa, as cabeças próximas. Kel ficou se perguntando o que estariam discutindo, mas não se demorou muito nesse pensamento. Ji-An, de cenho franzido, sentou-se de frente para ele.

— Não ouviu o que eu disse lá no porto? — perguntou ela, mantendo a voz baixa. — O Rei dos Ladrões...

— Não está nada feliz comigo, sim. — Kel bufou. — Ouvi. Estava torcendo para conseguir falar com ele. Não sabia que ele não viria hoje.

Ji-An se virou para observar os remadores, mas nenhum dos dois prestava atenção a conversas no bote. Virando-se de volta para Kel, ela disse:

— Mas também, né, o que você *esperava*? Aparecendo daquele jeito ontem com a princesa kutaniana, sem nos alertar do que ela queria ou sequer de que estaria com ela...

— Eu *não sabia*. — Kel esticou as pernas. Estava vestido todo de preto, assim como os demais, com adagas nas botas, facas nos punhos e uma lâmina presa ao quadril. — Ela só me disse que teria um compromisso e precisava que eu a guiasse por Castellane.

— Hum. — Havia um leve tom esverdeado na lua naquele dia; dava ao céu uma aparência sinistra, na percepção de Ji-An. — E por que a princesa iria querer estabelecer contato com um criminoso? Essa Anjelica Iruvai, não sei não. Não acho que devemos confiar muito nela.

— Pode deixar que vou levar isso em conta — respondeu Kel. Viu que Merren olhava ao redor, um tanto maravilhado. Haviam alcançado águas mais fundas, onde os navios estavam ancorados. As embarcações pareciam imensas na superfície, fazendo o bote em que estavam parecer ainda menor. Como se navegassem por um vale escuro ladeado por montanhas.

Só que essas montanhas eram habitadas. As luzes brilhavam nos navios, e vozes ecoavam sobre as ondas. Os remadores se aproximaram das laterais dos navios, fazendo o possível para se manterem fora de vista.

Algo naquela vastidão fez Kel sentir uma solidão peculiar. Passara a vida toda em uma cidade, um lugar onde raramente estava a mais do que alguns passos de outro ser humano. Mas o mar era imensurável. Saindo do porto, estendia-se uma imensidão de água vazia e amarga que ia até Kutani, tão hostil quanto um deserto escaldante.

— Anjelica estava certa quanto ao estoque de armas? No armazém? — perguntou Kel.

— Sim — respondeu Ji-An, relutante. — Estava. Acredito que Andreyen vá fazer o que ela pediu e descobrir o paradeiro de Aden. Provavelmente já fez isso.

— Então ela estava certa sobre Prosper Beck também. Ele de fato voltou.

Ji-An franziu os lábios.

— É o que tudo indica.

A frase foi emitida quase que com cansaço, de uma maneira bastante atípica para ela. Kel quis perguntar mais: o que Andreyen achava do retorno de Prosper Beck, o que Beck podia querer; mas naquele momento, o bote deixou o espaço entre os navios e Tyndaris surgiu diante deles.

Da praia, sempre tivera a impressão de que a ilha submersa tinha um certo brilho, como um fragmento de quartzo quebrado emergindo das ondas. De perto, Kel percebeu que o brilho vinha da Capela das Mil Portas. As colunas do templo eram a única parte de Tyndaris que nunca ficava submersa, e os pilares de mármore branco reluziam como osso polido. Muitos estavam lascados na ponta, mas alguns ainda se erguiam, tentando alcançar o céu feito dedos secos.

O restante da ilha, a terra sobre a qual o templo se assentava, era uma massa de areia úmida e escombros, coberta agora por uma densa camada de algas verde-escuras. Crustáceos se agarravam às laterais da ilha; o que, à distância, Kel tomara por árvores eram, na verdade, torres de corais ramificadas entrelaçadas com musgo marinho.

Um dos remadores murmurou algo; o outro desenhou o sinal da Roda de Aigon, um gesto feito com a mão no centro do peito, para afastar o infortúnio. Conforme se aproximavam da ilha, Kel percebeu que não podia culpá-los. Havia algo proibitivo naquele lugar que passava grande parte do tempo submerso em uma atmosfera desconhecida, onde tubarões e crocodilos rondavam suas ruínas e o sol não alcançava.

O bote parou a menos de meio metro da água salobra. Parecia não haver meio de chegar mais perto da ilha sem encalhar. Um dos remadores indicou um conjunto de degraus de pedra na lateral da ilha; era, segundo explicou, a única forma de subir até a capela.

— Quanto tempo temos até a maré subir? — indagou Kel, saindo do bote. Dava para sentir o frio da água através até mesmo do couro de suas botas altas.

— Uma hora, talvez — falou o mais velho, um homem de cabelo grisalho que saía feito palha de debaixo de uma boina. — Vai levar um tempo até a ilha submergir por completo, mas é melhor estarem fora daqui bem antes disso. Ficaremos esperando pelo máximo de tempo que der. Mas se nos virmos obrigados... — Ele deu de ombros. — Vamos largar vocês aí.

Os quatro ficaram em silêncio ao avançar pela água rasa até o sopé da escada coberta de musgo. Kel suspeitava que todos estavam imaginando o mesmo cenário: o que fariam se ficassem ilhados em Tyndaris quando a maré subisse até apenas os topos dos pilares do templo ficarem visíveis sobre a água? Até que fosse possível flutuar por entre os escombros, apenas aguardando a morte verde — por afogamento ou crocodilos — reivindicá-los?

Ji-An foi a primeira a alcançar os degraus. Deu um salto com o arco em uma mão, e a aljava presa às costas. Jerrod e Merren a seguiram. Kel foi por último e, assim que pisou no primeiro degrau, caranguejinhos rosados se espalharam.

As escadas serpenteavam por onde, um dia, talvez houvesse uma floresta. Agora, era uma trilha estreita cercada por árvores mortas, castigadas pela água salgada e pelo sol. Era necessário seguir com cuidado: não apenas porque os degraus estavam escorregadios, mas também porque rachaduras escondiam pequenas poças, cheias de estrelas-do-mar e caranguejos-eremitas.

O mar foi sumindo abaixo deles à medida que subiam. Kel se sentiu reconfortado ao ver o bote, um pontinho iluminado por um lampião na água. O mar parecia bufar, suspirar e soprar na ilha como algo vivo. Quando enfim chegaram ao topo, o barquinho tinha desaparecido debaixo de uma protuberância rochosa.

A vegetação mudou rapidamente quase de um passo para o outro. Agora havia erva marinha e arbustos floridos aqui e ali. Os degraus deram lugar a um caminho mais plano que atravessava o topo da ilha até a Capela das Mil Portas.

— Engraçado — comentou Merren, conforme se aproximavam. Foi a primeira coisa que qualquer um deles disse desde que haviam posto os pés na ilha. — Não tem porta *nenhuma*.

— É difícil ter portas sem paredes — respondeu Kel.

— Isso é um tanto injusto — rebateu Jerrod. — Tem *uma* parede.

De fato, o que restava do lugar era um chão retangular de mármore, cercado de pilares de mármore. O teto, que aquelas colunas um dia sustentaram, já havia desaparecido, e todas as paredes haviam tombado, exceto uma. Ainda assim, tiveram a impressão de que o lugar havia sido vibrante. Em alguns pontos, manchas de tinta desbotadas ainda persistiam. Um mosaico bem preservado ainda decorava a única parede, mostrando Aigon em toda a sua glória, o cabelo azul esverdeado e a barba esvoaçante. Diante dele, ajoelhava-se um homem que lhe oferecia uma espada — em sinal de rendição. O homem era um feiticeiro-rei; isso ficava perceptível pelo padrão de ladrilhos pretos acima de sua cabeça. Uma pedra brilhava no cabo da espada, representado por um amontoado de tesselas douradas.

— *Olhem* — apontou Ji-An, e Kel entendeu por que conseguia ver o mosaico com tamanha nitidez. Um lampião pequeno estava suspenso em um gancho na parede acima das ruínas do altar. Uma chama ardia dentro dele, estável, o que significava que…

— Já tem alguém aqui — falou Kel com a voz baixa.

Abaixou-se atrás de um matagal de pinheiros secos, e os demais o seguiram.

Esperaram em silêncio por cerca de dez minutos, até que o som de passos se tornou audível, botas na pedra, seguido pelo murmúrio de vozes. Um momento depois, Lady Alleyne apareceu, avançando em direção ao templo onde o lampião estava aceso, indicando um ponto de encontro.

Liorada não estava sozinha. Para o choque de Kel, ao seu lado estava um homem alto, vestido de preto com um pingente reluzente pendurado no pescoço. Kel ouviu o arquejo de surpresa de Jerrod.

— *Gremont* — sussurrou.

— Que situação mais *ridícula* — protestou Lady Alleyne, indignada. Usava um manto de veludo vermelho-escuro, a bainha preta de lama e água do mar. O cabelo pálido fora preso no alto com grampos de rubi, o olhar que lançava ao redor poderia ter derretido vidro. — Fazer-nos vir a uma reunião aqui, neste lugar ridículo…

Olhou feio para os sapatos, imundos de lama.

— Ela deve ter bons motivos — disse Gremont, naquela voz rouca de sempre.

O som da voz de Gremont fez o estômago de Kel se contorcer. Ao seu lado, ouviu Merren soltar o ar por entre os dentes. Kel não o culpava, pois suas próprias mãos coçavam com a vontade de estrangular Gremont.

— *Motivos* — repetiu Lady Alleyne, com ironia. — Ela quer é me humilhar, isso sim.

Os dois nobres alcançaram os degraus do templo e Gremont subiu primeiro para ajudá-la. Embora galhos espetassem suas costas, Kel precisava admitir que dali tinham uma ótima visão do chão do templo, que se estendia diante deles feito um palco iluminado.

Lady Alleyne olhou para as ruínas da capela, a cabeça erguida, e curvou os lábios.

— Onde está você? — chamou, a voz um tom mais agudo para que chegasse ainda mais longe. — Pediu que eu a encontrasse aqui. Pois bem, aqui estou. Agora apareça!

Uma sombra surgiu do topo quebrado da única parede da capela. Kel se lembrou de um gato pulando, quieto e gracioso. E estranhamente familiar. E antes mesmo de a sombra pousar no chão de mármore, leve como se as solas de seus sapatos fossem acolchoadas, Kel já sabia exatamente quem era.

O Assassino Sombrio. Que endireitou a postura depressa, feito uma marionete que passou a ser manipulada por um títere. O tecido preto que cobria a figura da cabeça aos pés reluzia sob o luar, opaco e denso como pólvora. Sem rosto e sem movimentos, o espectro encarou Liorada Alleyne, que — abandonando toda a pompa que cultivara há pouco com Gremont — deu um passo involuntário para trás, com medo.

— Caralho — balbuciou Jerrod. Kel não sabia se ele estava preocupado ou impressionado. Ou, talvez, um tanto com inveja.

— É quem eu chamava de assassino — murmurou Kel. — A pessoa que matou Raimon. E a princesa sarthiana.

A expressão de Gremont não mudou. Ficou olhando, com os braços grandes cruzados sobre o peito, enquanto Lady Alleyne tentava recuperar um pouco de sua dignidade, como se fosse possível vesti-la igual ao manto de veludo.

— Que bom — falou Lady Alleyne. — Está aqui. O que você quer?

A voz da sombra tinha o mesmo chiado rouco do qual Kel se lembrava.

— Posso até ter sido eu a marcar este encontro, Alleyne, mas foi você quem me forçou a isso. A mensagem que me mandou…

— Reitero o que disse. — A voz de Lady Alleyne subiu uma oitava. — Isto já foi longe demais. Concordamos em pregar uma peça, fazer uma brincadeira com os sarthianos, não com o desastre que aconteceu na Galeria Brilhante. Você usou aquilo contra nós e agora quer que façamos ainda pior.

Nós. O corpo todo de Kel enrijeceu. Quem era *nós*?

— Nossa aliança pode até ter começado de uma maneira longe da ideal, Liorada — apaziguou Gremont, fazendo o máximo que podia para suavizar a voz. — E tenho certeza de que nossa aliada, Sua Alteza aqui presente, se arrepende disso. — Kel olhou para a figura de preto… *Nossa aliada*. Não só era uma mulher, como também pertencia à realeza. — Mas pense em tudo o que lhe está sendo oferecido.

— Oferecido? — Os lábios de Lady Alleyne tremeram. — Vocês nunca ofereceram nada às pessoas que, como eu, ajudaram a colocar em prática aquele pesadelo na Galeria Brilhante… algo que não teríamos feito se soubéssemos da extensão dos seus planos. Somos representantes de Concessões, e vocês nos tratam como marginaizinhos. — Ela fungou. — Minha própria casa, por mais que minha filha não saiba de nada a respeito disto, os Gremont, os Cabrol e os demais… todos nós ajudamos. E tudo o que recebemos em troca foram ameaças de chantagem, de revelar nossa conexão com o que foi feito.

Os Cabrol. Os Gremont. As Alleyne. Kel virou a cabeça. E os "demais", mas quem seriam?

A figura sinistra levou as mãos às têmporas, como se Lady Alleyne estivesse lhe dando dor de cabeça. Com um movimento rápido, retirou o tecido escuro que a cobria do couro cabeludo ao pescoço. Cabelos escuros como tinta preta caíram ao redor dos ombros, e um rosto pálido e concentrado se revelou.

Não era um rosto belo, mas paralisava o olhar. Malares altos, sobrancelhas arqueadas, lábios finos e bem delineados. Olhos sombrios, escuros feito penas de corvo. Era um rosto que Kel conhecia de retratos, embora nenhum deles tivesse capturado a intensidade que queimava nos olhos escuros dela.

Elsabet Belmany, Princesa Herdeira de Malgasi. As palavras antigas do embaixador de Malgasi ecoaram na mente de Kel. *Talvez, Príncipe Conor, em vez de nossa* Milek *Elsabet viajar até Castellane, você possa vir até nós? Elsabet poderá ser sua guia pela cidade.*

Ele não conseguia imaginar a mulher diante de si atuando como algum tipo de guia turística plácida. Kel tinha a impressão de que ela se sentiria muito mais à vontade queimando torres e pontes do que as mostrando como exemplares interessantes da arquitetura em Favár.

Elsabet riu — um som baixo e encorpado.

— Não existe chantagem na política, Liorada. Só acordos. E Artal tem razão quando ressalta o que está sendo oferecido. Os Aurelian já controlam as Famílias da Concessão há tempo demais apenas em benefício próprio. Nossa proposta é uma divisão de poder muito mais igualitária.

— Depois de se livrar dos Aurelian — deduziu Liorada. — Essa é a sua proposta?

— Um dos seus comparsas na conspiração da Galeria Brilhante lá na Colina é bastante próximo do próprio príncipe — disse Elsabet, a voz demonstrando um leve toque de sotaque malgasiano gutural. Kel sentiu o corpo enrijecer. Sabia que os demais estavam olhando para ele; sentia o olhar preocupado de Merren. Mas permaneceu imóvel. — Ele sabe bastante a respeito dos Aurelian. Garanto que aquela linhagem está apodrecendo. Há muito deixaram de ser bons governantes desta cidade. O rei está louco, o filho é um vagabundo. A rainha é estrangeira e deveria voltar para o lugar de onde veio.

— Mas a sua intenção é que o garoto assuma o trono — concluiu Artal.

— O povo de Castellane estará muito mais disposto a aceitar o novo estado das coisas com um rosto familiar no trono — concordou Elsabet. Levara a mão ao pescoço, um gesto inconsciente que chamou a atenção de Kel para algo que repousava na altura da base de seu pescoço magro. Algo que parecia brilhar... talvez um colar, um pingente? — Em breve teremos nos livrado do velhote ensandecido e o belo príncipe segurará o Cetro do Leão. No entanto, o poder verdadeiro estará nas mãos de vocês, as famílias. Pense no que fizemos pelos Cabrol, Liorada. Tinham sido rebaixados, humilhados, e nós os ajudamos a se reerguer através do fogo. Podemos fazer o mesmo por vocês.

— Por quem for leal a vocês — remendou Liorada. — É o que quer dizer.

Elsabet deu de ombros com graciosidade.

— Por muito tempo, Malgasi e Castellane mantiveram as adagas apontadas uma para a outra — ronronou. — A Casa Belmany agora tem a chance de alinhar nossos interesses com os do governo de Castellane.

Kel sentiu as palavras como dedos frios a percorrerem sua coluna.

— E há muito que podemos fazer para ajudar a restaurar a maculada Castellane a sua antiga glória — acrescentou Elsabet. — Em primeiro lugar, varreremos a sujeira dos Ashkar da cidade. Verão que…

— Acho que está desconsiderando o mais recente empecilho político — interrompeu Lady Alleyne. — O príncipe se aliou a Anjelica Iruvai. Poucos ousam enfrentar Kutani.

— Não tenho medo deles. — Elsabet jogou a cabeça para trás, orgulhosa, e a pedra em seu peito reluziu. Não era um pingente; Kel não conseguia ver cordão algum. — Quando Malgasi controlar os Aurelian, um exército qualquer não será páreo para nós.

— Eles têm milhares de navios de guerra que… — começou Lady Alleyne.

Elsabet lançou o braço no ar. No começo, Kel imaginou que fosse um gesto de exasperação, mas não era. Ela ficou imóvel, de olhos fechados, os dedos enluvados estendidos. *Luvas pretas, iguais as que cobrem as mãos do rei.*

E em seu pescoço, a pedra começou a brilhar. Como um fragmento de estrela cadente, ainda mais iluminada conforme caía, a luz intensificada, até que Kel se deu conta de que não era mesmo um pingente, muito menos um colar. A pedra fora enxertada sob a pele de Elsabet e brilhava de dentro dela, como uma chama em um lampião.

— Há poderes que não se compram com ouro, Alleyne. Outras armas além de lâminas e pólvora.

Elsabet abriu a mão. Uma coluna estreita de fogo se acendeu no ar e atingiu o chão do templo aos pés de Lady Alleyne. O mármore rachou e se partiu.

Lady Alleyne soltou um grito e deu um passo para trás. Artal a segurou pelo braço no instante em que Elsabet abaixava a mão com um gesto rápido e esvoaçante. O fogo explodiu novamente de sua mão, subindo ao céu em uma pluma de luz. As chamas se dispersaram e, por um momento, Kel pensou ver, entre elas, a silhueta de um pássaro com as asas abertas.

— Elsabet! — gritou Gremont. — Já chega de…

O vociferar dele ficou preso na garganta, tornando-se um grunhido. Kel se virou para encará-lo. Era fácil distinguir Gremont com a luz forte do fogo de Elsabet. Ele estava sufocando, abanando as mãos na altura do pescoço. Havia algo prateado cintilando à sua garganta, e uma sombra escura se projetava atrás dele.

Lady Alleyne gritou.

Gremont caiu de joelhos, os dedos apertando o próprio pescoço. O sangue pulsava entre seus dedos, e ele tombou, lutando para respirar. Atrás dele, pairava uma figura de manto preto, o canto de sua máscara de prata reluzia sob o capuz, e uma lâmina ensanguentada pendia de sua mão.

— *Jerrod* — sussurrou Merren. Estava com um semblante horrorizado.

Jerrod se virou e desapareceu nas sombras enquanto o corpo de Gremont desabava, mole, aos pés de Lady Alleyne. Com um gritinho de pavor, Liorada tentou chutar o cadáver, que caíra em um ângulo grotesco. Ele rolou de barriga para cima. *Ele deveria estar invulnerável*, pensou Kel, mas Gremont agora jazia imóvel, o sangue formando uma poça escura ao seu redor.

Lady Alleyne gritou de novo. Dessa vez, ergueu a saia do vestido e saiu correndo, veloz, passando a poucos centímetros do esconderijo do grupo.

Elsabet berrou. Liorada fugiu depressa, derrapando pela vegetação, e os olhos de Elsabet se fixaram em Kel, Ji-An e Merren: o brilho do fogo revelou o esconderijo deles e, agora que a assassina olhava naquela direção, era óbvio que conseguia vê-los perfeitamente.

— *Podrot! Siszokti!* — gritou ela.

— *Corram!* — gritou Ji-An, empurrando Merren, que estava imóvel de choque. — Fujam!

E eles correram. Ao passarem pelo templo, mais figuras escuras emergiram das sombras. Guardas de Elsabet. Kel ficou na retaguarda, com a adaga em punho, pronto para arremessá-la. Mas ao girar o corpo para lançá-la, algo agarrou seu tornozelo e ele quase caiu.

Era a mão de Gremont. Kel se ajoelhou, encarando. O rosto de Gremont estava contorcido e ensanguentado. A pele pálida feito osso. O sangue ainda escorria do corte em seu pescoço. Mesmo sufocando, ele disse suas últimas palavras.

— Kel Saren — disse ele, arquejando. Kel ficou surpreso. Se estava falando, a traqueia não estava de fato cortada. Sentiu-se enojado pela ideia de Gremont saber quem ele era de verdade. Era óbvio que ele sabia, os malgasianos certamente haviam lhe contado. — Me ajude… — Uma bolha de sangue se formou em seus lábios. — Eu lhe darei qualquer coisa… dinheiro… mais do que o príncipe um dia poderia lhe dar…

Kel se inclinou, e por um momento pensou ter visto uma faísca de alívio nos olhos de Gremont. Fechou o punho ao redor do amuleto — que não servira de nada a Gremont — e puxou. O colar se soltou do pescoço, e Kel segurou a joia coberta de sangue.

— Me ajude — voltou a dizer Gremont, num novo arquejo; a voz mais fraca agora, o olhar começava a perder o foco. — Por favor…

— Você merece coisa ainda pior — respondeu Kel, quase perplexo com a frieza da própria voz. — Achou que poderia tratar Antonetta do mesmo jeito que trata todas as outras pessoas. Achou que ela não tinha ninguém para protegê-la. — Ele se pôs de pé. — Ledo engano.

Gremont fez um último barulho de engasgo — talvez um som de protesto, Kel jamais saberia — e ficou rígido, os olhos vazios mirando a noite.

Kel correu. Avançou pelo chão irregular à velocidade máxima, desesperado para alcançar os outros. Desceu as escadas antigas com luzinhas brilhantes explodindo na escuridão ao seu redor. Algo assobiou no ar, passando pela orelha esquerda de Kel; acabou colidindo contra o tronco de um pinheiro pequeno, onde queimou feito uma estrela em miniatura.

— *O que está acontecendo*? — gritou Merren quando Kel o alcançou. Jerrod e Ji-An também estavam por perto, um pouco mais à frente. Kel enfiou o amuleto no bolso, quase tropeçando quando pisou em uma poça, espirrando água.

— *Estão atirando flechas em chamas em nós!* — gritou Kel em resposta. As botas escorregavam na pedra molhada. Ele se virou para o lado, tentando endireitar o centro de sua gravidade. Ji-An tinha uma flecha na mão, lutava para encaixá-la ao arco durante a corrida.

— *Disso* eu sei! — retrucou Merren. — Foi uma pergunta retórica!

— Calem a boca, vocês dois! — repreendeu Ji-An, e soltou uma flecha. Kel ouviu um baque e um grito de dor, a satisfação perversa que sentiu o surpreendeu. Queria saber usar arco também. Era bom com a espada, mas ela não ajudava muito à distância.

Tropeçando e correndo, com Ji-An disparando flechas, eles chegaram ao pé da escada, onde a maré já lambia os últimos degraus com veracidade. Jerrod os esperava ali, as botas submersas até os tornozelos. A faca já tinha sido descartada, mas o sangue ainda manchava suas mãos e as mangas do casaco. Olhou desesperado para Merren, que desviou o rosto.

— Jerrod, o que deu em você? — indagou Kel. — Quem mandou matar Gremont? E onde, em nome dos deuses, está o *barco*?

— Não faço a menor ideia — disse Jerrod, passando a mão no rosto, sujando-o de sangue. — Eles foram embora e...

Kel passou por ele e pulou na água, que a essa altura já batia nos joelhos, olhando ao redor em desespero. Nenhum sinal do bote, nenhum remador. Acima deles, os guardas malgasianos se aproximavam. Kel os ouvia descendo os degraus, os passos pesados como rochas rolando escada abaixo. Ouvia também o zunido das flechas. Várias já estavam cravadas nas colunas tortas de madeira ao longo da trilha, em chamas, chiando ao colidirem com a madeira úmida.

— Por aqui! — gritou uma voz familiar.

Kel se virou e viu uma embarcação colorida se aproximando. Um bote estreito com laterais resplandecentes e uma popa afiada. As velas tremulavam no vento leve. Na proa, com os braços erguidos e o xale rosa-claro esvoaçando ao redor dos ombros como asas de uma borboleta aflita, estava Antonetta Alleyne.

— Depressa! — gritou ela. — Kel! Kel Anjuman! Por aqui!

Merren ficou boquiaberto.

— Mas o que...?

Jerrod e Ji-An também encaravam Kel, imóveis de repente.

— Ela está do nosso lado — falou Kel, tentando parecer confiante e não como se não fizesse a menor ideia do que, em nome dos deuses, Antonetta estava fazendo ali, ou por que ela parecia ter navegado até Tyndaris em uma das embarcações de passeio da mãe com o propósito explícito de resgatar Kel e seus amigos. — Juro que...

Uma flecha em chamas passou zunindo por ele e afundou na água, onde cintilou antes de se apagar.

— Beleza — concordou Jerrod. — Vamos.

— Corram! — gritou Antonetta, abanando os braços com ainda mais urgência. Kel começou a avançar pela água. Ela subia cada vez mais, desacelerando seus movimentos. Kel deu o melhor de si para seguir em zigue-zague, desviando das flechas em chamas que continuavam a voar da ilha. Elas chiavam ao atingir a superfície do mar como palitos de fósforos sendo apagados na água.

Foi então que ele ouviu. O zunido de uma flecha passando bem perto de seu ouvido. Não perto o bastante para atingi-lo, mas perto demais de Merren. Não teve tempo de gritar um alerta; viu um borrão de soslaio e Merren girou e caiu.

Ji-An gritou.

Kel correu até Merren, que se debatia na água rasa. Uma mancha escura se espalhava pela superfície agitada, e Kel teve a lembrança estranha de um momento distante: Conor derramando absinto no vinho, observando o licor verde-escuro, quase preto, espalhar-se pela transparência do líquido.

— Merren — sussurrou, olhando para ele, mas Jerrod foi mais rápido. Passou correndo por Kel, agarrou Merren sem diminuir o ritmo e o ergueu para que o garoto ficasse em pé. A flecha não perfurara Merren, mas lhe dera um belo rasgo no braço. O que parecia ser uma quantidade alarmante de sangue ensopava sua manga e sujava as mãos de Jerrod.

Com os braços envolvendo Merren, Jerrod o arrastou até o barco e deu impulso para que ele subisse pela lateral. Antonetta gritou quando Merren, ainda sangrando, desabou no chão da embarcação, Jerrod surgindo logo atrás. Kel pulou para dentro do barco apenas um segundo depois, agarrando a borda do casco para subir. Ji-An foi a última, pousando com leveza na proa. Ela se virou com o arco em mãos.

— *Vai, vai, vai!* — gritou. Os homens se apressaram a ajustar as cordas. O barco zarpou pela água, Ji-An atirando flechas na direção da ilha conforme se afastavam.

Se as flechas acertavam alguém ou não, Kel não sabia. Um tanto entorpecido pela raiva e pelo pânico, virou-se e segurou Antonetta pelos ombros.

Ela encarava os arredores de olhos arregalados — passando o olhar de Jerrod, ajoelhado sobre Merren ensanguentado, para Ji-An. Surpresa, agora fitava Kel, cujo coração martelava enquanto a segurava pelos ombros. Sabia que a estava apertando forte demais, talvez a ponto de assustá-la, mas seu coração não abrandava do terror.

— Como você *sabia*? — A voz dele vacilou, como se não estivesse conseguindo puxar o fôlego. — E *por que*... faz alguma ideia do quanto o que você acabou de fazer foi perigoso? Ana, você poderia ter morrido...

— Kel. — Era Jerrod. Ele tirara o casaco e estava pressionando a peça contra o braço sangrento de Merren. Lançou a Kel um olhar frio. — Ela salvou nossas vidas. Agora chega.

Estavam mais uma vez entre os grandes navios. As embarcações projetavam sombras sobre o barquinho das Alleyne, que velejava entre eles. Antonetta não tinha tentado se desvencilhar de Kel. Continuou parada, o rosto pálido e firme em uma expressão que Kel presumiu ser choque.

— Minha mãe — falou, a voz tão calma que chegava a ser sinistra. — Eu estava seguindo a minha mãe. Sabia que ela havia planejado algo para hoje. Tive receio de que fosse algo insensato. Ela fica... bem, você sabe como ela fica às vezes. — Então encarou Kel, os olhos azuis espantados. — Eu a segui até Tyndaris e vi que ela estava com Artal. Não soube o que fazer. Se era um encontro carnal entre os dois, eu não queria saber. Achei que seria melhor ir embora, mas então vi *você* correndo. Aí vieram as flechas e aquele lampejo de luz... de *fogo*.. — Ela respirou fundo. — Eu... eles teriam assassinado você. Eu tinha que tentar ajudar.

— Mas podia ter acabado morta — falou Kel. Queria chacoalhá-la mais uma vez. Queria puxá-la para perto e abraçá-la com força para sentir que seu coração ainda batia.

— *Nós* podíamos ter acabado mortos se ela não tivesse intervindo — corrigiu Ji-An, rígida à proa do barco. Já havia parado de atirar flechas, mas mantinha a postura de arqueira, agachada e de prontidão, os olhos averiguando o horizonte.

— Minha mãe... — começou Antonetta.

— Eu a vi fugir — disse Kel. — Mas Gremont morreu.

Antonetta puxou o ar de forma audível, um sussurro sufocado.

— O quê? Mas como...

— Eu o matei. — Foi Jerrod quem falou, a máscara de metal que cobria parte de seu rosto cintilava sob a luz dos navios. — Enfiei uma adaga no pescoço dele, está bem? Agora, Kel, venha até aqui e me ajude com Merren. Preciso de alguma coisa para atar a ferida. E ele bateu a cabeça em uma rocha quando caiu. Vai precisar de cuidados médicos. — Kel nunca ouvira Jerrod soar tão aflito.

— Aqui. — Antonetta, com olhar de preocupação, jogou o xale de seda para Kel. Ele passou por cima de um banquinho almofadado de veludo para chegar ao local onde Merren estava deitado, recostado no casco. Jerrod se ajoelhou ao lado dele, os joelhos afundados em água salgada, sussurrando palavras que Kel mal entendia, exceto pelo nome do garoto.

Ele parecia desorientado, os olhos entreabertos, o cabelo claro grudado na testa suada. Um corte feio se estendia pelo lado esquerdo da testa, já começando a escurecer e a inchar. A manga da camisa estava encharcada de sangue, e o vermelho escorria se misturando à água no fundo do barco.

Jerrod se inclinava sobre Merren com o instinto protetor de um urso protegendo sua cria.

— Kel — murmurou Merren quando Kel se ajoelhou ao lado dele.

— Não diga nada — falou Kel, entregando o xale de Antonetta a Jerrod. — Você precisa descansar.

Jerrod começou a rasgar tiras da seda, evidentemente querendo amarrá-las na ferida no braço de Merren. Ele não fez contato visual com Kel.

— Pelo inferno cinzento, Jerrod! — sibilou Kel, baixinho. — Você matou Gremont… *como fez isso?* Ele estava usando o amuleto. — Kel enfiou a mão no bolso e pegou o pingente, estendendo-o. — Eu o tirei quando ele morreu. Era para isso ter protegido Artal.

Jerrod ficou encarando o pingente, que reluzia, e balançou a cabeça.

— O que você tem aí é uma réplica — falou. A eficiência com a qual enfaixou o braço de Merren com as tiras do xale fez Kel se perguntar quantas vezes Jerrod já havia feito aquele tipo de coisa. Sem dúvidas era fácil se machucar sendo um Rastejante.

— Como sabe disso? — rebateu Kel.

— Me contaram.

— Quem? O Rei dos Ladrões? Mas como ele ia saber que…

— Alys Asper — falou Jerrod, de forma breve. — O amuleto verdadeiro foi substituído pelo falso enquanto Gremont roncava no Caravela.

Merren se remexeu ao ouvir o nome da irmã. Jerrod mostrou os dentes para Kel, que decidiu que sair dali talvez fosse a melhor decisão. Antes que Jerrod mordesse sua perna.

Levantou-se e enfiou o amuleto falso de volta no bolso, virando-se bem a tempo de ver a costa iluminada se aproximando. As Alleyne tinham uma doca particular ao lado da Chave. Quando estavam mais perto, Ji-An pulou para ajudar Kel e Antonetta a atracarem o barco.

Alys Asper. O amuleto havia sido trocado no Caravela. A cabeça de Kel girou ao ver Jerrod tirando Merren do barco com cuidado, o braço intacto de Merren lançado ao redor de seus ombros. Não fazia ideia de que Jerrod tinha contato com Alys, tirando o fato de conhecê-la como dona do Caravela. Além de, óbvio, ser irmã de Merren. Será que ele a havia procurado para falar de Gremont? Ou, uma ideia mais estranha ainda, será que foi *Alys* que procurou Jerrod?

— Podem usar minha carruagem — sugeriu Antonetta, apontando para uma caleche cor-de-rosa e branca parada à frente de uma taverna cuja placa balançava, indicando o nome A ROSA AZARENTA. O cocheiro, vestido com o uniforme da família Alleyne, já quase dormia no assento, a boina tombada para a frente de modo a esconder o próprio rosto. — Já vou ter que me explicar bastante para a minha mãe de qualquer jeito, e vocês precisam levar o amigo de vocês até Lin o quanto antes.

— Tem certeza? — Jerrod fitava Antonetta com o mesmo olhar que sempre reservava à nobreza: uma mistura precisa de amargor e desprezo. — Provavelmente vamos sujar seus assentos brancos e impecáveis de sangue.

Antonetta o encarou, pestanejando.

— Não dou a mínima para *uma coisa dessas* — falou. — Que tipo de pessoa acha que sou?

— Jerrod, não fale mais nada — interveio Ji-An rapidamente. — Demoselle Alleyne, agradecemos por nos emprestar sua carruagem. Mandaremos de volta à Chave assim que tudo estiver resolvido.

Jerrod assentiu brevemente.

— Kel, me dá uma mãozinha com Merren.

— Eu ajudo — disse Ji-An antes que Kel tivesse a chance de se mexer. Um momento depois ela estava com o outro braço de Merren ao redor dos ombros. Antes de partir com Jerrod em direção à carruagem, lançou um olhar por cima do ombro para Kel e Antonetta. Havia compreensão em seu semblante.

Kel se virou para Antonetta. As tavernas da Chave estavam iluminadas, mas o barco das Alleyne os escondia na sombra. Ainda assim, não existia a menor chance de terem privacidade ali.

— Ana — disse ele. — Me desculpe. Eu não devia ter gritado com você. Devia ter te agradecido. Você salvou nossas vidas.

Ela segurou a frente do casaco dele com as mãos pequenas. O vento que soprava do mar lhes causou um arrepio; Antonetta tremia. Kel quis, mais do que qualquer coisa, envolvê-la com o casaco.

— O que aconteceu, Kel? — sussurrou ela. — Quem era aquela gente? Por que estavam atrás de vocês? E as pessoas com quem você estava…

— Antonetta. — A garganta dele doía, muito. Como não doía desde a noite no baile de apresentação, quando ela lhe virou as costas e ele se obrigou a não demonstrar nada, a não dar qualquer indício de que estava sofrendo. *Antonetta, não posso lhe contar nada. Quero muito, mas não posso*. — Não me pergunte — disse ele. — Se exigir uma resposta, terei que mentir para você. E sou um ótimo mentiroso.

— Sei disso — sussurrou ela, agarrando o casaco dele com mais firmeza e se colocando na ponta dos pés. O vento jogava o cabelo dela ao redor dos dois, formando uma nuvem macia. Os lábios de Antonetta roçaram nos dele: não em um beijo, não exatamente. Tinha sido leve demais para ser um beijo, breve demais, mas o calor daquela boca na dele parecia pressioná-lo, pesar em seu coração.

Ela se desvencilhou de Kel e deu um passo para trás. Sem o calor dela, o vento pareceu cortar sua pele como mil adagas minúsculas.

— É melhor ir com seus amigos — falou ela, dando as costas a ele. — Vão querer saber o motivo de sua demora.

KALEB

Kaleb Gorin, de oito anos de idade, corre pelas ruas escuras do Sault atrás de uma bola de borracha. É o brinquedo favorito dele, presente do primo Mez, que trabalha como guarda do portão. A importância do cargo, pelo menos segundo a mãe de Kaleb, também faz de Kaleb uma pessoa importante — e é por isso que ela diz que ele precisa se esforçar ainda mais para evitar confusão. Os Gorin têm uma reputação a zelar.

A mãe certamente não aprovaria a correria pelas ruas após o cair da noite, nem o fato de ele jogar a bola nas paredes das casas e precisar ouvir o ultraje dos adultos que se esgueiram na janela para balançar os punhos para ele. E aprovaria menos ainda o fato de ele estar escalando o muro do jardim do Shulamat porque sua bola caiu do outro lado. Kaleb, no entanto, considera que isso talvez não importe muito, porque é pouco provável que ela um dia vá ficar sabendo.

É fácil escalar o muro; a pedra antiga e gasta é cheia de frestas que servem de apoio para as mãos e os pés. Já está no topo quando titubeia. Nunca lhe ocorrera que talvez houvesse pessoas no jardim. Está tarde, a lua já está alta no céu, e a maioria das pessoas já estão recolhidas após terem feito a oração da noite. Mas ali estão: duas pessoas sentadas lado a lado em um banco de pedra, cercadas por flores e plantas.

Os lampiões pendurados nos galhos das árvores iluminam as duas figuras. Kaleb congela ao reconhecer quem são. Uma é o homem loiro e alto que respondeu às perguntas das crianças naquele dia.

O Exilado. E a outra é a mulher que diz ser a Deusa. Lin Caster, com um vestido cinza e o cabelo da cor do fogo, brilhante, preso em tranças.

Kaleb sempre viu Lin como médica, uma pessoa que poderia aparecer em sua casa se ficasse doente, trazendo chás com cheiro horrível e o obrigando a beber. Só que nos últimos tempos, ela vem se tornando outra coisa: o assunto de sussurros e o alvo de olhares. Kaleb não entende como ela pode ser a Deusa, considerando que a Deusa é uma lenda, um pilar de fogo e mágica. Lin, por outro lado, não passa de uma pessoa comum. Esse tipo de pergunta, no entanto, poderia lhe fazer levar um safanão, então ele fica na dele.

Kaleb tem muito mais medo do Exilado. A mãe lhe contou que Aron Benjudá é o mais importante de todos os Ashkar, mais importante do que o Maharam, e que ele tinha vindo até o Sault para verificar se todos estavam andando na linha. Se o Exilado levantasse o rosto e visse Kaleb ali, numa hora como aquela, sem dúvidas reportaria a traquinagem ao Maharam — ou pior: à mãe de Kaleb.

Devagar, o garoto se abaixa no topo do muro, como um lagarto querendo passar despercebido por uma ave de rapina. Lá embaixo, Lin Caster mexe na ponta de uma das tranças compridas e diz:

— Ah, não sei, não. Não acho que seria tão ruim assim que as pessoas tivessem medo de você, seria? Contanto que isso significasse que elas parassem de interferir no que você precisa fazer.

O Exilado está de costas para ela, e Kaleb o vê sorrir. É um sorriso genuíno, com uma doçura por trás do divertimento. No entanto, quando o Exilado se vira para Lin, está com uma expressão impassível.

— Não tenho tanta certeza — diz ele. — Já se perguntou por que os malgasianos se viraram contra seus Ashkar?

Os malgasianos. Kaleb conhece o nome. É quase como um insulto, mas não entende exatamente quem essas pessoas são ou o que fizeram de tão terrível.

Lin parece refletir sobre a pergunta

— Não. Mariam me disse como eram as coisas naquela época, mas o ódio deles sempre me pareceu despropositado. É como se eles fossem apenas... um ninho de serpentes.

— Sabe, a rainha de lá é Iren Belmany — comenta o Exilado. — E quem deve herdar o trono é sua filha, Elsabet. Mas havia um príncipe, um herdeiro antes de Elsabet. O Príncipe Andras, da Casa Belmany.

— Mas ele não é mais o herdeiro, então?

O Exilado balança a cabeça. É muito loiro, a pele e o cabelo com um toque de cor de bronze pelo sol. Kaleb sente inveja das aventuras que ele deve ter vivido.

— Quando Andras era jovem, apaixonou-se por uma Ashkar. Estava determinado a aprender tudo sobre o povo dela, e ela estava ávida para compartilhar a vida com ele. Evidente que ela contou a ele sobre a Deusa e a promessa de seu renascimento. Na maior inocência, ele achou que era uma história encantadora e a repetiu para a família. Mas eles não acharam encantador. Ficaram horrorizados.

Lin parece surpresa.

— Não fizeram pouco caso da história, achando se tratar de um mero folclore inofensivo? Eles têm os próprios Deuses, as próprias lendas. Não acreditam nos nossos.

— A Casa Belmany é meio diferente. Sempre foram supersticiosos, sempre impuseram punições severas contra o uso de magia. A magia Ashkar sempre foi rigidamente controlada em Malgasi. Então, pode-se dizer que era da natureza deles acreditar em uma história daquelas. — O Exilado se reclina e apoia o peso nas mãos, um gesto tão humano que impressiona. — Entenderam que se houvesse uma chance sequer de que aquilo fosse verdade, uma mulher Ashkar de fato podia ascender com o poder de feitiçaria e desafiar a autoridade deles. Então tinham que fazer tudo a seu alcance para extinguir essa possibilidade.

— Mas...

— Você precisa entender o poder das lendas, Lin. A Deusa é uma Deusa se seu povo acreditar que ela é.

Kaleb estremece um pouco, desconfortável. Sabia que nem a própria mãe acreditava que Lin era mesmo a Deusa Renascida. "Ela é só uma coitada, nada de mais", dissera ela, mesmo depois de Mez ter argumentado que todos haviam visto Lin usar seu poder para queimar os navios no porto. (Kaleb não vira com os próprios olhos;

fora mandado cedo para a cama naquela noite e ainda guardava mágoa de ter perdido a cena.)

O Exilado continua:

— Então a Corte Belmany começou a atacar os Ashkar e o resto é história. Sua amiga Mariam está entre os poucos que conseguiram escapar, a maioria não teve a mesma sorte.

Kaleb se remexe de novo. Não entende ao certo o que o Exilado quer dizer com aquilo. Já ouvira histórias sobre soldados com rosto de lobo, de fileiras compridas de forcas com cadáveres pendurados como roupa no varal. Sempre pensou que fossem apenas histórias para assustar. Não histórias reais, como os animais mágicos que haviam desaparecido com a Ruptura: dragões, fênix e monstros marítimos.

— O que aconteceu com o príncipe? — O rosto de Lin está marcado por uma preocupação real. — Aquele que amava a moça Ashkar?

— Tirou a própria vida depois de ela ter sido morta pelos Guardas Lupinos. Sabe, não é uma história feliz.

Com a voz baixa, Lin diz:

— Nunca pensei que essa destruição tivesse sido provocada pelo amor.

O Exilado olha para ela e diz algo baixinho, algo que Kaleb tem que se virar de lado para escutar. No movimento, perde o equilíbrio e quase cai do muro. Por um momento, fica tonto e agarra a parede de pedra abaixo de si. Nesse momento de vertigem, ouve Lin lamentar: ele baixa o olhar e a vê com os braços ao redor do corpo, os ombros rígidos com algo que parece ser dor.

— Fogo — Kaleb a ouve sussurrar. — Vejo uma mulher sombria e fogo na água...

Aron Benjudá pousa a mão no ombro de Lin. E naquele instante, Kaleb não vê mais as figuras familiares do Exilado e da médica; vê uma mulher envolta em chamas, os olhos feito pérolas brancas, e ao seu lado um corvo enorme, com as asas estendidas.

Um segundo depois, a visão já desapareceu, e Kaleb pestaneja, aterrorizado, a respiração vindo em arquejos curtos. Olhando para baixo com medo, vê apenas o que já via antes: o Exilado ao lado de Lin. O rugido que tem nos ouvidos o impede de continuar ouvindo a conversa. Ele começa a tentar se projetar para o outro lado do muro, esquecendo-se de pegar a bola, esquecendo-se de tudo que não seja sair dali o quanto antes.

A estranheza da visão assombraria Kaleb por muitas semanas. Corvos não são pássaros que ele vê com frequência, e só os conhece pelas ilustrações dos livros de história. Afinal, em Castellane, o corvo é um símbolo de mau presságio, mas para os Ashkar, o animal é o emblema de Judá Makabi, aquele que protegeu a Deusa em seu momento mais vulnerável e conduziu o povo Ashkar à liberdade.

QUINZE

Assim como Kel havia prometido a Merren, Lin foi convocada quando chegaram à Mansão Preta. Andreyen estivera esperando por eles, empoleirado em sua cadeira elevada na Grande Sala feito uma ave de rapina atenta. Ele imediatamente entrou em alerta máximo ao vê-los, mandando um mensageiro atrás de Lin e ordenando que levassem água quente, vinho e bandagens de linho ao quarto de Merren. Ordenou que o garoto, enfraquecido pela perda de sangue, fosse se deitar imediatamente.

Jerrod não permitiu que mais ninguém, nem mesmo Ji-An, ajudasse a levar Merren ao quarto, assumindo a tarefa sozinho, colocando o braço bom do garoto ferido ao redor de seu pescoço. Andreyen ficou observando enquanto se afastavam, os olhos escuros, antes de vociferar para Kel e Ji-An:

— Vocês dois. Algum dos dois se machucou?

Ambos responderam negativamente.

Andreyen deu uma boa olhada em Kel.

— Então o sangue no seu corpo pertence a Merren?

Kel ainda não tinha percebido o estado em que se encontrava. Havia arranhões longos em suas mãos e no pescoço — e sem dúvidas no rosto também —, causados pelas agulhas do pinheiro. As roupas estavam rasgadas e imundas, as botas lamacentas e manchadas de algas, e o sangue de Merren deixara manchas vermelhas em seu casaco e na camisa. O cheiro metálico de sangue se misturava ao odor salobro do mar e das algas, deixando suas roupas com um fedor parecido com uma daquelas colônias horrorosas que Montfaucon usava.

Enquanto averiguava o próprio corpo, um caranguejinho saiu da parte de cima de sua bota e caiu no carpete. Pareceu olhar ao redor por um momento antes de se esconder embaixo da poltrona brocada de Andreyen.

Andreyen revirou os olhos.

— Vão se limpar vocês dois — mandou. — Estão encharcando o tapete. Depois voltem e me contem *exatamente* o que aconteceu.

— Bem, não foi culpa *nossa* — comentou Kel com Ji-An enquanto faziam o melhor que podiam para ficarem apresentáveis no pequeno tepidário de ladrilhos verdes. — Se você manda uma pessoa em uma missão de espionagem numa ilha afundada, é de se esperar que ela volte encharcada.

— Ele não está nervoso por estarmos molhados, muito menos pelo caranguejo — falou Ji-An, que tinha tirado as botas e as calças molhadas e vestido roupas limpas de linho. Fora alguns arranhões parecidos com os de Kel, havia saído relativamente ilesa. — Está preocupado com Merren. E você devia estar feliz por ele ter gritado daquele jeito. Significa que gosta de você.

— Achei que tivesse dito que ele estava bravo comigo. — Kel também se trocara na cabine privativa ao lado do tepidário, colocando uma túnica de algodão folgada e calças que usava nas aulas de Rastejo com Jerrod. Como ele explicaria a troca de roupa quando voltasse ao Palácio, era outra história.

— É possível estar bravo com uma pessoa e ainda assim gostar dela. — Ji-An passou uma escova pelo cabelo úmido. Solto, ele chegava quase até a altura do quadril, preto feito tinta e liso feito flecha. — Ele só acha que você podia tê-lo avisado sobre…

— Sobre Anjelica. Eu sei. — Kel olhou de esguelha para Ji-An. Ela parecia plácida, embora sua placidez lembrasse a de tigres em jaula: parecia haver uma parte dela que estava em constante planejamento do que faria se fosse totalmente livre. — Tem certeza de que é ele quem está bravo? E não você?

Ji-An desacelerou o ritmo das escovadas.

— Por que eu estaria brava?

— Porque Anjelica parecia saber bastante a seu respeito. — Ele se lembrou do momento em que a princesa disse, com a voz firme: *Por sua causa, uma família inteira em Geumseong morreu.* — Ou ela estava errada?

Ji-An prendeu o cabelo no coque de sempre, na nuca.

— Não a respeito do que disse sobre o amor — afirmou, com uma calma surpreendente. — Amei Na Ri. Ela era a filha da Casa de Nam. E a mataram. — Terminou de prender o cabelo no lugar com um grampo de ametista e se virou para Kel. — Jurei que mataria cada um dos que derramaram seu sangue, e foi o que fiz.

Quantos foram?, Kel queria perguntar, mas não deu vazão ao impulso. Não era o tipo de pergunta que Ji-An responderia.

— Foi nesse momento que Andreyen salvou sua vida? — indagou Kel, em um palpite. — Foi ele que tirou você de Geumjoseon?

O olhar escuro dela permaneceu firme.

— Você não é tão tolo quanto parece. — Ela pegou um casaco e o jogou por sobre os ombros. — Enfim, ele vai querer saber o que acontece em Tyndaris.

— Calma aí — interrompeu Kel. — Eu pareço tolo, então?

Mas Ji-An já estava voltando à Grande Sala. Kel a seguiu, um tanto arrependido pelo que tinha perguntado. Afeiçoara-se a Ji-An, à sua irritabilidade e ao seu senso de proteção, ao seu humor ácido e à delicadeza que escondia cuidadosamente.

Quando voltaram à Grande Sala, o fogo fora aceso bem alto, as chamas subindo vorazes pela chaminé. Andreyen estava sentado em sua poltrona, os olhos semicerrados, a bengala repousada sobre o colo. Tamborilou os dedos sobre a madeira refinada enquanto Kel explicava o que havia acontecido na ilha: o que viram e descobriram, como Merren se feriu, e a intervenção de Antonetta.

Quando terminou, Andreyen entrelaçou as mãos como de costume, cruzando-as sobre a cabeça do corvo entalhado na bengala.

— Então — disse ele, os olhos brilhando com um lampejo verde sinistro. — O que está me dizendo, e me corrija se eu estiver errado em uma vírgula, é que o massacre na Galeria Brilhante foi planejado pelos malgasianos, que enganaram diversas Famílias da Concessão convencendo-os a cooperar sob o pretexto de que tudo não passava de uma brincadeirinha política inofensiva.

— Não foram "os malgasianos" como um todo que planejaram tudo — corrigiu Kel. — Foi a herdeira do trono. A princesa. Elsabet.

— Que também é uma assassina — emendou Andreyen. — E que pratica um tipo de mágica que não é visto desde os tempos dos feiticeiros-reis.

E, após o rastro de sangue da Galeria Brilhante, os malgasianos se viram na posição de chantagear as Famílias da Concessão que *de fato* tinham a ver com o caso, ameaçando revelar o envolvimento de cada uma delas. — Ele apoiou o queixo nas mãos entrelaçadas. — E como estão dispostos a fazer qualquer coisa para não perder poder, vão colaborar com os malgasianos e os planos deles de dilacerar Castellane em vez de contar a verdade e arcar com as consequências de seus atos.

— Eles acham que, quando surgir uma nova Castellane, estarão no governo junto aos malgasianos — elucidou Ji-An. — Os Aurelian servirão apenas de fachada.

— Bom, eles são uns idiotas se realmente acreditam nisso — comentou Andreyen. — Os malgasianos vão descartá-los feito lixo assim que conseguirem invadir Castellane com tropas.

A ansiedade zuniu feito uma abelha na mente de Kel.

— Isso não tem importância — falou. — Quando se derem conta disso, será tarde demais.

Andreyen assentiu de leve.

— Sabemos de três famílias envolvidas na conspiração atual — falou. — Liorada Alleyne, embora não a filha. Os Cabrol, que foram apoiados pelos malgasianos em sua vingança e na ascensão à posição que ocupam hoje como representantes da Concessão e agora devem obediência aos malgasianos em troca. E os Gremont, sendo que o velho Gremont fez parte do plano original que levou ao banho de sangue na Galeria. Mataram-no lá para que fosse silenciado por seu envolvimento. Além de Artal Gremont, que estava trabalhando para Elsabet Belmany, mas agora está morto. Quanto às demais famílias que colaboram com Malgasi, ainda não sabemos quais são. — Ele bufou e se endireitou na cadeira. — Mas agora chegamos a uma pergunta que precisa de resposta.

— O que faremos a seguir? — indagou Ji-An.

— Não. — O Rei dos Ladrões fitou Kel. — Kel, está pensando em compartilhar o que descobrimos hoje à noite com o Legado Jolivet?

Kel enrijeceu. A ideia não tinha passado por sua cabeça até aquele momento. Contar a Jolivet parecia impossível, mas…

— Você precisa contar a ele. — Foi Lin quem disse isso. Ela havia aparecido na soleira da porta, nitidamente cansada, com um vestido cinza e o cabelo preso em duas tranças compridas. Não trazia a bolsa médica. Devia tê-la deixado no quarto de Merren.

— Há quanto tempo está parada aí? — indagou Andreyen e ergueu um pouco as sobrancelhas.

— Um tempinho. — Lin avançou para dentro da sala e Kel viu sua expressão pela primeira vez. Ela parecia um tanto enjoada, o que Kel achou estranho. Afinal, Lin já tinha visto ferimentos muito piores que os de Merren. — Cuidei do choque e da perda de sangue de Merren. Jerrod está lá com ele, o garoto vai ficar bem. Se querem saber o que ouvi… — Ela olhou de relance de Kel a Ji-An e por fim pousou os olhos em Andreyen. — O bastante para saber que os Aurelian estão em perigo. O príncipe está em perigo. Você precisa contar ao Legado, Kel. É dever de Jolivet protegê-los.

— Conor é responsabilidade *minha* — rebateu Kel. — Jolivet tem problemas muito maiores do que o príncipe.

— Jolivet não é um cara sutil, Lin — comentou Andreyen. — Quando descobrir, todas as Famílias da Concessão envolvidas serão presas. Podem muito bem acabar na Trapaça. E não vão se contentar apenas com os líderes. Pode ser que sua amiga Antonetta acabe sendo afetada.

O zunido da ansiedade voltou à cabeça de Kel, mais alto do que nunca. Lin foi veloz ao responder:

— Seria errado culpar Antonetta pelo que a mãe fez. — Então lançou um olhar para Kel. — Mas… você se preocupa mais com Antonetta do que com Conor?

— Não é tão simples assim — retrucou Ji-An. — A princesa de Malgasi disse que um dos participantes da conspiração era alguém da Colina, alguém próximo a Conor. Até onde sabemos, é *justamente* de Jolivet que ela estava falando.

— Mas então por que ele teria me pedido para investigar esse assunto? — Kel coçou os olhos. Insanidade. Aquilo tudo era insanidade. — Certo, então. Vou guardar esse segredo de Jolivet, mas não por muito tempo. Os Cabrol são muito menos estabelecidos que as Alleyne ou os Gremont. Se confrontarmos Ciprian, ele vai ceder. Vamos descobrir, a partir dele, quem são os outros conspiradores.

— O quanto antes — disse Lin.

— O quanto antes — concordou Kel.

Ji-An lançou um olhar de curiosidade para Lin.

— Eu não tinha me dado conta de que você era tão próximo da Casa Aurelian — disse ela.

Lin empalideceu.

— É mais que isso. Os malgasianos dizimaram os Ashkar do país deles. Mataram ou exilaram a todos. Se assumirem o poder aqui, farão o mesmo.

— Isso é verdade — confirmou Kel. — A princesa mesmo chegou a dizer isso.

Andreyen se reclinou na poltrona.

— Talvez seja por isso que os Ashkar de Castellane precisam de uma Deusa para liderá-los. Talvez você tenha nascido para tempos como estes.

Lin lançou um olhar frio e demorado na direção dele.

— Tem um caranguejo-eremita debaixo da sua cadeira — falou, por fim.

O Rei dos Ladrões praguejou, embora Kel não tivesse ouvido as palavras precisas, pois essas foram abafadas pelo som de vozes elevadas vindo de dentro da mansão.

— É Merren — falou Ji-An. — Parece que ele está se sentindo melhor.

Kel franziu o cenho.

— Volto já.

Foi um alívio sair da Grande Sala, afastar-se daquela conversa toda sobre confiança e traição, Jolivet, e o perigo que Conor estava correndo. Já tinha ido ao quarto de Merren em diversas ocasiões às vezes para pegar um livro emprestado, às vezes só para conversar. O espaço era abarrotado de livros e plantas, assim como o apartamento de Merren no Distrito Estudantil. A estética obscura lembrava um pouco o restante da mansão, mas Merren havia feito o possível para conferir luz e cor ao ambiente: pendurou tecidos coloridos sobre as tapeçarias pretas e cobriu uma urna de pedra escura com uma manta cor-de-rosa. ("Sempre sinto como se uma cobra estivesse prestes a pular dela", fora sua resposta quando Kel perguntara o porquê.)

Agora Merren estava sentado na cama. Pálido, usava uma camisa folgada aberta, o braço enrolado com as ataduras familiares de Lin. A colcha amarfanhada formava um montinho na altura de seu quadril. O rosto do garoto estava escondido nas mãos, os dedos se emaranhando nos cachos loiros.

Em uma cadeira ao lado da cama viu Jerrod. Ele levantou a cabeça quando Kel entrou, fazendo reluzir o prateado de sua máscara. Já tinha até se esquecido de que Jerrod a usava; já fazia parte dele, e Kel não sentia mais que escondia as expressões de Jerrod. Ele captava as emoções do outro muito bem, mesmo com a máscara. Naquele momento, foi capaz de distinguir no rosto de Jerrod o que parecia ser quase desespero.

— Você sabia muito bem o quanto era importante para mim me vingar de Gremont com as minhas próprias mãos — falou Merren, sem levantar a cabeça. A voz rouca. — Achou que eu fosse fraco demais para fazer isso?

— Não. Não teve nada a ver com isso.

— E você mal conhece minha irmã. Como ela poderia ter lhe dito que o amuleto em Gremont era falso? — Merren levantou o rosto das mãos e avistou Kel. A dor estava evidente em seu semblante, bem como o espanto. Merren muitas vezes vestia a própria máscara, como Jerrod, mas a dele não era de metal: era de genialidade, de alegria, um sorriso faceiro.

— Acho melhor eu ir — falou Kel, começando a dar as costas.

— Não. É bom que você também ouça o que eu tenho para dizer — falou Jerrod. — Alys veio até mim. Eu não a procurei. Como Gremont parecia estar feliz da vida frequentando o Caravela, ostentando a presença dele bem na cara dela, Alys decidiu virar isso contra ele. Enquanto ele dormia, mandou Audeta tirar o amuleto verdadeiro e trocá-lo pela réplica.

— E você sabia? — sussurrou Merren. — Quando fomos a Tyndaris, você sabia que Gremont estaria lá e planejou matá-lo…

— Não. Aquilo foi apenas acaso. Tive uma oportunidade, e a aproveitei. Se não tivesse o matado hoje, teria tentado na próxima visita dele ao Caravela. Era o que Alys havia planejado.

— Ainda não entendi por que ela procurou você — comentou Merren.

— Porque ela sabia que eu faria qualquer coisa por… — Jerrod parou de falar e se levantou. — Porque ela não queria que *você* o matasse. Não queria que o próprio irmão vivesse com sangue nas mãos. E as minhas… — Ele abriu um sorrisinho torto. — Já estão bastante ensanguentadas.

Merren socou a própria coxa de frustração.

— Ela é minha irmã. É óbvio que me enxerga como uma criança. Mas eu não esperava isso vindo de você. Não sou fraco nem delicado.

— Nunca disse que você era fraco — vociferou Jerrod. — Mas acho que tirar uma vida muda as pessoas, e não quero que você mude.

Merren lançou um olhar na direção dele.

— Essa decisão não cabe a você.

Por detrás da máscara, os olhos de Jerrod brilharam. Envergonhado, Kel falou:

— Merren, eu não acho que...

Mas Jerrod já tinha dado dois passos para atravessar o quarto e agarrado a parte da frente da camisa de Merren. Inclinou-se e o beijou — um beijo feroz, ardente, faminto, as mãos subindo para envolver a nuca de Merren. Este arqueou o corpo de modo involuntário, os dedos das duas mãos cravando no colchão.

Quando Jerrod se afastou, Merren parecia desnorteado e não apenas por causa do ferimento na cabeça. Levantou uma mão para tocar a própria boca. Kel se perguntava havia um tempo se algo assim já teria acontecido entre os dois. Agora sabia que não. A atmosfera no quarto se adensou, como o ar após a descarga de um relâmpago.

O capuz de Jerrod caiu para trás. Ele passou a mão pelo cabelo castanho avermelhado; estava trêmulo.

— Já chega — bradou. — Estou farto.

Ele saiu do quarto a passos largos, passando por Kel de cabeça baixa, como um lutador derrotado deixando a Arena.

Merren se sentou com a postura reta na cama e gemeu de dor, tocando o ombro.

— Vai atrás dele — falou. — Kel...

— Merren...

— *Vai.*

Kel saiu para o corredor. Não fazia muito tempo que Jerrod saíra, mas parecia já ter sumido. Os corredores tinham muitas esquinas, e Jerrod era um Rastejante. Sabia como desaparecer. Depois de uma rápida busca, Kel se viu na Grande Sala, onde Ji-An e Lin estavam imersas em uma conversa e se viraram para ele, surpresas. Andreyen, que não tinha se mexido na cadeira, não levantou o rosto. Limitou-se a dizer:

— Se estiver procurando Jerrod, ele já foi embora.

— Pediu para que não fôssemos atrás dele — completou Lin. — Que saberia se a gente fosse e… bem, o restante foi pura grosseria.

Kel bufou.

— Que caos.

— Ele vai voltar — comentou Ji-An.

— Duvido — respondeu Andreyen. — Acho que não é surpresa alguma que ele não queira mais se envolver com o que vamos fazer agora.

— *O que* vamos fazer agora? — indagou Kel. Era o que ele mais queria saber desde que botara os pés na Mansão Preta.

— Vamos iniciar um jogo de Castelos em um tabuleiro novo — disse Andreyen, encarando a lareira. — Jerrod nasceu nas ruas de Castellane. Roubo não o incomoda, assassinato não o incomoda, violência não o incomoda. Mas agora acabamos nos metendo num conflito entre dois países. Países que estão prontos para darem início a uma guerra. — Andreyen gesticulou com a mão de dedos longos, como se estivesse fazendo jogadas em um tabuleiro invisível. — É uma tarefa ingrata, além de perigosa. Eu não culparia nenhum de vocês se escolhessem ficar de fora.

Ninguém falou, nem se mexeu. A luz do fogo projetava sombras bruxuleantes estranhas por toda a sala. Andreyen olhou firmemente de um para o outro. Por fim, pousou os olhos em Kel.

— Pois bem, então — disse. — O Baile do Solstício está chegando, não está? E Ciprian Cabrol vai comparecer?

Kel assentiu.

— Acontecerá em quatro dias.

— Excelente. — O Rei dos Ladrões se inclinou para a frente. — Ouçam bem o que vamos fazer…

Lin voltou preocupada da Mansão Preta e deitou-se, exausta, na cama. Ainda assim, não conseguiu pegar no sono. Ficou repassando os eventos da noite na mente. Depois de ir embora da Mansão Preta, surpreendeu-se ao descobrir que Andreyen a havia seguido em silêncio noite adentro.

A Praça Escarlate estava escura e silenciosa, o céu a leste ainda intocado pelo amanhecer. Andreyen não passava de uma sombra ao lado dela, contemplando a cidade.

— Aconteceu alguma coisa? — perguntara. — Você parece preocupada de um modo atípico.

Lin não planejara contar a ele. Na verdade, não pretendia contar a ninguém. Surpreendeu-se ao constatar que as palavras saíam em torrente, como se ela tivesse tropeçado em algo e, sem querer, derrubado tudo o que vinha carregando.

— No Sault hoje, antes de me chamar para cá — começou. — Eu estava com o Exilado, só conversando, e senti algo estranho.

Andreyen franzira o cenho ao ouvir aquilo.

— Por causa dele?

— Não. Eu sabia, de certa forma, que estava sentindo algo vindo de fora do Sault. Que uma coisa terrível estava prestes a acontecer. Como se uma voz fizesse um alerta, e bem no momento em que se comunicou comigo, vi fogo queimando na água.

— Ah. — O Rei dos Ladrões passou uma mão pela testa. — Você deve ter sentido a magia que Elsabet Belmany fez em Tyndaris.

— Não foi a primeira vez que fui acometida por essa sensação. Costuma acontecer quando desperto de um sonho. Mas dessa vez foi mais poderoso do que antes. Mais amedrontador.

— Meu palpite é de que Sua Alteza está em Castellane já há um bom tempo. Fazendo planos. Trabalhando com esses conspiradores. Você tem uma Pedra-Fonte, e sabemos que ela também tem. É possível que uma sinta a presença da outra.

Lin ficara paralisada.

— Isso quer dizer que ela sabe sobre mim?

— Acho que não — respondera Andreyen, mas devagar, como se não tivesse certeza. — Você a sentiu quando ela usou a pedra, que deve ser imbuída de grande poder para alimentar a magia que ela pode usar. Você nunca usou a sua para mais do que magia de cura... e Elsabet Belmany esperaria magia de cura dos Ashkar. Mesmo se tiver sentido, deve achar que não é nada de mais.

— Será que eu deveria estar... procurando por ela? Tentando descobrir onde ela está escondida?

— Não — devolvera ele, a voz cortante. — Ela não sabe que você existe, e acredito que devamos manter as coisas assim. Quanto mais tempo Elsabet Belmany continuar sem saber de Lin Caster, melhor.

Lin se virou na cama. Acabou pensando que teria sido melhor se, ao sentir outro usuário de magia pela primeira vez, não tivesse sido justamente Elsabet Belmany. Os malgasianos continuavam a ser, para ela, um símbolo de horror, assassinos cruéis usando máscaras de lobo que penduravam crianças Ashkar em forcas improvisadas e proclamavam isso como um triunfo sobre o mal. Mas então refletiu que ao menos tinha começado a entender como os malgasianos haviam virado a população contra os Ashkar de maneira tão rápida e total, apesar de gerações de convivência pacífica em Favár. Haviam usado o poder que tinham. Disso ela não tinha dúvidas.

Quando Lin enfim adormeceu, caiu em sonhos terríveis, nos quais alguém cujo rosto ela não conseguia ver prendia seus braços e suas pernas com tiras compridas de diferentes cores: corda escarlate para amarrar os tornozelos, azul para um braço, preto para o outro. Ela gritou à medida que seus membros eram puxados dolorosamente em direções opostas.

— Silêncio — disse a pessoa de quem ela se via cativa —, se não fizer escândalo, as coisas vão ficar mais fáceis para você.

A voz era de Conor.

Na manhã seguinte, Lin acordou e viu Chana à porta trazendo relatos de que um dos Shomrim havia se machucado no muro quando uma escada quebrou. Lin se prontificou e não descansou enquanto tratava do rapaz, aguardando os remédios e amuletos ajudarem a restaurar o que nele havia se partido.

Por fim, voltou para casa dois dias depois, onde descobriu, para seu horror, que aquele era justamente o dia em que o Hierofante da cidade concederia sua bênção ao casamento de Conor e sua nova noiva, e que a presença dela fora requisitada, o que significava que deveria tomar a carruagem de Marivent na Praça Valeriana. Foi até a cozinha e preparou uma tisana para a cabeça, perguntando a si mesma, com melancolia, se havia algo no mundo que queria fazer menos do que assistir à benção da união de Conor Aurelian e Anjelica Iruvai pelo Hierofante. Mayesh prometera a ela um assento com boa visão da cerimônia, o que parecia ser pior do que uma ter uma visão ruim. Com sorte, a carruagem chegaria para buscá-la pouco após o meio-dia.

Ela se vestiu e seguiu para o Etse Kebeth, onde encontrou Mariam na ponta dos pés em frente ao espelhinho, prendendo fitas prateadas no cabelo. Assim que viu Lin, seu rosto murchou.

— Você não vai vestindo *isso aí*, vai? — perguntou.

Lin baixou o olhar para o vestido de linho cinza perfeitamente aceitável que usava. Tinha um buraco perto da barra onde ela havia derramado um preparo de raiz de bardana, mas quem é que ia ficar reparando na barra?

— É um evento importante, essa bênção — falou Mariam. — Todo mundo vai estar bem-vestido. E você não vai ao Palácio depois?

— Só para ver um paciente — retrucou Lin.

Enquanto isso, Mariam — que usava um vestido azul de musselina com padrões florais miúdos e dobras pomposas nos punhos e na barra — foi até o guarda-roupa e começou a vasculhá-lo, cantarolando.

— Bem, o paciente vai ficar admirado com o seu senso de estilo e você não vai envergonhar nosso povo chegando à Praça Valeriana parecendo uma vendedora de trapos. — Mariam pegou um vestido de cetim cinza e o estendeu para Lin. — Use este. Vai realçar seus olhos verdes.

— Como se alguém fosse reparar — murmurou Lin, mas foi se trocar mesmo assim. No fundo, precisava admitir que estava feliz pelo avô ter mandado ela levar Mariam. A empolgação da garota pelo esplendor do evento era simples e descomplicada em um mundo onde nada mais parecia simples ou descomplicado.

— Sabe — disse Mariam, enquanto Lin lutava para vestir o tecido cinza escorregadio —, o que quer que a Princesa Anjelica use, todo mundo vai querer algo semelhante logo, logo. Você a viu na garupa daquela aliá magnífica?

Lin precisou admitir que não, não tinha visto — embora tivesse que guardar para si o motivo.

— Ela é maravilhosa. Se quiser, vai ditar moda pela próxima década, no mínimo. Na verdade, é bem provável que isso aconteça, mesmo, quer ela queira ou não.

Lin fez um som desinteressado e se juntou novamente a Mariam no quarto. Deixou que ela prendesse seu cabelo volumoso para trás com um cordão de seda azul, depois as duas saíram às pressas do Etse Kebeth, parando no caminho apenas para dar um abraço em Chana, que fervia folhas na cozinha.

Com a bolsa sobre o ombro, Lin subiu a Ruta Magna de braços dados com Mariam. O dia estava claro e o sol brilhava alto a céu aberto. Viu a Praça Valeriana abarrotada de pessoas, como era de se esperar, mas Lin se surpreendeu ao ver o clima sério que prevalecia. Nada do espírito festivo do Festival da Independência, nada de vendedores de comida e bebida se embrenhando na multidão, nem músicas ou danças espontâneas. Parecia haver um sentimento generalizado de que aquela era uma ocasião solene, como se até mesmo as crianças — de rosto lavado e bem-vestidas, de mãos dadas com os pais — sentissem que estavam ali para testemunhar um momento importante na história da cidade.

Um estrado de madeira, que quase funcionava como palco, tinha sido montado à frente do Templo. Foi coberto por um pano de ouro, e em cima ficava um dossel arqueado de veludo reluzente que Mariam chamava de *luminància*, sustentado por dois pilares de mármore envoltos em flores. Uma equipe de Castelguardas estava reunida próxima aos degraus do Templo — Lin reconheceu Benaset entre eles. Ela semicerrou os olhos, tentando ver se Mayesh estava entre o grupo do Palácio.

— Bom, *eu* acho que vai ser bom para Castellane ter essa princesa nova — comentou Mariam, e Lin percebeu, com um espanto repleto de culpa, que ela estivera prestando pouca atenção ao que a amiga dizia.

— É mesmo? — Lin se recostou em um dos leões dourados da praça. — Por quê?

— Casamentos, bebês… são coisas felizes. Dão uma animada nas pessoas. — Mariam deu a língua para Lin. — Achei que uma médica saberia disso.

— Cerveja de graça também deixa as pessoas bem animadinhas — ressaltou Lin. — É melhor que estejam servindo à vontade, se quiserem garantir que o humor das pessoas esteja favorável.

Mariam deu uma risada.

— Você não tem senso algum de pompa. — Ela dirigiu um olhar pensativo para o Templo. — Sabe, antes da Ruptura, um rei ou uma rainha prestes a se casar talvez chegasse ao Templo nas costas de um dragão ou na companhia de uma fênix. Consegue imaginar algo assim?

Lin pensou na terra carbonizada de seu sonho.

— Uma glória dessas também traz grandes perigos.

— Minha nossa — falou Mariam. — Você está mal-humorada, hein? Anda odiando festas, princesas *e* fênix. Qual é o seu problema?

— Mariam…

— Você *está* feliz com o casamento do príncipe, não está? — indagou Mariam.

— É óbvio que estou — respondeu Lin por entre os dentes. — Ah, olhe, ali está Mayesh. Está acenando para nós.

De fato, o avô havia aparecido ao pé da escadinha do Templo e gesticulava para Lin. Ela avançou pela multidão, puxando Mariam consigo, até chegarem ao perímetro dos Castelguardas que rondavam o Templo. Lin assentiu para Benaset, que fez uma careta ao dar um passo para o lado, cedendo passagem para as duas.

O Relógio da Torre do Vento marcou o meio-dia com badaladas quando Lin e Mariam se juntaram a Mayesh. Lin olhou ao redor, mas não viu nenhuma carruagem real que pudesse estar a sua espera. Ouvia Mariam conversando animada com o avô, que balançava a cabeça com um semblante de divertimento comedido. Ele sempre gostara de Mariam.

Antes que Lin pudesse cumprimentar Mayesh, as portas de mármore altas se abriram, puxadas pelas ranhuras por acólitos em vestes brancas do Templo. A grande passagem revelou o interior escuro do Templo, que lembrava uma tumba.

O Hierofante foi o primeiro a emergir das sombras. Vestia o verde acinzentado dos clérigos de Aigon, além de um manto longo, costurado com um padrão de ondas que escorria pelas costas. A cabeça descoberta deixava à mostra o cabelo grisalho e denso. Em uma mão, segurava um cajado de prata que tinha um orbe de Vidro Estilhaçado no topo. Sopros de fumaça pareciam se mover dentro do globo, aparecendo e desaparecendo no círculo de vidro.

Ele começou a descer os degraus de mármore, a cabeça erguida, sem sorrir. A multidão estava quase quieta. Atrás dele vieram os membros das Famílias da Concessão, cada um carregando uma flâmula com o símbolo de sua Casa. Primeiro, Ciprian Cabrol, levando a flâmula da garança da Concessão da tinta. Em seguida, Gasquet e Montfaucon, Esteve e Uzec, Falconet e Cazalet. A flâmula de Gremont, com ornatos de folhas de chá, foi levada por uma mulher idosa vestida de preto, seu cabelo cinza como aço e uma expressão ainda mais severa que a cor de seus fios. Devia ser Lady Gremont, supôs Lin. Quanto às Alleyne, uma criada uniformizada segurava a flâmula de seda. Lin se perguntou qual teria sido a desculpa de Lady Alleyne para não comparecer ao evento.

Logo depois de todas as Famílias da Concessão, veio a Rainha Lilibet, vestida de verde, como de costume, o cabelo preso no alto com esmeraldas. Era estranho vê-la sozinha em um evento daquele porte, sem o rei, até para alguém como Lin, que conhecia a razão de sua ausência.

Todos, exceto o Hierofante, se posicionaram ao longo das laterais da escadaria, deixando o centro livre como um corredor. A praça silenciou por completo, um sussurro estrangulado. O único som vinha dos passos do Hierofante , que subiu o estrado e se virou para contemplar o Templo.

Lin sentiu uma mão pousar sobre seu ombro. Mayesh. Um toque tranquilizador, como se ele estivesse preocupado com ela — mas por que estaria? Ela se virou com uma expressão intrigada no exato momento em que eles surgiram juntos pelas portas.

Conor e sua futura esposa. Não de mãos dadas, mas os ombros quase se tocavam. Os sussurros foram se elevando, rompendo o silêncio. *Tão linda.*

Lin não havia pensado direito como imaginava Anjelica Iruvai, ou o que significavam os boatos de que a princesa era a mulher mais bela do mundo. Tinha presumido que ela seria dotada do tipo de curvas que seguiam o padrão do desejo, iguais às de Antonetta. Que teria lábios vermelhos, bochechas rosadas e olhos grandes. Quase sentiu vergonha da pobreza de sua imaginação. Não previra a postura e a leveza de Anjelica, o modo como cada parte dela parecia ter sido moldada com a mais pura noção de harmonia, iguais aos vestidos esplendorosos de Mariam.

Ela e Conor se vestiam com formalidade, ele com um gibão e calças de veludo cinza-escuro; Anjelica, em um vestido roxo-escuro com uma cauda que esvoaçava atrás dela pelos degraus.

Mariam arquejou de leve.

— O roxo de Tyndaris.

Nos tempos do Império, aquele tom profundo de roxo era extraído das conchas das criaturas marinhas que viviam ao redor da ilha de Tyndaris antes que ela afundasse sob as ondas. Hoje, essas criaturas estavam extintas. Restava apenas um único rolo de tecido daquela cor, pertencente à Casa Aurelian. Quando nascia um novo membro na família real, um pedaço era reservado à criança a fim de ser usado durante toda a vida. Quando Lilibet se casara com Markus, recebera seu corte; e agora, pelo visto, Anjelica também recebera o dela.

Ao lado de Anjelica, o príncipe andava de cabeça erguida. Um cinto de couro marcava seus quadris estreitos, com uma espada cerimonial brilhando em uma bainha. Os cachos escuros recaíam sobre o diadema de ouro preso à testa. A expressão em seu rosto era decidida e lúgubre. Ele parecia estar se preparando para algum tipo de provação.

Ao chegarem ao pé da escada, os burburinhos se multiplicaram na multidão: Anjelica era linda, aquilo traria bons ventos à cidade, eles teriam filhos lindos.

A beleza de Anjelica os conquistara, pensou Lin, com uma pontada, sem a princesa precisar dizer uma única palavra, sem fazer um único gesto. A beleza tinha esse poder. Mesmo nos contos dos tecelões, nos quais Conor surgia como assassino, tirano ou rei solitário de coração gélido, era sempre descrito como belo. A beleza conferia um certo brilho a cada ato seu, um glamour que facilitava o perdão.

Conor estendeu a mão para ajudar Anjelica a subir no estrado ao seu lado. Os dois se postaram diante do Hierofante, tão próximos que Lin não conseguiu deixar de se perguntar se Conor também a via, ao lado de Mayesh. Mas, se estava vendo, não demonstrou.

— Ah, Lin — suspirou Mariam. — Isso é *tão empolgante.*

Um repentino alvoroço entre os Castelguardas marcou o início das bênçãos de Aigon entoadas pelo Hierofante. A mão de Mayesh deixou o ombro de Lin; ela virou o rosto e viu Aron Benjudá, o Exilado, envolvido em uma conversa com um dos Castelguardas. Para sua surpresa, o Castelguarda, que parecia ouvir atentamente, deu-lhe passagem para a área protegida.

Ela o seguiu com o olhar. Não estava presente ali nem como o comerciante rhadanita, sujo da estrada, nem como o Exilado, vestido de forma austera para julgar casos no Kathot. Aron trajava um casaco preto de gola alta, ornamentado com prata, e à cintura trazia uma espada cujo cabo era feito de metal escurecido, esculpido no formato de um corvo de asas abertas. No meio, havia uma pedra escarlate, vermelha feito o sol poente. Lin soube de imediato — qualquer Ashkar perceberia — que aquela era a arma que a Deusa entregara a Judá Makabi após a queda de Aram. *Todos os Exilados daquele dia em diante seriam descendentes de Makabi e carregariam o nome Benjudá e a Espada Crepuscular, o presente da Deusa.*

A Espada Crepuscular. Lin jamais imaginou que um dia a veria. Era linda como uma fênix ou um dragão. Não conseguiu conter a curiosidade e ficou encarando o objeto enquanto Aron avançava até se posicionar à frente de Mayesh. A espada fazia parte da história dos Ashkar desde que existiam enquanto povo. Uma história que não apenas se estendia ao passado distante, mas também apontava para o futuro. E uma história na qual Lin se inserira sem pensar nas consequências.

Mayesh inclinou a cabeça como se já esperasse encontrar o Exilado ali.

— Aron — falou. — É bom revê-lo.

— Pensei que seria educado parabenizar o conselheiro do trono — respondeu Aron, olhando para Lin apenas de relance. Ignorou Mariam por completo, embora ela o encarasse com olhos arregalados. — Esta aliança inteligente estabelecida entre Kutani e Castellane… quanto disso foi responsabilidade sua?

— Uma parte — respondeu Mayesh. — Como sabe, um conselheiro só tem a influência que conquistou.

— E você trabalhou muito para conquistar a confiança dessas pessoas, desses *malbushim* — comentou Aron. — Acho que me lembro do senhor me aconselhando há muito tempo. Temo não ter seguido seu conselho.

Mariam lançou a Lin um olhar, como quem perguntava em silêncio: *o que está acontecendo?* Lin limitou-se a balançar a cabeça de leve. Não sabia descrever o que via no semblante de Aron. Não era raiva, mas algo mais frio e severo.

— Não — respondeu Mayesh. — Não seguiu, de fato.

— Eu era jovem demais naquela época — falou Aron —, e propenso a acreditar em coisas como lealdade e honestidade.

— Mas não menti para você — afirmou Mayesh, com calma. Se estava irritado, Lin não sabia dizer; havia algo nele que a fez crer que vinha esperando por aquela conversa. Talvez só não tivesse previsto, decerto, que ela aconteceria naquele lugar e naquele momento.

Ela levantou o rosto e viu de soslaio que o Hierofante continuava a entoar cânticos, e que Anjelica e Conor estavam ambos de cabeça baixa e olhos fechados.

— Permitiu que eu acreditasse em uma mentira — retrucou Aron. — Acha que isso foi melhor? Acreditei que Asher tinha sido mandado para longe quando foi exilado. Para o outro lado do oceano. Não sabia que continuava aqui em Castellane, morrendo de fome e sozinho. Não sabia que eu poderia tê-lo ajudado antes que fosse tarde demais.

— Você não podia tê-lo ajudado. — A voz de Mayesh saiu tão sem emoção quanto possível. — Se tivesse tentado, seu fim também teria sido o exílio. E precisávamos de você. Você é um príncipe dos Ashkar. Sua responsabilidade não se limita a uma única pessoa, mas a todo o seu povo.

Lin viu Aron ruborizando, mesmo debaixo de toda aquela pele castigada pelo sol.

— É na sua responsabilidade com seu povo que você pensa quando sugere que sua neta siga seus passos como conselheira? Não existe mesmo mais ninguém cabível ao cargo, ou quer apenas resguardar o poder nas mãos de sua família?

Ele olhou para Lin, que não soube dizer se o lampejo de raiva que viu nos olhos de Aron era motivado por ela própria, por Mayesh ou pelas oportunidades perdidas muito tempo antes.

— Lin não vai se tornar a próxima conselheira — comentou Mariam, para a surpresa de Lin. Ela pareceu quase tão irritada quanto Aron, as mãos pequenas cerradas em punhos na lateral do corpo. — Ela é a Deusa.

— Ah, sim — falou Aron, semicerrando os olhos. — Alguém que de fato crê. Bem, a verdade virá à tona mais cedo ou mais tarde, seja ela qual for.

E com um último olhar de soslaio para Mayesh, ele se virou e saiu andando, atravessando a barreira de Castelguardas.

Antes que Lin pudesse se deter, disparou atrás dele, misturando-se à multidão.

ELSABET

— Essa mensagem — diz Elsabet — foi direcionada a mim.

Ela está cansada, mas se recusa a demonstrar exaustão. Ainda é cedo. Mais tarde, ainda hoje, o Hierofante da cidade vai abençoar o maldito casamento do príncipe — por todas as coisas boas que ele irá causar. Elsabet está sentada na cadeira do sacerdote, as costas eretas, os olhos fixos no fogo que queima no braseiro de ouro. O templo antigo é sempre gelado, então Janos mantém o fogo aceso.

Sete não para de andar de um lado para o outro no piso de ladrilhos rachados. Então se interrompe e se vira para ela.

— Quem poderia estar usando a morte de Artal para mandar uma mensagem? — exige ele, a voz um tanto ríspida. — Achei que ninguém soubesse que nós… que ele estava trabalhando com você.

Ela sorri olhando para o fogo. Pequenas labaredas lambem o braseiro feito línguas de luz. Elsabet sempre amou o fogo. Está em seu sangue amá-lo, no sangue de sua família.

— Você está preocupado com sua própria pele. — Não que ela se importe; é uma das coisas de que gosta nele. Por ser tão autocentrado, torna-se previsível.

Sete abaixa a cabeça escura.

— Um pouco — admite. — Gosto de quando meu couro não corre o risco de ser arrancado do meu corpo e exposto em frente à Trapaça para servir de lição aos demais representantes de Concessões.

— Acalme-se — pede ela. — O Palácio parece continuar alheio a nossas atividades. Essa mensagem partiu de Prosper Beck.

Ela recebe um cenho franzido como resposta.

— Beck? Ele não é dono de uma rede de casas de aposta no Labirinto?

— Nem todo mundo importante nesta cidade é um cidadão exemplar, Sete. Pensei que se conseguíssemos alinhar Beck à nossa causa, ele poderia desafiar o Rei dos Ladrões pela dominância do submundo da cidade.

— O Rei dos Ladrões...?

— Ele tem muito poder. As pessoas costumam se referir a ele como o Rei da Cidade. Não gosto da ideia de haver um rei em Castellane que eu não possa controlar. Mas Beck tem se mostrado... recalcitrante.

Sete grunhe.

— Então tentou recrutar Beck para substituir o Rei dos Ladrões e ele se recusou?

— Ele me deu demonstrações de desrespeito. Tudo o que fiz foi responder colocando o mensageiro no lugar dele. Agora, pelo que parece, Beck ficou rancoroso.

Não tinha ocorrido a Elsabet que Beck se importasse tanto com a morte de um funcionário de baixo nível; jamais teria levado para o lado pessoal se alguém tivesse assassinado Janos ou Bagomer, mas não pareceu uma boa ideia compartilhar isso com Sete.

— O homem que cortou a garganta de Artal era funcionário de Beck. Eu o reconheci. Tive a chance de matá-lo uma vez, mas a desperdicei. Isso não se repetirá.

— Não gosto disso — comenta Sete. — Não gosto das possíveis complicações.

Ninguém liga para o que você gosta ou deixa de gostar, pensa Elsabet. Em Malgasi, a mãe dela teria mandado prender um nobre de baixo escalão por tagarelar à rainha sobre quais políticas lhe apraziam ou não. Os Aurelian tinham perdido o controle da situação em Castellane, com todos aqueles representantes de Concessões energúmenos se achando reis de pequenos feudos. Espera com ansiedade mostrar a todos eles como uma monarca de verdade governa.

E não apenas uma monarca de verdade: uma que reina como os antigos feiticeiros-reis. Assim que arrancar o poder dos Aurelian, vai conseguir reinar como seus ancestrais reinavam, com uma radiância de poder que exige lealdade. Ela não gosta de pensar na instabilidade pela qual o povo malgasiano passa, nas traições, na falta de dedicação ao trono. *Tudo vai voltar a ser como era*, pensa consigo mesma. *Assim que a dinastia Belmany recuperar seu poder, Malgasi vai voltar à grandiosidade.*

— Beck só sabia de Artal — fala ela, um tanto tensa. — Ele me acompanhou em uma reunião. Só isso. Não há motivo para cavar a própria cova antes da hora.

— Um de nós foi assassinado — diz Sete. — Isso não me tranquiliza nem um pouco. E Artal estava usando o amuleto. Achei que aquilo o protegia.

— Parece que Beck teve a capacidade de trocar o amuleto real por um falso. — Elsabet não está sentindo a calmaria que tenta transmitir, mas não quer que Sete saiba o quanto ficara alarmada ao saber que Beck agira por suas costas com tamanha facilidade. Ela cometera um erro ao confiar que Artal não seria um tolo. Agora o amuleto, uma das posses mais importantes confiadas a sua família, está nas mãos de alguém a quem ela não deseja bem. Beck precisa ser destruído… mas ainda não. Primeiro, ela precisa firmar a própria posição. — Você é um homem de apostas, não é, Sete? Não deveria ter aversão a um risco pequeno quando a recompensa é tão alta.

— Fazer parte de uma conspiração contra a realeza não é um risco pequeno — rebate Sete. — Será que vamos sequer conseguir dar continuidade aos planos sem Artal?

— Vai ser necessária uma mudança neles. Ficar mais de olho em Liorada e naquela filha dela. Mas, acima de tudo, precisamos do Portador da Espada. Precisamos dele fora de cena e num lugar onde possamos controlá-lo. — Ela semicerra os olhos para Sete. — Você por acaso descobriu se o príncipe sabe que o Portador da Espada tem marcado encontros entre Anjelica Iruvai e o Rei dos Ladrões? Ou que ele próprio tem se encontrado com o Rei dos Ladrões?

Pela primeira vez no dia, Sete sorri.

— Conor não faz ideia — garante. — Quando o assunto é Kel, ele tem uma venda do tamanho do deserto do Jiqal na frente dos olhos.

— Talvez isso seja tudo de que precisamos, por ora — diz Elsabet. — Fique de olho em Saren. E prepare-se para reunir todas as Famílias da Concessão, assim como o príncipe. Quando você colocar todas as provas bem aos pés dele e diante de toda a Colina, ele não terá escolha senão agir.

DEZESSEIS

Ao redor de Lin, as pessoas entoavam preces a Aigon, um som semelhante ao zunido de abelhas em seus ouvidos.

Aigon, escute as preces da minh'alma por estes filhos da humanidade! Conceda a eles felicidade, riqueza, herdeiros!

— *Oshozo!* — gritou Lin. — *Espere!*

A palavra Ashkar se sobrepôs ao coro ritmado. Ela viu um movimento na multidão logo à frente enquanto Aron se virava em sua direção. Um momento depois, ela o havia alcançado. Ele estava próximo aos degraus da Justicia, longe da aglomeração mais densa.

— O que quer?

— O que eu *quero*? — Lin levou as mãos aos quadris. — Não poderia ter confrontado meu avô no Sault? Tinha mesmo que humilhá-lo na frente dos *malbushim*?

— Ele não me pareceu humilhado.

— Isso não quer dizer que você não tenha tentado. — O cabelo de Lin escapava da amarra e, com a força da brisa, batia em seu rosto. — Você deve se dar conta de que o mal que causa a ele também atinge a todos os Ashkar.

Aron olhou para ela com firmeza.

— Tentei visitar seu avô na casa dele no Sault. Diversas vezes. Ele nunca se encontra em casa, o que me parece uma grande conveniência.

— Sabe que isso não é desculpa — respondeu Lin com frieza. — Por que toda sua raiva é direcionada a Mayesh? Por que não ao Maharam? Você sabe que meu avô tentou interceder por Asher Benezar. Sabe que ele fez tudo a seu alcance para impedir que ele acabasse exilado.

— *Tudo a seu alcance.* — A voz do Exilado estava comedida, mas os olhos pareciam queimar com o brilho do sol em areias desertas. — Isso cobre uma ampla gama de pecados, não acha? Como podemos medir o que está ou não ao alcance de um homem? — Ele se inclinou para mais perto dela; era tão mais alto que Lin que ela quase queria ficar na ponta dos pés para ouvi-lo. Mas não o fez. — A verdade é que eu não esperava nada de diferente vindo do Maharam. No entanto, esperava mais do seu avô. Confiei nele.

— E não confia mais? — Ela avaliou o rosto do Exilado. Uma expressão estranha. Uma calma que não entregava nada, e no entanto aqueles olhos, como filetes em uma máscara de papel, deixavam evidente somente um vislumbre de um mundo oculto, um mundo de emoções incandescentes: raiva, rebelião, injustiça. — Não acha que ele estava tentando proteger você? Você era o filho do Exilado. O que poderia fazer sem ser visto? Se tivesse tentado ajudar Asher, teria sido pego e...

Ele estendeu a mão no ar, como uma sugestão bastante enfática de que ela se calasse.

— Era de se esperar que você fosse leal ao seu avô — começou ele. — Mas...

— *Leal.* — Ela viu que o amargor com que falou pegou Aron de surpresa. — Eu, leal a Mayesh? Eu costumava me sentir igualzinha a você. Antigamente eu o *odiava*. Pensei que tivesse me abandonado e preferido se relacionar com a realeza na colina.

Ele semicerrou os olhos cor de bronze.

— E hoje em dia?

— Hoje em dia entendo que ele estava tentando me proteger, do jeito dele, porque estava tentando proteger a todos nós. Mayesh sempre vai escolher os Ashkar como povo em detrimento de qualquer indivíduo. É isso que faz dele um conselheiro tão bom.

— Senão — acrescentou Aron — um bom avô.

— Ele é nossa voz na Colina — falou Lin, baixinho. — Todos sabemos o que aconteceu em Malgasi. Os Ashkar não tinham voz lá, e fomos assassinados ou expulsos. Achei que o Exilado, dentre todas as pessoas, se importaria com...

— E você pensa que eu não *me importo*? — Ele a encarou, sem saber o que dizer por um momento. Ao longe, Lin ainda conseguia ouvir o

Hierofante intercedendo para que Aigon cercasse Anjelica e Conor de águas seguras, que abençoasse a união dos dois com a força do mar e a fidelidade das marés.

Conor, fiel? Lin mordeu a parte de dentro do lábio.

Lin teve a impressão de que Aron estava prestes a gritar com ela. Contudo, ele falou com calma:

— Não consigo entender você, Lin Caster. Quando a olho, vejo que é muito mais do que aparenta ser. Vejo seus olhos, enxergo o fogo ardendo dentro deles e penso: será que esse é justamente o fogo da Deusa? O fogo que nasci para ver? Mas ao seu redor… ao seu redor vejo apenas a escuridão.

Lin não conseguiu evitar estremecer, no exato momento em que uma carruagem vermelha e dourada se aproximou dos dois. Jolivet se esgueirou pela janela.

— Era para você ter ficado esperando perto do Templo.

Lin arqueou as sobrancelhas.

— Não recebi mensagem alguma com essa instrução.

Jolivet parecia contrariado.

— Entre logo — mandou. — Temos pouco tempo.

Era esquisito, pensou Lin, Jolivet estar falando tão abertamente na presença de Aron, um estranho — mas quando ela se virou para falar com Aron, ele tinha sumido. Voltara à multidão como um fantasma. Por mais que ela procurasse, não conseguia encontrá-lo.

Mas será que a estava observando? Lin não conseguiu se desvencilhar da sensação de que havia um olhar pousado com força sobre ela; virou-se para olhar na direção do Templo e viu que, ao lado da princesa ajoelhada, Conor estava com as costas eretas, uma mão no cabo da espada. Não olhava para o Hierofante: mirava diretamente Lin, e mesmo de longe ela sentia a agudeza cortante de seu olhar.

O sol quente ardia sobre a Colina enquanto Kel seguia a pé para a casa de Antonetta. Sim, ele poderia ter pegado Asti emprestada, mas aquilo era algo que, por algum motivo, ele sentia que precisava fazer sozinho, sem nem mesmo o apoio das selas do Palácio.

Conforme se aproximava da mansão Alleyne, seus pensamentos se voltaram para a Praça Valeriana. Conor devia estar naquele exato momento recebendo a bênção do Hierofante. Era provável que também se sentisse sozinho. Cercado pelos Castelguardas, por Mayesh e pelas Famílias da Concessão (exceto a família Alleyne, já que Liorada implorara para se abster, alegando estar doente). No entanto, na concepção de Kel, se Conor estava aparecendo em público sem ele, estava sozinho.

Kel sentia isso, a fisicalidade de Conor desprotegido, como se fosse uma ferida aberta sem atadura.

Tentou se distrair com outros pensamentos. Não era como se lhe faltassem preocupações. Nos dias que tinham se seguido aos eventos de Tyndaris, Kel esperara ansiosamente a notícia da morte de Gremont se espalhar por entre a nobreza da Colina.

Mas não aconteceu.

Boatos tinham finalmente começado a circular sobre o desaparecimento do sujeito. Talvez Artal estivesse há três dias em uma farra no Labirinto (sugestão de Falconet), ou talvez tivesse se entediado do que tinha à disposição em Castellane e ido explorar os bordéis infames de Valderan. Podia ser que tivesse sido raptado por um grupo de marginais a quem devia dinheiro. Alguns acreditavam que ele havia ingerido sumo de papoula demais, de propósito ou acidentalmente, e que se esquecera de quem era e dado início a uma nova vida.

Pelo visto, ninguém parecia estar pensando que ele havia morrido, o que era estranho para Kel, que vira a vida se esvaindo do corpo do homem em uma poça de sangue. Que segurara o amuleto falso e ensanguentado na mão e depois o entregara a Andreyen para que o guardasse bem. Ele esperou a culpa bater, esperou se arrepender pelo modo como tinha tratado Gremont nos últimos segundos da vida do homem, mas isso nunca aconteceu. Só desejou que tivesse sido ele próprio, e não Jerrod, a desferir o golpe fatal.

É óbvio que Lady Alleyne e Antonetta sabiam a verdade sobre a situação, mas não seria interessante para nenhuma das duas mencionar isso. Kel não conseguia imaginar a pressão sob a qual Antonetta estava vivendo, guardando um segredo desse. Torcera para que ela o procurasse no Castelo Mitat, mas ela não o procurou; ele mandara um recado, para o qual não obteve retorno. Parte dele sabia que havia uma chance de Lady Alleyne ter confiscado a mensagem e a jogado fora, porém, fora isso, só conseguia se lembrar da última interação que tinha tido com

Antonetta nas docas, da decepção que vira no rosto da jovem quando ele se recusou a contar a verdade. Era como uma música em sua cabeça, tocando repetidas vezes até fincar uma ranhura em seu cérebro.

Ele não tinha a menor ideia do que diria a ela agora, mas devia haver uma forma de amparar a decepção de Antonetta, de mostrar a ela que ele era o mesmo Kel de sempre, alguém em quem ela podia confiar e...

Ele parou de repente. Tinha chegado.

Lembrou-se da última vez que estivera na Casa Alleyne, para a festa de noivado. *Um noivado que agora nunca se concretizará em casamento, graças aos Deuses.* Na noite da festa, uma fila de criados com tochas em mãos se seguia até a porta de entrada. Agora, um único guarda uniformizado estava diante do portão, distraído. Ele reconheceu Kel e colocou dois dedos na ponta da boina, indicando que Kel podia prosseguir à porta.

Kel não deixou de perceber uma sensação opressiva que pairava sobre a casa feito teias de aranha. Ela estava silenciosa; não vinha barulho algum lá de dentro. Apesar do calor, as janelas estavam fechadas, e quando ele levantou a mão e bateu, imaginou o som ecoando pelos aposentos vazios do outro lado. Um medo afiado tomou conta dele. E se elas tivessem fugido? Feito as malas e dado no pé por insistência de Lady Alleyne, na esperança de escapar das consequências da barganha na qual tinham se metido com os malgasianos...

Mas a porta se abriu. Para a surpresa de Kel, foi a própria Lady Alleyne, e não Magali, que o recebeu. Ele não conseguiu conter um sobressalto com a aparência dela. Nunca a vira em um estado que não fosse impecável — em Tyndaris, chegara a usar rubis —, mas agora usava apenas um vestido preto e pantufas de seda nos pés. O cabelo comprido caía pelas costas, o loiro marcado por mechas grisalhas nas quais Kel nunca havia reparado. Sem a maquiagem e as roupas coloridas de sempre, as feições dela pareciam sofridas e cinzentas, o rosto marcado por rugas.

Ela olhou para ele com algo semelhante a ódio.

— Você — disse. — É muita audácia sua dar as caras por aqui.

Kel a encarou. Sabia que Lady Alleyne não morria de amores por ele, mas ela nunca chegara a ser grosseira. Via de regra, apenas o ignorava ou era friamente educada.

Ele tentou ver o interior da casa, atrás dela, mas a senhora se mexeu para bloquear a visão dele. Kel voltou a fitar Lady Alleyne, cujos olhos queimavam.

— Vim até aqui para ver Demoselle Alleyne — falou, sem demonstrar qualquer emoção. — Tenho uma mensagem do Príncipe Conor.

— Então repasse-a a mim.

Kel balançou a cabeça.

— O príncipe ordenou que eu a entregasse diretamente à Demoselle.

— Mentiroso — respondeu Lady Alleyne, o tom impassível.

Kel semicerrou os olhos.

— Entendo que não esteja bem, Lady Alleyne. Por esse motivo, não reportarei seu temperamento ao príncipe. Mas venho por ordens dele...

— Ah, vem, é? — murmurou Lady Alleyne. Estendeu a mão para se apoiar na moldura da porta. — Nunca confiei em você, Kel Anjuman. Acha que esconde bem seu desrespeito, seu ressentimento? Nunca se colocou em seu devido lugar. O príncipe, em sua bondade irreparável, deu-lhe ideias de ser muito mais altivo que sua verdadeira estirpe. — Ela o avaliou de cima a baixo. — Desde que eu lhe disse para manter distância da minha filha...

— Eu *mantive* distância de sua filha — interrompeu Kel; fez o que pôde para afastar a raiva fervente da voz. — Fiquei longe dela por anos. Você destruiu uma amizade inocente entre duas crianças. Permitiu que ela acreditasse que eu a detestava. Nunca se importou com a felicidade dela, nem com...

Lady Alleyne tinha empalidecido.

— Antonetta é *tudo* com que me importo — sibilou ela. — Faz noites que não durmo, não desde... — Kel chegou a achar que ela diria "desde aquela noite em Tyndaris", mas ela desconversou. — Desde a noite em que Antonetta foi embora de nossa casa.

Os ouvidos de Kel de repente pareceram zunir.

— Antonetta não está aqui?

Seu idiota, pensou, desanimado, *foi tolice de sua parte chamá-la de Antonetta, e não de Demoselle*, mas Lady Alleyne não pareceu ter percebido. Remexia no bolso do robe, do qual tirou um pedaço de velino e o entregou a Kel sem dizer nada.

Mamãe, leu ele, na caligrafia familiar de Antonetta, *Gremont só me humilha em público. Não aguento mais. Se ele perguntar de mim, passarei um tempo na casa de uma amiga. Não quero visitas.*

O olhar de Lady Alleyne ardia de fúria.

— Jure — exigiu ela. — Prometa que ela não está se escondendo nos aposentos do Castelo Mitat.

A mente de Kel estava um turbilhão. Era evidente que Antonetta não contara nada à mãe sobre a própria viagem a Tyndaris, que não revelara a Lady Alleyne que sabia da morte de Gremont.

— Eu juro — garantiu Kel. — Por que eu teria vindo até aqui se soubesse onde ela está? Só para ser insultado? Me parece que a senhora acredita que pessoas *da minha estirpe* gostam desse tipo de coisa.

Um semblante de preocupação genuína cruzou o rosto de Lady Alleyne, e não tinha nada a ver com Kel. Ele nem mesmo sabia se ela assimilara as palavras para além do fato de que ele não sabia do paradeiro de Antonetta.

— Então... onde está ela? — perguntou. — Com algum outro amigo ou amiga?

— Não faço ideia — respondeu Kel, devolvendo o recado de Antonetta para Lady Alleyne. Sentiu o estômago revirar. Será que a mulher conhecia mesmo a filha tão pouco a ponto de não saber que não havia ninguém na Colina com quem Antonetta de fato considerava ter uma amizade?

O que era uma ideia assustadora. Ele tentou dizer a si mesmo que talvez ela tivesse recorrido a Sancia Vasey, mas nem ele mesmo conseguiu acreditar nessa teoria. Então *onde é que ela estava*?

— Pergunte ao príncipe — exigiu Lady Alleyne, agarrando o velino das mãos de Kel. — Se tem alguém que pode descobrir onde ela se escondeu...

— Não — respondeu Kel. A raiva e o terror giravam dentro dele feito um redemoinho crescente; não conseguiu acalmá-lo, não mais do que conseguia se impedir de dizer o que sabia que não deveria falar: — Para que Conor mande arrastarem ela de volta para comer na palma da sua mão? Você forçou sua filha a noivar com um homem que ela detesta, um homem que só a humilhou desde que voltou a Castellane, com visitas frequentes aos bordéis da cidade, e que planeja humilhá-la ainda mais com a cerimônia da Primeira Noite.

Um semblante de choque perpassou o rosto de Liorada, mas ela quis manter sua pose. O aço nas veias de Antonetta vinha da mãe, ainda que em Lady Alleyne esses traços fossem um pouco mais maliciosos.

A mulher ergueu o queixo, o desprezo encharcando Kel feito água suja.

— Minha filha sempre vai ter o melhor de tudo — rebateu. — Fiz questão disso. —A voz dela se tornou ainda mais amarga. — Não que *você* entenda uma coisa dessas. Vive às custas do sangue real. Jamais entenderá o significado de responsabilidade ou do que é se sacrificar por outra pessoa.

— Se sacrificar? — retrucou Kel. — Sempre foi do meu entendimento que, para que um sacrifício tenha sentido, é preciso abrir mão de algo que importa para *você*. Não sacrificar a própria filha para seu próprio benefício.

Ao ouvir isso, ela estremeceu, e Kel sentiu um prazer cruel em tê-la machucado. Uma satisfação nascida da dor de um garoto de quinze anos que precisou ouvir que não tinha nada a oferecer à garota que amava e que devia manter distância dela se a queria bem.

Lady Alleyne apertou os lábios até que formassem uma linha fina.

— Minha filha vai voltar. Está sendo tola e teimosa, só isso. E assim que Antonetta *passar* por esta porta, quero que se lembre de que nada mudou. Fique longe dela, Anjuman.

Kel se permitiu abrir um sorriso fraco.

— Se Artal Gremont quer que eu mantenha distância da noiva dele, pode me dizer isso cara a cara. Não pode?

Por um momento, uma expressão amedrontada atravessou o rosto de Lady Alleyne, que em seguida bateu a porta na cara de Kel.

À medida que a carruagem subia suavemente a Colina em direção a Marivent, Lin entrelaçou as mãos sobre o colo. Sentia o coração batendo nas palmas. Tinha certeza de que não eram os próprios batimentos que ela sentia. As veias que levavam sangue através de seu corpo estavam próximas da superfície apenas em alguns pontos, como nos pulsos e na garganta. No entanto, um corpo afoito é como um espelho quebrado, lançando reflexos estranhos: uma ferida de um lado do corpo talvez tenha a dor irradiada para o outro, ou pode ser que exista uma agonia vestigial em um membro amputado. As palavras de Aron haviam penetrado sua pele como um veneno ou uma doença.

Ela aceitara o fato de que, quando Aron olhava para ela, não reconhecia a Deusa. Que ele enxergava que ela era apenas uma pessoa comum, e quem sabe ainda pior do que só comum: boba, uma mentirosa desesperada por atenção. Isso a fez estremecer por dentro.

Mas agora ele tinha dito que via fogo nela. Se era o fogo verdadeiro da Deusa, ela não sabia dizer, mas a ideia a amedrontou quase tanto quanto o que ele dissera em seguida. Será que a chama que ele via era algum tipo de resíduo da magia que ela vinha fazendo? Um tipo de reflexo brilhante de sua Pedra-Fonte? Mas então...

Ao seu redor vejo apenas a escuridão.

Que escuridão podia ser essa que ele estava vendo? Não duvidou, nem em sonho, de que ele estivesse vendo *algo*. Ele era o Exilado, o Leão de Judá. Quase que inconscientemente, enfiou a mão dentro da manga da veste, onde o broche com a pedra estava preso. A pedra era gélida ao toque, inerte e desprovida de magia.

Ela mordeu o lábio quando entraram no Palácio pelo Portão Norte. Da primeira vez que ela fora a Marivent, tinha sido como entrar no conto de um tecelão de histórias. Agora ela já começava a entender melhor a configuração do lugar: o Castelo Mitat e o pátio central, as torres em cada ponto cardinal, o Castelo Pichon entre os jardins, as trilhas próximas à beira do penhasco, onde o mar quebrava lá embaixo, espirrando água feito um exército invasor escalando as rochas.

O caos em sua mente já havia se aquietado quando a carruagem enfim parou na Torre Norte e ela deixou Jolivet guiá-la escada acima. Lin sabia como deixar de lado o que quer que a estivesse incomodando para se concentrar em um paciente. E quando o assunto era sua paciente mais importante, Mariam, só o que importava era melhorar a saúde dela antes que o Exilado e o Sinédrio desautorizassem Lin a continuar atendendo.

Chegaram ao topo da escada. Lin avaliou o que carregava para ter certeza de que tinha pegado a bolsa e o caderno, depois assentiu para o líder do Esquadrão da Flecha.

— Seria melhor se eu entrasse sozinha — falou. — Para ver o paciente.

— O paciente — ecoou Jolivet. Ele conseguiu fazer as duas palavras soarem inesperadamente sombrias. Era um homem estranho, o Legado, grisalho e severo fora o anel vermelho sangue em sua mão. — Pode entrar sozinha, se assim desejar. Mas boa sorte. Ele tem estado em um humor atroz nesses últimos dias.

Lin tentou imaginar o rei quieto e observador em um humor atroz.

— Entendi. Obrigada. Pelo aviso.

— Vou ficar esperando por você aqui no topo da escada. — Jolivet não olhou para ela ao destrancar a porta do quarto da torre. O estômago de Lin revirava de tensão, mas não havia tempo para lidar com isso. Ela passou por Jolivet para entrar na câmara do rei e ouviu a porta se fechando atrás de si com um *clique* sinistro.

Em um primeiro momento, tudo parecia inalterado. Os instrumentos astronômicos ainda abarrotavam cada superfície: astrolábios de bronze, mapas cosmológicos, oitantes dourados e de ébano, um torquetum de latão dos tempos do Império. E, naturalmente, marcas de fogo nas paredes, nas quais ela já havia reparado antes.

O rei estava sentado, como na primeira vez, na poltrona de madeira grande ao lado da janela. À medida que Lin se aproximava a passos lentos, com o alerta de Jolivet em mente, algo estranho chamou sua atenção na própria janela — o vidro parecia distorcido, como se houvesse um defeito nele. Porém, ela não se lembrava de um defeito...

Ao se aproximar, viu que o vidro não estava distorcido, mas arranhado. Goivado, na verdade; canais estreitos haviam sido cravados bem fundo no material transparente. Passavam a impressão de que a vista do horizonte, além do Palácio e do mar, era uma paisagem que havia sido perturbada por algum fenômeno. Lin distinguiu uma fileira de borrões de gesso branco como miniaturas — uma cabana, uma casa de fazenda, um templo —, todos perfilados à beira dos penhascos. O vidro arruinado fazia os pilares do templo parecerem quebrados, e a Trapaça, elevada ao longe, parecia marcada por cicatrizes pálidas.

Se o rei, olhando pela janela, reparara nisso tudo, não demonstrava. Continuava sentado, imóvel feito estátua, vestido de cinza e preto. Não usava coroa, mas as onipresentes luvas pretas ainda estavam firmes nas mãos.

— Vossa Alteza — disse Lin, baixinho. — Sou sua médica. Vim examinar o senhor.

Ela se ajoelhou de frente para ele. Abriu a bolsa, pegou a lanceta, uma cânula de um tubinho oco e um frasquinho de vidro. Era uma invenção dela própria, esse método de coleta de sangue.

Os cirurgiões de Castellane não viam utilidade na coleta de sangue dos pacientes, exceto pelo uso de sanguessugas para a sangria. Não havia razão para *olhar* para o líquido escarlate, certamente; o que sua aparência poderia entregar? Cirurgiões eram tolos, pensou Lin ao ajustar a cânula e a garrafa. O sangue era uma tabuleta, um livro. Era possível ler seus segredos, se aprendesse sua língua.

Lin posicionou a ponta da lanceta no pulso do rei, acima do couro preto da luva. Sentiu-o se mover quando o metal tocou sua pele; ao levantar o rosto, viu que ele *a* encarava — não concentrado em um ponto atrás nem com a vista perdida; mas fitando-a diretamente nos olhos.

— Acho que não tenho a menor chance, Fausten — falou, com a voz rouca. — Jamais nos deixarão escapar.

Lin permaneceu imóvel. Sabia que ele não era incapaz de falar — o rei já falara em sua presença antes —, mas ela nunca o ouvira tão plácido. Ainda que não tivesse percebido quem ela era.

— Não sou Fausten. Sou Lin, Lin Caster. Seu filho me trouxe ao senhor outro dia…

O rei balançou a cabeça.

— Roubei o maior tesouro deles. O que os torna quem são. Mas *eles também roubaram*. Nunca lhes pertenceu de fato. — A voz dele se elevou. — A Casa de Belmany foi construída sobre a escuridão, e é para lá que eles vão voltar.

A Casa de Belmany. Lin pensou no que os demais haviam lhe contado sobre Tyndaris. Sobre Malgasi. Fogo queimando no mar. Ela sussurrou:

— O que o senhor roubou deles?

O olhar do rei vagou, aflito, pelo cômodo.

— A noite toda ouvi os gritos. Ela estava enjaulada. Implorava por liberdade, mas só pude lhe conceder a morte. Eles jamais a teriam libertado. Era a fonte do poder que possuem.

— Do *que* o senhor está falando? O objeto era… uma Pedra-Fonte? — Colocando a lanceta no braço da poltrona, ela subiu a manga do vestido, mostrando o broche de prata preso contra a pele, a Pedra-Fonte preta e sem brilho…

Atma! — bradou o rei. A cabeça dele pendeu para trás e ele arregalou os olhos, os dentes à mostra. — *Atma, sur az koval!*

Antes que Lin conseguisse detê-lo, o rei pegou a lanceta do lado da poltrona com a mão direita e enfiou a lâmina na palma da própria mão esquerda.

Lin gritou. A força do rei cedeu assim que ele sentiu a lâmina; a lanceta caiu no chão. Lin agarrou a mão ferida do rei — escorria sangue do punho da luva, encharcando a manga das vestes dele e sujando Lin. Ela sentiu um calor a queimando, depois uma dor aguda no pulso.

Abaixou o olhar. A Pedra-Fonte no broche brilhava forte sob a manga. Estava quente. Tão quente que queimava sua pele.

O fogo se alastrou ao seu redor. A sala estava em chamas, os papéis incendiando de repente, a cadeira do rei transformada em uma pira funerária. Ela tentou se colocar de joelhos, mas a fumaça era densa demais para respirar. Seu peito doía, e ela tentou rastejar até a porta, mas a fumaça queimava sua garganta, arrancado o ar de seus pulmões. Curvou-se em posição fetal, arquejando à medida que a escuridão avançava, sufocando sua respiração.

Lin abriu os olhos com um espanto repentino, do tipo que acompanha o despertar em um lugar desconhecido. Estava deitada em algo macio; acima dela havia um teto baixo e arqueado de pedra. Uma luz fraca vinha de algum ponto próximo. Seus pulmões pareciam esvaziados; ela respirou fundo e sentou-se com dificuldade.

Lembranças invadiram sua mente de imediato — o fogo e a queda. Uma descida a um lugar escuro, a lâmina de uma faca e as barras de uma jaula. Mas isso não tinha sido real, pensou consigo mesma. Estivera inconsciente, sonhando — mas a sala da torre de fato *queimara*. Disso ela estava convicta. E ela caíra, inconsciente, sem conseguir respirar ou pensar. Como será que tinha escapado?

Ainda se encontrava no Palácio. O cômodo era pequeno, as paredes, de pedra, e havia uma única janela no alto. As paredes estavam cobertas por mapas, de Dannemore e das Estradas de Ouro, de Malgasi e Sarthe, pontilhados com constelações de pinos prateados. Havia mapas das estrelas também, e diversas construções de papel com partes móveis: rodas e mostradores numerados. Eram chamados de volveles — gráficos rotacionais com partes recortadas que mediam tudo, desde a distância entre terras à órbita da lua.

Ela olhou rapidamente para as próprias mãos e os braços, para ver se havia queimaduras, mas a pele estava imaculada. Retirou o manto fino que a cobria e se sentou. O espaço pareceu mudar imediatamente ao seu redor. Lin tentou agarrar-se a algo, mas sua visão ficou turva. Enfiou os dedos no colchão…

— Está tudo bem. — Uma voz, uma presença familiar. As mãos dela presas em um aperto firme. — Lin. Respire. *Respire.*

Ela respirou fundo. Não estava sozinha, pensou consigo mesma. Nem dormindo. Conor estava ali com ela. Lin sentia o calor dele, a presença. As mãos do príncipe afastaram o cabelo de seu rosto.

— Olhe para mim, querida — pediu ele. — Consegue fazer isso?

Ela pestanejou. Ele era um borrão — uma visão turva de seda prateada e veludo cinza, cabelo preto, e o brilho em seu diadema, como o reluzir da água. Agarrou a mão dele e olhou ao redor. O cômodo estava cheio de móveis pesados e antiquados. Inúmeras mesas e um guarda-roupa com as gavetas puxadas, conteúdos espalhados — uma miscelânea de objetos que iam de luvas a tesouras e garrafas de água quente feitas de cerâmica. Um livro com acabamento de couro jogado no chão, a capa marcada com letras douradas: OREL VALARATI.

— Onde estou? — sussurrou ela.

— Essa é a sala de Fausten, ou costumava ser. — Conor já não era mais um borrão e passara a ficar mais nítido. Ainda usava o veludo cinza da praça, o bordado resplandecendo como fogo baixo à luz fraca. Os olhos dele, do mesmo tom de prata, pareciam arder, luzes atentas em um rosto cuja pele se esticava rígida demais sobre os ossos. Ela jamais o vira daquele jeito antes. Não… *com medo.*

Quando Conor voltou a falar, foi com um comedimento imenso.

— Encontrei você no chão da torre. Inconsciente. Eu a trouxe para cá. Lin… o que foi que aconteceu?

— Seu pai — respondeu ela, engasgada. — O fogo… o quarto estava em chamas. Ele está bem?

Ela tentou se levantar, mas a tontura foi forte demais. Afundou-se novamente no colchão, a cabeça martelando.

— Lin. Pare. — O cabelo dela se soltara das tranças; Conor o afastou do rosto mais uma vez. A sensação de seu toque transmitia uma calma indescritível. — Não tinha fogo. Quando entrei, meu pai estava sentado na cadeira dele. Tudo estava como sempre esteve, tirando você... — Ele parou de falar. — Preciso saber, Lin. Ele a machucou?

— Não — respondeu ela. Quando balançou a cabeça, o cabelo caiu sobre o pescoço, batendo nos ombros, e ela pensou no quanto era estranho aparecer de cabelo solto diante do príncipe. — Nada do tipo. O fogo pode não ter existido, mas ainda que tenha sido uma ilusão, foi obra do rei.

— Ele não é mágico, Lin. Nem um feiticeiro-rei como os de antigamente. — O tom de Conor era gentil.

— No entanto, há magia aqui. Não se trata de algo comum, como eu disse. Eu sei disso... — *Porque minha Pedra-Fonte queimou*. Mas ela não podia dizer isso. *Porque os malgasianos fazem feitiçaria de verdade*. Mas ela também não podia dizer isso. Mordeu o lábio de frustração. — Sabe o que aconteceu com seu pai quando ele era jovem? Na corte malgasiana? Ele foi embo...

— Ele fugiu — corrigiu Conor. — Embora nunca tenha falado sobre o tempo que viveu lá. — Entrelaçou a mão no cabelo de Lin, as mechas contornando seus dedos. Ele a olhou com delicadeza, como se estivesse pronto para ela se afastar, mas Lin não se moveria por nada no mundo. — Por que está me perguntando a respeito de Malgasi? Por causa de Fausten?

— Não só de Fausten. Quando seu pai está aflito, ele fala malgasiano. É evidente que a mente dele ainda é perturbada por alguma ferida do passado, alguma lembrança do tempo que passou em Favár...

Conor franziu o cenho.

— Quando te encontrei — disse —, você estava balbuciando algo em malgasiano. *Atma, atma, sur az koval*. Eu não sabia nem que você sabia falar a língua deles.

— Não falo — respondeu Lin. — O que isso quer dizer?

— "O fogo, o fogo, o sangue e a jaula".

— O sangue e a jaula — repetiu Lin. — O que foi que *fizeram com ele*, hein?

Lin sentiu a pedra pulsar contra o braço, como o toque da ponta de um palito de fósforo. Estremeceu.

Conor endireitou o corpo.

— Você *está sim* machucada — indicou, quase em um tom acusatório. — Lin, se isto for magia, uma maldição, é perigoso demais. Eu nunca deveria ter pedido para você se envolver nisso.

— Você não tinha como saber — respondeu ela. — E não estou machucada... *Conor*.

Ele já tinha se colocado de pé. Passava a mão pelo cabelo, quase tirando o diadema do lugar.

— Eu nunca deveria ter deixado você vir aqui sozinha — continuou o príncipe. — Queria que tivesse ficado na praça. Queria que me visse com Anjelica. Queria que ficasse com... — Ele estendeu as mãos e as bateu no guarda-roupa, fazendo o que havia dentro tremer. — Eu nunca deveria ter pedido para você consertar um problema que é meu, e somente meu.

— Você não pediu — comentou Lin e, embora falasse com suavidade, viu Conor estremecer.

— Não pedi mesmo, ordenei com a autoridade da realeza. — Ele cerrava os punhos com tanta força na lateral do corpo que Lin teve medo de que o anel perfurasse a pele dele. — Bem, estou voltando atrás. Considere-se livre da ordem real, Lin Caster. Eu a liberto desta e de qualquer outra obrigação que talvez sinta que tem comigo...

Lin se levantou da cama. Temeu que as pernas vacilassem, mas felizmente manteve-se firme.

— E quanto à obrigação que sinto como médica? Quero ajudar seu pai. Tratar ele. É *isso* que eu faço.

— O único motivo de você estar envolvida nisso é porque eu exigi — retrucou Conor. Em seguida, ele se aproximou mais alguns passos dela e segurou o rosto de Lin entre as mãos. Roçou o malar dela com o polegar, desencadeando algo dentro dela, como Mariam desfazendo pontos de uma costura. — Quando eu a encontrei caída, pensei que estivesse morta — disse ele com a voz empoada. — E percebi o que isso significaria. Se você tivesse se machucado, mesmo que fosse só um arranhão, por causa de algo que exigi que fizesse... — Conor fechou os olhos como se para não enxergar uma imagem que não conseguia suportar. — Rescindo a ordem, Lin. E pelo amor dos Deuses, se eu pedir algo que saiba ser imprudente e perigoso, negue. Rejeite-me, como costumava fazer.

— Então vou começar a rejeitar agora mesmo — rebateu. — Rejeito a rescisão de sua ordem. Quanto ao tratamento do seu pai. Você me meteu nisto; não pode me cortar agora.

— Eu poderia ordenar que não se envolva mais.

— *Conor.* — Ela pousou as mãos no peito dele, sentiu os músculos saltarem sob o toque. Ele a olhou quase que em descrença. — Nem tudo precisam ser ordens e exigências. Estou pedindo para confiar em mim.

— Já confio em você — respondeu ele.

— Então confie em si mesmo. — Ela sentia o coração dele bater sob a mão direita. Estava acelerado, como se Conor estivesse correndo. Ela queria segurá-lo com força, queria encostar *o corpo inteiro* nele, a dor do desejo como um anzol preso em sua pele. — Você está *tentando* — sussurrou ela. — Tentando ser um bom príncipe, que um dia vai ser um rei melhor. Acredito que vá se tornar um grande rei para Castellane. Você também precisa acreditar em si mesmo. Não precisa me submeter a uma ordem. Não é esse o seu instinto. Confie em si mesmo.

Os olhos de Conor estavam arregalados. Tão lindo, pensou ela. Ele era tão lindo que chegava a doer, o cabelo preto feito piche e os ossos do rosto harmoniosos feito uma garça voando.

— Nunca confiei em mim mesmo. Mas acho que, se você confia... eu também poderia confiar.

E então Lin não soube dizer que tipo de loucura se apossou dela. Só soube que havia uma dor em seu peito, em seus ossos, que não conseguia entender nem explicar; só soube que seu corpo a impulsionou para cima até que ficasse na ponta dos pés, as mãos apertando os ombros de Conor enquanto tocava de leve os lábios na bochecha dele — um beijo rápido que mal chegou a ser um beijo, de fato.

Ela se afastou e viu que os olhos dele tinham ficado mais escuros, o cinza quase engolido pelo preto das pupilas. Conor enrolou os dedos no cabelo dela, agarrando as mechas e deixando-as cair por entre os dedos.

— Lin... — Ele inspirou fundo. — Não faça isso.

Nunca tinha chegado tão perto dela. Lin conseguia ver os pontinhos mais claros e os mais escuros de seus olhos, a pele mais clara nas têmporas e na base do pescoço, onde o sol não alcançava, o brilho do diadema entre os cachos. A batida do coração em sua garganta, tão afoito que chegava a ser visível.

— Você acabou de me dizer — sussurrou ela — para não aceitar ordens suas.

Conor suspirou por entre os dentes, sibilando.

— *Você* — disse ele, e então a segurou e a puxou para si, as mãos de Lin se espalmando sobre o peito dele à medida que Conor levava os lábios aos dela.

A força do beijo a teria feito pousar os pés de volta no chão, mas as mãos dele estavam firmes em sua cintura, puxando-a para perto, mantendo-a no lugar. Ela sentia o gosto de mel e de especiarias dos lábios de Conor, o vinho sacramental da bênção. Quando ele chupou o lábio inferior dela e passou a língua por ele, estrelas explodiram atrás dos olhos de Lin.

O controle ferrenho que mantivera sobre si sempre que estava diante dele enfim afrouxou. Ela deslizou as mãos pelo peito de Conor e o prazer de tocá-lo daquela maneira, mesmo sem sentir a pele dele contra a dela, era mais agudo que dor. Lin deslizou as mãos pelos ombros dele e segurou seus braços, sentindo os músculos firmes.

Com as mãos fora do caminho, ela apertou ainda mais o corpo contra o dele, cada parte de si encaixada em Conor. Ele gemeu com os lábios nos dela em resposta. Beijou-a mais uma vez e depois outra, cada uma das vezes com mais intensidade, a língua envolvendo a dela, os dedos de Lin apertando o veludo macio do casaco dele. E ela ainda queria mais.

Às vezes, quando pessoas estavam prestes a morrer de sede e enfim recebiam água, bebiam até morrer, incapazes de conter a urgência que havia se enraizado nelas. Lin agora entendia essa ideia. Como era possível ter acesso a algo desejado e, mesmo assim, jamais se sentir satisfeita. Conor tremia encostado nela, tremores que tornavam seus músculos ainda mais rígidos, exigindo toda a atenção dela ao calor que ele irradiava, à força do corpo dele, à pressão da mão em seu quadril…

Ele se afastou dela. Lin sentiu aquilo como um ferimento feio: osso e músculo dilacerados. Levou as mãos à boca.

— *Conor* — falou, em um suspiro.

Ele ficou parado a alguns metros dela, as mãos suspensas no ar, como se para mantê-la longe. Quando falou, a voz saiu trêmula.

— É melhor você ir embora.

— Não foi culpa sua — sussurrou ela. — Eu queria…

— Eu me apresentei ao Hierofante hoje — declarou ele. — Fui unido a Anjelica diante dos olhos do meu povo. E agora... — Havia agonia em suas palavras. — Por favor. Não vou ordenar que não examine mais o rei. Mas estou implorando, pelo meu bem. Vá embora.

Foi o "por favor" que a quebrou. Conor Aurelian não pedia, não fazia solicitações, não dizia "por favor" nem "pelo meu bem". Conor Aurelian não implorava. Mas naquele momento, estava implorando.

Com as mãos trêmulas, ela pegou a bolsa e disparou para fora do cômodo.

Só desacelerou o passo quando já tinha saído da torre e se lançado à carruagem que a aguardava. Enquanto o veículo avançava pelo pátio, ela ergueu os braços para envolver o próprio corpo para conter o tremor, e foi então que viu. A Pedra-Fonte em seu broche, que passara tanto tempo apagada, reluzia com um pequeno brilhinho de luz bem no âmago.

Quando Kel chegou aos aposentos que dividia com Conor, algo lhe pareceu estranho. Ele levou um momento para perceber o que era. Pela primeira vez em meses, a porta do armário de bebidas estava escancarada e uma fileira de garrafas estava disposta sobre a mesa de Conor, por cima dos papéis.

Kel perambulara pela Colina algumas horas após deixar a casa das Alleyne, atravessando aos chutes a *garrigue*, a terra de arbustos secos e emaranhados de lavanda, alecrim e plantas espinhentas que cobriam as montanhas de Castellane. Dos pontos mais altos da Colina era possível ter uma boa visão da cidade. Havia o pontinho do Sault e, ao leste, a Praça Valeriana preta pela densidade da multidão reunida para assistir à bênção do casamento. Tinha pensado em Conor novamente, mas os pensamentos estavam entrelaçados aos pensamentos a respeito de Antonetta. *Será* que poderia pedir a ajuda de Conor para descobrir aonde ela tinha ido? Mas não havia nada na nota que ela deixara à mãe que indicasse que não partira de livre e espontânea vontade, e quem é que poderia culpá-la? Os rumores na Colina eram venenosos, e ela não podia dizer a verdade do que sabia sem comprometer a própria mãe.

— Kel? — chamou a voz de Conor. Com os olhos se ajustando à luz fraca do cômodo, Kel viu Conor pela primeira vez. Estava sentado no vão da janela em arco que ficava na parte oeste, ainda com as roupas cerimoniais, um veludo cinza-escuro adornado com costuras brilhantes de prata. Havia uma garrafa em sua mão. — Kel, é você?

— Espero que sim. — Kel atravessou o quarto, olhando para as garrafas na mesa ao passar. Licor vermelho escuro de sanguinárias importado de Hanse, vinho de gengibre amarelo-claro, elixir de um tom claro de lilás feito de violetas. Parecia que Conor tinha tido dificuldade de escolher.

Kel sentia, mais do que via, Conor o observando atentamente à medida que se aproximou e subiu no parapeito da janela. Jogou as pernas de lado para que ele e Conor ficassem frente a frente, encostados nos vãos arqueados da pedra. O vidro da janela estava frio contra seu braço.

Não fazia ideia de quantas vezes já tinham ficado sentados daquela maneira, o quarto escuro de um lado, as luzes da cidade formando um brilho borrado do outro, no vidro. Kel via Conor com maior nitidez agora, viu a mão dele firme no gargalo de uma garrafa verde, viu a expressão ligeiramente defensiva em seus olhos.

Kel falou, com delicadeza:

— Já faz um tempo que você não recorre ao absinto, Con. A cerimônia da bênção não saiu como o planejado?

Conor baixou a cabeça. Kel sentiu que o príncipe vibrava em uma frequência tensa incomum, como uma corda rija de viola.

— Foi tudo bem — falou. — Fui abençoado e unido, assim como a princesa. Não é a cerimônia que está me tirando a paz.

Que bom, pensou Kel. *Ao menos ele está disposto a admitir que tem mesmo algo tirando a paz de sua mente.*

— É o Baile do Solstício, então? Deixa eu adivinhar. Sua fantasia ainda não está pronta, ou mandaram a errada e você vai ter que ir de porco-espinho em vez de leão?

— Eu me sairia muito bem como porco-espinho — falou Conor com pesar. — Não, não é o baile. Só fiquei pensativo sobre a união que selei hoje, além de todas as obrigações às quais já submeti minha disposição nesses últimos meses. Estou preso a tratados, a contratos, a promessas explícitas e implícitas, e a expectativas.

— As expectativas que os outros depositam em você ou as que você tem de si mesmo?

— Acho que não sei mais distinguir uma coisa da outra.

— Pode não ser tão ruim, sabia? — falou Kel. — Todos os líderes acabam ficando presos a tais obrigações, mas dão um jeito. Não sei por que com você seria diferente.

— Não posso viver na esperança de que "pode não ser tão ruim" — respondeu Conor, sério. — A esperança é uma coisa perigosa, sabe... Pode aumentar seu ânimo durante um certo período, mas quando vem a decepção, a queda é muito mais forte.

Ele levantou a mão para apertar a têmpora com o dedo indicador, como sempre fazia quando estava preocupado. E naquele momento, Kel quis contar tudo a ele. Sobre a conspiração, sobre Malgasi, sobre o que tinha visto em Tyndaris. Faria com que jurasse silêncio. Diria a Conor que não se podia confiar em ninguém. Explicaria que fizera o que fizera a pedido de Jolivet, e citaria argumentos para justificar que o Rei dos Ladrões não era inimigo. *Sempre houve um rei na Colina e um rei na cidade...*

Algo deve ter transparecido em seus olhos. Tensão, ansiedade... seja lá o que fosse, Conor endireitou o corpo e balançou a cabeça, como que para afastar aquilo.

— Esquece — falou, com um sorriso desconcertante. — Infelizmente, acho que não estou mais acostumado a bebidas fortes. Tire essa garrafa daqui, Kel. Não há razão para eu estar de ressaca no Baile do Solstício. O dia *depois* da festa serve para isso. Agora, preciso de uma opinião sua a respeito da minha fantasia...

JERROD

Jerrod avança poucas quadras no Labirinto quando percebe a figura correndo pelos telhados, lá em cima. É evidente que a sombra o está seguindo: parando quando ele para, virando esquinas quando ele vira esquinas.

Por um instante, sente o dedo gélido da inquietude deslizar por sua espinha. Ele conhece bem os calafrios do nervosismo; cresceu com ele nas ruas de Castellane.

Ele segue com cautela pelo meio da Estrada do Arsenal, passando por uma série de barraquinhas improvisadas que vendem de tudo, desde joias falsas até sopa (com desconto se você trouxer sua própria cumbuca). Depois, olha para cima e para os lados. A figura ainda está ali, seguindo-o pelos telhados dos estabelecimentos comerciais.

Jerrod vira abruptamente em uma esquina, seguindo por um caminho que o leva mais fundo no espaço entre o Labirinto e a Chave. O cheiro podre da água do mar batendo na costa tomou o ar. O beco é estreito e imundo, repleto de pilhas de caixas vazias e rasgadas dos dois lados.

Foi em um beco como aquele que Kel quase morreu. Jerrod não gosta de remoer aquele momento. Não consegue se esquecer da fúria de Prosper Beck ao receber a notícia de que haviam capturado o peixe errado na rede: não o príncipe, mas seu Portador da Espada. Beck chutara uma parede com a bota. *Não era para Kel ter sido machucado, Jerrod. Você já devia saber disso naquela época.*

Agora, encarando o retângulo de céu cinza-azulado entre os telhados, ele ergue a voz:

— Ji-An — diz ele —, desça já daí. Sei que é você tentando pagar de sorrateira.

Ela aterrissa com leveza em frente a ele. Está usando um casaco de seda e calça cor de violeta tão forte que quase parece preta. Jerrod se lembra de ter visto um vislumbre dela no terraço naquela noite em que Kel quase morreu, um lampejo de sombra contra um céu ainda mais escuro.

— Mas eu realmente sou boa nisso — vangloria-se ela. — Ficou com medo de eu ser ela? A malgasiana?

— Por um momento só, talvez. Mas por mais que ela não goste de mim, duvido que eu esteja no começo de sua lista de prioridades. — Ele inclina a cabeça para o lado. — Por que está me seguindo? Está com tanta saudade assim?

Ela abre um sorriso despreocupado.

— Só fiquei me perguntando o que será que Prosper Beck está planejando fazer com todas essas armas que você enfiou naquele armazém. Está trabalhando para Beck, não está?

Jerrod apoia as costas em uma pilha de caixotes.

— Você sabia que eu era funcionário de Beck quando permitiu que eu entrasse na Mansão Preta.

— Você disse que ele tinha ido embora.

— Bom — fala Jerrod. — Agora ele voltou.

Ji-An balança a cabeça de leve. Não parece brava, o que pega Jerrod de surpresa. Imaginara que ela, dentre todos eles, seria a menos disposta a perdoar.

— Quanto tempo passou em contato com ele antes de decidir virar as costas para a gente? — pergunta Ji-An. — Você foi o que menos se surpreendeu com o que aconteceu em Tyndaris com a malgasiana. Já sabia da existência dela por causa de Beck?

— Não posso te contar.

— Com o que ele está te chantageando? — pergunta Ji-An. — Você estava bem com a gente. Sei disso.

— Prosper Beck salvou minha vida. — Nuvens aglomeram-se e deixam o céu mais cinza. — Tenho uma dívida com ele. Do mesmo jeito que você também tem com Morettus.

A expressão dela se suaviza.

— Será que devemos nos preocupar com as informações que planeja compartilhar com ele?

— Não. Beck não é inimigo de vocês. Não sei para que servem as armas. Acho que para vender…

Ji-An semicerra os olhos.

— Vender para Malgasi?

— Disso eu tenho certeza que não. — *Eu bem queria poder contar tudo a você.* — Malgasi odeia a todos nós. Eles é que são a ameaça. Não Beck.

— Hmm. — Ela morde o lábio. — O que não quer me contar, hein?

— Estou contando tudo o que posso — diz Jerrod, e isso, pelo menos, é verdade. — Por isso fui embora da mansão. Havia muitas coisas que eu não podia contar a nenhum de vocês. Não ligo de mentir, mas não para as pessoas que eu.

Agora ela sorri.

— "Gosto"?

Jerrod cruza os braços sobre o peito.

— Não ria de mim.

— Merren está com saudades, sabia? — comenta ela. — Ele já nem se interessa mais por experimento algum. Só fica sentado, encarando os alambiques. Tristonho. — Ela examina as próprias unhas. — Suspirando pelos cantos.

Jerrod a encara.

— Por que está me dizendo isso?

Ela endireita a postura e olha séria para ele.

— Quero que prometa, pela vida de Merren, que Beck não está estocando essas armas para usá-las contra o Rei dos Ladrões ou contra qualquer um de nós.

Jerrod assente.

— Isso eu posso prometer.

O olhar rígido se abranda e evolui para algo mais. Certamente não é uma expressão de confiança, mas também não chega a ser ódio. Jerrod acha que é melhor se contentar com isso.

— Então menos mal — responde Ji-An.

Em seguida, com o lampejo de uma sombra, desaparece na escuridão um momento antes de o céu desmoronar em chuva.

DEZESSETE

— Tem certeza mesmo de que está bem?

Lin olhou ansiosa para Merren do outro lado da mesa. Estavam na Mansão Preta, Merren em cima de um banquinho com um alambique redondo de vidro nas mãos. A largura da mesa castigada pelo tempo separava os dois, mas ainda assim Lin conseguia interpretar a expressão dele tranquilamente.

Merren, ao contrário do Rei dos Ladrões e Ji-An, nunca tinha sido bom em esconder emoções. Debaixo do cabelo desgrenhado, o rosto estava marcado por linhas fundas de descontentamento. Os olhos azuis exibiam um halo vermelho. Lin ficou se perguntando se deveria ousar tocar no nome de Jerrod — fazia dias que o rapaz partira, e ela ainda não sabia como Merren se sentia a respeito disso.

Ele levantou a mão para tocar o ombro com a atadura.

— Não se preocupe. Está sarando direitinho.

Ele entendera a pergunta dela errado de propósito, pensou Lin. Embora, no fundo, não pudesse culpá-lo. Também não se sentia pronta para desenrolar os próprios pensamentos confusos sobre Conor, nem mesmo para Mariam.

— Bem, evite levantar peso demais — disse Lin. Tocou um dos pacotes de ingredientes dispostos em uma fileira organizada sobre a mesa (alguns vindos do jardim de plantas medicinais, outros comprados no mercado naquela manhã). — Quanto tempo acha que vai levar para formular o remédio alterado?

Merren ficou pensativo. Com sorte, ao menos os projetos novos serviriam de distração, pensou Lin. E isso valia para os dois. Por mais que ela não estivesse a fim de ficar remoendo o que sentia por Conor ou o que o beijo significava, evitar esses pensamentos estava se provando quase impossível. Naquele mesma manhã, quando saiu para o mercado, encontrara um envelope grosso em frente à porta de casa marcado pelo selo real.

Um convite para o Baile do Solstício. Ficara parada ali, olhando para ele, absorta, quando Mariam apareceu. Lin entregou o envelope a ela sem dizer nada, esperando que a amiga ficasse chocada. Pelo contrário, Mariam se limitou a anunciar, cheia de alegria, que já *esperava* que Lin fosse convidada, e que tinha começado a fazer um vestido na semana anterior, que agora só precisava de alguns toques finais.

— Argh — dissera Lin, ou algo do tipo. Não podia ficar brava com Mariam por presumir uma coisa dessas, pois a garota estava certa, no fim das contas. E não sabia se tinha sequer o direito de ficar brava com Conor. O convite funcionava como um aceno educado, um gesto que ela nem sabia dizer se era pessoal. Talvez fosse mais profissional, político até? A escolha de palavras usadas na carta era formal, e não viera assinada por ele pessoalmente, como a carta que Mayesh recebera.

O que a fez começar a se perguntar se deveria ir ou não. Se fosse um convite pessoal, certamente o melhor seria ficar em casa. Se fosse profissional…

— *Lin* — falou Merren, em voz alta, chamando a atenção dela, que percebeu com um susto que ele a olhava numa mistura de divertimento e exasperação. — Viajou, foi? — Ele apontou para a pilha de ingredientes sobre a mesa. — Quando precisa que o remédio esteja pronto?

— Ah. — Lin sabia que estava corando. — O quanto antes.

— Hum. — Merren baixou o alambique e pegou a receita que Lin escrevera com sua letra de médica. — Fazer um remédio não é assim tão diferente de fazer um veneno. Mas tem uma coisa aqui que me preocupa. — Ele coçou a ponte do nariz, deixando um leve borrão de cinzas. — A formulação contém uma dose pesada de sedativo. Mais do que eu me sentiria confortável em administrar a alguém, e olha que ganho a vida envenenando pessoas. — Ele titubeou. — Jerrod…

Lin arqueou uma sobrancelha.

— Jerrod trabalhou no Labirinto. Ele conhecia alguns viciados em papoula. É possível sobreviver a doses altas desse tipo de coisa quando se está acostumado, mas não gosto nem de pensar no que isso faz com sua mente. Jerrod talvez saiba, mas ele…

Fugiu, e não parecia querer que nenhum de nós o seguisse. Merren estava desolado. Lin esticou a mão por sobre a mesa para acariciar a dele.

— Teve outra pessoa que também manifestou essa mesma preocupação para mim — comentou ela, lembrando-se de Aron, o cabelo cor de bronze brilhando ao luar, parado na frente de sua porta. Na mesma soleira onde, mais cedo naquela manhã, ela encontrara o convite, o selo vermelho da realeza brilhando como uma gota de sangue escarlate sobre linho branco. — Deixe a papoula amarela de fora, então — determinou ela, tomando várias decisões de uma só vez. — Troque por cem miligramas de *morphea*.

Merren lançou-lhe um olhar desconfiado e endireitou a coluna.

— Tem certeza?

— Tenho. Obrigada, Merren. — Ela ajeitou a bolsa no ombro. — Volto para buscar o remédio...?

— Amanhã — respondeu ele, olhando para ela com curiosidade. — Está toda animada assim por quê?

— Se quer mesmo saber, vou ao Baile do Solstício hoje à noite — falou ela, parando na porta antes de sair. — Mas não se preocupe — acrescentou, quando ambas as sobrancelhas dele arquearam-se. — Prometo me esforçar para derrubar a monarquia enquanto estiver na Colina.

— Olhe lá, Lin, não alimente minhas esperanças à toa — gritou Merren às costas dela. — Um homem não consegue aguentar tanta decepção assim.

O solstício de verão passou a ser comemorado em Castellane quando os Aurelian assumiram o poder, uma vez que o símbolo da família era o sol. Entretanto, foi Lilibet quem acrescentou a tradição do baile de máscaras. Eles eram populares em Marakand, pois permitiam que os nobres se divertissem mantendo certo grau de negação quanto às próprias ações.

A noite estava fria, com ameaça de chuva, mas Lilibet abrira as portas do antigo Arsenal mesmo assim. Exércitos podiam até alterar seus planos por causa do clima severo, mas Lilibet jamais faria isso.

Do lado de dentro, o salão de baile circular brilhava calorosamente. O piso era uma planície de tesselas douradas. Alcovas compridas se espalhavam ao redor do círculo central, como raios de sol. Cada uma exibia um novo tesouro: uma estátua de bronze em tamanho real de

Lotan com sua carruagem do sol; uma fonte que cuspia fogo em vez de água; e uma árvore completamente folheada a ouro, cujos galhos sustentavam maçãs douradas.

O teto abobadado era de vidro. Através dele, Kel via uma camada densa de nuvens baixas, iluminadas, por baixo, pelos lampiões do Palácio. A ameaça de chuva forçara Lilibet a abrir mão da ideia de um carpete dourado ligando a entrada ao salão de baile. Em seu lugar, pétalas de flores amarelas e brancas foram espalhadas sobre a grama e os degraus de pedra. À medida que os convidados chegavam, as pétalas grudavam nos sapatos e o aroma das flores amassadas se misturava ao das velas de jasmim, formando uma infusão intensa.

A própria Lilibet corria de um lado para o outro, dando instruções a Dom Valon e sua equipe enquanto eles faziam os últimos ajustes nas mesas do banquete, que já rangiam sob o peso dos enfeites e da comida. Tudo ostentava as cores da Casa Aurelian: porco grelhado com limão--siciliano cordeiro assado com açafrão, arroz de cúrcuma, sorbet de manga e maracujá, suco adoçado de calamansi.

Conor decidira se comportar bem naquela noite. Circulava pelo salão, cumprimentando os convidados com elogios extravagantes, o que levou Lady Alleyne a declarar que estava corando por baixo da máscara de tigre que cobria a parte superior de seu rosto. Ela vestia um traje que combinava com o adorno, feito de seda listrada em preto e dourado.

Apesar da proteção oferecida pela máscara, era evidente que Lady Alleyne estava nervosa. Kel, sentado em um dos divãs compridos encostados nas paredes (Lilibet preferia os convidados de pé, dançando e socializando), não conseguiu evitar reparar que a risada dela estava estridente demais, e o flerte, um tanto forçado. Kel duvidava que Conor fosse perceber, mas Conor não sabia o que ele tinha feito.

Na verdade, Kel não se sentia tão deslocado em reuniões da elite da Colina desde os oito anos, e naquela época todos eram estranhos. Crescera sabendo que não podia confiar em nenhum deles para fazer nada que não fosse atender aos próprios interesses. Ingenuamente, supôs que isso ao menos incluiria a lealdade à Casa Aurelian. Agora, porém, não os enxergava apenas como estranhos, mas como um bando de predadores rondando em círculos, esperando o momento de atacar.

Nem *todos* eles, lembrou-se Kel, quando Conor deixou a companhia de Lady Alleyne e cruzou o salão para cumprimentar Esteve, que, como o esperado, aparecera vestido de cavalo. O próprio Conor estava todo de preto, inclusive os anéis de ônix. A máscara dourada que usava e que cobria apenas metade do rosto era, como sugerido por Anjelica, de um leão, os buracos dos olhos cercados por lascas reluzentes de topázio.

Kel também estava de preto, embora sua máscara fosse prateada: toda lisa, exceto pelos chifres de carneiro que encrespavam nas têmporas. Pensou nos nomes mencionados por Elsabet Belmany em Tyndaris: Alleyne, Gremont, Cabrol. Então onde estavam os demais conspiradores? Será que existiam famílias que tinham sido abordadas por Malgasi, mas se mantido firmes na recusa? O velho Gremont havia se arrependido de seu envolvimento de última hora, mas não era bem isso que tinha em mente.

Cazalet, pensou Kel, era esperto demais para arriscar o próprio nome e a fortuna em um esquema insano daqueles. E com o jovem Gremont envolvido, será que isso significava que Lady Gremont também sabia da armadilha? O marido dela fizera tudo ao seu alcance para alertar Conor antes de morrer...

— Caso esteja se perguntando se os rumores são verdadeiros, parecem ser — falou Falconet, sentando-se no sofá brocado ao lado de Kel. Estava usando uma máscara de um dragão shenzano, o focinho curvado de um jeito perverso. Com ele vinham Montfaucon e Ciprian Cabrol. — Artal Gremont sumiu na noite, deixando Antonetta abandonada ao seu próprio nome e fortuna.

— Lady Alleyne está fazendo o possível para agir como se não houvesse nenhuma desventura acontecendo — comentou Montfaucon, que usava uma máscara de pavão e um terno de tecido dourado que amarfanhava feito papel de cera. — Ela alega que ele foi a Valderan visitar algum parceiro de negócios ou algo do tipo, mas não sei se acredito...

— Acha que ela está escondendo algo? — perguntou Kel. Ainda não chegara a *decifrar* o plano de Lady Alleyne. Mas talvez ela só estivesse esperando ordens de Elsabet. Os conspiradores na Colina teriam que declarar a morte de Gremont de alguma forma.

— Bem, não passa uma boa impressão, não é? — observou Cabrol. Estava vestindo veludo marrom amassado e uma máscara de chacal. — Ou pelo menos, sejamos sinceros, prejudica a filha dela. Se Gremont preferiu abandonar a própria herança e escapar de Castellane na calada da noite em vez de se casar com Antonetta, deve tê-la achado muito insatisfatória, mesmo.

— Prefiro acreditar que ele tenha achado que Antonetta é exatamente o que ele esperava que fosse — comentou Falconet. — Linda e tola. Se tinha esperanças de que ela fosse qualquer outra coisa além de uma bela decoração, duvido que teria se dado ao trabalho de exercer seu privilégio da Primeira Noite.

— Não posso dizer que lamento não ter que assistir *isso* acontecer — zombou Falconet. — Aliás, falando em noivas... a adorável Anjelica chegou.

Kel olhou para a direção que Falconet apontara e viu Anjelica ao lado de Conor, perto da entrada do salão de baile. Conor segurava as mãos dela e inclinava o corpo para falar baixinho em seu ouvido — uma imagem de amor pueril, pensou Kel sardonicamente.

— Deve ser estranho para Conor ter uma noiva tão bela — ironizou Montfaucon. — Logo ele, tão acostumado a ser o mais belo nas festas.

Anjelica usava uma fantasia de cisne, a máscara feita de glitter, tinta e cetim, decorada com penas longas e pálidas, além de crescentes de diamantes. O coque da princesa foi preso perto da nuca com grampos de marfim entalhados para parecerem penas. O vestido que usava era simples: feito de seda branca e enfeitado com pequenas pérolas, colado no corpo. Das costas saíam duas asas brancas luxuosamente adornadas com penas e diamantes, o que lhes conferia brilho.

Juntos, ela e Conor eram belíssimos de se admirar, mas tudo não passava de uma fantasia, ponderou Kel, que ia além das máscaras que usavam. Ambos estavam interpretando o próprio papel de maneira bastante cuidadosa. A forma como um se inclinava na direção do outro, a forma como Conor segurava a mão de Anjelica para conduzi-la ao salão. Cada movimento era premeditado, ensaiado e executado à perfeição.

— Olhem só para Lady Alleyne — disse Falconet, achando graça. — Ela está com cara de quem chupou limão.

— Ela sempre quis que Antonetta se casasse com Conor — disse Montfaucon. — Mas Conor tinha ambições maiores, e agora Antonetta ficou sem marido algum. Isso é para vocês verem que a ambição é um vício — acrescentou ele, em um tom pomposo.

Cabrol riu de deboche.

— Você já está *bêbado*, Lupin. E onde foi parar Antonetta?

— Duvido que ela fosse ter coragem de dar as caras — sugeriu Falconet. — Gente demais para fofocar. Tem pessoas dizendo até que ela mesma deu um jeito em Gremont para se livrar da humilhação da Primeira Noite.

— Não daria para culpá-la, se for mesmo verdade — murmurou Kel.

Montfaucon pareceu intrigado.

— Acha que ela matou Gremont?

— É óbvio que não — respondeu Kel, irritado. — Acho que ele deve estar bêbado no Caravela há quatro dias. Aposto que todo mundo está torcendo para a situação ser muito mais dramática do que de fato é.

— Parabéns, Kel — disse Joss, com um sorriso. — Acabou de definir a palavra *fofoca*. Além do mais, nossa Antonetta é uma alma simples. Não chega a ser inteligente o bastante para pôr em prática um plano de assassinato.

A raiva se revirou na boca do estômago de Kel. Antes que ele pudesse responder, uma mão pousou em seu ombro. Ao levantar o rosto, viu que Benaset, uniformizado de dourado para a ocasião, aparecera ao seu lado.

— Se puder me acompanhar por um momento, Mirzah Anjuman — disse ele. — Começou a chover.

— E o que você quer que eu faça a respeito disso? — indagou Kel, embasbacado.

— Vai ter que perguntar à rainha — respondeu Benaset, olhando feio para Kel. *Ah*. Era *Conor* quem queria falar com ele, percebeu Kel, e de fato ele viu que Anjelica estava sozinha, imersa em uma conversa com Lady Gremont.

Em meio a um coro de gritinhos vexatórios dos amigos de Conor, Kel se levantou e seguiu Benaset até uma das alcovas, com uma árvore feita de metal, o tronco reluzindo em bronze, a folhagem feita de ouro, latão e prata. Conor aguardava debaixo dela, e fez um gesto para dispensar Benaset. Esperou por um longo momento antes de falar, e Kel presumiu que a cautela fosse para garantir que Benaset não conseguiria ouvir.

— Está com o seu talismã, não está? — perguntou Conor, por fim.

— Sim — respondeu Kel, devagar. — Conor, o que aconteceu? Algum sinal de perigo?

Conor levantou as mãos para soltar os cordões de seda que amarravam sua máscara. Quando ela caiu, Kel viu que o rosto do príncipe parecia estranhamente despido, com ranhuras leves marcando os arredores de seus olhos onde a máscara apertava a pele. As mãos dele tremiam um pouco.

— Será que pode trocar de máscara comigo? Só por alguns instantes.

— Por quê?

— Não há perigo. — Conor olhou firmemente para Kel, e este viu em seus olhos a mesma luz que vira na infância, da primeira vez que visitara o Palácio. A primeira vez que ele entendera o que era querer algo que você jamais tinha percebido que desejava. — Mas preciso que confie em mim.

— Tem alguma coisa te incomodando a noite toda. — Kel levou a mão à cabeça para desatar a máscara. — Não sei o que é, mas você está inquieto desde o início da festa.

Conor, segurando a máscara pelas cordas, abriu um sorriso pesaroso.

— Esse é o meu Kel, tão observador.

— Conte para mim — pediu Kel. — Diga o que foi. Não vou poder ajudar se não me disser nada.

Os olhos do príncipe encontraram os de Kel. Olhos cinza, da mesma cor dos dele, embora nem sempre tivessem sido iguais.

— Não temos tempo — falou. — Agora não. Não vou forçá-lo a nada, Kel, mas se confiar em mim…

Kel estendeu a própria máscara. Trocaram as duas bem rápido, o diadema dourado pesado e a máscara de leão repleta de joias caindo na palma de Kel, seguidos por uma dúzia de pequenos círculos frios — os anéis de ônix de Conor.

O príncipe prendeu os fios de prata de sua nova máscara atrás da cabeça.

— Pode deixar que eu te conto tudo — falou, com a voz rouca. — Juro, mas agora… preciso ir.

Kel não disse nada, apenas assentiu. Conor se virou e saiu andando, e Kel o observou enquanto partia.

Quando Lin chegou a Marivent, já tinha começado a chover. Uma garoa leve que fez o cocheiro da carruagem alertá-la para descer com cuidado e evitar a lama.

Lin não se importou com isso. O clima só conferiu ao Palácio um ar ainda mais mágico. Lampiões adornados de joias brilhavam através de uma névoa suave, como lufadas de ar colorido. O motorista lhe dissera para seguir a trilha de flores para encontrar o Baile do Solstício; as flores estavam molhadas e iluminadas, com gotas de chuva tremulando nas pétalas. Amassadas pelas solas de seus sapatos enquanto caminhava, exalavam um cheiro forte de verde intensificado por uma camada, ainda mais doce, de tuberosa e jasmim.

Ela apertou o xale de veludo grosso ao redor do corpo conforme seguia o caminho. Era estranho estar ali. Havia inúmeros contos de tecelões de histórias que envolviam uma jovem garota sendo convocada para um baile no Palácio — qualquer que fosse o Palácio da história. Ela não se encantara com Marivent antes, quando fizera visitas secretas para curar Kel e depois o rei. Tinham sido ocorrências apressadas, expedições furtivas, durante as quais ela sempre temera que alguém a avistasse, a descobrisse. Agora Lin tinha o *direito* de estar ali.

Mariam jurara de pés juntos que o vestido cor-de-rosa iridescente — uma cor proibida para ela, é óbvio, mas Lin já aceitara o fato de que ninguém na Colina parecia se importar — era a última moda. Que seu cabelo, uma cascata de cachos longos, estava exatamente como deveria estar. E, de fato, quando a carruagem aparecera para buscá-la no Sault, o cocheiro ficara surpreso e admirado.

A confiança dela a conduziu até as portas do salão de baile. O Arsenal era feito de pedras cinza e ficava próximo ao local onde os gramados verdes de Marivent cediam lugar aos penhascos que despencavam no mar. Uma redoma de vidro cobria tudo; tochas queimavam no restante do caminho, crepitando contra a chuva fraca. Através do vidro das janelas do Arsenal ela conseguia ver o bruxulear da luz de velas, as figuras de homens e mulheres vestidos de maneira pomposa, os rostos ocultos por uma variedade de máscaras de diferentes tamanhos representando diversos animais: gatos, javalis, raposas, pavões e fênix.

Ah, não. Ela percebeu, com um susto, que não trouxera uma máscara e que não tinha feito planos de conseguir uma. O convite mencionava que o Baile do Solstício era um baile de máscaras, e mesmo assim ela se esquecera disso completamente.

Lin olhou desesperada para as mãos vazias, como se uma máscara fosse se materializar ali como num passe de mágica. Ouviu-se uma gargalhada atrás dela e algo bateu em seu ombro. Ela se virou e viu dois nobres beberrões— uma mulher com uma máscara de rato decorada com corações brilhantes e um garoto usando um terno preto e branco.

— Peço *mil desculpas.* — A mulher riu, apoiando-se no braço do garoto (será que era seu filho ou seu amante?) enquanto ele a levava de volta ao salão de baile.

Lin sentiu o estômago embrulhar. A ideia de entrar na festa com o rosto descoberto não lhe era nada agradável. A nobreza, as Famílias da Concessão, até mesmo o príncipe a encarariam com desdém, os sussurros se espalhariam... Todos sabiam quem ela era: neta de Mayesh, aparentemente tola demais para se lembrar das regras da etiqueta. Pela Deusa, por que ela sequer se dera ao trabalho de *comparecer*?

Um momento depois, estava correndo para longe da luz amarela que vazava do salão de baile, atravessando a grama molhada até o chão de pedra da trilha que levava ao penhasco. Olhou para o oceano à direita, um cinza esverdeado crescendo aos pés do rochedo.

Trovões retumbavam acima, o som de nuvens cinza e pretas colidindo ao longe no mar. A chuva começava a ganhar força. Os ornamentos que ela avistara da janela da Torre Norte — estruturas impermanentes de gesso e madeira pintada de branco, feitas para divertir e encantar os olhos — tinham sido posicionados em uma fileira ao longo da beira do penhasco. A maioria estava exposta ao céu. Lin se agachou embaixo de um que oferecia abrigo: era inspirado em um templo antigo, o teto de gesso angular sustentado por pilares estriados. Pelos vãos entre os pilares, ela conseguia ver a tempestade se aproximando, vindo do mar, alvoroçando a água em ondas de espuma branca.

Encostou-se em um pilar e tombou a cabeça para trás. Não era mármore de verdade, felizmente, apenas madeira pintada para se parecer com pedra. Sabia que estava estragando o penteado que Mariam se esmerara para cachear e prender com tanto zelo; sentiu um lampejo de culpa por isso, e depois outro pelos sapatos, agora encharcados e manchados de lama. *Que idiota*, pensou ela, frustrada. Por que sequer passara por sua cabeça que seria uma boa ideia ir à Colina e se expor ao julgamento da nobreza e de seus agregados?

Endireitou-se, alisando a parte da frente do vestido — um cetim denso tão próximo da real cor das rosas que quase esperava que exalasse o mesmo perfume. O tecido era frio e escorregadio ao toque. Ao redor do pescoço, ela usava o *magal* da mãe, o círculo oco pendurado por uma corrente de ouro fina.

Lembrou-se de Mariam prendendo-o para ela. A querida Mariam tinha ficado tão feliz por Lin ter aceitado comparecer ao Baile do Solstício que quase saíra voando pelo quarto feito um beija-flor. Lin sorriu com a lembrança e disse a si mesma para não ser ridícula. Chegara até ali, estava bem-vestida como o requerido; não tinha motivo para sentir vergonha, tivesse ou não uma máscara. E Mariam certamente ficaria chateada se soubesse que Lin nem sequer entrara na festa e apenas se escondera.

Mais um trovão rugiu. No alto-mar, um relâmpago iluminou o horizonte, transformando as ondas rebeldes em montanhas móveis e prateadas. A chuva caía em uma torrente constante, tamborilando o teto de gesso. Lin suspirou. Bem, não havia nada que pudesse fazer quanto àquilo. Não seria a única convidada a chegar ao baile encharcada…

Um movimento chamou sua atenção, e Lin forçou a vista entre os pilares. Alguém vinha pelo caminho do penhasco em sua direção. O que era estranho. Quem sairia para dar uma caminhada debaixo de uma tempestade daquela?

A pessoa se aproximou. Era um homem, agora ela conseguia ver; um rapaz alto que usava uma máscara prateada de carneiro.

Deu um passo para trás quando o homem baixou o corpo para se juntar a ela no ornamento. Ele tirou o capuz do manto de veludo e água escorreu do tecido encharcado, pingando no chão de pedra.

Estava escuro ali, mas não a ponto de Lin não enxergar. Conseguiu ver que o sujeito estava todo de preto, os cachos escuros grudados na testa molhada. A máscara prateada com os chifres curvados de cada lado brilhava como uma estrela. Cobria metade do rosto dele, mas ela o reconheceu imediatamente.

Era o Príncipe Conor, pairando sobre ela, com a água escorrendo do cabelo.

— O que está fazendo aqui? — indagou ele, ríspido. — Benaset me avisou que você tinha chegado pelo Portão Oeste. Quando não apareceu na festa, pensei que tinha caído de um dos penhascos.

Lin ficou irritada de imediato.

Eu me perdi.

Ela viu os olhos cinza dele se arregalando por trás da máscara.

— Você *se perdeu*? Como assim se perdeu? Tem uma trilha de flores que leva diretamente às portas do Arsenal e…

Lin cruzou os braços sobre o peito.

— E como é que eu ia saber que esse era o propósito das flores? Você nunca me falou.

Ele balançou a cabeça, e uma cascata de gotículas prateadas saiu voando de seu cabelo escuro.

— Eu não achei que precisasse falar *cada detalhezinho do*…

Lin fez cara feia, embora duvidasse que Conor conseguisse enxergar qualquer coisa naquela escuridão.

— Não entendo por que veio atrás de mim se só tinha a intenção de ser grosseiro.

— Eu não tinha a *intenção* de ser grosseiro… Pelos bons Deuses. — Ele passou a mão no rosto. — É inacreditável, sabia? — falou, para ninguém em particular. — Embaixadores famosos já gritaram comigo. Diplomatas furiosos já tacaram potes de tinta e cerâmicas caras na minha direção. Já saí no soco com um futuro monarca, mais de uma vez. E, ainda assim, nada, *nada*, nunca me deixou tão furioso do jeito que você consegue.

— Eu não deveria ter vindo. — Lin baixou os braços. — As mocinhas das histórias de tecelões sempre acabam triunfando nos bailes da realeza a que comparecem, e todos ficam maravilhados e admirados com elas, isso *nunca* vai acontecer comigo. Vou ser sempre a estranha, um peixe fora d'água, e acabar me escondendo sob um ornamento…

— Ah, então você *estava mesmo* se escondendo. Não se perdeu. — Ela ouvia a diversão por baixo da exasperação no tom de voz dele, como uma veia de cristal percorrendo granito.

— E faz diferença? Não tenho nada a ver com este lugar.

— Lin. — Ela se virou e viu Conor a fitando; percebeu que ele não estava de coroa. — Seu avô é o conselheiro do rei. Eu te convidei pessoalmente. Você não é uma intrusa em Marivent.

— Por quê? — sussurrou Lin. Do lado de fora, a chuva estava tão forte que fazia faíscas prateadas voarem do chão de terra. — *Por que* você me convidou?

E naquele momento, percebeu que *aquele* era o motivo pelo qual ela havia ido. Para fazer perguntas a Conor. Descobrir por que ele a queria ali.

— Lin. — A voz dele estava embargada. Mesmo com a máscara, Lin percebeu que ele a encarava, o olhar quase fixo, indo de seus olhos à sua boca, avaliando seu corpo, e ela o sentia quase como o toque de uma mão. Sentiu o calor do olhar, como se ele estivesse espalhando faíscas por sua pele. — Está mesmo me perguntando uma coisa dessas? Porque não posso responder. Pelo meu próprio bem e pelo seu. Pelo bem de um monte de coisas.

Ela inclinou a cabeça para trás.

— Por favor — insistiu ela, e viu o arrepio que se espalhou por Conor ao ouvir aquela súplica. Os próprios batimentos dela aceleraram. — Não tenho medo da verdade.

— Não. Você não tem medo de nada. Tenho certeza de que nunca teve medo de mim. — Ele levantou a mão devagar, quase como se não conseguisse acreditar no que estava fazendo, e a pousou na bochecha de Lin, a pele fria dele no rosto quente de Lin. — Mas não dá para voltar atrás de certas respostas quando ditas em voz alta. Nem mesmo se esquecer delas.

Ela levantou a mão e agarrou o punho dele com os dedos leves. Sentiu a pulsação dele martelando contra seu toque. Imaginou o coração de Conor, frenético como o dela, bombeando o sangue.

— Responda — pediu. — Do contrário, vou embora.

— Por que eu a pedi para vir? — sussurrou ele. — Porque não tinha mais nada que eu pudesse fazer. Enquanto ainda selava o envelope do convite, lutei contra mim mesmo, contra minha estupidez e meu egoísmo, e ainda assim não consegui me deter. — Ele acariciou a bochecha de Lin com a ponta dos dedos, um toque leve, mas a onda de fogo que se alastrou pelas veias dela foi tudo o que bastou para fazê-la entreabrir os lábios e para o seu corpo tremer. — Convidei você para o baile porque, quando não estou com você, Lin Caster, sinto como se uma parte de mim tivesse sido arrancada. É como se eu estivesse *sangrando*, tomado pela insensatez, com a dor de uma ferida que ninguém mais pode ver, só eu. Quando você está comigo... é o único momento em que me sinto completo.

Por fora, Lin estava imóvel. Mas por dentro, era como se algo tivesse se quebrado — um frasco de um dos venenos de Merren, do tipo que trazia uma morte agradável, alastrando fogo por suas veias. E pela primeira vez entendeu os contos dos tecelões de história, entendeu por que as pessoas faziam fila, semana após semana, para ouvir a progressão lenta de um causo que provocaria nelas uma mera sombra da sombra *disso*...

— Lin? — sussurrou Conor, e ela ouviu o medo em sua voz, o medo de como ela reagiria àquilo, medo de que ela lhe desse as costas e fugisse.

Ela abreviou o que ainda restava de espaço entre os dois. Sentiu o calor do corpo dele antes de ficar na ponta dos pés e beijá-lo. Ele congelou por um momento antes de segurá-la e puxá-la para si, de apertá-la contra o próprio corpo. Conor soltou um barulho vindo do fundo da garganta. O som de um homem que, por horas, estivera sustentando o próprio peso numa corda, e que finalmente pudera soltá-la, abandonando-se à queda.

Beijá-lo era tão natural quanto a chuva, e se igualava também em rebeldia. O beijo de Lin tinha começado brando, mas Conor não respondera a ele com delicadeza. Cobriu a boca de Lin com os lábios e os invadiu com uma moção firme da língua. A boca do príncipe tinha gosto de frutas e de vinho. Ele enrolou a língua na dela e extraiu um gemido da garganta de Lin. Ela se esticou na direção dele, quase que na pontinha dos dedos do pé. Conor chupou o lábio inferior de Lin e passou a língua por ele, fazendo-a estremecer em seus braços.

As roupas de Conor estavam úmidas, grudadas à pele. Lin conseguia senti-lo por completo, e percebeu que ele se projetava, rígido, contra ela. Conhecia os motivos fisiológicos, sabia os porquês e as explicações, mas não previra a forma como seu próprio corpo reagiria ao desejo dele. Sentiu os mamilos se enrijecerem dentro do corpete. Um lampejo quente de desejo se espalhou pela parte inferior de sua barriga. Curvou-se contra o príncipe sem se importar com nada além da vontade de que ele não parasse de beijá-la.

A chuva se tornara um manto, uma queda contínua e ritmada, prendendo-os ali dentro. Conferindo a certeza de que ninguém mais se aproximaria. Conor baixou as mãos do rosto de Lin para o corpo dela, envolvendo sua cintura com força. Ela o ouviu praguejar e em seguida levar as mãos ao cabelo dela, puxando os grampos que Mariam colocara com tanto esmero. Ele os jogou para longe quando se soltaram — como se os odiasse —, lançando-os ao chão de pedra e fazendo-os tilintar como moedas. O cabelo dela se soltou em ondas longas, emaranhadas pelo penteado desfeito e pelo ar úmido. Conor enfiou as mãos nele com um grunhido animalesco, entrelaçando as mechas nos dedos. Beijou as têmporas dela, as bochechas, o maxilar, e desceu para o pescoço. Beijou a pulsação acelerada ali, a evidência do turbilhão em que ela se encontrava. Roçou os lábios na clavícula de Lin.

E então ele pareceu congelar. Enterrou o rosto no cabelo dela. Ela ouvia a respiração ofegante dele contra seu ouvido. Ele parecia hesitante, como quase nunca acontecia, como se não conseguisse decidir o que fazer em seguida. Como se não conseguisse sequer conceber a ideia de que ela fosse querer que ele continuasse.

Lin segurou as mãos dele e as guiou com firmeza. Pousou-as na parte de trás do corpete de seu vestido, nos fechos que iam para cima e para baixo. Nada que ela já tivesse feito — nem mesmo se declarar a Deusa Renascida a todo o Sault — parecera-lhe tão ousado quanto o que estava fazendo naquele momento. Ela tirou as mãos, deixando as dele sozinhas ali, e ouviu Conor respirar fundo. Esperou que ele entendesse o que ela não podia dizer em voz alta.

É para você me tocar. Quero que me toque.

Os ganchos se soltaram com rapidez sob os dedos dele, o corpete se abrindo. Sem mais hesitar, ele a beijou novamente enquanto deslizava a mão por sob a roupa dela, agarrando o seio de Lin com a mão. Sentiu os dedos quentes contra a pele dela, o polegar estimulando o mamilo em círculos com expertise, fazendo-a arquejar contra a sua boca. Ela se curvou na direção do toque dele, sedenta por mais.

Sentiu que Conor sorria. Ele a fez recuar até as costas baterem em um pilar. Lin o ouviu sussurrando "Lin, minha Lin", antes de abaixar a cabeça e levar a boca ao mamilo dela.

Ela não estava preparada para a flechada afiada de desejo que a dilacerou por dentro. Gemeu, agarrando-se a ele, puxando a bainha da túnica dele de dentro da calça que usava. Deslizou os dedos molhados por toda a extensão nua do abdômen de Conor, a pele de seda que cobria os músculos rijos. O ar tinha cheiro de relâmpago, e ela o desejava como jamais ansiara por nada na vida.

Colado ao seio dela, ele levantou a cabeça. Lin não conseguia ver a expressão de Conor, mas a respiração dele saía com sofreguidão e irregularidade. Ele a beijou profunda e intensamente, agarrando-a pela cintura. Levantando seu corpo. Ela se segurou nos ombros dele para se equilibrar. O corpo dele pressionava o dela. Lin o sentia tremer. Então ele usou o próprio corpo para sustentá-la no alto enquanto a mão esquerda se esgueirava por debaixo de suas saias, e ele a tocou lá, em seu âmago.

Lin só fora tocada daquela maneira por si mesma. Nunca imaginou como seria sentir o toque de outra pessoa. Mas o prazer era como um furacão. Varreu de sua mente qualquer pensamento que não girasse em torno daquele momento. Ela gemeu contra os lábios de Conor, incapaz de conter o som que escapava, conforme ele a acariciava em movimentos circulares, e o prazer do ato começou a tomar conta dela, uma carga intensa contida que ficava cada vez mais prestes a se romper.

Ainda agarrando o ombro dele com uma mão, ela baixou a outra e abriu os botões da calça do príncipe. A luz estava baixa demais para que fosse possível enxergar qualquer coisa, então ela tateou, sem visão, no escuro, e o sentiu se libertar e enrijecer em sua mão. Duro e macio ao mesmo tempo, a pele quente conforme ela o manejava, guiada quase totalmente pelo instinto, tentando adivinhar o que ele gostaria que ela fizesse — envolvendo-o com a mão, subindo e descendo…

— Ah… Deuses… *Lin…* — arquejou Conor, e ela sentiu um triunfo momentâneo por ter lhe roubado as palavras, por ter reduzido o príncipe à incoerência. Ele pressionou a boca com força contra a dela. Lin arqueou os quadris e o trouxe para mais perto. Ele estava absorto, distante demais de qualquer incerteza, e ela estava feliz por isso. Firmou as pernas ao redor do quadril dele quando ele entrou nela.

Foi como se o tempo tivesse parado. Um relâmpago iluminou o mar, transformando os olhos cinza de Conor em prata, envoltos pela prata mais escura da máscara. Ela sentiu um pouco de dor, mas não ligou. Ele estava dentro dela por inteiro, os lábios no pescoço de Lin. Ela ouvia a respiração desesperada de Conor conforme ele se mantinha totalmente imóvel — para não machucá-la, ela sabia —, embora o esforço estivesse provocando pequenos tremores por seu corpo, as mãos instáveis sobre o quadril dela.

Ela enterrou as mãos no cabelo dele, nos fios finos e ondulados, preto feito as asas de corvo, preto feito as penas de gralha. O fitilho da máscara fez cócegas em seus dedos. Beijou a boca de Conor e sentiu o gosto de chuva em sua pele.

— Está tudo bem — sussurrou. — Pode me amar. Eu também quero.

O barulho que ele emitiu em resposta soou quase selvagem. Ele se afastou antes de voltar a penetrá-la, e Lin sentiu que Conor estava tentando se segurar. Exercer controle sobre si mesmo. E não era o que ela queria; envolveu as pernas mais firmemente ao redor dele e o puxou com mais força para dentro de si. Os olhos dele se tornaram mais escuros; ela sentiu que o fizera chegar ao limite, e ficou feliz por isso. Feliz pela maneira como ele agarrou os quadris dela com tanta força que chegou a latejar, feliz pela forma como ele se projetou para dentro dela e feliz por aquela sensação apertada que Lin sentia tensionar mais e mais, até se dar conta de que uma parte de si se romperia. Nenhum livro que ela tivesse lido jamais a havia preparado para *aquilo* — aquele prazer debilitante e avassalador que crescia a cada movimento do corpo dele contra o dela, e Lin entendeu, enfim, por que algumas pessoas lutavam, morriam e escreviam poesias sobre aquilo. O prazer cresceu e cresceu até atingir o ápice e desmoronar, acertando-a como um raio que atinge o mar.

Lin ouviu Conor respirando fundo à medida que os espasmos tomavam conta do corpo dela. Um momento depois, a boca de Conor se fechou sobre a dela quando ele projetou os quadris uma última vez para dentro, fundo. Ela o sentiu se quebrar, sentiu o momento em que ele se desfez em seus braços, os arquejos febris de prazer presos entre os dois, e soube que naquele momento ele se entregava a ela por inteiro. Que pertencia a ela, àquele espaço entre e ao redor dos dois.

A chuva tinha diminuído a um sussurro leve, embora Lin não soubesse quando isso havia acontecido. Ela envolveu o pescoço de Conor com os braços conforme ele foi relaxando devagar, o corpo quente e duro encostado contra o dela. Ainda a segurava com cuidado, a respiração ofegante ficando mais lenta. Conor estava tão próximo, acariciando-a, que Lin não conseguiu evitar e percorreu o corpo dele com mãos delicadas, tocando seu cabelo, sua bochecha. Ele beijou a palma da mão direita dela, lânguido.

— Querida — murmurou ele, a voz encorpada e lenta. — Nunca... jamais eu tinha...

De repente, ela sentiu Conor enrijecendo em seus braços feito uma tábua.

— Tem alguém ali fora. — Ele se desvencilhou dela, que deslizou para o chão, as pernas bambas enquanto tentava voltar a colocar o peso sobre elas. Arrumou as saias no lugar enquanto ele olhava, ansioso, em direção à entrada do ornamento. — Não podemos ser vistos aqui — disse, e Lin ouviu a ansiedade em sua voz. — Vou voltar para a festa primeiro, você pode vir logo atrás.

O zunido nos ouvidos dela bloqueou a voz dele. Tentou se lembrar da sensação que tivera um momento antes, de ser abraçada em segurança, de ele ser inteiramente dela. Mas o momento já tinha se passado, e tudo que ela se forçara a esquecer naquela noite, tudo que conseguira aquietar em sua mente, voltara à tona como uma onda na praia do porto.

Era óbvio que Conor tinha medo de que os dois fossem flagrados ali. Ele poderia perder Anjelica, perder a aliança com Kutani. Ela nem conseguia culpá-lo por isso. No entanto, quando tentou se imaginar entrando no Arsenal depois daquilo, fingindo que nada acontecera — observá-lo dançando com a bela Anjelica Iruvai e rindo com seus amigos nobres, ciente a todo momento de que *essa* era a vida dele e de que ela não fazia parte —, Lin sentiu um mal-estar.

Sentiu o estômago revirar. Percebeu que estava tremendo, com muito mais do que apenas frio. *O que, em nome da Deusa, eu fui fazer?* Que dor ela trouxera a si mesma? Como podia ter sido tão *tola*?

— Não — falou, e sua voz saiu estranha a seus próprios ouvidos. — Volte para a festa, Monseigneur. Não posso ficar.

Ele se virou de imediato. Os cachos pretos molhados estavam suspensos sobre os olhos ao encará-la.

— Lin…

— Não.

Ela se afastou dele. Conor a observava com incredulidade, pego de surpresa, como se quisesse esticar a mão para alcançá-la, para puxá-la consigo e levá-la ao Arsenal, onde ele não teria problema algum em fingir que não a conhecia, porque nada do que tinha acabado de acontecer era fora do comum para ele.

— Não me toque mais — sussurrou ela, e saiu do ornamento passando por ele e dirigindo-se à chuva de prata.

MARIAM

— Quem está aí?

Mariam se senta na cama, envolvendo-se com a colcha de tecido. Dormia um sono leve, o descanso interrompido pelo estrondo de um trovão e os estalos intermitentes dos raios. Quando era mais nova, amava as tempestades, adorava subir nos muros do Sault com Lin e observar as nuvens se formando no horizonte, empurradas pelo vento do mar à cidade como um exército em marcha. As sombras que projetavam sobre o oceano escureciam as ondas do azul ao preto, transformando-as em picos cobertos de uma prata espumosa.

Mas agora é diferente. Dormir já é difícil por si só, enquanto ela se remexe na cama, em busca de uma posição menos dolorosa, uma que torne a respiração menos penosa. Muitas vezes sonha que um gato preto invade seu quarto e se aninha em seu peito, observando-a com olhos dourados arregalados enquanto ela luta para respirar sob o peso dele. O trovão a irrita naquele momento, deixando de ser um lembrete do poder glorioso do céu e passando a ser uma interrupção de seu sono precioso.

Seus olhos se ajustam à escuridão, e então ela percebe a origem do farfalhar que a despertou..

— Lin — sussurra ela. Abre as cortinas que cobrem a janela ao lado da cama. A tempestade se dissipou, e o luar inunda o quarto. Ela vê a amiga com nitidez parada ali, junto à porta. Ensopada, o vestido de seda pesado com a água da chuva, o cabelo solto às costas todo alvoroçado. *O que aconteceu?* Mariam quer perguntar. Lin deveria estar dançando entre as estrelas a noite toda, voltando ao Sault com relatos de tirar o fôlego sobre o glamour e os esplendores.

Mas ao olhar para Lin, Mariam não consegue dizer nada. Lin, a pessoa mais obstinada e determinada que conhece, mal consegue manter a compostura.

Mariam estende os braços.

— Venha cá — diz, e Lin rasteja para a cama e deita ao lado da amiga. Está molhada e gelada, mas Mariam a abraça como sempre fez, como nos tempos antigos, quando Lin era apenas uma criança órfã rejeitada pelo avô.

— Ele machucou você? — sussurra Mariam. — Ele machucou você, *khum lōq*?

— Não. Mas eu sou tão tola, Mariam — responde Lin. — Tão idiota.

— Shhh. — Mariam acaricia o cabelo úmido de Lin aos sussurros. — Deixe estar, minha irmãzinha, meu amorzinho.

E enquanto isso, lá fora, a chuva continua a cair suavemente, farfalhando como seda na janela.

DEZOITO

Assim que Kel voltou ao salão de baile principal, foi abordado por Ciprian Cabrol, que estava ansioso.

— Monseigneur. *Monseigneur!* Precisamos conversar.

Mesmo por trás da máscara de chacal, era possível ver os olhos de Ciprian, vermelhos de ansiedade. Segurou a manga de Kel com os dedos esbranquiçados. *A manga de Conor*, lembrou-se. Naquele momento, estava sendo Conor. Desejou ter um momento a mais para se ajustar a isso, mas pelo visto não teria.

— Pode me soltar, Ciprian? — pediu Kel com delicadeza, e Ciprian recolheu a mão. — De fato. Vamos conversar. Na verdade, estive me perguntando quando viria falar comigo.

— Ah, é?

— Sim — respondeu Kel suavemente. — Não deveria haver tantos segredos entre um homem e seu soberano, concorda? E você tem guardado muitos segredos, querido Ciprian. Por exemplo, eu não fazia ideia de que você era tão próximo de Elsabet Belmany.

Ciprian se encolheu um pouco. Com a postura recolhida, começava a parecer menos um chacal cruel e mais um terrier aflito.

— O-o quê?

— A princesa malgasiana disse Kel. — É incomum que uma família de mercadores mantenha laços tão estreitos com uma princesa estrangeira, não acha?

— Eu... — Ciprian ajustou a máscara, olhando ao redor. Ninguém parecia prestar muita atenção a eles, além dos olhares de praxe que Conor costumava atrair em eventos assim: uma mistura de admiração, curiosidade e desejo. Tirando Beatris Cabrol, que observava o irmão, reparou Kel, com um semblante de pura preocupação.

Quando Ciprian voltou a falar, a voz dele saiu baixa.

— Não sei o que está insinuando.

Kel hesitou por apenas uma fração de segundo. Era um caminho perigoso a se trilhar, e ele sabia disso. Estava à beira de um rochedo sobre o oceano. Com crocodilos lá embaixo. Não sentia medo, estava apenas concentrado — aquela sensação agradável e cautelosa de andar em uma corda bamba.

Então falou:

— Não preciso insinuar nada, Ciprian. Sei muito bem do que estou falando. — Ele inclinou a cabeça para o lado. — Vamos conversar em particular, então. Que tal no Caravela, amanhã ao meio-dia? Lá não seremos interrompidos.

Cabrol assentiu com a cabeça, nervoso.

— Sim. Sim — murmurou. — Amanhã à tarde. — E em seguida enrijeceu. — Monseigneur — acrescentou, e havia um singelo alerta em sua voz que fez Kel se virar.

Anjelica se colocou atrás deles, sorrindo. Estendeu uma mão para Kel.

— Concede-me essa dança, milorde? — pediu.

Da mesma forma que Conor teria feito, Kel dispensou Ciprian sem dizer nada e deixou que Anjelica o conduzisse até a pista de dança. A música era animada, e os músicos, escondidos atrás de uma cortina de veludo, davam a impressão de que os sons da viola e do *lior* eram uma providência divina.

Anjelica se movia com graça enquanto dançavam. As penas pálidas de sua máscara criavam a ilusão, sem dúvidas deliberada, de uma renda de noiva. Sentia-a esbelta e forte em seus braços, e Kel sabia que uma nova emoção se acrescentava à mistura de sentimentos que nutria por Conor: inveja.

— Venha — chamou ela. — Vamos nos afastar da rainha.

Kel não tinha percebido Lilibet parada com Lady Gremont, um cálice de prata na mão. Ela não parecia observá-los, mas Kel seguiu Anjelica mesmo assim: os olhos de Lilibet perfurariam a ilusão de seu amuleto sem dificuldade, o que resultaria, sem a menor dúvida, em um problema mais tarde.

— Então. — Anjelica ergueu o rosto até o dele. O sorriso não era direcionado a ele, Kel sabia, mas para todos os olhos que os vigiavam com avidez. — Devo admitir que estou impressionada. Sequer o vi sair. O que era tão urgente a ponto de ele se sentir obrigado a fugir desta celebração de sua própria dinastia?

Ele. Nem ele próprio, nem Anjelica, refletiu Kel, precisavam mencionar o nome de Conor. Ele era o planeta ao redor do qual todos orbitavam; só podia haver um único "ele" naquela conversa.

— Não faço ideia, mas aposto que vou descobrir mais tarde. — O diadema puxava o cabelo de Kel; ele não via a hora de reajustá-lo. — E imagino que, se perguntasse, ele também contaria a você.

— Sem dúvidas — ponderou Anjelica. — Quando descobri que o príncipe tinha um Portador da Espada, jamais imaginei que passaria tanto tempo com ele. Mas hoje veio a calhar. Pois recebi uma mensagem do Rei dos Ladrões.

Kel ficou em alerta no mesmo instante.

— Que tipo de mensagem?

— Ele me disse que Laurent Aden estará aqui hoje. No Baile do Solstício.

Incrédulo, Kel falou:

— Isso é loucura! O homem é um criminoso procurado.

— Laurent gosta de correr riscos. — Ela curvou o lábio levemente. — Acredito que as máscaras tenham se mostrado convenientes demais para ele resistir. Ao que parece, vai se disfarçar como diplomata de Hanse. — Ela suspirou. — Aposto que vai *adorar* perambular sem ser identificado por entre nobres que adorariam vê-lo balançando nas forcas do Tully.

— Mas qual é o plano? — Kel mal conseguia acreditar na serenidade de Anjelica. — Você oferece dinheiro em troca das cartas que ele detém? E aí acabou?

— Supostamente, sim.

— Acredita mesmo na palavra dele? Ele já está chantageando você. Dá mesmo para depositar tamanha fé na honestidade do homem?

A irritação perpassou os olhos de Anjelica.

— Se tinha uma sugestão melhor, poderia tê-la oferecido quando nos reunimos com o Rei dos Ladrões.

— Falo apenas por preocupação.

— Mas não está preocupado comigo — rebateu ela, seca. — Está preocupado com a aliança preciosa do seu príncipe. Kellian, preciso que entenda. O que Laurent quer é me ver. Ele acredita que foi a vontade dos meus pais que nos separou. Precisa ouvir da minha própria boca que não o *desejo*, que não estou sofrendo por não estarmos juntos. Que ele precisa me deixar em paz pelo meu próprio bem.

— Ele acredita de verdade que você não suporta ficar longe dele?

— As pessoas acreditam no que escolhem acreditar — disse Anjelica. Apertou as mãos esguias nos ombros dele. — Ele está aqui — murmurou então. — Veja só... com a máscara de águia.

Ela ficou tensa, os lábios pressionados em uma linha pálida. Kel passou os olhos pelo salão com discrição.

E ali estava ele, próximo ao aglomerado de convidados que dançavam, vestido com o preto e o amarelo de Hanse. Um homem alto, de cabelos pálidos, usando a máscara de uma águia com um bico curvado e cruel. *Disfarçado de diplomata, mas não se portando como tal. Não, ele se porta com firmeza, o passo firme, como um homem acostumado a se equilibrar no convés de um navio.*

O salão estava repleto de sussurros que pareciam aumentar. Por um momento, tomado por uma sensação de alerta, Kel se perguntou se Aden fora reconhecido. *E o que devo fazer se o reconhecerem? Salvá-lo?*

Entretanto, um momento depois, Kel percebeu que estivera completamente equivocado. Ninguém estava olhando para o criminoso disfarçado. Todos observavam Antonetta, que acabara de aparecer no salão.

Kel bendisse os anos de prática que o mantiveram dançando, movendo-se pelo piso em círculos com Anjelica. O que mais queria, naquele momento, era atravessar o salão e correr até ela, tomá-la nos braços. Protegê-la com o próprio corpo dos olhares semicerrados lançados em sua direção, dos sussurros que cortavam como lâminas afiadas.

Mas ele era Conor, agora. E Conor não atravessaria o salão até ela. Conor assistiria à chegada dela com uma expressão de interesse e admiração, à medida que ela avançava para o salão de baile de cabeça erguida.

Outra mulher talvez tivesse se vestido com simplicidade para não ser notada, mas Antonetta se trajara de fogo. O vestido que usava era feito de seda vermelha, com a saia plissada de modo que, a cada movimento, revelava vislumbres de suas pernas por entre as dobras do tecido. Ao redor de seus ombros estava um manto dourado e rubro, a máscara, uma raposa de feições astutas, com orelhas de um tom escuro de seda laranja e dourada. Ao redor do pescoço reluzia o medalhão em formato de coração.

Kel cerrou a mão esquerda em punho nas costas de Anjelica. Não era o que Conor teria feito, mas não conseguiu evitar; precisava da pressão, da dor, para ser capaz de afastar o próprio olhar de Antonetta.

Percebeu que Anjelica o encarava, a expressão numa mistura de empatia e dó. Ele lia o pensamento por detrás dos olhos dela: *Ah, coitadinho. Tão enamorado e equivocado quanto Laurent.*

— Entendi tudo — comentou ela.

— Anjelica...

Ela se afastou dele.

— É melhor eu ir enquanto todos estão olhando para a Demoselle Alleyne — murmurou, e ele sabia que ela estava certa. — Aliás, acredito que você também tenha outros assuntos para resolver?

Ele a sentiu dar tapinhas delicados em seu ombro e em seguida sair para a multidão, os grampos perolados brilhando no cabelo escuro. Esperou uma batida de coração. Duas. Três. E então disparou pelo salão, o aglomerado se abrindo para ele com murmúrios que mal conseguia ouvir: *Monseigneur, eu não o tinha visto aí.*

E então chegou até ela. Próximo assim, via que ela estava pálida, embora os lábios estivessem cobertos de carmim. Quando Antonetta se virou para Kel, ele quase disse o nome dela, mas então uma figura se colocou entre os dois.

Lady Alleyne, feroz e medonha, usando uma máscara de tigre. Avançou na direção da filha como um gato pulando sobre um camundongo.

— Onde é que a senhorita *se meteu*...

Por baixo da máscara e de toda aquela maquiagem, Antonetta ruborizou. Kel pigarreou.

— Minha querida Liorada — disse ele para chamar a atenção da mulher mais velha, e jamais antes tinha permitido que tamanho escárnio invadisse a voz de Conor. O tom era lento e ácido, como mel rançoso. A satisfação que tomou conta dele quando Lady Alleyne se virou em um sobressalto foi quase prazerosa. — Acredito que minha mãe tenha mencionado o desejo de ter uma palavrinha com a senhora.

Lady Alleyne olhou de relance para a rainha, que estava ocupada instruindo um grupo de criados a reacender os círios do lado de fora, pois haviam se apagado com a chuva. Lilibet parecia impaciente por trás da máscara dourada de cervo.

— Minha filha… — começou Lady Alleyne com a voz estrangulada.

— Está belíssima hoje. Preciso saber quem fez seu vestido, Demoselle, pois minha noiva ainda não escolheu uma modista para o vestido de casamento e o tempo está se esgotando. — Ele ofereceu o braço a Antonetta. — Venha, vamos dançar para que me conte.

Se fosse qualquer outra pessoa a interromper a conversa de Lady Alleyne com a filha, teria sido uma tremenda falta de educação, mas Conor não precisava pedir permissão para nada do que queria fazer. Era um privilégio do qual Kel desfrutava apenas ocasionalmente, como se tomasse a coroa emprestada, mas permitiu-se sentir a gratificação de levar Antonetta à pista de dança polida.

— Acho que lhe devo um agradecimento, Monseigneur — falou Antonetta quando ele colocou um braço ao redor do quadril dela e começou a guiá-la no ritmo da música. — Por ter me salvado da minha mãe… a mais assustadora de todas as criaturas no reino animal.

Por trás da máscara, via os olhos de Antonetta, as pupilas transmutadas em formato de diamantes por conta das gotas de flores.

— Venho querendo conversar com você há um tempo, Nettle.

Ela o olhou com surpresa.

— Você não me chama assim *há anos.*

Kel quase errou o passo. *Converse com Antonetta como Conor falaria com ela. Não da maneira que você falaria com ela.*

Ele não deveria ter precisado se lembrar disso.

— Seja como for, estou surpresa por estar disposto a ser visto comigo — acrescentou ela. — Afinal de contas, sou um veneno social. Artal Gremont fugiu da cidade para não se casar comigo.

Você sabe que não foi isso o que aconteceu, Antonetta.

— Se de fato o repeliu tanto assim — ponderou Kel —, então prestou um serviço a todos nós.

Moviam-se entre os outros dançarinos, e Kel viu de relance Anjelica no centro do salão, fácil de reconhecer com o vestido branco luxuoso. Dançava com Laurent, e aos olhos de Kel, pareciam estar discutindo.

Teria que ficar de olho neles, pensou.

— Não vou afirmar que sei por que Gremont foi embora da Colina — disse Kel —, mas suspeito que tenha mais a ver com ele próprio do que com você. Podem até dizer por aí que o pivô do escândalo foi você, mas isso logo passa. Vamos encontrar uma opção muito melhor do que Gremont jamais foi.

Antonetta ficou em silêncio por um momento. Em seguida, falou:

— Está sendo tão bom comigo, Monseigneur. Deve estar muito feliz com seu noivado. — Ela se aproximou dele. Mais do que a dança exigia. Kel sentiu o perfume de seu cabelo, de sua pele: rosas brancas e mel. Era o suficiente para levá-lo de volta ao quarto amarelo do Caravela, o modo como o corpo dela se moldara aos seus braços. O sangue acelerou nas veias. — Permita-me retribuir o favor, então, com tudo que tenho para lhe dar.

Kel quis perguntar o que ela queria dizer com aquilo, mas não conseguiu encontrar o fôlego. Ela ergueu o rosto e sorriu para ele.

— Conselhos — falou.

A batida frenética do sangue de Kel abrandou.

— Conselhos são sempre bem-vindos quando vêm de alguém em quem confio.

Ela inclinou a cabeça para o lado, deixando o volume encorpado do cabelo varrer o ombro.

— Bem, trata-se, de fato, de uma questão de confiança.

— Ah, é?

— Tenha cuidado, Monseigneur — alertou Antonetta. Ela olhou de relance para o restante das pessoas no salão antes de voltar a atenção para ele. — Cuidado com o que compartilha com Kel.

Kel se sentiu enrijecendo.

— *O quê?*

Os olhos azuis de Antonetta estavam preocupados.

— Eu o vi com membros da corja do Rei dos Ladrões — comentou ela. — Parece conhecê-los muito bem.

— Entendo. — Kel girou Antonetta nos braços; quando ela voltou para ele, disse: — Kel faz muitas coisas por mim. Às vezes isso o coloca na posição de ter que se encontrar com pessoas desagradáveis. — Ele abriu um sorriso; largo demais, infelizmente. — Eu mesmo consigo ser bem desagradável, dependendo da situação.

— Ah, acredito que Kel te ama — falou Antonetta despreocupadamente. — Mas vocês dois jamais serão iguais. Você sempre terá poder sobre ele. E ele pode se ressentir disso.

— Não questiono a lealdade dele — disse Kel, em um tom calculado para podar a continuidade daquela discussão. Não sabia se teria condições de ouvir o que mais Antonetta tinha para falar.

— Ouvi dizer — começou Antonetta, em um sussurro de cumplicidade — que o Rei dos Ladrões tem maneiras de manipular até mesmo quem tem motivações puras. Kel parecia conhecer bem as pessoas de Morettus, parecia confiar nelas. Isso o deixa suscetível. E o Rei dos Ladrões é um mestre da manipulação. Poderia virar Kel contra você sem que ele sequer percebesse.

Kel não se sentia tão perto de quebrar o fingimento de ser Conor desde a infância. Queria agarrar Antonetta e exigir que explicasse por que dizia aquelas coisas. Queria chacoalhá-la. Queria pressioná-la contra a parede e beijá-la até que ambos perdessem o fôlego. *Eu não sou o Conor. Não sou Kel Anjuman. Sou eu mesmo, Kel Saren, e não o tolo de ninguém.*

— Você fala como se ele fosse um tolo.

— Ele não é tolo, mas é sincero, e a sinceridade pode ser objeto de exploração. Pense bem no que já aconteceu. Kel foi esfaqueado quando alguém o confundiu com você. Tentou pagar suas dívidas a Prosper Beck. — Ela estremeceu. Se era verdade ou encenação, Kel estava com as emoções à flor da pele demais para decifrar. — Quando penso nele caído naquele beco…

Tentou pagar suas dívidas a Prosper Beck. Uma pressão horrenda e súbita se formou atrás dos olhos de Kel. Pedaços soltos começavam a se encaixar. Era como se o chão estivesse cedendo sob seus pés, mas sabia que não podia deixar transparecer. Anos de treinamento vieram em seu socorro. Como se estivesse só entediado, falou:

— Basta, Antonetta. Ouvi o que tinha para me dizer, e acredite, vou refletir sobre o que me contou. Mas, minha querida — disse ele e olhou diretamente nos olhos de pupila de diamante —, você não deve repetir essas preocupações a mais ninguém. Estou exigindo isso sob ordem real. Entende o que acabei de dizer?

Kel teve a nítida impressão de que ela ficou surpresa por trás da máscara de raposa, mas Antonetta se recompôs rapidamente.

— Serei um exemplo irrepreensível de discrição. — Ela desviou o olhar, franzindo o cenho. — Veja, Kel acabou de chegar. Onde será que esteve este tempo todo, eu me pergunto? Está encharcado.

Quase sem perceber, Kel seguiu o olhar dela. Antonetta tinha razão. Conor, encharcado até os ossos e usando a máscara de Kel, acabara de adentrar o salão de forma sorrateira.

Estava se atendo à parede, a cabeça baixa. Se Kel não tivesse recebido a dica de procurá-lo na multidão, não o teria visto.

Conor se movia pelos cantos, sem ser visto pela maioria dos presentes, e desapareceu em um dos corredores que se abriam da rotunda central. Uma olhadela rápida em volta garantiu a Kel que ninguém mais reparara na presença dele.

— É melhor eu ir atrás dele. — Kel fez uma reverência rígida antes de dar as costas a Antonetta para seguir Conor. Sua cabeça latejava; sentiu-se tonto e um tanto enjoado. Será que sequer chegara a conhecer Antonetta de verdade? Sempre tivera a impressão de que ela possuía um rosto para mostrar ao mundo e outro para mostrar a ele, mas e se nenhum dos dois fosse o verdadeiro? E se existisse outra verdade secreta que ele nunca sequer imaginara, maravilhado demais pela ideia de que ele, e apenas ele, a conhecia de verdade e, talvez, tivesse sido tão ingênuo quanto as outras pessoas?

Não era um pensamento nada agradável, e Kel ainda carregava o amargor dele quando atravessou o corredor atrás de Conor. O espaço ostentava uma queda d'água tingida de dourado, e no fim do corredor, uma pequena gruta artificial. Alguém evidentemente fizera um piquenique ali mais cedo; pois havia uma bandeja de comidas devoradas pela metade e uma garrafa de vinho equilibrada perigosamente na borda da fonte.

Por um momento, Kel pensou que Conor tinha desaparecido — evaporado, como nos antigos rumores sobre os feiticeiros-reis.

Mas aí ele baixou o olhar.

Conor estava sentado no chão. A barra da capa, o couro das botas, tudo sujo de lama. O cabelo e a camisa dele encharcados pela chuva. Enquanto Kel o encarava, Conor levantou as mãos, sem dizer nada, e soltou os cordões da máscara. Ela caiu sobre seu colo.

Ele olhou para Kel.

— Con — falou Kel, ajoelhando-se; não conseguia suportar olhar para Conor de cima. Qualquer ressentimento, qualquer raiva, tinha se esvaído. Ele jamais o vira daquela maneira. As pupilas de Conor estavam ocas e pretas, cercadas por um anel fino de prata. Os ossos do rosto pareciam afiados demais sob a pele. Havia sangue no lábio. Ele devia tê-lo mordido, embora não fosse de seu feitio. — Conor — suplicou Kel, num sussurro. — O que aconteceu?

Conor fechou os olhos. Balançou a cabeça lentamente.

— Eu — falou ele — sou um idiota do caralho.

— Olhe para mim. — Kel tomou o rosto de Conor entre as mãos. Sentiu a firmeza dos ossos em suas palmas, o formato conhecido dos malares, a pele fria devido a chuva. — Todo mundo é idiota. Algumas pessoas só sabem fingir que não melhor que outras.

Conor não sorriu, mas virou o rosto em direção à mão de Kel. Já era alguma coisa.

— Diga o que aconteceu. Não o culparei jamais, você sabe disso. Mas me diga.

Conor abriu os olhos. *Conte*, pensou Kel. *Diga. Vou consertar as coisas para você. Do mesmo jeito que fiz com Prosper Beck. Do mesmo jeito que estou tentando fazer agora. Só conte de uma vez para que eu possa voltar a entendê-lo.*

— Este segredo não é meu para contar — respondeu Conor, a voz fraca. — Preciso beber alguma coisa. Em grande quantidade.

— Não vai ajudar — alertou Kel.

Conor exibiu os dentes em uma tentativa de sorriso.

— Mal não vai fazer.

Kel ficou de pé, pegou a garrafa de vinho da bandeja abandonada — já aberta, mas ainda pela metade — e voltou a se ajoelhar. Entregou-a a Conor, que jogou a cabeça para trás e deu vários goles longos.

Quando enfim baixou a garrafa, sua mão estava mais firme. Tinha derramado um pouco do vinho nos dedos e no veludo preto da túnica.

— Tem a ver com o seu pai? — sussurrou Kel. Ouvia o medo na própria voz. *Conor, o que aconteceu de tão ruim que você não pode contar nem para mim?*

Ou será que era algo ainda pior? Kel pensou nos alertas de Antonetta. Em todas as mentiras que tinha contado ao príncipe. No quanto tinha ido longe com esse teatro e em quanto tempo mais levaria para que as pernas curtas da mentira cedessem sob o peso de tantos segredos.

— Não. — Conor baixou o olhar para as costas da mão esquerda, contemplando as gotículas de vinho tinto escorrendo por entre os dedos. Na luz dourada da cascata, elas pareciam brilhar. — Não tem a ver com o meu pai. Quero... — Ele levantou o rosto na direção de Kel. — Quero uma vida diferente da que tenho.

— Ah — respondeu alguém. Uma voz baixa e familiar.

Kel levantou o rosto, e Conor também. Anjelica estava na entrada do corredor. Não era longe; Kel ficou se perguntando quando ela teria chegado ali. De onde estava, certamente teria conseguido ouvir tudo.

Conor ficou olhando, intrigado e surpreso, conforme ela se aproximava dos dois. Porque ela era linda, pensou Kel. E porque, com o vestido de diamantes, parecia arder feito uma tocha. Refletia de volta a luz da cascata, transformando a prata em ouro. Os anéis reluziam em seus dedos quando chegou ao ponto onde Conor estava ajoelhado e estendeu a mão.

— Saia do chão — pediu. — Conor Darash Aurelian, Príncipe Herdeiro de Castellane, saia desse chão.

Havia algo na voz dela que Kel nunca tinha escutado. Ela falava com Conor como se, entre membros da realeza, existisse uma língua secreta. O príncipe ergueu o rosto para olhar para ela. E então, como se as palavras dela fossem anzóis cravados entre as costelas, ele ficou de pé. Endireitou os ombros. Olhou para Anjelica sem a máscara, o olhar nu.

— Você escutou o que acabei de falar — concluiu ele. — Mas quanto ouviu de verdade?

Kel também se levantou em silêncio. O equilíbrio tinha mudado, pensou. Havia se alterado entre um suspiro e outro. Ele agora estava no fundo, enquanto o príncipe e a princesa se encaravam. Não importava que Conor estivesse agarrado a uma garrafa de vinho, sujo de lama e molhado de chuva. Ele era quem era. E Anjelica também.

Ela disse:

— Ouvi você dizendo que quer uma vida diferente. — Deu um passo na direção dele. — Entendo que não tenha me escolhido, nem escolhido este casamento...

— Não é por sua causa... — começou Conor.

Anjelica se limitou a balançar a cabeça.

— Eu também não escolhi você — respondeu ela, com um sorrisinho. — Mas cabe a nós, acredito, fazer de nossas vidas algo que *de fato* teríamos escolhido.

— Acho que você é mais corajosa que eu — avaliou Conor.

— Você também tem coragem, príncipe — falou Anjelica, com delicadeza. — Será que existe algo mais assustador do que a mudança? E você mudou muito nesses últimos meses. Eu não o conhecia antes, mas todos falam disso. Sobre o quanto você está diferente desde os acontecimentos da Galeria Brilhante. Pode ser uma mudança nascida do sangue e do horror, mas ainda assim é uma mudança.

— Talvez — aceitou Conor, e olhou para ela. — O que vamos fazer agora, *Ayakemi*?

— Vamos cumprir com nosso dever — respondeu Anjelica. — Vamos voltar ao salão de baile. Vamos mostrar à Colina que estamos juntos. Kutani e Castellane. — Ela estendeu a mão para ele, e Conor a segurou. — Eles vão tocar a música. E nós vamos dançar de acordo.

ANJELICA

— Não olhe para mim desse jeito — fala Anjelica, quase que num sussurro.

— De que jeito estou te olhando? — A voz de Laurent é suave. Os braços dele a envolvem, como requer a dança. É a primeira vez que ela sente o toque dele em meses, e está entorpecida. Sente a batida ressonante do próprio coração, o aroma familiar dele: mar e especiarias. E uma pitada de pólvora preta. O cheiro ameaça trazer à tona uma onda de lembranças... uma onda perigosa que pode se abater sobre ela, deixando-a vulnerável na frente de todas aquelas pessoas. Incapaz de esconder o que precisa ser escondido.

Ela pensa na mãe. *Controle suas emoções, filha, do contrário os outros vão usá-las para controlá-la.* Sempre fora a irmã menos obediente, a que exigia saber por que não podia ir sozinha à Cidade das Especiarias, por que não podia se sentar com o rei quando ele atribuía julgamentos ou se encontrava com embaixadores. O pai achava graça desse comportamento quando Anjelica era pequena, e sentia-se inclinado a fazer todas as vontades da filha. Mais tarde, ele se arrependeu disso.

De que jeito você está olhando para mim?, pensa Anjelica. Como se fosse fogo. Como se o olhar dele fosse capaz de queimar suas roupas e deixá-la nua nos braços dele. *Como se eu fosse uma pessoa, e não só um belo objeto. Ninguém mais olha para mim assim desde que cheguei aqui — ninguém além de Kel e Conor.*

— Como o embaixador de Hanse não olharia para mim — diz ela.

— Não tem como saber se ele não a olharia assim — fala ele. — Porque quando olhei para você, foi amor à primeira vista. O mesmo poderia ter acontecido com ele, se estivesse aqui. — A voz de Laurent ameaça desarmar todas as promessas que ela havia feito a si mesma. É rouca e densa, baixa como o mar quando a maré se acalma, cobrindo crustáceos e areia.

— Antes de a mensagem de Andreyen chegar a mim, pensei que talvez jamais fosse voltar a vê-la — continua Laurent. — Embora eu estivesse determinado a esperar até que toda esperança se esvaísse.

— Sei disso. — Então chega a próxima parte da dança. Ela coloca a mão nos ombros dele, sentindo o flexionar dos músculos sob suas palmas. De repente, é acometida por lembranças trazidas pela sensação e pelo contorno do corpo dele. Como subira no barco quando ele estava atracado no porto na Cidade das Especiarias. Como declarara seu amor por ele no escritório a bordo do *Rosa Preta*, e como ele se limitara a encará-la, os olhos azuis arregalados, até ela pensar que iria morrer de humilhação — e só então ele ficara de pé, a tomara nos braços e a levara para a cama.

Na época, ela não se preocupara com o futuro. Só pensava que o desejava, e que teria o que desejava. Não esperava se apaixonar por ele. Não fazia ideia de como era o amor até senti-lo.

— Também tive receio de ter perdido você — diz ela, então —, quando cheguei a Castellane e o *Rosa Preta* não estava lá para me levar de volta a você. Pensei... pensei que você estivesse morto.

(Ela se recorda do momento em que Kel dissera que Laurent Aden ainda estava vivo e do alívio que a atravessara feito lâmina.)

— Alguém os avisou de que eu apareceria. — A boca de Laurent está rígida de raiva. — Não havia meio de entrar no porto sem arriscar a morte de metade da minha tripulação, e mesmo que eu arriscasse, teria sido preso. — Ele ergue o queixo; a luz dos lustres faz a máscara de águia brilhar. Mas ela sabe como é o rosto por debaixo. Sabe como ele é sem estar usando nada, como é bruto, cheio de cicatrizes e encantador. Anjelica sente o próprio corpo ser torturado por um desejo que não pode demonstrar.

— Meu amor, você não falou comigo — diz ela. — Durante todo esse tempo...

Ele firma as mãos no quadril dela.

— Não encontrei meio de libertá-la do Palácio agora que está aqui — fala ele. — Eu não podia simplesmente dar as caras e roubar você bem debaixo do nariz de uma centena de Castelguardas...

— Está falando sério? — murmura ela. — Laurent Aden, com medo de alguns guardas?

— Estou arriscando minha vida ao vir aqui — fala ele, avaliando-a. Os olhos azuis estão gélidos; e ainda assim, fazem-na sentir calor e estranheza. Ele sempre consegue causar isso nela. — Mas vale a pena, para ver você.

— Eu nem sabia se você ainda me queria.

— Se eu a queria? — Os dois dão um rodopio, como requer a dança. — Pensei que tivesse se apaixonado por seu noivo. Imaginei que tivesse decidido que permanecer em Castellane lhe daria a oportunidade de ser rainha um dia, o que eu não posso lhe proporcionar. Anjelica...

— Não fale — sussurra ela. — Não diga meu nome. Não desse jeito. — *Todos os que escutarem vão saber nossos reais sentimentos.* — Não foi nada disso.

— Ótimo. Existem pessoas tentando nos ajudar. Se ainda quiser, posso levá-la embora, podemos fugir, e quanto aos seus irmãos...

Ela sente os próprios olhos arregalarem e fica contente pela máscara que esconde suas feições.

— Quem ofereceria esse tipo de ajuda, sabendo que pode invocar a fúria de toda Castella... ah. — Ela balança a cabeça. — Os malgasianos.

— Também não gosto muito deles, mas estão desesperados para unir a princesa deles em casamento com Conor Aurelian. Estão dispostos a me ajudar se...

— Não dá para confiar neles, Laurent. Fiquei sabendo de mais coisas a respeito deles desde que cheguei a Castellane. Fizeram muito mal ao próprio povo...

— Não confio neles — interrompe Laurent. — Não confio em governo algum, em monarquia alguma. São um bando de egoístas. Todos têm os próprios segredos; fizeram coisas horrendas. Todo poder grandioso, mais cedo ou mais tarde, acaba sendo usado injustamente.

— É muita coragem sua dizer isso para uma princesa — diz Anjelica, e em seguida sorri. Espera que o gesto não seja visto como estranho; pode sorrir para um embaixador sem que tomem nota disso, certo?

Ela sente o retumbar grave da risada dele.

— É óbvio que você é diferente. E é por isso que quero levá-la para bem longe disso tudo. Estou disposto a aceitar a ajuda dos malgasianos para libertá-la, mas tenho meu próprio plano. E ele envolve Sedai…

— Laurent. Não posso. — As palavras machucam, mas ela sabe que vai ter que dizê-las. — Não posso abandonar Conor.

— Então *de fato* se afeiçoou a ele. — Um instante se passa. — Muito me surpreende. Ouvi dizer que ele não tem uma personalidade particularmente agradável.

— Ouvi a mesma coisa. Mas ele não é como dizem. — Ela se lembra do rosto de Conor, os olhos sérios, a curva pensativa da boca. Tinha sido sempre tão honesto com ela. Anjelica pensara que ele seria cheio de falsas demonstrações de amor, o que só a teria irritado, mas ele sempre se portava com uma sinceridade surpreendente. Não exigia nada que ela não estivesse disposta a dar, nem escondia que ele próprio também estivesse em sofrimento. — É difícil de explicar. Não estou apaixonada por ele, mas ele me tratou com honestidade e respeito. E entendo as coisas pelas quais ele está passando. Entendo de um jeito que você não seria capaz de compreender.

Laurent pragueja baixinho. Afrouxa as mãos na cintura dela quando a gira de forma mecânica para obedecer ao passo seguinte da dança. Quando está de frente para ele de novo, Anjelica diz:

— Se eu fugir com você num momento como este, tudo o que verão será uma mancha a mais na reputação dele. Vai enfraquecer seu poder…

Laurent solta um som de exasperação.

— Ele é um príncipe. Vai ficar bem. Os malgasianos estão desesperados por um casamento; vão se dispor a providenciar outra princesa e uma aliança que afastará Sarthe, se preciso. A nobreza não dá a mínima se a união do príncipe vai ser com Kutani ou com Malgasi, contanto que o comércio precioso deles seja preservado.

— Mas ele não vai se casar com Elsabet. Ele a odeia, e odeia Malgasi, bem como toda a família Belmany. O que eles fariam com Castellane...

— Agora você se preocupa com Castellane? — Ela vê a dor nos olhos dele. Como poderia explicar, como faria para explicar que fugir com ele é tudo que mais deseja? — Acha mesmo que aqui é um lugar tão maravilhoso assim? Imagine crescer aqui como órfã, olhando para o Palácio e sabendo que jamais poderá ter as riquezas e os luxos de que desfrutam aqui... que sua única tarefa nesta cidade é passar fome e morrer?

— Por favor — suplica ela. — Eu te amo, só os Deuses sabem o quanto, mas me dê um tempo. Um ano. Posso estender o noivado até que a situação esteja menos crítica...

— Um ano? — Laurent sacode a cabeça à medida que a música desacelera e cessa de vez. — Aurelian não vai esperar um ano para se casar com você. E eu não vou passar um ano me escondendo em uma caverna marítima.

— Laurent, por favor...

Mas a dança chega ao fim. A dor perpassa o rosto de Laurent e é seguida pela raiva. Sem dizer mais nada, ele se vira e sai andando em direção a multidão.

Só vai levar um ano, pensa ela. *Só um ano para honrar minhas promessas antes de poder voltar para você. Laurent, por favor. Me escute.*

Mas ela não pode correr atrás dele, não pode gritar, chamá-lo e implorar que volte, que lhe dê ouvidos. Porque, afinal de contas, ele é só o embaixador de Hanse.

DEZENOVE

Quando Lin saiu do Etse Kebeth na manhã seguinte, usando um vestido azul de algodão limpo que pegara emprestado da coleção de Mariam, achou o dia estranhamente ameno. Esperara chuva e tempestade — talvez até torcera por isso — para combinar com seu humor. Mas em vez disso, o sol brilhava forte e intenso, secando as poças nas quais ela pisara na noite anterior. O jardim das plantas medicinais reluzia em verde e branco na claridade ofuscante. Algumas pinceladas brancas de nuvens pintavam o céu: o temporal devia ter sido soprado de volta ao mar. Provavelmente já estava na metade do caminho até Kutani àquela altura.

Lin desejou que pudesse dizer o mesmo sobre si mesma. Sentiu como se uma pedra tivesse se alojado em sua barriga. Passara boa parte da noite desperta, lembrando-se da chuva, do que acontecera no ornamento. De como ela se perdera, como abrira mão de todo o controle que levara tantos anos para construir com cautela e delicadeza. Desejara Conor por tempo demais para conseguir se deter, e agora ele sabia — conhecia a fraqueza dela — e desdenharia dela por isso.

Sentia o gosto amargo da decepção na língua tão forte quanto o retrogosto do chá herbal que Chana preparava. Não se decepcionara com Conor; não teria esperado nada de diferente vindo dele. A decepção que sentia era mais consigo mesma.

Então ouviu alguém a chamando.

— Lin Caster. Um momento.

Lin estava na frente do portão da Casa das Mulheres. Virou-se e viu Aron no meio da rua, de braços cruzados e vestido como da primeira vez que Lin o vira, com as roupas de um comerciante rhadanita. O cabelo e os olhos da cor do deserto iluminados pela luz do sol.

Ela o encarou, desconfiada. Se havia uma coisa para a qual não tinha a menor energia naquela manhã era uma discussão com Aron Benjudá, ou outra exigência da parte dele de que ela tentasse decifrá-lo.

— Não tenho um momento — respondeu. — Preciso começar as visitas aos meus pacientes na cidade...

— Sei disso — respondeu ele. Atrás de Aron, Lin avistou um grupo de garotos da mesma idade que Josit tinha quando eles perderam os pais brincando nos jardins do Dāsu Kebeth. Chutavam nuvens de poeira ao correr uns atrás dos outros, despreocupados e felizes sob o sol. — Fizemos um acordo, acredito eu. Eu traduzo seus textos e, em troca, você me leva a suas visitas e me permite observá-la tratando os pacientes.

Ela quase se esquecera.

— Hoje?

Ele deu um sorriso frio.

— Pode não sobrar mais tantos dias até o teste.

Que homem mais irritante, pensou Lin, enquanto se apressava até sua casa para pegar a bolsa. Mas talvez o fato de ele ser irritante fosse algo bom. Talvez isso a fizesse se esquecer do príncipe por algumas horas.

Reencontrou Aron do lado de fora do Sault. O Exilado acompanhou seus passos enquanto ela subia a Ruta Magna em direção ao primeiro compromisso, perto da Rua do Castelo.

— Então — falou ela. — O que devo dizer aos meus pacientes quando perguntarem por que você veio comigo?

— Diga que estou aprendendo a ser médico e que se encarregou de me instruir. Ou senão que estou escrevendo um livro sobre medicina e estudando o caso deles.

— Maravilha — zombou Lin. — Meus pacientes vão adorar ter um homenzarrão os encarando enquanto recebem cuidados médicos.

— Se quiser, pode dizer que sou seu marido e que insisti em segui-la.

— Eles me conhecem bem demais para imaginar que eu toleraria uma coisa dessas — rebateu Lin com gentileza, e Aron fez um barulho que *quase* pareceu uma risada relutante. Lin viu alguém relancear os olhos na direção dele enquanto passavam. A pessoa devia estar se perguntando quem, ou o quê, ele era, exatamente, com as tiras de couro nos braços e as tatuagens rhadanitas. Ou talvez só o tivesse achado bonito. Porque bonito ele era — o que fazia parte de suas muitas características irritantes.

No fim, ele também não era tão ignorante à medicina como ela imaginara. Primeiro foram ver uma mãe no puerpério na Rua da Cotovia para ter certeza de que tanto ela quanto o recém-nascido estavam bem de saúde. Aron os observou em silêncio, e não pareceu desconcertado pela longa discussão de como facilitar para que a criança fizesse a pega. Depois disso, foram até um marinheiro perto da Estrada Yulan que estava se recuperando de uma mordida de crocodilo. Enquanto Lin dava uma olhada em seu ferimento, Aron passou os instrumentos para ela em silêncio e ouviu o marinheiro contando-lhe alegremente sobre a embriaguez em que se encontrava quando caiu do porto, e que fora puxado nu e ensanguentado por um barco cheio de peregrinos a caminho de Tyndaris.

Uma costureira nas Ruas de Prata que temia agulhas foi confortada por Aron enquanto Lin suturava um corte na mão dela. Na Rua da Torre, ele distraiu um bebê agitado enquanto a mãe da criança ajudava Lin a tratar de uma infecção de ouvido do filho mais velho. Por fim, Lin visitou Zofia no Distrito da Fonte, disfarçando um sorriso enquanto Zofia flertava descaradamente com Aron.

— *Minha nossa*, você é grandão e bonito — anunciou, os olhos brilhando com malícia. — Se Lin não tiver planos de se casar com você, eu caso.

Aron corou, e Lin se surpreendeu com essa reviravolta enquanto deixava a tintura de dedaleira na mesinha de cabeceira feita de madeira. Nunca imaginara que o Exilado pudesse corar. Combinava com ele, pensou; fazia-o parecer mais humano e menos uma estátua entalhada de um sábio, concentrada em algum destino nobre no horizonte que ninguém mais enxergava.

— Deixe-me sentir seus músculos — exigiu Zofia, e Aron voltou a ruborizar, mas obedeceu com bom humor, permitindo que Zofia apertasse o braço dele e exclamasse que não tocava bíceps como aqueles desde que se relacionara com Nestor, o Cruel: o pirata mais temível a navegar pelos mares até Laurent Aden surgir.

No fim das contas, Aron já tinha ouvido falar em Nestor, e queria saber se era verdade que ele tinha deixado um mapa do tesouro para trás após seu desaparecimento na costa de Taprobana.

— Pode ser, pode ser — respondeu Zofia, com uma piscadela. — Agora, vire-se. Quero sentir...

— Zofia, *não* — interveio Lin. Plantou um beijo no topo do coque grisalho da idosa e completou: — Comporte-se, tome seus remédios, e vejo a senhora na semana que vem.

— Vai trazer *ele* de novo? — indagou Zofia, apontando um dedo comprido para Aron.

— Se a senhora se comportar — garantiu Lin, escapando com um Aron confuso. Seguiram em silêncio de volta ao Sault. Aron parecia imerso em pensamentos, as mãos cruzadas atrás do corpo conforme passavam pelas fontes secas que davam nome ao distrito, e cruzaram a Via de Elemi, onde videiras floridas pendiam de sacadas de ferro, caindo pelas paredes de gesso branco das casinhas enfileiradas. O ar estava quente e seco, e cheirava a laranjas e jasmim. Era o tipo de dia que fazia as pessoas se apaixonarem pela cidade, embora, se Aron sentisse algo do tipo, escondia bem.

Atravessaram juntos a Ruta Magna, onde as lojas se fechavam para a hora de descanso da tarde. Lin não tinha como culpar os lojistas. Também só queria voltar para casa, se jogar na cama e dormir — apesar de, na noite anterior, ter pensado que nunca mais conseguiria dormir. Percebeu, com uma sensação fraca de surpresa, que pelo menos durante aquelas últimas horas, cuidando dos enfermos com Aron, ela não pensara em Conor.

Mez estava nos portões e piscou para Lin quando ela passou com o Exilado. Lin respondeu com uma careta, embora não se importasse de verdade. Ao menos Mez não tinha mudado a forma de tratá-la depois do Tevath.

Já tinham chegado ao Kathot quando Lin, ponderando se Aron pretendia acompanhá-la até a porta de casa, parou e se virou para ele.

— Espero — disse Lin, enquanto ele também parava, fitando-a com curiosidade — que tenha aprendido tudo o que queria saber.

Aron levou um momento para responder. Analisou-a com um olhar seco feito as areias do deserto cuja cor havia absorvido. As árvores do Kathot tinham florescido de modo ilógico: aglomerados rendados iluminavam os jacarandás-amarelos, e frutas verdes e pesadas pendiam das figueiras. (Na infância, Lin e Mariam roubavam figos com frequência, e muitas vezes eram perseguidas pelo Kathot por um dos anciãos sacudindo um cajado.) Era um lugar tão belo, pensou ela, que a maioria das pessoas de Castellane jamais veria, assim como jamais veriam o interior de Marivent. Contudo, por motivos bem diferentes.

— Você é uma médica excelente — comentou Aron, pegando-a de surpresa, tanto por suas palavras quanto pelo fato de ele ter levado tanto tempo para dizê-las. — Muito habilidosa com seus pacientes. Admito que pensei que… bem, não importa o que pensei. — A expressão dele era tão severa quanto se estivesse lhe dando más notícias em vez de boas. — Eu odiaria ver suas habilidades sendo desperdiçadas.

— Desperdiçadas? Como assim?

Aron olhou de relance ao redor para se certificar de que estavam sozinhos. As portas do Shulamat estavam fechadas para a tarde, e a praça estava quieta. O calor parecia fazer pressão na cidade como o peso de uma mão.

— Minha tarefa sempre foi observá-la e avaliá-la antes de o teste ser aplicado, e agora acho que a conheço um pouco, Lin Caster. Entendo por que alegou ser a Deusa. É uma curandeira hábil, e quer salvar sua amiga Mariam, muito provavelmente com o tipo de conhecimento que só poderia acessar no Shulamat.

Lin o encarou, enojada. Quantas pessoas desesperadas ele já devia ter conhecido? Quantos motivos distintos para declararem o mesmo que ela?

— É uma pena que você seja quem é — emendou o Exilado em voz baixa.

Ela forçou a voz a permanecer estável.

— O que quer dizer com isso?

— Seu avô é Mayesh Bensimon. Se você falhar no teste… e eu não acho que você tenha muita confiança de que vá passar… sua alegação falsa será vista pelo Sinédrio como uma tramoia política, e não só um erro simples.

— Mas isso não tem cabimento. Meu avô nem sabia que eu…

— Está entendendo o que estou te dizendo, Lin? Você será exilada.

Aquilo a atingiu feito um golpe. *Exílio.*

— Mas… eu não tenho nada a ver com o trabalho do meu avô…

— Você vai à Colina com bastante frequência — atestou ele, a voz tensa. — Comparece às festas da nobreza. Acho que consegue entender o que o Sinédrio vai enxergar nisso.

— E você? — O vento ganhara força. Lin tirou o cabelo da frente do rosto. — Como você enxerga essa situação?

— Para mim, parece uma escolha simples, Lin — disse ele. — Volte atrás em sua alegação, aceite o castigo mínimo e vai ficar tudo bem. Já conheci pessoas que foram exiladas. A dor é difícil de conceber. Tudo e todos que você já conheceu são arrancados de você em um instante. E você deixa de ser parte dos Ashkar. A Deusa vira o rosto para você. É uma morte em vida.

— Entendo — respondeu ela, entorpecida. Era como se a luz do sol refletida no telhado de ouro do Shulamat estivesse perfurando seus olhos feito agulhas. — Qual é o *castigo mínimo*?

— Você será proibida de deixar o Sault e de praticar medicina por seis meses — explicou Aron, e ficou evidente para Lin, pela forma como ele falou, que aquilo já havia sido discutido com o Maharam, que haviam concebido juntos a punição dela. Seria uma revogação da independência dela, do orgulho que tinha da própria habilidade. E mais que isso...

— Seis meses é tempo demais — rebateu. — Preciso cuidar de Mariam. Ela poderia morrer nesse meio-tempo.

— O nome de Mariam está escrito no Livro da Vida. Tanto a data de nascimento quanto a data de morte. Você é a melhor médica que já vi, mas certamente não pode salvar todas as vidas.

Lin arquejou ao ouvir aquilo.

— Como pode dizer uma coisa dessas? Como pode sequer *pensar* uma coisa dessas?

— Não vai me dar ouvidos, então. — Ele balançou a cabeça. Não parecia bravo, mas mais como se tivesse falhado com ela, o que por alguma razão conseguia ser ainda pior. — De todo modo, a decisão deve partir de você. Já sei tudo o que precisava saber. O teste acontecerá em breve, Lin. Não permita que seja tarde demais.

A cabeça de Kel latejava. A luz forte do sol e o barulho alto das carruagens não ajudavam; estava definitivamente de ressaca. Teve vontade de vomitar na água do canal verde do Distrito do Templo, mas de alguma forma não queria dar essa satisfação a seja lá qual fosse a força maligna determinada a arruinar sua vida — o destino, ou talvez os Deuses?

Quando o baile enfim terminara e os últimos convidados haviam cambaleado porta afora para debaixo de um céu nublado e denso de neblina, Kel já estava perigosamente bêbado de vinho de urtiga misturado com licor de mel de genciana. Era como beber açúcar envenenado, doce e fatal. A ironia não lhe passara despercebida.

Não disse nem mais uma palavra a Antonetta naquela noite, nem como Conor, nem como ele próprio. Por sua vez, ela também não o abordou. Parecia estar bastante entretida, sorrindo enquanto conversava com Sancia Vasey, Montfaucon e Falconet, Beatris Cabrol, e até mesmo com Lady Gremont. Kel não queria ficar olhando para ela, mas já não sabia como *desviar os olhos* depois de tê-la visto. Antonetta estivera tão radiante naquele vestido reluzente, uma estrela se movendo em um céu escuro.

Naquele mesmo dia, de manhã, Conor se sentara ao pé da cama de Kel, fechando os botões dos punhos compridos do casaco. Estava se preparando para se juntar a Anjelica nas Docas Reais para a inauguração do novo navio de guerra de Castellane.

— Vão dar o nome de Anjelica ao navio — contara. — Nunca nomearam um navio de "Conor".

— Bem, ela é mais bonita.

— Há controvérsias — respondera Conor. Terminara de abotoar o casaco e encarava a janela com uma expressão vaga. — O povo está feliz, os nobres estão felizes… até mesmo minha mãe está feliz, quando não está se lamuriando por causa de cortinas. Mas por que eu não estou?

— Conor…

— É o melhor cenário pelo qual eu poderia ter esperado — emendara Conor, em parte para si mesmo. — Não que um dia eu tivesse tido a ilusão de que me casaria por amor. E quanto a Anjelica. Ela é linda… disso eu já sabia, mas também é esperta. Sabe se virar. Enxerga a verdade das coisas. E é honesta em relação ao que entende.

Kel pensara no encontro secreto de Anjelica com Aden na noite anterior. Honestidade talvez fosse algo relativo. Principalmente no que dizia respeito a ele.

— E ela parece ter paciência comigo — acrescentara Conor —, o que, acho que você deve concordar, é algo bastante raro.

— Já foi mais raro — comentara Kel. E, quando Conor olhou para ele de soslaio, acrescentou: — Você está se forçando demais a sentir o que acha que precisa sentir. Você *gosta* de Anjelica. Vocês dois parecem estar caminhando para uma amizade. Existem alicerces piores para um casamento.

Kel não conseguia se lembrar do que Conor havia respondido — e agora estava distraído por alguém chamando seu nome. Era Merren, esperando com Ji-An do lado de fora do Caravela.

Os dois estavam sentados na mureta de uma ponte de pedra sobre o canal. Merren levantou a mão e acenou; Ji-An, como sempre, parecia ocupada pensando em todas as pessoas e coisas de que desgostava.

— Você está com uma cara péssima — acusou ela, como cumprimento. Usava o casaco de seda cor de violeta de sempre, o cabelo comprido preso na nuca com clipes de um tom coral.

— Ressaca — respondeu Kel.

Ela franziu o nariz.

— Seu rosto está verde. Não combina com… seja lá qual for essa cor aí. — Apontou para as roupas dele: uma sobrecasaca e calças cor de vinho.

— Aqui, tome isto — falou Merren, descendo da mureta. Mexeu no casaco e tirou um cantil de estanho.

Quando Kel abriu a tampa, o odor pungente de seiva de árvore o fez torcer o rosto.

— Tem certeza de que não é veneno?

— Se eu fosse envenenar você, avisaria antes — respondeu Merren, com um ar de dignidade ofendida.

— Hunf — murmurou Kel, e virou o cantil na boca, engolindo a contragosto. Uma pequena explosão, como fogos de artifício, desceu queimando da garganta até o estômago. Lágrimas invadiram seus olhos. Teve apenas uma vaga noção de que Merren dizia algo sobre a mensagem que ele havia enviado à Mansão Preta na noite anterior, e perguntava como é que Kel tinha conseguido fazer Ciprian Cabrol concordar em encontrá-lo no Caravela.

— Acho que talvez o Kel esteja morrendo — ponderou Ji-An, olhando com interesse para o rapaz, que não parava de tossir. — Tem *certeza mesmo* de que não o envenenou, Merren?

— Parece até que vocês não confiam em mim — reclamou Merren. Para a surpresa de Kel, a sensação de queimação começou a sumir, assim como a dor de cabeça. *Quem diria.* Ele devolveu o frasco a Merren, dando uma piscadinha. Uma lucidez não tão desagradável começou a se espalhar por suas veias. O mundo ao redor dele parecia ter voltado ao foco: ele sentia que podia contar cada pedra na ponte em minutos, caso estivesse disposto à empreitada. Aquilo deixava as curas para ressaca de Dom Valon no chinelo.

— O que *tinha* nesse cantil? — indagou. — Eu convenceria Conor tranquilamente a comprar baldes disso aí, se estivesse interessado em comercializar.

Merren enfiou o cantil de volta no casaco.

— Às vezes uso quando preciso me concentrar nos estudos. E sabe muito bem que não tenho o menor interesse em vender o que quer que seja para o Palácio — acrescentou. — Vai contra os meus princípios.

— Tem razão — respondeu Kel. — É tão raro eu trombar com pessoas que têm princípios que às vezes até me esqueço de como é.

— Aliás, falando em falta de princípios… — estimulou Ji-An.

— Ah, sim. Ciprian. — Kel olhou para o Caravela atrás deles. Não queria pensar na última vez em que tinha estado ali; não conseguia suportar pensar em Antonetta. — Ele acha que vai encontrar Conor. Merren, você por acaso tem um pouco daquele sérum da verdade que usou com Raimon?

Merren ficou desconfiado.

— Acha que ele vai aceitar de bom grado uma bebida oferecida por você quando ficar óbvio que não é Conor?

— Não sei nem se ele aceitaria de bom grado uma bebida do próprio Conor. — Kel esfregou os olhos. — Tá. Vamos pensar. Essa é a nossa única chance de extrair a informação que precisamos dele. Qual é o plano?

O que veio em seguida foi uma enxurrada de sugestões, tanto de Merren quanto de Ji-An. Ainda não tinham chegado a um consenso quanto aos detalhes quando Kel deixou suas companhias na ponte e foi em direção ao Caravela, tentando não se importar com a sensação de boca imunda, como se tivesse lambido o chão de uma floresta de pinheiros.

Quando tocou o sino de cobre, Hadja atendeu, os brincos dourados balançando. Ela convidou-o a entrar, dizendo apenas que Domna Alys Asper esperava por ele. Kel a seguiu para o salão principal, que ele jamais vira tão vazio; se bem que fazia sentido o estabelecimento conduzir a maior parte de seu serviço à noite. Um grupo de cortesãos sem ninguém para entreter estava reunido em sofás no salão principal. Entre eles estava Silla, o cabelo ruivo caído por sobre as cartas que jogava.

Kel desviou o olhar bem quando Alys apareceu. Ela não tinha mudado nada: era baixa e estava bem-arrumada como sempre, o cabelo escuro solto caindo por sobre os ombros. A semelhança com Merren era surpreendente, pensou Kel, embora em um primeiro momento não fosse tão óbvia. Tinham o mesmo aspecto delicado, as mesmas mãos esguias, os mesmos gestos econômicos. Kel não conhecia Merren tão bem assim para ter reparado nisso tudo antes.

— Ele já chegou? — indagou a ela.

Alys assentiu, e começou a levá-lo escada acima. À medida que subiam, Kel viu Silla olhar de relance para ele com um sorrisinho pesaroso.

Kel falou:

— Agradeço, Domna Asper, por nos ajudar novamente.

Ela respondeu, plácida:

— Não sabia que já o havia ajudado alguma vez.

— Você retirou o amuleto protetor de Gremont. Acredite em mim, foi um favor a todos nós.

Um semblante de satisfação genuína tomou conta do rosto dela. Não havia arrependimento nele, apenas o prazer em ver o equilíbrio restaurado.

— Quem sabe que ele está morto?

— Só algumas pessoas — respondeu Kel. — Por ora, todos na Colina acham que ele fugiu para algum lugar. Aliás, o que você fez com o amuleto verdadeiro?

— Está em boas mãos — respondeu ela quando chegaram ao piso superior. Ele acompanhou os passos dela enquanto atravessavam o corredor familiar. Meses antes, ele conhecera Merren ali… na mesma noite em que fora raptado por Andreyen, que lhe oferecera um trabalho na Mansão Preta. A segunda noite de sua vida em que tudo mudara em um piscar de olhos.

A tensão que sentia nas costas deu lugar a uma dor que parecia um fio comprimindo sua espinha com muita força.

— É um objeto perigoso — falou. — Algo com tanto poder de magia deve ser mantido em segurança.

Alys abriu um sorriso compreensivo.

— E assim foi feito. Entenda que não posso lhe contar onde o amuleto está. Mas todos nós guardamos alguns segredos, não guardamos, Kel Anjuman?

Alys parou na porta da biblioteca. Estava entreaberta. Kel sentia o cheiro da fumaça de *patoun* que vinha de lá.

— Alguns mais que outros — respondeu Kel, e entrou. O cheiro doce da fumaça estava mais forte do lado de dentro, a luz mais fraca. O cômodo era bem como ele se lembrava: estantes de livros, mesas espalhadas, a passagem arqueada que levava à sala de leitura. Em frente à janela, onde Merren estivera sentado quando Kel o conhecera, estava Ciprian Cabrol.

Ele virou o corpo no mesmo instante em que Kel bloqueou a passagem da porta atrás de si. Os ombros ficaram tensos, a expressão em seu rosto indo de ansiedade à surpresa.

— Anjuman? O que *você* está fazendo aqui?

E, de repente, todo o nervosismo de Kel se esvaiu. Passara anos demais sendo treinado para captar a energia de qualquer lugar onde entrasse, examinar os comportamentos das pessoas que cercavam Conor, até mesmo se não passasse de um joalheiro aproximando-se para avaliar o material de um relógio de pulso. Agora ele encarava Ciprian Cabrol, geralmente tão elegante, e via que o cabelo ruivo estava desarrumado no ponto onde ele devia ter passado a mão mais de uma vez. Debaixo dos olhos, a pele estava rija e brilhosa, um sinal evidente de que não tinha dormido.

Ele está com medo, Kel sabia. *Não. Está aterrorizado.*

Kel trancou a porta, depois se recostou nela, o olhar fixo em Ciprian.

— Conor me enviou — respondeu tranquilamente. — Não conseguiu sair do Palácio. Sabe como é. Agenda cheia da realeza. — Ele abriu um sorrisinho sacana, mostrando todos os dentes. — Coisas demais para fazer. Aloprar, beber, desprezar a plebe, contar cada um dos itens da prataria para se assegurar de que ninguém da baixa nobreza tenha afanado as colheres na noite anterior...

Ciprian o encarou, atônito.

— Ainda não entendi se está falando sério.

— Estou só querendo descontrair — respondeu Kel. — Conor me disse que você precisava desabafar sobre o fardo que vem carregando na alma com alguém. Fique tranquilo, repassarei seu desabafo a Conor com prazer.

Ciprian corou, furioso.

— O que tenho a dizer só pode ser ouvido pelo príncipe. Não pelo lacaio dele. — Ele avançou até a porta, nitidamente irritado por ter que passar por Kel para sair.

— Pare — determinou Kel, com uma ameaça baixa que deteve Ciprian. — Você está em dívida com a Casa Aurelian por ter ganhado a Concessão, não? Mas está em dívida maior ainda com Malgasi.

Para o crédito de Ciprian, ele não rebateu ou negou. Limitou-se a semicerrar os olhos para Kel e disse:

— Conor parece contar tudo mesmo a você, hein?

— O que deveria estar se perguntando — começou Kel — é o que *eu* vou contar a Conor sobre nosso encontrinho de hoje. Ao que me parece, você tinha algo que queria compartilhar com ele, talvez algo que aliviasse sua culpa por ter participado do massacre da Galeria Brilhante. Então me conte, o que foi?

— Eu não tive nada a ver com aquilo — retrucou Ciprian, bravo. — Minha intenção sempre foi apenas me livrar dos Roverge... e foi isso que a Princesa Belmany me ofereceu.

— Ah, entendi — respondeu Kel. — Então ela forneceu a quantia necessária para que comprasse pólvora preta o suficiente para mandar a frota dos Roverge pelos ares.

O rosto de Ciprian assumira um tom de náusea.

— O que — perguntou, a voz tensa —, exatamente, você sabe?

Kel estendeu um pé e o enganchou numa cadeira, depois a puxou para si. Sentou-se, cruzando uma perna sobre a outra. Reclinou as costas no estofado com um suspiro e viu o olho de Ciprian tremer.

Sorriu consigo mesmo. Tinha aprendido com o Rei dos Ladrões o quão favorável era transparecer serenidade quando os outros estavam desconfortáveis.

— Estou achando que eu sei mais do que você imagina — falou. — Mas e se tentássemos descobrir se minhas suspeitas estão corretas?

Ciprian assentiu com impaciência.

— Sei que a corte malgasiana sonha com a derrocada da Casa Aurelian, e em usar as Famílias da Concessão como instrumento para tal — contou Kel. — Sei que um número considerável de famílias é leal a eles, e que a sua é uma delas. — Ele ia juntando as peças enquanto falava, formando um cenário que ainda não tinha conseguido enxergar por inteiro.

As pupilas de Ciprian pareciam ter ficado ainda maiores.

— Seu demônio — vociferou. — Como descobriu isso tudo?

— Espionando as pessoas, Ciprian. Mas recomendo que se concentre mais nas informações que tenho e menos em *como* as obtive. — Kel pensou ter ouvido, vindo da segunda porta da biblioteca, o ranger de uma porta. Falou em voz alta, para disfarçar o som: — Sei que está prestes a me contar que, em um primeiro momento, Malgasi abordou apenas os nobres, isto é, Alleyne e Gremont, com um plano para *assustar* a princesa sarthiana. E talvez isso até seja verdade. Porém, quando o plano se tornou um massacre sangrento, a família Belmany usou a culpa dos conspiradores para chantageá-los. Parafraseando seu próprio discurso a uma pessoa de minha confiança, quando Malgasi finca as garras em você, nunca mais solta. Não param nunca mais de fazer exigências. Então me diga, qual é o restante do plano?

Ciprian estava um pouco ofegante.

— Não tem como Conor saber disso tudo. É impossível. Estaríamos todos na Trapaça se ele soubesse.

Era a partir daí que Kel teria de seguir com cautela.

— Conor me encarregou de desvendar o que está acontecendo — afirmou. — E, é óbvio, ele tem os próprios planos para os malgasianos. — Kel se inclinou para a frente, mantendo a expressão neutra. Amigável. — Ciprian. Não tenho nada contra você. Sei que sua intenção era apenas se livrar dos Roverge, e você tinha motivos justificáveis para isso.

Ciprian concordou com a cabeça.

— Você nem sabia do plano da Galeria Brilhante até tudo ter terminado.

— Pois é… pois é, eu não sabia mesmo — emendou Ciprian, com uma urgência que quase chegava a ser patética.

— Caiu na armadilha de Malgasi — disse Kel. — E eu estaria disposto a dar uma apaziguada para o seu lado com Conor se me entregasse os nomes dos demais conspiradores. Posso fazê-lo entender que você merece o perdão do Palácio.

— Mas eu *não sei* os nomes dos outros conspiradores — protestou Ciprian. — Só os que você já mencionou: Alleyne e Gremont. O primeiro acordo dos malgasianos era com o pai, o velho Gremont, que morreu na Galeria Brilhante. Mas ele deu para trás. Então resolveram matar o velho e trouxeram o filho dele para o esquema.

— Artal.

Ciprian assentiu.

— Artal Gremont foi colocado na liderança de tudo. Nós nos comunicamos com a princesa por intermédio dele. Sei que existem outras duas famílias envolvidas, mas não quais.

Kel permaneceu em silêncio por um momento. Sabia que havia uma possibilidade de Ciprian não estar querendo falar, ou que simplesmente não soubesse, mesmo, mas odiava isso. Mais atrasos. Mais mentiras para Conor.

— Estou falando sério — reforçou Ciprian. Ele baixara as mangas sobre as mãos feito um menino, e não parava de futucá-las com os dedos. — Não sei mesmo.

— Certo. — Kel ficou de pé. — Use os contatos que já tem. Recorra à própria Elsabet Belmany, se for preciso. Encante-a. Descubra quem são os demais conspiradores, e retorne a mim com os nomes.

Cabrol titubeou.

— É a única maneira de se manter longe da Trapaça, Ciprian. Será prova de sua lealdade a Castellane e aos Aurelian.

Algo relampejou e se apagou nos olhos de Ciprian. Ele balançou a cabeça.

— É uma oferta generosa — falou. — Acredite em mim, tenho medo da Trapaça. Não sou idiota. Mas os malgasianos… — Ele parou de falar. — A Trapaça, a forca, tudo me assusta de um jeito esperado. O que Malgasi pode fazer comigo é inimaginável.

Kel pensou nas chamas saindo da mão de Elsabet, no fogo queimando por cima do oceano. Então Ciprian sabia algo sobre a magia que a Princesa Belmany detinha. Artal parecia saber também, embora Lady Alleyne tivesse ficado chocada. Ainda assim precisaria ter cuidado. Era uma informação perigosa de se trocar.

— Sei que são poderosos, os malgasianos — disse. — De uma forma que ninguém mais é…

Ciprian, no entanto, ainda balançando a cabeça, andou em direção à porta. Estava evidente para Kel que perdera a atenção do outro, então se levantou e saiu da frente do homem. Ciprian hesitou por um momento na passagem antes de destrancar e escancarar a porta.

Ao fazer isso, encontrou Ji-An e Merren do outro lado. Merren parecia apenas ligeiramente interessado no que estava acontecendo; Ji-An, com uma adaga na mão, sorria.

— A conversa ainda não terminou — disse ela.

Ciprian semicerrou os olhos.

— Conheço vocês. Trabalham para o Rei dos Ladrões. — Ele se virou para olhar para Kel. — E você…

— Entrem — rebateu Kel. Merren e Ji-An entraram depressa na biblioteca, Ji-An fez com que Ciprian recuasse com a ponta de sua adaga. Kel não achava aquilo lá muito necessário (afinal, Ciprian estava confuso demais para conseguir sair correndo), mas Kel precisava admitir que a cena trazia uma nuance teatral extra à abordagem.

Merren deu um chute para trás para fechar a porta.

— Todos nós trabalhamos para Andreyen, sim.

— Foi assim que descobriu sobre a pólvora preta. — Ciprian se virou para Kel. — Mas você é primo do príncipe. Você… bem, está certo, não sei exatamente o que faz, mas obviamente é leal aos Aurelian. O que está fazendo metido com a escória de Castellane?

Ji-An assobiou por entre os dentes.

— Cuidado, rapaz.

— Existe um rei na Colina e um rei na cidade — disse Kel. — E isso não é apenas um ditado; é a verdade. Não ache que monarcas não reconhecem um ao outro. Se você se alia a Malgasi, escolhe virar inimigo de ambos os reis.

— Mas se você zela pelo rei da Colina, o rei da cidade vai zelar por você — emendou Merren.

— O que isso quer dizer?

— Andreyen pode protegê-lo — falou Ji-An. — Se conseguir os nomes para Kel, o Rei dos Ladrões vai levar você e sua família para a Mansão Preta. Você sabe como é seguro lá dentro. Além do mais, os malgasianos têm medo dele. Também não são idiotas. Sabem que, caso se oponham ao rei da cidade, as ruas de Castellane jamais serão seguras para eles, independentemente de controlarem a Colina ou não.

Estabeleceu-se um longo silêncio que pareceu se estender como o mar em direção ao horizonte. Kel não conseguia interpretar a expressão no rosto de Ciprian; só decifrar que ele estava nervoso, as mãos inquietas agora paralisadas. Por fim, Ciprian respondeu:

— Está bem. Está bem. Aceito. Vou conseguir os nomes. — E se virou para olhar para Kel. — Mas tem uma coisa que precisa entender sobre os malgasianos. Eles não são como Sarthe. Não são movidos pela ganância, nem pelo desejo da expansão de seus territórios. O combustível deles é o ódio. Ódio pelos Aurelian. O motivo, eu desconheço, mas é um sentimento tão puro quanto fogo branco. Só vão descansar quando a linhagem dos Aurelian tiver sido reduzida a cinzas.

LIN

— Qual é seu nome? — pergunta Lin, com delicadeza. Está sentada ao lado da cama de Domna Delores. É fim de tarde, e as sombras começam a se reunir feito fantasmas vorazes nos cantos no quarto. — O seu nome Ashkar. Se quiser me contar.

A pequena mulher na cama tenta sorrir. Nos poucos dias desde a última vez em que Lin a viu, ela passou de uma senhora bastante doente a alguém a poucos passos da morte. Recusa-se a comer, como fazem os que estão prestes a partir, e, segundo contou a vizinha que chamara Lin, aceita apenas alguns goles de água. A mão dela na de Lin parece mais um amontoado de galhinhos secos.

— Talia — sussurra. — Meu nome era Talia.

Lin assente.

— Talia — repete. — Quer que eu reze por você?

Porque o Maharam não pode rezar por você enquanto morre, porque você não tem família para fazer isso por você, nem mesmo um amigo Ashkar. Tal é a crueldade do exílio.

Não é estritamente proibido que os Ashkar rezem por pessoas não Ashkar, mas Lin raramento o faz. Outras religiões têm suas próprias preces, e quase sempre há um sacerdote ou familiar ao lado do leito de morte para pronunciá-las. Mas ali, a situação é diferente. Talia está muito sozinha.

Talia se mexe, inquieta na cama.

— Receio que não possa rezar por mim. Receio que não haja lugar para mim no mundo que está por vir. Pois não sou de fato Ashkar.

Uma onda de indignação toma Lin de assalto. Os Ashkar são ensinados desde o berço a participar da cura das feridas do mundo, que é repleto de injustiça, crueldade e preconceito. Privar alguém de sua fé e de seu povo, da essência de uma pessoa, só por causa de quem ela ama, para Lin é uma grande injustiça. Como pode, um povo que foi forçado ao exílio, exilar os seus próprios?

Mas e quanto a outros crimes? E quanto às pessoas como você e como Asher, o filho do Maharam? Os que usam magia proibida?, sussurra uma vozinha em sua mente, mas Lin a silencia de pronto. Está com uma paciente agora, e suas próprias preocupações não devem intervir.

— Shh — silencia Lin. — Você amou alguém. Criou um lar para essa pessoa; e desde então, vem vivendo uma vida de paz e solidão. Não causou mal algum no mundo. Não tenho dúvidas de que, quando passar para o mundo que está por vir, a Deusa a receberá de braços abertos.

O que é verdade. Ela não tem dúvidas quanto a isso, e pode dizer isso agora de um modo que não poderia há meros seis meses atrás.

Desta vez, Talia consegue sorrir. Contempla, com olhos fundos, Lin pegar uma echarpe de dentro da bolsa. A peça pertenceu a sua mãe e fora bordada com as palavras da Grande Oração.

Ela coloca o tecido na mão de Talia, enrolando-o nos dedos da mulher. A oração fora bordada em linha dourada: A DEUSA É ÚNICA; ELA RENASCERÁ.

São as palavras que devem seguir os Ashkar aonde forem, que devem ser gravadas sobre os portões de cada Sault, que devem ser guardadas e carregadas com eles deste mundo ao próximo.

Os olhos de Talia estão fechados. Sob o peso de sua mão que segura a dela, os cantos da echarpe esvoaçam de leve com os suspiros sôfregos que ela dá. Agora já não deve demorar. Deixando de lado quaisquer apreensões, Lin começa a recitar a Oração do Leito de Morte no tom mais baixo que consegue.

— Ide, pois a Deusa te envias. Ide e ela estará contigo...

VINTE

Após ter voltado das visitas com Aron, Lin se preparou para partir em direção à Mansão Preta para buscar o medicamento do rei com Merren. Quando saiu pela porta, viu que um pedaço de pergaminho tinha sido deixado em frente à casa dela. Na certeza de que teria a ver com o teste vindouro, abriu para ler as duas palavras escritas em uma caligrafia elegante:

Precisamos conversar

E, abaixo, as iniciais:

C.A.

Conor Aurelian.

Seu coração batia como se tivesse corrido, e o gosto metálico dominava sua boca. Ela amassou o pergaminho e o jogou na lareira antes de bater a porta com força ao sair.

Kel e Conor estavam sentados no chão de seus aposentos jogando Triunfo com moedas de cobre. O azar de Kel naquela tarde estava abismal. Ele semicerrou os olhos para as cartas à mão, desejando que melhorassem. Estava com a Bruxa, a Videira e o Navio, mas as cartas mais poderosas — o Feiticeiro, o Cálice e a Torre de Vidro Estilhaçado — só haviam fugido dele até então. Tinha quase certeza de que Conor ganharia.

Em outro momento, aquilo o teria deixado feliz. Conor odiava perder, mas também não era lá muito fã de que o *deixassem* ganhar. No momento, entretanto, ele jogava com pouquíssima atenção, tendo já baixado tanto a Espada de Lotan quanto a Torre, aparentemente sem se dar conta.

Kel vinha notando a distração dele desde o Baile do Solstício na noite anterior, coisa que continuava a intrigá-lo. O que quer que tivesse acontecido quando Conor saiu do Arsenal o impactara profundamente. E embora ele e Anjelica tivessem feito um excelente trabalho aproveitando o restante da noite na companhia um do outro, Kel sabia que era pura encenação — ao menos por parte de Conor.

Como quem não queria nada, tentara perguntar o que tinha acontecido, mas Conor apenas o rejeitara, mudando sempre de assunto; Kel supôs que ele lhe contaria quando estivesse pronto. Ou daria um jeito de se esquecer de tudo; ambas as possibilidades pareciam totalmente plausíveis.

Ele baixou a carta do Cavalheiro Morte, que sempre o fazia pensar no Rei dos Ladrões. Apesar de o personagem sorrir na ilustração, e da última vez que Kel vira Andreyen, ele estava exasperado.

Kel, Merren e Ji-An tinham sido forçados a voltar à Mansão Preta após interrogarem Ciprian Cabrol e admitirem que tinham oferecido a ele a proteção do Rei dos Ladrões. Andreyen não gostara nada disso.

— *Proteção* é uma ideia vaga. Você especificou *o que* eu estava oferecendo a ele? Agora devo compartilhar minha casa com Ciprian Cabrol e a família inteira dele?

— Tem muitos quartos sobrando aqui, se for mesmo necessário — comentou Merren.

Andreyen olhou para Merren com resignação.

— Merren, não espero que entenda por que isso me irritaria. Mas Ji-An... você não costuma ser tão liberal com o uso do meu nome.

— Eu me deixei levar pelo momento — confessou ela. — Estamos passando tempo demais com Kel. Ele só tem ideias imprudentes.

Kel soltou um ruído de protesto.

— Bem, não ofereçam coisas em meu nome sem me consultarem primeiro. — Andreyen se recostou em sua poltrona. — No entanto, foi uma jogada bastante interessante da parte de vocês. Estou curioso para ver no que isso vai dar.

* * *

Conor jogou as cartas no chão. Estava sentado, as costas apoiadas na moldura de um divã, os olhos cercados de sombras. Kel o ouvira se revirando na cama durante a noite.

— Desisto — declarou Conor. — Estou abrindo mão da vitória. Pode ficar com todas as moedas.

Kel não tinha o menor interesse nas moedas.

— Mas você está ganhando, Con. — Ele mostrou as cartas patéticas que tinha na mão. — Está vendo?

Conor repuxou o canto da boca.

— Que cartas *péssimas*.

— Era o que eu estava te dizendo…

A porta dos aposentos se escancarou de repente. Kel conseguiu ouvir a voz alarmada de um Castelguarda no corredor, mas Anjelica passou por ele e entrou no quarto.

Estava deslumbrante em seda amarela, com correntinhas de ouro finas adornando os pulsos e os tornozelos. Havia algo nela diferente de todas as outras vezes que Kel a vira. Já a tinha visto nervosa, até mesmo preocupada, mas nunca sem uma camada minuciosa de controle. Até mesmo quando estava se preparando para ter que lidar com Laurent Aden, mantivera a calma. Mas agora…

Conor deu um aceno agradável para ela, como se pela janela de uma carruagem.

— Aceita uma partida de Seis? — ofereceu ele. — Sou um jogador horrível, o que pode lhe acarretar uma vitória satisfatória e fácil…

— Você disse — rebateu Anjelica, a voz gélida — que não me humilharia.

Conor não se mexeu, nem reagiu. Apenas os músculos ao redor de sua boca se enrijeceram — e alguém que não fosse Kel nem teria percebido.

— Vai ter que explicar melhor o que está dizendo — falou Conor devagar, e Kel sabia que ele estava tentando ganhar tempo para recompor os próprios pensamentos. — Tem a ver com o meu traje? Meu alfaiate me alertou mesmo quanto a misturar cor de vinho com azul esverdeado…

— Você foi visto — disse Anjelica sem titubear. — Na noite do Baile do Solstício.

— Foi um evento público — comentou Conor. — Imagino que tenha sido visto com frequência, certamente.

— Quando deixou o Arsenal — continuou ela —, presumi que tivesse sido chamado para resolver alguma questão de Estado, algo urgente. Mas Kurame me contou hoje que estava fornicando com alguma plebeia. Em público. Onde qualquer um poderia vê-lo.

Anjelica pronunciou cada palavra como se a estivessem ferindo.

— *O quê?* — exclamou Kel. Olhou para Conor, em parte já esperando acompanhar uma defesa contrariada, uma negação irritada. Que não veio. A expressão de Conor oscilava entre resignação e alívio. *Isso vem sendo um fardo para ele*, pensou Kel, sentindo a própria raiva crescer. *É isso que tem tirado a paz dele, dentre todas as coisas. Talvez esteja até feliz por ter sido pego.*

Também ficou se perguntando quem teria sido — mas não era uma pergunta apropriada de se fazer a Conor naquele momento.

— Foi um erro de juízo — respondeu ele —, e não foi planejado. Embora eu entenda que isso não faça diferença para você, *Ayakemi*.

— Não use essa palavra para se dirigir a mim. — O rubor queimava nas bochechas de Anjelica. — Fica fazendo joguinhos com honoríficos que não significam nada para você, mas não me trata com honra.

Os olhos de Conor se acenderam de raiva.

— Você mandou que seu irmão me espionasse?

— Conor — repreendeu Kel. — *Peça desculpas.*

Pela primeira vez, Anjelica olhou para Kel, dessa vez um tanto surpresa. Devia estar se perguntando se ele sabia, refletiu Kel. Se estivera acobertando Conor no baile, mesmo enquanto dançava com ela.

Kel ficou de pé.

— Preciso ir — disse. — Esta questão é particular...

As pulseiras de ouro tilintaram quando Anjelica ergueu a mão no ar.

— Não. Fique. Você faz parte disto.

— Kel *não* faz parte disto — retrucou Conor. Levantou-se, ficando frente a frente com Anjelica. — Eu só disse a ele que precisava escapar do baile... nada mais, e certamente não contei a ele o motivo. Acredito que todos podemos concordar que era melhor que minha ausência passasse despercebida.

Anjelica falou:

— Nosso acordo era que você seria discreto, e presumi que soubesse o significado da palavra *discrição*. O que *não* faz parte dos significados possíveis é deixar seu Portador da Espada assumir seu lugar em um baile para que possa ir encontrar uma cortesã, em um dos ornamentos ridículos da sua mãe, à vista de qualquer um que passasse por ali. Dessa vez foi Kurame, e ele não contará a ninguém. Mas poderia ter sido um membro das Famílias da Concessão. E se tivesse sido, quanto tempo acha que levaria até que todos soubessem? A vergonha não recairia sobre você. Seria toda minha.

Conor passou a mão pelo rosto.

— Você não tem nada de que se envergonhar, Anjelica — falou, com um tipo de ódio de si mesmo que pegou Kel desprevenido. — E meu Portador da Espada tem razão. Já deve ter entendido que ele não é apenas meu guardião, mas também minha consciência. Eu lhe devo mesmo um pedido de desculpas.

Ela semicerrou os olhos.

— Estou esperando — respondeu Anjelica. — E lhe direi se ele me parece ou não satisfatório.

— Sei que, antes mesmo de vir para cá, disseram a você que eu era fraco. Uma pessoa que não se importava com a cidade, que dava mais valor ao prazer do que à responsabilidade. E esses rumores que escutou não eram exageros. Eram verdade. Mas também é verdade, agora, que eu mudei. E a mudança, pelo que vim a descobrir, não é decisão única, mas diversas decisões tomadas dia após dia. O que fiz foi um lapso, e posso garantir isso com a mais absoluta sinceridade. Naquele momento, fiz o que desejei fazer, e não pensei em quem estaria ferindo.

Fez-se um silêncio. Kel olhou de esguelha para Anjelica. Será que ela entenderia, como ele entendia, o quanto era atípico a Conor falar daquela maneira? Revelar seus próprios pensamentos e desejos verdadeiros a outra pessoa?

— Bem — falou ela. — Isso não me soa, exatamente, como um pedido de desculpas.

Conor a fitou nos olhos.

— Sinto muito — falou, por fim. — Sinto mais do que consigo transmitir em palavras.

De fato, pensou Kel. *Há muito que você não está transmitindo em palavras.*

Anjelica assentiu devagar.

— Então eu o perdoarei — falou. — Não tão de imediato, pois há algo que preciso fazer primeiro, mas eu vou perdoá-lo. Desta vez. — Ela se virou para ir embora; à porta, com a mão já no batente, hesitou. — No baile, disse a uma pessoa que você sempre me tratou com honra e respeito — contou, e uma raiva mais profunda que Kel não compreendia por completo marcou as palavras dela. — Não me faça passar por mentirosa.

E bateu a porta ao sair.

Conor olhou para o espaço que Anjelica deixara.

— Agora queria saber — disse o príncipe. — O que ela acha que precisa fazer primeiro?

— *Conor* — vociferou Kel. — Olhe para mim. Quem era? A garota com quem você foi visto?

Os olhos cinza de Conor ficaram mais severos.

— Deixe esse assunto para lá, Kel. Não importa.

— Você não teria feito o que fez se não importasse. Abandonou uma festa política importante e me pediu para assumir o seu lugar. Trata-se de uma pessoa com quem se importa, Con.

E acho que sei quem é.

Conor praguejou baixinho, virou-se e começou a subir as escadas em espiral que levavam à torre. Em circunstâncias normais, Kel o teria deixado ir, mas nada naquela situação era normal. Ele subiu os degraus atrás do príncipe.

— Conor...

Conor lançou um olhar severo por cima do ombro.

— Se estiver certo — respondeu ele —, e não estou dizendo que está, então deveria saber por que eu não posso responder a sua pergunta.

Haviam chegado ao alto da torre. Fazia mais um dia quente e claro. Nem uma nuvem sequer maculava o céu azul porcelana. Os jardins de Marivent se estendiam, verdes e baixos, ao redor deles; a beirada nítida dos penhascos era visível, o oceano formando um manto de ferro azul.

— Sei o que está querendo dizer — falou Conor, e Kel se surpreendeu com a ferocidade que ouviu na voz do príncipe. Uma irritação que não era direcionada a Kel, mas a ele próprio. — *Diga a Anjelica que não pode se casar com ela. Descubra outra forma de Castellane pagar sua dívida com Sarthe e ainda assim se proteger. Não se torture.* Mas você sabe que não existe alternativa.

— Eu não teria usado a palavra "tortura" — respondeu Kel, em voz baixa. — Mas é revelador que você tenha usado.

Conor se virou para encarar Kel.

— Eu os vejo — contou. — À noite, quando fecho os olhos.

— Quem?

— O povo de Castellane — respondeu Conor. Falava com relutância, como se não estivesse querendo admitir o que estava dizendo. O que, Kel sabia, tornava tudo ainda mais propenso a ser verdade. — Mestres da guilda, taverneiros, esposas de mercadores, lojistas, crianças. Vejo todos à ponta de uma espada quando os sarthianos atravessarem a Passagem Estreita. Vejo o Palácio em chamas, as cinzas da Colina dos Poetas, nossa cidade arruinada porque falhei. Porque não consegui forjar esta aliança com Kutani. — Fixou os olhos cinza em Kel. — Você sempre foi um idealista, Kellian. Mas não estamos em um mundo ideal. Se soubesse...

Ele foi interrompido por um barulho alto. O brado de um elefante.

Sedai. Kel correu para a beira da torre, Conor em seu encalço, e olhou para o pátio abaixo. A luz do dia tornava fácil distingui-las — Sedai, com Anjelica empoleirada às costas, marchando ao longo do penhasco. Apesar do tamanho, Sedai andava com delicadeza, transportando Anjelica sem sequer o assento de palha costumeiro. Até mesmo daquela distância, Kel a via sobre a cabeça de Sedai, as pernas balançando nas laterais quando ela se inclinou para acariciar a orelha grande da criatura.

— Bem — falou Conor, em sua voz normal. — Ao menos ela está se divertindo...?

Kel percebeu que era mais do que isso. Não disse nada, limitando-se a observar enquanto — alarmados pelo brado da aliá — diversos criados de Marivent e Castelguardas saíam para o pátio. Um grito baixo escapou de alguns; todos gostavam de Sedai. Kel se perguntou onde estaria Kurame e se ele estava observando Anjelica e Sedai derrubando um ornamento branco erguido à beira do penhasco.

— Ela por acaso está...? — começou Conor, no exato momento em que Sedai empinou o corpo e atacou, batendo as patas grandes e circulares no topo do ornamento. Kel ouviu o estalo da estrutura se desfazendo. A poeira de gesso subiu feito fumaça quando Sedai recuou e chutou, as patas imponentes. Mais madeira e gesso caíram quando o teto do ornamento cedeu, ruindo como um prato bambo sobre uma pilha de gravetos.

— Bem — constatou Kel —, você sempre disse mesmo que os ornamentos estragavam a vista.

Conor deu risada. Uma risada verdadeira — metade incredulidade, metade diversão genuína.

— Então *isto* é o que ela precisava fazer antes de me perdoar?

Sedai já tinha se virado, e ela e Anjelica passavam pelos escombros do ornamento, seguindo pela trilha do penhasco, que as levaria ao caminho de madeira que percorria a espinha das colinas que separavam Castellane e Detmarch. No percurso, Anjelica se virou e acenou na direção do Castelo Mitat.

— Acredito que sim — respondeu Kel. — E agradeça por ela ter esmagado só o ornamento, e não você.

Conor contemplava Detmarch e as montanhas.

— Você sempre foi a única coisa real na minha vida — falou. — Mas quando eu me tornar rei, vou perder você.

— Continuarei aqui — emendou Kel, embora tivesse entendido o que Conor quisera dizer. Ele jamais voltaria a *ser* Conor; nunca mais precisaria assumir seu lugar, lembrar-se a todo momento de como ele falava, andava e pensava. E quando ocupasse o posto de líder do Esquadrão da Flecha, não seria o escudo somente de Conor, mas de toda a Castellane. — Mas talvez você precise de mais do que apenas eu. — *Anjelica? Talvez, se for honesto com ela, e discreto como ela pediu que fosse.* Mas não deu voz a nenhuma dessas palavras.

— *Precisar* — repetiu Conor. — No momento, preciso de outra coisa. Antes que possa voltar a falar com Anjelica. — Ele olhou para as próprias mãos, para os anéis que reluziam, como se nunca os tivesse visto antes. — Preciso ter certeza.

E, ao dizer isso, foi embora em um redemoinho de seda cor de vinho e veludo azul.

O alfaiate de Conor tinha razão sobre as cores, refletiu Kel, apoiado no parapeito. Elas *realmente* não combinavam.

* * *

Lin não conseguia se concentrar. Depois de ter voltado da Mansão Preta com o remédio, determinara-se a fazer o que fosse preciso para se preparar para o teste, mas não conseguia se concentrar. Sentou-se, agitada, à mesa da cozinha, onde geralmente suas melhores pesquisas aconteciam, os livros esparramados ao redor. Os olhos dela já estavam turvos de tanto olhar para os diagramas das Pedras-Fonte e de reler diferentes relatos de como exatamente eles continham poder.

Se ao menos conseguisse *se concentrar*. No entanto, toda vez que sua mente vagava, ela voltava à noite anterior, ao ornamento e no que havia acontecido debaixo dele. Voltava a Conor: à boca do príncipe, às mãos, ao som da chuva, à sensação dele junto ao seu corpo. O coração vacilava e depois disparava. Era acometida, ao mesmo tempo, por um mal-estar e por calor, como se sua pele estivesse queimando.

Tentar afastar aquelas lembranças da mente era como tentar passar a mão por ripas finas que pareciam querer arrancar sua pele. Contudo, ela conseguiu afastar as memórias, convencendo-se a se esquecer de Conor, pois precisava se concentrar em como o poder era armazenado em uma Pedra-Fonte. Ainda assim, a imagem da carta que ele lhe escrevera insistia em vir à tona, assim como o fato de que os dois precisariam conversar sobre o remédio para o pai dele, independentemente do quanto ela estivesse avessa à ideia de conversar com ele sobre qualquer coisa que fosse.

Concentre-se, sussurrou para si mesma. *Lin, você está prestes a enfrentar um teste cujo conteúdo sequer consegue prever. É preciso se preparar.* Era verdade que, desde que vira o Rei Markus pela última vez, percebera um tremelicar de poder em sua pedra, mas era apenas uma instabilidade.

Pensou novamente nos momentos confusos que vivera na torre. O rei gritando para ela em malgasiano. A pedra se acendendo com uma luz brilhante quando o sangue dele a tocou, tão quente que o metal lhe causou dor. Ainda tinha uma cicatriz, um tom claro de rosa, por conta da queimadura.

Lendas antigas alegavam que reis e rainhas tinham magia inerente. Que podiam operar milagres, curar com um toque. Lin, porém, pensava com a mente prática de uma médica. Não acreditava em milagres — ao menos não desde a Ruptura. Também não acreditava que houvesse algo físico no sangue da realeza que pudesse distingui-lo do sangue de homens comuns.

Lin chega a quase ouvir a voz de Aron em sua mente: *Eu enxergo essa questão como uma escolha simples, Lin. Volte atrás em sua alegação, assuma o castigo mínimo, e vai ficar tudo bem.*

Uma batida na porta a despertou de suas lamúrias. Mariam, talvez, ou Chana, que preparava chás grotescos que supostamente ajudariam Lin a estudar.

Uma segunda batida.

— Está bem, está bem, já vou — murmurou Lin, apressando-se em direção à porta. Abriu-a, e todos os pensamentos sobre remédios lhe escaparam. Não era Chana parada à porta com um chá na mão.

Era Conor.

Sentiu o coração apertando. A aparência dele estava péssima. Vestia-se de maneira simples, com um manto de linho preto, encapuzado, sem dúvidas para esconder o rosto. Mas pelo que Lin conseguia ver, percebeu que a pele marrom-clara estava acinzentada e os olhos, marcados por sombras azuladas. Estava sem coroa, e o cabelo, desgrenhado. Os músculos em seu maxilar estavam rijos e a boca, tensa.

— Caso esteja se perguntando como passei pelos portões — falou ele, a voz neutra —, saiba que os guardas são surpreendentemente sentimentais. Disse a eles que era um comerciante das Estradas de Ouro querendo importunar minha amada. E também dei três coroas de gorjeta para cada um. Quando o sentimento falha, o bom e velho suborno sempre triunfa.

Havia um leve zunido nos ouvidos de Lin. Quase que automaticamente, respondeu:

— Os Vigias não deveriam aceitar suborno.

— Então vai precisar ter uma palavrinha com eles quanto a isso. — Ele a olhou com aflição. — Tem mais alguém aqui com você? Ou só não quer que eu entre?

Só não quero que entre. Estava morrendo de medo das implicações que decorreriam de deixá-lo entrar, de ficar a sós com ele. Lin não confiava em seu autocontrole. Depois da noite anterior, sabia que ele se desfazia feito um montinho molhado de areia na presença de Conor.

Entretanto, seria muito mais seguro não ser vista falando com ele. Mesmo disfarçado, a fofoca se espalhava rápido no Sault, e qualquer um poderia vê-los juntos ali, na soleira da porta.

Lin abriu espaço.

— Entre.

Ele passou por ela, exalando o cheiro da cidade: pedra quente, rio e água do mar. Lin fechou a porta, ajeitando o cabelo com os dedos. De repente, uma súbita preocupação com sua aparência a atingiu. O vestido branco estava amarfanhado; uma das mangas estava manchada de tinta. Estava descalça; o cabelo, solto da trança e caindo em cachos amassados às costas.

— Sei que enviei uma mensagem mais cedo. — Ele já descalçava as luvas de couro preto. Parecia um gigante desconfortável dentro da casinha dela, como se pudesse encostar a cabeça nas vigas. — Mas decidi que isto não poderia esperar.

Ela quase fechou os olhos. A lembrança da chuva, do ornamento, das mãos dele em seu quadril era forte demais. Ameaçava puxá-la para baixo e arrastá-la para uma correnteza de sentimentos tão funda que Lin tinha medo da profundidade e da força.

— No ornamento… Aquilo foi um erro — sussurrou ela. — Você soube disso de imediato. Eu também soube. O que mais resta para conversarmos?

Conor apertava as luvas nas mãos. Estava de cabeça baixa; ela não conseguia ver o rosto do príncipe.

— E não passou disso? — indagou ele. — De um erro?

— Está com receio de que eu conte a alguém o que aconteceu? — Ela o encarou. — Mayesh, ou… — Engoliu em seco. — Não vou contar a ninguém. Tenho tantos motivos quanto você para não querer que ninguém saiba.

As mãos retorcidas, e lá se foram as luvas.

— Nunca tive medo de que fosse contar algo a alguém.

— Então, se já não temos mais nada a…

— Ainda temos muito a discutir — rebateu ele. — Lin. Não sou idiota. O que fizemos… Foi sua primeira vez, não foi? Se eu soubesse disso, jamais teria…

— *Pare* — cortou Lin, e ele levantou a cabeça, surpreso pela força na voz dela. — Foi escolha minha. Eu queria. Eu disse que queria.

— Mas — rebateu Conor, estarrecido — você falou que foi um erro.

— Porque é óbvio que foi! — gritou ela, porque como é que ele não conseguia entender? — Contos de tecelões de histórias que narram amores entre príncipes e plebeias não passam disso, Conor. *Contos*. E eu sou Ashkar. Se alguém descobrisse o que fizemos...

— Eu *sei* disso, Lin. É crime nós nos tocarmos. Conheço as Leis; foram feitas pela *minha família*...

— Então o que está fazendo aqui? — exigiu ela. — Veio me pedir desculpas, dizer que tudo não passou de um erro? Podia ter me mandado uma carta, se fosse isso. Algo em papéis timbrados da realeza e tudo. — A voz dela saiu trêmula, e o fundo de seus olhos doía como se algo a pressionasse naquele ponto. — Por que aumentar o risco vindo pessoalmente ao Sault?

— Porque — disse e os olhos cinza dele agora não passavam de fendas de prata — eu precisava ver você. *Precisava.*

— Por quê? — E, para o seu próprio horror, Lin se engasgou com um soluço. O calor que apertava o fundo de seus olhos se transformou em lágrimas quentes que escorreram por seu rosto. Ela não conseguiu segurá-las. Chocada, cobriu a boca com a mão, escondendo o tremor dos lábios.

Tudo em Conor mudou. Ele arregalou os olhos. Largou as luvas que estava retorcendo à medida que a postura rígida que assumira, tensa e defensiva, pareceu se desmantelar. De repente, ele estava ávido para atravessar o cômodo e ir ao encontro dela. Puxou Lin para si, entremeou a mão no cabelo dela e falou, a voz suave:

— Lin, Lin. Querida, não. Por favor.

Ela jamais ouvira a voz dele assumir aquele tom. Nunca imaginara que ele fosse capaz. Conor beijou sua face, os olhos úmidos e salgados dela; envolveu-a com os braços e enfiou o rosto em seu cabelo. Lin sentia o coração dele batendo sob sua bochecha, rápido feito as asas de um beija-flor.

— Não posso me casar com você — murmurou ele.

A voz dela vacilou ao dar a resposta:

— Eu sei.

— Mas posso lhe oferecer… Lin, olhe para mim. *Olhe* para mim.

Não muito disposta, ela inclinou a cabeça para trás. Os olhos cinza de Conor queimavam com uma luz clara. Ele parecia quase lunático, como se estivesse rezando por salvação — ou por condenação, quem sabe.

— Sou um príncipe — disse ele. — Posso lhe conceder ouro. Joias. Uma frota de navios. Mas você não quer nada disso. O que não posso fazer é me casar com você; não sem prejudicar as alianças que estão mantendo Castellane de pé. Não sem perder o trono, porque, afinal, quem o assumiria? Se houvesse alguém da minha confiança, eu abriria mão dele de bom grado, mas não há ninguém que…

— Conor. — Parte dela estava perplexa. — Você nunca deveria considerar sequer abrir mão dessas coisas. Eu jamais pediria que fizesse algo assim.

— Eu quero abrir mão delas. — A voz dele era instável. — Mas não posso. Não posso lhe oferecer uma coisa que mesmo o mais pobre dos plebeus poderia lhe dar. *Eu mesmo*. Porque *eu mesmo* não pertenço a mim. Pertenço a Castellane.

— Sei disso. E nunca esperei nada de diferente. — Ela começou a desviar o rosto e o sentiu ficar tenso.

— Não posso lhe oferecer o que eu queria, Lin. Mas posso lhe oferecer… Posso lhe dar uma quantia. Uma casa, grande, nas Ruas de Prata. Uma carruagem, criados. Qualquer coisa de que precisar.

— E eu seria sua amante?

— Seria discreto — continuou ele. — Mas poderíamos nos ver. Eu passaria noites com você. Não todas, não a princípio, mas algumas certamente. Nos encontraríamos tanto quanto fosse possível.

Lin não conseguiu falar. Pensou em Silla… *O sonho de todo cortesão é virar amante. Isso garante uma casa nas Ruas de Prata, uma carruagem, um pouco de dinheiro guardado. Independência. É uma vida digna se o homem for bom.*

Lin deu um passo para trás.

— Conor. Não.

Viu a dor nascendo no rosto dele e se perguntou se um dia voltariam a ficar tão próximos quanto estavam naquele momento. Tão perto que conseguia ver as mudanças em seu semblante, a dor seguida pela teimosia, um rápido lampejo de raiva que espelhava o sofrimento. Tão perto que conseguia ver a forma como os cachos escuros do cabelo dele caíam sobre as têmporas, implorando que uma mão os afastasse dali. Tão perto que conseguia examinar a curvatura exata de sua boca.

— Por que não? — perguntou ele.

— Sei o que eu sou — respondeu ela. — Sou Ashkar. Meu povo está aqui. O que está me oferecendo... uma vida fora destes muros, mas encastelada dentro de uma mansão, só esperando por suas visitas... significaria o exílio para mim.

A parte superior das bochechas dele corou. Ficou nítido que não tinha pensado nesse aspecto da oferta que estava fazendo.

— E isso não vale a pena para você.

— *Conor.* — O coração de Lin doeu quando ela olhou para ele. Parte dela só via o sofrimento dele, a dor em seus olhos, a forma como ele fechara as mãos em punhos tão forte que as unhas talvez se fincassem nas palmas. Era estranho o quanto ela o conhecia bem. — Se eu virasse sua amante — disse ela —, quanto tempo levaria para você se cansar de mim? Quando se cansasse do meu corpo, quando eu deixasse de ser algo fora de seu alcance, como é que seria? E o que aconteceria comigo?

Conor empalideceu.

— Eu já a tive para mim — respondeu ele, ríspido. — Duvido que tenha se esquecido disso. E continuo desejando você. Isso nunca aconteceu comigo antes. — Ele levou as mãos ao cabelo, como se quisesse arrancá-lo aos tufos. — Você é curandeira — falou, com uma risada amarga. — Se tivesse um jeito de retirar esta fascinação de mim como se fosse um câncer, ah, eu permitiria que fizesse isso de bom grado. Pois ela vem me *torturando*, Lin. Negligenciei todas as minhas obrigações, todas as minhas incumbências, só para ter mais um momento com você. Tive medo de que, se um dia nos vissem juntos, ficaria óbvio em meu rosto que eu sou um viciado, que eu arriscaria meu direito de nascença só para tocá-la...

— *Chega.* — A palavra saiu mais grosseira do que a intenção. — Por favor. Eu não posso.

Ele respirou fundo e segurou o fôlego.

— Você demonstra certeza de sua resposta — concluiu ele. — Está determinada a dizer não.

Conor estava muito próximo. Tão perto que ela precisou afastar a memória de sua mente: o gosto da boca dele na dela, vinho e chuva. As mãos dele feito uma chave que destrancara uma versão de Lin que ela jamais havia imaginado: uma garota que queimava feito fogo; cujo coração era trovão, vento e temporal; cujo corpo era capaz de sentimentos tão agudos e precisos quanto a ponta de uma lâmina. Ela sabia que estava perdendo aquela Lin para sempre conforme falava, ainda que não tivesse escolha alguma quanto a isso.

— Você abriria mão do seu casamento? — sussurrou ela. — Cancelaria a aliança com Kutani? Faria de mim a rainha de Castellane?

Ele estava inclinado sobre ela, e ao ouvir isso endireitou a postura com um sobressalto.

— Você sabe que não posso. Lin. Você *sabe disso*.

— É da sua vida que você não quer abrir mão, assim como não quero abrir mão da minha. Não serei sua amante — disse ela. — Não quero ficar só com uma parte sua, do seu tempo e de quem você é. — Ela ergueu o rosto na direção do dele, questionando se as faíscas quentes de desejo e lembrança que vira ali não passavam de um reflexo dos seus. — Não quero um amante. Quero mais que isso, e é algo que você não pode me dar.

Ela viu um tremor percorrer o corpo dele, como um espasmo de dor.

— Só que tem mais uma coisa — disse ele, quase como se estivesse se odiando por ter que dar voz à ideia. — Pode ser que venha uma criança.

— Não. — Lin pensou nas primeiras horas daquela manhã, sozinha nas cozinhas da Casa das Mulheres, mexendo uma xícara de chá oleoso. Já o havia preparado tantas vezes para outras mulheres que nunca pensara que um dia teria de fazê-lo para si mesma. O sabor era forte, tinha gosto de menta e poejo amargo. — Eu me certifiquei de que não haveria gravidez.

Era como se algo vital tivesse se apagado nele, feito sangue escorrendo de um corte.

— Simples assim?

Ela se lembrou de como segurou a xícara de chá com as duas mãos, hesitando; lembrou-se de como, por um breve momento, a ideia de uma criança com os olhos mais lindos do mundo, prata feito nuvens de tempestade, tinha atravessado sua visão.

Mas não lhe cabia ter a criança dele. Um dia, seria a criança de Anjelica. Era assim que as coisas funcionavam.

— Simples assim.

Fez-se um silêncio terrível.

— Bem — disse Conor, por fim. Algo no rosto dele estava diferente, como se o formato dos ossos tivesse mudado... ficado mais denso e afiado sob a pele. — Obrigado pela sinceridade.

Ele andou em direção à porta um tanto trôpego, como se estivesse tentando transitar em um espaço escuro. Ao alcançá-la, parou sem se virar para olhar para ela.

— Meu pai — disse. — Temos questões a resolver quanto a isso, você e eu.

— Ah... é mesmo. Espere um instante. — Lin se apressou até a cozinha e voltou com o frasco tampado que Merren lhe dera. Atravessou o cômodo até Conor, que estava à porta entreaberta. Não conseguia olhá-lo nos olhos, mas estendeu o frasco para que o pegasse. — O remédio — anunciou. — Está pronto para que o administre. E com certeza continuarei tratando o rei — acrescentou ela. — Ele é meu paciente.

Os dedos dele roçaram nos dela quando tomou o frasco. Conor, então, puxou a mão rapidamente.

— Obrigado — disse o príncipe. — Você é mesmo uma médica excelente, Lin.

E foi embora.

Lin se afundou em uma cadeira, encarando a porta da frente, ainda aberta, e o pedaço da rua que conseguia ver. Poeira e paralelepípedos. Ela se sentiu estranhamente leve, como se a qualquer momento uma lufada de vento fosse atravessá-la sem encontrar resistência.

Não sabia quanto tempo tinha ficado sentada ali quando uma sombra cruzou a passagem. Pairou no arco de sua porta, os olhos iluminados e estreitos atrás de um emaranhado de cabelo.

Oren Kandel. Com o olhar vago, como se não fosse nada estranho encontrar Lin sentada descalça na cozinha, mirando a porta aberta.

— Shekinah — falou ele. — Seu teste foi marcado para amanhã ao pôr do sol. Deve se apresentar no Shulamat a essa hora. Essa foi a instrução dada pelo Exilado.

Lin respirou fundo. Tinha coisas demais acontecendo, tudo aquilo, ao mesmo tempo. Era muito para se ter na cabeça, e ela não sentia nada além de um grande vazio.

— Oren — disse, cansada. — Você não precisa me chamar de Shekinah.

— Por ora, preciso, sim — respondeu ele, e Lin viu o ódio lampejar em seus olhos pequenos e brilhantes. — No entanto, depois de amanhã, nunca mais vou precisar fazer isso.

Tuc. A espada acertou o monte de feno com um barulho satisfatório. Kel a soltou com um gesto do pulso, espalhando feno pelas tábuas do chão.

Ele estava na Sala do Feno, e a luz dourada do fim de tarde entrava pelas janelas feito o vagaroso escorrer do mel. Parecia não haver lugar melhor para se estar quando Conor partiu para um compromisso misterioso. Ainda mais considerando que Kel estava evitando Lilibet, que sem dúvidas estaria furiosa pela destruição de seu ornamento.

Quando saiu do Castelo Mitat vestido em uniformes de treino feitos de linho, diversos criados estavam começando a recolher os escombros do ornamento para serem jogados fora. Até o cair da noite, já teriam terminado, e não haveria nenhum traço de que ele já estivera ali. Do mesmo jeito que Lilibet trancara o massacre na Galeria Brilhante ao passar o ferrolho nas portas. *Por que não esfregar o sangue do chão, limpar o espaço e reformá-lo?*, Conor perguntara.

Porque o que não é visto, é esquecido, respondera Lilibet.

Tuc. Kel enfiou a lâmina em mais um monte de feno e a removeu. Sabia que os braços doeriam no dia seguinte, mas hoje não se importava. A raiva conferia ainda mais força a seus movimentos. Raiva de Conor pela coisa sem sentido e perigosa que ele fizera e que quase destruíra a aliança que estava forjando com Kutani. Raiva pela única maneira de custear a liberdade de Castellane do problema todo com Sarthe ser através da vida de Conor. Era nítido que o príncipe estava acabado, e Kel odiava isso. Também tinha raiva de si mesmo. Era seu dever observar Conor, prestar atenção às mudanças de humor e aos movimentos dele, e, no entanto, as ações de Conor no baile o tinham surpreendido — mais, suspeitava Kel, do que surpreenderam Anjelica. Em que momento ele tinha se tornado tão distante de Conor a ponto de não fazer ideia da profundidade de suas necessidades, de seu desespero?

Talvez fosse injusto culpar Conor por esconder os próprios sentimentos. Kel também não havia escondido os dele próprio? Mal dormira nas duas noites anteriores. Ouvia, sem parar, a voz de Antonetta. *É preciso ter cautela com o que compartilha com Kel.*

Tinha chegado a acreditar que ela pensava nele como a única pessoa em quem podia confiar. Agora sabia que ela jamais confiara nele. Não para contar o que sentia de verdade. Considerava-se muito inteligente por ser o único na Colina que não caía no teatro de Antonetta, que enxergava a inteligência afiada por trás da cortina de laços de seda e de risos bobos. Essa autopercepção parecia vazia agora que ele sabia que Antonetta só apresentara para ele um tipo diferente de atuação.

E Kel não percebera. Não até ela conversar com ele no baile achando que falava com Conor. Ele não sabia por que ela havia dito aquilo, qual poderia ter sido sua motivação. Mas sabia, agora, que ela estivera rindo dele fazia um bom tempo. Ficou pensando naquela noite, quando ela o salvara em Tyndaris. Será que as coisas teriam sido diferentes, refletiu ele, se tivesse lhe dado uma resposta verdadeira quando ela perguntara o que ele fazia ali?

Será? Ele desferiu mais um golpe com a espada — velha, danificada depois de tantas sessões de treino —, depois outro e mais outro, o braço ardendo, o cabelo pingando de suor. *Queime toda essa raiva*, pensou consigo mesmo. *Entregue-se a ela como a água que bate contra rochas. Quebre como um navio que passa por cima de um coral. Expile tudo o que há por dentro — a carga de sentimentos inúteis e esperanças vãs.*

— Suas mãos estão sangrando.

Anjelica.

Kel se virou. Criara um pequeno tornado de feno, que flutuava no ar junto com uma nuvem de poeira. Ela estava certa, reparou ele, um tanto surpreso — os nós de seus dedos *estavam mesmo* sangrando. Mas nem sabia de onde vinha o sangue.

— Pensei que talvez estivesse aqui — falou ela. — Eu estava te procurando.

Ela torceu o cabelo em tranças, e parecia mais jovem do que de costume. Tinha trocado a seda amarela por roupas de linho mais casuais.

— Por quê? — perguntou ele, ainda sem fôlego.

— Queria pedir desculpas.

Kel enfiou a espada no monte de feno e ali ela ficou, o cabo vibrando um pouco. Ele se virou para ela, secando a testa com a manga da camisa.

— Pelo quê?

Ela ergueu o queixo.

— Princesas não costumam pedir desculpas com frequência.

— Príncipes também não — respondeu Kel —, com base na minha experiência.

— Pois é. Não me arrependo nem um pouco de ter gritado com Conor, mas não deveria ter feito isso na sua frente. Deveria ter insistido para que ele deixasse você se retirar. Você é um Portador da Espada. Seu dever é proteger Conor de armas, não de palavras irritadas.

— Já fiz as duas coisas.

Ela sorriu um pouco ao ouvir isso.

— De qualquer forma, eu não deveria tê-lo colocado naquela situação. Você não é uma pessoa qualquer. Tem sido um bom amigo para mim em um lugar onde eu não esperava fazer amizades.

— Ainda é cedo, princesa. Vai fazer amigos aqui, mais próximos do seu status.

— Não estou muito preocupada com o meu status. — Ela olhou para ele, pensativa. — Não vou mais pedir que minta para o príncipe em meu nome.

— Vai contar a ele sobre Laurent?

— Vou. Acho que posso colocar no papel, escrever uma carta. Vai ser melhor desse jeito. — Ela olhou para ele com ar solene. — Não vou me esquecer do quanto tem sido bondoso comigo.

— Fiz o que considerei ser o melhor — falou Kel. — Anjelica… acho, de verdade, que você pode ser feliz aqui. Acho que Conor fará todo o possível para assegurar isso.

— Você se importa muito com o príncipe — comentou ela. — Conor tem sorte, pois você cumpriria com o seu dever quer o amasse ou o odiasse.

— Acho que talvez — disse Kel, devagar — seja em seu próprio dever que esteja pensando.

— Talvez — concordou ela, sorrindo, e partiu.

Kel ficou se perguntando se ela voltaria a falar com ele, agora que não precisava mais que ele a acobertasse. Ela o havia usado em seu plano de se livrar de Laurent; e isso já estava resolvido. Ponderou se seria assim com seus amigos na Mansão Preta, depois que solucionassem o mistério. Jerrod já tinha ido embora; Andreyen, Ji-An, Merren… será que desapareceriam de sua vida em um piscar de olhos? Isso deixaria um buraco que seria difícil de preencher; e a parte mais difícil seria não poder conversar com ninguém a respeito da falta que sentiria.

LIN

Lin está sonhando. E, em seu sonho, vê novamente o território chamuscado onde tudo fora queimado. A terra está preta, repleta de arroios em brasa, fios de fogo vermelho e bronze que reluzem feito as linhas de bordado em um dos vestidos de Mariam.

Através da névoa de fumaça, Lin vê uma figura, vestida de preto e vermelho, usando um diadema dourado. À medida que a figura vai se aproximando dela, Lin reconhece o Rei Markus. Ele está jovem, como se tivesse acabado de assumir o trono e dar início a seu reinado. Há inteligência em seus olhos e uma evidente atenção.

Ele para diante de Lin. Estão separados por um ribeirão de fogo que divide o solo entre os dois. Rochas pretas e brilhantes flutuam na brasa laranja avermelhada.

— Você abriu o caminho — diz ele.

Lin sacode a cabeça. Sabe que está sonhando, mas lhe parece real. Consegue até sentir o gosto amargo do ar e o ardor do fogo bem fundo em seus pulmões.

— Que caminho? O que quer dizer?

— Acha que vi pouco — diz o rei —, mas eu vi muito. Sei do teste que em breve enfrentará. Sei que sua pedra tem sede de poder. Está tendo dificuldades para enchê-la de poder, mas sem a Palavra, não vai conseguir fazer isso de maneira alguma que possa ser encontrada em um livro.

— Então é impossível. — Lin sente as palavras a atingirem como um golpe. — Nunca poderei fazer magia de verdade.

— Assim, não. O poder no meu sangue carrega a Palavra. O poder que ganhei na corte malgasiana, o fogo em minhas veias que eles querem tanto ter de volta. — Os olhos cinza do rei parecem reluzir. São os mesmos olhos de Conor, herdados do pai. — Você fez muito por mim. Quero lhe dar um presente em troca.

Um presente. Lin não confia em presentes.

— Só cuidei do senhor da mesma forma que faria com qualquer paciente. Não preciso de nada em troca.

É a vez do rei balançar a cabeça. A coroa que está usando expele faíscas como se, igual a terra, ela estivesse queimando.

— Venha me ver na torre — ordena ele, a voz rouca. — Tire meu sangue para encher sua pedra.

Ele estica o braço em cima do rio queimando como se tivesse a intenção de segurar a mão dela, e por mais que Lin pense ser impossível, o rei fecha os dedos ao redor de seu punho. A dor se espalha por sua mão e sobe pelo braço como se fosse um relâmpago viajando pelos caminhos de seus ossos.

Lin se senta em meio a um grito, mas o abafa bem rápido, cobrindo a boca com a mão. Um momento depois, está saindo da cama. Sente o braço latejar de dor e queimar; vai até a janela, puxando as mangas da camisola para examinar a pele sob o luar azul.

Não há marcas. Lin vira o braço, confere o antebraço, o pulso e a palma, que ainda dói. Nada; somente os arrepios do ar gelado da noite.

O broche de prata está em sua mesa de cabeceira. Jogando a trança pesada por cima do ombro, ela faz menção de pegá-lo e percebe que, quando sua mão se fecha sobre ele, a dor começa a ceder.

Ela vira o objeto na palma. Ali está, bem no fundo do centro da pedra, uma faísca queimando.

O coração de Lin começa a bater duas vezes mais rápido. Como se ainda estivesse sonhando, entra descalça na cozinha. Ali também está gelado, o fogo na lareira há muito extinguido. Ela observa a lenha queimada cercada por cinzas e diz, a mão firme ao redor do broche:

— Queime.

Faz-se um chiado suave, como o rasgar de um tecido. Uma dúzia de faíscas se acendem na madeira ligeiramente queimada feito pontinhos dourados voando de um colar quebrado. Por um momento, Lin tem receio de que isso vai ser tudo, o máximo que a luzinha em seu broche tem o poder de invocar, mas, um momento depois, traços de vermelho e laranja se juntam ao dourado, formando chamas que se projetam da lareira feito dentes de dragão. Lin consegue sentir o calor inundando sua pele, fazendo seu coração voar.

Ela olha para a pedra que tem na mão. O brilho sumiu, a pedra voltando a ficar fria e sem vida. Ela fecha a mão em torno dela.

VINTE E UM

Kel acordou com o som de vozes. Deu um impulso para se sentar devagar, o corpo doendo pelo castigo que se autoinfligira na Sala do Feno no dia anterior. Dormira mal, e seu palpite era que Conor também, mas ele já estava desperto, vestido e sentado à escrivaninha com os pés sobre uma pilha de papéis. Empoleirado na beira do móvel via-se Joss Falconet usando uma sobrecasaca cor-de-rosa e ostentando uma expressão animada.

— Avistaram o corpo ontem à noite — dizia ele. — Mas quando os Vigilantes enfim chegaram ao canal, ele já havia afundado. Agora estão procurando... mas só os Deuses sabem o que vão encontrar.

O corpo. Kel de repente sentiu frio, apesar da luz do sol que entrava pelas janelas. Baixou o rosto; estava sem camisa, mas só havia Falconet ali presente. Ele pigarreou.

— O que está acontecendo? — indagou. — Do corpo de quem estamos falando?

Conor olhou para ele de relance. Kel não conseguia se lembrar da última coisa que dissera para ele na noite anterior; Conor voltara silencioso e introspectivo após seu "compromisso" na cidade, e Kel o deixara em paz.

Havia uma gravidade incomum nos olhos cinza-escuros de Conor.

— No momento, não passa de um boato — contou ele —, mas parece que Ciprian Cabrol foi encontrado morto no Distrito do Templo.

Falconet tinha uma carruagem nova. Ele a parara próximo da Ponte das Cantoras, não muito longe do Caravela. A vizinhança geralmente não era abarrotada, pois o Distrito do Templo costumava ser menos frequentado no calor do dia. O rumor de que um corpo tinha sido avistado no canal verde — e as suspeitas de que fosse de um nobre —, no entanto, capturara o vago interesse de diversos transeuntes. Eles se aglomeraram em ambos os lados da extensão de água, conversando entre si.

Vigilantes, fáceis de identificar com seus uniformes escarlate, vasculhavam o canal com redes feitas de corda. A tarde estava quente, e o sol brilhava na água como se fosse um espelho jade. Kel se sentiu um tanto inquieto, a luz parecendo perfurar seus olhos como se ele estivesse de ressaca.

Ciprian. Morto. Não podia ser coincidência. No dia anterior mesmo Kel dera a Ciprian ordens de descobrir quais outros nobres estavam atrelados à conspiração, e agora Ciprian tinha sido morto. *Mandamos ele para a morte*, pensou Kel. Não que ele não soubesse que existia esse risco, mas não importava. Kel deveria ter previsto que aconteceria.

— Todos têm certeza de que era Ciprian? — perguntou Conor. — Quem viu o corpo ontem à noite? — Estava reclinado em um banco acetinado, adornado com bordados de videiras em linhas prateadas e douradas. A nova carruagem de Falconet era tão ornamentada que chegava a ser ridícula. Tinha lâmpadas carcel de bronze suspensas em ganchos, embora não estivessem acesas; as paredes da carruagem ostentavam espelhos de moldura dourada e borlas de seda com diamantes, enquanto embaixo dos bancos havia caixas acolchoadas com garrafas de vinho e taças.

Merren ficaria ultrajado, pensou Kel. Às vezes ele se esquecia do quanto as Famílias da Concessão eram ricas, cada uma representando uma família real própria, governando reinos de porcelana e seda, especiarias e vinho. Não era de se espantar que Malgasi tivesse sede de controlá-las.

— Acordei no Caravela hoje cedo — contou Falconet, cobrindo um bocejo com a mão. — Estava o maior caos do lado de fora, com Vigilantes por toda parte. Alys conseguiu me tirar de lá pelos fundos, disse que Silla tinha visto um corpo na água. Que era de Cabrol. Alys não estava nada feliz. Nobres morrerem no distrito não faz bem para os negócios.

— Bem, ele não era nobre há tanto tempo — comentou Conor, que olhava pela janela, como Kel, mas parecia distraído. — Três meses, não?

Falconet deu uma risadinha de escárnio.

— É, não acho que seja tanto tempo assim para irritar alguém a ponto de mandarem matar. Você não conversou com ele no Baile do Solstício, Con? Ele por acaso lhe pediu algum favor da realeza? Talvez que você pagasse dívidas de aposta dele ou se livrasse de um inimigo, de repente dois?

Conor deu de ombros.

— Acho que nem chegamos a conversar. Ele me pareceu ocupado demais em manter Esteve longe de Beatris.

Kel enrijeceu. Não era do feitio de Conor cometer um deslize daquele tipo. *Ah, Ciprian não tinha nada de mais a dizer*, deveria ter sido a resposta dele, encobrindo o tempo em que estivera ausente e Kel ocupara seu lugar.

Falconet deu de ombros.

— Ah, bom, eu estava muito bêbado. Talvez minha memória esteja me traindo.

— Ele não me passou a impressão de estar lá muito preocupado no dia — falou Kel, agradecendo a Aigon por Falconet ser chegado ao vinho. — Não que isso tenha qualquer importância.

— Acho — disse Conor — que foi coisa da família Roverge, exilada. Afinal, a Concessão foi usurpada bem debaixo do nariz deles. Provavelmente estavam sedentos por vingança.

— Certamente ansiavam por ela — respondeu Kel, quando um grito irrompeu lá de fora. Parecia que vários Vigilantes tinham pegado algo na rede.

— Talvez Beatris assuma a Concessão — refletiu Falconet, apoiando o braço no joelho da perna dobrada. — Ela não é casada, mas com o irmão morto, não resta nenhum herdeiro homem. Uma exceção poderia ser feita.

— Você poderia se casar com ela, Falconet — sugeriu Conor. — Assim teria uma Concessão para dar a algum amigo felizardo.

— Eu poderia, mesmo. — Falconet achou graça. — Falando em casamentos, é verdade que a adorável Anjelica atropelou uma das construções externas do Palácio com a aliá? Ouvi dizer que virou pó.

— Não foi uma construção externa — corrigiu Conor. — Foi um ornamento.

O que quer que os Vigilantes tivessem fisgado na rede, não era o corpo de Ciprian Cabrol. Uma onda de alívio tomou conta de Kel, embora só o tivesse deixado ainda mais enojado. Ele abriu um pouco a janela da carruagem e inalou o cheiro salgado da água do canal do Distrito do Templo enquanto os Vigilantes continuavam a busca.

— A nota oficial é que foi um acidente — disse Falconet. — Mas fiquei me perguntando se você fez algo que tenha irritado a princesa. Ela por acaso o flagrou no ato? — perguntou, pontuando a frase com o sorriso típico que usava para suavizar as próprias palavras.

— Não houve ato algum — respondeu Conor em uma voz estranhamente indiferente.

Falconet o encarou com certo espanto.

— Acho que me enganei, então, Con — respondeu. — Mas… me permite uma observação?

Conor fez um gesto de "desembuche". Do lado de fora da janela, os Vigilantes puxavam a rede de volta à margem. Kel não conseguia ver o que tinham pegado.

— Se você *fosse* pego no flagra, e não estou dizendo que foi o que aconteceu, mas vai saber o que o futuro aguarda, eu o lembraria das palavras sábias que meu pai compartilhou comigo uma vez. O que ele me disse foi: "Jamais cometa o erro de se engraçar à plena vista, Joss. Você deve se engraçar na encolha". E isso vale mais ainda para você, Con. Você é príncipe, mas ela é *princesa*. Anjelica vai esperar discrição de sua par…

Um grito soou do lado de fora. Falconet escancarou a porta da carruagem e os três bisbilhotaram. Os Vigilantes tinham aberto a rede. Bem no meio, já começando a inchar, estava o cadáver de Ciprian Cabrol. Mesmo de longe, Kel reconheceu o cabelo ruivo, empapado de água. As roupas que vestia estavam encharcadas, grudadas ao corpo.

Kel sentiu o estômago embrulhar. Não adiantava dizer a si mesmo que Ciprian estivera planejando trair os Aurelian; a culpa que sentia era mais um sentimento que precisaria trancar em uma caixa, nas profundezas da mente, até conseguir se esquecer, ao menos por ora.

— Que ele passe livremente pela porta cinza — lamentou Falconet. — Alys tinha razão…

Mais um grito. Um dos Vigilantes tinha pegado outra coisa na água, algo pesado e duro. Os demais o cercaram para ajudar, e Kel ouviu arquejos de nojo. O cheiro de sal trazido pelo ar carregava algo a mais agora. O fedor de podridão.

— Outro corpo — disse Falconet, saltando da carruagem. Foi até a beira do canal, o casaco cor-de-rosa incongruente com o cenário: os Vigilantes se reorganizavam para deitar um novo cadáver sobre as pedras. Um corpo maior que o de Ciprian, tecido cinza apodrecido cobrindo pele intumescida, um rasgo na garganta aberto feito a boca de uma enguia.

— Pelos Deuses! — exclamou Conor, esgueirando-se para fora da carruagem. — É Gremont.

— Não consigo não pensar que isso é tudo culpa nossa — disse Merren, aflito. — Incumbimos Cabrol da tarefa de nos trazer informações, e no dia seguinte ele foi morto.

— Não entendo por que isso seria culpa nossa — respondeu Ji-An. — Não diretamente, pelo menos.

Merren olhou feio para ela. Estavam todos na Grande Sala, onde o fogo ardia na lareira, apesar do calor do dia lá fora. Andreyen parecia um espantalho alto demais, sentado em sua poltrona, a bengala deitada sobre os joelhos ossudos. Os olhos verdes afiados estavam fixos em um ponto ligeiramente distante. Não dissera uma palavra desde que Kel chegara para anunciar o assassinato de Ciprian e o aparecimento do corpo de Gremont.

— Isso sem falar — emendou Ji-An, examinando as unhas pintadas em um tom de violeta parecido com o do casaco — que se ele não tivesse decidido se meter em uma vida de crime e em explosões de navios, nada disso teria acontecido, para começo de conversa.

— *Você* está envolvida em uma vida de crime — ressaltou Kel.

— É, mas eu sei o que estou fazendo. Não é para amadores, é?

— Não consigo nem imaginar o caos que a morte de dois representantes de Concessões vai criar na Colina — comentou Andreyen, quebrando seu silêncio. — Não só será preciso escolher novos herdeiros, como os membros restantes de Concessões também vão redobrar a vigilância para não acabarem boiando nos canais, mortos por um inimigo desconhecido.

— Vão querer saber quem foi o culpado — disse Merren. — Ainda mais considerando que Jolivet nem chegou a ficar sabendo da morte de Gremont…

— Não saí do lado do canal — contou Kel — depois que os corpos foram encontrados. Fiquei me perguntando por que Belmany desejaria que os corpos fossem descobertos no mesmo lugar, porque está evidente, para mim, que essa era a intenção dela. Ela poderia ter enterrado o corpo de Gremont debaixo de Tyndaris ou queimado o cadáver até virar cinzas, mas preferiu guardá-lo para montar essa cena.

— Que cena? — indagou Ji-An.

— Quando vasculharam o canal, encontraram espadas de duelo. Ambos os corpos tinham ferimentos de lâminas, embora nós saibamos que Gremont morreu por causa de um corte na garganta — disse Kel. — Belmany está tentando fazer parecer que eles se mataram em um duelo.

— Duelos requerem substitutos, além de uma testemunha — contrapôs Ji-An. — Será que não vão atrás dessas pessoas?

— O Rei Markus tornou duelos ilegais anos atrás — contou Kel. — Ninguém admitiria envolvimento, mesmo se tivesse havido um duelo de verdade, o que sabemos que não foi o caso.

— Mas será que alguém vai cair numa dessas? Alguém por acaso achava que eles não se bicavam? — questionou Merren.

— Todo mundo detestava Gremont — respondeu Kel. — Falconet comentou que Gremont sempre menosprezava Ciprian, considerando-o apenas o filho de um mercador, independentemente de deter uma Concessão ou não.

— Para um plano improvisado, é bem inteligente — respondeu Andreyen, com um traço de condescendência. — Vai acabar enganando quem precisa ser enganado. Quanto ao restante… bem, são as pessoas que ela quer amedrontar.

— O problema real que temos aqui é que, com Ciprian morto, perdemos nossa pista — disse Kel.

— Podíamos tentar capturar e torturar Lady Alleyne — sugeriu Ji-An.

— Não — respondeu Andreyen. — Ela já está morrendo de medo de Belmany; não vai sair de perto dos guardas por nada. — Ele ficou pensativo. — Acham que Beatris Cabrol tinha conhecimento das alianças de seu irmão? Certamente ele não teria conseguido esconder tudo da própria família.

— Talvez tivesse, sim — falou Kel, pensando em Beatris. Embora nunca tivesse prestado muita atenção nela, agora se perguntava o que ela sabia de verdade. — Se ao menos pudéssemos encontrar o esconderijo de Belmany. Poderíamos ficar de tocaia do lado de fora vendo quem entra e quem sai.

— Jerrod daria um jeito de descobrir isso — comentou Merren. — Ele sempre foi bom em encontrar coisas.

— *Merren* — repreendeu Ji-An. — Ele *nos deixou.*

— Só porque gritei com ele — respondeu Merren, cabisbaixo.

— Não — retrucou Andreyen, passando uma mão pelo rosto sofrido. — Ele partiu para voltar à corja de Prosper Beck, o que teria feito quer você tivesse gritado com ele ou não. Pelo menos, prometeu que Beck não vai usar o armazém de armas contra nós, uma preocupação a menos.

— Então com o que deveríamos nos preocupar? — questionou Ji-An.

— Elsabet Belmany — respondeu Andreyen. — Não a conheço, mas conheço pessoas do tipo dela. Perdeu dois de seus conspiradores, e vai começar a se sentir encurralada. Nessa posição, vai optar por uma solução mais rápida e violenta para os próprios problemas, em vez de depender da traição lenta dos nobres. — Andreyen olhou para o anel de pega-rabuda em seu dedo. — Ela disse que precisa de Conor, e pelo que entendi, precisa dele vivo. E que o rei deve morrer. Receio que, embora eu não saiba exatamente o motivo, se ela conseguir qualquer uma dessas duas coisas, será muito ruim para nós.

— Acho que tem razão. — Foi Lin quem disse isso. Tinha acabado de entrar no cômodo. Usava um manto de lã azul macia, um broche cingido ao ombro. A pedra do broche parecia reluzir à luz do fogo.

— Acha, é? — disse Andreyen, os olhos verdes sonolentos cheios de curiosidade.

— Sim — respondeu ela lentamente. — O príncipe me levou ao Palácio para que eu curasse o pai dele, que está doente. Fez eu jurar, sob ordem da realeza, que não falaria desse assunto, do contrário eu lhes teria contado antes. No entanto, aprendi muito sobre o Sangue Real. Acho... não, tenho quase certeza de que se Malgasi conseguir botar as mãos no rei e no Príncipe Conor, vai ser fatal para todos nós.

Andreyen pousou os olhos no broche sobre o ombro de Lin, depois em seu rosto.

— E no entanto — observou ele —, não vai compartilhar conosco o que descobriu?

— Ainda não. Preciso ir a Marivent. Preciso ver o rei. Só assim vou ter certeza. — Ela se virou para Kel. — Preciso que me leve ao Palácio novamente.

Kel olhou intrigado para ela. Quantas vezes ela já não tinha ido ao Palácio?

— Conor não a convidou?

— Hoje não estou indo a pedido dele, e sim do próprio rei. Só que os guardas no portão não vão saber disso.

— Do rei? — repetiu Kel lentamente. — Ele falou com você? Lin, ele não fala com ninguém há meses.

— Mandou uma mensagem — revelou ela, embora uma sombra tenha passado por seus olhos, levando Kel a pensar que ela não estava contando tudo. — A coisa toda tem a ver com o tempo dele na corte malgasiana, quando era jovem. Algo terrível aconteceu lá. Algo que tem a ver com fogo e incêndio. Algo que ele foi persuadido a fazer.

Não foi culpa dele. Ele fez apenas o que foi persuadido a fazer. As palavras de Fausten, ditas para Kel na Trapaça muitos meses antes, ecoaram em sua mente.

— *Atma az dóta* — murmurou. — Fogo e sombra. — Endireitou-se no assento. — Ela está dizendo a verdade.

— *Olha só* — falou Lin, aparentemente ofendida. — Como se isso fosse tão raro assim.

— Kellian, é seguro levá-la a Marivent num momento como este? — questionou Andreyen. — Se o príncipe não solicitou a presença dela, pode se espantar ao vê-la lá. O suficiente para fazer perguntas.

— Teríamos que ser cuidadosos — respondeu Kel. — Mas todos os nobres estarão enfurnados na Câmara de Controle, discutindo as mortes de Gremont e Cabrol. Não é a pior das circunstâncias para levar alguém em segredo a Marivent.

— E, caso encontre as respostas que busca, voltará para nos contar? — indagou Andreyen.

— Certamente. Assim que meu teste terminar.

Kel ficou de pé.

— Já perdemos Cabrol. Não temos mais um plano. E, se o que você acredita sobre a natureza de Belmany estiver correto, Conor está correndo perigo neste exato instante. Não em algum momento futuro: agora. — Ele respirou fundo. — Vou ter que contar a eles. Jolivet, Bensimon e Conor. Eles precisam saber de tudo que já descobrimos.

— Jolivet, talvez — falou Andreyen. — Conor pode não perdoar você por ter mentido a ele esse tempo todo.

— Talvez. Mas, se isso salvar a vida dele, terá valido a pena. — Kel ouviu Lin respirar fundo, uma lufada de ar curta e afiada de alívio.

— Obrigada — agradeceu baixinho. Estava trançando um pedaço do manto azul entre os dedos, que agora soltara. — Temos que ir depressa — emendou. — Preciso chegar ao Sault antes do pôr do sol.

Ninguém falou nada. Kel olhou para os três habitantes da Mansão Preta. Andreyen, como sempre, era um livro fechado. Ji-An encarava o chão. E Merren trazia no rosto um semblante preocupado.

— Acabamos, então? — indagou Merren. — Não vamos mais investigar? Não temos mais motivos para você vir à mansão?

— Eu vou voltar, Merren — falou Kel, com delicadeza. — É óbvio que vou voltar.

Ele então desviou o olhar para Ji-An, mas ela nada disse. Foi até Lin e, ao conduzi-la para fora da sala, percebeu que tinha desacelerado o próprio passo, esperando que um de seus amigos o chamassem. Que pedissem que ele desse meia-volta, que perguntassem quando retornaria. Que desejassem boa sorte.

Mas não disseram nada.

— Onde ele acha que você está? — indagou Lin.

Estava sentada de frente para ele na carruagem. As cortinas abertas deixavam o sol forte entrar, conferindo ao espaço apertado um ar abafado. Lin segurava a bolsa de remédios no colo, e Kel sentiu o leve cheiro de casca de salgueiro e sabão adstringente que pareciam naturais nas roupas dela.

Onde ele acha que você está? Ele sabia que ela estava falando de Conor, mesmo que não tivesse dito o nome do príncipe. Assim como ele próprio, quando Lin falava "ele", só podia estar se referindo a uma pessoa.

— Ele não perguntou aonde eu estava indo — respondeu. — Já tem bastante coisa para se preocupar no momento.

— Ah. — Lin desviou o olhar. Kel se inclinou para a frente quando a carruagem começou a sacolejar, subindo a Colina.

— Está apaixonada por ele? — perguntou. — Porque ele sem dúvidas está apaixonado por você.

Ao ouvir isso, Lin teve um sobressalto tão grande que a bolsa caiu no chão, derrubando suas ampolas de ervas.

— Eu não… — Ela se inclinou, escondendo o rosto, para recolher as substâncias caídas. Recusou a oferta de ajuda dele com um abano da mão. — Deixe… — falou ela. — Por que me perguntaria algo assim?

— Porque está óbvio — disse Kel, lembrando-se de como Lin e Conor tinham dançado na festa de noivado de Antonetta. De como Conor ficou depois de vê-la no banquete. De como a voz dele mudava quando falava o nome dela. — Pelo menos, está óbvio para quem o conhece, e eu deveria ter percebido antes. Fui um idiota.

— Isso é ridículo — exclamou Lin. — Ele não está apaixonado por mim. Só precisava que eu ajudasse o pai dele. Nem queria me pedir ajuda, na verdade, mas estava desesperado. Então me submeteu a uma ordem real para que eu cooperasse. Isso lhe parece algo que se faria a alguém que se ama?

— Para Conor, parece sim. Porque você o faz se sentir fora de controle. Consegue imaginar o quanto isso é atípico para ele? Quase todo mundo na vida de Conor quer algo dele: poder, dinheiro, proximidade ao trono. Querem estar perto dele porque estar perto dele é estar mais perto dos Deuses.

— Conor nem acredita nos Deuses.

— O que não faz a menor diferença — rebateu Kel. — Ainda mais para você. Nossos Deuses não lhe servem de nada. Sua completude está em você mesma. Não precisa de nada dele; nunca precisou. E ele *não consegue entender* isso. É como se você o tivesse colocado em um bote salva-vidas e o deixado à deriva no mar. Ele se aproveitou da ideia da ordem real porque, para ele, você é como água escapando por entre os dedos. Conor não conhecia outra forma de prendê-la, e… — acrescentou — não estou dizendo que isso é algo positivo sobre ele, mas é a verdade. Presumo que ele já a tenha liberado da ordem?

Lin, depois de enfiar tudo de volta na bolsa, olhou para ele.

— Sim — falou então. — Como sabia?

— Porque Conor gosta de ganhar, mas não que *o deixem* ganhar. Ele não suportaria pensar que você só estava disposta a vê-lo porque ele a estava forçando.

A boca de Lin tremeu.

— Ele me liberou, mas ainda me sinto atrelada a ele. Essa sensação não passou. É como se houvesse uma conexão entre nós. E... eu a sinto mesmo quando ele não está por perto. — Ela tirou o cabelo ruivo da frente do rosto. — Ele me ofereceu uma casa nas Ruas de Prata, uma posição como amante dele, e me garantiu que sempre cuidaria de mim. Mas isso também não seria um outro tipo de prisão? Uma jaula de ouro continua sendo uma jaula.

— Ele lhe ofereceu essas coisas todas? Então está desesperado para mantê-la por perto. Não tinha me dado conta do quanto ele estava desesperado.

Lin espalmou as mãos.

— Aposto que ele já fez a mesma oferta a muitas outras pessoas.

— Nunca — respondeu Kel. — Duvido que algo assim sequer tenha passado pela cabeça dele. Estamos falando do príncipe. Ele sempre soube que não tinha direito a dar o próprio coração a ninguém.

— Ele não me ofereceu seu coração. Ele me ofereceu uma casa.

— É tudo que ele *pode* oferecer — rebateu Kel com uma força que o pegou de surpresa. Pensou em Antonetta e em como ele também tinha pouco para oferecer a ela. — É tudo o que ele tem.

— Sempre soube que era impossível — falou Lin. — Ele é o príncipe, e eu sou Ashkar.

— Não acho que ele dê a mínima para isso — contrapôs Kel. — Nos últimos meses, desde a Galeria Brilhante, a única coisa que ele tem feito é tentar se redimir pelos erros do passado. E, pela primeira vez, ele levou a sério o que significa ser príncipe e líder. O que se deve ao trono e às pessoas que o colocaram nele. Você viu o estado em que o pai dele se encontra. Precisa agir como príncipe *e* como rei. Não é porque ele ama Anjelica que isso é tudo que Conor pode oferecer. É porque ele ama Castellane, e é só com essa aliança a Kutani que ele pode manter a cidade em segurança.

Era tudo verdade, pensou Kel, ainda que Conor não soubesse a dimensão completa das ameaças a Castellane. Mas até a noite daquele mesmo dia, no entanto, ele entenderia, e talvez pudesse trazer Anjelica para a conversa. Kutani poderia ajudá-los a lutar contra o que quer que Malgasi estivesse prestes a desencadear.

Lin estava muito pálida.

— Não sei o que dizer, Kel.

— Você não respondeu à minha pergunta. — Kel se inclinou para a frente. Já passavam pelo Portão Norte, adentrando as propriedades do Palácio. — Você o ama?

Uma sombra de sorriso perpassou os lábios dela.

— Portador da Espada — respondeu Lin. — Está tentando protegê-lo agora? Você sabe que não posso machucá-lo.

— Acho que pode machucá-lo muito mais do que ele já chegou a se machucar um dia — respondeu Kel. — E mesmo que eu não possa me colocar na frente dele para tomar esse golpe em seu lugar, posso ficar ao lado enquanto ele o sofre.

Lin fechou os olhos. Estavam se aproximando da Torre Norte, onde Benaset postava guarda aperto da porta. A sombra da torre recaiu sobre eles, escurecendo o interior da carruagem. Quando Lin voltou a abrir os olhos, Kel os viu brilhar na penumbra.

— Eu não quero amá-lo — disse ela. — Isso me assusta mais do que qualquer outra coisa de que já tive medo. Consegue entender uma coisa dessas?

Kel não disse nada. Com um gesto de impaciência, Lin escancarou a porta e saltou do veículo. Ele ficou olhando enquanto ela passava correndo por Benaset e entrava na torre, a bolsa sacolejando no ombro, o cabelo ruivo esvoaçando feito uma flâmula brilhante ao sol.

ELSABET

O fogo na braseira mingua. Elsabet está sentada no escuro do templo, a mão ao pescoço.

Sente a Pedra-Fonte pulsar debaixo da pele, como sempre. Um médico do palácio colocara a primeira quando ela tinha apenas treze anos, e a dor fora tanta que ela quase desmaiou, mas agora já estava acostumada. À medida que o poder de cada pedra se esgotava, era removida, e uma nova era inserida. Três vezes já passara pela operação, e havia aprendido a gostar da dor, até mesmo a celebrá-la. Pois as pedras eram a fonte de seu poder — um poder que ninguém mais em Dannemore, fora sua família, poderia ter a esperança de deter — e a dor e o poder estavam atrelados.

Ela sabia que o poder desta pedra estava morrendo aos poucos, devido ao esforço de contê-lo. Na noite anterior, acordou e viu o brilho vacilando, como se tentasse alertá-la de algo. Mas não sentira nada na cidade exceto o zunido baixo da magia fraca que sempre vinha do Sault. Logo teria de entrar em contato com os poucos capazes de forjar uma nova pedra; porque estar com uma pedra defeituosa é pior do que não ter nenhuma.

— Milady. — Bagomer entra no cômodo como uma das sombras nas quais ele gosta de se esconder. — Está tudo em seu devido lugar.

Ela levanta o olhar para ele.

— Os corpos foram encontrados?

— Sim. Deixamos ambos no canal, em frente ao Caravela, conforme as instruções. Uma das prostitutas os encontrou. — Bagomer sorri. — E temos mais notícias boas. Acabei de ver o corsário,

Laurent Aden. Contei a ele com qual guarda deve conversar para conseguir entrar em Marivent. Ele vai raptar a princesa kutaniana e a levar ao navio dele. Ela não vai mais ficar no caminho.

— Pensei que ela estivesse hesitante — comenta Elsabet. — Que não quisesse mais desistir do noivo.

— Aden acredita que consegue convencê-la. E caso ele não consiga…

— Então nós a matamos em Marivent em vez de nas cavernas marítimas. Vai chamar atenção, e eu preferia ser mais discreta, mas tanto faz, ela precisa morrer. Assim como Laurent Aden. É ridículo da parte dele sequer se envolver com alguém da realeza. Homens apaixonados são tão idiotas. — Ela balança a cabeça. — E quanto a Sete?

— A reunião está marcada para esta noite. Ele vai se aproveitar da situação, foi o que me garantiu.

A pedra na garganta de Elsabet pulsa como se ela também estivesse satisfeita.

— Está tudo nas mãos de Sete agora — diz ela. — Se ele cumprir a parte dele, talvez eu o deixe viver.

Ela se reclina na cadeira, sentindo-se — pela primeira vez em alguns dias —, contente consigo mesma. Acha que a mãe ficará orgulhosa. Está tão satisfeita que chega a ficar distraída, tão distraída que não percebe o som de passos leves à medida que Laurent Aden, encapuzado, sai de seu esconderijo e vai embora do templo.

VINTE E DOIS

A luz dourada da tarde entrava na Torre Norte através de dezenas de janelas estreitas e gradeadas. Um Castelguarda permanecia no patamar do lado de fora do quarto do rei e ignorou Lin — como fora instruído a fazer — quando ela passou por ele.

Assim que entrou, Lin sentiu o coração apertando. Não sabia ao certo o que esperava encontrar desde que entregara a Conor a fórmula modificada da medicação no dia anterior, mas nada parecia ter mudado.

O quarto ainda parecia claustrofóbico, sufocante e empoeirado. Os papéis espalhados sobre a mesa tinham um aspecto amarelado, como se estivessem se tornando antiguidades. O rei não passava de uma silhueta escura e imóvel em sua cadeira.

À medida que Lin atravessava o cômodo até ele, suas saias farfalhavam pelo chão como se também fossem folhas ressecadas, Lin percebeu mais uma vez que a luz do meio-dia que se derramava sobre o chão parecia fragmentada de alguma maneira, como luz vista através um vidro cheio de padrões.

Foi então que se lembrou. Os arranhões no vidro. Acelerou o passo, passou direto pelo rei — que não deu indícios de vê-la, nem reagiu à sua presença — e chegou à janela, um quadrado único e pesado cercado por vidro texturizado. Lin largou a bolsa e passou os dedos pela superfície fria, os sulcos dos arranhões ásperos em seus dedos.

Estavam do lado de dentro, não do lado de fora.

Sem baixar a mão, Lin se virou para olhar para o rei. Os olhos dele estavam fixos nela — vagos de expressão, assim como seu rosto, mas ainda assim ele *a fitava*. Disso ela tinha convicção.

— Foi o senhor quem fez isso — disse Lin. — Não foi?

Ele se moveu bem devagar, virando o corpo na direção dela. Estava coberto por um tecido escuro, como sempre, e Lin ficou angustiada pela rigidez nos movimentos dele, como se sua própria pele fosse uma veste que não lhe coubesse bem.

Por fim, ele falou, mas não em voz alta. A voz ecoou na mente dela, como tinha acontecido no sonho. Ela nem se surpreendeu.

Pegue minhas luvas.

Lin o encarou.

Remova-as, curandeira. Dê uma olhada em minhas mãos.

Como se ainda estivesse no sonho, Lin foi em direção ao Rei Markus e se ajoelhou diante da cadeira dele. As mãos do rei estavam paralisadas sobre o colo. Ela levantou uma delas com cuidado; peso morto. Passou por sua cabeça se conseguiria fazer aquilo sem o treinamento que tivera como médica; a sensação de algo sinistro, algo terrível, importunou-a como um peso. Se ela não tivesse visto horrores antes — ossos partidos, ferimentos avassaladores —, será que teria saído gritando?

Ela pegou as luvas. Estavam estranhamente quentes, como se o couro emulasse a temperatura da pele dele.

Tirou uma delas depressa, em seguida a outra, deixando-as cair ali onde estava ajoelhada.

O rei estendeu as mãos expostas e Lin as encarou. Sentiu a respiração ficar presa no peito. Já havia visto queimaduras, pele ferida e castigada pelo fogo árduo. Membros que pareciam derretidos.

Mas aquilo era totalmente diferente.

A pele das mãos do rei estava preta e craquelada feito um pedaço de lenha chamuscado antes de ceder ao fogo. No entanto, não estava cinzenta — *brilhava*; veias escarlate se ramificavam pela superfície reluzente. Cortes ensanguentados, pensou ela, entorpecida, mas não era isso. Ao olhar mais de perto, viu que não era o sangue que parecia ferver sob a pele do rei.

Era fogo.

Conforme ele mexia as mãos, virando-as para que ela pudesse vê-las bem, a pele se flexionou, as rachaduras aumentando, deixando evidente o brilho de brasas vermelhas por baixo. Quanto aos dedos… outrora compridos e graciosos, como os do filho, supôs ela, agora, haviam se *fundido*, assumido uma nova forma em que cada mão continha três garras curvadas e de aparência grotesca, cada uma com uma unha perversa e torta na ponta.

Garras.

— Ah — sussurrou Lin. A voz dela parecia ecoar no silêncio. Não conseguia tirar os olhos das mãos do rei; se é que poderiam ser chamadas assim. — *O que* aconteceu com o senhor?

Ele voltou a flexionar as mãos e as virou, as garras se curvando para dentro quando o rei as fechou em dois punhos. Na mente de Lin, a voz dele crepitou feito uma fogueira.

Há muito, quando fui abrigado pela corte malgasiana, ouvi sussurros madrugada adentro.

Uma imagem começou a se formar na mente de Lin. Um quarto ricamente mobiliado, um rapaz se remexendo em uma cama de madeira alta. Ao redor dele, uma voz ecoava, um entoar suplicante em uma língua desconhecida.

Eram os sussurros de algo torturado. Atormentado. Que implorava pela minha ajuda. Comecei a vê-la quando fechava os olhos. Uma criatura de sombras presa na escuridão.

Lin a viu também. Uma densidade de sombras, e bem lá dentro, no coração, o brilho de dois olhos vermelhos, inexpressivos e monocromáticos demais para serem humanos.

Finalmente, não consegui mais suportar. Na calada da noite, fui libertar a coisa sem saber quem ou o que era.

O jovem, robusto e alto, o rosto parcialmente escondido pelo cabelo cor de trigo, foi em silêncio até uma escadaria de pedra curvada levando um lampião de marinheiro. Estava escuro, as paredes reluziam com umidade. Lin sabia que ele estava no subsolo. Viu o pavor refletido em seus olhos quando a luz revelou uma jaula. Uma jaula dourada, imensa, que teria a capacidade de abrigar um homem ou uma fera colossal, embora, naquele momento, não estivesse abrigando nem um, nem outro. Em vez disso, havia ali uma criatura de ouro em chamas do tamanho de um leão. O farfalhar de asas, a curva de um pescoço longo, que se virou para fitá-lo…

— Uma fênix — arquejou Lin.

Os malgasianos haviam capturado e preservado um poder antigo. Por gerações, mantiveram-no preso em uma grande jaula abaixo da sala do trono. Era dessa fonte que tiravam seu poder terrível. Está vendo?

Lin estava vendo. Viu cicatrizes na pele dourada do grande pássaro, viu que um dos olhos estava cego, viu as manchas escuras no chão da jaula, onde sangue tinha sido derramado repetidas vezes. Quantas vezes os Belmany teriam extraído o sangue daquela criatura magnífica para infundir poder em suas Pedras-Fonte? Como teriam açoitado e cortado a fênix até que a violência prometesse bênçãos e sucesso? Lin sentiu a dor — uma pena de partir o coração, uma raiva por ver tamanha raridade e beleza corrompida, usurpada.

Ninguém nunca obteve sucesso ao tentar invadir Malgasi. A família Belmany detém o país desde antes da Ruptura. É o poder da fênix que permitiu que eles mantivessem domínio sobre a terra. E nesse momento, percebi que, por milhares de anos, o poder deles dependeu da tortura daquela criatura. E que cabia a mim acabar com o sofrimento dela.

Descobri que, por algum motivo, eu tinha uma faca à mão, e, quase que contra minha vontade, enfiei a lâmina com tudo bem fundo no peito da fênix. O sangue me cobriu e senti o fogo dela invadindo minhas próprias veias.

Lin viu a faca, o sangue. A fênix berrando pela liberdade obtida ao morrer, seu tormento enfim terminado. Uma cachoeira de sangue como rubis em chamas.

Em pânico, recorri à única pessoa que sempre tinha sido bondosa comigo na corte malgasiana, meu tutor Fausten.

Lin viu um Fausten muito mais jovem se levantando de sua mesa, o semblante passando da curiosidade para o terror.

Ele teve receio de que fosse acusado de me contar a respeito da fênix, embora não tivesse feito isso. No entanto, era um dos poucos na corte que sabia da existência dela, e jamais acreditariam que a fênix havia me convocado por conta própria. Por isso, Fausten e eu fizemos um acordo naquela noite e ele fugiu comigo antes que o amanhecer chegasse, e voltamos para o meu país. Para Castellane.

Lin viu o jovem rapaz, agora sujo e desgrenhado, aproximando-se do Portão Sul de Marivent. Ele caiu de joelhos e beijou o chão. O cabelo cor de trigo assumira um tom pálido de branco-amarelado.

Fiquei esperando que os malgasianos reagissem assim que eu retornasse à minha terra natal. Que agissem contra mim. Contra a minha cidade. Mas isso não aconteceu. Comecei a entender por que quando senti as mudanças em mim mesmo. Eu estava fisicamente mais forte, ficava curado de ferimentos mais depressa do que de costume, mas minha mente vez ou outra vagava em sonhos que eram sobre estrelas e o céu, fogo e incêndio. Foi Fausten quem me contou a verdade: toda fênix morre e renasce, de novo e de novo. Os Belmany tinham impedido que a fênix que aprisionavam morresse e retornasse, mantendo-a sempre viva, sem nunca renascer, e aumentando sua tortura. Ela me viu como a única possibilidade de escape do inferno de sua jaula — não morreria e renasceria como esperado, morreria e passaria sua essência para o meu sangue. Ao longo dos anos, através de mim, ela realizava seu renascimento pela transformação. A família Belmany não podia me matar sem matar a chance de que a fênix renascesse e de que pudessem tomá-la de volta.

Tinha chegado a hora de Fausten cumprir seu lado do trato. Eu lhe dera abrigo na segurança de Castellane, longe da família Belmany. Então ele passaria a fazer para mim o remédio que desaceleraria minha transformação. Ele chegou a prometer que eu continuaria humano por muitos anos — um tempo no qual eu conseguiria me casar, procriar e gerar um filho que me sucedesse.

Fausten, no entanto, não foi leal a mim. Não sei quando voltou a se unir a Malgasi, ou o que prometeram a ele para me trair. Mas agora sei que ele começou a alterar a formulação do meu remédio. Minha mente se desfez em sonhos, na música das estrelas, no sussurro de asas. Eu as ouvia quer estivesse acordado ou adormecido. Comecei a sentir a fênix crescer dentro de mim e ansiei por libertá-la.

Quase perdi o controle uma vez, durante o Casamento com o Mar. Estava na água, e a fênix incitou que eu me Transformasse, que me libertasse da minha carne mortal. Não fosse Jolivet, eu teria renascido em chamas naquele exato momento. Contudo, minhas mãos se transformaram; dali em diante, eu as escondi dos olhos dos homens.

E foi aí que os malgasianos vieram. Depois de ter passado anos absorto em névoa e em sonhos, percebi que Fausten tinha mentido. Mantivera a lealdade à corte de Malgasi, e não a mim. Prometera entregar a fênix de volta a eles. Ela — eu — seria presa novamente. Torturada novamente. E por isso mandei executá-lo.

— Sim — comentou Lin. — Mas aí não restou ninguém para fazer seu remédio.

E, sem ele, comecei a me transformar. Acompanhei o massacre na Galeria Brilhante. Sabia que os malgasianos haviam causado a tragédia, mas não podia tocar no assunto. Aliás, mal conseguia falar. Agora entrei na fase da transformação na qual a fênix se prepara, de corpo e alma, para voltar a ser ela mesma.

— E é isso que você quer? — sussurrou Lin. Pensou no rei gritando para ela em malgasiano: *Estão tentando me impedir de me tornar o que eu sou.*

Eu? A voz do rei saiu baixa. *Não existe mais Markus. Não acho que sequer poderia voltar a ser Markus. Mas, sim, uma parte de mim anseia por um fogo imenso e purificante. Sonho com o céu aberto no qual poderei alçar voo. Não precisam mais de mim para governar Castellane. Meu filho poderia assumir o trono. Eu poderia ser livre.*

O desespero da lamúria em sua voz era doloroso. Outra coisa, porém, doía ainda mais. Lin disse:

— Mas Conor me disse que o senhor concordou, quando ele era bem novinho, que ele se casaria com a princesa malgasiana. Por quê? Por que deixar que tocassem seu filho?

Porque se eu tivesse negado, não teriam permitido que ele permanecesse vivo. Não podem me matar; eu sou a própria fênix. No entanto, graças a mim, Conor também tem o sangue dela nas veias. É um poder que ele desconhece — e um poder que o povo malgasiano sempre vai achar que pertence a eles. Sempre soube que ele corria perigo. É por isso que providenciei a ele o Királar. *O Portador da Espada.*

Lin soltou o ar.

— Mas Kel não pode protegê-lo de uma força dessas.

A ligação entre um príncipe e seu Portador da Espada é muito mais forte do que você imagina. Os malgasianos têm medo dela. E enquanto pensassem que um dia poderiam ter Conor, que a linhagem Belmany não perderia todo o poder que o pássaro de fogo lhes havia conferido...

— Só que agora eles sabem que não vão poder ter Conor. Não por meio do casamento.

Meu filho é esperto demais. Esperto demais para o próprio bem. A voz na mente de Lin se tornou mais fria. A forma como ele falava de Conor — havia certa possessividade, e nada do calor do amor. Será que era a possessividade do próprio rei, ou da fênix, devido ao sangue?

Lin pensou em Conor se curando das chibatadas, pensou em como a punição não deixara cicatrizes. Pensou que tivesse sido por causa do poder dela. Mas talvez fosse resultado do poder de Conor.

E então ele trouxe você até mim, comunicou o rei — ou talvez fosse a fênix falando agora. *Uma médica Ashkar. O grande pavor dos malgasianos — uma mulher Ashkar de grande poder. Que pode se tornar a Deusa.*

Lin pensou no Exilado. *Você precisa entender o poder das lendas, Lin. A Deusa é uma Deusa se seu povo acreditar que ela é.*

— Mas eles ainda têm magia — protestou. — Elsabet Belmany consegue emanar fogo das mãos…

Você conhece as Pedras-Fonte. Você tem uma. Os Belmany também têm algumas delas, que mantém em sua tesouraria, ainda carregadas com o poder da fênix, mas não vão durar para sempre. Em breve serão inúteis.

O rei abriu as mãos. As palmas dele eram um mapa de terra vulcânica, brilhantes como ônix preta, repletas de veias de fogo-sangue.

Dentro da cabeça de Lin, a voz dele saiu em um sussurro chiado.

Filha de Sorah, disse. *Você, assim como eu, está se transformando. Preciso que se torne o que está destinada a ser — pois caso os malgasianos tomem Castellane para si, terão posse da fênix novamente. Só um outro poder existente antes da Ruptura pode ser páreo para os exércitos deles. Eles conhecem a profecia da Deusa. É por isso que varrerão todos os Ashkar da face da terra, se puderem. Caso a Deusa renasça, ela terá o poder de destruí-los para sempre.*

Lin se lembrou da história que Aron lhe contara sobre o filho da Casa Belmany que se apaixonara por uma Ashkar e descobrira a lenda da Deusa.

— Foi por isso que me convocou aqui em sonho? — questionou Lin. — Porque meu teste é hoje? Não posso prometer que…

Shh. Posso fazer algo por você, e você pode fazer algo por mim. Lin conseguiu sentir o calor que emanou das mãos do rei, como se estivessem queimando gravetos no deserto. *Quando meu sangue a tocou, vi sua mente da mesma forma que você viu a minha. Vi o teste que deve enfrentar, e vi seus medos. Posso lhe dar poder, criança. Poder do meu sangue, que fará sua pedra brilhar mais do que qualquer outra na tesouraria dos Belmany.*

Lin ergueu o rosto para o dele.

— Mas o que eu poderia fazer em troca? Para o senhor?

Ele levantou as mãos; Lin sentiu as garras de cada lado de seu rosto, varinhas de fogo e espinhos. As garras a arranharam de leve. Ela sentiu o estômago se agitar — parte por repulsa, parte por desejo; não pelo rei, mas pelo poder prometido por seu toque. *Os malgasianos virão. Não podem ser detidos sem grande poder. Você será este poder. Protegerá Castellane. Protegerá seu povo. Pois, sem a Deusa, estamos todos condenados.*

Ele baixou as mãos, os olhos vagos fixados nela. E, pela primeira vez, falou, e não na mente dela, mas em voz alta, trêmula e rouca, embora ainda fosse a voz de um rei.

— O que os malgasianos temem é uma lenda — disse. — Reivindique seu poder. Dê a eles motivo para temerem de verdade.

Kel saiu correndo da luz do sol forte e subiu as escadas do Castelo Mitat, a mente em um turbilhão. Independentemente do quanto tivesse sido firme ao dizer a Andreyen que não temia a raiva de Conor, que o príncipe não veria tudo aquilo como traição, as palavras agora lhe pareciam ocas. Ele e Conor raramente brigavam, e também não conseguia se lembrar de um momento em que Conor tivesse demonstrado decepção genuína para com ele. Só de pensar nisso…

A ideia foi varrida de sua mente bem rápido quando ele levantou o rosto e viu Conor descendo as escadas. Estava nitidamente apressado, o semblante distraído, um maço de papéis debaixo do braço.

Os dois se encontraram na metade da escada. Conor se assustou ao ver Kel antes de lhe lançar um sorriso avoado. Estava vestido do mesmo jeito que estivera pela manhã, embora tivesse colocado um manto verde-escuro feito para ocasiões cerimoniais, com as rosas douradas dos Aurelian bordadas nas mangas. No cenho, um diadema de ouro.

— A caminho da Câmara de Controle? — perguntou Kel.

Conor assentiu e mexeu nos papéis que carregava.

— Documentos de sucessão para a Concessão da tinta — falou. — Beatris vai assumir o lugar de Ciprian. Não que ela esteja em estado de assinar papeladas, mas a Lei não dá lugar ao luto.

Kel pensou em Beatris Cabrol, em como ela sempre tendia a encontrar o irmão em qualquer festa ou baile, em como ficava ao lado dele como se dependesse de sua proteção. Pelo menos, pensou ele, Ciprian não entraria nas terras cinzentas sem que ninguém sentisse sua falta.

— É, não há o que fazer. E quanto à Concessão do chá...?

— Vai ser repassada para o irmão mais novo de Artal, Donan. Ele está sendo cuidado em Valderan, mas um cavalheiro já foi mandado para trazê-lo de volta. Enfim, onde foi que *você* se enfiou, hein? — acrescentou Conor, olhando para Kel com curiosidade. — Achei que estivesse em nossos aposentos.

— Fui falar com Lin — disse Kel, tendo cautela com as palavras. — O teste dela será em breve e queria desejar boa sorte a ela.

A mão de Conor apertou os papéis com mais força.

— Como ela está?

Kel titubeou. *Não posso contar a ele que ela está em Marivent neste exato momento. Que está com o pai dele, o rei. Que quando menciono o nome dele para ela, os olhos dela brilham com uma luz rara, assim como os dele quando menciono ela.*

Kel falou:

— Está nervosa, mas você conhece a Lin. Ela não demonstra.

— Não. — Uma sombra perpassou o rosto de Conor. — Não demonstra muito. — Então olhou de relance em direção às portas do castelo. — É melhor eu ir. Estão a minha espera na câmara. Mas Kel...

— Sim?

— Parece que faz tempo desde que conversamos. — Havia algo estranhamente formal no tom de Conor, uma nuance que Kel não conseguia identificar de todo. — Será que podemos nos encontrar ao fim da reunião?

— É claro. Também tenho questões que gostaria de tratar com você. Ficarei esperando no quarto.

Inevitavelmente, Kel pensou que o olhar que Conor lhe lançou foi estranho. Talvez nem imaginasse quais notícias Kel poderia trazer. No entanto, tudo o que Conor se limitou a responder foi:

— Estou ansioso para ouvi-las.

E depois partiu, descendo os degraus, o manto de veludo vermelho esvoaçando ao seu redor igual ao cabelo ruivo de Lin quando ela entrara correndo na torre.

O Relógio da Torre do Vento badalou às seis horas à medida que a carruagem avançava pelas ruas próximas ao Sault. Lin agarrou os cantos do assento, preparando-se para pular assim que chegassem.

Percebeu, ao sair da Torre Norte, por fim, que havia passado muito mais tempo com o rei do que se dera conta. O céu começara a escurecer em preparo para o crepúsculo, e o teste dela deveria acontecer ao sol poente. Havia pouquíssimo tempo para retornar ao Sault.

Ela sentia a Pedra-Fonte no broche pulsando feito um coração. O brilho fora tamanho quando ela saíra da torre que se sentira obrigada a cobri-la com as pontas do xale. A cor se alterara completamente, de uma forma que ela jamais havia visto, de um perolado luminoso a um vermelho quente e fumegante, a cor do sangue do rei.

Lin pensara que teria que usar o bisturi, mas o rei usara a garra da mão direita para abrir o pulso. O sangue dele parecia metal derretido, quase brilhando por dentro. Quando respingara sobre o broche, acendendo a Pedra-Fonte, ela sentiu o calor e ficou se perguntando como é que não causava agonia no rei ter aquele sangue correndo pelas veias. Cada gota que caía na pedra emitia um chiado, e a fumaça interior se transformou na cor de sangue e começou a rodopiar sob a superfície.

Ela também pensou que precisaria fazer uma atadura na ferida, mas esta se fechou quase que com a mesma rapidez com que ele a abrira.

— Obrigada — agradecera, mas ele havia se recolhido para dentro de si novamente. Limitou-se a observá-la enquanto ela recolhia a bolsa e saía do quarto, desatando a correr quando chegou às escadas.

Não sabia quando voltaria a ver o rei. Como ele ficaria sabendo se ela havia passado no teste ou não? Se de fato havia se tornado, ou podia vir a se tornar, o que ele esperava que ela fosse? *Você dará motivo aos malgasianos para que temam*, dissera ele, mas ela não enxergava nada além do próprio medo ao imaginar que isso poderia mesmo ser verdade.

Os portões do Sault finalmente apareceram na janela da carruagem. Antes que o veículo parasse totalmente, Lin se lançou pela porta aberta, quase tropeçando nas saias, e correu pelos portões.

Enquanto disparava pelo Sault, partes da paisagem familiar pareciam reluzir em um foco mais próximo, como se colocadas sob as lentes de uma lupa. A Casa das Mulheres, com as janelas de vidro colorido, projetando arco-íris no asfalto. As amendoeiras próximas ao muro oeste, que ela e Mariam escalavam quando crianças. O jardim de ervas medicinais, belíssimo ao pôr do sol. E, por fim, o Kathot, onde ela alegara ser a Deusa pela primeira vez. As lajes continham montes amarelos de pétalas de jacarandá, a redoma do Shulamat reluzindo com o sol poente e resplandecendo suas tesselas de bronze e dourado.

Parte dela esperava que a praça estivesse abarrotada, mas estava vazia. De fato, o Shulamat parecia ter sido fechado para a noite, todos já tendo ido dormir, embora fosse cedo demais.

Conforme se aproximou do Shulamat, Lin viu uma única figura nos degraus. Mayesh. Lin quase não o reconhecera vestindo o *hesilon*. Fazia tempo que não o via com outra coisa que não sua vestimenta de conselheiro. Ele parecia mais velho, pensou Lin, e mais sério também.

Ela o encontrou na metade da escada, quase que esperando que ele a repreendesse pelo atraso. Em vez disso, limitou-se a olhar fundo em seu rosto e falar:

— Pensei, por um momento, que não fosse vir. Até cheguei a torcer por isso. Mas é óbvio que está aqui.

— Estou. — O coração de Lin batia forte, inflamando uma avidez interna. Ela sentia o calor da Pedra-Fonte, queimando em seu peito. Ficou se perguntando se sua própria aparência estava estranha, talvez até rebelde, mas Mayesh não pareceu incomodado. Apenas preocupado.
— É algo que preciso fazer, *zai*.

— O teste — falou ele, e hesitou. — Pode não ser o que está esperando.

Ela olhou firme para ele. O que estava acontecendo? Ela, mais do que ninguém, sabia o quanto Mayesh podia ser cruelmente pragmático.

— Então o senhor sabe o que é — constatou Lin —, e acha que não sou páreo.

Por um momento, ele pareceu tão velho quanto realmente era.

— Não tenho permissão para contar o que o teste pode ser, Lin. Sabe bem disso. Mas… prepare-se.

Lin endireitou as costas. Acima deles, as portas duplas estavam escancaradas, somente a escuridão visível do lado de dentro. Ela estendeu a mão para o avô, que a segurou.

— Ande comigo — determinou ela. — Entraremos juntos.

Nunca se imaginara entrando no Shulamat com o avô do lado, nem mesmo na eventualidade improvável de um casamento. No entanto, naquele momento, entraram juntos de mãos dadas como se ela fosse muito mais nova. O rosto de Mayesh estava severo e inabalável, iluminado pela luz das centenas de velas que preenchiam o interior do Shulamat. Brilhavam por toda parte, nas vigas do teto, alinhadas ao longo dos parapeitos das janelas com vidros em padrão de diamante, e ardiam nos candelabros dispostos ao redor da plataforma elevada do Almenor.

Alinhadas em cada lado do corredor, estavam as testemunhas. Quinze mulheres, Chana Dorin entre elas, do lado esquerdo. Quatorze homens à direita. Todos vestiam *hesilon*; todos carregavam expressões semelhantes de apreensão. No topo do Almenor, três figuras se destacavam — o Maharam, com o cajado fincado firmemente à sua frente. Ao seu lado, Aron Benjudá, os ombros largos cobertos por um manto azul-escuro e com um diadema de prata na testa.

E, bem no meio deles, sentada em uma poltrona de madeira, estava Mariam.

Prepare-se, dissera Mayesh, mas o choque ainda era como ser despertada de um sonho estranho aos chacoalhões. Lin conjecturara muitos tipos de testes, mas nenhum deles envolvia ninguém além de si mesma. O que Mariam estava fazendo ali? Ela levantou o rosto para Mayesh, mas ele estava com o olhar voltado para a frente, os olhos fixados no Exilado.

— Lin Caster — disse Aron, a voz reverberando pelo Shulamat. — Aproxime-se do Almenor. Mayesh Bensimon, por gentileza, junte-se às testemunhas.

Por gentileza. Era uma ordem, embora a escolha de palavras fosse educada. Mayesh deu tapinhas reconfortantes na mão de Lin antes de se juntar aos demais homens. De frente para o Almenor, Lin seguiu com uma deliberação lenta pelo corredor. Tinha plena consciência do peso da atenção que a acompanhava — olhos curiosos em rostos familiares.

O Sault era pequeno; ela reconhecia cada um deles. O que será que queriam, era só o que se perguntava: vê-la alcançar o sucesso ou fracassar?

Logo à frente da plataforma elevada do Almenor havia um espaço redondo cercado de velas. No centro, curiosamente, repousava um divã baixo, coberto por um manto branco.

— Lin. — A voz de Mariam, aguda, mas firme, rompeu o silêncio. — Lin, eu não sabia… o que o teste seria.

Lin olhou para a amiga aninhada na cadeira de madeira maciça entre o Exilado e o Maharam. Os olhos de Mariam estavam arregalados e sombrios em seu rosto delicado. Ela segurava um xale cor-de-rosa ao redor dos ombros.

— Mari — disse Lin —, sinto muito. Nunca passou pela minha cabeça que eles a envolveriam nisto…

— Foi uma decisão do conselho — falou Aron. — E perante ela, é dever de todos anuir.

Lin queria ficar furiosa com ele, mas o pesar em seu olhar era genuíno. Talvez ele não demonstrasse diante do Maharam ou do conselho, mas estava evidente que não teria escolhido aquele teste.

Sem conseguir evitar, pensou em Conor, no que Kel dissera na carruagem. *Não é porque ele ama Anjelica que isso é tudo que Conor pode lhe dar. É porque ele ama Castellane.*

Assim como Conor precisava colocar o povo acima de suas próprias vontades, Aron também tinha esse dever. Os dois não eram assim tão diferentes, o príncipe e o Exilado.

Enquanto Lin ainda fitava Aron, ele levantou a voz e anunciou:

— Filhos de Aram. Somos aqueles que esperam, mas nem sempre esperamos. Outrora tivemos nossa Deusa entre nós; outrora triunfamos em nossa terra. Outrora não vivíamos confinados dentro de muros em busca de segurança; caminhávamos livres e com orgulho por nossas ruas e cidades, entre nossos exércitos e torres, navios e frotas, templos e salões de celebração.

Os olhares das testemunhas estavam grudados em Aron. Por mais preocupada que Lin estivesse, não podia negar a habilidade que ele tinha, pelo visto intrínseca, de reter a atenção de um público. As palavras tocaram algo dentro dela também. Algo bem fundo e jamais perdido — o sonho de um verdadeiro lar.

— Hoje vivemos em exílio. Mas não será assim para sempre. Um dia, nossa Deusa renascerá. Um dia, Aram florescerá novamente. É a Deusa quem escolhe o receptáculo no qual renascerá para nós. É por isso que temos o Tevath todos os anos; é por isso que conclamamos a Deusa a falar a partir da boca da mulher que contém nossa Senhora. — O olhar dele encontrou Lin. — Lin Caster alegou ser a Deusa. Declarou que ela reside dentro de si. E cabe a nós dar a chance a ela de provar.

Lin sustentou o olhar de Aron. Não quebraria o contato visual, independentemente do quanto tivesse medo por Mariam. Não podia demonstrar temor, que estava preocupada, em frente aos reunidos ali.

— Devemos proporcionar à Deusa os meios para que nos mostre a verdade de quem ela é — falou Aron, a voz como mel sobre espinhos. Lin ficou se perguntando para quem seriam os espinhos: se para ela ou se para as pessoas do conselho que haviam escolhido aquele teste em particular? — A Deusa, segundo a tradição, curava com um toque. Seu teste, Lin Caster, é curar sua amiga Mariam. Imponha as mãos sobre ela e cure a menina.

Lin precisou de todas as forças para esconder seu espanto. *Curar Mariam?* Como se todos no Sault já não soubessem que ela vinha tentando fazer justamente isso havia anos. Sentiu como se tivesse tomado um tapa, como se estivessem falando alto e bom som: *Você vem tentando há tempos e nunca conseguiu. Como é que vai conseguir agora?*

E mesmo assim... lhe ofereciam uma chance. Uma oportunidade que ela nunca teria alcançado de outra forma.

Aron ajudou Mariam a se levantar. Foi solícito e cauteloso ao levá-la da plataforma ao círculo de fogo e acomodá-la sobre o divã de cobertor branco. Murmurou algo que Lin não conseguiu ouvir e Mariam se deitou, as mãos cruzadas sobre o peito, o olhar mirando o alto.

Aron gesticulou para que Lin se aproximasse. Ao fazê-lo, ela pensou de repente no Rei dos Ladrões, no som estável de sua voz.

Mas pode usar magia, Lin. Não desperdice energia tentando burlar esses testes, nem acreditando que o tempo está se esgotando para você. Concentre-se em passar *no teste. Confio que seja capaz.*

Colocou-se, então, ao lado de Mariam. A garota estava com o olhar cravado no teto, mas à medida que Lin olhou para ela, foi virando a cabeça de leve e piscou. E algo se mexeu no peito de Lin. Ela tomou as mãos de Mariam e as separou, colocando os braços da amiga ao lado do corpo, e pôs as mãos abertas sobre o peito de Mariam, bem perto de seu coração.

Ela vasculhou dentro de si mesma. Mais no fundo, embaixo das lembranças da risada da mãe, da voz do pai. De Mayesh a levantando e a jogando no ar. Da enormidade de uma borboleta de um tom escuro de laranja pousando em sua mão. Das ondas cobrindo o porto após um dia de tempestade.

A Pedra-Fonte esquentou em seu peito, e Lin sentiu a energia vibrando ali dentro, fluindo para ela. O poder ardente no sangue do rei — um poder mais antigo que a própria Ruptura, um poder nascido com o alvorecer do mundo, quando maravilhas eram tão comuns quanto camundongos. Aquele mesmo poder fluiu para dentro dela e a atravessou; cercou todo o seu corpo. Ela se esgueirou e, sem problema algum, retirou uma palavra do vácuo: *totalidade*. Lin se debruçou sobre ela. *Contágio* se manifestou, então, mas ela a dispensou. Outras palavras começaram a surgir, as quais ela não conhecia, mas que expressavam reparo, cura, saúde e força. Esgueirou-se ainda mais fundo, conforme uma palavra forte se revelava — uma das palavras mais poderosas. Uma palavra que o conhecimento elevava à esfera mais soberana das palavras, mais alta até do que o paraíso.

Vida.

Ela pegou a palavra e a conduziu para baixo. Então Lin foi atravessada por um sentimento resplandecente e agudo. Naquele momento, era capaz de ver até os próprios ossos por baixo da pele das mãos, como se eles brilhassem feito tochas.

Mariam arquejou e arqueou as costas sob as mãos de Lin. Um fluido escuro vazava do peito de Mariam — não era bem vazar, era mais um pulsar intenso, como sangue jorrando de uma artéria.

Lin manteve as mãos coladas a Mariam conforme o fluido se derramava no chão feito chuva escura. As velas tremeluziam como se em meio a uma corrente de vento quando Aron correu para a beirada do Almenor.

Mariam se sentou. Colocou a mão sobre o peito, a expressão tomada pelo maravilhamento. Olhou afoita para Lin. O rosto corado de saúde como Lin não via havia muitos anos. Lin a fitava, com o coração batendo na garganta, enquanto Mariam respirava fundo — o peito se expandindo, a boca se abrindo de surpresa ao sentir os pulmões inflando.

— Não dói — declarou, embasbacada. — Não está doendo...

O Maharam assistia à cena, empalidecido. Ao redor de Lin, emergiram murmúrios de admiração e horror. Pareciam estranhamente distantes, quase que abafados.

— Lin — pronunciou o Maharam em uma voz obscura e terrível. Era a primeira vez que ele falava desde que ela entrara no Shulamat. — *O que você fez?*

Ele encarava as mãos dela. Lin seguiu o olhar dele e o que viu a assustou. Conseguia enxergar nitidamente, por baixo da pele e dos músculos, os ossos queimarem, incandescentes.

Lin estendeu as mãos à frente. Ainda sentia a magia pulsando no corpo, avassaladora, fazendo pressão nas bordas de seu eu consciente como se quisesse, mais do que qualquer coisa, libertar-se.

Não conseguia mais enxergar o Shulamat, nem ouvir as vozes ao seu redor. O que via era um corredor imenso e escuro, parcialmente perdido em sombras. Ao seu redor, pairavam estátuas sorridentes com rostos que lembravam crânios. E, diante dela, uma mulher — toda de preto, esguia feito um chicote —, que se virou para olhar para Lin, seu rosto frio e impiedoso. Lin jamais a vira antes, mas soube de imediato quem era.

Elsabet Belmany.

Viu Elsabet arregalar os olhos como se a estivesse reconhecendo. Os lábios dela formaram uma palavra: *você*. E então Elsabet estava vindo na direção dela, e Lin viu a Pedra-Fonte em seu pescoço, fincada sob a pele, pulsando como se fosse um segundo coração. Um riso maldoso marcou o rosto pálido da outra. *Era óbvio. Só podia ser uma Ashkar imunda.*

Lin pensou no rei, nas últimas palavras que ele lhe dissera. Na Guarda Lupina, nas forcas ensanguentadas e no terror promovido pelos nobres da família Belmany, e então levantou as mãos, as palmas estendidas. *Tenha medo de mim*, pensou, e o fogo que parecera estar aprisionado debaixo de sua pele se libertou. Jorrou dela como água de uma represa quebrada até que tudo ao seu redor fosse apenas luz e calor. Lin ouviu o crepitar das chamas e o desmantelar de pedras, e o poder começou a diminuir, a sumir, e a escuridão chegou como um vazio, cobrindo sua visão.

ELSABET

Elsabet Belmany, princesa de Malgasi, herdeira ao Trono da Fênix, está sentada e observa os cantos escuros da *cella* do templo. Faz-se silêncio, o único barulho vindo do Labirinto lá fora, além do som das botas de Janos e Bagomer enquanto andam pelo piso superior.

Se existe uma coisa que ela detesta — e, na verdade, detesta mais coisas do que pode contar — é esperar. E a dor da espera só aumenta à medida que o objetivo se aproxima.

Logo conseguirão colocar as mãos no Portador da Espada. Nem mesmo o príncipe será capaz de ajudá-lo depois daquela noite. O prazer que esse pensamento promove a faz se sentir nas nuvens, tão alto quanto o calor da chama no braseiro. Ela treme um pouco, olhando para o braseiro do outro lado da sala. Como deve estar quente no centro daquele fogo. Como deve ser glorioso…

De repente, endireita a postura ao ser tomada por uma sensação terrível de que há algo errado. Pressiona as mãos no abdômen, tomada por uma náusea repentina. *O que está acontecendo?*

Durante toda a vida, esteve sozinha em seu poder, sua Pedra-Fonte a única estrela queimando na escuridão. A escuridão, no entanto, está começando a ser inundada por uma luz terrível, e Elsabet está… temerosa. *Então sentir medo é assim*. Um pavor frio e desconcertante, como uma cobra moribunda se remexendo dentro da barriga.

Cambaleia até ficar em pé e em seguida quase cai nos degraus do altar. Ao transitar trôpega pela *cella*, acaba trombando os ombros na beira do braseiro, derrubando-o no chão. Pedaços quentes de carvão saem rolando pelo piso, incandescentes, e o fogo se alastra depressa pelas fileiras de assentos de madeira que ficam de frente para o altar. No escuro, Elsabet ouve o crepitar de chamas, mas o som se perde no ribombar do próprio sangue que enche seus ouvidos.

Jamais ocorreria a Elsabet que precisaria alertar seus guardas, mesmo que a mente dela não estivesse anuviada. Está tentando chegar à porta do templo assim como um mergulhador que se debate em direção ao ar e à luz. Quando ela consegue ser expelida para a noite, o barulho e o cheiro do Labirinto a atingem como um golpe. *Vozes e gritos, os berros estridentes de prostitutas e agiotas, o fedor de álcool e suor. E, lá em cima, o céu se tornou um laranja flamejante.*

Elsabet vira o corpo, tentando encontrar a fonte do fogo. O templo de Anibal está queimando, ela sabe disso, mas ainda não há chamas visíveis do lado de fora. E esse fogo — não é comum. É mágico. E está vindo do outro lado do grande muro que emerge de detrás do templo. De dentro do Sault.

Elsabet já não olha mais para o Labirinto. Agora está em uma sala escura, e de frente para ela está uma moça de cabelo ruivo e expressão determinada. Elsabet a reconhece imediatamente: a garota que estivera com o Príncipe Aurelian na biblioteca do Palácio. Ao redor do pescoço dela reluz um pingente, o círculo vazio do *magal. Era óbvio*, pensa Elsabet, *só podia ser uma Ashkar imunda.*

O rosto da garota muda, o olhar dela se torna mais severo. A Pedra-Fonte que está usando em um broche de prata cingido a seu vestido parece se encher de luz, ofuscando a visão de Elsabet. De repente, está de volta ao Labirinto, e o muro do Sault está se dissolvendo, grandes pedras despencando à medida que um fogo descomunal as reduz a escombros e poeira. E, pelo vão que elas formam, jorra um fogo que ruge em fúria e cerca o templo de Anibal.

Elsabet tem a certeza de ouvir os gritos de Janos e Bagomer, que se dissolvem no som do fogo e da avalanche de pedras. Vira-se para correr, mas o fogo a alcança em questão de segundos como um animal voraz atacando para matar.

VINTE E TRÊS

Kel andava de um lado para o outro no quarto que compartilhava com Conor, convencido de que acabaria deixando um rastro no centro do caro tapete hindês caro.

Estava escuro; o sol já havia se posto. Mais cedo, Kel vira fumaça no céu e ouvira os sinos da cidade, sinal de que um incêndio precisava ser apagado (não era uma ocorrência incomum, mas bastara para aflorar ainda mais o nervosismo de Kel).

Embora Marivent estivesse vivo, por conta da luz das tochas, Kel percebeu que a Torre Norte se encontrava escura. Lin já devia ter voltado ao Sault para o teste. A Câmara de Controle era invisível das janelas, mas de vez em quando criados apareciam percorrendo as trilhas do lado de fora carregando vinho e comida a caminho da reunião. Era totalmente possível que a reunião levasse a noite toda.

Kel rezou em silêncio, a nenhum deus em particular, para que tudo terminasse logo — principalmente porque seus nervos estavam sendo despedaçados pouco a pouco. Não parava de imaginar a confissão que faria a Conor. *Será que devo começar com: bem, existe um rei na cidade e um rei na Colina, e eles se comunicam. Pois têm Castellane em comum, entende?* Ou: *na noite do massacre da Galeria Brilhante, Jolivet veio falar comigo.*

Pensar em Jolivet o fez perder o fio da meada. O Legado insistira para que Kel mantivesse suas atividades em segredo; se Kel revelasse a verdade a Conor, será que Jolivet assumiria sua parcela de culpa? Será que negaria tudo e deixaria que Kel levasse a culpa? Ou revelar a verdade a Conor faria o Legado tomar medidas drásticas que colocariam todos eles em perigo?

Ao alcançar a porta dos aposentos na ala norte, ele parou, virou-se e começou a refazer o caminho por onde viera. Pensou em Antonetta — e uma dor aguda se espalhou em seu peito. Estava desesperado para tê-la consigo; apesar da raiva que estava sentindo dela, queria sua voz e seus conselhos. Kel mudou o percurso, seguindo até o armário e escancarando a porta pesada. Vasculhou as roupas, procurando um manto marrom que usava quando queria passar despercebido do lado de fora de Marivent. Não que ele não soubesse onde encontrá-la…

Titubeou, a mão ainda no ar. Podia até saber onde ela estava, pensou consigo mesmo, mas não podia confiar nela. A ideia tinha um gosto amargo; amar alguém em quem não se podia confiar era como ficar exposto ao frio congelante. Pensou em quando Lin disse: *Eu não quero amá-lo. Isso me assusta mais do que qualquer outra coisa de que já tive medo.*

Ele baixou a mão, franzindo o cenho. Era ridículo pensar em deixar o Palácio, de todo modo; prometera a Conor que ficaria esperando ali. No entanto, havia algo estranho no guarda-roupa dele. O manto marrom tinha sumido, e as estantes também estavam todas reviradas, como se ele ou Conor tivessem vasculhado o interior com pressa, procurando por algo…

Shh. O sussurro de um som. Kel se virou e viu que algo branco tinha sido enfiado embaixo da porta do quarto. Correu para abrir a porta e olhar no corredor, mas não viu ninguém lá fora.

O papel esvoaçou aos seus pés como o leve bater das asas de um pássaro. Ele se abaixou para pegá-lo e viu uma mensagem que fez seu sangue gelar.

Anjelica Iruvai fugirá do Palácio hoje à noite. Vá depressa e tente convencê-la a ficar. Se ela for embora, não preciso nem dizer o quão severas serão as consequências para Castellane. — Andreyen

* * *

A porta do Castelo Pichon estava trancada.

Kel andou de um lado para o outro diante da face vaga do Palacete com a sensação de ter gelo nas veias. Nunca tinha visto o castelo deserto, não desde que Anjelica começara a morar ali. Dois irmãos dela costumavam ficar do lado de fora, jogando cartas ou relaxando no gramado. Agora o Pichon estava apagado, as portas trancadas, o lugar em completo silêncio.

Pensou em gritar o nome de Anjelica, mas isso atrairia os Castelguardas. Eles chamariam Lilibet, Jolivet, Mayesh — todos em Marivent ficariam atordoados. O recado de Andreyen fazia um apelo para que Kel *tentasse convencer* Anjelica a não ir embora, e não para que trouxesse o peso dos Aurelian e das Famílias da Concessão sobre ela.

Foi então que Kel reparou na janela aberta a uns três metros do chão, de frente para a ponta da Trapaça. Se a memória não lhe falhava, provavelmente era uma das janelas na suíte de aposentos de Anjelica. Praguejando baixinho, Kel tentou se lembrar das aulas que tivera com Jerrod, flexionou os dedos e pulou para agarrar a parede.

Por sorte, o Castelo Pichon não era feito de pedra lisa. Os tijolos tinham uma textura irregular, o que conferia apoios seguros para os pés e para as mãos. Kel subiu, vacilante, até a janela em uma questão de instantes e se içou para dentro.

Pousou de mau jeito no piso de madeira, rolou e ficou de pé. Viu-se no quarto de Anjelica, iluminado apenas pelo luar. A cama estava à sua direita. As tapeçarias coloridas nas paredes tinham a cor sugada pela meia-luz branca.

— Anjelica? — chamou Kel, em voz baixa. Havia um ar de desuso no quarto, um aspecto de vazio e abandono. Ela não poderia já ter partido, certo? O que poderia tê-la feito ir embora tão às pressas de Marivent? Nada daquilo fazia sentido.

Foi então que ele viu um movimento nas sombras, na outra ponta do quarto, onde portas duplas davam para uma salinha de leitura. Cortinas, pensou ele, sendo sopradas pelo vento das janelas abertas. As janelas que davam para o jardim inutilizado dos fundos do Palácio…

Em silêncio, Kel tirou a adaga do suporte no punho, um lampejo de prata na penumbra. Deu um passo à frente, mas acabou congelando no lugar quando um vulto emergiu das sombras ainda mais escuras da sala. Por um momento, viu apenas o contorno de uma mulher na escuridão e pensou em Elsabet Belmany. Em seguida, o lampião que ela segurava se acendeu e ele a viu.

Anjelica.

— Ah, Kel — falou ela, triste.

Estava vestida para viajar. Um manto de linho com fecho na frente, botas de couro macias, uma túnica escura. As ondas de seu cabelo tinham sido presas em um coque na nuca. Em uma mão, segurava apenas o lampião, e na outra, uma lâmina curta e afiada, não muito diferente da adaga de Kel.

— Queria que você não tivesse vindo — lamentou ela. — Não há nada que possa fazer.

Bastou um olhar para ela e Kel soube que estava dizendo a verdade. Não ia partir porque estava brava, não estava indo embora por estar de cabeça quente ou em um estado de sofrimento ou perturbação. Estava calma e resoluta.

Antes que ele pudesse perguntar o motivo, um som veio de fora da janela. A voz de um homem subiu pelo ar da noite, cautelosa, um tanto preocupada.

— Anjelica?

Ela virou a cabeça.

— Um momento, Laurent. É o Kel.

Kel ouviu o corsário xingar. Algo em sua voz soava estranhamente familiar — talvez ele o tivesse ouvido falar no Baile do Solstício?

— Kel está aí? — gritou ele. — Bem, diga para ele também fugir de Marivent enquanto pode, em nome do inferno cinzento. Há espaço em Sedai.

— Laurent Aden. — Kel segurou a faca com firmeza. — Você está fugindo com Laurent Aden.

O olhar escuro dela também estava firme.

— Não tem nada a ver com você, Kel. Quanto menos você souber, melhor.

— Tem, sim, a ver comigo. Porque tem a ver com Conor. Você mentiu para nós desde o princípio, Anjelica.

Ela desviou o olhar. Então não tentaria rebater a acusação. Kel se viu acometido por lembranças súbitas, tudo assumindo um tom diferente, como se tivesse acompanhado o desenrolar dos eventos passados através de uma lente distorcida, e tudo agora estivesse bem mais nítido.

— Era mentira que Laurent estava apaixonado por você e que você o havia rejeitado — concluiu Kel. — Você o amava. Sempre o amou.

Vi você no baile... vi como ele olhava para você. Fiquei tentando me convencer de que não era nada, mas estava só sendo tolo, não estava? O plano era vir buscar você desde que pôs os pés em Castellane... por isso estava tão inquieta quando a encontrei no porto. Não parava de olhar ao redor, procurando por Aden. Não é? — Kel se lembrou da tensão dela quando ele a ajudara a desembarcar do navio de Kutani, do modo como ela passava os olhos pelo porto repetidas vezes. Esperando ver Laurent, mas não pelo motivo que Kel imaginara. Anjelica estivera torcendo para vê-lo; não contemplando o porto com medo de que essa eventualidade acontecesse.

Ele deu um passo adiante. A princesa se moveu com sutileza, a faca na mão lampejando, mas foi o bastante para detê-lo. Ele via, pelo manejo da lâmina, que ela sabia usá-la.

— Você é inteligente — comentou ela. — Era para Laurent me raptar do navio quando atracamos na doca. Quando ele não apareceu, pensei que tivesse sido morto.

— Tenho que lhe dar os parabéns — disse Kel, ponderando quanto tempo conseguiria mantê-la ali, falando. — Você não demonstrou a aflição que estava sentindo.

Ela endireitou a cabeça.

— Sou uma princesa. Tenho a mesma prática de Conor em não demonstrar o que sinto. E, de certa forma, fui honesta com Conor naquele dia. Quando falei a ele que não precisava que fingisse me amar, e que eu mesma não fingiria amá-lo, disse apenas a verdade.

— Porque você estava apaixonada por Aden.

— E Conor também está apaixonado por outra pessoa — respondeu Anjelica. — Você deve saber disso. — Ela o encarou, analisando-o. — Não temos muito tempo, *Királar.* Mas achei que devesse saber. Fiquei sabendo de muitas coisas a respeito de Conor: que ele era um monstro, egoísta e cruel. Mas ele não é nada disso. Tem um coração gentil, que mesmo depois de anos de política não foi destruído. E, se me perguntar, eu direi que é por sua causa. Você o manteve humano este tempo todo. Talvez esta não seja uma obrigação que, perante a Lei, caiba ao Portador da Espada, mas acabou sendo.

Kel ignorou. Não queria tocar no assunto naquele momento.

— Aquela história sobre a chantagem. Aquilo tudo era mentira. Você me usou para entrar em contato com Laurent através do Rei dos Ladrões.

Anjelica limitou-se a olhar para ele, a lâmina em riste, sem demonstrar o menor sinal de arrependimento.

— Por que não fugiu com Aden na noite do baile, então? — questionou Kel. — Por que esperar até agora?

Ela ergueu o queixo.

— Era o que Laurent queria. E o que eu queria também, mas disse a ele que não poderia abandonar Conor. Sabia qual seria o preço que Castellane pagaria por isso.

— Mas aí… o episódio do ornamento a fez mudar de ideia? — Kel se lembrou do que ela dissera naquele dia.

— Eu tinha acabado de dizer a Laurent que não poderia fugir com ele — respondeu Anjelica, em voz baixa. — Que eu não abandonaria Conor, porque ele havia demonstrado honra e respeito para comigo. E então fiquei irritada… tão furiosa que destruí aquele ornamento ridículo com Sedai.

— E é por isso que vai partir?

— É *óbvio* que não — retrucou ela, indignada. — Eu ainda assim ia ficar… estava brava, mas entendia. Sei que Conor está apaixonado por alguém que não pode ter; como é que eu não entenderia uma situação tão parecida com a minha? — Ela sacudiu a cabeça. — Ah, Kel. Você não faz ideia do quanto as coisas ficaram ruins, não é? Representantes de Malgasi entraram em contato com Laurent para demonstrar apoio e disseram que o ajudariam a me levar embora. Que fariam Conor se casar com Elsabet Belmany em vez de comigo, poupando-o do escândalo. Porém, quando neguei a oferta, eles não se detiveram. Aden descobriu que eles planejavam me assassinar para abrir caminho para Elsabet.

Malgasianos malditos. De novo isso. Tudo de ruim que acontecia em Castellane tinha as marcas sujas deles.

— Você deveria ter nos contado. Nós a teríamos protegido.

— Não sei nem se vão conseguir se proteger — falou ela, baixinho. — Se eu fugir, vou ser uma princesa que fugiu com o amante. A culpa vai ser minha. É muito melhor para todo mundo se a nobreza na Câmara de Controle me vir fugindo montada em uma aliá. Assim não haverá dúvidas quanto ao que fiz.

— E vão fugir para Malgasi buscando proteção? Não podem confiar neles, Anjelica...

— Aden não está cooperando com eles, não de verdade. Acham que vamos pegar uma carruagem e fugir para o navio dele. Mas nosso intuito é já estar bem longe do alcance deles quando enfim descobrirem que ele os traiu.

— Conor jamais se casará com Elsabet Belmany.

— Sei disso. Mas, se eu for assassinada aqui, mesmo que ele não tenha culpa na minha morte, não acha que Kutani vai querer se vingar? Não acha que uma segunda princesa morta pioraria tudo... para ele, para você?

— Preciso falar com Aden — pediu Kel. — Preciso saber o que os malgasianos disseram a ele...

Algo colidiu com as portas de entrada do castelo. O que antes era apenas silêncio de repente explodiu em um brado de vozes raivosas; luz irrompeu pelas janelas da frente. Uma voz severa gritou:

— *Abram! Abram em nome do rei!*

Kel se virou para olhar para Anjelica, que já se empoleirara na janela para o jardim dos fundos. A lâmina que segurava brilhou quando ela a embainhou. Olhou por sobre o ombro para Kel bem quando as portas de entrada do castelo cederam sob a força da multidão do lado de fora. Foram escancaradas, e um fluxo de Castelguardas logo entrou no cômodo.

Apesar do barulho, Kel ouviu Laurent chamando por Anjelica, mas ela ainda estava parada, com metade do corpo para fora, olhando para Kel. Ele inclinou a cabeça na direção dela como quem diz: *tudo bem. Vá.*

Ela se lançou da janela. Um momento depois, Kel ouviu o bramido de um elefante e o som de passos duros na terra.

Uma voz familiar ecoou em seus ouvidos. Kel girou o corpo como se estivesse em um sonho. Os Castelguardas formavam uma maré vermelha que inundava o quarto. Um borrão. Entre eles, no entanto, duas figuras se distinguiam. Conor, com o casaco verde com rosas amarelas vibrantes. E, ao lado dele, Falconet, todo vestido em preto e branco como um dominó. Ele olhou para Kel com uma sombra de sorriso, como o que o lançou naquele dia no Caravela, quando Kel agarrou a maçã que ele lançou.

— Onde ela está? — perguntou Conor, a voz firme. — A princesa. Para onde ela foi?

Kel balançou a cabeça.

— Fugiu com Aden. Não pude impedi-la.

— Ah, você tentou, é? — provocou Falconet, mas Conor já estava se virando para dar ordens aos guardas.

— Vão atrás dela, vocês cinco! — Ele apontou para um grupo de Castelguardas. — A princesa foi levada. Estão naquela maldita elefanta. *Não deixem que saiam pelos portões! Vão! Já!*

Conforme os Castelguardas se apressavam, Kel viu uma comoção à porta. Diversas figuras familiares tentavam entrar — Cazalet, o rosto redondo atipicamente sério. Lady Alleyne, vestida em seda vermelha. E Sardou, de cara fechada, se curvando para conseguir passar pela porta devido a sua estatura.

— Sim, tentei impedi-la, Falconet — disparou Kel em resposta. — Qual é o seu problema?

Falconet nem se deu ao trabalho de responder. Em vez disso, virou-se para o pequeno grupo de Castelguardas que restava e que aguardava por ordens. Kel sentiu o estômago embrulhando. Tinha algo de muito errado acontecendo.

— Pegue Anjuman, Benaset — falou Joss, e o sorrisinho de deboche nítido na voz, um tipo de triunfo repugnante. — Detenha-o.

Kel ficou esperando que Conor dissesse alguma coisa. Que explodisse com Joss, que ordenasse a Benaset que se afastasse. Mas Conor nada disse. Olhava para Kel com uma expressão que Kel nunca vira em seu rosto antes. Não conseguiu pensar em nenhuma expressão que se assemelhasse àquela. Talvez quando o rei ordenou que açoitassem Conor, enquanto o sangue escorria por suas costas como se nunca fosse estancar. Talvez a expressão fosse a mesma daquela vez.

Kel tinha plena noção de que Benaset estava atrás dele, agarrando seus braços e girando seu pulso até a faca cair tilintando no chão. Isso deveria tê-lo incomodado mais, mas ele só conseguia pensar em Conor.

Falconet disse, então:

— Pensou que fosse escapar? Fugir com a princesa antes que Conor descobrisse que você vem trabalhando pelas costas dele para o Rei dos Ladrões?

— Ainda não acredito — falou Sardou, aproximando-se do centro do cômodo, onde Kel estava em pé, próximo dos demais representantes de Concessões. — Anjuman sempre foi irremediavelmente leal. Como um cão.

Um eco perpassou nos ouvidos de Kel do que Roverge dissera, muito tempo antes. *O cão late em nome de seu mestre. Lata em outro lugar, cãozinho.*

— O Rei dos La... — começou Kel com a voz rouca antes de se virar para Conor. — Jolivet — falou. — Jolivet pode explicar.

Os lábios de Conor estavam brancos. Ele disse:

— Então você não nega.

— Joss já nos contou. Existem testemunhas da sua traição por todo canto em Castellane — vociferou Lady Alleyne, os lábios vermelhos como um corte em seu rosto. — Viram Kel entrar e sair da Mansão Preta. Entrar na carruagem com o Rei dos Ladrões.

— Estou dizendo — insistiu Kel —, Jolivet pode...

Conor levantou as mãos para cobrir os olhos.

— Chega — pediu, quase sem fôlego. — Só me diga que nada disso é verdade...

— Ele não pode. — O tom de Falconet tinha ficado mais grave. — Deve achar que seu primo é um paspalho, Anjuman. Quantas vezes saiu de fininho para ir à Mansão Preta, dezenas? Centenas? Achou mesmo que ninguém nunca percebeu? A Colina tem olhos por todo o território de Castellane. Você, como qualquer outra pessoa, deveria saber disso.

E era óbvio que ele sabia, pensou Kel. Mas nunca tinha se preocupado com isso. Sempre fora tão desimportante aos olhos das Famílias da Concessão; por que perderiam tempo com ele? Além do mais, os espiões da Colina reportavam tudo a Jolivet. Jolivet, que Kel presumira que o protegeria. *Onde é* que estava o Legado?

Mas Falconet continuou falando.

— O que o Rei dos Ladrões lhe prometeu em troca de informações sobre os Aurelian?

— Acho que isso é óbvio — disse Lady Alleyne, com frieza. — A morte de Gremont. Todos sabemos o que Kellian sente pela minha filha. Semana passada, ele tentou entrar na minha casa para vê-la. Ela ficou apavorada.

Isso é insanidade, pensou Kel, febril. Tentou chamar a atenção de Conor, mas Conor não olhava para ele. *Não queria* olhar para ele. Kel se sentiu sem fôlego, como se estivesse sendo sufocado. Não pensara grandes coisas deles, olhando de Lady Alleyne para Joss, como se não passassem de nobres em pânico mexendo no que não deviam. Sendo chantageados por Malgasi. Ele não previra a teia que vinham costurando ao seu redor.

Kel lembrou-se do que Elsabet Belmany dissera a ele no telhado. *Você ainda tem serventia para mim.*

— Não tive nada a ver com a morte de Gremont — falou Kel, a voz o mais estável possível. — E eu não tinha motivos para desejar mal a Ciprian…

— Ah, não, você só estava cumprindo ordens do Rei dos Ladrões, não é? — sugeriu Joss. — Viram você com Ciprian no Caravela, junto a diversos capangas do Rei dos Ladrões. E Ciprian não voltou a ser visto depois disso. Não com vida.

— Conor — entrecortou Kel. — Você sabe que isso não é verdade. Sabe que não sou assassino coisa nenhuma.

Sou um Portador da Espada. Protejo você. Não sou assassino.

Conor então falou:

— Existem testemunhas que possibilitem afirmar que Kel é o culpado por essas mortes?

— Kristof, do Caravela — respondeu Joss, e Kel se lembrou do homem loiro que entregara uma maçã a Joss. — E duvido que até mesmo Alys Asper mentiria aos Vigilantes, se soubesse da seriedade da situação…

— Você é um *desgraçado de merda*, Joss… — Kel se remexeu para atacar Falconet, mas Benaset o segurou com mais firmeza. Falconet deu um passo singelo para trás, sorrindo. Kel olhou pela sala, afoito. — Não está vendo? Isto é um truque. Ele está mentindo para você. Está tentando encobrir a participação dele nisso tudo…

— Nisso tudo o quê? — perguntou Cazalet.

— Na conspiração — respondeu Kel, sabendo o quanto soava desesperado. — Gremont, Cabrol… estavam trabalhando contra Castellane. Ao lado de Malgasi.

— Mas que absurdo — disse Lady Alleyne em voz alta.

— Sabíamos que havia ainda outra pessoa — emendou Kel. — Alguém próximo ao trono, alguém que era uma ameaça a Conor. Então era você — disse a Joss. — Você é o traidor. E você... — Ele olhou para Liorada. De alguma forma, não conseguiu criar coragem para chamá-la de traidora. Era uma mulher odiosa, mas também era a mãe de Antonetta. — Você não é melhor que ele.

— Então você *não nega* sua associação ao Rei dos Ladrões? — insistiu Cazalet, que parecia estar tentando resolver cálculos complexos. — Só está dizendo que não matou ninguém? — Ele se virou para Joss. — Bom, então nada disso é traição. Você tinha dito que ele tinha cometido traição ao trono.

— É traição ao trono ajudar a princesa de Kutani a planejar sua fuga de Marivent — respondeu Joss com frieza. — É traição ao trono levá-la para ver o amante pelas costas do príncipe... e temos uma dúzia de testemunhas que podem atestar que foi exatamente isso que Anjuman fez.

Conor se virou para Kel. Os olhos dele estavam arregalados, severos pelo choque, um tipo de prata fosca.

— Você levou Anjelica para se encontrar com o Rei dos Ladrões? Arranjou tudo para que ela visse Aden?

Kel não podia negar; não conseguia encarar Conor nos olhos e mentir.

— Você precisa entender que...

— É evidente que sim — zombou Falconet. — E ele mesmo estava prestes a fugir com os dois.

— Eu não estava prestes a fugir — rebateu Kel por entre os dentes. — Vim tentar convencer Anjelica a não...

— Ah, é mesmo? — disse Falconet. Foi à cama enorme, que possuía um grande arco na cabeceira, e se ajoelhou. Kel mal teve tempo de se perguntar o que raios Falconet estava fazendo quando ele se pôs de pé novamente, segurando uma bolsa de couro com duas alças. Era do tipo que comerciantes da Estrada de Ouro geralmente usavam às costas. Com Kel imóvel, Falconet abriu a bolsa com força e entornou o conteúdo dela no chão.

— Então o que é isso?

Conor puxou o ar, surpreso. Kel limitava-se a encarar a cena. Jogadas no chão estavam suas próprias roupas, das quais ele dera falta no armário:

o manto, peças no tom de verde marakandês, as botas. Conor conhecia aquelas peças da mesma forma que conhecia o próprio guarda-roupa.

Falconet se abaixou e pegou algo do emaranhado de pertences de Kel. Quando se levantou, e Kel viu o que balançava de seus dedos, seu coração parou.

— *Isso aqui* me parece valioso — vangloriou-se Falconet. — Sem dúvidas é propriedade dos Aurelian. Estava planejando vender nas Estradas de Ouro?

Era o amuleto de Kel. Como foi que Joss havia conseguido colocar as mãos nele? Não que Kel algum dia tivesse sido tão cauteloso assim com o objeto... afinal, por que alguém o roubaria? Se soubessem o que fazia, sabiam que só funcionaria com Kel. E, se não soubessem, bem, era provavelmente a joia menos valiosa nos aposentos de Kel e Conor.

Kel jamais imaginara algo como aquilo. Com o amuleto balançando entre os dedos de Falconet, brilhando de leve, Kel sentiu o coração quase se partindo por ele — por tudo que representava, pelo laço que o ligava a Conor, alma a alma.

Falconet lançou um olhar para Kel, a expressão dele — agora que Conor conseguia ver seu rosto —, uma tristeza delicada.

— É mesmo uma pena — disse. — Eu gostava bastante de você, Kel. Mas acho que você enganou a mim, assim como a todos.

Kel se virou para olhar para Conor, que tinha ficado da cor de cinzas velhas.

— Con. Hoje mais cedo, nas escadas, eu disse que havia algo que eu precisava te contar... e eu *ia mesmo* contar tudo a você. — Falava com o máximo de calma que conseguia. — É verdade, eu estava mesmo trabalhando com o Rei dos Ladrões. A pedido de Jolivet. Estava tentando descobrir quem tinha sido responsável pelos assassinatos na Galeria Brilhante...

Conor então falou, os lábios mal se mexendo:

— Joss me alertou de que você alegaria isso. Tudo isso.

— Porque ele *sabe que é verdade* — respondeu Kel, arquejando contra o aperto firme de Benaset. — Traga Jolivet aqui, pergunte a ele...

— Estou aqui. — Kel sentiu as mãos de Benaset se afrouxarem de surpresa; em algum momento, Jolivet tinha entrado no quarto, tão silenciosamente que nenhum deles tinha percebido. Pela primeira vez, ele viu um lampejo de ansiedade perpassar o semblante de Joss. O sentimento foi refletido no rosto de Lady Alleyne. Então eles não sabiam do envolvimento de Jolivet? Como isso era possível?

— Jolivet — disse Kel, com um suspiro quando o Legado avançou lentamente. Pela primeira vez, Kel achou que ele parecia velho: o rosto estava vincado, linhas finas aparecendo nos cantos da boca. Ele andava com certa rigidez, como se uma ferida antiga o estivesse incomodando. — Jolivet, conte a eles. O que sabemos, o que me pediu para investigar...

Conor se virou para o líder dos Castelguardas. Kel não conseguia ver a expressão de seu rosto, mas havia um traço de esperança na voz dele. Tão pequena que Kel duvidava que qualquer outra pessoa teria percebido.

— Aristide — disse Conor. — É verdade o que Kel está dizendo? Você pediu que ele trabalhasse com Morettus?

Jolivet pousou o olhar sobre Kel. Todos ali pareciam estar prendendo o fôlego. Até mesmo Joss, que havia falado tanto até aquele ponto, permanecia quieto. Algo parecido com arrependimento surgiu no rosto de Jolivet, e Kel pensou: *Isso vai ser difícil para ele também.* Teria que explicar por que tinha escondido os planos de Conor. Mas Conor entenderia. Kel o conhecia melhor do que ninguém. Ele só precisava explicar tudo do jeito certo...

— Infelizmente, Kel está mentindo — falou. — Nunca dei tais instruções a ele. O que me parece é que ele traiu a confiança de nós todos.

Foi como se algo tivesse explodido no fundo da mente de Kel. Usando toda a força de que dispunha, ele se soltou das mãos de Benaset e, por um momento, viu o medo assolar o rosto de Joss. Quando Falconet cambaleou para trás, Kel ouviu Jolivet vociferar uma ordem. Houve um estalo como um relâmpago perfurando o crânio de Kel, seguido por uma dor dilacerante.

Depois disso, só veio a escuridão.

ARON

Para Aron Benjudá, líder do povo Ashkar. De Conor Aurelian, Príncipe de Castellane.

Venho, por meio desta, informá-lo de que a família real de Castellane tomou conhecimento do dano causado aos muros do Sault por um incêndio recente. Asseguro, portanto, que colocaremos Vigilantes no vão aberto para protegê-los de quaisquer ocorrências até que a reconstrução do muro seja finalizada. Também é meu desejo pedir perdão por não agir com mais agilidade, mas fui informado por meus conselheiros apenas de que havia ocorrido um incêndio no Labirinto, e não do prejuízo causado ao Sault.

Soube que não houve baixas, o que me tranquiliza em demasia. Reafirmo, portanto, meu compromisso em assegurar que os Ashkar estão entre os cidadãos mais valiosos de nossa cidade, e caso surjam problemas no futuro, sinta-se à vontade para entrar em contato comigo diretamente, de príncipe a príncipe.

C.A.

Aron baixa a carta e franze o cenho. Todas as descrições que ouvira a respeito de Conor Aurelian não indicavam que alguém deveria esperar esse tipo de mensagem — generosa e cheia de consideração — do príncipe de Castellane, muito menos um Ashkar.

Aron tem plena noção de que tanto Lin quanto Mayesh passam um bom tempo na Colina. Seria possível que, tendo conhecido alguns Ashkar individualmente, o príncipe tivesse desmantelado os preconceitos nutridos por ignorância? Certamente essa é parte da intenção da coroa em manter um conselheiro Ashkar, mas...

— Exilado, posso ter uma palavra com o senhor?

Aron levanta o rosto. Está sentado no banco de pedra próximo ao Kathot; ao longe, vê Mez Gorin e outros homens trabalhando no muro quebrado. Atrás deles, os casacos vermelhos dos Vigilantes formam um muro temporário entre o Sault e o Labirinto. Por mais estranha que a circunstância toda pareça, Aron se sente grato pela presença deles. Os muros que cercam o Sault podem até ter sido construídos para proteger a cidade dos Ashkar, mas também acabam protegendo os Ashkar do caos e dos perigos da cidade.

Ele volta ao momento presente. Vê diante de si uma pessoa que já viu muitas vezes, mas com quem nunca falou diretamente: Mariam Duhary. Não se contém e lança um olhar avaliativo sobre ela. Ninguém mais a enxergaria como a jovem frágil e mirrada que um dia ele conhecera, mas então é acometido pelo pensamento: *Ela tem a mão da Morte sobre si*. Embora ainda seja magra, a cor de seu rosto é vigorosa, os olhos estão nítidos, o cabelo cai volumoso pelos ombros como se cada mecha estivesse viva com saúde e vigor.

Ele assente para ela.

— É claro que pode falar comigo.

— Que bom. — Ela dá um passo determinado para a frente. Um *magal* de ouro brilha em seu pescoço. — Gostaria de falar com o senhor sobre Lin Caster. E acho que sabe o que vou dizer.

Internamente, Aron pragueja. Lin. A última coisa sobre a qual ele quer conversar. O motivo pelo qual mal pregou o olho nas duas noites anteriores. Seu maior desafio, sua maior revelação, que parece estar se tornando seu maior arrependimento.

— Entendo, Mariam — diz ele, com o máximo de delicadeza que consegue —, que queira conversar comigo, e até mesmo concordo com você que o exílio de Lin foi injusto, mas a decisão foi do seu Maharam. Não posso interferir nisto.

Mariam sacode a cabeça. O *magal* brilha em seu pescoço, e Aron percebe tarde demais o que ele significa: o adorno pertencia a Lin. Lin, no entanto, não é mais Ashkar, e não pode usá-lo, então Mariam vai usá-lo por ela. Ele se lembra do torpor após o exílio de

Asher, da vontade que teve de guardar os pertences dele — livros, anotações, uma camisa verde que combinava com os olhos dele.

— Sei que isso não é verdade — contrapõe Mariam. — Vi o jeito como olhou para Lin quando ela me curou. Sei que enxergou a Deusa naquele momento.

Aron a encara. Não é o que ele esperava que ela fosse dizer — talvez porque enxergar a Deusa parece a ele uma experiência particular e pessoal. Talvez porque seja verdade.

— Eu a enxerguei também. — Mariam ergue o queixo. — Pode ser que, por sermos um povo que espera há tempo demais, o senhor tenha se esquecido de que seu propósito não é ser um político. Não é deixar o Maharam feliz e nosso povo complacente. Seu propósito é ajudar a curar o mundo ao proteger a Deusa quando ela renascer. E, se falhar nisso, vai desperdiçar não só o propósito da sua vida, mas também o da vida de todos os Exilados que vierem depois de você. — Mariam cruza os braços sobre o peito. — Então, o que vai fazer?

VINTE E QUATRO

Kel acordou na Trapaça.

Não percebeu onde estava de imediato. Só que estava deitado em uma superfície dura. Sua cabeça doía, e as sombras pareciam ziguezaguear em ângulos estranhos. Por um momento de alucinação, imaginou que aquilo era um sonho no qual ele estava preso em uma jaula com barras de ferro ao redor.

Lentamente, sentou-se. O estômago embrulhou, e a bile lhe subiu pela garganta. Inalou o ar estagnado e olhou ao redor: chão de pedra. Um colchão de palha e um cobertor esfarrapado. Uma jarra de barro de aparência barata. Três paredes de pedra se erguiam em seu entorno, uma fenda de luz bem no alto — uma janela com barras, através da qual o luar se derramava. Um penico de cerâmica no chão para propósitos óbvios. E, em vez de uma quarta parede de pedra, barras que iam do chão ao teto. Elas pareciam brilhar sob a luz fraca.

Kel rolou e se pôs de joelhos. Não achava que conseguiria ficar em pé sem vomitar, então engatinhou pelo chão até alcançar as barras. Agarrou uma com a mão direita, sentiu a leve vibração passando por suas palmas, como eletricidade estática.

Vidro estilhaçado.

Ele estava em *La Trecherie*. A Trapaça. A Torre da Traição. Os diversos nomes daquele lugar reviraram sua mente como as rodas de uma carruagem traçando trilhas sangrentas, e ele mal conseguiu se arrastar até o penico antes de vomitar dentro dele. Tossiu e cuspiu, balançando-se sobre os calcanhares, o amargor preenchendo a boca.

Conor. Tudo estava vindo à tona agora, em pedaços desconexos. O quarto de Anjelica no Castelo Pichon. Os Castelguardas invadindo de repente. Falconet. O semblante de Conor quando Falconet apresentou sua evidência, pintando Kel de assassino, de mentiroso, de traidor.

Kel foi até o colchão de palha e rolou nele, pegando o jarro. Graças aos Deuses, cheio de água poeirenta. Ele bebeu metade antes de perceber que não fazia ideia de quando o voltariam a encher. Com relutância, ele o baixou.

Primeiro, avalie a extensão de seus ferimentos, Jolivet sempre dissera. Então, à luz fraca da janela, Kel começou a se examinar. Havia um galo na parte de trás de sua cabeça onde fora atingido, ainda grudento de sangue. Ainda usava as mesmas roupas com as quais fora ao Palacete, embora agora estivessem meio rasgadas, manchadas de sangue. Imaginou que tivesse sido arrastado pela propriedade enquanto ainda inconsciente, e aquele era o resultado.

Fora isso, não estava machucado. Kel ponderou quanto tempo já devia ter passado ali. Será que ainda estava na mesma noite, ou permanecera inconsciente por um dia inteiro? A ideia o deixou totalmente desorientado, como se tivesse se desprendido do tempo. Se bem que, agora que ele era um prisioneiro, não importava mais a hora do dia, ou em que dia estavam. Não era como se ele tivesse compromissos a honrar — exceto o derradeiro, o que todos os homens e mulheres honrariam no fim.

Era como se ele pudesse ver o Guia Sombrio e a passagem cinza diante de si. Kel fechou os olhos, mas não melhorou muito. Gravado no verso de suas pálpebras, ele ainda via o rosto de Conor no Castelo Pichon. A expressão de alguém que recebera um golpe fatal. Uma criança abandonada na escuridão.

Pare, pensou consigo mesmo. Não havia por que ficar todo *sentimental* quanto ao que tinha acontecido, com o que Falconet fizera. A dor em sua cabeça começou a se retrair um pouco, e ele conseguiu pensar. *Faça perguntas*, ponderou. *Imagine que está diante do Rei dos Ladrões, tentando ligar os pontos de um mistério, tentando encontrar a última peça que se encaixa no vazio do quebra-cabeça.*

A primeira peça. Aquele recado. O Rei dos Ladrões não o tinha escrito. Alguém que sabia que Anjelica estava partindo o tinha enganado para que fosse até o Palacete. Alguém que tinha planejado o que aconteceria se ele estivesse lá quando ela se mantivesse fiel ao plano.

A resposta óbvia era Falconet. Alguém também havia pegado as roupas de Kel do armário, o amuleto, e os escondera no Palacete para dar a entender que ele estaria fugindo de Castellane. Kel pensou no amuleto reluzindo na mão de Joss, algo tão íntimo e pessoal entre Kel e Conor, de um jeito tão deturpado.

Falconet fingira bem. Agira como se não soubesse que Kel era, na verdade, Kel Saren, o Portador da Espada. Mas Kel se perguntou quanto tempo fazia que ele já sabia. Quando Elsabet contou a ele? Há quanto tempo ele estava de conluio com Malgasi, e quando ele decidiu que precisava se livrar de Kel — a pessoa que estava desvendando a verdade sobre a conspiração, chegando cada vez mais perto do nome de Falconet?

Pensou então em Joss na carruagem, quando estavam próximos aos canais. *Você não conversou com ele no Baile do Solstício, Con? Ele por acaso lhe pediu algum favor da realeza? Talvez que você pagasse dívidas de aposta dele ou se livrasse de um inimigo, de repente dois?*

E lembrou-se de Conor respondendo: *Acho que nem chegamos a conversar. Ele me pareceu ocupado demais em manter Esteve longe de Beatris.*

Falconet, deixando para lá. *Ah, bom, eu estava bem bêbado. Talvez seja coisa da minha memória falha.*

Mas a memória dele não havia falhado. Só confirmara a ele que Conor, no Baile do Solstício, era Kel. Quem sabe até confirmara o que Elsabet Belmany lhe dissera: Kel Saren pode se tornar Conor sempre que quiser. Ele provavelmente já enganou você diversas vezes. Joss era vaidoso; odiaria saber disso. E sem dúvidas ia querer colocar à prova qualquer coisa que Belmany lhe dissesse. Um deslize tão pequeno de Conor, mas que trouxera consequências bastante drásticas.

Kel passou a mão trêmula pelo rosto. Havia mais. Falconet fora quem lhes contara sobre a morte de Cabrol.

A cabeça de Kel girou. Ciprian abordara Kel no baile, querendo desabafar sobre a conspiração. Falconet descobrira que era com Kel que Cabrol tinha falado, não Conor. E que Cabrol, em desespero para limpar a própria barra, era um elo fraco. Talvez até tivesse descoberto sobre o encontro de Kel com Ciprian no Caravela. Independentemente do que tivesse acontecido, tanto Kel quanto Ciprian conheciam as ameaças da conspiração. E, um dia depois, Ciprian fora encontrado morto, e agora Kel tinha ido parar na Trapaça.

Kel chegou a sentir quase que certa admiração por aquele trabalho, de tão bem-feito. Ao mesmo tempo, o que mais queria era cortar Falconet em pedacinhos e espalhá-los pelo Labirinto. Afundou-se de volta no colchão que pinicava e fitou o escuro. Só entendera toda aquela tramoia, pensou, quando já era tarde demais. Não podia mais alertar Conor. Nem entrar em contato com o Rei dos Ladrões. *Meus amigos não fazem ideia de onde estou ou sequer de que alguma coisa aconteceu comigo. Deuses, o que vou fazer?*

Lin despertou com a luz do dia banhando o pé de sua cama. Não, não era sua cama. Era *uma* cama, mas o formato e a sensação não lhe eram familiares. Será que estaria no Etse Kebeth, ou na casa de um paciente?

Ela piscou para limpar a vista e se sentou. Sentia-se zonza, e tentou respirar com cuidado à medida que o mundo girava ao seu redor. Havia poeira no ar, partículas de pó dançando na luz que entrava pelas janelas altas. À medida que o restante do mundo parava de girar, ela percebeu que estava em um cômodo estranho, vazio exceto por uma escrivaninha, um baú ao pé da cama, e a cama em si.

As paredes eram lisas e escuras. *A Mansão Preta*, pensou. *Estou na Mansão Preta.* Jogou as pernas para fora da cama, a cabeça martelando, a dor como uma ferida latejando no fundo de seus olhos. Apoiou o rosto nas mãos por um momento, com dificuldades de se lembrar da última coisa que tinha acontecido. *O Shulamat*, lembrou-se. Imagens começaram a lhe voltar à consciência. Mariam, deitada com as mãos cruzadas sobre o peito. Os anciãos a cercando, sem falar nada, apenas encarando. O olhar no rosto de Aron. Mayesh com a expressão gélida. A mente dela girando com visões de palavras, com equações resplandecentes. Lembrou-se da sensação do poder a inundando como um rio, a última tentativa desesperada de controlá-lo, de transformá-lo em uma arma que poderia queimar as sombras ameaçadoras que atormentavam seus sonhos.

Um aro dourado e incandescente. E então o silêncio. E a escuridão, inalterada por luz ou som. Pensou que conseguia se lembrar da sensação de ser carregada. Sonhara em lampejos de imagens: chama e vidro, os pilares de um templo desmoronando, paredes caindo em fragmentos.

Minha pedra, lembrou-se, e teve um sobressalto. A Pedra-Fonte. Uma rápida verificação revelou que ela não estava cingida a suas roupas — estava usando uma túnica e calças limpas. Ela não pôde deixar de se perguntar o que teria acontecido com as roupas que usara no teste — nem as viu em lugar algum entre os lençóis da cama.

Deslizou da cama para o chão. Por um momento, as pernas dela se recusaram a oferecer qualquer apoio, e ela bateu no chão com os joelhos. Arrastou-se pelo piso até o baú no pé da cama.

As dobradiças rangeram quando ela abriu o tampo. Lá dentro estavam objetos familiares. As roupas, algumas delas, dobradas de maneira ordenada. Uma echarpe que Josit lhe dera. A bússola do pai, que ele usara nas Estradas de Ouro. A corrente de ouro fina na qual o *magal* de sua mãe estivera preso. Um livro de anatomia, um par de luvas que Mariam havia costurado para ela. Diversos pacotes de sementes rotulados com esmero. Ela os vasculhou, um sentimento frio crescente em seu abdômen. Cada item estava identificado com a letra de Chana; cada tipo de planta medicinal que só crescia no Sault.

Alguém que a conhecia muito bem tinha organizado aquele baú. Diversos *alguéns*, pelo visto. Fora preparado com um conhecimento do que a própria Lin levaria do Sault, se soubesse que nunca mais iria voltar.

Ela pousou a mão sobre a barriga como se fosse possível conter o pânico crescente. Sabia que deveria se colocar em pé e procurar Andreyen e os demais pela mansão. No entanto, não conseguia se forçar a se mexer. *Respire*, pensou consigo mesma, como já havia dito a tantos pacientes. *Respire fundo.*

Houve uma batida na porta. Lin ergueu a cabeça.

— Entre — tentou dizer, mas não conseguia formar as palavras. Franziu o cenho, tentou recomeçar, mas a porta já estava se abrindo.

O Rei dos Ladrões apareceu na passagem. Parecia inacreditavelmente alto e magro, uma figura de palitos com uma bengala na mão, totalmente preta exceto pelo oval do rosto branco. Vê-la no chão ao lado do baú aberto não pareceu surpreendê-lo. Ele andou pelo quarto e se sentou ao pé da cama.

Com um gesto característico, cruzou as mãos sobre o topo da bengala antes de falar.

— Lin — disse então. — Eu estava me perguntando quando você ia acordar. Já faz três dias. — Olhou para ela, sentada no chão, o baú aberto à sua frente. — Deve ter perguntas a fazer.

O que aconteceu?, tentou dizer, porém mais uma vez não conseguia conjurar as palavras. Em vez disso, indagou:

— Mariam?

O olhar verde de Andreyen estava afiado.

— Pode ser que você tenha problemas para falar por um período curto. A *gematria* que você performou foi tão poderosa que um pouco dela se libertou de dentro de você, da Pedra-Fonte. Acredito que por pouco não a matou… — Ele parou de falar ao ver a expressão no rosto dela e assentir como resposta para sua pergunta. — Mariam Duhary está bem — acrescentou. — Como se nunca tivesse estado doente. Ela terá uma vida longa, graças a você.

— *Ah.* — Uma grande tensão escapou de Lin, algo que ela carregara por tanto tempo que quase se esquecera do peso. — Quero vê-la…

— Lin — falou Andreyen. Virou a bengala nas mãos, seu gesto característico. — Você desmaiou quando o poder se libertou de você. Foi como um tigre encoleirado, de repente se libertando. Aquilo explodiu de dentro de você para o mundo. Um dos muros do Sault queimou, e um templo antigo para Anibal no Labirinto foi destruído.

A visão de Lin estava turva. *Sangue e fogo.*

— Alguém se machucou?

— Um ferimento irrisório aqui e ali. Arranhões e queimaduras. Você deu sorte: fazia anos que o templo estava em desuso, e os Shomrim não estavam perto do muro. E os Ashkar, com a diligência costumeira, já o estão reconstruindo. No ínterim, Castelguardas foram colocados onde o muro quebrou. Por ordem do príncipe.

Ele sondou o rosto de Lin, mas ela estava pensando em outra pessoa. *Conor*. Conor, fazendo com que os Ashkar fossem mantidos em segurança. Talvez não tivesse nada a ver com ela. Talvez tivesse sido a pedido de Mayesh.

— Preciso ver meu avô — disse Lin. As palavras dela estavam voltando, enfim; saíam enfáticas e severas. Como se pudesse sair por aí mandando no Rei dos Ladrões. — E Mariam… Preciso ver Mariam.

Andreyen deu uma batidinha na cabeça da bengala com a ponta dos dedos.

— Lin, você entende por que está aqui? Na Mansão Preta?

Ela sacudiu a cabeça. Não porque não tinha entendido, mas porque não tinha condições de falar aquilo em voz alta. A dor era como um osso enfiado em sua garganta. Algo que a dilacerava e a sufocava por dentro.

— Você foi exilada, Lin. Você agora é *galut*. Deixou de ser Ashkar.

Ela sentiu o calor atrás dos olhos. Lágrimas, raiva, recusando-se a terem vazão.

— Não faz sentido — protestou. — Eles pediram para ver poder. Eu lhes mostrei poder. Eles queriam uma Deusa. *A Deusa traz fogo*. Isso faz parte das nossas lendas, das nossas histórias…

— Eles queriam uma ideia de Deusa — contornou Andreyen. — Uma coisa é pedir que uma Deusa renasça; outra é testemunhar o fogo sagrado com os próprios olhos. As pessoas morrem de medo de Deuses, Lin, e os Ashkar não são diferentes. A Deusa é uma história de glória e força antigas. Mas ela não está neste mundo; vaga pela escuridão oculta, e isso por si só satisfaz o desejo humano de ter o próprio Deus, a uma distância segura. Porque, afinal, o que acontece com quem chega perto dos Deuses? Somente a destruição.

Lin não respondeu nada.

— Se serve de consolo, pelo que entendi, foi uma decisão controversa. Você tem apoiadores no Sault, mas a decisão cabe ao Maharam, e ele disse que a Deusa teria suportado o uso de tamanho poder e não teria desmoronado, como aconteceu com você. Que, seja qual for a fonte do poder que você usou, deve ter sido corrupta e maligna.

Lin focou o olhar vago nos objetos do baú. Mais uma vez, perguntou-se quem teria guardado aquilo. Imaginou as mãos gentis de Mariam dobrando suas roupas, pensou em Chana escrevendo com cuidado os nomes das plantas do jardim das plantas medicinais.

Não posso dizer que não me alertaram, pensou ela. *Repetidas vezes, Aron tentou me avisar. Mayesh também.*

— Não sei o que eu esperava — falou ela. — Afinal, não sou a Deusa. Apenas uma garota com uma pedra mágica.

— Aliás, falando nisso. — Andreyen pegou o broche de dentro do bolso do colete e o lançou para Lin. Ela o pegou nas mãos e girou o objeto, sentindo uma onda de alívio perpassar seu corpo. Alívio e surpresa. Pois ainda havia luz na pedra. Um coração em chamas, embebido em um brilho escuro.

— Achei — disse ela, então — que o tivessem destruído.

— Duvido que metade deles saiba o que é — respondeu Andreyen, e havia um amargor estranho em seu tom. — Mayesh Bensimon foi quem te trouxe aqui.

— Meu avô? Mas ele nunca soube que eu trabalhava com você… ou será que sabia? Por que me traria aqui?

O Rei dos Ladrões evitou o contato visual.

— Não subestime Mayesh. Ele sempre soube mais do que você imagina. E Lin, olha só. — Ele se inclinou para a frente. — A pedra ainda está queimando de poder. Depois de tudo o que fez, ela não morreu. Está *viva.*

Ela fechou a mão ao redor da pedra.

— Isso já não importa mais. Não vou voltar a usá-la.

Uma surpresa genuína passou brevemente pelas feições dele.

— Por que não?

— Tudo o que eu queria era curar Mariam. Isso eu já fiz. Fingi ser algo que não sou e fui exilada. Perdi… tanto. — Ela fechou os olhos.

— Mas também ganhou muito. Talvez possa não ser a Deusa do povo Ashkar, mas pode ser uma feiticeira, Lin. Uma feiticeira-rainha.

— Nunca quis ser uma feiticeira-rainha. Já estou farta deste poder.

— Seria um desperdício. De tudo que você aprendeu e fez. Entendo que…

— Ninguém teria a *capacidade* de entender.

— Entendo porque eu também fui exilado na juventude. Eu também quis aprender os caminhos da magia e fui punido. Toda a magia foi tirada de mim, além da possibilidade de um dia conseguir controlá-la. Mas você, Lin. Você ainda *tem poder.*

Lin abriu os olhos. Viu que os olhos verdes de Andreyen queimavam como os de um falcão. Então disse:

— Tudo com o que já se importou na vida foi com a magia. Nunca comigo. Isso tudo é só uma questão de poder.

— Sou o Rei dos Ladrões — falou ele. — Acha que minhas transações são com base em quê? Crime? Homicídio? Eu trabalho com *poder*, Lin.

Poder importa. Poder como o que Elsabet Belmany exibiu em Tyndaris. Mas Elsabet é uma força do mal. Você pode ser uma força do bem.

Elsabet Belmany. A visão que Lin teve no Shulamat voltou com tudo: a mulher de cabelo escuro nos degraus do templo de Anibal com as chamas nadando ao redor dela feito água. *Destruí o esconderijo dela,* pensou. *Mas ela não está morta; ainda sinto o poder de sua pedra em algum lugar perto de Castellane. E como eu poderia derrotá-la? Só posso usar o poder do rei, e Belmany tem um poder próprio.*

— Pare — pediu Lin. As palavras dele não passavam disso: palavras. Ecoavam no vazio que ela sentia até o fundo dos ossos. Tinha sido exilada. Não voltaria a ver Mayesh, nem Mariam, Mez, Chana, ninguém.

Além disso, perdera Conor. Escolhera um lar no Sault em detrimento de um lar com ele, e agora o Sault a rejeitara. E ali estava Andreyen, pressionando-a, querendo ainda mais dela, mais coisas que ela não podia fazer ou dar.

Ela fechou a mão com tanta força ao redor da Pedra-Fonte que doeu. As bordas do broche cortaram sua pele.

— Por favor — disse, quase não conseguindo encontrar a energia para suplicar. — Quero ficar sozinha. Deixe-me em paz.

No passado, por diversas vezes Kel havia olhado para a Trapaça e pensado no destino terrível que aguardava aqueles confinados em suas celas. Presos por detrás de Vidro Estilhaçado, sabendo que não haveria julgamento, apenas à mercê dos caprichos de Sua Alteza até que a execução fosse marcada. (E, depois, a água verde e gelada, o mordiscar e o devorar de dentes, os gritos humilhantes cessando apenas com o fim da vida.)

Nunca tinha pensado no quanto isso seria *entediante.* Observar um pedaço do sol viajando pelo piso. Aguardando a visita regular do guarda para trazer água e comida, não porque ele estava com fome, mas porque ouvir a conversa alheia quebrava a monotonia. Isso também permitiu que ele descobrisse que Anjelica e seu corsário haviam conseguido escapar pela Passagem Estreita, onde tinham se juntado a uma tropa de guardas com montaria liderados por Kurame, Kito e Isam; e que os Castelguardas tinham desistido àquela altura, pois os procurados estavam fora do território. De certa forma, Kel se sentiu consolado ao saber que pelo menos Anjelica estava a salvo das mãos assassinas de Malgasi.

Sentiu-se quase aliviado quando ouviu passos fora da cela. Sentou-se depressa, batendo a palha das roupas. Ele sabia que não era um guarda porque as botas faziam um barulho específico no chão de pedra. Com o coração rugindo no peito, Kel disse:

— Conor?

Uma sombra passou em frente à cela. E parou diante das barras. Uma sombra larga, alta demais para que fosse Conor. A decepção maltratou Kel, e luz invadiu sua cela. Diante dele estava o Legado Aristide Jolivet, assim como Kel o vira tantos anos antes no Orfelinat, vestindo o uniforme escarlate, o anel brilhando na mão. Com a voz rouca, disse:

— Acredite ou não em mim, mas eu nunca quis que as coisas acabassem assim.

Kel virou o corpo de lado e levantou o rosto para Jolivet — que o tirara do nada e o levara ao Palácio, que o ensinara a lutar por Conor, que ordenara que ele buscasse os responsáveis pelos assassinatos na Galeria Brilhante.

— Eu cuspiria em você — falou —, mas não me deram muita água.

— Não é possível que esteja tão surpreso — disse Jolivet. — Você sempre soube que um dia morreria por Conor.

— Não estou morrendo por Conor — rebateu Kel. — Estou morrendo pelas suas mentiras, além das de Falconet.

— Menti pelos Aurelian — respondeu Jolivet, sem emoção. — É o que sempre farei. É o meu dever, e o seu também. Se eu tivesse surgido naquele momento no Palacete e defendido você, dito que ao investigar as Famílias da Concessão você tinha agido sob minhas ordens, teríamos perdido a única mísera vantagem que temos sobre os conspiradores. Eles não sabem *a extensão do que nós sabemos.*

— Por favor, não diga "nós" — vociferou Kel. — Por que não conta a Conor, então? É só contar para *ele.*

— E no que isso resultaria? — indagou Jolivet. — Você é um Portador da Espada, Kellian, mas não vai conseguir voltar ao que era antes. Sua situação foi comprometida demais. Não pode ser colocado de volta ao lado de Conor para viver como "primo" dele, entre os amigos, inimigos dele. Não num momento como este. — Ele falava com uma incredulidade singela por Kel ainda não ter se dado conta disso. — Se um escudo é quebrado, não se deve mais tentar usá-lo, mas descartá-lo durante a batalha. Se você fosse um tipo diferente de soldado, Kel, e estivéssemos num tipo de guerra diferente, você poderia até ganhar uma medalha. No entanto, o que posso lhe oferecer é somente uma morte honrável.

— Que mentira deslavada — retrucou Kel. — Você poderia me libertar. Expulsar-me para o exílio. Mas não quer fazer isso. Porque sei demais sobre os Aurelian, sobre as picuinhas da Colina. Se eu não estiver atrelado ao Palácio, sou um perigo para você. Ainda que eu jurasse meu silêncio, você jamais confiaria em mim.

Fez-se um longo silêncio. Jolivet então falou:

— Às vezes me pergunto se lhe fiz um desserviço ensinando-o bem demais.

— Me ensinar — respondeu Kel — não é o desserviço que está fazendo a mim.

— Eu me lembro de quando você era apenas um menino do Orfelinat — continuou Jolivet. — Naquela primeira noite que esteve no Palácio, todos ficaram impressionados com a sua sagacidade. Pensei com os meus botões: talvez fosse melhor que o garoto não fosse tão inteligente. Um dia ele vai saber coisas demais para acreditar em glória e honra. Vai sempre entender tudo bem demais para ficar em paz com o que está destinado a ser.

— Vou te dizer o que entendi, então — falou Kel. — Entendi que você está achando que vai conseguir lidar sozinho com a questão da conspiração, da traição de Falconet e Alleyne e sabe-se lá de quem mais. Sem contar a Conor. Mas já passou muito da hora de ele saber de tudo.

— Assim como você me contou o que descobriu em Tyndaris? — falou Jolivet. — E imaginou que eu não fosse descobrir? Que não tenho espiões entre os guardas de Lady Alleyne? Todos fazemos escolhas quanto ao que revelamos, Kellian.

— Então você sabe a gravidade da ameaça? — indagou Kel, sentando-se. — Sabe a extensão do perigo que ele está correndo? E ainda assim não vai contar a Conor...

— Não é da sua conta o que Conor sabe, não mais — retrucou Jolivet. — Você já é um homem morto, Kellian. E o Palácio de Marivent só mantém relações com os vivos.

* * *

Lin não sabia quanto tempo tinha passado deitada na cama na Mansão Preta, segurando a pedra. Sabia que uma parte do sol em sua coberta havia se transformado em crepúsculo, sombras se apresentando na estampa de novos ângulos que criavam formas como as que às vezes podiam ser vistas nas nuvens.

Em determinado momento, ouvira vozes à porta — Merren e Ji-An, tinha quase certeza —, mas não os tinha respondido nem feito barulho algum, e depois de um tempo as vozes começaram a sumir junto aos passos.

Lin não conseguia descrever as próprias emoções. A grandiosidade do que perdera a impedia de sentir tudo em completude. O choque amenizou o golpe, como acontecera quando seus pais morreram, afogando seu luto em um torpor nebuloso. De vez em quando um aspecto específico da perda a avassalava, e só então ela a sentia, do jeito que seus pacientes descreviam sentir lampejos de dor invadirem uma névoa de *morphea*. (*Josit... ai, minha Deusa, Josit. O que aconteceria quando ele retornasse ao Sault? Quem lhe diria que Lin tinha sido expulsa e que ele jamais poderia voltar a vê-la? Não ia poder escrever para ele nas Estradas de Ouro; uma pessoa exilada não podia escrever para um Ashkar de boa-fé sem macular sua reputação. Ah, meu irmãozinho*; pensou ela, *como sentirei saudades.*)

Depois de um longo tempo, pôs-se de pé. Tropeçou nas roupas, reparando com vago interesse os hematomas que marcavam sua pele pálida. Estavam mais feios do lado direito do corpo. Talvez tivesse caído em cima daquele lado; não se lembrava de ter caído no Shulamat. Só conseguia se lembrar das mãos queimando, agora sem marca alguma.

As poucas roupas guardadas para ela no baú eram os vestidos coloridos que Mariam lhe fizera ao longo dos anos. Verde, escarlate, bronze. Nada azul ou cinza. Nada *Ashkar*.

Ela colocou um vestido florido de musselina, escovou o cabelo e o trançou. Tinha acabado de calçar um par de sapatos quando o som de uma voz familiar perfurou a madeira grossa da porta.

Lin congelou. Não conseguira identificar as palavras, mas a cadência e o timbre ela conhecia. Sempre conhecera, mesmo quando tentara se esquecer. Cingiu o broche dentro da manga e saiu para o corredor, seguindo o som de vozes até a Grande Sala.

As janelas estavam abertas, deixando entrar uma quantidade incomum de luz e sons da cidade: o chacoalhar de rodas de carruagens, o vento sacudindo os galhos das árvores na Praça Escarlate, o canto leve dos pássaros. Um lembrete de que, independentemente do que tivesse acontecido, Castellane seguia sua vida.

Merren, Ji-An e o Rei dos Ladrões estavam reunidos no meio da sala. Nenhum dos três parecia estar lá muito feliz. Merren tinha um ar de quem estava genuinamente irritado e gesticulava com as mãos em preocupação.

Nada disso pegou Lin de surpresa. O que a surpreendeu foi que Mayesh estava entre eles usando suas vestes cinza e com o semblante tenso. Havia algo diferente nele, embora ela não tivesse conseguido determinar o que era a princípio.

— *Zai?* — Lin entrou na sala devagar. — O que está fazendo aqui?

Mayesh assentiu na direção dela.

— Lin. Você acordou.

— Estamos falando de Kel. — Merren parecia feliz em vê-la de pé e circulando pela casa, mas a preocupação ainda marcava seu rosto. — Prenderam ele na Trapaça.

— O quê? Mas *por quê*? — indagou Lin. O coração disparou. Não podia ser... não pelo que ele havia feito por Lin, certo? Ao deixar que ela entrasse em Marivent, nos aposentos do rei, às costas do Esquadrão da Flecha? Mas como alguém poderia ter descoberto *uma coisa dessas*?

— A informação oficial — falou Mayesh, com pesar — é que pesa sobre ele a acusação de assassinar Artal Gremont e Ciprian Cabrol. Sabemos que tal ideia é ridícula, mas há muitas testemunhas contra ele. Alleyne. Falconet. Sardou. — Mayesh olhou para Lin. — Seus amigos me contaram a respeito da conspiração — acrescentou. — Faz tempo que suspeitava de que alguém da Colina estava envolvido no massacre da Galeria Brilhante, mas não fazia ideia de que eram tantas pessoas, ou de que contavam com o apoio de Malgasi.

— Mas e quanto ao Legado Jolivet? — questionou Ji-An. — Kel agiu por ordens dele este tempo todo. O Legado não pode defendê-lo?

— Ele não defendeu — contou Mayesh. — Negou o próprio envolvimento. O que significa que não podemos confiar na lealdade dele nesta questão.

— E o senhor? — indagou Lin. — Não pode defender Kel?

Mayesh hesitou por um longo instante.

— Não sou mais conselheiro do trono de Castellane — falou então. — Não posso retornar a Marivent, nem falar com o príncipe.

Foi então que Lin se deu conta do havia de diferente no avô. O medalhão de prata, que sinalizava seu ofício, não estava onde deveria.

— Mas isso não é possível — rebateu ela. — Por que... Quem o dispensou? E por que alguém faria isso? O senhor aconselha o trono há mais de três décadas.

— É pior do que eu imaginava — murmurou o Rei dos Ladrões. — Sem Kel, sem você... o Príncipe Herdeiro vai ter que se virar sozinho.

— Conor o dispensou porque o senhor tentou proteger Kel? — falou Lin. — Foi por isso?

— Fui dispensado pela rainha e pelo príncipe — respondeu Mayesh. — Enquanto conselheiro, sempre recomendei que o príncipe confiasse em seu Portador da Espada. O que me parece é que pensaram que meus conselhos tenham sido dados de má-fé.

— Má-fé? — repetiu Andreyen em voz baixa.

— Suspeito de que a podridão da conspiração tenha se espalhado muito mais do que as aparências levam a crer — emendou Mayesh. — Quem é que sabe que tipo de veneno pode ter sido pingado nos ouvidos da rainha? Ela me disse para retornar ao Sault e servir a meu próprio príncipe, o Exilado.

— Que coisa mais vil — comentou Ji-An.

— Eu sabia que não dava para confiar na monarquia — murmurou Merren.

— Conor jamais machucaria Kel. Jamais. Kel é uma das poucas pessoas no mundo com quem ele se importa — rebateu Lin.

— E é por isso que a ideia de ser traído por ele é tão destrutiva — explicou Mayesh. — Concordo que Conor não faria mal a Kel. Mas o príncipe de Castellane talvez precise fazer. Dois nobres estão mortos. A aliança com Kutani foi rompida de um jeito irremediável. Não podem deixar transparecer que Conor perdeu o controle da situação. Kel é quem vai ter que pagar o preço.

— Então vou resgatá-lo — falou Ji-An. — Podemos tirar qualquer pessoa de qualquer lugar. Vamos tirá-lo da Trapaça. Só precisamos de reforços...

— Não — interrompeu Andreyen.

Todos, exceto Mayesh, olharam para ele em surpresa.

— Não — repetiu Andreyen. — Não podemos entrar em Marivent. *Eu* não posso entrar em Marivent, nem ninguém sob minha instrução ou ordem.

— Kel entrava — ressaltou Merren. — Mas... acho que ele não era seu empregado, era?

— Não era — respondeu Andreyen. — E ele pagou um preço alto por trabalhar conosco.

— O rei da Colina também é proibido de vir aqui — falou Mayesh —, então a Mansão Preta é protegida. Tem sido assim há muito tempo. O Rei dos Ladrões fica longe de Marivent e Marivent, longe do Rei dos Ladrões. Só estou aqui porque não represento mais o Palácio.

— Isso é ridículo, Andreyen — protestou Merren. — Espera que fiquemos aqui plantados enquanto dão Kel de comer para os crocodilos?

— Também não gosto dessa ideia — retrucou Andreyen. — Mas estão me pedindo para fazer o que somente do rei da Colina pode fazer, e eu sou o rei da cidade.

— Mas nós *sabemos* de coisas — falou Ji-An. — Certamente nosso conhecimento deve servir em prol da vida de Kel...

— Parem. — A voz de Lin saiu severa. — *Eu* vou ao Palácio. — Já estava de noite, evidentemente, e os Ashkar não podiam transitar pela cidade após escurecer. Mas ela não era mais Ashkar. — Contarei a Conor que Kel nunca agiu com o intuito de fazer mal a ele. Farei com que entenda quem são seus amigos de verdade. — Ela passou os olhos pela sala, fixou-se em Andreyen, que a encarava com um sorrisinho de canto. — Não vou estar sob ordens do Rei dos Ladrões. Estarei tomando a decisão por conta própria.

Mayesh não pareceu surpreso. Tudo o que disse foi:

— Então vai conseguir entrar no Palácio?

— Os guardas do Portão Norte sabem quem sou — disse Lin. — Vão me deixar entrar. — Ela olhou para o avô. — Pode me acompanhar até a porta? Sei que é proibido que o senhor sequer ande comigo, mas...

— Algumas Leis não passam de tolice — respondeu Mayesh com a voz grave, e se juntou a ela ao sair.

Ao seguirem pelos corredores da Mansão Preta, Lin não conseguiu evitar um olhar de esguelha furtivo para Mayesh; o rosto altivo dele estava franzido, as linhas de tristeza cortando feito sulcos nos cantos da boca e dos olhos.

— Vovô. — Por impulso, ela pegou a mão dele. — Peço que me desculpe. Sinto muito mesmo.

— Pelo quê? — respondeu ele, a voz rouca, embora não tivesse largado a mão dela. — Por ter sido exilada? Acredito que eu tenha contribuído para este quesito. O Maharam não ficou muito feliz com o modo como falei com ele.

— E quanto a Aron? — indagou Lin. — Ele me disse tantas vezes que isso era um erro. Deve estar feliz com o desenrolar de tudo.

— Eu não teria tanta certeza — respondeu Mayesh. — Aliás, tenho certeza de que ele não está feliz.

— Mas o que o senhor vai fazer agora? — perguntou ela. — Agora que não é mais conselheiro, o senhor vai ficar bem?

Pela primeira vez em muito tempo, ele sorriu.

— Sim. Vou me sentar em minha varanda, fumar meu cachimbo e jogar frutas *sabra* nas crianças que tentarem arrancar minhas flores. Pensando bem, talvez essa dispensa tenha sido boa. — Ele analisou o rosto dela. — Significa que não preciso perguntar a você por que se refere a Conor pelo nome concedido a ele pelos Deuses, e não pelo título que ele ocupa.

Lin ficou tensa.

— Eu...

— Eu já sabia que Conor não tinha começado a me fazer perguntas sobre os Ashkar do dia para a noite por pura curiosidade sobre a minha vida — disse Mayesh. — Deveria ter adivinhado que a curiosidade, na verdade, era sobre a sua. — Ele titubeou. — Acha mesmo que ele lhe dará ouvidos?

— Ele ouve o que tenho a dizer — falou Lin —, às vezes.

Mayesh assentiu devagar.

— Então você deve tentar.

Kel estava deitado, desperto, analisando o progresso da lua subindo no céu através de sua única janela. Tinha acabado de começar a pegar no sono quando ouviu passos no corredor.

E se perguntou imediatamente como ele pôde, antes, ter confundido Jolivet com Conor. Até mesmo os passos de Conor lhe eram familiares.

Ele os reconheceria em qualquer lugar. *Se eu estivesse morto e enterrado e esses pés andassem sobre meu túmulo, eu reconheceria os passos.*

Kel encostou as costas na parede e se deixou deslizar. Estava sentado no chão quando Conor apareceu em frente às barras. Mal havia luar o suficiente para Kel enxergá-lo direito, mas não importava. Era Conor.

Conor o fitava em silêncio. Kel não sabia quanto tempo havia passado na Trapaça — três dias? Em quinze anos, aquele era o mais longo período que passara sem ver Conor Aurelian. Certamente não era tempo suficiente para Conor ter mudado de forma significativa. E no entanto, havia algo de diferente no príncipe — no traço da boca, no olhar. Em aspectos que Kel jamais notara antes, Conor o fazia lembrar Lilibet.

Assim como ela, a aparência dele estava perfeitamente polida. Botas pretas altas, túnica de seda e manto de veludo com fecho cor-de-rosa na frente. O diadema alado de prata prendia o cabelo escuro para trás. Um par de luvas cinza eram seguradas sem esmero em uma das mãos. Mas Conor estava em um certo estado de alerta, de tensão, que lhe era novidade. Ele nunca tinha ficado em alerta perto de Kel.

— Eu sabia que você viria — disse Kel.

— Como tinha tanta certeza? — O tom de Conor era leve e sem emoção. Só que isso não significava nada, falou Kel a si mesmo. Conor passara anos sendo treinado para usar o rosto, a voz como ferramentas de diplomacia. Para não demonstrar nada que não quisesse expor.

— Porque não acho que você confie tanto assim em Falconet. Porque acho que deve ter começado a enxergar os buracos na teia de mentiras que ele está tecendo para você. Porque você *é mais esperto que isso*, Con.

— Ah, não sou, não. — Conor se recostou nas barras da cela de frente para a de Kel. — Aprendi a não confiar em meus instintos. Parece que estão sempre errados.

Kel sentiu vontade de chutar a parede.

— Não pode acreditar de verdade que eu o traí por dinheiro...

— É claro que não. — As palavras saíram em um chiado doloroso. — A traição por si só já pesa mais do que a motivação para ter me traido, não entende isso? E não consegue entender que não quero acreditar que seja verdade? Mas não posso me permitir ignorar o que está nítido.

— O que está nítido é que Jolivet está mentindo. Assim como Falconet e...

— *Todo mundo* em Castellane está mentindo, então? — Conor começou a andar de um lado para o outro diante da cela. — Na assembleia da Câmara de Controle, quando nos reunimos para discutir as Concessões de Gremont e Cabrol, Falconet surpreendeu a nós todos alegando ter provas de traição ao trono. Traição *da sua parte*. Ele nos alertou da aliança secreta que forjou com o Rei dos Ladrões. Dos planos que tinha de trair Castellane ajudando a princesa de Kutani a se reunir com seu amante...

— Conor...

— Ele levou *dezenas* de testemunhas. — Conor subiu o tom de voz. — Benaset se levantou para dizer que você saía constantemente do Palácio para ir à Mansão Preta. Falconet mandou Castelguardas seguirem você, sabia? E aí a atendente da taverna de Pequena Kutani alegou que você se encontrou com o Rei dos Ladrões lá, e que levou Anjelica consigo. E a lista continua. Está mesmo querendo me dizer que Falconet convenceu uma dúzia de cidadãos castellanos a alegarem de forma caluniosa que viram você na Praça Escarlate?

Kel tentou imaginar a cena, tentou imaginar Conor defendendo-o enquanto Falconet dispunha diante dele uma prova após a outra. Falconet era inteligente — inteligente a ponto de transformar verdades e meias--verdades em mentiras condenatórias —, e era impossível saber desde quando ele estivera planejando aquilo.

E não só ele. Ele não estava agindo sozinho.

— Então você acreditou nessas quarenta e poucas pessoas e não em mim? — disse Kel.

— Em meu velho amigo Falconet e em cinquenta testemunhas, além do capitão da minha guarda, você quer dizer? — Uma sombra de sorriso brilhou no rosto de Conor. — Não, Kel. Não brinque com isto.

— Eles estão mesmo mentindo, Con — disse Kel, a voz baixa.

Os olhos cinza de Conor reluziram.

— É quase irônico — falou. — Você sempre quis que eu fosse melhor, um líder melhor, e eu decidi que seria, em parte porque você queria muito isso de mim. E a pessoa que eu costumava ser o perdoaria agora, porque ela nunca tinha tido lá muito interesse em governar. Mas não posso perdoá-lo por *traição*, Kel.

— Nunca foi traição — sussurrou Kel. — Eu jamais quebraria meu juramento como Portador da Espada. Você também sabe disso. — Na penumbra, Kel encontrou o olhar de Conor. — Eu *estava sim* me encontrando com o Rei dos Ladrões. Estava trabalhando *com* ele, não *para* ele...

Conor proferiu um barulho de desgosto.

— Mesmo que isso fosse verdade, você está admitindo que escondeu coisas demais de mim, Kel. Por acaso todas as palavras que saíram da sua boca nos últimos meses eram mentira? Quando foi que isso começou?

— Eu estava tentando proteger você — disse Kel. — Fui ao Rei dos Ladrões a pedido de Jolivet...

— Ele nega isso.

— Porque ele acha que minha posição foi comprometida, que agora sou inútil para você. Está tentando controlar os danos... mas queria que os assassinatos na Galeria Brilhante fossem investigados. Você sabe disso. E o Rei dos Ladrões sabe de tudo que acontece em Castellane. Jolivet pensou que se eu trabalhasse com ele...

— Então você simplesmente apareceu na Mansão Preta e ofereceu seus serviços? — questionou Conor, com acidez na voz. — E o Rei dos Ladrões, num arroubo de dever civil, quis ajudar o Palácio? E não lhe pediu nada em troca?

— Sim, algo do tipo — murmurou Kel. — A história entre o rei da Colina e o rei da cidade é muito mais complexa do que você imagina.

— Ah, mas *você* imagina, suponho. E escondeu de mim. — Conor encarou Kel como se ele fosse um estranho. — Não consegue entender? Você mentiu para mim sem parar, vezes e mais vezes. E nem sequer *nega*. Diz que fez isso pelo meu próprio bem, *mas fez*! E Falconet provou isso para a Colina, para todas as famílias; tornou impossível para mim te perdoar. Ainda que eu acredite em você, eu não poderia lhe conceder meu perdão.

— Por causa da impressão que passaria? — indagou Kel com amargor. — Para as pessoas que estão conspirando contra você? Trabalhando com Malgasi para a derrocada da Casa Aurelian?

— Porque não posso *me dar ao luxo* de acreditar em você, Kel. Sei que minha confiança em você é uma fraqueza... sempre foi uma fraqueza que podia ser explorada. — Kel o encarou; Conor nunca dissera nada semelhante na vida. Há quanto tempo vinha pensando naquilo? — Nesses últimos meses, percebi que havia algo de errado entre nós dois. Seus mistérios, seu silêncio, suas mentiras... e eu sabia que eram mentiras.

Tentei me convencer de que você só tinha encontrado uma garota ou um rapaz na cidade, alguém que estava mantendo em segredo. Não queria encarar a verdade. Ainda não quero encará-la. Mas é meu dever. Não posso me dar ao luxo de me acomodar em mentiras.

Kel não aguentava o olhar no rosto de Conor. Como se estivesse quebrando de dentro para fora.

— Pode me culpar o quanto quiser — falou Kel, baixinho. — Eu sabia do risco que estava correndo. Mas não confie em Falconet.

— Não importa se confio ou não nele — respondeu o príncipe. — É em *você* que não posso confiar. E se eu o perdoasse, todas as Famílias da Concessão, conspirando ou não, ficariam contra mim. Veriam a fraqueza na minha imagem como sangue no corpo de um animal ferido. — Conor bateu a mão nas barras de Vidro Estilhaçado. O barulho reverberou pela Trapaça, um estalo feito trovão. — Se ao menos você tivesse *me procurado* — falou então, com uma angústia palpável — nós teríamos determinado algo, chegado a um acordo, mas o que você fez… traição não pode ser apagada ou esquecida. Todos sabem da sua culpa; todos a viram. Não posso impedir o que vai acontecer. Não posso… — Ele respirou fundo.

— Não pode me salvar — completou Kel, indiferente. — É o que quer dizer.

— Não — sussurrou Conor. — Foram as suas decisões que o trouxeram até aqui. Você afastou a si próprio de mim. E eu jamais poderei perdoá-lo por isso.

— Não quero deixá-lo — disse Kel. Estendeu as mãos. Sabia que Conor não poderia tocá-lo pelas barras, mas nunca tinha tentado encostar em Conor e sido rejeitado. Não conseguiu se deter. — Sou seu Portador da Espada — falou, com a voz suave, e viu os olhos de Conor reluzirem no escuro. — Sangro para que você não sangre. Morro para que você possa viver para sempre.

— Ninguém vive para sempre, Kel — respondeu Conor, a voz estável, e se retirou.

A carruagem se aproximava de Marivent e Lin se lembrou de algo que Kel lhe dissera: que, na infância, a primeira coisa que pensou ao ver o Palácio foi: *Consigo escalar esses muros.*

Ela sorriu, imaginando o garotinho corajoso do Orfelinat. Ela também tinha sido criança, antes da morte dos pais. Costumava subir nos muros do Sault e contemplar Marivent lá do alto. Chegara a sentir pena das outras cidades que não tinham um castelo branco tão bonito, nem uma família real tão encantadora. Até então, só tinha visto Conor de relance em ocasiões públicas — um garoto de expressão fechada e de cachos escuros como os da mãe. Sabia que ele existia e que ela nunca o conheceria. Ele podia muito bem ser fruto da imaginação.

Agora Conor era mais do que real. Agora ela já não conseguia pensar nele sem sentir ansiedade — medo por ele, por sua segurança. Pois ele estava cercado de serpentes e não enxergava. Não queria enxergar.

Ela precisava mudar isso.

Mayesh a fizera tomar a carruagem do Palácio — a última em que ele andaria, observou — da Mansão Preta a Marivent. O cocheiro pareceu não ter objeção alguma a transportá-la. Talvez nem soubesse que Mayesh tinha perdido a posição de conselheiro, pensou Lin. No caminho Colina acima, refletira sobre como seria para o avô retornar ao Sault e dar as notícias de sua dispensa ao Maharam e aos anciãos. Quem escolheriam para substituí-lo? E como ele superaria uma coisa dessas agora? Contos de tecelões de histórias tratavam de vidas comuns que de repente se tornavam extraordinárias, mas pouco se falava do caminho inverso.

Passaram sob o Portão Norte e adentraram o Palácio, que parecia imerso em um silêncio peculiar. Geralmente, Lin notava os criados e Castelguardas correndo de lá para cá, transitando por Marivent em um fluxo estável, feito sangue nas artérias de um corpo. Ao descer da carruagem do lado de fora do Castelo Mitat, não ouviu o balbuciar de vozes nem o som de pés apressados, somente o zunido de insetos e o chilrear de pássaros empoleirados. Lá no alto, uma vidraça oscilava para frente e para trás, empurrada pela brisa que entrava por uma janela aberta.

A lua brilhava com intensidade, e a silhueta da Trapaça pairava ao longe, preta como uma lança cravada no céu. *Kel.* Um calafrio percorreu sua espinha. Precisava manter a concentração em ajudá-lo, em ajudar Conor. Era isso que importava agora.

Lin entrou no castelo e subiu as escadas, reparando que até mesmo aquele lugar parecia desértico. Não havia ninguém nos cômodos coloridos do andar térreo, nem no longo corredor de pedra do piso superior. Nenhum guarda vigiando os aposentos do príncipe.

Ela bateu na porta.

Por um longo momento, não ouviu nada. Em seguida, um farfalhar, um tilintar de vidro, como cálices de vinho colidindo.

Bateu novamente.

A voz de Conor soou do outro lado, baixa, mas firme o bastante para atravessar a madeira espessa da porta:.

— Jolivet. Se for você, já disse antes… e achei que tivesse deixado claro… dê o fora daqui, *caralho*.

Lin contou até cinco, em silêncio, e abriu a porta, empurrando com força. Parte dela esperava encontrá-la trancada, mas ela se escancarou sem fazer um único rangido. Chocada, deixou os olhos percorrerem o cômodo, relembrando-se da primeira vez que vira aqueles aposentos. Era bonito, pensara, e extravagante — os tecidos ricos pendendo das paredes, as mesas de mármore, o gabinete de licores raros, as garrafas reluzindo feito joias.

Mas os tecidos haviam sido arrancados. As garrafas, tiradas do gabinete e arremessadas contra as paredes e quinas de mesas. O quarto fedia a álcool, e cacos de vidro reluziam no chão de pedra. Era evidente que alguém passara por ali com os pés descalços; havia uma crosta de sangue seco sobre eles. Mesas estavam tombadas, com tudo o que continham espalhado pelo chão: canetas, candelabros de prata, maçãs velhas.

Nenhum lampião estava aceso, mas o luar entrava pelas grandes janelas arqueadas, lançando luz para destacar a silhueta diante do vidro. Conor, de costas para ela. Lin o teria reconhecido em qualquer lugar — mesmo à distância, só pelo modo como os cachos pretos se enrolavam na nuca, como o manto escuro caía sobre os ombros. Pela maneira como ele segurava a garrafa de vinho aberta na mão.

Ela umedeceu os lábios ressecados.

— Conor — disse.

Ele se virou. Não pareceu exatamente surpreso em vê-la. Por algum motivo, ela não conseguia decifrar a expressão dele. Em contraste com o quarto, ele parecia elegante, como se estivesse vestido para um evento — túnica e calças de veludo preto, um fecho de prata na altura da garganta, reflexos prateados entre os cachos.

— Seu avô me disse que você sobreviveu ao teste — falou ele. — Eu não sabia se devia ou não acreditar.

As sombras sob os olhos de Conor estavam quase pretas, e Lin viu o quanto seus dedos estavam pálidos no aperto da garrafa. E embora ele falasse em tom neutro e sem expressão, o que ela ouviu sob a voz dele arrebentou as cordas que a mantinham firme no lugar. Não conseguiu se conter. Correu pelo quarto e lançou os braços ao redor do pescoço dele.

Conor cambaleou um pouco, surpreso. Depois, a envolveu com o braço livre, puxando-a para si com força, os dedos afundando no tecido do vestido dela. Ela pressionou a bochecha no peito dele. Veludo macio contra a pele. Ouviu o coração dele: rápido, mas estável.

Ele falou com a voz rouca, os lábios colados ao seu cabelo:

— Eu sabia que o muro do Sault tinha sido destruído. Fiquei imaginando você caída entre os escombros.

— Não. Não aconteceu nada do tipo. — Ela inclinou a cabeça para olhar para ele. Conor era tão jovem para ser tudo o que era, pensou. Era um homem adulto, mas ainda havia uma certa suavidade pueril na curva de sua boca. — Andei tão preocupada com você.

Ele franziu o cenho.

— Você, preocupada comigo? Por quê?

— Porque você mandou embora todo mundo em quem pode confiar. Meu avô, Kel...

— Kel cometeu traição ao trono. É meu dever...

— Seu dever — repetiu ela, sacudindo a cabeça. — Kel estava fazendo o dever *dele*. Estava protegendo você. Nunca teve qualquer outra intenção...

— Você está incrivelmente preocupada com Kel. — Havia algo em sua voz; não era ameaça nem ciúme. Lin não saberia dizer o que era, exatamente, mas foi como um dedo frio deslizando por sua espinha.

— É óbvio que sim. Ele é meu amigo.

— E agora quer um favor do seu príncipe, é isso? — Ele deslizou a mão pelas costas dela até alcançar sua nuca. Lin estremeceu, embora não de frio. Era ridículo que o toque dos dedos dele ainda a fizesse perder o fôlego, deixasse suas pernas bambas, transformasse seus ossos em penas. Era ridículo que ela não conseguisse controlar a própria reação.

— Você quer que libertem seu amigo da Trapaça — continuou ele —, seja ele um traidor ou não.

— Ele *não é* — disse Lin, determinada. — E se você o machucar, se mandar que *o matem*, será que não enxerga o que isso vai fazer com você? Se permitir que o corpo dele balance nas forcas do Tully ou seja jogado dos penhascos como aconteceu com Fausten… Você vai ficar destruído, Conor. Nunca mais vai conseguir recuperar o que perdeu.

Ela sentiu um arrepio percorrer o corpo dele; embora por um momento ele tivesse escutado o que ela dizia. De verdade. Conor roçou um beijo na têmpora dela, os lábios quentes.

— O que faz você pensar que me conhece tão bem? — sussurrou ele.

— Porque — disse ela — eu te amo.

Lin sentiu o corpo dele ficar tenso feito ferro.

— Lin. Você me rejeitou…

— Eu sei. Não podia suportar o fato de que só poderia ter uma parte irrisória sua. Que casamento e filhos eram um destino que pertenceria a outra pessoa, alguém que nunca sequer sentiria o que sinto por você. — *E Kel me fez enxergar isso*, pensou. *Ele me fez entender.* — Você disse que queria cortar fora seus sentimentos por mim, e acha que não senti o mesmo? Sabe com que frequência pensei em você? Nos meus sonhos, nas minhas horas desperta, você nunca vai embora, Conor. — Ela apertou mais ainda as mãos nos ombros dele. — Nada pode ser perfeito. Eu quero você… por inteiro. Não faz ideia do quanto. — Ela deu um suspiro trêmulo. — Mas aceito o que puder ter. Porque já vai ser melhor do que nada. Não consigo suportar a ideia de ficar com nada.

Os olhos cinza dele analisaram o rosto de Lin, e por fim surgiu algo na expressão de Conor que ela conseguia ler: admiração, maravilhamento. E um amargor que ela não entendia.

— Conor? — disse ela, com um suspiro.

— Está aceitando minha oferta? Está dizendo que vai ser minha amante? Porque não posso oferecer nada além disso, Lin, nem mesmo agora que Anjelica fugiu.

— Eu já disse — falou ela. — Vou aceitar o que puder ter de você…

Imaginou ter ouvido ele dizer seu nome. No instante seguinte, ele a puxou para si, colidindo a boca na dela com um beijo. Os lábios dele eram quentes e firmes, e ele jamais a beijara daquela maneira, nem mesmo no ornamento. Nunca com tamanha urgência, a ponto de ela sentir vinho e sangue nos lábios dele. Conor aninhou as mãos na parte de trás da cabeça dela enquanto devorava sua boca, a língua dançando por entre os lábios de Lin com tal intensidade que ela se pegou ansiando pelas mãos dele em seu corpo, a sensação da pele dele na sua.

E então ele se afastou, interrompendo o beijo de maneira abrupta. Lin percebeu um leve tremor no corpo dele, mas a voz de Conor saiu firme:

— É irônico que eu sempre tenha tido noção de que você era ótima em mentir. Na verdade, contei com isso quando confiei a você os tratos do meu pai.

— O que quer dizer? — Lin conseguia ouvir o alarde em sua própria voz; ela não era igual a Conor. Não conseguia manter o tom neutro enquanto o próprio corpo gritava pela ausência daquilo que tanto desejava; algo de que até mesmo precisava.

— Você vem até aqui implorar pela vida de Kel — disse Conor. — Diz que ele só queria me proteger. Que sabia que ele estava trabalhando para o Rei dos Ladrões. E não se dê ao trabalho de negar; já estou ciente de sua ligação com Morettus. Pelo que me parece, você e Kel compartilhavam esse mundo de segredos. Um mundo que esconderam de mim. No seu caso, pelo menos, não chega a ser traição. Só mais uma mentira comum e entediante.

Era como se ele a tivesse chacoalhado ou esbofeteado. Com a voz engasgada, ela respondeu:

— Eu também estava tentando proteger você. Tudo o que nós queríamos era descobrir quem era o culpado pelos assassinatos na Galeria, quem estava por trás dos ataques à Casa Aurelian. A preocupação de Kel sempre foi apenas com você e com Castellane...

Os lábios dele se curvaram em um sorrisinho.

— Tudo o que *nós* queríamos? — repetiu ele. — Você fala como se fizesse parte uma conspiração em prol da bondade. Um grupo de pessoas que mentiu para mim com a melhor das intenções. E, ao mesmo tempo, vem me alertar sobre uma conspiração que trama *contra mim*, um grupo oposto que também mentiu para mim, mas por razões torpes. Me desculpe, mas vejo poucas diferenças entre as duas partes.

— O que está dizendo? — sussurrou Lin. — Não pode estar falando sério. Não pode estar pensando em assassinar Kel só porque...

Ele empurrou Lin para longe. Ela cambaleou para trás, atônita, enquanto Conor jogava a garrafa que ainda estava segurando na parede mais distante; ela se despedaçou, produzindo uma chuva prateada de vidro.

— Nunca pensei que fosse confiar em alguém como confiava em Kel — falou Conor, e o amargor que ela havia notado na voz dele antes agora estava explícito, transformando cada palavra em uma maldição. — E também confiei em você. Você nunca pareceu desejar nada de mim. Achei que isso significasse que eu estava seguro com você, mas não existe isso de segurança, existe? Não se eu for fraco, e agora entendi, finalmente, onde reside minha fraqueza. Você é minha fraqueza, Lin... assim como Kel. Vocês são as rachaduras na minha armadura, pelas quais podem me ferir.

— A confiança não é uma fraqueza — disse Lin. — E se não consegue confiar em mim, ao menos confie em Kel. Ele sempre tentou ajudar você.

Algo lampejou pelo rosto de Conor, e por um momento Lin pensou que ele talvez tivesse ouvido a verdade nas palavras dela.

Conor levou uma mão trêmula ao rosto.

— Castellane não pode se dar ao luxo de ter um príncipe fraco — disse ele. — Preciso ser meu próprio escudo agora. E um escudo deve ser feito de ferro.

— *Não.* Transformar-se em pedra não vai te fazer mais forte. Machucar Kel não vai estancar esse ferimento...

— Olhe só para você — falou Conor —, tão certa de que planejo matá-lo. E, no entanto, ao mesmo tempo, diz que me ama. Em qual dessas coisas devo acreditar? Pois considerar que você ama um assassino, Lin, parece fora de cogitação.

Ele estava pálido feito uma folha de papel, mas a zombaria em sua voz a dilacerou.

— Permita ao menos que meu avô o aconselhe — pediu ela. — Mesmo que não suporte olhar para mim, permita que haja alguém de confiança no Palácio...

— *Pare com isso!* — Lin deu um passo para trás; não se lembrava de Conor já ter gritado com ela. — Não está entendendo? Você é fatal para mim, Lin, como se fosse um veneno ou uma lâmina. Não posso ficar perto de você.

— Mas eu…

— *Saia de perto de mim* — vociferou ele. — Considere isso uma ordem da realeza. Fique longe de mim. Fique longe do Palácio. *Vá embora.*

Era como se ele a tivesse empurrado com força novamente. Lin tropegou para trás e encontrou o caminho da porta. Sentia o ardor das lágrimas atrás dos olhos; quando foi segurar a maçaneta, ela pareceu tremeluzir diante de sua vista.

A porta se abriu. Lin parou, virando-se para olhar para ele em seguida, na soleira da porta.

— Seu pai — disse ela. — Pode me mandar embora se quiser, mas ele é meu paciente, e há coisas que precisa saber…

Ele a fitava do outro lado do cômodo, imóvel. O luar gélido fazia reluzir faíscas no fecho em seu pescoço e na coroa parcialmente oculta entre os fios desalinhados. Por um instante, Lin pensara que ele não a estava usando. Mas logo percebeu que isso pouco importava. A presença da coroa, visível ou não, não alterava nada a respeito dele e de quem ele era.

— O rei não é mais da sua conta — falou Conor. — Eu a dispenso de sua função como médica do meu pai. Considere isso uma ordem da realeza, Lin. Mantenha-se longe do Palácio. Longe do meu pai. E longe de mim.

Lin respirou fundo.

— Então me jogue na Trapaça por isso, se acha que deve — rebateu ela. — Mas antes de ir, preciso lhe contar algo. Sobre seu pai. E não só sobre ele… mas sobre você também.

DELFINA

Delfina deixa um pacote estranho e de formato irregular diante da porta dos aposentos do príncipe e sai apressada, sem sequer bater.

A última coisa que quer é ser interrogada sobre a origem da encomenda. Todos os funcionários do Palácio sabem que é sensato manter distância do príncipe quando ele está de mau humor, e naquele momento ele está de *péssimo* humor. Além do mais, Delfina não consegue entender se o conteúdo do pacote — um colar enorme e feio, por que ele ia querer uma coisa como aquela? — ou o bilhete melhorariam ou piorariam o estado de espírito de Sua Alteza.

Delfina trabalha no Palácio desde os tempos em que era uma jovem recém-saída de um barco vindo de Detmarch. Há quase o mesmo período, fazia um dinheiro extra carregando mensagens clandestinas entre a cidade e a Colina, ganhando algumas coroas por cada entrega. Planejava se aposentar um dia com uma quantia *bastante* confortável guardada.

Raramente bisbilhotava o conteúdo dos recados, mas não resistira dessa vez. Recebera o pacote — junto a cinco coroas — de Jerrod Belmerci, mas quando perguntara se era um envio do Rei dos Ladrões como de costume, ele apenas lhe lançara uma piscadela.

Aquilo bastou para acender sua curiosidade. Delfina entregava as mensagens com o maior prazer, mas o pacote era surpreendentemente pesado — e se fosse algo perigoso? Com cuidado, soltou o barbante e olhou lá para dentro. O que encontrou a surpreendera. Era um tipo de colar bem grande e feio. Certamente nada que o príncipe usaria ou admiraria.

Junto dele, um bilhetinho. Delfina o abriu e leu sem qualquer escrúpulo, já decidida que, se o conteúdo parecesse capaz de irritar o príncipe, talvez deixasse a entrega para o dia seguinte, ou até para outra semana.

Contudo, o recado era pura baboseira, ao menos fora o que lhe parecera. Descendo os degraus do Castelo Mitat, ela não consegue evitar de ficar remoendo o que lera: por que ultimamente as pessoas falavam tão cheias de rodeios? Convenhamos, o mundo teria bem menos disputas se as pessoas simplesmente fossem mais diretas umas com as outras.

Para o Príncipe Conor Aurelian

Antes de existirem Portadores da Espada neste mundo, havia objetos encantados que forneciam um tipo diferente de proteção. Com este amuleto, é possível sobreviver a uma dose fatal de veneno ou a uma adaga no coração. O que faria com este tipo de magia se a possuísse, Monseigneur?

Embora antigamente eu achasse que não, agora creio que o senhor faria — fará — a coisa certa.

— Prosper Beck

VINTE E CINCO

Lin quase nem se lembrava de ter deixado os aposentos de Conor, ou mesmo de ter ido embora da propriedade de Marivent. Atônita, saiu do Castelo Mitat e atravessou o terreno do Palácio. Agora que não usava mais as vestes Ashkar, ninguém parecia reparar muito nela, mesmo quando cruzou o Portão Norte e seguiu rumo à cidade.

Os pensamentos eram um borrão de ruído branco. Ainda assim, ela tinha plena consciência da poeira no ar, do cheiro de *garrigue*, lavanda, sálvia e água do mar. Depois de um tempo, o caminho de terra chegou ao fim, e as casas começaram a surgir ao redor dela como muros reconfortantes — como os muros do Sault, que jamais voltariam a cercá-la.

Depois de algum tempo, percebeu que conseguia ver a Praça Escarlate a apenas algumas ruas de distância. Perguntou-se quando havia aprendido a chegar à Mansão Preta sem sequer precisar pensar no caminho. Tentou se lembrar de quando o nervosismo que sentia ao avistá-la havia se transformado em gratidão e alívio, e quando aquele lugar se tornara um refúgio possível.

Ficou imaginando o que diria ao Rei dos Ladrões, aos demais. Tivera tanta certeza de que conseguiria convencer Conor a enxergar a verdade.

O guarda diante da mansão abriu caminho para que ela passasse.

— Demoselle Caster — disse a Lin, pegando-a de surpresa. Normalmente, ele se mantinha em silêncio. — Morettus a espera lá dentro. Na Grande Sala.

— Obrigada. — Lin passou por ele às pressas e atravessou os corredores sinuosos da mansão até que a Grande Sala se abriu diante dela.

Era quase como se nunca tivesse partido. Viu Andreyen em sua cadeira, a bengala à mão; Ji-An e Merren ao lado dele, embora nenhum deles estivesse falando. Estavam esperando por ela, pensou. Por notícias do Palácio.

Ela deu um passo para dentro do cômodo.

— Ele não quis me ouvir — contou. — Nem sobre Kel, nem sobre a conspiração.

Andreyen levantou a mão, como se para que ela parasse de falar.

— Lin...

— Vamos ter que encontrar outra maneira — disse ela. — De deter Malgasi. De ajudar Kel...

— *Lin.* — Andreyen olhou para o lado e Lin percebeu que havia outra pessoa ali presente. Estava sentado em uma poltrona de frente para Andreyen, e por isso ela não o tinha visto. O homem se pôs de pé e se virou para encará-la.

A respiração dela saiu em um suspiro de choque.

— Exilado.

Aron Benjudá a fitava do outro lado da Grande Sala. Vestia o linho de viajante rhadanita, praticamente do mesmo jeito como Lin o vira pela primeira vez. Só que, naquela época, tinha sido no Shulamat, em um mundo onde as tiras pretas ao redor dos braços, a Espada Crepuscular no quadril e as marcas escuras na pele eram esperadas. Ali, ele parecia absurdamente deslocado, sua presença causava um impacto, como se ela tivesse esbarrado em um basilisco na Praça do Mercado da Carne.

Ele assentiu com a cabeça, firme.

— Lin.

— Como soube onde eu estava? — perguntou ela, vertendo o olhar para Andreyen, depois para Ji-An e Merren, que deu de ombros, as palmas para cima, como se não fizesse ideia e duvidasse de que os outros soubessem.

— Seu avô — respondeu Aron. — Ele entendeu que era importante que eu falasse com você.

Ela sentiu uma onda súbita de esperança, que quase chegou a doer.

— O Maharam por acaso mudou de ideia quanto ao meu exílio?

Um lampejo de algo semelhante a pena irrompeu nos olhos de Aron, e ela o odiou por isso.

— Não é do feitio do Maharam mudar de ideia — disse, e olhou para Andreyen, cujos olhos verdes ardiam. — Você continua exilada.

A decepção impregnou a voz dela de amargor.

— Então não deveria ter vindo até aqui. Falar com uma exilada é proibido até mesmo para o Exilado, imagino eu.

— Há coisas mais importantes do que o Maharam e até mesmo do que a Lei — falou Aron.

Havia algo na voz dele que Lin jamais ouvira antes. Uma inquietação, uma hesitação — até um certo desespero. Não era um tom que ela esperava escutar do Exilado. Parte dela temia que ele estivesse ali para trazer más notícias: que algo de ruim acontecera a Mariam — que a cura que ela realizara não tivesse sido permanente. Que Mayesh mentira, e que, quando a parede do Sault desmoronara, alguém se ferira ou morrera.

No entanto, Aron atravessou a sala na direção de Lin, que quase recuou perante a intensidade dos olhos dele, as emoções que pareciam transbordar feito água. Para o seu choque, ele caiu de joelhos à sua frente, a cabeça baixa, as mãos estendidas com as palmas viradas para cima.

— Eu a reconheço — declarou Aron — como a Deusa que nos foi prometida. E me apresento como seu guardião, assim como meu ancestral, Judá Makabi, protegeu Shekinah Adassa durante a queda de Aram.

Lin ficou entorpecida. Era a última coisa que esperava que ele fosse dizer, mas fora exatamente o que ele dissera, e agora ela não fazia ideia do que sentir.

— O quê?! — falou, sentindo-se tola por não ter uma reação mais digna de uma Deusa. — *Agora?*

O Exilado continuava ajoelhado, mas levantou o rosto para ela devagar como se não acreditasse no que estava vendo.

— Eu não enxergava — desculpou-se ele. — Minha visão falhou comigo porque eu não queria ver. Durante anos, testei pessoas que alegaram ser a Deusa, e toda vez que conhecia uma pretendente, ficava esperando que fosse ela… esperava sentir o reconhecimento que me foi prometido. Que, ao vê-la, eu saberia. Mas nunca senti nada. Acostumei-me à ausência desse sentimento, e quando a conheci, olhei para você com os olhos da mente, e não com os do coração. Estava determinado a duvidar, portanto duvidei.

Lin permaneceu imóvel feito uma estátua, sem nem conseguir respirar direito. Estava esperando que ele parasse de falar, que ficasse em pé, que desse risada e dissesse que era tudo uma brincadeira, que fora até ali para conferir se ela sabia o quanto, de fato, estava longe da luz da Deusa.

Mas não foi o que ele fez.

— Quando curou Mariam, eu vi fogo dentro de você — disse Aron. — Vi a torre em chamas. Eu era eu mesmo, mas também era meu antepassado, observando a torre, testemunhando a Deusa em ação. Senti o que ele sentiu. A sensação de saber. O que me ocorreu foi uma fé absoluta, um senso inegável de verdade. Eu não saberia descrever a sensação antes, mas agora que tive a experiência, é inegável. Você é a Antiga do Passado. Está destinada a mudar o curso da história. O Maharam não enxerga isso, mas ele é um homem pequeno e mesquinho. Eu enxergo. Eu *sei*.

— Não sei — sussurrou Lin — se sou digna de uma fé absoluta. Nem mesmo eu sou dotada de uma fé absoluta em mim mesma.

— É porque ainda não está pronta — respondeu Aron. — A destruição que você causou no Sault foi reflexo disso. Ainda não está conectada ao seu poder total e verdadeiro. Foi falta de controle, e é isso que precisa aperfeiçoar agora. A provação lhe trará este domínio.

— Que provação? — perguntou Merren. — Não estou gostando dessa história.

Lin quase se esquecera que ele e Ji-An estavam presentes. Ambos olhavam desconfiados para Aron. A expressão de Andreyen ao fitar o Exilado era ilegível.

— A Provação das Águas Amargas — disse Aron. — Ela conectará a Deusa Renascida a sua Pedra-Fonte. Ao completá-la, ela ascenderá em fogo e poder. Tornar-se-á invencível.

E então Lin se lembrou do que lera: *O mágico e a pedra devem viajar juntos às cavernas do Sulemon, onde, após cruzarem os Salões de Pedra Esculpida, a joia deve ser limpa no Local das Águas Amargas antes de ser atada ao feiticeiro ou à feiticeira cujo poder ela passaria a sustentar.*

Mas tinha lido isso milênios antes, quando se via determinada a dominar magia para curar Mariam. E ela conseguira. Mariam estava bem. Não havia magia nenhuma, independentemente do que Aron dissesse. Lin já tentara manipular magia e perdera quase tudo. Seu lar, sua melhor amiga, sua comunidade.

— O que está pedindo que eu faça? — perguntou, quase que em um sussurro. — Ninguém acredita que eu seja a Deusa. Essa provação forçaria essa fé nos outros? Tudo o que você viu no Shulamat pode ter sido apenas o poder da minha Pedra-Fonte. Talvez o Maharam tenha razão. A Deusa não renasceria em um corpo tão fraco.

O Exilado se pôs de pé lentamente. Sem desviar os olhos de Lin, disse:

— Asher. Conte a ela.

Lin virou a cabeça. Ele se referia a Asher Benezar, o filho do Maharam? Por que mencionar alguém que fora exilado fazia tanto tempo?

O Rei dos Ladrões suspirou.

— Não sei ao certo se ela pode ser convencida, Aron. Lin é muito teimosa.

Lin o encarou.

— Asher? — sussurrou, então.

Andreyen pousou a mão sobre a cabeça de sua bengala de abrunheiro.

— *Tahe Asher Benezar* — falou ele, em Ashkar. — *Sape zenevet altah wakhahe. Pekanwa kol qemzo zawahena.*

Eu sou Asher Benezar, fui exilado pelo meu pai. Acho que conhece minha história.

A cabeça de Lin rodopiou. Como se estivesse se lembrando de um conto de tecelão de histórias, imagens surgiram: a bacia prateada de encantamento na estante daquele mesmo cômodo, com os dizeres Ashkar: ESTA TIGELA É DESIGNADA PARA A PROTEÇÃO DA CASA DE BENJUDÁ. Pensara que Andreyen simplesmente adicionara o item a sua coleção, bem como colecionava tantas coisas belas; agora percebia que não era bem isso. A obsessão dele por magia — precisamente o motivo pelo qual fora exilado. O fato de ele saber que havia livros no Shulamat, livros que ele desejava. Ela havia se perguntado por que o avô a levara até ali após o teste: não porque descobrira que ela vinha trabalhando com Andreyen, percebeu ela, mas porque ele sabia que Andreyen, na verdade, era Asher, e acolheria outra pessoa exilada.

Asher Benezar. Ela jamais suspeitara, jamais vira qualquer sinal. No mundo de Lin, havia Ashkar e *malbushim*, e um não podia ser o outro. No entanto…

— O seu pai sabe? Que você é o Rei dos Ladrões? — perguntou ela, olhando de Andreyen para Aron. — Como é que *você* sabia?

— De fato, Aron — insistiu Andreyen, com um sorrisinho malicioso. — *Como*?

Aron abriu bem as mãos e não se dirigiu a Lin, mas a Andreyen.

— Asher, tentei impedir quando aconteceu. Conversei com o meu pai quando você foi exilado. Supliquei que interviesse. Ele me disse que não podia, que era uma questão do Maharam, e que nem a Lei nem a misericórdia justificariam interferência. Mas não consegui aceitar. Procurei por você, ouvi rumores a seu respeito nas Estradas de Ouro, e quando descobri que havia um novo Rei dos Ladrões e fiquei sabendo de seus feitos, reconheci sua esperteza, sua mente labiríntica. Eu simplesmente soube... você sempre foi resiliente, Asher. Eu sabia que não sumiria sem mais nem menos. Sabia que encontraria seu caminho.

Por um longo instante, Andreyen não disse nada. Os olhos verdes dele estavam opacos como jade leitosa; Lin não fazia ideia do que se passava na mente dele.

Então, para seu espanto, ele ergueu a bengala e a quebrou ao meio com um golpe sobre o joelho, sem qualquer cerimônia.

Ji-An sobressaltou-se como se um canhão tivesse sido disparado. Todos ficaram imóveis conforme Andreyen deixava metade da bengala cair e erguia a outra. Era oca, como um junco. Ele enfiou os dedos no buraco e retirou um pedaço de velino comprido, cuidadosamente enrolado, como o símbolo do *magal*.

Andreyen entregou o pergaminho a Lin.

— Leia isto — pediu a ela.

Lin começou a desenrolá-lo, tomando todo o cuidado com o velino antigo, que ameaçava se desfazer sob seus dedos cautelosos. Por fim, abriu-o: uma flâmula estreita sobre a qual a Grande Oração estava escrita em caligrafia caprichada: *Escuta, ó Aram, Ela é Única, Ela renascerá.*

— Foi você quem me deu isso — disse Andreyen para Aron, que olhava para o texto com uma expressão aturdida. — E eu o guardei durante todos esses anos. Jamais o culpei, Aron, você era apenas uma criança. E nunca aceitei isso porque sou exilado, não sou Ashkar. — Ele se virou para Lin. — Se Aron acredita que você é a Deusa, então você é a Deusa. Se *você* acredita, então você é a Deusa. Posso ser um herege exilado, mas sempre soube que a Deusa é quem tem coragem de reivindicar seu nome e tudo o que vem com ele.

— Mas agora sou exilada — disse Lin. — O que eu poderia fazer com tal poder, se nem sequer sou aceita pelo meu povo?

— Faça com que aceitem — respondeu Ji-An, os braços cruzados sobre o peito. — Faça com que enxerguem a verdade.

— Venha comigo — falou Aron — para os Salões de Pedra Esculpida. E quando retornar da provação, será com o poder do raio nas mãos. Não vão ter escolha senão enxergar, Lin.

Os Salões de Pedra Esculpida. Lin se sentiu tonta. Jamais havia saído de Castellane, e agora Aron lhe pedia que o acompanhasse até o lugar que outrora fora Aram. O deserto de pedra de Jiqal, bem longe, ao nordeste de Dannemore.

— Os malgasianos são dotados de magia — acrescentou Aron. — Apenas alguém com magia poderá enfrentá-los. Mas, Lin, precisa decidir logo. O *Rosa Preta*, o navio que nos levará a Jiqal, parte ao amanhecer. E não esperará por nós.

Naquele instante, Lin ouviu a voz do rei dentro de si ardendo com o fogo da fênix. *Os malgasianos virão. Não podem ser detidos sem grande poder. Você será este poder. Protegerá Castellane. Protegerá seu povo. Pois, sem a Deusa, estamos todos condenados.*

— Mas precisam de mim aqui — retrucou. — Kel e Conor, os dois precisam da nossa ajuda. A conspiração está fechando o cerco em torno da Casa Aurelian. Os malgasianos…

— Deixe que nós nos preocupemos com Castellane — falou Andreyen, e olhou para Merren e Ji-An, que assentiram. — Quanto a Kel e o príncipe: se o Príncipe Conor precisar ser forçado a enxergar a verdade, vamos dar um jeito.

Lin fechou as mãos devagar na lateral do corpo. Sentiu o coração batendo nas palmas. Não disse que não adiantaria de nada dizerem para ela não se preocupar com Conor; ela nunca conseguira parar de pensar nele. E não se esqueceria do último vislumbre que tivera dele, sozinho em seus aposentos, com uma pilha de cacos de vidro aos pés. Ela não disse que duvidava da própria capacidade de aguentar a provação, ou de retornar com o poder de derrotar um exército.

Não disse nenhuma dessas coisas, porque não importavam. O que importava não era que a chance de sucesso era mísera, mas que tudo indicava que Castellane não tinha uma alternativa que fosse tão boa quanto a que estava se delineando. E importava que as pessoas que mais corriam risco nas mãos dos malgasianos eram as que ela amava — ainda que a tivessem expulsado. Ainda que não a quisessem por perto.

Ela escolhera reivindicar o título da Deusa, e com isso reivindicara um destino. Não sabia se conseguia enxergar um fogo dentro de si, como Aron enxergava, mas conseguia enxergar as chamas refletidas nos olhos dele, e enxergava também a estrada de Jiqal se estendendo diante de si como um guia. No Tevath, ela fizera uma promessa a seu povo, e sempre a honraria. Nem que cumprir o prometido a levasse para longe de seus amigos, de sua família. De Conor. De tudo que ela amava.

Lin se virou para Aron, que a observava com os olhos desérticos.

— A decisão é sua — falou. — Farei o que a Deusa decidir.

Lin olhou para os amigos. Ji-An e Merren a observaram com firmeza, como se para dizer que o que ela estava deixando para trás estaria seguro nas mãos deles. E Andreyen — Asher — permaneceu sentado, com os restos de sua bengala nas mãos, o objeto que ele carregara consigo durante anos pela oração que continha: uma invocação e um juramento, uma declaração de fé e crença. Na Deusa. Na própria Lin.

Ela se voltou para Aron.

— Tomei minha decisão — proclamou então. — Irei com você. Escolho a provação.

Horas se passaram após os passos de Conor cessarem em um silêncio, e Kel ainda não tinha se mexido. Continuava exatamente na mesma posição, de costas para a parede, assistindo ao fragmento de luar viajando pelo piso antes de o brilho diminuir até sumir.

Percebeu que não estava bravo com Conor. Não conseguia ficar. Falconet e os demais apresentaram uma fila de evidências contra Kel como peças de Castelos, organizadas em um tabuleiro por um mestre do jogo que não apresentara meios de ser derrotado. E Kel sabia melhor do que ninguém quem Conor precisava ser, e quais responsabilidades o príncipe tinha que honrar. Os malgasianos e seus aliados tinham arranjado as coisas de modo que não importaria se Conor acreditava ou não que Kel era culpado; ele estava de mãos atadas.

E Kel sabia que havia outros motivos, mais sérios, pelos quais Conor não podia se dar ao luxo de se deixar convencer da inocência de Kel. Lembrou-se, então, de Conor sentado de frente para ele no parapeito dos aposentos dos dois, dizendo: *A esperança é uma coisa perigosa, sabe... Pode aumentar seu ânimo durante um certo período, mas quando vem a decepção, a queda é muito mais forte.*

Kel sabia que Conor temia a queda, o despencar no abismo vasto e vago do desespero. A raiva era melhor que o desespero — até mesmo raiva contra alguém que se ama. A raiva era fogo, e o desespero era a escuridão. E durante anos, Conor tivera medo do escuro.

Kel despertou de um sono inquieto atormentado por sonhos nos quais ele mais uma vez sangrava até a morte naquele beco próximo ao Labirinto — e quando gritava por ajuda, Falconet aparecia e, sorrindo, enfiava a faca mais fundo.

Ele se sentou, coçando os olhos doloridos. O corpo todo doía, provavelmente de tanto tremer. Estava frio demais dentro da Trapaça. Ele se virou para marcar a posição do luar, ponderando que horas seriam.

Encarou a luz. O luar recaía sobre as barras de sua cela — e a bandeja de madeira colocada diante da porta. Geralmente ela continha alguma refeição desagradável de mingau ou pão insosso. Dessa vez, no entanto, algo na bandeja reluziu.

Uma chave.

Kel mal teve tempo de pensar; colocou-se de pé e se ajoelhou perto das barras em uma questão de segundos. Passou a mão por entre elas, tateando a bandeja até fechar a mão ao redor da chave de prata. Quando ele a encaixou no cadeado, ela virou sem fazer barulho, nem um rangido sequer, como se o mecanismo tivesse sido lubrificado recentemente.

A porta se abriu. Um segundo depois, Kel a estava atravessando. *Uma armadilha*, pensou. *Isso só pode ser uma armadilha.* Mas foi em frente mesmo assim, seguindo pelo corredor, passando por inúmeras celas vazias. No fim dele, antes da escada íngreme em espiral que levava para baixo, Kel avistou uma figura escura e encolhida, agachada atrás das barras de Vidro Estilhaçado. O luar iluminava o caminho adiante;

Kel mal conseguia ver dentro da cela ocupada, qualquer coisa além dos dois olhos escuros encarando-o por detrás de um emaranhado de cabelo.

Ele parou, somente por um momento, e jogou a chave que estava segurando dentro da cela. Se fosse uma armadilha, pensou, que então ele criasse o máximo de caos possível antes que o detivessem.

Mal tinha chegado no topo da escada quando ouviu vozes vindo lá de baixo: eram guardas que subiam. Ele olhou ao redor. Não havia nada ali. Nenhuma arma para pegar, nenhuma escada que levasse a qualquer lugar que fosse. Somente uma única janela através da qual o luar vazava feito sangue.

Kel abriu a janela com um solavanco. Virando o corpo, passou primeiro os pés descalços. Virou mais uma vez ao avançar, agarrando o parapeito, a cabeça desaparecendo embaixo dele bem quando os guardas chegaram ao topo da escada.

Ele os ouvia gritando conforme descia devagar, os pés buscando apoio na parede lisa. Ouviu xingamentos também, e o som de socos. Aparentemente o prisioneiro que ele acabara de libertar estava criando uma distração e tanto.

Não que pudesse se permitir pensar no que estava acontecendo dentro da torre. E também não queria pensar no que estava fazendo naquele momento; nem no fato de que ninguém escapava da Trapaça, que isso nunca tinha acontecido antes. *Mas tenho certeza de que ninguém que soubesse Rastejar tentou*, pensou consigo mesmo.

Ele estava bem no alto, tão alto que o vento o açoitava, varrendo seu cabelo e suas roupas. Era como se ele estivesse pairando junto às estrelas, o que deveria ser assustador, mas por algum motivo não era. Estar na cela, sim, era assustador. Aquilo era liberdade, e a possibilidade de salvação em suas próprias mãos.

Kel começou a avançar, inclinando-se à lateral da torre, lembrando-se do que Jerrod lhe dissera, lembrando-se de imaginar que estava Rastejando em uma superfície plana. A gravidade não existia, não estava tentando puxá-lo para baixo.

Ali. Uma percepção suave, uma imperfeição no mármore da torre. E também ali, uma rachadura, minúscula, mas com textura. Ele pressionou os dedos das mãos e dos pés, sustentando o peso do corpo. Os gritos dos guardas foram ficando mais baixos à medida que ele descia.

Olhou para a lua, sempre mutável, a luz vermelha feito vinho traçando padrões na superfície do oceano. Contemplou então o mar, um escudo preto se estendendo pelo horizonte. Kel também fazia parte daquela tapeçaria, era parte da noite, descendo mais e mais.

A torre se elevava muito acima de sua cabeça, um pilar preto e vasto. As mãos e os pés de Kel doíam. Ele mexeu o pé para baixo, buscando outro apoio, mas o que encontrou foi uma superfície sólida.

Tinha chegado ao chão.

Afastou-se da torre, o sangue retumbando em triunfo nos ouvidos. Conseguira o que ninguém jamais havia feito. Escapara da Trapaça. Chegara ao solo rochoso da *garrigue*, os muros do Palácio pairando ao longe, a torre e os penhascos do mar curvando-se à direita dele. Conseguia ouvir a rebentação lá embaixo, o cheiro de salmoura no ar.

Estava vivo.

À distância, Marivent se erguia feito um galeão no mar, brilhando em todas as janelas. Atendo-se às sombras, Kel deu a volta na lateral da torre, os cascalhos desiguais machucando a sola de seus pés. O coração dele batia como uma porta em meio a uma ventania. Estava escondido, mas procurariam por ele, e não havia para onde correr. Estava preso entre os guardas de um lado e a queda do penhasco ao mar no outro. Podia até torcer para que o prisioneiro que ele libertara atraísse ao menos alguns dos guardas para outra direção, mas ainda haveria diversos para irem atrás dele.

Será que consigo descer pela superfície do penhasco?, ponderou. Tinha conseguido descer pela Trapaça; certamente uma parede natural de pedra teria mais apoio para suas mãos e seus pés. Se bem que não havia nada lá embaixo: só a água escura repleta de um estalar verde e fatal.

Ele ouviu mais gritos. Deu uma olhada discreta, projetando o corpo para além da esquina; Castelguardas se aproximavam, vindos de Marivent, uma parede móvel de uniformes vermelhos, a luz de tochas reluzindo nas espadas. Kel voltou com o corpo e se retirou de vista, mas de repente estava sendo agarrado por mãos fortes.

Tentou se desvencilhar delas, mas estava sendo segurado com uma força de aço. Foi arrastado para longe da torre por diversos metros antes de ser girado no lugar.

O rosto que o observava era tão familiar quanto o seu próprio reflexo. Era como se fosse o próprio reflexo dele. Olhos cinza, cabelo escuro, maxilar definido. A faísca do luar em uma corrente de ouro ao redor de seu pescoço.

— Conor — falou Kel, atônito. — O que no inferno cinzento você está...

— Fique quieto — ordenou Conor. — Não quero que os guardas cheguem aqui ainda.

Depois de fazer essa declaração bizarra, ele agarrou Kel pela parte de trás da camisa e o arrastou, afastando-se da torre.

E lá foi Kel. Jamais relutara contra Conor na vida, e não era agora que começaria. A mente dele zunia. Será que tinha sido *Conor* a deixar a chave para ele? Será que ele planejara a fuga de Kel?

Chegaram, então, à beira do penhasco. A Trapaça pairava diretamente acima deles. Lá embaixo a água branca agitada espirrava sobre as rochas à base do penhasco.

Conor girou Kel até que ficasse de frente para si. Atrás de Conor havia as luzes de Marivent e da Colina, o brilho de janelas, o reluzir que vinha das paredes de pedra branca — todos os lugares onde Kel crescera, e que jamais voltariam a ser seu lar.

Ele conseguia ver um grupo de Castelguardas saindo do Palácio rumo à Trapaça; estavam longe demais para que Kel discernisse seus rostos, mas não tardariam a chegar.

De costas para o mar, para a queda, Kel conseguia ouvir a rebentação. Sentindo-se estranhamente calmo, olhou para Conor. Desejou poder memorizar o rosto dele, mas será que isso importava mesmo num momento como aquele?

— Nunca imaginei que fôssemos terminar assim — comentou. — Que fosse me matar da mesma forma como seu pai matou Fausten.

Conor deu uma risada sufocada.

— Você me conhece bem demais — disse, então. — Eu também estava pensando em Fausten hoje.

— Não faço ideia de como ele deve ter se sentido — respondeu Kel —, mas preferiria que você acabasse com a minha vida a permitir que outra pessoa o fizesse. De todo modo, minha vida sempre pertenceu a você.

Conor fechou os olhos por um breve instante. Quando voltou a abri--los, estavam arregalados, aguçados — assombrados. Conor segurou a lapela do casaco surrado de Kel, os dedos empalidecendo com a força.

Então disse:

— Você é minha armadura inquebrável. E não vai morrer.

Puxou Kel para perto por um momento; Kel sentiu os lábios de Conor em sua testa e algo frio ao redor de seu pescoço. Conor, então, soltou a camisa de Kel — o Portador da Espada avistou os Castelguardas não muito longe agora, de olhos arregalados — e as mãos de Conor acertaram o peito de Kel em um empurrão. Kel cambaleou, sentiu o chão ao seu redor desmoronar e ceder à medida que ele caía, tombando de cabeça da beira do penhasco até o mar lá embaixo.

Por uma eternidade longa e sem fôlego que durou menos de três segundos, ele caiu. As estrelas estavam sob seus pés, o mar formando uma extensão de vidro amarfanhada lá embaixo.

Kel atingiu a superfície reluzente como se fosse a de um espelho. O mar se estilhaçou silenciosamente ao seu redor, projetando cacos de jade com espuma branca para cima. Ele viu as estrelas se mexendo lá no alto e em seguida se viu afundando em um frio entorpecente.

O líquido preto gélido parecia engoli-lo. Por um momento, era tudo que ele queria. Ele afundou como se estivesse sonhando, bolhas de prata traçando um caminho acima de sua cabeça.

Algo passou por ele. Uma forma na água, escura contra uma escuridão mais profunda, passando com um tremelicar sinuoso.

Crocodilo.

Kel se engasgou e chutou a água para subir. Emergiu na superfície com um arquejo, cuspindo água amarga. Olhando para o alto, viu que já tinha se afastado um tanto da Trapaça. As luzes de Marivent brilhavam acima dos penhascos, um colar de pérolas em chamas.

A queda dele havia causado uma implosão, deixando uma trilha de espuma prateada e branca pela água. A alguns metros dali, pensou ter visto algo irromper na superfície. O luar reluzindo em escamas.

Debateu-se o máximo que pôde em direção ao porto. Graças aos Deuses, Jolivet insistira que ele aprendesse nadar. Naquele momento, estava nadando para salvar a própria vida, os braços funcionando como alavancas, as pernas, como tesouras, e cortava o percurso como uma flecha pela água. Os olhos de Kel ardiam, o porto nada mais do que um borrão à distância. Só conseguia pensar no que teria embaixo de si, na profundidade do oceano e nas criaturas de dentes afiados que nadavam e se aglomeravam nela.

Pensou em Fausten. No sangue do homem se espalhando pela água feito tinta escarlate. Os crocodilos o haviam devorado em um instante. Era insano pensar que ele mesmo ainda estava vivo. Certamente não conseguiria ser mais rápido que os bichos, mas isso não importava. Não flutuaria a esmo, esperando para ser devorado.

Conor, pensou, e esperou a sensação da traição golpear suas entranhas, mas não havia espaço para ela. Algo duro e gosmento atingiu seu flanco. Ele se virou com um terror furioso, mas era apenas um pedaço de madeira apodrecido. Kel o chutou, ganhou impulso e nadou com mais fervor. Estava chegando a um ritmo constante, as braçadas interrompidas apenas quando ele virava a cabeça para respirar. A água salgada descia queimando sua garganta.

Ele via a Chave agora. E música; ouvia música vazando de tavernas. A água tinha começado a ficar cinza à medida que a luz da cidade caía sobre ela. *Inferno cinzento*. As pernas e os braços de Kel queimavam, cada braçada uma agonia. A água abaixo dele rolou, depois rolou de novo. Chegara à rebentação.

Deixou-se ficar mole, permitindo que a onda seguinte o arrastasse. Ela o jogou contra a praia, atirando-o no declive rochoso de cascalhos. Ele girou o corpo até ficar de barriga para baixo e vomitou salmoura.

E então Kel os viu. Saindo da água; dois — não, três — crocodilos verdes serpenteando bem baixo, rente ao chão. Kel tentou ficar de pé, mas não adiantou de nada. As pernas dele não funcionavam. Estavam inúteis feito barbante molhado. Conseguiu se apoiar nos cotovelos, arquejando, os olhos cobertos pelo cabelo encharcado.

À luz vermelha da lua, eles eram enormes. Ávidos, cheios de escamas, as mandíbulas imensas arreganhadas exibindo fileiras de dentes pontudos e pré-históricos. Já ficara sabendo de histórias assim — crocodilos que iam até a terra bem rápido para abocanhar uma criança e arrastá-la de volta ao mar antes mesmo que a mãe tivesse chance de gritar.

Tentou se pôr de joelhos, mas já era tarde demais. Estavam partindo para cima dele, para o ataque. Fediam a sal, podridão e os lugares mais recônditos do oceano, e os olhos deles brilhavam, vermelhos, ao luar, bolas de gude escarlate e vazias, sem sentimento ou profundidade. Kel levou a mão ao rosto como se fosse conseguir espantá-los…

Sentiu algo frio roçar seu pulso. Baixou os olhos e percebeu, para seu choque, que uma corrente de ouro envolvia seu pescoço, e nela estava preso um medalhão reluzente. Lembrou-se de Conor colocando algo frio ao redor de seu pescoço. Das palavras de Conor para ele. *Você é minha armadura inquebrável. E não vai morrer.*

Agora sabia o que Conor tinha tido a intenção de dizer. O medalhão era grande e brilhante, familiar demais. Da última vez que Kel o vira, estava sendo usado por Artal Gremont. O amuleto que tanto frustrara Merren; que mantivera Gremont seguro de qualquer perigo. Conor lhe dera o amuleto e o empurrara do penhasco — sabendo que a queda não o mataria. Que os crocodilos não poderiam machucá-lo.

Que ele ficaria vivo.

Kel deixou a mão cair, lentamente. Ao seu redor, os crocodilos tinham ficado imóveis. Estavam a centímetros dele, paralisados, as mandíbulas abertas. Encaravam-no — não, não estavam olhando para ele. Olhavam para o amuleto. Kel se sentiu preso sob o olhar de estátuas maliciosas, só que estátuas não pingavam água, nem tinham um hálito quente e fedido, além de não se retraírem e darem meia-volta, balançando as caudas. Estátuas não voltavam para o mar feito fantasmas, uma após a outra, formas escuras montanhosas desaparecendo no vai e vem das ondas.

A praia de cascalhos estava absolutamente quieta e vazia. Em algum lugar ao longe, Kel conseguia ouvir o barulho de água corrente. Havia um zunido em seus ouvidos, uma escuridão nos cantos de sua vista. Então desmontou ali mesmo no chão, imóvel.

ELSABET

— Milady, precisa de mais alguma coisa?

— Não. — Elsabet dispensa o soldado que paira do lado de fora de sua tenda com uma palavra ríspida. Ele hesita por um momento antes de sair, em partes assustado e em partes aliviado.

Ela se deita no chão duro. Arrumaram um colchão de penas e uma cama de acampamento para ela, é óbvio, mas ela não quer dormir. Pensamentos demais queimam na mente para que o descanso venha.

Para além do material frágil da tenda, consegue ouvir os soldados de Malgasi circulando pelo acampamento, bem fundo nas cavernas marítimas à beira de Castellane. Sabe que amedrontou os homens ao aparecer durante a noite, cheia de sangue e coberta de poeira de gesso, tombando no meio deles.

Sentia vergonha daquilo — ela, uma Belmany, tombar entre soldados plebeus —, mas suas pernas não tinham mais conseguido sustentá-la. Kalman, o capitão dos guardas, vociferara ordens para que um médico tratasse das queimaduras de Elsabet, mas ela o dispensara com um gesto de mão. Queria a dor, queria senti-la. Era a dor de seu fracasso.

O escopo de tal fracasso foi ficando mais evidente ao longo dos dias seguintes. Sete — Joss Falconet — tinha feito o que lhe fora pedido, mas o Portador da Espada havia fugido da Trapaça e sido executado pelo príncipe. O Templo de Anibal havia sido destruído, e Bagomer e Janos, assassinados. A pedra salvara a vida de Elsabet, mas o esforço lhe custara quase todo o poder contido nela.

Agora está fria debaixo de sua pele, fria como um cadáver. Precisará ser substituída por uma das poucas Pedras-Fontes restantes dos Belmany antes de Elsabet poder voltar a usar seu poder.

O pior de tudo é que agora Elsabet sabe que há outra usuária de magia em Castellane — a ruiva que fora a causa disso tudo. De alguma forma, uma Ashkar imunda, daquela classe de vermes doentes, tinha colocado as mãos em uma Pedra-Fonte e a usado para libertar um poder que rivaliza com o da própria Elsabet.

Mas Elsabet ainda não se dá por derrotada. Enquanto ouve o barulho do mar rebentando contra uma das paredes internas da caverna, sente a fúria pulsando dentro de si, mais forte que qualquer magia. Elsabet perdeu seus guardas, mas ainda tem o exército. Esgotou sua pedra, mas ainda existe poder a ser acessado por detrás dos muros de Marivent. O sangue da fênix dos Belmany corre nas veias tanto do rei quanto do príncipe da cidade.

Elsabet reivindicará seu direito de nascença. Tomará Castellane para si. E, quando o fizer, destruirá a mulher com a Pedra-Fonte. Já sabe o nome da Ashkar que viu pela primeira vez na biblioteca em Marivent. Ocorreu-lhe junto com o desvanecer do poder de sua pedra, que havia reconhecido uma outra feiticeira e sussurrado um aviso alarmante aos ouvidos de Elsabet enquanto agonizava.

O nome dela é Lin. Lin Caster.

VINTE E SEIS

Quando Kel recuperou a consciência, a luz vermelha tinha mudado de posição no céu. Estava mais baixa agora, um penduricalho coral em uma corrente invisível, descendo em direção ao horizonte.

Com cautela, sentou-se. Os membros dele pareciam ter voltado a funcionar, embora o corpo doesse. Perguntou-se quanto tempo teria ficado deitado ali, inconsciente. Tempo o suficiente para a lua mudar de posição, e para que suas roupas secassem, rígidas devido ao sal, coladas ao seu corpo.

Kel ficou de pé, o colar pesado que Conor colocara em seu pescoço colidindo com o peito. Contemplou o mar, o horizonte vermelho sangue. Parte dele pensara que o Esquadrão da Flecha estaria procurando por ele, mas agora sabia que isso era improvável. Os Castelguardas que se aproximavam sem dúvidas tinham visto Conor empurrá-lo dos penhascos de Marivent na direção do oceano, e isso era uma sentença de morte. Nunca imaginariam que ele sobreviveria por conta da magia do amuleto.

Kel se virou na direção da cidade. Estava desgrenhado e sujo. Tinha acabado de escapar da Trapaça. Podia, supôs, ir à Mansão Preta, implorar pela misericórdia de Andreyen, mas se Jolivet ou os Vigilantes saíssem para procurá-lo, mesmo que sem muita intenção, lá seria o primeiro lugar aonde iriam; e já tinha pessoas vigiando a Praça Escarlate.

Ainda restava, até onde ele sabia, um lugar para onde podia ir. Mesmo se não soubesse exatamente onde era.

Começou a andar em direção à Chave. Sentia cada pedrinha da praia em seus pés descalços, mas ainda mais proeminente que a dor era o som da voz de Jolivet em seus ouvidos: *Você é um Portador da Espada, Kellian. Mas não vai conseguir voltar ao que era antes.*

Kel sentiu-se estranhamente calmo. Talvez porque, se deixasse a maré dos acontecimentos recentes o dominar, ela o afogaria. Pensar nos próprios erros, no perigo em que colocara Castellane, na forma como decepcionara os amigos na Mansão Preta. Pensar em Conor e no fato de que, aonde quer que Kel fosse acordar no dia seguinte, seria a primeira vez em mais de uma década que acordaria fora de Marivent e longe de Conor.

Mas ao menos acordaria. E, pela primeira vez, quando acontecesse, não estaria interpretando um papel. Agora era Kel Saren, e sabia quem eram seus aliados de verdade. Seus inimigos haviam tirado as máscaras, então sabia quem eram, também. Sabia o que esperar de cada um, exceto de uma pessoa, e a necessidade de vê-la martelava em seu sangue, impelindo-o à frente enquanto abria caminho por entre a multidão da Chave, sem ligar se as pessoas estivessem o encarando. Se bem que, pensando melhor: por que fariam isso? Podia até estar maltrapilho e molhado, mas isso não era algo fora do comum, e se suas mãos estavam ensanguentadas por ter se arrastado pela praia, bastava que as deixasse coladas ao corpo, onde as pessoas não as veriam.

Entrou no Labirinto e seguiu até a Estrada do Arsenal. Estava abarrotada, como sempre ficava de madrugada com a mistura regular de marinheiros estrangeiros, pedintes e prostitutas de rosto pintado chamando a atenção do alto das sacadas de casas caindo aos pedaços. Vez ou outra, a explosão de uma luz de nafta machucava os olhos de Kel. E por fim, ele encontrou: o armazém cujas janelas tinham sido escurecidas com tinta preta.

A porta da frente não estava trancada, mas parecia travada no batente; era comum que a madeira entortasse ali, tão perto do mar e do ar úmido. Kel forçou a porta com o ombro e entrou no corredor comprido. À meia-luz, iluminado somente pela rua do lado de fora.

Foi, então, até a sala principal. Vazia, com lampiões de vidro pendendo apagados sobre um chão poeirento com pilhas de caixotes de madeira não identificados.

Se ele fechasse os olhos, conseguia se lembrar perfeitamente do que aquele lugar tinha sido quando o visitara pela primeira vez: cheio de filhos da nobreza engajados em apostas e abarrotado de viciados em sumo de papoula e cortesãos mascarados. Onde outrora houvera música e tochas de nafta resplandecentes, agora restava apenas um silêncio profundo, somente a iluminação do luar vermelho pálido que entrava pelas janelas rachadas.

— Kel.

Ele se virou. Parada na entrada via-se a figura familiar de manto preto. A máscara de prata reluzia, assim como as botas. O capuz mantido sobre a cabeça, quase ocultando o rosto. Kel não conseguia ver sua expressão.

— Jerrod — respondeu Kel.

— Devo admitir — falou ele então —, que não achei mesmo que fosse funcionar. Ninguém nunca escapou da Trapaça.

— Acho que você me ensinou bem — respondeu Kel. — Rastejei pela torre. E nem posso me gabar dessa minha proeza sem ser preso. O que é uma pena.

Jerrod nada disse. Os olhos dele brilhavam mais do que a máscara.

— Tenho uma pergunta apenas — falou Kel. — Como, em nome do inferno cinzento, Conor conseguiu o amuleto de Gremont? Beck deve ter dado para ele, mas estou tendo certa dificuldade em imaginar *uma coisa dessas*.

— Beck tem seus motivos para fazer o que faz…

— Não estou interessado em ouvir o que você tem a dizer sobre Beck, Jerrod — rebateu Kel. — Quando penso no tempo que passou mentindo para mim, eu… — Então Kel sacudiu a cabeça. — Só preciso ver Prosper Beck. A versão *verdadeira* do homem — acrescentou, antes que Jerrod pudesse interromper. — Não um paspalho qualquer que você arruma e bota sentado atrás de uma mesa para me enganar.

Para o crédito de Jerrod, ele não tentou negar a farsa.

— Beck já fez bastante coisa por você — disse Jerrod. — Fique com o amuleto. Vá embora de Castellane. Não peça por mais nada além disso. Estou dizendo isso como amigo.

— Mesmo? — perguntou Kel. — Amigo de quem? Porque sei quem Beck é de verdade agora. Quem *ela* é de verdade.

Jerrod não se moveu, nem emitiu qualquer som; limitou-se apenas a mudar o semblante. Mesmo sob a sombra do capuz, Kel conseguia ver o rosto dele enrijecendo. Refletiu, por um momento, se teria escolhido a estratégia errada. Talvez a verdade só fosse deixar Jerrod mais irritado e o colocaria em uma posição defensiva, mais inclinado a manter Kel longe de quem o empregava.

Mas então Jerrod sorriu. Havia pouco divertimento naquele sorriso, e muita perversidade.

— Fiquei me perguntando se descobriria, um dia. Ela sempre foi um tanto descuidada com você. — Ele acenou para Kel, indicando que deveria acompanhá-lo. — Venha comigo, então.

Seguiram pelas ruas curvas e estreitas do Labirinto, Jerrod quieto ao lado de Kel, o que não o importunava, pois estava com a mente zunindo. De maneira bastante abrupta, enquanto viravam em um beco estreito que saía da Estrada do Arsenal, Jerrod indagou:

— Merren me odeia?

— Não — respondeu Kel. — Ficou bravo com você. Não é a mesma coisa. Você poderia voltar, sabe. E vê-lo. Andreyen não impediria.

— *Ele* não tentou me ver — retrucou Jerrod.

— Eu até ressaltaria que ele não sabe onde você está — disse Kel —, mas estou vendo que anda comprometido demais com a sua própria obstinação.

Jerrod balbuciou algo que as suspeitas de Kel indicaram que não era nada lisonjeiro e em seguida pararam em um casebre de aparência antiga e ligeiramente inclinado para o leste, como se estivesse tentando sair, devagar, da própria fundação. Uma placa arranhada na porta vermelha da frente sinalizava que aquela já tinha sido a casa do mestre do porto, antes de a construção de navios mudar para o Arsenal e o Labirinto se tornar o que era.

— Espere aqui — falou Jerrod com frieza, e desapareceu pela porta.

Fazia uma noite quente, mas Kel ainda assim tremia, parado sozinho no beco. Já era tarde — duas da manhã, supunha ele —, e não pôde deixar de se perguntar o que estaria acontecendo no Palácio. Os Castelguardas deviam ter visto Conor o empurrando do penhasco; Conor devia ter dito que Kel estava morto. Não haveria motivos para duvidar dele.

Ponderou sobre o que Jolivet pensaria disso. Se alguém ficaria de luto por sua morte.

A porta se abriu. Jerrod, na soleira, disse:

— Ela aceitou ver você. — O tom que usou indicava que ele tentara convencê-la do oposto. Kel subiu as escadas da frente, passou por Jerrod e se viu em uma casa limpa de paredes de gesso, tetos baixos e pisos de madeira. Uma escadaria desaparecia escuridão acima. Um lampião solitário estava suspenso na parede, provendo pouquíssima luz.

— Por ali — indicou Jerrod, apontando para um corredor curto até uma porta fechada, cujas frestas deixavam escapar luminosidade. — E Kel…

Kel, na metade do corredor, virou-se.

— Sim?

— Se machucar ela…

Kel estendeu os braços.

— Não estou armado.

— Eu não quis dizer… — Jerrod parou de falar, balançando a cabeça, um tanto enojado. — Só vá.

E Kel foi. Seguiu pelo corredor estreito e passou pela porta, entrando em um cômodo iluminado por um fogo crescente em uma grelha suja de cinzas. Os ladrilhos esverdeados do entorno da lareira estavam rachados, as paredes, recém-pintadas de branco, a mobília, estranhamente delicada, como se tivesse sido furtada da casa de uma nobre. E Kel suspeitou de que, na verdade, esse fosse justamente o caso.

Ela estava sentada em uma poltrona esguia e dourada próxima ao fogo — se é que "sentada" era mesmo a palavra certa a ser usada. Estava jogada no móvel, as pernas sobre um dos braços; os pés, calçados com botas de couro que chegavam ao joelho, pendiam para um lado, perigosamente perto de derrubarem um decantador de vidro da mesinha de canto. Calças justas, com um brilho que parecia lubrificado a óleo, estavam enfiadas nas botas. A mulher usava um casaco de almirante abotoado só até a metade, azul-escuro com adornos amarelos e botões de latão na frente. Os cachos loiros caíam soltos pelas costas e pelos ombros, criando um contraste e tanto com a rigidez masculina do colarinho levantado.

— Antonetta — falou Kel. — Bom te ver.

Ela correspondeu ao olhar dele sem expressão.

— Está ensopado.

— Caí no mar — respondeu Kel secamente. — Depois de ter escapado da Trapaça.

Os lábios vermelhos dela se abriram em um sorriso.

— E não parece nem ter sido mastigado por crocodilos. Então o amuleto funciona *mesmo*.

O coração de Kel martelava, mas tivera anos de prática para aprender a mascarar os próprios sentimentos, então escondeu as reações físicas ao estresse e ao choque.

— Foi você que deu o amuleto a Conor. Como sabia que ele o usaria da maneira como fez?

— Você se esquece de que eu também o conheço. Não tão bem quanto você, mas bem o bastante. Ele nunca se importou com nada como se importava com você. — Antonetta ficou de pé, o casaco de almirante rodopiando nas pernas. A peça provavelmente tinha sido encomendada sob medida, pois recaía de um jeito muito distrativo sobre suas curvas. Kel se lembrou de que estava furioso com ela desde o Baile do Solstício. — Você acabou descobrindo — disse ela, e havia uma nuance estranha em sua voz, algo que ele não sabia ao certo como definir. — Fiquei me perguntando se descobriria.

Porque acha que sou idiota. Porque acha que pode mentir para mim sem que eu perceba.

Ela foi em direção a ele. Kel permaneceu parado, bastante consciente de que estava descalço, ainda molhado do mar, o cabelo úmido enrijecido pelo sal. Nada disso pareceu incomodá-la. Antonetta se aproximou — a ponto de colocar as mãos no peito dele. A ponto de ele conseguir sentir seu perfume, suave e floral, em conflito evidente com a vestimenta masculina. Ela falou:

— Agora você sabe. — Ela então ergueu os olhos, bem abertos e claros, as pupilas intactas de gotas de flores. — Agora você sabe. E me odeia?

— Eu jamais seria capaz de odiá-la, Antonetta.

Ela agarrou a lapela da camisa surrada dele. Na ponta dos pés, ela o beijou sem qualquer delicadeza e Kel não conseguiu se deter, correspondendo. Atingiu a boca de Antonetta com os lábios e a beijou até estar com o coração martelando feito tambor em seu corpo. No último instante, quando ele ainda tinha controle, sentiu as mãos levantando para segurar os ombros dela. Como se estivesse sonhando, interrompeu o beijo e a afastou, fazendo com que ela voltasse a descer os calcanhares ao chão, o cabelo caindo ao redor da face corada.

— Antonetta — disse Kel. — *Não.*

Ela o encarou por um momento com uma mistura de choque e sofrimento. Uma cor vermelho-escura manchava suas bochechas.

— Mas você disse... achei que não estivesse bravo?

Kel pensou em Jerrod alertando-o para não machucar Antonetta. Como se Jerrod não entendesse que todo o poder para causar dor era exclusivo de Antonetta. Que ela podia machucá-lo muito mais do que o contrário.

— Eu disse que não odiava você. E não odeio. Não sou capaz de te odiar. Mas você mentiu para mim, Ana. Mentiu sobre quem você é, mentiu sobre o que sabe...

— Mas agora você já sabe — respondeu ela. — Adivinhou. Não é melhor do que se eu tivesse lhe contado?

Um lampejo de raiva perpassou o corpo dele, junto ao desejo de fazer alguma coisa, dizer alguma coisa que a fizesse entender.

— Não é — respondeu Kel, a voz tensa — *melhor*. Não tenho motivo algum para pensar, Ana, que *um dia* você teria me contado, independentemente do que acontecesse entre nós dois. Você não mentiu só por omissão. Você me manipulou. Foi útil para você, e por que eu imaginaria que você um dia pararia de fazer algo que fosse útil para você?

— Eu teria te contado...

— Não, não teria. Você estava se divertindo demais, Ana. Gosta de ser Prosper Beck. E faz anos, não faz? Para construir uma reputação como a de Beck... ganhar poder no Labirinto...

— Você não vai fazer com que eu me sinta constrangida pelo que fiz...

— Eu jamais presumiria que alguém no mundo tem o poder de constrangê-la, Antonetta — respondeu Kel, e viu a cor mudar no rosto dela enquanto entendia o duplo sentido de suas palavras. — Eu nem conheço você. Foi isso que descobri. Não faço ideia de por que você se tornou Beck... talvez porque era uma mimada entediada e queria que sua vida tivesse algum tipo de sentido e propósito...

Ela deu um passo para trás, e apesar da dor que o fazia desabafar naquele momento, Kel sofreu ao vê-la se afastando.

— Eu me tornei Prosper Beck por um senso de autopreservação — retrucou Antonetta, quase que cuspindo cada palavra. — Eu me tornei Prosper Beck porque minha vida era insignificante demais, e as escolhas disponíveis a mim na Colina eram mais escassas do que as que eu queria. Eu me tornei Beck porque já existiu um Beck verdadeiro… um homem que contratei para me ensinar a brandir uma espada. Porque eu era *mesmo* mimada, estava entediada e queria aprender a lutar, e ele era um criminoso qualquer, e quando acabou sendo assassinado, vi a chance de assumir seu lugar.

— Então existiu um Beck verdadeiro?

De certa forma, Kel não tinha esperado por isso.

— Eu *sou* o Beck verdadeiro — rebateu ela. — Ele não era nada. Bebeu até morrer no Labirinto. Assumi o nome dele e o transformei numa lenda.

— Você tem grande estima por si mesma — comentou Kel — para uma pessoa que foi descuidada a ponto de revelar o próprio segredo a mim.

Um brilho perpassou os olhos de Antonetta. Ela pegou um atiçador escuro da lareira e remexeu a lenha, sem olhar para ele.

— Certo. Então me conte. Diga como adivinhou. Liste quais foram *os meus erros*.

Kel cerrou os dentes. Não tinha esperado que ficaria tão nervoso. Tinha imaginado confrontá-la com calma, enumerando os meios pelos quais descobrira quem ela era, explicando como ele a decifrara. No entanto, era como se Kel estivesse olhando para ela por detrás de uma brisa de fogo.

— Não foi só uma coisa. Foram várias. E, se faz você se sentir melhor, no começo achei que estivesse perdendo o juízo.

— Continue — indicou ela.

— Quando fui me encontrar com seja lá quem fosse… o homem que você colocou para fingir ser Prosper Beck…

— Bron — respondeu ela, uma escuridão assumindo seu rosto por um instante. — Era um dos meus capangas.

— Atuava muito bem — comentou Kel. — Foram as caixas de vinho no escritório dele. *Macaco Cantor*. Não é um nome de que se esquece facilmente. E depois, na festa dos Roverge, você fez com que nos perdêssemos no caminho de volta ao salão principal de propósito.

Ela se virou para ele com o atiçador na mão.

— Foi mesmo? Ou será que eu só estava sendo tola? Talvez não tenha senso de direção. Vai ver eu só seja avoada...

— Você não é nenhuma dessas coisas — respondeu Kel, furioso. — É um papel que você vem interpretando durante esses anos todos, tão irreal quanto...

— Quanto o papel que você mesmo interpreta? — Ela olhou para ele, a luz da lareira dançando em seu rosto. — Como Portador da Espada?

Kel não reagiu, apesar da rapidez do batimento de seu coração. Na época, durante a festa na Galeria Brilhante, desejara mesmo que ela conseguisse enxergá-lo, quando ela olhara para ele como se o visse por detrás do disfarce de Conor, distinguindo-o exatamente por quem era. Não havia nada mais inebriante do que ser visto. Tinha desejado tanto isso, e no fim abrira mão do sonho; aprendera muito tempo antes que sonhos assim só causavam dor, no fim das contas.

O Baile do Solstício também o deixara pensativo. As palavras dela lhe pareceram tão afiadas, feitas para machucá-lo. Mesmo que ele tivesse cada vez mais certeza de que ela era Prosper Beck, não conseguira decidir: será que ela sabia que estava falando com ele e tinha desejado machucá-lo de propósito? Ou achava que era Conor e tinha a intenção de traí-lo?

— Não mais real que isso — respondeu ele. — Por exemplo, você conhece a casa dos Roverge tão bem quanto a sua própria. Me levou até a adega para que eu visse que havia as mesmas caixas de vinho lá. Perguntei a Charlon sobre as garrafas depois. Ele disse que tinham sido um presente. Costumo acreditar nele. Você sabia que eu estava procurando quem na Colina andava financiando Prosper Beck, e quis jogar a suspeita para os Roverge.

— Muito bem — murmurou ela. — Mas não foi tão bom assim. Você não descobriu nada na época.

— Conor me contou sobre os túneis debaixo da Casa Alleyne — disse. — É assim que você sempre entrou e saiu sem ser vista, não é? E tem ainda a questão do amuleto. — Ele puxou a corrente de ouro ao redor da garganta. — Jerrod esfaqueou Gremont para matá-lo em Tyndaris... Por quê? Ele sabia que o amuleto que Gremont estava usando era falso; estivera trabalhando com Alys Asper. Mas não *para* Alys Asper. Jerrod sempre foi a sua mão direita. Leal a Beck, o que significa leal a você, Antonetta. E você estava determinada a se casar com Gremont. Jerrod não teria levantado a mão contra ele a menos que soubesse que você o queria morto, não quando ele sabia como isso frustraria Merren. O que a fez mudar de ideia?

Ela hesitou antes de dizer, quase que com relutância:

— Eu não sabia da associação de Gremont aos malgasianos até ficar evidente que, embora ele não soubesse que eu era Beck, havia descoberto que eu *conhecia* Beck. Exigiu que eu agendasse um encontro com ele.

— Você o distraiu com o mesmo substituto que mandou para mim, quando achei que estivesse me encontrando com Prosper Beck?

— Sim — disse ela. Somente essa palavra, deixando Kel com um gosto amargo no fundo da garganta. O conhecimento amargo de que, quando se tratava de Beck, ela não o tratara diferente de como tratara Artal Gremont. — Mas Gremont compareceu ao encontro com a princesa malgasiana. Jerrod estava lá. Acabou ficando nítido que Gremont estava comendo na mão dela, totalmente. Faria qualquer coisa que ela quisesse. Se ela exigisse que ele cortasse minha garganta no salão de baile na Casa Alleyne, ele teria feito isso sem se preocupar com exílio. Era perigoso demais que eu me casasse com ele. Precisei abandonar esse plano.

— Entendi. E aí… veio o Baile do Solstício. Quando você disse a Conor que ele não deveria confiar em mim.

Ela mordeu o lábio.

— Kel…

— Não — respondeu ele. — Num primeiro momento, achei que você acreditasse mesmo que estava falando com Conor. Até começar a listar as maneiras pelas quais achava que eu havia me colocado em perigo em nome dele. Você disse: *Ele tentou pagar suas dívidas com Prosper Beck.* Mas não havia como você saber disso. Ninguém sabia disso… exceto Beck.

Ela baixou um pouco as pálpebras.

— Idiota — murmurou. — Tão idiota…

Kel deu um passo na direção dela; Antonetta não se moveu.

— Você se lembra da adega na festa dos Roverge? Quando eu a ajudei a colocar curativos no seu corte? — Ele colocou a mão no inchaço do quadril dela, onde o corte estivera. Sentiu o calor emanando dela através do tecido das calças, sentiu a curva dela sob a mão. — Você me contou que tinha se machucado aprendendo a brandir uma espada.

— Ninguém se torna Prosper Beck sem conquistar alguns machucados no processo — falou ela, mas sua voz estava um pouco instável. Levantou o olhar para ele, a luz do fogo escurecendo seus olhos. — E quanto ao medalhão?

— Sim. Você me mandou para roubar seu próprio medalhão — disse Kel. — Sabia que eu o abriria e encontraria o anel de grama dentro dele. Sabia que eu me torturaria tentando entender o significado daquilo.

Ela levantou o rosto para ele, os olhos brilhando, um tanto semicerrados.

— Jamais pensei que seria uma tortura — respondeu ela. — Nunca tive a intenção de machucar você de jeito algum...

— Não acredito — respondeu ele com fervor. — Tentei vezes e mais vezes decifrar isso. O que eu poderia ter feito para deixá-la tão determinada a me atacar... com o medalhão, com o que fez com Conor, com as coisas que me disse no Baile do Solstício? Nem se tivesse planejado por um milênio você teria conseguido professar palavras que me machucassem mais do que...

Antonetta ficara pálida.

— Eu estava *tentando fazer você ser mais discreto* — respondeu, a voz ficando mais alta que o crepitar do fogo. — Seu homem tolo e idiota. Eu sabia que estava mentindo para Conor, trabalhando para o Rei dos Ladrões, fazendo favores para a princesa de Kutani e agindo como se achasse que nunca seria pego. Pensei que, se eu deixasse óbvio o nível do perigo que você corria de verdade, talvez você parasse antes de acabar *morto*. E eu sabia que me odiaria por dizer o que eu disse, mas pensei que valeria a pena se isso significasse que você ficaria vivo...

Então Antonetta parou de falar. Kel a encarou. Ela estava vermelha de raiva. Ele queria acreditar que ela havia sido sincera, que só estivera pensando na segurança dele. Mas ela mentira vezes demais, e agora ele sentia o perigo de querer acreditar nela. Em Antonetta, dentre todas as pessoas.

Antonetta jogou o atiçador, que fez barulho ao cair na lareira.

— Eu te contei, nos Roverge, que queria a Concessão da seda — falou ela. — Eu queria a de Gremont também. Não para mim... eu não poderia ficar com ela, sei disso. Mas poderia ter dado ela a outra pessoa.

— Você a teria... vendido? — indagou Kel. — Eu não...

— Não, não teria — respondeu ela, furiosa. — Não acredito que você apareceu aqui pensando que tinha entendido tudo, Kel Saren. Você não entendeu foi nada. Eu queria a Concessão para dá-la *a você*.

Kel a agarrou pelo pulso. Ela começou a tentar se desvencilhar antes de se virar para olhar para ele.

— *Por quê?* — exigiu Kel.

Ela respirou fundo. Em desespero, ele sondou os olhos dela. Por um momento, pensou conseguir ver a verdade naqueles olhos, por baixo das camadas de fingimento, mentiras e histórias, atrás da parede defensiva — de cuja construção muito tempo atrás ele próprio tinha uma parcela de culpa.

Conte-me, Ana, pensou. *Conte-me a verdade. Diga o que está sentindo.*

Mas ela evitou o olhar dele.

— Para que pudesse se livrar da função de Portador da Espada — respondeu, em uma voz neutra que o fez perceber que, qualquer que fosse o motivo real, ela não tinha a menor intenção de revelá-lo a ele. — Sei como é estar atado a deveres e expectativas. Acho que só desejava que o poder chegasse às mãos certas, para variar.

Kel sentiu um aperto no coração. Ela jamais seria sincera com ele. Ia além de se esconder sob a identidade de Prosper Beck. Com isso, ele teria conseguido conviver. Mas saber que ela nunca lhe contaria como se sentia a respeito de *nada*…

— Aqueles anos todos — falou ele, a voz rouca. — Você me eliminou da sua vida. Não foi só sua mãe, embora só Aigon saiba o quanto eu a culpo por tantas outras coisas. Foi você que me disse que não éramos da mesma classe. Que não havia por que fechar nossos olhos à realidade.

Quase que inconscientemente, Antonetta levou a mão ao pescoço, onde o medalhão costumava ficar.

— Você se lembra do que eu disse? — indagou ela.

— De cada palavra — respondeu Kel. — Você me colocou exatamente no meu lugar. Pensei que me odiasse. E então depois, nesses últimos meses, quando me dei conta do papel que estava interpretando, pensei: *talvez ela esteja mostrando quem é de verdade somente para mim*. Isso me fez pensar que você talvez me visse de modo diferente. Mas mentiu para mim, igual a todo mundo.

— E você mentiu para mim, Portador da Espada — rebateu ela. — Está aí todo bravo por eu nunca ter contado da minha outra vida como Prosper Beck. Mas sempre foi apenas Kel Anjuman comigo, e embora eu possa, sim, ter escondido minha versão falsa, você escondeu a sua verdadeira. Você *é* Kel Saren, Portador da Espada, e eu tive que descobrir esse nome por meio de terceiros.

Kel respirou fundo.

— Era um segredo que não cabia a mim contar — respondeu. — Fiz o juramento de proteger Conor. Jurei nunca contar a ninguém sequer sobre a existência de um conceito como o de um Portador da Espada.

Ela abriu um sorriso quase triste.

— Jerrod sabe — declarou, por fim. — Ji-An. Merren Asper. O Rei dos Ladrões. Lin Caster…

Eu nunca contei a nenhum deles. Já sabiam, ou acabaram descobrindo. Mas será que essas especificidades importavam? Ainda mais em um momento como aquele, quando ele estava exigindo sinceridade dela, pedindo que ela se despisse até os ossos do que fingia ser e mostrasse a verdadeira face a ele?

— Acho que eu sempre soube, Ana — comentou Kel —, que você estava escondendo de mim alguma verdade sobre si mesma, então não confiei a você minha real identidade.

— E eu — emendou ela, nivelando o contato visual ao dele — sempre soube que você estava escondendo de mim alguma verdade sobre *si mesmo*, então não confiei a você minha real identidade.

Os dois ficaram em silêncio por um momento, o único ruído sendo o crepitar do fogo na grelha. Por fim, Kel falou:

— Talvez, então, seja hora de nós dois nos apresentarmos de verdade. Como realmente somos. — Enquanto ela o observava, surpresa, ele colocou a mão no peito, sobre o coração, onde o órgão batia sob o casaco desgrenhado, e fez uma reverência. Quando endireitou a postura, disse: — Milady. Sou Kellian Saren, nascido órfão em Castellane. Não tenho família de sangue, mas sou o Portador da Espada, o protetor do príncipe de Castellane, e embora esteja exilado de Marivent, é o que sempre serei.

Com os olhos brilhando, Antonetta atravessou o cômodo, pegou o decantador sobre a mesa ao lado da poltrona, e, com uma economia treinada de gestos, serviu duas taças cheias. Virou-se para Kel, oferecendo uma a ele.

— Kel Saren — falou. — Sou Antonetta Alleyne, herdeira da Concessão da seda, e também sou Prosper Beck, um criminoso do Labirinto. É um prazer conhecê-lo.

Aceitando a taça, Kel deu um gole, deixando a acidez severa do vinho descer queimando por sua garganta.

— Pois bem — disse Antonetta, voltando-se para a poltrona dourada. Ela olhou para ele por sobre a bebida. — Enfim nos apresentamos. Pela primeira vez, ao que me parece. O que significa que devo lhe perguntar: por que está aqui? Poderia ter ido a qualquer lugar depois de ter fugido da Trapaça. Imaginei que fosse fugir da cidade. Por que vir até mim? Só porque estava bravo?

Kel pensou ter ouvido — sem confirmação — a voz de Antonetta tremer na última pergunta crescente. Mas não tinha certeza disso, e não ia perguntar. Não em um momento como aquele. *Não é culpa dela se você viu o que queria ver, ouviu o que queria ouvir. De algum modo, acabou se apaixonando por uma pessoa que não conhece, uma pessoa que ainda pode ser somente um sonho ou uma imaginação. Vai precisar conhecê-la, esta nova Antonetta; vai precisar conhecer seu próprio coração antes que consiga conhecer o dela.*

— Vim até aqui porque você tem um armazém repleto de armas que podemos usar contra Malgasi — respondeu Kel —, e tenho um plano.

Um lampejo de decepção passou pelo rosto dela, mas foi depressa demais para que ele tivesse certeza.

— O que o faz pensar que quero me envolver com o seu plano?

— Porque os malgasianos vão drenar Castellane até a última gota de sangue e matar todo mundo na Colina, e independentemente do que sinta pela maioria daquelas pessoas, sei que também não é isso o que você quer. Porque temos um objetivo em comum, Antonetta, e preciso de você ao meu lado.

Ela colocou o cabelo atrás da orelha — um gesto antigo que significava que estava pensando no que ele havia acabado de dizer. Algo na familiaridade daquilo o importunou como uma mordida. E ele sabia que seria assim, se ela concordasse. Sabia que doeria ficar longe dela, mas não que doeria ficar perto: ser lembrado constantemente de que, ao mesmo tempo, conhecia Antonetta e não a conhecia.

Mas aquela seria a única chance que Conor teria; a única chance que Castellane teria. Precisava da genialidade dela, da frieza astuta, ainda que essa frieza tivesse sido justamente o que os mantivera separados com a força de portas de aço.

— Quando diz ao seu lado, está querendo dizer a Mansão Preta? — indagou ela. — Andreyen e os demais? Está sugerindo que nós todos trabalhemos juntos?

— Sim — respondeu Kel. — É exatamente o que estou sugerindo.

— Mas me quer como Beck — questionou ela — ou como Antonetta?

Não sei se tenho uma resposta para essa pergunta, pensou Kel. Em voz alta, disse:

— Ambos. A tarefa que temos à frente é impossivelmente difícil. Mas se quisermos ter qualquer chance de sucesso, precisamos de você. *Eu* preciso de você. Bem do jeito que você é.

O sorriso que ela abriu foi fraco, mas verdadeiro. Olhou para a taça, a luz do fogo transformando o líquido escuro em âmbar flamejante.

— Muito bem, então — respondeu Antonetta. — Sou toda ouvidos.

EPÍLOGO

Conor subia os degraus da Torre Norte, sem conseguir deixar de se lembrar de que, muito tempo antes, quando ele e Kel ainda eram crianças, tinham tido aulas de astronomia ali em cima com Fausten. No topo da torre, tinham estudado mapas das estrelas, os movimentos das esferas e as lendas dos planetas, cada um governado por um deus excêntrico. Tinham prometido um ao outro que um dia iriam para bem longe, ao sul, onde as estrelas eram diferentes.

No entanto, muita coisa havia mudado desde então — mudanças de um tipo avassalador que fizeram com que uma promessa antiga entre dois meninos parecesse pequena e insignificante. Não conseguia pensar em Kel sem sofrer, apesar de tudo que tinha feito para tentar salvá-lo. Não houve qualquer meio de manter Kel ao seu lado, e não saber quando o veria novamente — se é que um dia isso aconteceria — fazia-o sentir como se andasse sobre uma ponte estreita acima de um precipício imenso, o fundo perdido nas sombras.

E então havia Lin. Assim como Kel, ela estaria segura *justamente* por estar longe dele. Ele precisava acreditar nisso, do contrário morreria.

Forçou a mente a retroceder ao que ela lhe dissera antes de ir embora de Marivent. O que a princípio parecera ser um conto de tecelão de histórias. O jovem príncipe em uma corte estrangeira, a descoberta de uma criatura mágica que acreditavam estar perdida havia muito, uma troca de lâminas, sangue e fogo e um segredo guardado por muitos anos por um rei que parecia estar se tornando um louco, mas estava se transformando em outra coisa.

Entretanto, sentiu que era verdade. Conor sempre habitara um mundo no qual confiava em poucas coisas: na conexão que tinha com Kel e, mais tarde, nos sentimentos que nutria por Lin. No mesmo sentido — mais instintivo do que lógico —, estava preferindo confiar e se apegar a isso com uma confiança tão profunda quanto seu sangue e seus ossos.

Conor chegou ao patamar da escada, onde um Castelguarda estava a postos em frente do quarto do pai. Conor passou por ele com um aceno de cabeça e, após adentrar o cômodo da torre, trancou a porta.

O Rei Markus estava sentado no lugar de sempre, em sua cadeira, embora em uma posição diferente. Em vez de encarar o nada com olhos vagos, estava virado para a janela estreita como se observando o mundo além. E quando Conor chegou perto, embora não mexesse mais nenhuma outra parte do corpo, ele inclinou a cabeça, cumprimentando-o.

— Pai — disse Conor. À luz do sol, a mudança no rei era bastante aparente. Seus olhos estavam aguçados e concentrados, e a pele recuperara um pouco da cor. A raiva que parecia tomar conta dele antes tinha ido embora, apesar de ainda haver nele a sensação de estar esperando — não impacientemente, mas com certa ansiedade — por algum acontecimento futuro de grande conjuntura.

Conor se ajoelhou diante da cadeira do pai. Sabia o que tinha que dizer; as palavras vieram explícitas e simples, como se não houvesse outras que ele pudesse usar.

— Pai — repetiu —, Lin me contou tudo. Tudo que o senhor contou a ela sobre Malgasi, sobre a fênix e sobre o que está acontecendo com o senhor... tudo. — Enquanto falava, viu o rosto de Lin, as lágrimas nos olhos dela antes de partir. Lembrou-se dela dizendo que o amava, e apesar de saber que talvez isso nunca fizesse diferença, que ele possivelmente jamais voltaria a vê-la, a lembrança lhe conferia forças. — Eu a mandei embora para longe daqui. Disse para ela nunca mais voltar. E ela não foi a única. Kel não está mais aqui também. Meu *Királar*. Todos no Palácio acham que ele está morto. Demiti Mayesh. Sei que o senhor me disse que eu podia confiar nele, que todos os reis Aurelian tinham confiado no aconselhamento dele. Mas não tive escolha. Precisam achar que estou sozinho. Consegue entender isso? Devem acreditar que estou no meu estado mais frágil e sem defesas. Que não há ninguém em Marivent que levantará a mão para me proteger. Isso vai fazer a autoconfiança deles transbordar, e quando atacarem, farão isso por acharem que estou sozinho. Mas não estou sozinho, estou? Não completamente.

Ele não conseguia mais sustentar o olhar do pai. Baixou o rosto para o chão.

— Acham que o senhor está fraco, pai — falou. — Mas acredito que estão errados. Creio que possamos derrotá-los, juntos.

Conor ouviu um farfalhar quando o pai se moveu, e um momento depois o raspar de pontas de agulha em sua cabeça quando o rei levantou o braço e passou uma mão cheia de garras no cabelo de Conor.

— Sim — respondeu Markus, a voz rouca. — Juntos.

AGRADECIMENTOS

Assim como uma andorinha só não faz verão, também é impossível criar um livro sem ajuda. Gostaria de agradecer ao meu marido; minha mãe e meu pai; Elka Cloke; à família do meu marido: Jon, Melanie, Helen e Meg. Minhas parceiras de crítica, Kelly Link e Holly Black, e minha equipe que me apoia: Robin Wasserman, Marie Rutkoski, Leigh Bardugo e Maureen Johnson. Meus assistentes: Emily, Jed e Daisy. Minhas superagentes, Suzie Townsend e Jo Volpe, além de todo mundo na New Leaf. Minha editora, Anne Groell, uma lenda viva. As equipes da Del Rey e da Pan Macmillan. Heather Baror-Shapiro e Danny Baror. Agradeço imensamente também Matthew Abdul-Haqq Niemi (designer da língua dos Ashkar), Nicolás Matias Campi (designer da língua malgasiana), Margaret Ransdell-Green (designer da língua kutaniana), Melissa Yoon (leitora sensível) e Clary Goodman (leitora sensível e pesquisadora).

Este livro foi composto na tipografia Minion Pro,
em corpo 11,5/14,7, e impresso em
papel off-white no Sistema Cameron da
Divisão Gráfica da Distribuidora Record.